U0745608

丁潇潇 著

娇妻如芸

上

中国华侨出版社

第一章

美人如芸

这一日，一早便是阴云密布。

姚芸儿坐在床头，大红色的嫁衣衬着她柔软似柳的身段，一头乌黑的长发早已绾在脑后，露出一张白净如玉的瓜子小脸，两弯柳叶眉下，是一双秋水般的杏眸，盈盈然仿佛能滴下水来。

马上，她便要嫁给村子里的屠户了，此时心里倒真说不出是何滋味。

她今年不过十六岁，可那屠户袁武却已经是三十出头的人了，让她嫁给一个屠户已让人怕得慌，更遑论这个屠户还比自己年长了这样多，对于这一门婚事，她的心里只有惧怕。

清河村地方小，男男女女一般都是在十几岁便成了亲，有的人家家境宽裕些的，还会为儿子聘一位年纪稍大的媳妇，俗称娘妻，为的便是更好地服侍夫君、伺候公婆。似袁武与姚芸儿这般的老夫少妻，村子里可谓是绝无仅有，倒也难怪一些长舌妇要在背地里嚼舌头了。

听到"吱呀"一声响，姚芸儿转过身子，就见姚母端着一碗荷包蛋走了过来。

"娘……"少女的声音柔婉娇嫩，这一声刚唤出口，那眼眶便红了。

姚母心里也是难受，将那碗荷包蛋送到女儿面前，对着女儿言道："快吃些垫垫肚子，待会儿男家就要来迎亲了。"

姚芸儿将那碗荷包蛋接过，刚咬了一口，泪水便扑簌扑簌地落了下来，她生怕被母亲瞧见，将头垂得很低，直到将那一碗荷包蛋吃完，眼泪也止住了，方才抬起头来。

姚母见女儿那双眼睛虽哭红了，可仍旧晶莹清亮，因着今日成亲，那张小脸还搽了些胭脂，更是显得肌肤白里透红，犹如凝脂。

姚家三个闺女，无论是大姐金兰，还是二姐金梅，相貌都毫无可取之处，可不知为何，单单这三丫头姚芸儿却长得跟绢画上的美人似的，这十里八村的，也找不出一个比她更美的人来。

这般俊俏的美人，本是要找个好人家的，可如今世道荒凉，自从数年前岭南军起义后，朝廷便连年征兵，纵使岭南军如今已被镇压，可朝廷里的军队也折损得厉害，征兵之事非但没有停歇下去，反而愈演愈烈。

姚家独子姚小山也在征兵名册里，若是姚家能拿出一笔银子送给里正，便能将姚小山的名字从名册里划去，可姚家家贫，一家人一年到头就指望着那几亩薄田度日，甭说银子，就连平日里的温饱都成了难事，万般无奈下，姚家二老一合计，便想着将姚芸儿嫁到邻近的镇子上，去给刘员外当小妾。

那刘员外已是五十开外的年纪了，将女儿嫁过去，无疑是让女儿往火坑里跳，可二老的确是没法子，金兰已嫁人，金梅也与邻村的秀才定亲了，这事便只得落在姚芸儿身上。

谁也没想到，就在前不久，屠户袁武竟会遭了媒婆，来姚家提亲。

袁武是外乡人，平日里除却必要的生意，从不与村民来往，村子里也没人知晓他的来历，但见他生得魁伟健壮，又是个不多言多语的性子，整个人都透出一抹冷锐与凌厉，直让人不敢接近，是以他虽在清河村住了三年，可村民依旧对他十分陌生，甚至一些胆小的在路上遇见了他，都经不住要绕道走，倒像这屠户是个瘟神一般。

"芸丫头，你别怨爹娘心狠，咱家只有小山这么一根独苗，他若是上了战场，你说我和你爹还有啥奔头？"姚母凝视着女儿如花似玉的小脸，心里却是一阵阵地疼，这一句刚说完，便再也说不下去了。

姚芸儿知晓家里的难处，她眼圈微红，只握住母亲的手，轻声道："娘，您别难过，女儿心里都明白。"

姚母一声喟叹，瞧着眼前听话懂事的女儿，心里的愧疚不免更甚，娘儿俩还未说个几句，就听院外传来一阵嘈杂，显然是迎亲的人来了。

说是迎亲，也不过是几个汉子抬着一顶简陋的小轿，与媒婆一道进了姚家的大门。

姚家家贫，姚家二老也无多余的银钱来为女儿添置嫁妆，就连家门口放的那一挂鞭炮也都是稀稀拉拉的，还没响个几声就安静了。

姚芸儿便这样出了家门。

袁家也不比姚家好到哪去，因着袁武平日里不大与村民来往，如今娶亲，家里竟连个道喜的人都没有，小院里安安静静的，甚至院门上连个"囍"字也没有贴。

轿夫将姚芸儿送到了门口，媒婆搀着姚芸儿下了轿，将她送进了屋子，瞅着眼前这新房冷冷清清的，连个热乎劲儿都没有，那心里也是止不住地唏嘘，只觉得这门婚事，的确是委屈了姚芸儿。

几个轿夫领了喜钱，早已走了个干净，待媒婆走出屋子，就见袁家的院子里，一道高大魁梧的身影笔挺如剑，听到她的脚步声，男人转过了身子，露出英武果毅的容颜，正是袁武。

刚迎上袁武的黑眸，媒婆心里便是一个咯噔，只觉得那黑眸雪亮，让人看得心里发慌。她站在那里，甚至连贺喜的话都忘了说。

男人面无表情，只将一串铜钱递了过去，媒婆回过神来，赶忙将那喜钱接过，少不得要说几句喜庆的话，可见眼前的男人一脸漠然，整个人都散发着一抹淡淡的冷冽，那话便好似哽在了嗓子眼儿里，再也说不出口了。

媒婆嗫嚅着，道过谢后便拿着喜钱匆匆离开了袁家的大门。

至此，原本便冷清的小院，更是静到了极点。

男人抬眸，就见窗户上映着一道娇柔的身影，低眉垂目，纤细的腰身柔若杨柳，仿佛他一只手，就能将其整个地握住。

袁武不动声色，上前将门推开，就见那抹温婉的身影轻轻一动，一双白皙的小手不安地交握在一起，他瞧在眼里，遂上前将新娘的盖头一把揭了下来。

少女白如美玉的脸蛋上晕染着丝丝红云，鸦翼般的黑发绾在脑后，肤白胜雪，柳眉杏眸，让人看着不禁心头一动。

虽是同村，但袁武并未见过姚芸儿，一来他整日里深居简出，又是外乡人；二来他是个屠户，听起来难免让人怕得慌，就连每日里来袁家买肉的，也大多是些庄稼汉，但凡年岁稍轻一些的媳妇，都是不敢来的。

袁武从没想过自己的新娘竟会如此美貌，纵使媒婆之前告诉过他姚家的三丫头是清河村里出了名的美人，可他也全然不曾走心，只道清河村这般偏僻荒凉的地方，又哪会有什么美人？

可当他掀开盖头的刹那，才知道那媒婆并未欺瞒他，这姚芸儿虽是村野人家的闺女，却生得细致清婉，娇美非常。没承想这山窝窝里，倒真有这般的金凤凰。

男人的眸子乌黑如墨，静静地望着自己的新娘，心头却暗道了一声惭愧，让这般花容月貌、年纪又小的姑娘嫁给自己，倒真应了外间的传言，的确是委屈了人家。

姚芸儿见眼前的男子约莫三十岁年纪，剑眉朗目，高鼻阔口，许是因着已至盛年的缘故，脸庞上颇有风霜之色，尤其一双黑眸，深邃内敛，极具威慑力。

她在娘家时，也曾听过屠户袁武的名头，人人都道他性子古怪，行事骇人，在她心里，本以为这个男人定是长得十分凶恶丑陋的，却从未想到，他长得非但不凶，而且一点儿也不丑，甚至，他是好看的，男人家的那种好看。

这样一想，少女的脸庞顿时一热，默默地将脸颊低垂，再也不敢瞧他，只露出纤巧的下颚，与颈弯处一小片白如凝脂的肌肤来。

袁武没有说话，打来了热水，将姚芸儿脸上红红白白的胭脂水粉洗去，少女的脸蛋犹如刚剥壳的鸡蛋一般，细腻光滑，一身鲜红的嫁衣束着她娉婷袅娜的身姿，柔软似柳。

许是见少女的睫毛轻轻颤抖着，自始至终都低垂着眼帘坐在那里，也不敢去看他，袁武终是开了口，低沉的声音听在耳里，浑厚而有力："你不用怕，我既然娶了你，自然会好好待你。"

姚芸儿闻言，心头便是一怔，忍不住向他望去，男人的身材十分高大魁梧，须得抬起头才能看清他的脸庞，他的目光深邃、黑亮，犹如两团火，灼灼逼人。

见姚芸儿俏生生地看着自己，男人上前将她一把抱在了怀里，少女的身子纤细而柔软，满怀的温香软玉。

骤然被他抱在怀里，姚芸儿不由自主地感到害怕，他的手掌粗糙而温暖，紧紧地箍在她的腰际，令她动弹不得，而他掌心的温度更是滚烫，几乎要透过布料，将她的肌肤都给灼痛了。

男人蓦然一个横抱，少女发出一声细弱的惊叫，仿佛陷入猎人陷阱中的小兽，眼瞳中是惊骇的光芒。虽然在成亲前，母亲与媒婆都告诉过她，在新婚夜里无论发生何事，做娘子的都要顺从夫君，可当那山一般健壮的男人将她按在床上，欺身而下时，她却还是害怕，纤细的腰肢不断地挣扎着，却如同案板上的小鱼，再也挣脱不得了。

"嘶"的一声脆响，是衣裳被男人撕开的声音，少女白如象牙的肩头露在男人眼底，乌黑的秀发散落了几缕下来，映衬着那一片的雪肤花容，只让男人的眼眸倏然变得暗沉。

　　袁武的气息渐渐变得沉重，大手更是探进了她的衣襟中，姚芸儿又羞又怕，未经人事的少女，心头难受到了极点，当那双粗糙而厚实的大手抚上她的身子，她是抑制不住地颤抖起来，清丽的瓜子小脸因着慌乱，满是苍白，到了后来，竟是连牙关都打起了战。

　　见她怕成了这样，男人紊乱的呼吸渐渐平静了下来，他抬起眼睛，望着身下的小娘子。姚芸儿不过十六岁的年纪，娇嫩的脸蛋犹如含苞待放的花蕊，乌黑的睫毛湿漉漉的，轻柔如娥中，透出浅浅的稚气。

　　袁武瞧着，眉心便是微微一蹙，他停下自己的索取，伸出粗粝的手指为她将泪水勾去。见她仍旧睁着一双惊恐的眸子看着自己，男人面色深沉，低声道："别哭，我不再强迫你便是。"

　　姚芸儿闻言，终是止住了泪水，清澈纯净的眼睛却依然小心翼翼地望着身旁的男人，那般柔和的眸光，只看得人心头一软。

　　袁武见自己的身影清清楚楚地映在她的瞳仁里，他有一瞬间的怔松，继而，终是一声不响地躺在她身旁，合上了眼睛。

　　一夜，便这样过去了。

　　按照风俗，新嫁娘在新婚的头一天是要向公婆敬茶的，而袁武是外乡人，这一道礼节自然可以略过不提，但姚芸儿心头仍是不安，翌日一早，天还不曾大亮，姚芸儿便起来了，只是没想到，袁武竟起得比她还早，她刚推开房门，就见袁武正在院子里磨刀，听到身后的动静，男人并未回头，只道了句："是不是吵醒你了？"

　　姚芸儿慌忙摇了摇头，眼角浮起一抹赧然，轻声道："没有，我习惯了起早。"

　　袁武这才转过身子，看了她一眼，晨曦中的少女娇柔如画，脸庞晕染着丝丝红云，低眉顺眼地站在那里，分明是个可人的小媳妇。

　　"先去吃饭，吃过了还要给祖宗敬香。"男人开口，声音沉稳而淡然。

　　为祖宗敬香也是大事，向来马虎不得的，又加上袁武在清河村没有亲人，这祭拜祖宗，倒与向公婆敬茶是一个意思了，也只有正式为夫家祖宗敬过香的媳妇，才算是正式进了夫家的大门。

　　早饭有粥，有馒头，还有一碟子肉，比起之前在娘家，这新婚第一天的早饭，可谓是十分丰盛了。

饭毕，天色已经大亮，袁武净了手，领着姚芸儿一道为祖宗敬香，姚芸儿识字不多，灵牌上的字只能依稀认识几个，倒是觉得那些字写得刚毅有力，一笔一画，极具气势，与村里大多数人家的都不一样。

恭恭敬敬地向祖宗叩过头，姚芸儿站起身子，望着眼前的男人，心里却是一阵恍惚，拜过祖宗，便意味着她正式进了夫家的大门，往后在她的姓氏前头，可是要带着一个"袁"字了。

而她，这一辈子便都是袁武的女人，是他的娘子了。

敬过香，袁武遂走到院子里，继续磨他的刀去了，姚芸儿则留在灶房，将早饭后的碗筷刷洗干净。

未过多久，就听院外传来一阵窸窸窣窣的声音，袁武神色一变，起身将大门打开，就见一些孩童正围在自家屋外，见他开门后，皆是一哄而散，躲得远远的，可那一双双眼睛却还是滴溜溜地在自家屋檐前打转。

他眉心微皱，倒是有些摸不准这些孩子的来意，直到一道轻柔的女声响起，原来是姚芸儿走了过来。

"这是我们清河村的习俗，若有人家办喜事，第二天村里的孩子就会去讨些糕点果饼的，好添点喜气。"

少女的声音清甜，十分悦耳。

许是见男人不说话，姚芸儿有些慌乱，鼓起勇气迎上袁武的眸子，小声道："这些果饼主人家是不能不给的，如果不给，会被整个村子瞧不起的。"

"我没准备这些。"男人声音清冷，听在姚芸儿耳里，让她怔住了，一张小脸眼见着垮了下来。

"那怎么办……"姚芸儿心里难受，昨日里成亲已冷清到了极点，保不准有人要在背后嚼舌根的，今儿如果连果饼也拿不出来，还不知那些长舌妇会怎么说呢，只怕连姚家的人都要被人一道看轻了的，就连姚父、姚母，往后在村子里也抬不起头来。

袁武见她那张小脸上是泫然欲泣的神色，当下也没多言，大步走到灶房，而等他出来时，手里却是端着一大盘肉块，那肉块喷香，每一块都是厚实的，若是切成了肉条，怕是能炒好几个菜。

姚芸儿不解地看着他，男人却并未看她，而是径自走了出去，对着那些孩童道："来吃吧。"

那些孩童先是一愣，继而有几个胆大的便小心翼翼地走了过来，从盘中拿了肉，走到一旁吃了起来。许是肉块的香味太过勾人，其他的孩子也蜂拥而来，那一大盘的肉，眨眼间便被抢光了，这些孩子大多家境和姚家一样，都是一年到头吃不了几次肉的，此时一个个拿着肉块只吃得满嘴流油，就差没将嘴吃歪了，一个个笑脸如花，高兴极了。

袁武面色淡然，刚要转身回屋，就见姚芸儿倚在那里，正看着那些孩子吃肉，她的唇角噙着梨窝，带着醉人的甜美，衬着纯澈的一双眸子，清纯而腼腆。

待孩童散去，姚芸儿回过神来，这才惊觉男人正看着自己，当下那一张小脸就是一红。她压根儿没有想到男人会这般大方，哪能将那么多的肉块说给人就给人了呢。

袁武望着她，道："清河村的习俗我不太懂得，很多不周全的地方，倒是委屈你了。"

姚芸儿听了这话，心里却微微一暖。其实姑娘家出嫁，总是希望能体面些的，可昨日里她的婚事的的确确十分寒酸，说不难受也是假的，但如今听袁武这般说起，姚芸儿却也不觉得委屈了，摇了摇头，轻语道："你刚才给的那些肉块，就已经很大方了。"

男人未置可否，沉声道："除了要准备果饼，还有没有别的习俗？"

见他开口相问，姚芸儿便点了点头，轻声道："成亲后还要做些喜饼和圆子之类的小点心，去送给街坊们，好让街坊们沾沾喜气，图个好彩头。"姚芸儿说完，见袁武面色如故，心里微微踏实了些，又道了句："如果家里没有，那我待会儿去做。"

"也好，你去做一些，待会儿我给街坊们送去。"袁武颔首，声音低沉有力。

得到袁武的首肯，姚芸儿便忙不迭地在灶房里忙了起来，一双巧手捏出了糯米团子，一个个秀秀气气地摆在那里，就等着送给邻居们吃。

午饭是糙米，配着早饭时剩下的小菜，姚芸儿又做了一个汤，两人吃着饭，倒也相安无事。

饭后，袁武去了那间屠宰房，也不知是做什么，姚芸儿心里怕得慌，也没有去瞧，收拾好碗筷，便回到了房间。

新房里空空荡荡的，除了一张床，两个木箱子，一张案桌，几把椅子外，便再没什么其他家具。姚芸儿知道成亲时，姚母向袁武要了一大笔彩礼，不仅足以将姚小山的名字从征兵的名册里除去，还有不少盈余，但那些是要留着给小山娶媳妇用的，姚芸儿的陪嫁依旧少得可怜，甚至姚母连棉被都没有为女儿做一条，就让她进了袁家的大门。

姚芸儿知晓父母的难处，自是不会埋怨的，可对袁武却涌来一股歉疚，自己是他花了血汗钱才娶回家的媳妇，可她却这样两手空空地嫁给了他。想到这里，姚芸儿微微叹了口气，看了眼家徒四壁的房子，心里暗暗下了决心，往后一定要精打细算地过日子，一定要将日子过好才是正经。

到了晚上，姚芸儿心口抑制不住地狂跳起来，想起昨夜里的那一幕，小脸便飞起一抹绯红，只不知道袁武今晚，会不会像昨夜那般对待自己。

她虽然已经十六岁，但对男女之事却什么都不懂，出嫁前，姚母与媒婆在她耳旁说的那些话也是不清不楚的，让人听不明白。一想起昨夜袁武那般壮实的汉子竟将自己压在身下，便是害怕得紧，甚至盼着袁武不要回房才好。

"吱呀"一声响，姚芸儿眼皮一跳，抬眸便见男人走了进来。

袁武见她穿了一件素色的衬裙，那衣裳虽已是旧了，却仍衬着她一张白皙如玉的小脸，在烛光下发出柔润的光晕，眉不画而黛，唇不点而红，清丽如画。

姚芸儿垂下脸蛋，听着他一步步地向着自己走近，直到男人的布鞋落入了自己的眼底，她有些不安地绞着自己的双手，长长的睫毛轻轻颤着，竟不敢抬眼去瞧他。

"歇息吧。"男人开了口，刚脱下鞋子，还不曾上床，就见一旁的姚芸儿轻轻地喊了他一声。

"怎么了？"袁武问。

少女白净的脸庞落满了红晕，她并未说话，而是将自己的那一双小小的绣花鞋踩在了男人的布鞋上。

"这是做什么？"男人不解。

姚芸儿将头垂得更低，轻柔的声音听在耳里，却又暖又软："老人儿都说，在新婚头一个月，新娘每晚都要将鞋子踩在新郎的鞋子上，这样，新娘往后就不会受新郎的气了。"

越往后说，姚芸儿的声音便越小，所幸袁武仍是听了个清楚，他从不知清河村还有这样的习俗，此时听来，便微微一哂，揽她入怀。

夜里，两人依旧共枕而眠，袁武睡在姚芸儿身旁，未过多久，便响起了轻微的鼾声，姚芸儿见自己担心的事并未发生，便也踏实了下来，也合上眼睛，沉沉睡去。

翌日一早，姚芸儿起床后，依旧是不见了男人的影子，她赶紧收拾好自己，匆匆打开屋门，就见袁武正在院子里，用昨日磨好的尖刀，将地上的半头猪割成了几大块肉，而后搁在了手推车上。

他的动作干脆娴熟，姚芸儿却不敢细看，念着他今日要去镇里，便径自去了灶房做饭。岂料灶房里早已生了火，掀开锅盖一瞧，米粥的香味顿时扑鼻而来，几块黍子馒头搁在铁锅周围，随着米粥的热气一蒸，也是热烘烘的，又软又香。

见他已做好了早饭，姚芸儿将碗筷布好，粥也用碗盛了，才走到院子里，去喊男人吃饭。

"饭摆好了，先吃饭吧。"姚芸儿轻声说着，就见袁武点了点头，指了指地上的猪骨，对着她说了句："这些留着炖汤。"

"铺子里不用卖吗？"姚芸儿开口，晶莹透亮的眸子里是浅浅的疑惑。

袁武摇了摇头，只道了句："不用，留着咱们自己吃。"

说完，他又看了姚芸儿一眼，少女的身段是极清瘦的，虽秀气，却也让人觉得弱不禁风，一张脸蛋虽白皙，却又过于苍白，一瞧，便是打小没有滋养，虽不至于面黄肌瘦，但也的的确确十分单薄。

说来也怪，清河村位于北方，村里的人，无论男女大多都生得健硕结实，唯独她生得娇小玲珑，腰身纤细，与村中其他的女子显得格格不入。

两人吃了早饭，男人走到院子里，刚要推起车，就见姚芸儿从灶房里走了出来，将一个小布包递到自己面前。

"这里有干粮，你拿着路上吃吧。"少女的声音清甜柔软，白净的脸庞上早已是红晕隐隐，只垂着眼眸不去看他，说不出的娇羞可人。

袁武不动声色，将布包接过，临出门前道了句："自己在家当心点。"

姚芸儿"嗯"了一声，一路将袁武送出了铺子。铺子外便是清河村的街口，有街坊见袁武推车出来，碍着他素日里的冷锐，也没人上前和小夫妻俩打招呼，唯有心头却道这杀猪汉的确足够勤快，这才成婚，也不耽搁生意，这么一大早的便赶去镇子里做买卖。

因着是新娘，如今又是成亲后头一回见街坊，姚芸儿那一张小脸早已红得如同火烧，只静静地站在男人身旁，倒显得十分乖巧。

"回去吧。"袁武开口。

姚芸儿轻轻点头，这才抬起眼睛看了他一眼，小声说道："路上小心些。"

袁武见她那一双乌黑分明的眸子澄如秋水，叮咛的声音柔柔的，只把人的心水一般地润着，当下，他淡淡一笑，微微点了点头，方才推着车大步远去。

姚芸儿望着他健硕英武的背影，男人走得极快，未过多久，便一个转弯，再也瞧不见了。

回到家，姚芸儿关上铺子的大门，只念着袁武推着这一车肉去了镇里，也不知能不能卖得出去。

左右闲来无事，姚芸儿将早上从骨头上剔下来的肉用刀细细地剁碎，用筷子搅拌均匀，家里现成的猪骨头，熬了鲜汤炖着馄饨吃可是最好不过的了。

待馄饨一个个地包好，面皮晶莹剔透，透出里面粉红色的肉馅，不等下锅，光是看着便是极其诱人了。

天色已暗了下来，姚芸儿解开围裙，心里却微微焦急起来，袁武一大早地出了门，已整整一天了，却还不见他回来。

姚芸儿打开了铺子的大门，站在门口守着。清河村一到晚上，村民们便都回到了家，过老婆孩子热炕头的日子去了，鲜少有人出来走动，月色寂寥，将她的影子拉得极长，越发衬得她形单影只起来。

所幸姚芸儿不曾等太久，就听到一阵车轱辘的声音从前方传来，细瞅下去，男人的身影高大魁梧，踏着月色，向着自己大步而来。

见他平安回来，姚芸儿松了口气，抑制不住地，一抹笑靥绽放在唇角，两个甜甜的酒窝盈盈，在月光下，让人看得分外清晰。

赶了一天的路，男人早已是风尘仆仆，如今见到自家娘子的那一抹笑靥，黑眸倒微微一动，只觉得一股从未有过的温暖，缓缓盘旋在心底。

"回来了。"姚芸儿声音轻柔，赶忙侧过身子，为男人让开了路，好让他推着车进去。

袁武应了一声，刚踏进小院，便闻到一股肉汤的香味，引得人更是饥肠辘辘。

姚芸儿知他赶了这么远的路，此时定是又饿又累，遂将早已凉着的茶水端过来，轻声说了句："先喝些水歇歇，一会儿就可以吃饭了。"

袁武的确口渴得紧，将茶水接过，一语不发地喝了个干净。姚芸儿也不再说话，赶忙去了灶房，先将馄饨下锅，又取出一只海碗，待馄饨煮熟后，将馄饨舀进了海碗，只见那肉汤鲜香浓郁，馄饨晶莹剔透，葱花翠绿盈盈，端的是色香味儿俱全了。

姚芸儿伸出小手，刚要去端馄饨，就见一双大手已将碗端了起来，回眸一瞧，袁武不知何时已站在了自己身后。

"我来，别烫着你。"男人声音低沉，似是说着一件最寻常不过的事情，姚芸儿又为自己盛了一碗，自然也是由男人端上了桌。

两人面对面，袁武刚用勺子舀起一个馄饨，还不等他送进唇中，眼眸无意间在姚芸儿的碗底划过，面色却顿时一变。

姚芸儿那碗，是清水寡淡的汤底，漂着几个馄饨，不见丝毫油腥，全然不似他这碗，又是肉汤，又是葱花与肉末，就连馄饨也是满满的，光是瞧着，便已让人食指大动。

姚芸儿见他神色不对，心里顿时慌了，当下也不知该说什么，只惴惴不安地坐在那里，剪水双瞳小心翼翼地瞅着男人的脸色。

"你若不喜欢吃，我再去做。"姚芸儿心头忐忑，刚要站起身子，却被男人的大手按了回去。

袁武没有说话，只是将两人的碗换了过来，自己吃起了清水馄饨，姚芸儿愣住了，赶忙道："那碗是留着我吃的，你快吃这碗吧。"

男人这才抬眸看了她一眼，乌黑的眸子深邃炯亮，对着她说了几个字："往后不必如此，你年纪小，理应多吃些好东西。"

姚芸儿一怔，不等她回过神来，袁武又言道："吃吧。"

短短的两个字，却让人拒绝不得，姚芸儿只得垂下眸子，拿起勺子吃了起来。

骨头汤自是鲜美，鲜肉包成的馄饨更是喷香，一口咬下去，只觉得齿颊留香，鲜得让人恨不得连舌头都一起吃下。

姚芸儿胃口小，馄饨虽然美味，却也只吃了小半碗，便再也吃不下去了。

"吃好了？"袁武开口。

姚芸儿点了点头："太多了，我实在吃不下了。"

少女的声音轻柔温软，袁武听在耳里，也不多话，只将碗接了过来，拿起一块馍馍，就着她吃剩下的馄饨，连着汤水吃了起来。

姚芸儿瞧在眼里，心中也不知是何滋味，清河村向来都是夫比天大，做娘子的吃夫君剩下的饭菜，自是理所当然的事情。可哪有做夫君的，去吃娘子剩下的饭菜？这若传出去，保不定会让人指指点点的。

翌日，便是姚芸儿回门的日子。

刚吃过早饭，就见袁武去了铺子，回来时手中却是拎了两只猪蹄，与一大块肥瘦相宜的后臀肉，在院子里寻了绳子，将猪蹄与肉捆好后，男人方抬眸看了姚芸儿一眼，道了声："走吧。"

姚芸儿一怔，轻声问了句："去哪儿？"

"不是要去岳父家回门吗？"男人眉头微皱，沉声开口。

姚芸儿闻言，眼眸落在他手中的猪肉上，道："那这些……"

"第一次上门，总不好空着手。"

"可是这礼，太重了……"姚芸儿咬着嘴唇，这三日回门的女婿大多是带些糕饼点心，聊表心意而已，似袁武这般阔绰的，可真没听说过。

"家里没旁的东西，只有这肉多。"男人说着，依旧是喜怒不形于色，只让姚芸儿瞧着，也不敢多说什么了。

两人一前一后地走出了家门，不时遇到些相熟的街坊，也都是笑眯眯的，和小夫妻俩打招呼。自从那日袁武将姚芸儿做的糯米团子送给街坊们后，村民们倒也是很承这份情，更何况自家孩子也吃了人家的东西，此时见到袁武夫妻，自是不好视而不见的。

待看见袁武手中的肉，诸人无不啧啧咂嘴，只道姚家二老好福气，得了这么一个阔姑爷。这三日回门，便带了这样一份大礼。

如此，袁武少不得要与诸人寒暄几句，姚芸儿只默默垂着脑袋，新嫁娘自是脸皮儿薄，这还没说话，就连耳根都羞得红了起来。

姚家并没有多远，不过半炷香的工夫，姚芸儿便瞧见了娘家的茅草房子。

刚进家门，就见姚母与二姐金梅正在院子里择菜，看见女儿女婿，姚母赶忙将手在围裙上抹了一把，说了句："回来了？"

姚芸儿知晓爹爹和小山在这个时辰自是去下地干活了，此时听见母亲开口，遂轻声应着，喊了声："娘，二姐。"

袁武站在一旁，手中的猪肉与点心已被金梅接了过去，遂空出手来，对着姚母抱拳行了一礼。

姚母生得黝黑健壮，连同金梅也是丰硕结实的，娘儿俩瞧着简直就像是从一个模子里刻出来似的，袁武瞧在眼里，心里却是疑云顿生，怎么也无法将娇滴滴的姚芸儿，与眼前的这对母女想到一起去。

姚母站起身子，指着灶房，让金梅将袁武带来的猪肉与点心搁进去，自己则对着袁武道了句："姑爷快请进屋吧。"

回门的女婿是贵客，进了屋，袁武与姚母一道坐在主位，金梅也从灶房里走了出来，她比姚芸儿年长两岁，前两年和邻村的张秀才定了亲。这门亲事着实让姚家二老扬眉吐气了一把，清河村的村民大多大字不识，对读书人打心眼里敬重，虽说张旺只是个秀才，但在村民眼里也是个了不得的人物，人人都道金梅好福气，若等哪日张秀才高中，金梅日后可说不准就成了官太太了。

原本金梅是要在姚芸儿之前出嫁的，只不巧赶上了乡试，张家托人过来，只说将婚事再缓上一缓，等明年开春乡试结束后再说，姚家自不愿耽搁了张旺赶考，也一口答应了下来。

金梅终究是个没出阁的姑娘家，碍着袁武在场，便独自去了里屋，堂屋里便只剩下姚母与女儿、女婿。

姚母絮絮叨叨地和女婿说着闲话，眼见着袁武虽说已过了而立之年，却生得魁伟矫健，相貌虽不能与那些白净面皮的后生相比，却也是相貌堂堂，甚是英武，比起那些寻常的庄稼汉，又多了几分说不出的气势，只让她瞧着，很是欣慰。

转眸，又见姚芸儿肤白胜雪，娇俏温婉地坐在那里，姚母心头的喜悦便更深了一层，只不住地劝说女儿女婿多喝些茶，眼见着日头不早，姚母便站起了身子，只让姚芸儿陪着女婿说话，自个儿却向灶房走去。

因着习俗，娘家对回门的女婿都是要好好款待的，姚母一早备下来一条草鱼，又去自家的菜园里拔了些菜，此时都搁在了案板上，用清油拌了根胡瓜，又从坛子里取了几根咸笋，配上辣子炒了。正忙活间，就听院外传来一阵脚步声，正是下地干活的姚老汉与姚小山父子回来了。

姚老汉一直惦记着今儿是女儿回门的日子，是以地里的活也没做完，便急匆匆地带着儿子赶了回来，此时看见女儿回家，心里只觉得高兴，一张布满皱纹的脸庞上也浮起笑意，对着姚芸儿问道："怎不见姑爷？"

话音刚落，就见一道魁伟的身影从堂屋里走了出来，正是袁武。

姚老汉瞅着面前的女婿，见他生得健壮，与女儿站在一起一刚一柔，心下自是十分宽慰，女儿嫁给这样一个壮汉，往后无论有啥天灾人祸，也总算不至于少了她一碗饭吃。这样想来，姚老汉少不得对袁武越发满意，只赶忙招呼着女婿进屋。

姚芸儿却没有进去，而是去了灶房，好说歹说地劝了母亲回屋，自己则围上了围裙，与二姐一道忙了起来。

因着三日回门，女婿最大，袁武在吃饭时是要坐在主位的，姚老汉不住地为女婿添菜，生怕怠慢了女婿。

三菜一汤，六个人吃着，的确不怎么够，尤其姚小山正是长个子的年纪，一餐饭只吃得风卷云涌，姚芸儿压根儿没敢夹菜，只挑着眼前的腌菜吃，一小块的腌菜，便足够她扒一大口干饭了。蓦然，却见一双筷子将一大块鱼肉夹进了自己的碗里，她一怔，抬眸望去，就见坐在自己对面的袁武，一双黑眸雪亮，正凝视着自己。

她的脸庞顿时变得绯红，虽然成亲这几日，袁武待自己都是照顾有加，可如今是在父母姐弟的眼皮底下，他这般为自己夹菜，还是让她十分赧然。

所幸袁武为她夹过菜，便不再看她，只端起碗吃了起来，姚家的菜向来缺油，姚芸儿怕他会吃不习惯，此时见他吃得极快，看起来也是蛮香的样子，这才放下心来。

吃了午饭，这三日回门便算是完成了，姚老汉还要下地干活，也没多留女儿，待将女儿、女婿送到门口时，姚母却是悄悄地往女儿手心里塞了一串铜钱，不等姚芸儿开口，便压低了嗓子，道了句："往后缺个啥，自个儿给自个儿添些。"

姚芸儿知晓这是娘亲给自己的体己钱，心下却是又暖又酸，将那铜钱又给母亲塞了回去，轻声道了句："娘，我有银子，你甭担心了。"

姚芸儿出嫁时，家里花钱的地方太多，也没法子腾出手来去为女儿添些嫁妆，姚母每当想起这些便觉得愧对孩子，此时还要再说，却见姚芸儿樱桃般的小嘴抿出一抹笑意，走到袁武身旁，与娘家人告别。

第二章

巧成鸳鸯

晚间，姚芸儿铺好床铺，待男人进屋，就见她俏生生地站在那里，乌黑柔软的秀发已全部披散了下来，尽数垂在身后，衬着一张瓜子小脸，双颊晕红，星眼如波，让人看着，心中便是一动。

见男人走近，姚芸儿只觉得自己心跳得厉害，新婚之夜的那一幕又闯进了脑海，纵使这几日与男人熟悉了许多，可想起那晚的事，仍然觉得害怕。

少女的馨香丝丝缕缕地往男人的鼻息中钻，而她低眉顺眼的模样，却又忒是温婉动人，袁武瞧在眼里，大手一勾，便将她揽入怀中。

姚芸儿没有挣扎，眉目间却满是赧然，直到男人用手指将她的下颚挑起，令她不得不迎上他的视线。四目相对，袁武的眼瞳漆黑，犹如深潭，让人不知不觉间，几乎连心魂都要被他摄走。

"你若不愿，我绝不勉强。"男人沉声开口。

姚芸儿一怔，心头顿时明白他所指的便是新婚之夜的那件事儿了，那时候她的确怕极了，也羞极了，甚至还哭了出来。此时想起，只觉得自己当时实在太不懂事，她虽对男女之事懂得不多，却也知道男人娶妻便是要传宗接代生孩子的，村里的嬷嬷也说过，成婚后做娘子的在床上一切都要顺着夫君，如此，她又怎能不愿呢？

姚芸儿眼瞳澄澈，只凝视着眼前的男人，小声地说了句："我没有不愿，我只是，有些怕……"

"怕什么？"

姚芸儿想起母亲与媒婆附在耳旁说的那些话，顿时又羞又窘，只默默低着脑袋，声音轻软得几乎让人听不清楚："就是出嫁前，街坊里的姊子们都说等我嫁给你，洞房后，会有很多天都下不了床，所以……"

男人听着，先是一怔，继而便忍俊不禁，深邃的黑瞳里也浮起一丝笑意："哦？那她们有没有告诉你，为何会下不了床？"

姚芸儿更是羞窘，一张小脸灿若云霞，只摇了摇头，轻声开口："她们没说，这些也是我那天无意听见的。"

袁武闻言，也没说话，望着她娇嫩纯稚的脸蛋，心头却苦笑连连，许是自己比她年长十多岁的缘故，每次见到自己这娇滴滴的小娘子，心里总是会泛起丝丝怜惜，此时将她抱在怀里，只觉少女的身子柔若无骨，惹得人更是爱怜。

男人的掌心满是厚厚的茧，粗粝的手指抚过少女洁白柔腻的颈项，将那衣襟上的盘扣解开。

透过烛光，女孩白皙如玉的小脸上更是绯红一片，待健壮的男子欺身而下时，她只羞得合上了眼睛，乌黑的睫毛柔弱如娥，微微轻颤间，是别样的妩媚娇柔。

"别怕，我会轻些。"男人低沉的嗓音响在耳旁，姚芸儿轻轻睁开眼睛，便对上了袁武的黑眸，她丝毫不知接下来等待自己的会是什么，可因着男人的这一句话，狂跳不已的心却渐渐踏实了下来。

袁武俯身，吻住了她柔软湿润的唇瓣，他的大手耐心而细腻，直让身下的小人承受不住，意乱情迷间，破身之痛却猝不及防地传来，只让姚芸儿抑制不住地轻吟出声，而后，便被深沉的夜色所淹没……

姚芸儿虽然睡得晚，第二日却仍旧起了个大早，刚下床，两腿之间便涌来一股酸痛，只疼得她小脸一白，而待她穿上衣裳，还没走出几步，便觉得那一双腿又酸又软，连路都走不顺了。

想起昨晚的事，她的脸庞便是一红，待将自己收拾好，那双绵软的小手便小心翼翼地掀开了被子，果真见被褥上有一小块已经凝固的、暗红色的血迹。

她瞧着，心头便是一松，想必，这就是村子里那些嬷嬷口中的落红了，就这一小块血迹，向来意味着成亲的新娘是否贞洁，若洞房后没有落红，新娘定会被人看轻，甚至被夫家休弃的也大有人在。

姚芸儿没有多想，只将被褥卷起，换上了干净的，正在忙活间，就听身后"吱呀"一响，原来是袁武推门走了进来。

经过昨晚的事，姚芸儿更觉得自己成了袁武的女人，是他的媳妇，此时见到他，虽然仍羞赧，却又不似前些天那般拘谨了。

袁武上前，见床上已经换了干净的被褥，心下顿时了然，又见她粉脸通红地站在那里，心里微微一柔，伸出大手，将她揽了过来。

"还疼不疼？"他的声音温和，大手摩挲着怀中娘子细腻柔嫩的面颊，乌黑的眼瞳里，依旧深邃而内敛。

姚芸儿轻轻摇了摇头："昨晚疼，现下已经好多了。"

姚芸儿说着，眉眼间的赧然之色便越发浓郁，男人看在眼里，只微微一哂，为她将额前的碎发捋好，道了句："待会儿我要去杨家村一趟，兴许天黑才能回来，你自己在家多留些神。"

姚芸儿见他要出门，也没有多话，甚至没问他去杨家村做什么，只轻声道了句："那我去拿些干粮，给你带着路上吃。"

男人点了点头，只说了声："好。"

姚芸儿去了灶房，用白皙柔软的小手将干粮系好，动作小心而轻柔，只让人看得心头一暖。

袁武接过布包，望着眼前娇美动人的小娘子，只低声说了句："我会尽早回来。"

姚芸儿小脸又是微微一红，只轻轻应着，唇角却噙着笑意，一对小梨窝盈盈，对着男人轻声叮咛："路上小心些，我等你回来吃饭。"

袁武望着她的笑靥，忍不住伸出手，抚上了姚芸儿的小脸，淡淡一笑，方才离开了家门。

待男人走后，姚芸儿将早起时换下的被褥清洗干净。家中的活计不多，吃了午饭，姚芸儿寻了些针线，打算为男人纳一双新鞋。

一直到了傍晚，姚芸儿揉了揉发酸的肩膀，瞅了眼天色，估摸着袁武快回来了，便去了灶房，先是生火烧水，刚要淘米下锅，就听铺子里传来开门的声音，接着便是男人踏在砖地上的足音，她赶忙迎了出去，就见袁武扛了一个麻袋，大步走进了院子。

"回来了。"姚芸儿说着，将手中的汗巾子递了过去，好给男人擦把脸。袁武将麻袋搁下，那汗巾子刚从热水里拧干，热气腾腾，男人接过，刚擦了一把脸，便觉精神一振，又擦了擦手，掸了掸身上的灰尘。

而姚芸儿的目光却被地上的麻袋吸引了过去，只见那麻袋不住地鼓弄着，里面似是装着活物，不时发出哼哼声。

见她的眸子中满是惊诧，袁武遂是一笑，一手便将麻袋拎了起来，另一手则握住姚芸儿的小手，对着她道了声："来。"

姚芸儿不解地看着他，随着他一道来到了院子里的猪圈前，就见他将麻袋解开，从里面放出了好几头圆滚滚的小猪崽，那些猪崽都生得健壮，一个个长得憨态可掬，只让姚芸儿瞧着，经不住地笑了起来。

"怎么有这么多的小猪啊？"她抬头望着自己的夫君，黑白分明的眼瞳澄如秋水，美得仿佛天上的星星。而一张小脸许是因着欢喜，已透出丝丝红晕，眉眼弯弯的样子，十分喜人。

"等到了年底，家里的猪怕是全要宰了，现在养些猪崽，明年好补缺。"男人沉声说着，许是见自己的小娘子高兴不已，情不自禁地，男人的眉宇间纵使有着几许无奈，却也含着淡淡的笑意。

姚芸儿听着，顿觉男人说得有道理，瞧着那些圆滚滚的小猪崽，她心里只觉得有趣，忍不住一双眼瞳亮晶晶的，对着袁武言道："那咱们一定要把它们都养得壮壮的，明年卖个好价钱。"

袁武看着她柔软的唇瓣红如樱桃，唇角一对甜美的小酒窝，他没有说话，只微微一笑，点了点头。

趁着姚芸儿去灶房做饭的空当，袁武割好了猪草，将食槽复又填满，回眸望去，便见自家灶房上已飘起了袅袅炊烟，小院里也满是饭菜的香味，而姚芸儿一张如玉的小脸被柴火映着，显得红扑扑的，温婉俏丽。

袁武瞧着，却心潮起伏，他隐身于此，本来并未有娶妻成家的念头，娶了姚芸儿进门，只因为自己身边需要个女人，若娶的是个乡野粗妇，日后倒也可以相安无事。可偏偏娶进门的却是这样一位如花似玉的小娇妻，又如此贤惠懂事，如此一来，男人想起往后，便是一记苦笑，说到底，终究是他愧对人家。

姚芸儿丝毫不知袁武在想些什么，她蹲在灶前，一心一意地往灶台里添着柴火，只想着快些让男人吃上热乎乎的饭。灶房里烟熏火燎，只将她呛得咳嗽起来，此时却也顾不得了。

蓦然，就见一只大手接过她手中的木柴，往灶台里添了进去，抬眸，便见男人高大的身影已蹲在了自己身旁，对着她道："这里烟大，你先出去。"

姚芸儿怔住了，见袁武神情如常，方才轻声道："这些我都做惯了，你累了一天，还是先去歇着，饭菜马上便好了。"

袁武这才看了她一眼，见她睁着一双清莹莹的眸子，粉嫩的小脸上却沾了一些柴灰，让他看着顿觉哑然。

他伸出手，为她将脸上的柴灰拭去，见她那张小脸霎时一红，遂温声道："我来生火，你去做饭吧。"

姚芸儿垂下眸子，只轻轻"嗯"了一声，便将生火的事交给了袁武，自己则站起身子去灶前做起了晚饭。

男人的火候掌控得极好，没过多久，呛人的烟味便淡了下去，灶房里安安静静的，唯有灶台里不时传出几声"噼啪"，此外，便是姚芸儿切菜的声音，安详到了极点。

男人的脸庞被柴火映着，忽明忽暗，姚芸儿不经意地看去，只见他的侧颜犹如斧削，浓眉乌黑，他静静地蹲在那里添柴，生生透出几丝严肃凛然的味道，让人生畏。

两人吃了晚饭，袁武关上了铺子的大门，回到屋子，就见姚芸儿正坐在烛光下，一心一意地缝制着手中的鞋子，竟连他走进来都没有发觉。

就着烛光，女子白如美玉的小脸透出一抹红晕，因着年纪小，身子又纤瘦，更显得楚楚动人。而那乌黑的长发全部绾在脑后，俨然一个小媳妇的模样，一针一线间，手势中却是说不出的温柔。

男人高大的身影刚毅笔直地站在那里，他负手而立，面上的神色依旧深沉而内敛，也不知在想些什么，他就那样看着她，直到姚芸儿收了最后一针，抬起头来。

四目相对，姚芸儿顿时一怔，继而眼底浮起一抹羞赧。

"在做什么？"袁武走近，见她手中拿着一双黑色的布鞋，以为是给姚父做的，当下也没在意。

岂料姚芸儿却将那双崭新的鞋子递到他面前，轻声道："相公，这是我给你做的鞋子，你穿上给我看看，好不好？"

袁武闻言，眸底便是一动，低声道："这是给我做的？"

姚芸儿小脸通红，也没说话，只点了点头。

袁武见她那双眼瞳中满是期冀的神色，当下便也不再多话，只将鞋子从姚芸儿手中接过，按着她的心思穿在了脚上。

而当那双鞋子甫一穿在脚上时，男人的脸色却是一变，一旁的姚芸儿看着，小心翼翼道："是不是哪里不合脚？"

袁武没有说话，穿着那双鞋走了几步，只觉得每走一步，都是说不出的舒适，就好似一双脚踩在了棉花上，又温又软。

可偏偏那鞋底却又是厚实的，无论上山还是下地，都不在话下。

袁武素来穿惯了硬底鞋，如今骤然穿上这样舒服的鞋子，竟有些不大习惯。

"这鞋子倒软。"男人声音低沉，只让人听不出好歹。

姚芸儿瞅着他的脸色，也不知他喜不喜欢，便有些不安地开口道："村里的老人都说，人这辈子最要紧的便是这一双脚，只要脚舒服了，人也就舒服了。相公平日经常要去镇里做生意，路走得多，难免会累着脚，我就想着做一双软底鞋，兴许相公穿着，就不累了。"

女子的声音十分柔软，虽说已为人妇，却仍带着小女儿家的清甜，让人听在耳里，只觉说不出的受用，而她的眼睛却又那般清澈明净，温温润润的，清晰地映着男人的身形，倒似要将他刻在眼瞳里。

男人乌黑的眸心微微一动，他没有说话，目光却落在了姚芸儿的鞋子上，两人成亲不久，若按风俗，新嫁娘在刚成亲后的这段日子里，都是要穿新衣新鞋的，可姚芸儿身上的衣裳不仅半旧了不说，就连脚上的那一双布鞋也破损得厉害，甚至鞋头已打了补丁，虽被她别出心裁地绣了几朵小花在上面，却仍旧很扎眼。

姚芸儿察觉到男人的眸光，当下小脸便是一红，情不自禁地将脚往裙子里缩了缩，希冀着自个儿寒酸的鞋子不要落进男人眼底。

成亲时，袁武是给了一大笔聘礼的，按理说姚家该为女儿备下一笔丰厚的陪嫁，新衣、新鞋、新袜都是要齐全的。可姚家甭说首饰衣裳，就连帕子都没给姚芸儿准备一条，就打发她进了袁家的大门。

是以姚芸儿虽成了亲，可除却成亲当日穿的那身嫁衣以外，竟连件新衣裳都没有，平日里穿的还是从前做姑娘时的衣裳鞋袜。

她在娘家时便是三女儿，打小都是大姐和二姐穿小穿旧的衣裳鞋袜才能给她，而她身量娇小，那些衣裳鞋子自然还要修一修，改一改的，穿在身上更是没了样子，至于补丁，则更不足为奇了。

虽说姚芸儿自小到大都是穿着姐姐的旧衣，可终究是年纪小，此时面对自己的夫君，还是不愿让自己寒酸的样子被他瞧了去。

"怎么不给自己做一双？"男人声音沉缓，瞧着眼前的小娘子，黑如深潭的眸子里，终究是含了几分怜惜与不忍。

姚芸儿闻言，心里便是一暖，唇角也浮出两个浅浅的笑窝，只摇了摇头，轻声道："我平日里也不出门，若做了新鞋子，会糟蹋的。"

袁武听了这话，黑亮的眸子依旧深邃而锐利，他并没有出声，只伸出手来，将自家的小娘子揽在了怀里。

经过这些时日的相处，姚芸儿已习惯了男人的碰触，她将脸蛋埋在袁武的胸口，听着他强劲有力的心跳，只觉得心里说不出的踏实。而这一夜，自是芙蓉帐暖度春宵，直至二八年纪的新妇承受不住，男人方才罢休。

这一日，袁武又推着板车去了镇里做买卖，姚芸儿在家中闲来无事，便想着回娘家看看。她去了灶房，熬了两罐猪油，一罐留着自家吃，另一罐便带着回娘家。

刚踏进娘家的大门，就见小弟姚小山正坐在门槛上，看那样子倒似饿坏了一般，手里捧着一碗糙米饭，也没有菜，就那样大口扒拉着。

见到姚芸儿，姚小山眼眸一亮，顿时站起了身子，招呼道："姐，你咋回来了？"

姚芸儿见小院里安安静静的，也不见娘亲和二姐的身影，便对着小弟问道："你怎么没和爹爹下田？娘和二姐去哪儿了？"

姚芸儿话音刚落，姚小山便开口道："姐，你不知道，咱爹前两天扭伤了腰，现下还在床上躺着。地里的活没人干，娘和二姐也下了田，我先回来吃饭，吃完了还要去地里干活哩。"

姚芸儿一听姚老汉扭伤了腰，便焦急起来，对着弟弟言道："家里出了这样大的事，你怎么不去告诉我？"

姚小山挠了挠头，声音却是小了下去："娘是要去告诉你的，可爹爹拦着，不让我说。"

姚芸儿也不啰唆，只将手中的罐子往弟弟手里一塞，口中道了句："我去看看爹爹。"说完便向着里屋走去。

姚小山站在原地，将那罐口打开，待见到满满一罐的猪油后，顿时乐得合不拢嘴，立时用勺子挖了一大勺的猪油，混在了米饭里，胡乱拌了几下，只吃得满口流油，好不过瘾。

姚芸儿踏进了爹娘居住的里屋，就见姚老汉正躺在床上，一张苍老的脸庞此时瞧着更是晦暗不已，没有一丝血丝，只不过数日不见，整个人便瘦了一大圈。姚芸儿看着，鼻子顿时一酸，扑到床边，刚喊了一声爹爹，眼眶儿便红了起来。

姚老汉睁开眼，待看见姚芸儿的刹那，那一双浑浊的眼眸便是一怔，立时哑声道："你咋回来了？是不是你娘去你家扰你了？"

见爹爹着急，姚芸儿赶忙摇头："爹爹，娘没有扰我，今儿相公去了镇里做生意，我就想着回家看看，刚才在门口见到了小山，才知道爹爹扭伤了腰。"

听女儿这样说来，姚老汉的心稍稍一安，又见女儿眼圈通红，心里自是心疼，只拍了拍女儿的小手，温声道："别听小山瞎说，爹只是累了，歇两天就没事了。"

姚老汉说着，眼睛只在女儿身上打量着，许是见她气色比从前做姑娘时好了不少，那原本瘦弱纤细的身子也略微圆润了些，想来袁武定是不曾亏待过她。既如此，当爹的心里也踏实了下来，继而想到自己这一倒，家里便没了顶梁柱，姚老汉又忍不住地叹了口气。

姚芸儿见爹爹脸色不好，得知爹爹还没吃饭，便去了灶房，为姚老汉煮了一碗面，服侍着爹爹吃完了饭，又去了灶房为母亲和二姐把饭做好，刚忙活完，就听到一道熟悉的声音由远及近，接着便是"吱呀"一声，院门被人打开，正是姚母与金梅。

母女俩刚下地回来，满是疲累不说，也饿得饥肠辘辘，此时见姚芸儿已将饭菜做好，姚母只觉得心口一暖，不由分说留着姚芸儿一道吃了饭，才放女儿回去。

出了娘家的大门，姚芸儿心里酸涩，没走多远，就见前方有一道魁伟矫健的身影向着自己大步而来，正是袁武。

见到自家相公，姚芸儿心里便是一安，一对酒窝顿时浮上了唇角，对着男人迎了过去。

"相公，你回来了？"姚芸儿本以为他天黑才能回来，没承想今儿回来得倒早。

袁武点了点头，道："听陈嫂子说你去了岳丈家，我便过来看看。"语毕，却见自己的小娘子眼圈通红，那英挺眉心顿时皱了起来。

姚芸儿闻言，心里便是一甜，又见他风尘仆仆，显是一路辛劳所致，遂温声道："那咱们快些回家，累了一天，早已饿了吧？"

袁武不置可否，只道："眼睛怎么了？"

姚芸儿还以为自己哭了出来，不等她举手去揉，男人便一把握住了她的手腕，她惊诧地抬头，就见男人的黑眸雪亮，凝视自己的时候，依旧是深沉而内敛的，可那几分心疼之色，却也让人看得真切。

"爹爹扭伤了腰，小山年纪还小，地里的活只能让娘和二姐做了，我今儿回去，见爹娘累成了那样，心里难受。"

姚芸儿神色间颇为凄楚，衬着那张小脸，柔和而美丽。

男人没有说话，只伸出粗糙的大手将她的小手握在手心，领着她向家中走去。

回到家，姚芸儿将自己的小手从男人的手中抽出，刚要去灶房做晚饭，不料却被男人一把抱了回来。

"相公？"姚芸儿睁大眼睛，不解地看着他。

"明日里你去和岳母说，让她在家里照顾岳丈，田里的那些活，交给我即可。"袁武声音低沉，大手箍在她的腰际，只将她牢牢抱在怀里。

姚芸儿愣在了那里，怔怔地瞧着袁武，似是说不出话来。袁武见她这般看着自己，便捏了捏她的脸颊，道了句："怎么了？"

"我们村，还没有女婿帮岳丈家做过活的，如果被旁人知道了，他们会说闲话的……"姚芸儿嗫嚅着，有些不安。

"岳父岳母将女儿都给了我，帮他们做些活，又有什么要紧？"男人却不以为然，低声开口。

姚芸儿听着只觉心头说不出的温软，望着袁武的眼瞳满是柔和，到了后来，终是抿唇一笑，就那样一个柔情似水的眼眸，几乎要把人的心都给融化了。

两人吃了晚饭，姚芸儿收拾好碗筷，刚回到屋子，眼前便是一亮，就见那桌子上搁着一块崭新的布匹，是葱绿色的底面，上头还带着小碎花，碧莹莹看着就可人，当姚芸儿的小手抚上去，那原本便素白的小手更是显得莹白胜雪，十分衬肤色。

听到身后的声响，姚芸儿回过头来，就见袁武走了进来，并将房门关上。

"相公，这布……"她的声音又细又小，似是不敢相信般地看着眼前的男人。

"是给你买的。"男人温声开口，走上前道了句，"留着做件新衣裳吧。"

姚芸儿怔住了。

从小到大，她还从未见过这样一匹整布，更别说用这样的布来做衣裳了。清河村地处偏僻，村里一些小媳妇大闺女，平日里能有块粗布就不错了，似这种一整块的棉布，简直是想都不敢想的事，除了要办喜事的人家，旁的可真没听说过谁会买下这样一匹整布。

"这很贵吧？"姚芸儿只觉得自己心跳得厉害，那剪水双瞳不安地看着男人，袁武笑了，摇了摇头，道了句："这点银子，你相公还是能挣得的。"

姚芸儿听了这话，忍不住将那匹布小心翼翼地捧了起来，眼瞳中满是喜悦，就连唇角也噙着甜美的笑窝，对着他略带羞赧地说了句："我长这么大，还没穿过新衣裳呢。"

袁武闻言，深邃黑亮的目光渐渐化成轻浅的温柔与淡淡的怜惜，他走上前，为姚芸儿将碎发捋在耳后，望着她娇美的面容，道："那明日便做一套，穿给我看。"

姚芸儿小脸一红，唇角的笑意却是遮掩不住的，她没有说话，只轻轻点了点头，那一抹娇羞，极扣人心弦，男人瞧在眼里，便顺势伸出大手，将她揽在了怀里。

"相公，你对我真好。"小娘子的声音娇嫩柔软，落在男人的耳里，只让他微微一怔，继而深隽的眉宇间便浮起一抹自嘲，他站在那里，只低沉着嗓音道了句："你是我的娘子，不对你好，我又能对谁好？"

细听下去，这一句话却透出一股淡淡的寂寥，与不为人知的沧桑。

翌日一早，小夫妻俩吃完饭，碗筷也没来得及收拾，便向着姚家匆匆走去。

刚踏进姚家的大门，就见院子里只有小弟一人在家，一问才知道姚母与金梅一大早便下地干活去了，袁武闻言，也没进屋，只对着姚芸儿交代两句后，便向着农田的方向赶去。

姚芸儿望着他的背影，心里却甜丝丝的。

进了屋，就见姚老汉脸色已比起昨日好了不少，便微微放下心来。

姚母这些日子忙着地里的活，也没工夫收拾家务，光脏衣裳便堆了两大盆，姚芸儿瞧着，二话不说便洗了起来。

姚小山喝完了粥，和姚芸儿打了声招呼，刚要去田里干活，姚芸儿却喊住了他，从灶房拎了一壶清水让小弟为母亲送去。

待姚小山走后，姚芸儿继续埋首洗衣，待将衣裳全部洗净晾好，姚芸儿也不得清闲，又匆匆凉了碗茶水，端进屋子递给了父亲，刚将父亲安顿好，又去了灶房，做起了午饭。

她先淘米下锅，还不等她将腌菜切好，就听院外传来一阵敲门声。

她一面应着，一面将手随意地在围裙上抹了一把，刚去将门打开，就见院外站着一位面色微黑、容貌憔悴的妇人，她瞧起来二十五六岁的年纪，眉宇间却显得十分凄苦。

来人不是别人，正是姚家的大女儿，前些年嫁到邻村的姚金兰。

"大姐，你怎么回来了？"姚芸儿见到姚金兰，眼瞳里顿时浮过一抹惊喜，赶忙将她迎进了院子。

姚金兰进了院子，见家里安安静静的，便对着妹妹言道："怎么就你一个在家？娘和金梅呢？"

金兰嫁得远，家里的婆婆也极凶悍，一年到头都回不来几次，所以家里的情形她也不清楚。

姚芸儿将家里发生的事和大姐说了，待听到姚老汉扭伤了腰后，金兰也着急起来，赶忙要进屋去看看，姚芸儿却一把拦住了她，只道方才爹爹已经睡下了，待会儿再看不迟。

金兰闻言，便应了一声，许是赶路走累了，遂在院子里挑了个凳子坐下。那神色间仍是苦楚的，本是风华之年，眼角处却已有了浅浅的细纹，那一双手更是皲裂而粗糙，显是常年干活所致，身上的衣裳甚至比姚芸儿的更为简陋，就连脚上的鞋子，也磨损得厉害，脚趾依稀可见。

姚芸儿看着，眼眶便是一涩，她虽然知晓大姐的日子并不如意，可怎也没想到大姐竟过得这样寒酸。

见金兰脸色不好，姚芸儿只以为她是累了，便赶忙从灶房里盛了一碗粥，递到了金兰面前，轻声道："姐，快吃些垫垫肚子。"

姚金兰接过那一碗糙米粥，刚拿起勺子，还不等将粥吃进嘴里，那眼泪便噼里啪啦地落了下来，落进了粥里。

姚芸儿见大姐哭泣，心里顿时慌了，手忙脚乱地为大姐拭去泪水，着急道："姐，你别哭，到底怎么了，你和芸儿说说。"

姚芸儿不问还好，这一问，姚金兰哭得更厉害了，许是怕被屋里的父亲听见，转而掩面而泣。

姚芸儿知道姐姐命苦，嫁到邻村的王家后，婆婆待她很不好，丈夫也就是个庄稼汉，却又偏偏嗜酒如命，每次喝了点小酒，那酒劲上头后，便会将她打个半死。

姚金兰也曾回娘家哭诉，姚家二老自然心疼女儿，可也没啥法子，姚母只是劝她，要她赶紧给王家生个儿子，这往后的日子可就好过多了。姚金兰嫁到王家的第二年，也曾怀过一个孩子，可惜却在怀胎七个月左右时，去河里挑水不小心滑了一跤，没有保住。为着这事，她男人和婆婆只差没将她给打死，甚至连月子也没有坐，就将她从床上赶了下来，家里的活该做的，仍旧是一样也不少。

而后的几年，姚金兰也生了孩子，却接连两胎都是女儿，那日子便如同在黄连里泡过似的，说不尽的苦。就连清河村的村民，但凡平日里有去王家村走动的，回来都少不得要在背地里说一说姚家的大女儿，人人都道她在夫家成日里不是被婆婆骂，便是挨相公打，那日子简直过得还不如牲口。

姚芸儿见大姐哭得伤心，赶忙儿去灶房拧了把汗巾子，递了过去，让她擦一擦脸。

金兰哭了半晌，方才慢慢止住了泪水，抬眸便见姚芸儿娇娇柔柔地站在那里，一双清亮的眼睛里满是关切，她看着只觉得心头微微一暖，拉住妹妹的手，让她在自己身旁坐下。

"芸儿，你前阵子成亲，大姐也没回来，你怨不怨大姐？"许是哭了太久的缘故，姚金兰此时的声音听起来十分沙哑，那一双手亦是粗糙不已，掌心满是茧子，握着姚芸儿的手，竟硌得她手疼。

姚芸儿摇了摇头，道："大姐，芸儿知道你要照顾一大家子人，回不来也是有的，又怎么会怨你？"

姚金兰见妹妹如此懂事，便点了点头，望着姚芸儿柔美白皙的脸蛋，却忍不住地担心，只道："和大姐说说，你夫君对你好吗？"

提起袁武，姚芸儿脸庞一红，只垂下眼睛，轻声说了句："他虽然年纪比我大了许多，但对我很好。"

"年纪大些不碍事，只要对你好就成。"姚金兰拍了拍妹妹的小手，见妹妹羞报的模样，唇角难得地露出一抹笑靥。

姚芸儿应着，见姐姐虽是笑着，可那眉宇间依旧满是愁苦，心里终是有些放心不下，于是又开口问道："姐，你怎么不声不响地回来了？姐夫呢？"

提起王大春，姚金兰便打了个激灵，她的身子轻颤着，隔了好一会儿，方才哑声道："姐这次回来，就是因这日子实在过不下去了。王大春和他那个老娘，从来都没将我当个人看，我再不回来，怕是要被他活活打死。"

姚金兰说着，眼圈便红了，忍不住又落下泪来。

姚芸儿闻言，顿时愣住了，她虽知道姐夫对姐姐不好，却怎么也没想到姐姐的日子竟是难挨到这种地步。

"姐，待会儿娘回来，咱们再一起去和爹爹说，爹娘一定会为你做主的，你不要哭，好不好？"

姚芸儿心头酸涩，一面拿汗巾子为姐姐拭去泪水，一面柔声安慰，殊不知她这般轻柔的话语，竟更让姚金兰悲从中来，泪水流得越发汹涌。

姐妹俩正说着话，蓦然，就听院外传来一道粗嘎的男声。

而姚金兰一听这声音，便立时吓得面无人色，那骨瘦如柴的身子也抑制不住地簌簌发抖，几乎连站都站不稳了。

"姚金兰，你这腌臜婆娘，老子知道你在里面，快给老子开门！"

门外的声音听起来极凶悍，姚芸儿听在耳里，不用大姐开口，也能猜得出来此人定是那不曾谋面的大姐夫，王大春了。

"姐夫来了，这可怎么办？"姚芸儿听着门外一声响过一声的叫骂，心里也害怕起来，对着姚金兰问道。

"芸儿，千万不能开门！他抓到我，会打死我的！"姚金兰面色雪白，那一双本就无神的眼睛此时看起来更是浑浊不已，那是恐惧到极点才会有的神色。

姚芸儿也是六神无主，但见姐姐怕成了这样，便也知道王大春定是惹不得的，就在两人慌乱间，却听姚老汉的声音自里屋传了出来。

"芸丫头，是谁来了？"显是被院外传来的喝骂声惊醒，姚老汉的声音也带了几分不安，若不是腰伤不能下床，怕早已从里屋走了出来。

"爹，没有谁来，是大姐……"姚芸儿话还没说完，就听自家院门传来一声巨响，伴随着男人的骂声，只吓得姐妹俩一声惊叫，尤其是姚金兰，更是面色如土，抖成了一团。

院子里的木门又哪里能经得起男人的蛮力，王大春没踢几下，那门便支撑不住，飞了出去。

姚芸儿见眼前映出一个男子，瞧起来二十七八岁，满面虬髯，生得又黑又胖，神色瞧起来极凶恶，胸口的衣襟大刺刺地敞开，露出些许黑毛，看着就让人害怕。

姚金兰见到王大春，只骇得扭头便跑，却也是慌不择路的，姚芸儿还没回过神来，就见王大春大步踏进了自家小院，三五步便上前一把抓住了姚金兰的头发，许是男人的手劲极大，姚金兰整个身子都倾了下去，口中发出凄惨的痛呼。

姚芸儿几乎本能般地上前，想要去帮姐姐一把，岂料还不等她挨近姚金兰的身子，便被王大春用胳膊猛地一挥，摔在了地上。

"你个臭婆娘，居然敢给老子回娘家，我让你回！"王大春说着，伸出蒲扇般的大手，一巴掌掴在姚金兰的脸上，只将她打得眼冒金星，鼻血立时流了出来。

"大姐！"姚芸儿一声惊叫，也不知是从哪来的力气，从地上爬了起来，就在王大春的第二个巴掌即将落在姚金兰身上时，她上前一把抱住了姚金兰的身子。

第三章

相许相约

而当袁武与姚家母女一道回来时，老远便听得姚家院子里乱哄哄的，一些街坊也三三两两地围在门口，对着院子里指指点点，男人的喝骂与女人的哭泣夹杂在一起，乱到了极点。袁武见状，脸色顿时一沉，一语不发地向着姚家大步走去，刚到门口，就见姚芸儿与一位骨瘦如柴的女子依在一起，而一个五短身材的男子则一面骂骂咧咧，一面用脚不时地往那骨瘦如柴的女人身上踹，一旁的姚芸儿则护在那女子身上，两人衣裳上皆落满了脚印，尤其那瘦弱女子，更是披头散发，一脸的血，瞧起来十分骇人。

王大春还不解气，又将姚金兰一手扯到了面前，伸出钵大的拳头，眼见着要向金兰的脸上捶去。

蓦然，他只觉自己的手腕被人一把扣住，那人手劲极大，被他扣住的手腕顿时酸软得使不出丝毫力气。王大春回过头，就见一位高大威武的男子不知何时站在了自己身后，因逆着光，他压根儿看不清此人的面容，只觉得一股森然之气扑面而来，竟令他怔在了那里。

"相公？"姚芸儿的发髻也乱了，几缕青丝垂了下来，衬着一张雪白惊惶的面容，而那一声"相公"轻轻软软的，带着几分哭腔。

袁武看了她一眼，他没有说话，大手一个用力，就听"刺啦"一响，王大春发出一声号叫，那声音让人听着毛骨悚然，落在后面的姚家母女此时也匆匆赶了回来，刚踏进院子便看见了这一幕，姚母的脸色顿时变得惨白，只惊愕道："这是怎么了？"

而王大春吃了这么一个亏后，却怒从心头起，恶向胆边生，他平日为人极是凶恶，此时也不管三七二十一，只伸出另一个拳头，向着袁武挥了过来。

袁武面色沉稳，连眼皮都没眨，便将王大春的拳头一手握住，纵使那王大春眼皮涨成了猪肝色，使出了全身力气，也无法将那拳头往前伸出一丁点。

"好个贼子！敢消遣你王爷爷！"王大春一双眼睛睁得铜铃一般，一声怒喝后，便伸出腿，往袁武身上踢过去。

袁武眸心一冷，几乎没人看清他是如何出的手，就见王大春已单膝跪在了地上，而袁武的脚则压在他的小腿处，双手将他的胳膊向后一转，就听"咔啦咔啦"的脆响不绝，显是骨头尽数被袁武错了开来。

王大春在剧痛下更是面无人色，面庞更是狰狞得可怕，纵使如此，依旧在那儿骂个不停，他瞪着眼前的姚金兰，冷汗直冒，扯着嗓子道："你个腌臜婆娘，居然敢找个汉子来打老子，你们姚家要有种，就把老子打死！我王大春要是皱个眉头，就是狗娘养的，哎哟……"

"相公，他是大姐的夫君，你快放了他吧。"姚芸儿见王大春疼得脸色煞白，心里不由得有些慌了，生怕自家夫君下手没个轻重，若是真将王大春打出个好歹，到头来苦的还是大姐，于是赶忙开口。

袁武早已猜出此人是姚金兰的夫婿，又见姚芸儿的眸子满是不安，对着自己轻声相求，他对她的心思自是明白的，当下便也不再多言，只收回了自己的手，站在一旁。

王大春手腕脱臼，胳膊错骨，待他站起身子，那一双胳膊便滴溜打挂地垂在胸前，连动都动不了，疼得人倒吸凉气。

就在这空当间，只听屋子里传来轰的一声，正是姚父听得外间的动静，无奈下不了床，唤人也没人应，情急之下，竟从床上摔了下来。

听到姚老汉的声音，姚芸儿担心爹爹，也顾不得其他，当下便和金梅一道去了里屋，好不容易将父亲扶回床上，避重就轻地和他说了几句院子里的事，说话间却听王大春依旧在外面骂骂咧咧的，只不过离得远，也听不清他在说什么，再后来，便又是一阵号叫，那骂骂咧咧的声音便小了下去，没过多久，院子里终是安静了下来。

等她出来后，就见院门早已被关上了，王大春却不见了踪影，姚母搂着浑身是伤的金梅，老泪纵横，一声声儿啊肉啊在那儿喊着，唤得撕心裂肺。

姚芸儿瞧着眼眶也是红了，也顾不得一旁的袁武，上前帮着母亲将姚金兰扶进了屋，又赶忙打来了热水，拧了把汗巾子为大姐将脸上的血迹拭去。

瞧着女儿青青紫紫、布满瘀血的脸，姚母更是忍耐不住，劝都劝不住，惹得姚芸儿也在一旁陪着落泪，姚父听到哭声，硬是让金梅扶着自己一步步从里屋挪了出来，眼见着姚家满是凄清，一屋子的愁云惨淡。

而当姚芸儿走出屋子时，天色暗沉沉的，月亮的轮廓已依稀可辨。

"相公。"看见袁武站在院子里，姚芸儿心头涌来一丝歉疚，今儿在娘家忙了一整天，倒将他给忽视了，念着他早起便去田里干活，自己本想中午给他做些好吃的，谁料到王大春竟会前来闹事，将大姐打成了那样，也让她连午饭都没有做，想必袁武现在定是饿得紧了。

"怎么样了？"袁武问道。

"大姐刚刚歇下了，爹爹也被娘劝了回去，眼下都没事了，娘让咱们回家。"姚芸儿说着，上前握住夫君的大手，轻声道："中午也没做饭给你吃，现在饿了吧？"

她的声音温婉娇柔，透着柔软的心疼，仿佛要将人的心都融化。

而夜色中她那一双眼睛更是美得让人心醉，男人望着眼前的小娘子，将她的小手反握在掌心，道了句："走吧，咱们回家。"

没有人知道，就那一个"家"字，究竟有多暖。

回到家，姚芸儿忙不迭地刚要下厨，不料却被袁武一把拉了回来。

"让我看看，有没有伤着。"男人低沉的嗓音响起，就着烛光捧起姚芸儿的脸庞，打量起来。

姚芸儿心口涌来一股甜意，摇了摇头，唇角也不禁噙上一抹梨窝，温声道："相公，我没事，姐夫没伤着我。"说完，又道了句："你先歇一会儿，待会儿就能吃饭了。"

姚芸儿的声音柔嫩而温和，眼瞳里也噙着羞涩的笑意，袁武见她的小脸在烛光下倒显得红扑扑的，便也放下心来，大手无意间碰到她的胳膊，却听她微微轻吟了一声，小脸也白了几分，显是他的大手弄疼了她。

"怎么了？"袁武眸心一暗，也不等姚芸儿开口，就将她的衣袖卷起，果然不出他所料，姚芸儿雪白的胳膊上，一道道擦伤清晰可见，已是磨破了皮肉，肌肤与衣袖相连，纵使他手势轻缓，可姚芸儿还是疼得直吸气。

"伤成这样，怎么不说？"他的脸色顿时变了，虽是呵斥的语气，可乌黑的眼瞳中漾的，终究是心疼与不忍。

姚芸儿垂着脑袋，见他发火，只轻声嗫嚅了一句："我想着都是些皮肉伤，过几天就没事了，所以才没说……"

袁武见她低着小脸，露出尖巧的下颚，她的年纪本来就小，每次低眉顺眼的时候，柔美中仍带了几分稚气，他看在眼里，只让她在椅子上坐下，自己则取来上好的白药，为她上药。

姚芸儿望着眼前的男人，他的身材是高大健硕的，几乎要将她的身影尽数笼住了，而当那双粗粝的大手为自己上药时，手势间却是说不出的轻缓，透着怜惜。

姚芸儿瞧着，心里只觉得暖烘烘的，念起白日里王大春对大姐的打骂，更觉得这一刻变得弥足珍贵起来。

"疼不疼？"袁武开口，向着姚芸儿看了过去。

"不疼。"姚芸儿摇了摇头，望着自家相公英武的面容，那张小脸却浮起一抹红晕，仿佛从肌肤里透出来似的，白里透红的模样喜煞人。

上好药，袁武刚起身子，自己的大手却被姚芸儿一把攥住。

"相公，晚上想吃什么？"姚芸儿也站了起来，昂起小脑袋望着眼前人高马大的男人，看得人心头发软。

"你胳膊上有伤，晚饭我去做吧。"袁武说着，抚上姚芸儿的小脸，轻轻拍了拍。

"哪有那么娇气啊，灶房里的活都是女人做的，不能让夫君下厨的。"姚芸儿说着，柔软的小手握着夫君的大手，轻轻地摇晃着，似是想起了什么一般，又道："相公，要不我像前晚那样做腌菜拌面吃，好吗？"

袁武眼瞳乌黑，落在姚芸儿身上时化成一抹淡淡的温柔，他点了点头，沉声道了句："你做什么我都爱吃。"

姚芸儿听了这话，一张小脸更是灿若云霞，抿唇一笑间，娇美尽显。

翌日一早，袁武与姚芸儿又去了姚家，刚进门，就见姚母正握着姚金兰的手，母女俩一道站在院里，眼圈都是红通通的，尤其是姚母，更是不住地举袖拭泪。而姚金兰的脸上则是青一块紫一块的，看着也是可怜。

见到女婿，姚母赶忙抹了把眼泪，招呼着袁武进屋。

这种女人家的事，袁武向来没心思理会，只对姚母道："岳母今日便留在家照看岳丈，田里的活只管交给小婿。"

见他拿起锄头，姚母心里十分感激，赶忙唤了姚小山过来，让他和姐夫一道下田，好帮衬着点。

袁武也没多说，临走前只和姚芸儿低声吩咐了两句，便与姚小山一道出了门。

姚母望着袁武的背影，眼见着这一个女婿人好勤快，不由得想起金兰的夫婿，心头顿觉那王大春与袁武压根儿没法相比，又见金兰凄楚憔悴的模样，心里一叹，只恨这袁武来得忒迟，若是早来几年，这门好亲事，说什么也该轮到金兰身上才是。

这念头刚那么一转，姚母便向着姚芸儿看了过去，见姚芸儿娇滴滴的小模样，又为自己方才的念头觉得着愧，金兰自是自己的嫡亲骨肉，可姚芸儿也是她一手养大的，既然都是姚家的闺女，她也实在不该这般偏心。

这样一想，姚母便上前握住姚芸儿的手，道："昨日里娘不是和你说过，要你甭回来吗？"

"娘，女儿不放心，就想着回来看看。"姚芸儿说着，眼睛只向着金兰看去，见她手中挎了一个小包袱，显是要回家的样子，便诧异道："大姐，你要回去？"

姚金兰点了点头，沙哑道："大姐和二姐还在家里，我若不回去，只怕他会拿孩子撒气。"

姚母也在一旁劝道："快回去吧，这日子无论咋说都得往下过，大春如今年纪轻，脾气难免暴躁了点，你好好跟他过，等往后生个儿子，这日子也就熬出头了。"

金兰面如死灰，只攥紧了姚母塞给她的那个包袱，里面不外乎是些散碎的布料，好带回去给两个女儿做件衣裳，此外还有几块早已不再新鲜的点心，那还是姚芸儿三日回门时送来的，姚家二老一直舍不得吃，如今让金兰全带了回去。

姚母与姚芸儿一直将姚金兰送出了门，在路口洒泪而别，瞧着大姐步履蹒跚、踽踽独行的身影，姚芸儿心里难受，也忍不住地落下泪来。

这一日，天刚麻麻亮，袁武便醒了，他看了一眼倚在自己怀里的小娘子，姚芸儿正甜甜睡着，许是昨晚与男人缠绵太久的缘故，她那一张白如美玉的小脸透出些许的青色，小鼻翼一张一合的，清甜的气息萦绕不绝，让他看着，便忍不住低下头，在她的发丝上印上一吻，而后抽出自己的胳膊，将被子为她披好，这才起身出门。

当姚芸儿醒来，已是日上三竿，她一见自己竟起得这样晚，眉眼间顿时浮上一抹赧然，匆匆下床穿衣绾发，走出门后却不见男人的踪影。

"相公？"她唤了声，走到灶房时才想起昨晚袁武和她说的，今日里要去镇里做买卖。这样一来，怕是又要到临晚才能回来了。

姚芸儿心头有些记挂，这些日子袁武就没个清闲的时候，这才将姚家的农活做好，就马不停蹄地去了镇里，也不知身子能不能吃得消。

蓦然，姚芸儿却是想起了昨晚与男人的欢好，瞧他那样子，浑身似有使不完的力气一般，又哪里有一丝丝疲倦的影子，到了后来她都快要哭了，他方才放过自己。

想起这些，姚芸儿便粉脸通红，可心里却又微微踏实了下来，只噙着笑，从灶房里取过两块猪骨，去村西头的冯家换了两条大鲤鱼，打算回来炖一锅鱼汤，给袁武补补身子。

岂料还不等到家，隔得老远就听到一阵咒骂声由远及近，那声音听起来极是凶悍，语音也十分恶毒，细听下去，只觉得不堪入耳。

姚芸儿有些奇怪，也不知这青天白日的，是谁家出了事，她一手拎着鱼，一面匆匆地往前赶，前头已挤了好些街坊，待她走近时，才惊觉诸人竟是围在自己家门口，而一个一脸凶悍的老婆子，正指着自家的大门在那里破口大骂，一面骂，一面还不住地往自家门口吐口水。

姚芸儿也不知她是谁，可见她骂得难听，当下再也忍耐不住，只挤过人群，走到那老婆子面前，开口道："你这婆婆好没道理，为何要在我家门前骂人？"

那老婆子见到她，一双恶毒的眸子顿时在她身上打量个遍，瞧姚芸儿生得娇弱，压根儿也没将她放在眼里，当下一手叉腰，另一手指着姚芸儿的鼻子骂道："老娘骂的就是你这个没筋骨的小蹄子！"

姚芸儿听了这话，小脸便气红了，对着那老婆子道："我根本不认识你，你这婆婆干吗要这样骂我？"

老婆子冷笑一声，对着姚芸儿道："老娘问你，袁武是不是你男人，你是不是姚家的三闺女？"

姚芸儿一怔，瞧着眼前凶悍的老婆子，心里顿时明白此人是大姐的婆母，只道："你……你是王婆婆？"

王婆子一拍大腿，那手指只差没有戳上姚芸儿的鼻尖，整一个唾沫横飞，咒骂道："你这小蹄子还知道老娘是你王婆婆？你让你男人将我儿打得半死不活，我儿好歹是你姐夫，你们姚家心肠这样狠，也不怕天打雷劈？"

话音刚落，王婆子又对着周围的街坊叫嚷了起来："大伙来给我这个老婆子评评理，儿媳妇前些日子抛下家里的农活和两个丫头，一声不响地跑回了娘家，我儿来接她回去，哪承想被姚家关上了大门，被姚家的三女婿往死里打啊！可怜我儿如今只剩下半条命，大伙儿说说，若我儿要有个三长两短，这往后的日子，可让我这老婆子该咋过？"

王婆子说到后来，便又开始了鬼哭狼嚎，一屁股坐在地上，披头散发地叫骂起来，有的人看不下去，还没来得及拉她，便被她一手挥开，整个人在袁家的大门口如同泼皮一般，打滚放赖。

姚芸儿站在那里，顿觉十分窘迫。

"王婆婆，你先起来，咱们有话好好说。"姚芸儿将鱼搁下，便要去将那打滚放赖的王婆子扶起来，可那王婆子虽年纪大了，身上的力气却着实不小，姚芸儿人小力薄，非但没有扶起她，反而被她一手扯在了地上。

姚芸儿发髻松散，衣裳也被王婆子撕乱了，领口处更被扯破了衣料，露出一小块雪白肌肤。

她慌忙将自己的衣裳捋好，到底是年纪小，以前也没遇到过这样的事，方才被王婆子拧过的皮肉也火辣辣地疼，刚被街坊们扶起来，那眼圈便止不住地红了。

王婆子披头散发，依旧在袁家门口打滚放赖，一些婶子婆子七手八脚地也按不住她，竟被她一把挣脱了去，只一个劲儿地用头往袁家的大门上撞，撞得砰砰作响。

姚芸儿见王婆子一副天不怕地不怕的样子，心里只焦急得不知该如何是好，又怕她真倒在自家门口，将事情闹到了里正那里，有嘴也说不清了，当下便匆匆上前，想要将王婆子劝住。

岂料她刚迈出步子，就觉得一只有力的大手扣在她的腰际，将她揽了回来。

"相公，你回来了？"姚芸儿抬眸，就见一道高大结实的身影站在自己身后，正是袁武，当下那一双眼瞳里顿时浮上一抹惊喜，只觉得有他在，无论发生什么，她也不会怕了。

袁武见她雪白的脸蛋上落了几道手指印，眸心瞬时变得暗沉，只道："怎么回事？"

不等姚芸儿说话，王婆子却是听到了这边的动静，立马从地上爬了起来，那双眼珠子一转，见袁武身材健硕，面色清冷，心里倒有些发虚，可一瞅周围围了那么多街坊，便料定袁武不敢对自己动手，于是那气焰又嚣张起来，只站在袁家的大门口，指着袁武破口大骂。

"好贼子，你将我儿打得半死不活，你今儿要不给老娘一个说法，老娘就一头撞死在这里，你们要想进屋，就从老娘的尸首上踏过去！"王婆子面目凶恶，整个人大刺刺地叉腰站在那里，颇有些你能拿我如何的味道。

"相公，怎么办？"姚芸儿心慌意乱，小手轻轻地扯住男人的衣袖，眼瞳也不安地看着丈夫。

袁武拍了拍她的小手，安抚道："没事。"

语毕，男人那一双黑眸锐利如刀，一语不发地向着王婆子看了过去，王婆子原本还在骂骂咧咧的，可一迎上袁武的目光，那一声声的污言秽语却是无论如何都骂不出口了。

待见到袁武二话不说，便将腰间的尖刀取下时，甭说姚芸儿，就连周围的街坊们也吓了一跳，而那王婆子眼睛都直了，颤声道："你……你要做啥？"

男人也不搭理，几乎没有人看清他是什么时候出的手，就见寒光一闪，那尖刀已被他掷了出去。

同时，王婆子发出一声杀猪般的惨叫："杀人啦！"

尖刀破空的声音几乎是擦着王婆子的耳畔飞过去的，老婆子只觉得耳朵一凉，那劲风嗖嗖，刮得她脸颊都疼，她以为自己的耳朵被割掉了，当下一张老脸面色如土，再也没了方才的泼辣，两脚一软，瘫在了地上。

而那尖刀则"铮"的一声，不偏不倚地插在了门缝里，只余一个刀柄露在外头。

王婆子脸色惨白，就差没晕厥过去，她哆哆嗦嗦地伸出手，捂住自己的耳朵，刚要鬼嚎几句，却蓦然发觉自己的耳朵好端端的，几缕发丝却被方才的尖刀割下，落在了地上。

待她慢慢地回头一瞧，就见那尖刀插在门上，刀柄依然在不断地震颤着，铮铮声不绝，可见男人的手劲究竟有多大了。

她回过神来，刚要开口说个几句，可见袁武山一般地站在那里，神情间不怒自威，就那样盯着她，只让她心里一寒，那些话便好似堵在嗓子眼里，只颤抖着嘴唇，一个字也说不出口。

袁武收回目光，对周边的街坊连个正眼也不曾瞧过，只握住姚芸儿的手，领着她越过王婆子，向着自家走去。

打开门，袁武将尖刀收起，那王婆子刚见到他手中的尖刀，便打了个寒噤，不由自主地往后蹭了几步，似巴不得远远躲开。

"今天是给你一个教训，若再让我看见你来这里撒野，别怪我手下无情。"袁武声音低沉，面无表情地看着王婆子，只看得她心头发毛，浑身上下都冰凉冰凉的。

"滚！"男人厉声开口，王婆子吓得一个哆嗦，原先的气焰也不知跑到哪里去了，在男人的威势下，竟连大气也不敢喘，终是一副畏畏缩缩的样子，落荒而逃。

待王婆子走后，原先三三两两围在袁家门口的街坊，也做鸟兽散，眨眼间没了踪影，而那四下里的议论纷纷，却是无论如何都止不住的，在背地里，也不知会把袁武说成什么样子。

回到家，袁武见姚芸儿仍是惊魂未定的模样，遂将她抱在怀里，语气也温和了下来，只道："别怕，没事了。"

姚芸儿点了点头，见他黑眸灼灼，正凝视着自己，小脸微微一红，心下却蓦然想起了那两条鲤鱼，当即"哎呀"了一声，赶忙从男人的怀里抽出了身子。

"怎么了？"袁武眉头微皱，开口问道。

"我的鱼！"姚芸儿也来不及和他解释，只匆匆地往外跑，袁武瞧着无奈，却也只得跟上。

袁家的大门口此时已是空无一人，又哪里还有那两条鲤鱼的影子？

想必方才定是有人趁乱，将那鲤鱼悄悄拿走了。

姚芸儿心下黯然，刚回过身子，就见袁武正站在那里，她心疼那两条鱼，只觉得难受。

"相公，鱼没了。"姚芸儿说着，想起早起送给冯家的那两根骨头，更觉得心疼得厉害，那声音又轻又软，透着丝丝委屈，让人听着心疼。

"鱼？"袁武不解。

姚芸儿点了点头，将自己拿了猪骨，去冯家换了鱼的事和夫君说了，说完自责道："都怨我，没有把鱼收好，本来还想着等晚上给相公炖一条，烧一条，好换换口味的……"

不等她说完，就见男人唇角微勾，打断了她的话："不过是两条鱼罢了，待会儿我去清河里捕上几条，没什么要紧的。"

姚芸儿一听这话，瞳仁便浮起一抹惊喜，脱口而出道："相公，你还会捕鱼？"

袁武瞧着她笑窝盈盈的模样，便也淡淡一笑，牵着她的手，一面走，一面道："这世上，还没你相公不会的事。"

吃过午饭，袁武从家里拿起一个背篓，便要去清河捕鱼。

姚芸儿瞧着，自然也想和他一起去，袁武见外头风大，本不想让她出门，可又拗不过她，只得答应下来。

清河在村外，从袁家出来，还要走很长一段路才能到，两人一道走着，姚芸儿已是许久不曾去过清河了，此时那一张小脸因着喜悦变得红扑扑的，虽说已经嫁为人妇，可那身段仍旧是纤细而柔弱的，眼瞳澄如秋水，让人瞧着，轻易放下一身担子，只想沉溺在她干净无瑕的眸子中去。

"累不累？"男人低沉的嗓音响起。

姚芸儿心头一甜，摇了摇头，微笑道："不累。"

袁武便不再说话了，那唇角处也透着一两分的笑意，牵过她的小手，向清河走去。

清河村的名字便是因这一条河而来，而这条河倒也的确不愧这两个字，清河的水清澈见底，站在岸旁，便能瞧见鱼虾在河里游来游去，十分清晰。

袁武将背篓搁下，自己则挽起了裤腿，打算下河。

"相公，你小心些，不要摔倒了。"姚芸儿瞧着，有些不放心。

袁武便是一记浅笑，也没说话，径自下河捕鱼。

那一条条鱼滑不唧溜，从他的双脚间游来游去，袁武面色沉着，也不着急，只俯下身子，瞅准时机后，那双大手一个用力，便抓住一条大鲢鱼来。

姚芸儿守在岸旁，见夫君抓住了鱼，顿时笑得眉眼弯弯，清清甜甜的小模样，十分喜俏。

袁武口中道："接着。"便将那鱼往岸上一扔。

姚芸儿手忙脚乱将那活蹦乱跳的鲢鱼按住，那鱼不断地挣扎着，甩出来的水珠溅了她一脸，惹得她笑出了声来。

袁武听着她的笑声，神色间便是一软，于是乎，他在河里捕了鱼，便扔到岸上，由姚芸儿抓到背篓里，没过多久，那背篓便装得满满当当的，姚芸儿瞧着，只觉得心里乐开了花，清河村的村民也时常会来捕鱼，可这捕鱼说起来容易做起来难，村民们经常下河好半天，也抓不到几条，久而久之，一般人也就不来了，若想吃鱼了就从渔民那里买。

而袁武不过花了小半天的工夫，便捕了这样多的鱼，让姚芸儿心里满满的全是自豪，就是觉得自家男人能干，无论是捕鱼还是农活，一点儿也不比旁人差。

眼见着天色不早，姚芸儿赶忙对着河里的男人道："相公，你快上来吧，等日头暗了，水会凉的。"

袁武应了一声，见河里还有些河虾，便又捕了一些，方才上岸。

"相公，你瞧，咱们这下可有鱼吃了。"姚芸儿喜滋滋的，一面说，一面拿起汗巾子，踮起脚尖，去为男人将脸上的水珠子拭去。

袁武见她眉开眼笑的，也淡淡笑起，大手捏了捏她的小脸，低声道了句："真是个小丫头，几条鱼就能高兴成这样。"

姚芸儿抿唇一笑，双眸亮晶晶的，对着男人轻声道："晚上我给你做红烧鲤鱼吃，好不好？"

袁武没有说话，点了点头，一手拎起背篓，另一手则拉住了姚芸儿的小手，带她回家。

一路上，姚芸儿仍旧是喜笑颜开的，不时摇一摇男人的大手，和他说话。

而袁武则唇角微勾，静静地听着自己的小娘子犹如一个百灵鸟一般，声音青青嫩嫩的，他偶尔回上个一两句，倒也格外温馨。

翌日，袁武挑了几尾鲜鱼，用绳子系了，让姚芸儿送回了娘家。姚父的身子已是大好，见女儿送回了这几条鲜鱼，对女婿便更是感激起来，待女儿走后，就和姚母商量着，待过两日，便请袁武来家吃顿饭，好好犒劳犒劳女婿。

前些日子袁武都是一直忙着姚家的农活，后院里的菜地也没工夫打理，这几日闲来无事，袁武便将那一块菜地松了松土，又从街坊们那里买了些菜子，趁着这几日天气好，便在家里忙活了起来。

姚芸儿帮不上忙，便在一旁陪着他，眼见着家里的菜园子变得有模有样，心里就跟吃了蜜似的，只觉得自己这日子，可真是越过越好了。

两人正说着话，就听院外传来一道声音，依稀是个女子，只道："芸儿在家吗？"

姚芸儿不知是谁，只遥遥答应着，匆匆站起身子，向外走去。

来人正是姚金兰夫妇。

"大姐，你怎么来了？"姚芸儿见到姐姐，唇角刚展露一抹笑靥，可转眼又瞧见了大姐身旁的王大春，眼瞳顿时浮起一丝惊惧，那抹笑便怎么都露不出来了。

见妹妹害怕，姚金兰上前，握住姚芸儿的手，哑声道："芸儿，妹婿在家吗？"

姚芸儿点了点头，见金兰的神色仍旧憔悴而凄苦，眼角下的瘀青仍没有消退。她瞧着只觉得心酸，眼眸又向着王大春看去，这一打量，才发觉那王大春脸色灰暗，一双胳膊仍软软地垂在胸前，整个人如同霜打的茄子一般，哪还有一丝往日里凶横霸道的影子？

"芸儿，姐实话不瞒你说，姐这次带你姐夫过来，就是求妹婿救命来的！"姚金兰说着，再也忍不住，泪水噼里啪啦地往下掉。

姚芸儿一怔，赶忙为姐姐拭泪："大姐，你别哭，到底怎么了？"

姚金兰好容易止住了泪，才道："你姐夫的胳膊被妹婿错开了骨头，回家后疼得要死要活，没法子只得请了郎中来瞧，可一连请了三个郎中，都说没法子，最后一个郎中见他实在疼得厉害，就给我们出了主意，说是只有给他错骨的人，才有这个本事能将骨头给他接上。芸儿，大姐求求你，你看在大姐的分儿上，去和妹婿说说好话，让他救救你姐夫吧！"

姚金兰一面说，一面又是止不住地落泪，王大春虽然时常将她打个半死，可说到底也是自己的夫君，是家里的顶梁柱，若这胳膊一直不好，往后可就成了个废人，家里还有两个孩子，以后的日子又该咋过？

姚芸儿见大姐哭得伤心，而王大春也是只剩半条命的模样，那心肠顿时软了，赶忙招呼着大姐扶着王大春进屋，三人刚进门，就见袁武不知何时已从后院走了出来，恰巧迎头遇了个正着。

看见袁武，王大春再也不似上次那般蛮横，竟情不自禁地缩了缩身子，浑浊的眸子里，又惧又怕。袁武看了他一眼，对金兰夫妇的来意自是了然，也不等姚芸儿开口，便淡淡道了句："进屋吧。"

"相公，你能将姐夫的骨头接好吗？"姚芸儿为了让大姐放心，忍不住开口道。

对着姚芸儿，袁武的神色便和缓了下来，只道："你带大姐先回房，我自有分寸。"

姚芸儿心头惴惴，虽然有些不放心，可仍旧如男人所说，领着大姐去了里屋。

姐妹俩刚坐下不久，就听院子里响起一声哀号，那声音凄惨蚀骨，让人听着头皮发麻。

姚金兰脸色一白，握着茶杯的手指也止不住地颤抖，姚芸儿见状，便赶忙安慰道："大姐别慌，相公一定是在为姐夫接骨，待会儿就没事了。"

姚金兰勉强点了点头，但听那哀号声络绎不绝，王大春的声音粗嘎难听，一面嚎，一面惨叫，姐妹俩坐在屋里，听得并不清楚，只依稀听见了句："娘老子哟……疼死我了……"

不知过去多久，那哀号声总算消停了下来，姚金兰面色一松，匆匆打开了房门，走了出去。

王大春面色如土，额上一层冷汗，正坐在那里喘着粗气，姚金兰上前将他扶起，见他那双胳膊已恢复了原样，心里顿时又惊又喜，只对着袁武不断道谢。

王大春经过这段日子的折磨，在袁武面前早已没了一丁点脾气，当下只催促着金兰，让她快走。

见姐姐要走，姚芸儿赶忙让她等一等，自己则去了灶房，拿了一个背篓，往里面塞了好几条鱼，与一些小虾，让金兰带回去，给孩子们尝尝鲜。

金兰见到这些鱼虾，感激得不知说啥才好，用袖子抹了抹眼泪，才随着王大春一块离开了袁家的大门。

姚芸儿目送着姐姐远去，心里酸酸涩涩的，刚关上大门，眼睛便红了一圈。

袁武见她闷闷不乐的样子，便上前将她揽在怀里，抚上她的小脸，温声道："怎么，舍不得姐姐？"

姚芸儿点了点头，将脑袋埋在男人的怀里，轻声道："相公，我有点害怕，你说等大姐回家，姐夫还会不会打她？"

"不会。"男人的声音低沉，却是斩钉截铁。

"你怎么知道？"姚芸儿抬起小脸，不解地瞧着他。

袁武微微一笑，道："我当然知道了。"

姚芸儿想了片刻，方才惊觉："你是不是和姐夫说了什么？"

袁武不置可否，只伸出手为她将碎发捋好，口中却轻描淡写了一句："傻瓜。"

姚芸儿放下心来，忍不住抿唇一笑，伸出手环住了他的腰，她垂着眸心，声音软软的，对着男人小声说了句："相公，有你在真好。"

袁武听了这话，深隽的面容依旧如故，他没有说话，只伸出大手，轻抚上了姚芸儿的发顶。

第四章

共结白首

这一日，袁武去了清河挑水，家里便只有姚芸儿一人在家。

听到敲门声，姚芸儿将门打开，便见小弟姚小山站在自家门口，咧着嘴对自己笑道："姐，爹说今儿个晚上要请姐夫吃饭，遣我来和你们说一声。"

姚芸儿一面将弟弟迎进了屋，一面不解道："好端端的，爹怎么要请相公吃饭？"

"爹说了，前阵子他扭伤了腰，家里的活都是姐夫干的，眼下他的腰伤好了，便想着请姐夫吃顿饭，喝点酒。"

姚小山说着，见堂屋的桌上有一盘青翠欲滴的青果，顿时引得他口水直流，这话刚说完，便拿起一个，在袖子上胡乱擦了擦，开吃起来。

姚芸儿听着，心里倒也高兴，又见弟弟贪吃，遂笑道："你回去和爹娘说，我和相公晚上就回去。"

姚小山答应着，那一双眼珠子却滴溜溜的，靠近了姚芸儿小声道："姐，趁着姐夫不在家，你给我做点肉吃呗。"

姚芸儿见弟弟这副贪吃的模样，简直又好气又好笑，只用手在弟弟的眉心一点，带着他去了灶房。

待姚小山从袁家出来时，那一张嘴自是吃得满口流油，姚芸儿惦记娘家，在弟弟临走时还给他装了一罐子猪油，要他带回去留着家里做菜时吃。

而当袁武回家后，姚芸儿遂将姚父要请他吃饭的事说了，男人听了也没说什么，只点了点头。午后却去村南面的李记酒铺里打了两壶酒，又从铺子里割了些猪头肉与猪耳片，一起拎了，方才与姚芸儿一起往姚家赶去。

因着今儿要请姑爷吃饭，姚家也一早便忙开了，姚母正忙活着，就见昨日里去了王家村走亲戚的街坊上门，带来了姚金兰的口信，只说王大春和他那老娘这些日子都待她好了不少，尤其是王大春，自从上次回去后，便再也不曾动手打过她，她让街坊带信回来，好让爹娘安心。

姚母听着，眼眶顿时湿了，当下用围裙擦了擦眼，只觉心里说不出的欣慰，连带着浑身都有使不完的劲儿似的，在灶房里忙得热火朝天，一点儿也不觉得累。

听到敲门声，姚父亲自上前开门，瞧见了女儿女婿，顿时喜不自胜，姚母也从灶房里迎了出来，一面说着话，一面将袁武和姚芸儿迎进了堂屋。

姚母先是让金梅将凉菜和炒菜端上了桌，好让男人们先就着喝酒，鸡汤却是要文火慢慢炖的，等着男人们喝好酒，再喝不迟。

席间其乐融融，因着是一家人在一起吃个饭，姚老汉也没让金梅回屋，只让她和姚小山坐在一起，姚小山见父亲和姐夫喝酒，也嚷嚷着要喝，因着高兴，姚老汉也没阻止，爷仨一道，喝了个痛快。

姚老汉酒量浅，刚喝了几盅后，那舌头便直了，连带着话头也多了起来，起先还不住地劝着袁武吃菜，到了后来，则是连话都说不顺了。

姚小山正是好动的年纪，吃饱后便出门溜达去了，金梅是个没出阁的姑娘家，也不好意思和妹夫同桌太久，扒了几口饭就回屋了，堂屋里只剩下姚父姚母与袁武夫妇。

姚老汉喝了一口酒，莫名其妙地，滚下了两行泪珠，姚母瞧在眼里，只当他是喝多了，赶忙吩咐着女儿，要她去灶房里看看鸡汤好了没有，若是好了，赶紧给姚老汉盛一碗过来，好醒醒酒。

姚芸儿答应着，匆匆走了出去。

姚老汉面目通红，望着女儿的背影，只觉得悲从中来，竟忍不住一把握住了女婿的手腕，大着舌头，结结巴巴地说道："女婿啊，芸儿她……她命苦啊……当年我把她抱回来的时候，她才那么点大……如今她嫁给了你……你可要好好待她……"

姚母在一旁听着，只觉得心里一个咯噔，生怕姚老汉酒后失言，说了些不该说的，那眼皮子一跳，赶忙上前劝阻道："小山他爹，你这是喝多了，赶紧回屋寐一会儿吧。"

姚老汉却一把甩开了她的手，依旧对着袁武说道："芸儿打小就听话，她小时候，每次我干完活，她都会在田垄那里等着，给我送茶送水，这么个好闺女，落在咱们这个家，的的确确是苦了她啊，若当年，我没将她抱回来……"

"他爹！"姚母再也坐不住，只站起身子打断了姚老汉的话，"你喝多了，赶紧回屋歇着去，别在这里胡言乱语的，让女婿听了笑话。"

姚母心焦得很，一面说一面偷眼向袁武望去，却见他面色沉稳，不见丝毫异样，她瞧在眼里，这才微微放下心来。

姚老汉口口声声地只道自己没醉，正闹腾得厉害，就见姚芸儿端着一碗鸡汤，从灶房里走了过来，见到女儿，姚老汉张了张嘴，终是没有再多说什么，只颓然地坐了回去，那碗鲜美的鸡汤却是无论如何也喝不下去，隔了良久，方才一叹。

在姚家吃完饭，外间的天色已是黑漆漆的，伸手不见五指，姚芸儿有些害怕，情不自禁地往袁武的身边偎了偎，袁武伸出手，揽住她的腰肢，顿觉温香软玉，抱了个满怀。

回到家，自然又是好一番缠绵，姚芸儿倦得厉害，缠绵后只将脑袋枕在夫君的胳膊上，沉沉地进入了梦乡。

袁武没有睡，他凝视着自己的小娘子，心头却想起晚间姚父说的那些话，望着姚芸儿的目光，终是化成一片深隽的怜惜。

天麻麻亮，姚芸儿便轻手轻脚地起床了，深秋的时节已经有了寒意，她哆哆嗦嗦地穿上衣裳，回眸便见袁武还在熟睡着，她瞧着只蹑手蹑脚地上前，为他将被子掩好。

男人沉睡的面容英挺磊落，浓黑的眉毛，挺直的鼻梁，无一不透出盛年男子独有的威慑，姚芸儿小心翼翼地伸出手，在夫君的脸上轻轻抚了抚，唇角便忍不住地噙上一对笑窝，只觉得自己的相公长得好看。

待她走后，袁武睁开了眼睛，伸出手摸了摸方才被姚芸儿抚过的脸颊，却是哭笑不得，微微一哂，又合上眸子假寐起来。

吃完早饭，袁武便拿了斧头，上山砍柴去了。

姚芸儿则在家洗洗涮涮，缝缝补补的，倒也安稳惬意。

眼见着日头亮堂了起来，姚芸儿该做的活也都做完了，便想着去杨婆婆家看上一看，这阵子一直忙着娘家的事，也有好长一阵子没有去看杨婆婆了，这日子一日比一日冷，也不知老人家过得咋样。

姚芸儿去了灶房，盛了一大碗肉粥，用棉布包得严严的，打算送到杨家去。这肉粥熬得又软又糯，老人家吃着最好不过了，只要早晚用火热一热，便可以吃了。

来到杨家，却见院子里围满了人，每个人脸上倒也都是笑眯眯的，显是遇上了啥喜事一般，甚至连村子里的里正也来了，正坐在杨婆婆身旁，手里还拿着几张纸，瞧那样子，八成是在给杨婆婆念信。

姚芸儿瞧着心头只觉得奇怪，杨婆婆是个孤寡老人，往日里除了自己，鲜少会有人来看她，此时见杨家的院子里围满了人，让她好生诧异。

瞧见姚芸儿，杨婆婆颤巍巍地站起身子，一步步挪到姚芸儿身旁，一把拉住了她的小手，颤声道：“芸丫头，俺家大郎来信了，说是在前线跟着凌将军打仗，再过个两年，就能回乡了。”

杨婆婆喜极而泣，话刚说完，便用衣袖抹了抹眼泪，姚芸儿扶着老人家坐下，她自小长于乡野，对朝堂上的事一窍不通，也不知那凌将军是何人物，但瞧那里正也是笑容满面的样子，可见凌将军定是位十分了得的人物，就连在他的麾下当兵，也十分难得。

“我说杨老婆婆，你可真是妇道人家，没个见识。咱先不说这凌将军是何等人物，单说凌家军，那可是了不得，甭管谁听见了，也都要竖一个大拇指，夸一句好威风，再说这凌肃凌大将军，那可是统领天下百万军马，就连皇帝都要礼让三分的主儿，你家大郎能投进他的麾下当兵，那是你们杨家几代修来的福气，你这老婆子不求孙儿在军队里挣个功名，却一心盼着他回乡，可真真是头发长，见识短。”

因着听说杨大郎投入了凌家军，就连村子里的私塾先生也赶来了，正站在那里一面捋须，一面摇头晃脑地说着，嘴巴里啧啧有声。

杨婆子对这些事也是丝毫不懂，本想着让孙儿平安归来便是千好万好了，此时听得私塾先生这般一说，倒也觉得有理，不禁笑道：“若我大郎能挣个一官半职，也算是我杨家祖上积德了。”

诸人纷纷你一言、我一语地在那儿说着，尤其一些街坊是前些年在外逃荒要过饭的，对凌将军的名头自然更不陌生，只一个个说得唾沫横飞，甚是有劲儿。

“想当年渝州大战，凌将军可真是扬名万里哇！”就听人群中有人感慨。

“话可不能这样说，当年崇武爷领兵三万，又哪里能打得过凌将军的十万大军？”有人反驳道，提起“崇武爷”三个字时，却甚为小心翼翼。

听得“崇武爷”三个字，人群中便安静了下来，似是对这三个字颇为忌惮，而里正的脸色却沉了下去，冲着那几个村民道：“你们是活腻了不成？还敢在背后提起那个人，若让人上报朝廷，这可是要掉脑袋的，你们也不想想前些年岭南死了多少人，还不知好歹？"

那几个村民都是在外面逃荒过的，对前些年的那场大乱也是知晓一二，此时听里正这般说起，便是一个个地噤了声，唯唯诺诺的再也不敢多言了。

姚芸儿在一旁却听得不解，只轻轻地问了句："崇武爷，那是谁啊？"

自是没有人回答，只有里正对着她不耐烦地摆了摆手，道："妇道人家问这些做啥？什么崇武爷，不过是个反贼，早被朝廷砍了脑袋。"

话音刚落，里正也没心思继续待下去，遂站起身子，对着一旁的几位村民吩咐了几句，要他们往后抽空来帮衬着杨婆子砍砍柴，挑挑水，而这自然也是看着杨大郎的面子了。

待里正走后，街坊们少不得又在杨家逗留了片刻，人人都道杨婆子好福气，眼见着熬出了头，待孙儿在战场上立了功，往后少不得她的好日子过。

一直快到晌午，街坊们渐渐散了，姚芸儿瞅着日头不早，便将肉粥递给了杨婆婆，又陪着老人家说了几句话，方才离开了杨家的大门。

回到家，袁武已砍柴回来了，正在院子里将木柴一一劈好，这些日子，无论是砍柴还是挑水，他也都是将姚家的那份一道做了，姚父身子不好，姚小山又年幼，原本姚家无论是烧柴还是用水，都是紧巴巴的，自从袁武包揽了这些活计后，姚家的柴也够用了，水也够吃了，真是比以前不知舒坦了多少。

姚老汉和姚母自然过意不去，可袁武却极是坦然，只道了句顺手之劳，倒让二老觉得自个儿小心眼起来。

"相公，先歇一会儿吧。"姚芸儿瞅着男人额前满是汗珠，心头顿时一疼，本想用帕子为他擦一擦汗水的，可恰巧身上没带，身旁也没汗巾子，便直接伸出小手，为他将额前的汗珠拭去。

袁武瞅见她眼底的心疼，便是一记浅笑，握住她的手，温声道："又去看杨婆婆了？"

姚芸儿点了点头，微笑道："我方才去看杨婆婆，没想到里正也在，说杨婆婆的孙儿去了凌将军的麾下当兵，很了不起。"

听到"凌将军"那三个字，袁武的脸色刹那间变了，深邃的眉宇间也不为人知地浮起一抹阴戾，他勾起唇角，淡淡道："凌将军？"

"是啊，孙先生说，这位凌将军统领天下百万军马，十分了得，他的祖先还是咱们大周朝唯一的异姓藩王呢。"

姚芸儿巧笑倩兮，将私塾先生的话说给男人听，待她说完，却见袁武面色深沉，眼瞳中似有火苗在烧，周身都透出一股说不出的冷冽。

"相公，你怎么了？"姚芸儿自成亲后，还从未见他有过这般的神色，当下那张小脸便是一怔，语气里也带了几分慌乱。

袁武将紧握的拳头松开，面色已是恢复了寻常，对着眼前的女子道了句："我没事，只是有些饿了，去做饭吧。"

姚芸儿听了这话，自然将那凌将军抛到了九霄云外，她连忙点了点头，匆匆去灶房里忙活了起来。

而袁武站在那里，魁梧的身躯笔挺如剑，一双眼睛更是黑得骇人，他一言不发，将手中腕儿粗的柴梗，一折两段。

日子渐冷，姚芸儿身子弱，以往每年入冬，都是要闹几场风寒的，今年嫁了人，许是成亲后吃得比在娘家时好了许多，那原本纤弱不已的身子也略略圆润了些，又许是男人的百般怜爱，她竟是一场风寒也没闹，一张小脸整日里也都是白里透红的，气色极好。

这一日，袁武去了镇里做买卖，姚芸儿为他将干粮准备好，一直将他送到了村口，方才回来。

到家后，姚芸儿将自己缝制的新衣裳拿了出来，这衣裳还是用袁武之前为她买来的那一整匹布做的，葱绿色的底料，青翠欲滴，上好的棉布摸在手里亦是十分柔软，前阵子家中总是有事，直到这几日得了空闲，她一连缝制了好几天，才算是将衣裳做好。

姚芸儿摸着那新衣裳，只觉得心头甜丝丝的，本来这衣裳是想着留到过年时才穿的，可她毕竟年纪小，每当袁武不在家的时候，总是忍不住地要将这新衣裳拿出来瞧一瞧，看一看。

也不知看了多久，姚芸儿刚要将新衣裳收起，却蓦然想起这衣裳自做好后，她还从没上身穿过，若是有哪里不合身的，她也好改一改。这样想着，她便将自己身上的旧衣旧裙脱下，小心翼翼地换了新衣。

镜子里的女子肤白胜雪，眉若远黛，一双眼瞳澄如秋水，毕竟是嫁过人了，纵使她身姿纤瘦，可那葱绿色的罗裙还是将她柔弱小巧的身姿勾勒得曼妙动人，那般青翠的颜色，生生将她的肌肤衬托得白如凝脂。她整个人站在那里，柔顺的长发垂在身后，一张瓜子脸更是花骨朵般娇嫩。

她怔住了，虽然打小便时常有人夸她好看，可看着镜子中的小人儿，她还是有些不敢相信。那新衣裳穿着，便再也舍不得脱了，姚芸儿粉脸通红，只希冀着穿着这衣裳，等着夫君回来。

到了傍晚，姚芸儿估摸着天色，觉得袁武快回来了。她停下手中的针线活，刚站起身子，却惊觉下身一热，小腹里也是一股锐痛，只疼得她小脸一白，顿时站在那里，连动也不敢动了。

她压根儿不知道自己发生了什么事，刚挪了挪身子，那下身便又是一热，只骇得她差点落下泪来。

待袁武回来，已经到了掌灯时分。

瞧着自家大门，男人心头不免微觉诧异，以往他每次回家，总是能看见姚芸儿倚在门口等着自己，看见他回来，定是一张笑靥如花的小脸，可今天家里却大门紧闭，压根儿没见姚芸儿的影子。

袁武心中一凛，眉心紧蹙，将大门打开，冲了进去。

听到男人的脚步声，姚芸儿抬起眼睛，就见袁武正向着自己大步而来，看见他，只让她再也忍不住，泪水噼里啪啦地掉了下来。

一直到看见自家的小娘子好端端地站在那里，袁武方才松了口气，又见她眼睛哭得通红，当下便上前将她揽在怀里，伸出手指为她拭去泪水，皱眉道："怎么了？"

姚芸儿刚唤了一声相公，泪水却流得越发厉害，无论袁武如何相问，她却开不了口，最终直到被男人问急了，才哆嗦着小手，将自己裙子的下摆掀起，那一张梨花带雨的小脸满是惊恐，对着袁武颤声道："相公，你看……我……我是不是要死了……"

袁武眼眸一撇，心头便已了然，他望着眼前的小人，眉头却皱得更紧："来了葵水，自己怎么不知道？"

"葵水？"姚芸儿眼眸浮起一抹错愕，泪水却是止住了，一眨不眨地看着自己的夫君。

袁武见她这般，口气却是有了严厉的味道："是不是以前从没来过？"

姚芸儿点了点头，小脸上泪痕犹在，嗫嚅着开口："这是第一次来……"

她竟这样傻，连自己来了葵水都不晓得，还怕成了那样，可真是羞死人了。

姚芸儿念及此，便脸红得厉害，她的身子骨弱，又加上以前在娘家时吃得不好，竟是一直到成亲后，平日里的伙食好了不少，这才来了葵水。

她方才的确是吓傻了，压根儿没往葵水那里想过，她虽然从未有过葵水，可之前在娘家时，娘亲和姐姐们却是有的，是以她倒也不是一窍不通，知道自己是来了葵水后，原先的惊恐之色，便渐渐消散了去。

袁武听了这话，脸色顿时变得铁青，他站在那里，居高临下地望着自己的小娘子，直到将姚芸儿看得不安起来，伸出小手摇了摇他的衣袖，软声道："相公，你怎么了？"

"为什么不告诉我？"男人声音严峻，唯有眼底却是深不见底的疼惜。

"告诉你什么？"姚芸儿不解，漂亮的瞳仁里水盈盈的，倒映着袁武的影子。

袁武刚要开口，可望着眼前那双纯稚可人的眸子，口中的话便再也说不出口，他深吸了口气，伸出手抚上姚芸儿的小脸，低沉道："罢了，快去换件衣裳，收拾一下。"

说完，男人不再看她，径自走了出去。

而当袁武拎着热水走回来时，却见姚芸儿手里正攥着那件新衣裳，在那吧嗒吧嗒地掉眼泪。

姚芸儿见他进来，便赶忙将腮边的泪水拭去。

"相公。"姚芸儿站起身子，望着男人的眼瞳里是明净的忧伤，轻声道，"我把新衣裳弄脏了。"

话音刚落，那眼圈又忍不住地红了起来，她真是后悔极了，从小到大从没穿过新衣裳，哪承想这第一次穿，就遇到了这事。

瞧着她苍白如雪的小脸，袁武既是无奈，又是心疼，只上前揽住她的腰肢，将她带到自己怀里，低声抚慰道："洗干净也是一样的，不碍事。"

姚芸儿心里难过，将脸蛋埋在他的怀里，糯糯地开口："我本想着穿了新衣裳，好去门口迎你的，可这葵水早不来，晚不来，偏偏要在我穿新衣裳时来……"

姚芸儿哽咽着，只觉得自己再也说不下去了，心里的委屈无以复加，难受极了。

袁武听了这话，眼眸复又变得暗沉，他沉寂片刻，终是伸出手抚上姚芸儿的后背，低声道："我还没问你，既然没来葵水，又怎么能嫁人？"

姚芸儿昂起脑袋，白净的脸庞上是迷茫的神色，小声道："没来过葵水，不能嫁人吗？"

袁武哑然，大手紧了紧她的腰身，叹了句："傻瓜，没来过葵水，就是个没长大的女娃娃，又怎么能嫁人？"

姚芸儿对这些自然是不懂的，在清河村里，十三四岁就嫁人的姑娘也大有人在，其中没来葵水的应该也不是少数，却也从未听谁说过不来葵水就不能嫁人的。

"若你当初知道我没来过葵水，你是不是就不会娶我了？"姚芸儿不知为何，蓦然道出了这么句话来。

袁武闻言，只摇了摇头，俯下身子将自己的额头抵上她的，低声道了句："不，我会娶你，只不过我不会这么早就要你。"

他的声音浑厚而低沉，犹如陈年的酒，听在姚芸儿耳里，却让她脸颊滚烫，与他做了这些日子的夫妻，她自然明白男人口中那个"要"字的含义，当下只觉得十分羞赧。

"那我今后，是不是就长大了？"姚芸儿倚在夫君的臂弯，却是心存甜意，唇角忍不住噙了笑窝，轻声说道。

"是，我的小娘子长大了。"袁武最爱看她这般清清甜甜的笑靥，当下也是淡淡笑起，捏了捏她的脸颊。

姚芸儿微微抿唇，伸出小手环住了夫君的健腰，低头一笑间，丽色顿生，说不出的娇羞动人。

而袁武揽着她，眼眸却落在墙壁上，那里清晰地映着他与她相依相偎的身影，四周静到了极点，让他的心，从未有过的安详舒适。从前的刀光剑影，血雨腥风，与这一刻相比，却恍如隔世般久远，而那些惨烈的过往，亦是轻如尘埃，淡得连一丝痕迹也没有落下。

这一日，家里只有姚芸儿一人在家。

听见前头传来的吆喝，姚芸儿匆匆赶到铺子里，却见是西头的陈大婶。

"芸丫头，我今儿带了几只鸡仔过来，想和你当家的换点肉，回家炖碗肉汤喝。"

姚芸儿瞧那几个小鸡仔生得可爱，心头便多了几分喜欢，当下赶忙将那几只鸡仔抱进了院子里，又回到铺子，挑了两条带肉的腿胫骨，递到了陈大娘手里。

陈大娘一张老脸笑开了花，那几只小鸡仔本就不值钱，拿到冯家都换不了鱼的，她这次故意瞅着袁武不在家，知道姚芸儿年纪小，好糊弄，果不其然，便让她得了这两条腿胫骨，回家可是能熬一大锅汤了，陈大娘心中一面盘算着，一面喜滋滋地离开了袁家铺子。

姚芸儿回到院子，担心这天冷，会冻着那几只鸡仔，便取了些猪草，打算给这几只鸡仔垒一个小窝。

正忙活着，就听一阵脚步声由远及近，姚芸儿回头一瞧，正是袁武回来了。

"相公，你瞧，方才陈大婶送来了这几只鸡仔，要和咱们换些肉吃，我瞧着有趣，就收下了。"

袁武瞅了一眼那几只孱弱的小鸡，遂道："那你给了她什么？"

"我给了她两只腿胫骨。"姚芸儿刚说完，就见男人的唇角浮起一抹无奈的笑意，她心下一个咯噔，只道："是不是我给多了？"

袁武却摇了摇头，声音低沉而温和："没有，既然喜欢，咱们便养着吧。"

姚芸儿松了口气，眼睛里星星点点的，全是小小的雀跃，她伸出小手，握住袁武的衣袖，柔声道："相公，咱们家已经有了猪，现在又有了鸡仔，往后，咱们好好过日子，还可以再养一只羊，如果你不嫌吵，我还想养一条狗，那家里可真是齐全了。"

袁武望着她娇美的笑靥，心头便微微一柔，他笑了笑，乌黑的眼瞳深邃似海，握住姚芸儿的小手，道了句："这还不够，算不了齐全。"

"那怎样才是齐全？"姚芸儿抬起小脸，清清纯纯地凝视着自己的夫君。

袁武唇角微勾，俯下身子，靠近她的耳旁低低地道出一句话来："再帮我养个小芸儿，就齐全了。"

姚芸儿起先还没有听出这句话的意思，直到看见男人的眼底一片的深邃与浓烈，她瞧着，便明白了那句话的含义，顿时那张白如美玉的小脸浮起一抹红晕，就好像搽了一层胭脂似的，长长的睫毛也无声地抖着，一颗心更是怦怦直跳。

"那若是……小袁武呢？"姚芸儿垂着眼帘，耳热心跳的，压根儿不敢瞧他，这一句话也说得跟蚊子哼似的，叫人听不清楚。

袁武听了这话，唇角的笑意便凝滞在了那里，他半晌没有说话，隔了良久，方才抬起手，抚着姚芸儿的脸颊，淡淡道了句："无论是小袁武，还是小芸儿，我都喜欢。"

他的嗓音沙哑而低沉，深不见底的眼眸中，却涌来一股锐痛。那抹痛被他强自按下，渐渐侵入骨髓。

自从那日姚芸儿说了想在家养只羊后，没过几日袁武便从镇里牵回来一只，还是个小羊羔，叫唤起来奶声奶气的，可爱得不得了。

姚芸儿瞧着只觉得喜欢，欢天喜地地拿了青草喂它，袁武则在猪圈旁搭了个羊圈，连同鸡窝一道搭好，这座农家小院，可真是越来越有家的样子了。

姚芸儿到底年纪小，小孩儿心性浓，瞧着那羊羔跟团棉花似的，便给它取了个名字，叫作白棉儿，而那几只鸡仔则是唤作春花、大丫之类的，惹得男人哭笑不得。

眼瞅着日子一天比一天冷，姚芸儿拿了些银钱，和邻居嫂子一道去了隔壁村子赶集，买回来一些棉花和布料，打算给袁武缝一件御寒的棉衣。

这日里，袁武去了镇里，姚芸儿则在家忙着缝棉衣，就听屋外传来一阵敲门声，她将棉衣搁下，刚打开门，就见一位形容枯槁的妇人，一手拉着一个脏兮兮的小女孩儿，站在自家门口。

正是大姐姚金兰。

姚芸儿瞧着，惊诧道："大姐，你怎么回来了？"

姚金兰动了动干裂的嘴唇，全身却都哆嗦着，一个字也说不出口。

姚芸儿瞧着，赶忙将金兰母女三人迎进了屋子，虽然从没见过，但姚芸儿看着那两个怯生生的小丫头，心里却也猜出这定是大姐家的两个女儿，大妞和二妞了。

"姐，快喝些热水暖暖身子。"姚芸儿端着热水走了过来，见两个小丫头都缩在母亲身旁，畏首畏尾的，睁着一双黑白分明的眸子瞅着自己。

她心中一酸，将家里的点心拿了出来，正是香甜雪白的云片糕，递给孩子们吃。

那两个孩子哪曾见过这般点心，看见母亲点头，方才伸出脏兮兮的小手，去将那糕点送进嘴里，顿时风卷云涌，狼吞虎咽。见她们饿成这样，姚芸儿只觉得难受，又去了灶房，打算为孩子们做些吃的。刚巧家里有一盘卤猪肝，便配着些青菜，做了一大碗猪肝面线，大妞和二妞这才吃了个饱。

听着孩子们打了个响亮的饱嗝，姚金兰的脸上总算是有了几分血色，转而看向了姚芸儿，道了句："芸儿，你别笑话，这两个孩子实在是太饿了，她们长这么大，估计也就只有今天在你这，才吃了顿饱饭。"

姚金兰话音刚落，眼眶便红了，只伸出皲裂粗糙的大手，抹了把眼泪。

“姐，你别这样说。”姚芸儿不知该怎样宽慰大姐，只握住她的手，柔声道：“锅里还有一些面条，我给你盛一碗来好不好？”

姚金兰摇了摇头，眉宇间则是无尽的悲苦，她沉默了片刻，竟扑通一声，对着姚芸儿跪了下去。

“姐，你快起来，你这是做什么？”姚芸儿慌了，手忙脚乱地要去拉姐姐起来，可金兰就是死死地跪在那里，嘶哑道：“芸儿，姐实在是走投无路了，只能来投奔你了，算姐求你了，你帮姐一把吧！”

大姐和二妞见母亲跪在那里，当下连面也不吃了，也跑了过来，和母亲一道流泪。

姚芸儿好不容易将金兰扶起来，又拿了帕子去给孩子们擦脸，隔了许久，方才从金兰口中听明白了前因后果。

原来，自那日回家后，王大春的确许久都不曾打过姚金兰，许是忌惮着袁武，就连王婆子也不敢像从前那般欺辱媳妇了。可谁承想这好日子还没过个几天，便赶上了皇帝选妃，这皇帝选妃向来都是从民间一层层地筛选，本就是个劳民伤财的事，再加上前些年岭南军作乱，朝廷元气大伤，国库亏损，户部拿不出银子，只好巧立名目，从民间征人头税。

清河村与王家村毗邻，前段日子刚刚征过兵，这次的人头税便逃过一劫，而王家村却没有这般好运，几日前里正便上门，家家户户地要银子了。

王大春好吃懒做，家里本就穷得叮当响，压根儿拿不出这一笔钱，母子俩一合计，那王婆子竟出了个主意，要儿子将孙女卖了，换来的银子，甭说足以交了这笔钱，兴许还有些剩余也未可知。

王大春一想，倒也觉得老娘说得有理，见儿子答应，王婆子当即寻了个牙婆，不由分说地便要把大姐卖到大户人家去做丫头。

姚金兰本在田里做活，直到邻居跑来告诉她，她才知道这事儿，一路连鞋子都跑飞了，还没到家就见牙婆正拖着大姐往村外走。

当下姚金兰便跟疯了似的，一把扯过女儿，跟个护犊子的母狼一般，任谁都挨不了身，那股子疯劲儿，简直将王大春骇住了，那王婆子更是躲得远远的，不敢上前。

闹到最后，牙婆见姚金兰护女心切，便上前从王婆子手里讨回了买大姐的银子，骂骂咧咧地走远了。而当牙婆走后，姚金兰全身上下也没了力气，瘫在了地上，被王大春给拖了回去。

王家母子均气得咬牙切齿，把姚金兰锁在了柴房，幸得大姐机灵，趁着王家母子熟睡的空当，偷偷寻来了钥匙，将母亲放了出来。

姚金兰知道这对母子心都黑透了，定是不会放过这两个孩子，万般无奈下，只得摸黑带着两个女儿，深一脚浅一脚地回到了清河村。

她不敢回娘家，怕老爹老娘知道了难过，走投无路的情况下，只得来袁家投奔了妹妹。

姚芸儿瞧着眼前哭成一团的大姐和外甥女，只觉得一颗心都被人揪着，眼泪也成串地往下掉，她握住了金兰的大手，声音轻柔却坚定："大姐，甭难过，你带着孩子只管在我家住，有相公在，他们不敢来的。"

姚金兰听了妹妹的话，心头便微微踏实了下来，可想起袁武，终究还是有些不太放心，只道："芸儿，姐知道你是好意，但妹夫能答应吗？"

这一下多出了三张嘴，搁在谁家也都是个难事儿，姚芸儿听姐姐这般一说，倒也有些忐忑，可见大姐和二姐怯生生地睁着大眼睛瞅着自己，那心头顿时软乎乎的、酸涩涩的，伸出手将两个孩子揽在怀里，对着金兰道："大姐，你放心。你和大姐二姐先在我家住着，等姐夫想通了，过了这阵子肯定还会来接你们回去的。"

事到如今，姚金兰压根儿没有旁的法子，只默默点了点头，姐妹俩又说了些旁的话。两个小丫头到底还是孩子，没过一会儿便在院子里玩开了，姚金兰瞧着女儿的笑脸，心头更不是滋味，平日里在家两个孩子总是小心翼翼的，连大气也不敢喘，今儿个，总算是可以像旁的孩子那样，笑一笑、跑一跑了。

姚金兰晓得娘家的难处，知道父母定是不能收留自己和孩子的，为今之计，倒也只有厚着脸皮，先在妹妹这里住下了。只不知道妹夫究竟待妹妹咋样，若是待妹妹不好，那她们母女三人，在袁家的日子肯定也是不好过的……

入冬后日头暗得早，晌午刚过不久，天色便黑了下来，姚芸儿瞧着两个孩子面黄肌瘦的，便去了灶房系上围裙，打算为两个小丫头做一顿好吃的。

袁武回来时，依旧隔得老远就瞧见姚芸儿倚在自家门口等着自己，他瞧着心头便是一软，步子迈得越发快了，几乎三五步便走到了小娘子面前。

瞧见他回来，姚芸儿的眼睛里顿时浮上一抹笑意，赶忙迎了过去，柔声道："相公，我今天做了锅贴，你一定爱吃。"

袁武的确饿得很了，他的嗅觉向来灵敏，一闻便猜出了那锅贴是什么馅儿，当下只道："若是白菜猪肉馅的，就最好了。"

姚芸儿听了这话，那剪水双瞳顿时一亮，唇角的笑窝也甜美得醉人，但见她抿唇一笑，美滋滋地对着男人道了句："等相公吃进嘴里，就知道是什么馅儿了。"

袁武瞧着她得意的小模样，只觉得心头越发柔软，当下也淡淡笑起，伸出大手在她的小脸上捏了捏。

进了铺子，男人将平板车搁下，姚芸儿拿起汗巾子，踮起脚尖为他擦脸，她的馨香萦绕在他的鼻息里，让他控制不住地俯下身子，将她一把揽进怀里，只想吻她。

"相公，别……"姚芸儿慌了，虽然平日里袁武时常会亲她，可那时候家里只有他们两人，自然是没什么的，如今家里多出了三个人，自然是怕被大姐或外甥女瞧见。

"怎么了？"男人的声音低沉而沙哑，呼吸也渐渐粗重，姚芸儿小脸微红，低下眼睛，道了句："我还没和你说，大姐来了。"

一听这话，男人眉心微皱，道："她来做什么？"

姚芸儿便将王家发生的事和男人说了，说完后，自己则握住夫君的大手，带着几分恳求，软声道："相公，大姐和孩子如今没个去处，爹爹身子不好，她也不能回去，你就让她和孩子在咱们家住一阵子，好吗？"

袁武脸色深沉，他向来不习惯与人同住，可看着自己的小娘子，那拒绝的话却怎么也说不出口，只得道了句："来者是客，我先去看看她。"

"嗯。"姚芸儿应着，与男人一道向院子里走去。

姚金兰早已带着两个孩子站在院子里等着了，刚瞧见袁武，姚金兰便招呼了句："妹夫回来了。"

说完也不等袁武说话，便推了推大姐和二姐的身子，低声道："快喊人啊。"

两个孩子瞧着袁武人高马大地站在那里，顿时有些害怕，只蚊子哼似的从嘴巴里喊了句："姨丈……"

袁武瞧着眼前的母女三人，英挺的脸庞上沉稳如故，回眸对姚芸儿说了句："我从镇里带回了一些点心，你去拿来给孩子们吃。"

姚芸儿应着，匆匆走到铺子，果真见那平板车上搁着一包点心，打开来一瞧，正是桂花糕，姚芸儿心里一甜，赶忙将糕点分给了大姐和二姐，还不忘笑道："这是姨丈给你们的，快吃吧。"

两个孩子刚吃过锅贴，此时一点儿也不饿，但见那桂花糕散发着清香，便也忍不住拿在手里，轻轻抿了一口，嘴巴里顿时甜丝丝的，跟吃糖一样。

"妹夫，我们娘仨往后怕是要在这里叨扰一阵子了，你平日里若有啥活，你尽管说，只要我能做的我……"姚金兰绞着手，脸上也是讪讪的，尴尬极了。

不等她说完，袁武便打断了她的话："我经常出门，留下芸儿一人在家也不放心，大姐既然来了，便权当陪陪芸儿。"

他的声音低沉，脸上的表情亦是平静而淡然的，仿佛说着一件极为寻常的事情，姚金兰也不是不知好歹的人，知晓袁武这般说来，只是让她面子上能好看些，当下心头越发感激，更是不知该说什么才好。

"相公……"袁武转过身子，就见姚芸儿正看着自己，似是感念他的体贴，那两个字又轻又软，喊得人心都快化了。

碍着姚金兰在，袁武也不能像以往那般随意，只得按捺下想抱抱她的冲动，淡淡道："吃饭吧。"

晚上这一餐饭除了锅贴，姚芸儿还烙了煎饼，锅贴油大，吃不了几个就会腻的，若用煎饼将锅贴卷起来吃，不仅美味，那股子腻人的感觉也会消散不少，又香又管饱的，一举两得。

吃完饭，姚金兰帮着姚芸儿收拾了碗筷，姐妹俩又烧了热水，帮两个孩子洗了洗身子，忙活好这些，夜色已是深了。

第五章

金兰辞世

娇
妻
如
芸

　　袁家有三间瓦房，姚芸儿和袁武住了一间，中间的则是堂屋，剩下的那一间留着给姚金兰母女住了。姚芸儿铺好了床，担心夜里寒气重，又拎来了一个小炉子，给孩子们御寒。

　　将姐姐和孩子全安顿好了，姚芸儿方才回到屋子，就见袁武连被子也没盖，正在床上躺着，她瞧着赶忙上前，刚掀开被子，还不等她为男人盖上，就觉得自己的腰际被男人的大手扣住，一个用力，就将她揽在了怀里。

　　姚芸儿倚在袁武精壮的胸膛上，抬起小脸，见他依旧闭着眼睛，均匀的呼吸沉缓绵长，若不是方才被他那么一揽，她肯定会以为他睡着了。

　　姚芸儿将脑袋埋在他的胸口，听着他的心跳，一张小脸满是知足，小声开口道："相公，谢谢你没有把大姐赶走。"

　　袁武依旧闭眸养神，听了这话也不过微勾起唇角，大手在怀里小人儿的后背上轻轻拍了拍，道了句："傻瓜，她是你大姐，我怎么能赶她走？"

　　姚芸儿便搂住他的颈，噙着笑道："成亲前，我就听村里的人说你性子孤僻，最烦与人来往，如今家里一下子多了三个人，我还真怕你会不习惯。"

　　袁武这才睁开了眼睛，望着怀里娇美可人的小娘子，一双黑眸炯炯，道："那现在，你还觉得我孤僻吗？"

　　姚芸儿笑了，秋水般的眼瞳里满是柔情，轻声细语地说了句："才没有，你的好，只有我知道。"

　　男人的眸光无声地动了动，他没有说话，只将自己的小娘子揽得更紧，而后一个翻身，便将她压在自己身下。

　　姚芸儿嫁给他许久，对男女之事早已不似初嫁时那般窘迫了，虽然仍是羞赧，更多的却是温顺而娇柔。

　　袁武的喘息渐渐沉重起来，就在那一片意乱情迷时，却蓦然听得身下的女子细细弱弱的声音："相公，不行，大姐她们在……"

姚芸儿想起家里还有旁人，巴掌大的小脸顿时变得绯红，只伸出小手去推身上的男人，她的那点力气自然撼动不了袁武分毫，袁武握住她的小手，放在嘴边亲了亲，声音亦是沙哑而暗沉的，道了句："放心，她们听不见的。"

而后，再也不顾她的挣扎，一夜的浓情蜜意。

翌日一早，姚芸儿刚起床，就觉得全身的骨架都快散了，那一双小脚踏在地上，就跟踩在棉花上似的，软得没有一丝力气。

她刚穿上衣裳，眼见着日头不早，便打算去灶房做早饭，岂料还不等她出门，袁武便走了进来。

"怎么起来了，也不多睡会儿？"男人看起来依旧是神采奕奕的，见她站在那里，便上前把她抱住，俯身在她的小脸上亲了亲。

"相公，我腿疼……"姚芸儿瞧见他，便忍不住将身子倚在他的怀里，只觉得腰膝那里酸软得厉害，甚至连路都不想走了。

袁武闻言，眉头微微一皱，想起昨晚自己的确没有克制，难免会伤了她，不免便心疼起来，微微紧了紧她的身子，刚要轻哄几句，却见大妞领着二妞走了过来，站在门口那里对着他们怯生生地道："小姨，娘让我们来喊你和姨丈吃饭。"

瞧见孩子，姚芸儿一怔，慌忙从男人怀里抽出身子，一张小脸蓦然一红，光顾着和夫君腻歪，居然把大姐和孩子忘了。当下赶忙答应着，手忙脚乱地将自己的头发绾在脑后，便领着大妞和二妞走了出去。

早饭是米粥，配了黍子馒头，与一些腌菜，虽然寻常，但大妞和二妞在王家时可是吃不饱的，这些饭菜吃进嘴里，依然十分香甜。

袁武吃饭时向来不爱说话，两个孩子自然也不敢去惹他，姚芸儿见大妞不住地拿眼往自己和袁武的身上瞟，便夹了一筷子菜，搁进她的碗里，温声道："大妞，快好好吃饭。"

大妞拿着馍馍，却怯怯地看着姚芸儿，似是鼓足很大的勇气一般，小声道："小姨，你昨晚和姨丈打架了吗？"

听了这话，姚芸儿有些莫名其妙，姚金兰却将筷子搁下，伸手在大妞的胳膊上拧了一把，呵斥道："小孩子家的，哪来这么多废话，快吃你的饭。"

大妞挨了母亲的打，很是委屈，眼见着小嘴一撇，却又不敢哭出声来，看样子可怜极了。

姚芸儿心下不忍，将大妞揽在怀里，轻哄道："大妞怎么了，小姨和姨丈没有打架啊。"

大妞瞅了袁武一眼，见男人依旧一声不响地吃着饭，那胆子稍稍大了些，清脆的童音琅琅，让人听得格外清晰："小姨，昨晚睡觉，我和妹妹都听见你和姨丈的床在响，娘说，是你和姨丈打架了……"

姚芸儿听了这话，那张小脸顿时火烧火燎的，一直红到了颈弯，姚金兰也是尴尬无比，一把将大妞扯了回来，低头训斥了几句后，就见姚芸儿坐在那里，羞得连头都不敢抬，而袁武倒是神情如常，似是对大妞的话闻所未闻一般，依旧在吃他的馍馍，姚金兰嗫嚅了片刻，终开口道："小孩子不懂事，妹夫可千万甭往心里去。"

袁武这才看了她一眼，摇了摇头，说了声："没事。"说完则将米粥推到了姚芸儿面前，低声道："好了，快喝。"

姚芸儿羞赧得厉害，简直恨不得远远逃开，见夫君为自己递来了那一碗粥，便抬眸瞋了他一眼，那眼眸里的意思，倒好像是在说："都怪你。"

男人遂是一记浅笑，微微颔首，仿佛是在说"是，都怪我"一般。

姚金兰将这一切尽收眼底，只默默垂下眸子，将米粥捧在手里，心头却是微微一叹，既叹自己的凄苦，又羡慕妹子命好，嫁了个这么好的夫婿。

到了晚间，姚芸儿便说什么也不许袁武近身了，到了最后，男人无奈，只得扣住她的腰肢，将她牢牢箍在怀里，终究没有再进一步，只搂着她睡去。

因着快要过年，镇子里买肉的人也多，这几日袁武便格外忙些，一大早又整理好了半扇猪肉，去了镇里做买卖。

冬日里天冷，堂屋里已烧起了炉子，姚芸儿还往炉子里扔了一些栗子，等烤熟了剥着吃。姐妹俩在家，一面做着针线，一面聊些家常，两个小丫头便在屋子里玩耍，倒也安详静谧。

听得敲门声，姚芸儿将门打开，看到来人后，便是惊呼了一声："娘？！"

来人正是姚母。

姚金兰听到声音，也从里屋走了出来，姚母瞧着女儿，难免又气又痛，也不顾姚芸儿的阻拦，上前便朝着姚金兰的身上扭打了过去，一面打，一面骂道："你这作死的丫头，就这么不声不响地把孩子带了回来，你让我和你爹的脸往哪儿搁？”

姚金兰本就积攒了一肚子委屈无处诉说，此时又见母亲这般不分青红皂白地对着自己又打又骂，那眼泪顿时流了出来，倒也不躲，就在那哭。

直到从姚芸儿口中得知那王家母子竟是要将大妞卖了，姚母顿时愣在了那里，就连脸上的肌肉也都在颤抖着，瞧着地上哭泣的女儿，终是颤巍巍地伸出手去，将金兰抱在了怀里，也在那哀号起来。

姚芸儿瞧着没法子，好说歹说地才将母亲和大姐劝进了里屋，瞧见外孙女，姚母的眼泪更是止也止不住，只一手一个将孩子抱在了怀里，想起那狠心的女婿，和他那难缠的老娘，姚母也是悲从中来，忍不住地破口大骂，只将王家的祖宗十八代都给翻了出来。

骂了好一会儿，姚母方才渐渐噤了声，大妞和二妞去院子里和白棉儿玩去了，屋子里便只剩下姚母与两个女儿。

“大丫头，你听老娘一声劝，你在芸丫头这里住着，也不是个事儿，还是带着孩子回去吧。”姚母心思百转，却实在想不出啥法子，姚金兰相貌平庸，又加上这些年在王家吃尽了苦头，瞧起来比同龄人要苍老了许多，与娇滴滴的姚芸儿站在一起，哪有一丝姐妹的样子，怕是说成母女，也有人信。

这么个相貌，又带着两个孩子，就算给人做续弦，也是没人会要的，姚母为女儿细细考量着，却也只有劝她带着孩子回去，旁的也实在是无路可走。

姚金兰一怔，脱口道：“娘，王大春和他那老娘要把大姐卖了啊！”

姚母摆了摆手，道：“这件事娘做主了，我回头和你爹商议商议，拿一半银子出来，至于剩下的。”说到这里，姚母又转向姚芸儿，接着说了下去，“芸丫头，咱家就属你过得最好，你大姐如今遇上了难事，你若真想帮她，就和老娘一样，拿一半银子出来，帮衬着她家将这难关过了，你看咋样？”

姚芸儿一听，觉得母亲说得有理，若是告诉了袁武，想必他也不会反对的，当下便点了点头：“我都听娘的。”

姚母“嗯”了一声，眼瞅着姚金兰依然木怔怔地站在那里，便皱眉道：“还愣着做什么，赶紧去收拾东西，这里再好，也是芸丫头家，你和孩子在这里住着，也不怕被人笑话，连带着我和你爹都抬不起头来，脊梁骨都差点被人戳弯咯！”

姚金兰被姚母说得心头不是滋味，她带着孩子在袁家住的这几日，倒真可以说是她这辈子过得最舒坦的日子。袁武勤劳能干，又能赚银子，家里向来什么都不缺，就连些村里少有的稀罕物，袁家也置办得齐全，再加上平日里家中的水和柴火无一不是满满当当的，那家务活干起来都得心应手，至于伙食更是没话说，每日里不是肉就是鱼的，不过才几天的工夫，大妞和二妞就胖了一圈。

一想起在王家过的那些日子，姚金兰便打心眼里发颤，甭说她，就连孩子们也是，一听要回家了，都咧着嘴哭了起来，尤其是二妞，更是攥着姚芸儿的衣裳，说什么也不愿松手。

姚芸儿瞧得不忍心，只得和母亲说了，再留孩子们住一晚，等袁武晚上回来，明日里一道将大姐母女送回去。

姚母一听也在理，有个男人在，走起山路来也放心些，便不再多说什么，只道自己明早再过来。

送走了母亲，姚金兰失魂落魄的，姚芸儿陪着说了些体己话，一直到了临晚，王家村的张婆子却一路打听着来到了袁家，寻到姚金兰后，便告诉她，王大春要休了她另娶，要她赶忙儿回去。

姚金兰听到这个消息，一张脸顿时变得煞白，整一个惨无人色，当下也是什么都顾不得了，就连东西都没收拾，便带着孩子与张婆子一道回到了王家村。

姚芸儿也劝不住，眼睁睁地看着大姐领着两个女儿一路跌跌撞撞地往回赶，心里却隐隐不安，盼着袁武快些回来。

话说王大春本就和邻村的一个寡妇不清不楚的，那寡妇有些积蓄，一直想进王家的大门，王大春早就想将姚金兰休了，只不过一直没有由头，如今趁着姚金兰带着孩子回到了清河村，便马不停蹄地找了个秀才，以姚金兰不孝敬婆婆，多年无子，七出之条犯了两条为由，写了一纸休书递到了里正那里。

待袁武回家，依旧老远便瞧见姚芸儿站在铺子门口等着自己，瞧见她，男人眉宇间便微微皱起，等小娘子迎上来后，他握住姚芸儿的小手，只觉一片冰凉，那脸色顿时一沉，语气里不免带了几分斥责："不是和你说过别在外面等我，怎么不听话？"

姚芸儿知道他是担心自己着凉，可此时也顾不得其他了，只焦灼道："相公，方才王家村的人来了，说是姐夫要把大姐给休了！"

袁武闻言，脸色依旧沉稳得瞧不出什么，只揽住姚芸儿的身子，道了句："先回屋再说。"回到家，姚芸儿焦急得很，一想起大姐如今的处境，便是抓肝挠心地难受。

“相公，你快想想法子，若是姐夫真要把大姐休了，大姐往后带着孩子，这日子可怎么过啊？”

瞧着她焦急的小模样，男人微微一哂，径自走到桌旁倒了一碗水喝。

见他不说话，姚芸儿不依了，上前摇了摇他的衣袖，秀气的眉眼间已带了几分委屈。

袁武在椅子上坐下，将她抱在了怀里置于膝上，方才开口道："我倒觉得离开了王家，对你大姐来说是件好事。"

"好事？"姚芸儿满是错愕地凝视着自己的夫君，这年头，女子若被夫家休弃，可是天大的祸事，连带着娘家都要被人看不起的，怎么到了他嘴里，却成了好事？

见她那剪水双瞳一眨不眨地看着自己，袁武哑然，紧了紧她的身子，解释道："你想想她在王家过的是什么日子，连带着两个孩子也跟着受苦，不如自己带着孩子过。"

姚芸儿仍是摇头，道："可大姐一个女人家的，自己哪能养活得了两个孩子？"

"不是还有咱们吗？"男人声音低沉，那一双黑眸迥深，唯有眉宇间却噙着淡淡的宠溺。

姚芸儿听了这话，便怔在了那里，似是不敢相信一般："你是要大姐和孩子都住在咱们家吗？"

袁武很是无奈，捏了捏她的脸，道："傻瓜，我是说咱们给她觅一处房子，让她带着孩子住，往后能帮衬的，咱们多帮衬些，总不至于过不下去。"

姚芸儿这才理会男人的意思，心里便如同泡在温水里似的，说不出的暖，她望着眼前的男人，半晌说不出话来。

"怎么了？"袁武低声开口。

"相公，你怎么这么好。"姚芸儿轻轻开口，声音糯糯的，让人心头一软。

袁武听了这话，淡淡一笑，若不是为了她，他又哪有这份心思，去管这些小事。

姚芸儿想了想，又开口道："相公，若是大姐带着孩子们回来，不如还让她们在咱们家住吧，这样平日里也能省些银子。"

"不行！"男人沉声开口，那一声浑厚有力，差点将姚芸儿吓了一跳。

"为什么？"

"你说为什么？"男人眉头一挑，深邃的黑眸望着怀里的小人儿，将姚芸儿瞧得脸庞通红，心里方才明白了过来。

袁武见她羞涩地别开小脸，那柔美的侧颜落在他的眼底，更是妍丽得如同桃花一般，惹得他情不自禁地俯下身子，在她的耳旁低语出声。

"今晚可不能躲着我了。"

姚芸儿听了这话，脸庞顿时落满了红晕，忍不住嗔道："原来就是因为这个，你才不让大姐住在咱们家。"

袁武没有说话，只微微笑起，刮了刮她的鼻尖。

姚芸儿想起这几晚，都是由男人抱着自己睡的，有时候都察觉到那硬硬的东西抵着自己，可她怕被大姐她们听见，总是不许他近身，倒也难怪他不愿让大姐和孩子们住在自己家了。

当下她垂下眼帘，只觉得越发羞赧，忍不住将脸蛋埋在夫君的怀里，一张小脸灿若云霞，更显娇美。

袁武最喜欢她这般娇羞的样子，将她揽在怀里，两人依偎良久，一室温馨。

翌日一早，姚芸儿蜷在袁武怀中酣睡，袁武刚准备起身，她便伸出藕节般的胳膊，搂住男人的颈，就是不让他起来。

袁武见她这般缠人，当下又是无奈，又是好笑，念着今日家里也没什么活计，索性便继续揽着她睡去，直到日上三竿，两人方才起来。

姚芸儿去了灶房，如今天冷，便想着做一锅热乎乎的年糕汤给男人喝，一顿饭还没做好，就听屋外有人吆喝着："姐！快给我开门！"

是姚小山的声音。

姚芸儿匆匆走出屋子，去将大门为姚小山打开，就见小弟上气不接下气地站在那里，大冬天的，额上硬是跑出了一层汗珠。

"姐，大姐被王家赶回来了，娘让我过来，要你和姐夫赶紧回家一趟。"

姚芸儿一听大姐被王家赶了回来，心头顿时一紧，不等她回屋去找袁武，就见男人已走了出来，对着姚家姐弟道了句："走吧。"

当下锁好铺子的大门，三人一道往姚家赶去。

姚家此时围满了街坊，皆聚在那里窃窃私语着，清河村的人几乎全知道了姚家大闺女被夫家休弃，连带着她生的那两个女儿，都一道被赶了回来。一时间，看笑话的有之，说金兰可怜的有之，更多的则是抱着看热闹的心态，毕竟清河村地方小，村民们平日里闲来无事，一听说姚金兰被休，出了这么大的事，自然按捺不住地要来瞧一瞧。

姚芸儿不管这些人，刚踏进娘家的院子，就见姚老汉正坐在门槛上，一声不响地抽着旱烟，大妞揽着二妞，姐妹俩怯生生地站在一旁，眼圈红红的，似是想哭又不敢哭一般，待看见姚芸儿后，两个孩子都扑了过来，刚喊了一句小姨，二妞便哇一声，哭了起来。

姚芸儿瞧着心酸，拿出帕子将二妞脸上的泪水擦去，姚父见到了女儿女婿，则站起了身子，那脸色也是十分难看的，仿佛一夕间苍老了好几岁。女儿被夫家休弃，这种事落在谁家也都是件见不得人的事，姚父也没心思和女儿女婿多说什么，一手指向里屋，对着姚芸儿道："你大姐在里屋，你进去跟着劝劝。"

姚芸儿答应着，刚走进屋子，就见姚金兰面如金纸，正呆呆愣愣地倚在床沿，金梅手里捧着一碗粥，却是怎么也喂不下去，而姚母则坐在一旁，一个劲儿地抹眼泪。

"大姐……"姚芸儿心头难受，瞧着姚金兰魂不守舍的模样，眼眶也湿了，姚母见到她，遂哑着嗓子，道了句："女婿咋没和你一道回来？"

"娘，他也回来了，和爹一道在院子里，没有进来。"姚芸儿说着，走到金兰身旁，刚想劝个几句，不料姚金兰一把攥紧了她的手，直挺挺地从床上坐了起来。

姚芸儿的手被她攥得生疼，却也不敢乱挣，姚金兰的眼泪刷刷地落了下来，积攒了多年的委屈与痛苦仿佛在这一刻全都发泄了出来，只哭得撕心裂肺，一面哭，一面在那儿骂："那杀千刀的王大春，我给他们王家当牛做马地累了这么多年，他和他那老娘平日里对我不是打就是骂，让我吃得还没有牲口好，他和王寡妇那小蹄子勾搭在一块，这是说不要，就不要我了啊！"

姚金兰声泪俱下，旁人的劝也是一点儿也听不下去，到了后来那神智竟是有些不清楚起来，披头散发地要往外头跑，骇得姚母一把将她抱住，姚金梅和姚芸儿也慌得上前，大家七手八脚地好不容易将她按在了床上，姚金兰犹如疯魔一般，竟唱起了曲子，声声凄凉，吓得三个人都不知该如何是好，就那么一愣神的工夫，姚母便被姚金兰一把推在了地上，金梅赶忙去扶，姚芸儿一个人自然拉不动她，眼睁睁地看着大姐往外跑，只对外唤了一声："相公！"

　　袁武听到她的声音，顿时大步而来，刚一进门，就见姚金兰跟个疯子似的，在屋子横冲直撞，就连椅子都被撞翻了，他站在门口，待姚金兰向着他奔来时，男人面色沉着，手势干脆利落，抬手便在姚金兰的颈弯处横劈一掌，姚金兰哼都没哼一声，便晕了过去。

　　"大丫头？"姚母被金梅搀了起来，慌慌张张地跑过来将姚金兰扶住，那声音是颤抖的，见女儿落到如今这步田地，止不住地老泪纵横，对着袁武大声斥道："大丫头好歹也是你大姐，你咋能将她打晕过去？"

　　袁武面色如故，只道："岳母放心，大姐要不了多久便会醒，趁着这工夫，还是请个郎中过来。"

　　姚母瞅了眼金兰的脸色，便赶忙让姚小山去请了郎中，那郎中诊治后，说出来的话却令一家人大吃一惊，姚金兰竟是得了失心疯。

　　姚芸儿将这事告诉袁武，男人脸色并无丝毫诧异，好似早已预料到这个结果。两人一直在姚家耽搁到晚上，姚金兰醒来后，又是哭闹不休，等她睡着后，方才踏着月色往家赶。

　　姚芸儿想起大姐变成了这副样子，就忍不住地悲从中来，还没到家，那泪水便一颗颗地往下掉。

　　袁武将她揽在怀里，由着她在自己怀里轻泣，姚芸儿念起儿时大姐对自己的照料，心头越发酸涩，经过一棵杏花树时，蓦然说了句："相公，你往后，会不会也休了我？"

　　袁武的脚步当即停在了那里。

　　就着月色，但见小娘子的脸上落满了泪痕，一张小脸在月色中更是显得娇柔婉转，竟比那月光还要皎洁。

　　"说什么傻话？我怎么会休了你？"男人眉头紧皱，居高临下地望着怀里的小人。

　　"我很怕，相公往后若是休了我，我会不会和大姐一样，也得了失心疯……"

　　不等她说完，便被男人粗声打断："别瞎想，你是我明媒正娶的娘子，我袁武这一辈子，定不负你。"

　　听了这一句，姚芸儿心头微微踏实了些，她将身子往男人的怀里偎了偎，伸出手环住他的腰身，轻声地说了句："相公，这一辈子我都跟着你，无论你去哪，做什么，我都要跟着你，你别不要我，好吗？"

袁武听着她怯生生的话语，心里顿时一疼，将她揽得更紧，那一双黑眸漆黑如墨，沉声道了一个字："好。"

　　一连几日，姚芸儿都忙得不可开交。到了年底，铺子里的生意眼见着好了起来，袁武每日里也抽不开身，姚芸儿一面要料理家务，一面还要回娘家帮衬，这些天姚金兰的情形时好时坏，整日里疯疯癫癫的，连大妞和二妞都不认得了，一心要往外面跑，惹得姚父姚母都是精疲力竭，若是偶尔清醒，便抱着两个女儿在一旁默默流泪，瞧起来也是可怜。

　　日子一天天地过去，姚金兰的失心疯总也不见好，时常三更半夜地从床上坐起来破口大骂，当然都是骂那王家母子，只吓得两个孩子整夜整夜地哭泣，日子一久，就连姚家附近的街坊们也看不过眼，一个个在私下议论纷纷，甚至有的人说这姚金兰是离不开男人，等明儿赶紧再给她找一个，说不准这疯病就好了。

　　姚母听在耳里，倒也动起了心思，一心想给女儿说个婆家，便从村里寻了媒婆过来，要她打听这十里八村的，有没有死了媳妇的鳏夫，或者是家穷娶不起女人的，眼下没得挑了，只要能将姚金兰娶过去就行。

　　见娘家实在乱得厉害，姚芸儿便将大妞和二妞都接回了家，两个小丫头连遭变故，胆子比起之前更是小了不少，尤其二妞每到晚上更是缠着姚芸儿不放，非要小姨和姐姐一道陪着她睡觉不可。

　　姚芸儿心疼，只得和衣与孩子们睡在一起，等将姐妹俩哄睡后，自己方才悄悄回房。

　　这一日，姚芸儿忙了一天，也是累得很了，待大妞和二妞睡着后，她也沉沉睡了过去，岂料睡到半夜，便觉得有人将自己抱了起来，她迷迷糊糊地睁开眼睛，小声地唤了两个字："相公。"

　　袁武抱着她回房，揽着她在床上睡下，这才合上眼睛，说了声："睡吧。"

　　姚芸儿却睡不着了，睁着一双小鹿般的瞳仁，伸出手指在男人的胸口点了点，嗔道："我只是陪孩子们睡一晚，你干吗要把我抱回来。"

　　袁武依旧合着眸子，听着姚芸儿的话，唇角便微微勾起，也没说话，大手在她的纤腰上拍了拍。

　　姚芸儿往他的怀里拱了拱身子，眉眼间却浮上一丝赧然，道："相公，是不是我不在，你睡不着？"

　　袁武这才睁开眼睛，英挺的脸庞上划过一抹不自在，他凝视着怀里的女子，却实在开不了那个口承认。

姚芸儿唇角的笑意越发清甜，眼睛也如同两弯月牙一般，点着他的胸口，催促道："你快说，是不是？"

袁武哑然，握住她不老实的小手，将她紧紧箍住，方才含糊不清地应了一声："嗯。"

姚芸儿瞧着他别扭的样子，心里却是柔柔软软的，在他的脸上小啄了一口，这才倚着他的胸膛睡去，嘴巴旁却还噙着小小的梨窝，可爱灵秀。

一直待她睡着，袁武望着她甜美的睡颜，黑眸中遂浮起淡淡的自嘲。

恰如姚芸儿所说，没有她在身边，他的确睡不着。就连他自己也不知是怎么了，这么多年来，他早已习惯一个人独宿，就连之前颠沛流离时，其他人也知道他的性子，从不敢来扰他。可自与姚芸儿成亲后，每晚他早已习惯了抱着小娘子温温软软的身子，嗅着她身上的幽香，心里总是说不出的平静，轻而易举地便能让他忘记从前的事情，只想这么揽着她沉沉睡去。

这几晚姚芸儿都是去陪着大妞二妞，没有她在身边，他便觉得心头空落落的，今儿见她一直没回来，便再也忍不住，将她抱回了屋子。

男人眼瞳黑亮，轻轻一哂，将怀里的小人儿揽得更紧了些。

翌日一早，天还没亮，姚芸儿便起床了，如今家里多了两个孩子，零碎的活比起从前也多了不少，姚芸儿去了灶房，挖空心思，只想多做些好吃的，好将大妞二妞养壮点。

她正忙活着，蓦然却听铺子的大门被人拍得山响，姚母声音凄厉，唤着女儿女婿开门。

不等她从灶房走出，袁武便已大步上前将门打开，姚母面色惨白，整个人都是瑟瑟发抖的，刚瞧见女儿女婿，便号啕大哭："芸丫头，你大姐不见了！只不过打个盹的工夫，她就不见了呀！"

姚芸儿听了这话，当下六神无主，小手本能地攥住男人的衣袖，一张小脸也如姚母一般，骇得雪白。

袁武握了握她的手，沉声安慰道："你在家看着孩子，我去找。"

姚芸儿茫然无措，可听着男人的声音却踏实了下来，她刚点了点头，就听姚母哑着嗓子，告诉袁武姚父和姚小山已去了村后的山林子里，言下之意便是要袁武一道过去。

男人却摇了摇头，说了句："我去王家村看看。"

语毕，便大步走出了铺子。

待男人走后，姚芸儿心下忐忑，刚回到家，就见大姐和二姐也起来了，正与姚母一道坐在堂屋里，两个孩子许是从外婆口中知晓母亲不见了，刚瞧见她，便泪眼婆娑地扑了过来，口口声声地要娘亲。

姚芸儿柔声安慰，告诉她们外公和舅舅，还有姨丈都帮她们去找娘亲了，要不了多久，娘亲就会回来。

照顾着两个孩子吃过饭，姚芸儿见姚母魂不守舍地坐在那里，刚要去劝上几句，却见姚金梅也从家里赶了过来，只道姚小山带回来消息，他和姚父几乎将后山翻了个底朝天，也没瞧见姚金兰的影子，眼下已和姚父一道去了清河，希冀着可以找到大姐的踪影。

姚母听着，只觉得一颗心沉甸甸的，难受到了极点，就跟刀剐似的疼，不住地抹眼泪。

一直守到晌午，就见村西头的顾婶子匆匆赶到了袁家铺子门口，待姚家母女走出去，顾婶子开口便是一句："金兰她娘，你赶紧带人去王家村瞧瞧吧，你家金兰今儿一大早的跑到了王家村，一头撞死在了王家门口，听我家大虎说，你家三姑爷也赶去了，我说这事可真是造孽，这金兰咋就这样想不开，做这等傻事，她倒是两脚一蹬的啥也不知了，可你说那两个小丫头往后该咋整……"

那顾婶子平日里最爱说些东家长西家短的事儿，一说起来便没完没了，姚母哪有心思听她说这些，刚听到那一句"一头撞死在了王家门口"便连哼都没哼，就昏死了过去。金梅和芸儿也都骇得七魂没了六魄，一个在那儿揉心口，一个不住地喊娘，隔了好一会儿，姚母方才悠悠醒转了过来。

姚母脸色白得吓人，无论两个女儿怎样用力，也都没法子将她扶起来，直到一些街坊上前七手八脚地帮忙，才总算将姚母抬进了屋子。

没过多久，姚父和姚小山也从清河边回来了，见家里没人，一打听才知道姚母与金梅都在袁家，父子俩刚过来，就听得金兰出了事，姚父只觉双腿一软，也瘫了下去。

姚家二老这么一倒，姚家顿时连个主事的人都没有，姚小山年幼，自然是指望不上的，而姚金梅与姚芸儿都是妇道人家，也不能抛头露面，这一切里里外外的事儿，倒也只有落在袁武身上了。

一直到了临晚，姚金兰的尸首方才被人抬了回来，如今闹出了人命，里正也不得不出面。姚金兰既被夫家休弃，自是算不上王家村的人，而清河村历来都是嫁出去的女儿泼出去的水，被夫家休弃的女儿也算不得村里的人，姚金兰的尸首便被抬进了祠堂，容后商议了再说。

而当姚家二老得知女儿已被送到祠堂后，遂跌跌撞撞地被人搀扶着赶了过来。刚到祠堂，就见姚金兰的尸首躺在地上，身上盖着一块白布，姚母不管不顾地上前，一把将那白布掀开，待看见女儿那张惨无生气的脸后，顿时撕心裂肺地干号了起来，村子里的街坊也围在一旁，看着这一幕惨剧皆啧啧咂嘴，只觉不忍。

姚芸儿也哭得不能自已，怎么也想不到大姐居然会出这种事，早上还好端端的一个人，怎么说没就没了。

姚家家贫，在清河村里向来人微言轻，若是出了啥事，家中也是连个挡浪的人都没有，如今家里出了这天大的事，便只能仰仗女婿了。

袁武让姚芸儿回家，自己则留在祠堂里，他不是本地人，对清河村的丧葬习俗不甚明了，里正只说，姚金兰虽是姚家的闺女，但到底是嫁过人了，村子里的坟地是不能埋的，言下之意，便是让姚家想法子从后山上觅一块荒地出来，将姚金兰葬在那里。

里正的话音刚落，周围的街坊们皆出声附和，清河村地处偏僻，村民们极是迷信，这嫁过人的女子，是万万不可葬在本家墓地的，似姚金兰这般又没有夫家可葬的，便只能在荒山上寻一处地方埋了，不然，说不准会被她坏了风水，连带着一个村子都交上霉运的。

袁武听着，倒也没吭声，里里外外，出钱出力，一切琐事全都交给他打点，他虽是外乡人，却也将姚金兰的身后事办得十分体面，无一不妥。

送葬的那一天，姚母哭号着要去和王家人拼命，好歹让街坊们劝住了，熙熙攘攘了一天，姚金兰总算入土为安，只不过可怜了大姐和二姐，自母亲走后，这两个孩子可真成了孤儿，往后只得寄人篱下地过日子了。

姚家这几日自然也是一片的愁云惨淡，姚母自金兰下葬后，便一病不起，整日里下不了床，连饭也吃不下去，姚老汉比起她也是好不了多少，整日里连一个字也不说，从早到晚，都一声不响地蹲在门槛上抽旱烟。

娘家这种情形，姚芸儿也是放心不下，这些日子便一直待在娘家服侍着母亲，已经好几天没回家了。

这一日，姚母稍稍恢复了些力气，便催促着女儿赶快回去，姚芸儿心里也实在惦记得紧，当下收拾了些东西，看着大妞和二妞，便想着一道将她们带回去。

姚母瞧出了女儿的心思，唤住了她，言道："大妞和二妞先留在娘这里，你这么久没回家，家里的事也多，先回去把家里的事儿忙好，啊？"

姚芸儿应着，又和大妞二妞说了几句话，方才离开了娘家，匆匆往家里赶。

好几日没回家，姚芸儿心里着实牵念得厉害，她不在的这几日，也不知袁武一人在家过得怎样，平日里吃得好不好，晚上睡得好不好，衣裳够不够穿，有没有冻着……姚芸儿一路上都在想着这些，快到家时，远远地瞧着家里的铺子，心头便是一安，脚下只走得越发快了。

这几日姚芸儿不在家，袁武一个人的确过得不舒坦，听到小娘子的脚步声，袁武顿时一震，连忙从屋子里走了出来，刚出门，就见姚芸儿站在院子里，几日没见，姚芸儿纤瘦了不少，却更显得楚楚动人。

"相公。"姚芸儿刚看见他，眼圈便是一红，提起裙摆，向着他跑了过去，伸出小手刚环住他的腰，声音便酸涩起来，"我很想你。"

袁武也搂住了她，声音沉缓道："我也是。"

两人依偎良久，姚芸儿从男人怀里抽出身子，不放心地将他从头到脚细细打量了一番，见袁武比起自己走时没什么变化，心里方才微微踏实了些，只温声道："这几天家里的事太多，真的委屈你了，你这几天是怎么吃的，自己做饭，能吃饱吗？"

男人听着便笑了，抚上她的小脸，温声道："傻瓜，哪有什么委屈。我这么大的人了，难道还会饿着不成？"

姚芸儿依然心疼，握住了他的大手，柔声道："那相公今天想吃什么，我现在就去给你做。"

袁武瞧见她眸底的心疼，心中也是一软，伸出大手复又将她揽入怀中，沉声道："不急，先让我抱抱你。"

姚芸儿这几日在娘家白日里要做家务，晚上还要照看母亲，也实在是累得很了，此时蜷缩在袁武的怀里，觉得他的怀抱是那样温暖，舒适得让她连动都不想动，就想这样倚着他，倚一辈子才好。

这一晚，姚芸儿自是做了一桌可口的饭菜，吃饭时也不住地为男人夹菜，想起这几日自己不在家，他每日里定是随口吃些去填饱肚子，那心里便是丝丝地疼，只将袁武的碗里塞得满满当当，生怕他吃不饱一般。

到了晚间，自然又是好一番的缠绵，有道是小别胜新婚，两人分开了这些日子，袁武早已是欲火满涨，肆意要着身下的女子，而姚芸儿娇软的身子，在暗夜中犹如丝绸一般的光滑细腻，冰肌玉骨，惹得男人不能释怀，无论怎样掠夺，都还嫌不够。

接下来的几日，姚芸儿得空了就回娘家看看，袁武给了她一袋银钱，让她交给了姚母。眼见着快要过年了，无论家里发生了什么事，这日子总还是要往下过的，姚家本就不富裕，如今又多了两个孩子，那日子过得更是捉襟见肘，见到女儿送回来的银钱，姚母心头难安，又是感激，又是酸涩。

自姚金兰去世后，大妞和二妞便如同刚出壳的雏鸟一般，整天眼泪汪汪的。大妞年纪大些，倒还好上一些，二妞年纪小，时常咧着嘴，在那里哭着要娘亲，无论姚母怎样哄都不行，每次看到她哭，姚芸儿心里也是刀剐般地疼，只抱着她一道落泪。

第六章

娘家遇难

这一日，姚芸儿在家里做了些点心，打算送到娘家，刚走到路口，就见前面围满了人，隐约还有孩子的哭声，定睛一看，才瞧见两个妇人扭打在一块，正是王婆子与姚母！

却说王婆子待金兰死后，好些日子都没敢出门，王家村的村民私下里都说是她活活将金兰逼疯逼死，那姚金兰的鬼魂定是不会放过她，这话不知怎的落进了她的耳里，一直到如今过了七七四十九天，等煞气过了，她才敢出门。

而她这次来清河村，不为别的，只为从姚家将大妞和二妞带走。

说到底大妞和二妞终究还是王家的人，可姚母知道这王家母子的为人，孩子落进王家就是羊入虎口，又哪里肯让王婆子将孩子带回去，于是两人互不相让，在姚家便破口大骂了起来。

姚母一想起女儿在他们家受的苦，落得的下场，只恨得牙根发痒，还没说个几句，便扑了过去一把抓住王婆子的头发，那王婆子也不是善茬儿，当下两人便厮打了起来。

这一闹腾，周围的街坊都赶了过来，大伙儿都晓得那王婆子是个难缠的泼辣货，都是一个村的，街坊们生怕姚母吃亏，一些婶子婆子便假意上前拉架，暗地里往王婆子身上你掐一把，我踢一脚的，总之要让这老妇讨不了巧去。

王婆子叫嚷得厉害，只道姚母仗着人多，要害她性命，这般闹了片刻，王婆子终是再也支撑不住，只想着落荒而逃。

姚母哪里肯放过她，两人都是披头散发，拉扯着一直到了路口。姚芸儿担心母亲吃亏，将点心往街坊的手里一塞，便匆匆赶了过去，姚母形如疯魔，拼了命似的往王婆子身上打，王婆子心里本就发憷，时间一久，只被姚母打得嗷嗷叫唤。

姚芸儿见母亲红着眼睛，心头一个咯噔，赶忙上前和那些婶子婆子一起，花了好大的力气才将姚母劝住，而那王婆子从地上爬了起来，脸上青一块紫一块的，就连衣裳也落满了脚印，瞧起来狼狈不堪，一直跑了老远，才敢扭过头来，对着姚母嚷道："死老婆子，你扣我孙女儿，老娘明儿就去官府告你，你们姚家一个个的就等着被抓进牢里，给老娘吃牢饭去！"

姚母气得浑身发抖，作势还要上前和她拼命，街坊们赶忙将她拦住，那王婆子瞧着这阵仗又怕了起来，扭着小脚，匆匆忙忙地走远了。

街坊们三三两两的，都上前劝着，好容易将姚母劝回了家，便也纷纷散去了。

姚芸儿见母亲气得厉害，倒了杯水，递到母亲手里。

姚母骂了半天，正口干舌燥，此时见到女儿端了水来，心口便是一暖，瞧着姚芸儿柔美清纯的小脸蛋，也存了几分疼惜，招手唤了女儿在自己身旁坐下，叹了口气道："芸丫头，家里这阵子事多，咱娘俩也是好些日子没说些体己话了。"

姚芸儿握住了母亲的手，温声道："娘，您甭担心，相公已经说了，往后大姐和二姐的事他不会不管，您和爹爹只要将身子养好，其他的事，交给他就行。"

姚母听了这话，心下百感交集，隔了片刻，却压低了声音，对着女儿道："你和娘说说，你这成亲也有一阵子了，咋还没个动静？"

姚芸儿小脸先是浮起一股茫然，而后才想明白母亲话中的含义，当下便臊得粉脸通红，只低下眸子，羞得连话都不敢说了。

"不是娘说你，姑爷年纪不小了，你可一定要赶紧给他生个儿子，才算是拴住了他的心，不然你瞅瞅你大姐，若她有个儿子，又哪还能落到这步田地？"姚母说起大女儿，又忍不住悲从中来，挥起衣袖拭泪，姚芸儿瞧着心里也难受，在娘家也没待得多久，便起身回家了。

刚到家，就见男人正站在院子里劈柴，隆冬时节，他身上却只着了一件单衣，魁梧的身躯高大挺拔，结实矫健。

姚芸儿担心他着凉，便将他的棉袄取了过来，道："相公，快将棉衣披上吧，小心着凉。"

袁武将斧头搁下，摇了摇头，说了句："我不冷。"

"不冷也要穿，若等骨头里进了寒气，上了年纪后每日里都会疼的。"姚芸儿不依，将棉衣解开，非要男人穿上不可。

袁武心下无奈，微微扬唇，终究顺着她的心意将棉衣穿在了身上。

"方才，王婆子来了。"姚芸儿踮着脚尖，一面为男人扣着棉衣上的扣子，一面轻声细语，"她要把大姐和二姐带走，娘气极了，和她打了一架。"

"哦?"袁武淡淡笑起,"那谁打赢了?"

姚芸儿瞋了他一眼,自己也微微笑了起来。

为他将扣子扣好,姚芸儿心里却还是有些不安,又开口道:"王婆子临走前,说是要去官府告状,说我娘扣着她的孙女,要把咱们都送到官府里去坐牢。"

男人听了这话,遂握住了她的小手,安慰道:"她不过是随口说说,不要紧。"

姚芸儿见自家男人这样说,心头顿时踏实了不少,想起自己离开家时,母亲说的那些话,脸庞便微微发烫起来,只觉得心里甜丝丝的,忍不住将身子埋进男人怀里。

"怎么了?"见她一声不响地钻进自己怀里,袁武不免觉得好笑,伸出胳膊,揽住她的腰肢。

"相公,咱们生一个小娃娃吧。"姚芸儿抿着唇角,梨窝浅浅,秋水般的瞳仁里满是羞涩,就那样在男人的怀里昂起脑袋,凝视着他。

袁武黑眸一滞,声音倏然低沉了下去:"怎么突然想起这个?"

姚芸儿脸庞一红,轻声道:"方才在家,娘和我说女人只有为男人生了儿子,才能把男人的心拴住。我……我想给你生个儿子。"姚芸儿说到这里,轻轻垂下眼帘,声音已低不可闻,"这样,我就能拴住你了。"

袁武望着她娇羞的脸蛋,只觉得忍俊不禁,微微一笑,复又将她按在自己怀里,他的声音低沉而温和,听得人忍不住要沉溺下去:"傻瓜,不管有没有儿子,你都已经拴住我了。"

姚芸儿脸庞上的红晕更深了一层,心头满是甜蜜,伸出胳膊环住男人的健腰,小声道:"你没骗我?"

"没骗你,"袁武拍着她的后背,黑眸深邃锐利,望着这座农家小院,终是轻轻一哂,低着声音道了句,"我被你拴得紧紧的,一辈子都跑不了。"

临近年关,大雪纷扬而下,清河村的村民瞧着这大雪,每个人都喜滋滋,只道是瑞雪兆丰年,来年定是有个好收成。

岂料,这大雪竟是没完没了,眼见着一连下了数日,就连那通往镇子里的路都给堵上了,村民这才慌了,这大雪若一直下下去,只怕还没被饿死,就要被冻死了。

因着连日来的大雪,姚芸儿这几日都没出门,只和袁武待在家过着自己的小日子。袁家什么都不缺,灶房里的两个大水缸都是满满当当的,米缸面缸里也是满的,尤其是柴火,几乎堆满了半间屋子,因着快要过年,姚芸儿腌了好几块猪肉，也都垂在灶房里，早已被风干，想吃便可以吃了。

此外，袁武前些日子赶着大雪封路前去了一趟云尧镇，将年货也置办齐全了，尤其还为姚芸儿买了些小媳妇们都喜欢的小玩意儿，至于点心糖果之类的，更没得说，今年算是姚芸儿长这么大，过得最丰盛的一个年了。

这一日大雪依旧下个不停，屋子里生着火，倒是暖融融的，两人吃了晚饭，便早早地上了床，姚芸儿倚在袁武的怀里，小手却握着一把剪子，正在细细地剪着花纸，打算等过年时，好贴在窗户上，加点儿喜气。

袁武将她抱在怀里，从他胸膛上传来的暖意源源不断地往姚芸儿身上钻，让她忍不住地扭了扭身子，嗔了句："相公，你别抱得我太紧，我热。"

袁武笑了，将被子为她掖好，望着她白皙如玉的颈弯，忍不住俯下身子，用自己的胡楂扎了上去。

"别闹，"姚芸儿被他扎得痒，忍不住笑出了声来，一面躲，一面笑道，"我这马上就要剪好了。"

想起她手中还拿着剪子，袁武便停了下来。姚芸儿手巧，没一会儿便剪出一朵窗花，那红艳艳的颜色十分喜庆，若贴在窗户上，也定然是十分好看的。

"好了，余下的明天再剪吧。"袁武见她剪好，便沉沉开口，那双手又不老实起来，探进她的衣襟里去，在姚芸儿细腻柔软的肌肤上游移。

姚芸儿却摇了摇头："不行，明天还有明天的事儿，我还要做年糕，炸圆子，今晚一定要把这窗纸剪好才行。"

袁武见她依旧埋首剪着窗花，柔美的侧颜粉雕玉琢，落进他的眼底，让他心头一软，甚至觉得这世上再也不会有什么，会比这一刻更好。

炉子里烧着柴火，不时发出噼啪声，姚芸儿晚间还将吃完的橘子皮扔了进去，整间屋子都是沁人心脾的橘子香，在这寒冷的冬夜，让人嗅着，更觉得无限温馨。

待姚芸儿将窗纸剪好，夜已经深了，刚收拾好东西，姚芸儿却觉得肚子里叽里咕噜地响了起来。

姚芸儿很是羞赧，但还是转过身子，对着男人软软地说了句："相公，我饿了。"

袁武自然也听见了，当下便噙着笑，刮了刮她的鼻尖道："想吃什么？"

姚芸儿刚要开口，却听院外传来一道拍门声，是小弟姚小山的声音，在这寂

第六章 — 娘家遇难 —

081

寥的冬夜里，更显得分外清晰。

"姐，快开门，姐！"

姚芸儿听弟弟的声音十分急切，只以为娘家出了事，顿时便慌了，掀开被子便要往外跑，男人一把将她拉住，将衣裳为她披好，道了句："在这里等着，我出去看看。"

姚芸儿焦灼不已，袁武刚将房门打开，一股风雪便扑面而来，男人迅速将门关严，大步向院外走去。

刚打开铺子的大门，就见姚小山一脸冰碴子，声音抖得不成样子，刚看见袁武，便哇一声哭了出来："姐……姐夫，咱……咱家的房子被大雪压垮了，娘和大姐都没啥事，可爹爹……爹爹还被大雪压着，娘……娘要我赶快来找你……"

姚小山到底年纪小，又因着天冷，话都说不利索，好不容易上气不接下气地将话说完，就听一阵脚步声由远及近，袁武回过头去，正是姚芸儿不放心，从屋子里赶了过来。

"爹爹怎么了？"姚芸儿在院子里便已听见了姚小山的哭诉，当下那一张脸蛋也不知是因为冷，还是惧怕，苍白如雪。

袁武瞧见她出来，眉头便皱起，道："你和小山先回屋，我去将岳丈他们接过来。"

"我也要去。"姚芸儿担心娘家，脱口而出道。

袁武眉头拧得更紧，脸色也沉了下去，只沉声道了两个字："听话。"而后转向姚小山，吩咐道："带你姐姐回屋。"

说完，便头也不回地闯进了茫茫风雪。

待袁武赶到姚家时，就见姚母与姚金梅正瘫在雪地里，互相抱成一团，冷得直哆嗦。待看见袁武冒着风雪大步而来时，姚母倒还好，金梅却是"哇"的一声，哭了起来。

姚母此时见到女婿，便如同看见了救星，虽不至于像女儿一般大哭，那眼圈也是红了，颤巍巍地对着袁武说道："女婿，芸儿她爹还被房子埋着，你可要想法子救救他啊！"

袁武也不废话，只说了声："岳母放心。"

姚芸儿在家里坐立不安地等待着，待听得敲门声响起，姐弟俩慌忙将门打开，就见袁武一身寒气，背着姚老汉走了进来。

"爹爹！"姚芸儿见父亲双眸紧闭，脸色惨白，显是伤得极重，当下一张小脸便惊惶起来，失声唤道。

"先回屋再说。"袁武脚下不停，径自将姚老汉背进了屋子，姚母与金梅领着两个孩子，一路在后头紧赶慢赶，隔了好一会儿，才匆匆赶了过来。

姚老汉被倒下的房梁砸断了腿，又加上被那冰天雪地的一冻，便昏厥了过去，直到袁武将他置于床上，灌了一碗热汤下去，方才渐渐苏醒过来。

这一醒，那断腿处便剜心般地疼，瞧着姚老汉疼得冷汗淋漓，姚母慌得没主意，也没脸再去使唤女婿，只让儿子速去请个大夫过来瞧瞧，看能不能将姚老汉的断腿接上。

"娘，下这么大雪，你让我上哪儿去请大夫！"姚小山哑着嗓子，看那样子都快难为哭了，眼见着连日来的大雪将路都封住了，也的确没法子去邻村请大夫。

姚母急得如同热锅上的蚂蚁，正焦灼间，却见袁武走到姚老汉身旁，伸出手，在姚老汉的伤腿处按了一按。

"姑爷，你瞧这……"姚母此时也顾不得别的，只得觍着脸上去问道。

"不用去请大夫，我来。"男人面色沉稳，一面说，一面卷起自己的衣袖，这些接骨之类的活，对他而言并不陌生，他动手前，对姚老汉低声道了句："得罪了。"

姚老汉见袁武开口，喉中只发出嗬嗬声，已是疼得说不出话来。

袁武敛下眸子，伸出手去为姚老汉接骨，姚老汉咬紧牙关，愣是没吭一声。正好骨后，袁武又去灶房挑了一块木板过来，用棉布将木板固定，忙活完这些，袁武站起身子，额角已起了一层汗珠。

"相公，快擦一擦吧。"姚芸儿瞧着心疼不已，赶忙将汗巾子递了过去，让男人擦了把脸。

"姑爷，等明日里天亮我们就回去，这一晚，倒是要在你这里叨扰一宿了。"

姚母脸上讪讪的，眼见着自己这一大家子，老的老，小的小，那张老脸便止不住地发烫，可偏又没法子，家里的房子早就年久失修，先前每年冬天，一下雪她就提心吊胆的，生怕自家这老房子会经受不住，可巧今年雪下得厉害，便赶上了。

袁武却摇了摇头，淡淡道了句："这几日您和岳父便在这里住下，等将房子修好，再回去不迟。"

说完这一句，男人便走出了屋子。

"相公……"姚芸儿瞧着，也赶忙跟了出去，两人一道走进灶房，瞧着袁武的脸色深沉，姚芸儿心头有些发憷，慢腾腾地走到男人身旁，轻轻地摇了摇他的衣袖，道了句："相公，你是不是生气了？"

袁武回眸，瞧着自己娇美年幼的小娘子，遂将眉宇间的阴戾压下去，抚上她的小脸，道了句："没有，别瞎想。"

姚芸儿终究是年纪小，娘家出了这档子事，她也不知该怎样做才好，虽然希冀着家人都能在自家住下，可想起袁武，心里不免又是愧疚，只觉得对不住他。

"岳父岳母住在咱们那间屋子，你和你二姐带着两个孩子住东边，至于小山，你在堂屋里给他铺个地铺，凑合一下吧。"

"那你呢？"

"我住这里就行。"

袁武沉声说着，脱下了自己的外衣，此番来去匆匆，那雪早已浸在衣裳里，此时已慢慢融化，随着男人的大手一拧，便拧下了不少的水。

姚芸儿瞧着，赶忙打来热水，让男人擦拭着，又去屋里为他取来了干净的衣裳。待男人将衣裳换好，却见自家小娘子还在那里站着，睁着剪水双瞳瞅着自己，眼圈却是渐渐红了。

"怎么了？"袁武最见不得她哭，此时看着她快要落泪的模样，黑眸便浮起一抹无奈，心头却是软了，将她揽在怀里，低声开口。

"相公，自从你娶了我，我们家的事就没少让你操心，让你又出钱又出力的，现在，还要委屈你住在柴房，这都怨我……"姚芸儿心里难过，话还没说完，泪珠便吧嗒吧嗒地落了下来，打在男人的手背上，滚烫的泪珠，似是要一路灼进他的心里去。

"说什么傻话，这又怎么能怨你？"袁武见她哭成一个泪人儿，黑眸中无奈之色愈浓，说到底还是心疼与怜惜，只得把她搂在怀里轻声哄劝几句，直到姚芸儿止住了眼泪，他方才拍了拍小娘子的后背，道："时候不早了，回去歇着吧。"

姚芸儿抹了抹眼泪，软声道了句："我和你一道在柴房睡吧。"

袁武淡淡一笑，捏了捏她的脸颊，道了句："回去吧。"

而这一夜，便如男人所说那般，悄然而过。

余下来的几日，待雪下得稍稍小了些，袁武在村子里寻了几个工匠，打算将姚家的房子修缮一番。

因着天冷，工匠们大多不愿出来做活，直到男人将工钱翻倍，方才有人愿意，至于银子，自然也是如流水般地使了出去。

而袁武自己，也一道在姚家帮忙，清河村人偶尔在背后提起姚家，莫不纷纷咂嘴，只道那姚家二老也不知是上辈子修了什么福，这辈子才得了这么一个好姑爷。

姚小山也被姚母赶回家帮忙，这一大家子的花销十分厉害，没过几日，那原本满满当当的米缸面缸，便眼见着少了下去。

姚母瞧着十分过意不去，只道等来年收上了庄稼，定给袁武夫妇送上几袋子粮食。

姚芸儿每日里在家将饭菜做好，等着男人回来吃，袁武的话本就不多，如今姚家的人全住了过来，便更沉默寡言了起来，时常一天下来，也听不得他开口说几个字，姚芸儿看在眼里，只觉得心里难受极了。

这一晚，待二姐与两个小丫头睡着，姚芸儿悄悄起身，随手披了件衣裳，蹑手蹑脚地走出了屋子，向着灶房走去。

"吱呀"一声轻响，姚芸儿推开灶房的木门，就见袁武躺在柴火堆上，一旁散着一条薄被，他却也没盖，就那样和衣躺着。

姚芸儿瞧着，鼻尖顿时一酸，轻手轻脚地上前，为男人将被子盖上。

"三更半夜的不睡觉，跑到这里来做什么？"

蓦然，男人的声音响起，将姚芸儿吓了一跳。

"相公，你醒了？"姚芸儿小声开口。

袁武睁开了眼睛，姚芸儿倚在他身旁，一张小脸肌肤雪白，双颊被冷风吹得红扑扑的，犹如搽了一层胭脂，因着冷，纤细的身子不住地打战，就连话都说不利索。

袁武瞧着，也不多话，就将她一把抱了过来，察觉到她冰凉的身子后，那眉头不由自主地紧皱，低声斥道："怎么不多穿件衣裳？"

姚芸儿蜷缩在他的怀里，小手紧紧攥住他的袖口，将脸蛋埋在他的怀里，也不说话，唯有泪水无声地落了下来，打在他的胸口。

"哭什么？"瞧见她落泪，男人的声音便温和了下来，粗粝的掌心在女子柔嫩的脸颊上摩挲着，为她将泪水拭去。

"相公，你别理我。"姚芸儿哽咽着，声音又小又软，让人听在耳里，只觉得心水一般地润着，无论有多大的火，都因她这么一句，消匿于无形。

"我哪有不理你？"袁武既是无奈，又是怜惜，望着她满眼的泪水，黑眸中的疼惜之色越发深邃，捧起她的脸蛋，在她的唇瓣上吮了一口。

"你这几天，都没有和我说过话。"姚芸儿说着，心里既是伤心，又是委屈，伸出小手紧紧环住丈夫的颈，又香又软的身子柔若无骨，倚在夫君的身上，任由他用被子把自己捂得严严实实。

袁武听了这话，便道："家里人多，我就算想和你说话，也寻不到机会。"

姚芸儿闻言，倒也觉得他说得极是，当下昂起小脸，对着男人道："那爹爹家的房子，还有多久才能修好？"

"怎么，是想让岳父岳母回去？"男人说着，唇角勾勒出一抹笑意。

姚芸儿小脸一红，却还是点了点头，承认道："爹娘和二姐他们在，相公只能歇在柴房，我自然也希望家里的房子能快些修好，等他们回去了，相公就能回房住了。"

袁武微微一哂，不置可否，在她的脸颊上亲了亲。

"相公，今晚我也在这里睡，陪着你好吗？"姚芸儿贴在男人的胸口，柔声道。

"你身子弱，这里寒气太重，还是回房去吧。"袁武的大手抚上她的发丝，温声说道。

姚芸儿摇了摇头，瓜子小脸上红晕盈盈，一字一句，却是温婉清晰："不，相公睡在哪儿，我也要睡在哪儿，别说是这间柴房，就算相公以后住在荒郊野地里，我也要和相公住在一起。"

袁武闻言，深隽的面容微微一震，他没有说话，只是抬起姚芸儿的小脸，不由分说地吻了下去。

姚芸儿念着这些日子男人吃的苦，便心疼极了，当下亦是温顺而乖巧地倚在男人怀里，任他怜惜。

翌日，姚母瞧着女儿眉梢眼角都喜滋滋的，再也不似几日前那般垮着一张小脸，又听得金梅说起，只道芸儿昨晚去了柴房，与女婿一道住了，那心里便明白了过来，只更加过意不去。虽说是自己一手养大的闺女，可如今这般吃人家，住人家，还指着人家帮自己修房子，那老脸便臊得通红，只觉得自己再也无脸在袁家住下去了。

和姚老汉一商议，两人也都是一个意思，便收拾好了东西，和女儿女婿打过招呼，纵使家里的房子还没修好，也硬要领着孩子们回家不可。

见他们去意已决，袁武没有多言，将他们送了回去，姚家的那几间茅草房已修好了两间，姚家人便先住着，余下的只得慢慢修缮了，因着快要过年，袁武又舍得银子，工匠们倒也不曾偷懒，将活做得是又快又好。

姚家这一年因着房子的事，家里压根儿什么都没准备，到了年三十，姚母正在家发愁，不知该怎么熬过这个年关，却见女儿拎了一个篮子，里面是炸好的肉圆子，还有几块年糕，此外姚芸儿还拎了一大块腊肉，一道送到了娘家。

姚母瞧着这些东西，也不知说啥才好，对着女儿道："芸丫头，你送这些回来，姑爷知不知道？"

见母亲担心，姚芸儿便笑了，温声安慰着母亲："娘，你放心，这些都是相公要我送来的。"

姚母一听这话，心里便是一阵熨帖，松了口气。

"本来还要送一壶酒来的，可相公说爹爹的伤还没好，不宜喝酒，所以就没送来。"姚芸儿声音清甜，唇角一对甜美的小梨窝，娘儿俩又说了几句闲话，姚芸儿惦记着家里还有很多事没做，也没在娘家待多久，就赶了回去。

瞧着女儿的背影，又看着那一篮子的肉菜，姚母微微一叹，只觉得心头说不出是啥滋味，正出神间，就听一阵"笃笃笃"声传来，抬眸一瞧，正是腿伤未愈的姚老汉，拄着拐杖走了出来。

"你咋起来了，快回去歇着。"姚母赶忙起身扶住了姚父的身子，姚老汉挥开她的手，指着那一桌的东西问道："这些，都是芸丫头送来的？"

姚母点了点头，道："家里啥都没有，芸丫头送了这些菜回来，也好让咱们把这个年熬过去。"

姚老汉颤着手，指着姚母道："姑爷为了给咱修房子，也不知花了多少银子，这些东西，你咋还有脸收？"

姚母老脸一热，却依旧梗着脖子道："芸丫头说了，这些也是女婿要她送来的，你这老头子又叫嚷个什么劲儿。"

姚老汉气急，只道："你自个儿说说，自从芸儿成亲后，姑爷帮了咱家多少忙，若这次不是姑爷，我这把老骨头怕也早没了，你咋还有脸拿孩子们的东西？"

姚母被姚老汉说得磨不开脸，只将身子一转，一语不发起来。

姚老汉看着那一桌的菜，隔了好一会儿，方才一叹道："说到底，芸丫头终究不是咱亲生的闺女，咱们吃她的，住她的，如今又拿她的，我这心里头，总是有点不安稳。"

姚母听了这话，才回过身子，道："你这说的叫什么话，想当年若不是你从镇里把她抱了回来，我每日里熬了米汤，一口口的，费了多少心才把她养大，若没咱们，哪还有她今天？她又上哪儿嫁这么好的男人去？"

姚老汉忆起往事，只觉得百感交集，拄着拐杖默默走到一旁坐下，苍老的容颜上则是一片淡淡的晦暗。

"一晃眼，都过了十七年了……"姚老汉说着，嗓音低哑难言。

"可不是，我还记得那年，也是下着大雪，东头乔大的老娘，就是那一年冻死的。"姚母挨着丈夫坐下，一道陷入了回忆。

夫妇俩均沉默了下去，也不知过去了多久，姚母终是开口道："老头子，你说这芸丫头，到底是谁家的闺女？这么多年来，我瞅着她长得那样标致，身子骨也是娇娇小小的，一点儿也不像咱北面人，倒好像那戏文子里唱的南面大小姐。"

姚老汉眼眸微眯，似是在回忆往事，隔了好一会儿，才慢慢道："这孩子的来历的确有些不太寻常，咱们将她养大，也算是做了件善事，如今又得她嫁了个好夫婿，也算是这孩子命好。"

说完，姚老汉似是想起什么一般，又开口道："对了，那东西你可一定要收好咯，这些日子家里乱糟糟的，工匠们进进出出，可千万别被歹人摸去。"

"你放心，我晓得，那东西一瞧就金贵，我哪敢乱搁，这些天一直都贴身藏着。"

姚老汉闻言，遂放下心来，还没坐一会儿，便气喘吁吁的，只得让姚母又将他扶上床歇着。

姚芸儿刚回到家，便将早已为男人做好的棉衣取了出来，捧在男人面前，要他穿上。

袁武见那棉衣针脚细密，一针一线，足以见得做衣裳的人用足了心思，当下敛下双眸，将那崭新的棉衣穿在身上，只觉十分轻软，说不出的舒适。

到了晚间，虽然家里只有两个人，但姚芸儿还是备下了一桌子的菜，凉菜是清油拌萝卜，炒菜是腌菜配辣子，白菜炒干丝，又做了个咸鱼蒸肉，红烧肉圆子，此外，还有一大锅香喷喷的鸡汤。

这一顿年夜饭，也是姚芸儿长这样大，吃得最丰盛的一顿了。

"相公，快吃吧，尝尝我的手艺。"姚芸儿将碗筷为男人布好，自己则夹起一筷子蒸肉，搁进男人碗里。

因着是过年，袁武斟了两杯酒，递给姚芸儿一杯，姚芸儿从没喝过酒，舌尖刚沾上那么一点儿酒水，便赶忙吐了吐舌头，嚷了句："好辣！"

袁武瞧着，便笑了起来，两人美美吃了这一餐饭，饭后又喝了鲜美的鸡汤，姚芸儿担心袁武没吃饱，还要去给他做些主食，不等她站起身子，袁武便将她抱在怀里，他的气息带着酒香，只道自己吃饱了，要她别再忙活。

除夕夜里吃了年夜饭，便要守岁了，姚芸儿将前些日子剪好的窗纸拿了出来，与男人一道贴在窗户上，就见那大红色的花纸栩栩如生，那红色犹如霞光一般，被烛光照着，朦胧中透着一股暖融融的喜庆，仿佛要一路暖到人心里去。

过了年，便一天比一天暖和。

"相公，怎么回来得这样早？"姚芸儿将男人迎进屋，赶忙为他将凉好的茶水端了出来，服侍着他喝下，见那平板车上的猪肉一块也没见少，那张小脸顿时一暗，轻轻摇了摇夫君的衣袖，小声道："今天的肉，又没有卖出去吗？"

袁武将那一碗茶水仰头而尽，见她相问，便点了点头，道："年关刚过，集市里买菜的人少，连带着那些酒楼也都备着干货腊肉，用不着这些鲜肉了。"

姚芸儿瞧着那些肉，秀气的小眉头却微微蹙着，道："那这些肉该怎么办，再过个几天，肯定会坏了。"

"先腌起来再说。"袁武开口，见姚芸儿垂着眼睛，一声不吭的模样，遂抚上她的小脸，道了句，"是不是在为银子的事担心？"

男人的声音低沉有力，话音刚落，姚芸儿眼圈微微一红，她的声音轻柔婉转，说了一句："相公，咱们家已经没有银钱了。"

袁武微微一笑，眉宇间的神色亦是十分温和，道："银子的事不用你操心，我明日里进山一趟，寻些东西去换些银子，难道还怕我养不起你？"

姚芸儿听了这话，立马摇了摇脑袋："我只是心疼相公，辛辛苦苦攒下的银子，却给我家修房子花了，我只要想起来，就觉得难受。"

袁武紧了紧她的身子，淡淡说了句："银子没了还可以再挣，算不得什么。"

两人这般说了几句话，袁武将平板车上的猪肉放进了灶房，姚芸儿将家里的盐巴取出来，刚打算将那些肉腌了，可瞧见那些油光光的猪肉后，胃里一阵翻江倒海，只觉得眼前一黑，身子一晃差点儿摔倒。

袁武瞧着，顿时冲了过来，将她一把抱住，黑眸满是焦灼："怎么了？"

姚芸儿只觉得胃里难受，生生将那股恶心压下，见夫君担心，遂摇了摇头，唇角绽放出一抹柔弱的微笑，道了句："刚才有些头晕，现在没事了。"

袁武见她脸色不好，自是什么也不让她做了，不由分说地一个横抱，抱着她进屋歇下。

望着姚芸儿苍白如雪的一张小脸，男人握住她的小手，低声道："快歇一会儿。"

姚芸儿的确觉得身子倦得厉害，这阵子也不知怎么了，每日里身上都没什么力气，平日里她早上都起得很早，可这几天身子越发懒怠，竟赖在床上，怎么都不想起来。

她点了点头，只觉得眼皮越来越重，紧紧攥着夫君的大手，软软地说了句："那相公在这里陪我。"

袁武见她那一双清澈的瞳仁里满是依恋，心里顿时一软，索性和衣在她身旁躺下，一手揽住她的腰肢，将她箍在自己怀里，方才温声道："好了，睡吧。"

有他在，姚芸儿心里说不出的温暖踏实，刚合上眼睛，便沉沉睡了过去。

听着她呼吸均匀，许是十分安心的缘故，那一张苍白的小脸也渐渐恢复了血色，袁武瞧着，方才微微放下心来，自己小心翼翼地起身，将她的手搁进了被窝。

第七章

初初有孕

开春后，田里的活也多了起来，姚老汉如今日益憔悴，身子骨一天比一天差，那田里的活自然是做不动了，可怎么也拉不下那张老脸去求女婿，眼见着别人家都忙得热火朝天，自家的活却没人做，姚老汉焦急得厉害，也顾不得腿伤，硬是咬着牙下了地，还没干个几天，便倒在了田地里，被旁边做活的村民们瞧见，七手八脚地把他抬了回来。

姚父这一病来势汹汹，本想着似从前那般歇个几日便好，孰料却一日比一日地严重下去，到了后来姚母没了法子，只得要儿子去请了郎中过来，郎中来瞧了，也没说什么，只留了几包药，那药姚老汉吃下去，也没啥效果，不过几日的工夫，整个人便瘦得没了人形。恰逢此时定陶、襄阳诸地发生暴乱，农民起义络绎不绝，绝大多数都打着"崇武爷"的旗号，朝廷忙得焦头烂额，不得不纷纷派兵镇压，多年的战争早已令国库空虚，皇帝一纸诏书，再次从民间征收赋税。

而这赋税对姚家来说，无异于雪上加霜。

姚母一夜间仿佛苍老了十岁，只得托人去了邻村，去和张家商议着，想让金梅早些嫁过去，这一来是为了给姚老汉冲喜，二来便希冀着能将女儿嫁了，得一笔彩礼，好将眼下的难关过了再说。

岂料张家那边回话，只道张旺已去了城里赶考，这婚事短期内定是无法举行了，张家也听说了姚家的情形，还让媒婆送了两吊子钱过来，聊表心意。

姚母攥着那两吊子钱，却是再也无法可想，里正已说了，家家户户若有拿不出银子的，只要有一个人出来当兵，非但税钱不用交，朝廷还发八百文赏钱，朝廷使出这等手段，便是逼得人不得不参军了。

一时间，清河村里一些拿不出银子的人家，男人皆撇下家里的妻儿老小，纷纷参军去了，领到的那八百文钱，也足够家里顶一阵子的，夫妻分别，骨肉相离，日日都有。

谁都知道，朝廷是征不了兵，才会出此下策，而等这些士兵进了军队，也定是去和农民军决一死战的，这一走，说不准就是一家人的生离死别。

姚家自是舍不得要姚小山上战场，可又拿不出银钱去交赋税，姚母万般无奈下，只得寻思着将家里的地卖了两亩出去，好歹把赋税交了再说。

可如今村子里家家户户都是自身难保，又哪有人家有那闲钱，能拿出这一笔银子？眼见着限期一日日地临近，姚母愁得一宿宿地睡不着觉，与村子里的其他几户人家商议了，打算将家里的田地典当给云尧镇里的大户刘员外，那刘员外是出了名的心黑，专爱在朝廷征赋税的时候低价从一些百姓手里购得良田，而后还要这些百姓帮着他种，但那收上来的粮食，除了给佃农一些口粮外，其余便全都进了他的腰包，这周围的村庄也不知有多少人家被他这样坑过，但情势所逼，姚母也是没法子了。

而当初姚小山要参军，姚家打算将姚芸儿嫁出去做妾的，正是这位刘员外。

袁武这些日子日日进山，得到些灵芝菌菇、山野草药之类的，拿去城里的药店，倒也换了些银子。可交过那繁重的赋税后，手头再次所剩无几。

夜深了，姚芸儿倚在丈夫的臂弯，犹如一只慵懒的小猫儿，整日都睡不够似的，就连食量也小了下去，但凡嗅了一些油腻的东西，那胃里便要泛恶心，有时甚至会忍不住地干呕。

男人这些日子都忙着上山，整日里早出晚归，姚芸儿不愿他担心，自是什么都没有说，此时依偎在他的怀里，只觉得眼皮子沉得厉害，甚至连一句话也不想讲，就想睡觉。

袁武今晚也不知是在想些什么，也没有与姚芸儿缠绵，就那样静静地揽着她，一双黑眸炯炯，令人捉摸不透。

姚芸儿睡醒了一觉，揉了揉眼睛，就见袁武依旧倚在那里，一手揽着自己的腰，似是半天都没有动一下身子。

姚芸儿往他的怀里拱了拱身子，袁武回过神来，在她的额头上亲了亲。

"相公，你在想什么？"姚芸儿伸出小手，揽住男人的颈，柔声开口。

袁武摇了摇头，将眸心的暗沉压下，道："没什么。"

姚芸儿抬起小脸，瞅着男人的脸色，小声开口道："你方才的样子，让人很害怕。"

"哦？"袁武听着，便觉好笑，将她整个地抱在怀里，俯身用自己的胡楂在她的脸颊上轻轻摩挲着。

每当男人拿胡子扎自己，姚芸儿都忍不住地咯咯直笑，这一次也是如此，她一面笑，一面讨饶，那声音娇柔甜糯，男人听在耳里，呼吸却是渐渐重了。

翌日，姚芸儿一直睡到晌午方才起来，她动了动身子，却觉得小腹有一抹锐痛，她察觉到自己有些不对劲，轻轻地解开衣衫一瞧，看着那底裤上的血迹，秀气的小脸便是一白，自从数月前第一次来过葵水后，她的信期一直不准，算一算，这次又有快两个月没来了。

她以为自己是来了葵水，支撑着换了干净的衣裳，可不仅肚子疼，就连腰际那里都好似要断了一般。她有些慌了，也不知道自己是怎么回事，只想着回娘家问一问母亲。

刚将脏衣裳收拾好，袁武便走了进来，瞧着姚芸儿的脸蛋微微泛着青色，男人心下一紧，上前在姚芸儿身旁俯下身子，用手摸了摸她的额头，探她是否发烧。

"相公，我肚子疼。"姚芸儿瞧见他，便委屈起来，将小脸埋在他的胸膛，声音却带着几分撒娇的味道了。

"是不是葵水来了？"袁武眉头微皱，将她揽在怀里。

见姚芸儿点头，袁武紧锁的眉头便舒展开来，抚着她的发丝，低声道："这几日别沾凉水，要多歇息，知道吗？"

姚芸儿却伸出小拳头，在他的胸膛上轻轻地捶了捶，小声道："都怪你，昨晚上那么欺负我，不然我肚子肯定不会疼的。"

袁武哑然，点了点头，笑道："好，都怪我。"

他的声音低沉而温柔，带着说不出的宠溺，姚芸儿听在耳里，心口却是甜丝丝的，伸出小手环住他的腰身，两人依偎片刻，待吃了午饭，姚芸儿便说要回娘家看看，袁武自是放心不下，便与她一道回去。

到了姚家，就见只有姚父与金梅在，一问才知道姚母与姚小山都去了田里，说是今儿个云尧镇的刘员外要来收田，村子里卖地的人家都纷纷赶去了。

姚芸儿这才知道娘家要将田卖了，心里顿时焦急起来，姚家的这几亩地是全家的口粮，若是卖了，这往后一家人该吃什么？

姚芸儿想到这里，只觉得焦心起来，回头对男人道："相公，我想去田地看看。"

袁武颔首，道："我陪你一道过去。"

两人离开了家门，匆匆往田地赶，老远便瞧着田垄上里三层、外三层地围满了来卖田的村民，而在村民中间则站了几个家丁打扮的男子，簇拥着一位五十开外、身穿锦缎的富态男子，那男子，自然便是这十里八乡出了名的富户——刘员外了。

姚芸儿骤然瞧见那刘员外，心里便发虚，想起当初父母为了凑足银子，要将自己嫁给他做妾，那纤弱的身子便不寒而栗，忍不住往袁武的身旁偎了偎，而男人察觉到她的依恋，遂伸出大手，揽住她的腰肢。

姚母领着姚小山，正与周边的村民一道在那里觍着脸，对着刘员外说着好话，话音里不外是夸赞自己家地好，希冀着刘员外能看得上眼，给个好价钱。

姚芸儿瞧着这一幕，鼻尖发酸，忍不住对着夫君小声道："相公，爹娘一直指望着那几亩田吃饭，如果把地卖了，他们往后该吃什么啊？"

袁武低眸，见姚芸儿小脸苍白，满是焦灼的样子，心头便软了，握住她的小手，道了句："你去和岳母说，让她将地卖给咱们，也不必写什么田契，等往后收了粮食，给咱们几袋也就是了。"

姚芸儿一怔，顿时明白了男人的意思，袁武是屠户，本就不用种地，这般说来，不过是为了让姚家保住自家的田地罢了。

姚芸儿心里一酸，说不出是什么滋味，袁武面色如常，捏了捏她的小手，吩咐道："去吧。"

姚芸儿点了点头，匆匆赶到田垄上，挤过人群，找到了姚母，道："娘，别把地卖给刘员外，相公方才说了，你将地卖给咱们，等收了粮食，给咱们一些口粮就行了。"

姚母听了这话，顿时一震，道："姑爷真这么说？"

见女儿点头，姚母怔忪了片刻，刚转过头，就见那刘员外已从里正那里接过自家的田契，作势便要收下，姚母顿时扑了过去，一把将田契抢下，连声道："不卖了，不卖了，咱家的地不卖了！刘员外还是去买别家的，咱家的不卖了！"

刘员外猝不及防，竟被姚母推了个趔趄，身旁的家丁赶忙扶住他的身子，立时有人对着姚母推搡了过去，喝道："哪里来的泼妇，敢在咱老爷面前放肆？"

姚母被家丁推在地上，手中仍紧紧地攥着自家的田契，倒好似那几张纸，比她的命还宝贵似的。

"娘！"姚芸儿见母亲摔倒，赶忙跑过去将母亲扶起，她的声音娇嫩清甜，这一声刚唤出口，便将刘员外的目光吸引了过去。

眼前的女子不过十六七岁的年纪，一身的荆钗布裙，却生了一张雪白的瓜子小脸，一双能将男人的魂都给勾去的杏眸，清莹莹的仿佛能滴下水来，刘员外在看清姚芸儿面容的一刻，便不敢置信地愣在了那里，似是怎么也没想到，在这穷乡僻壤的地方，竟会有这么个美貌佳人。

心思百转间，蓦然想起去年自己曾有心纳妾，媒婆便说过在这清河村，有一位姚家闺女，那模样长得比绢画上的美人儿还要标致，他当时只道是媒婆瞎说，可如今这么一瞧，想来那位清河村的姚家闺女，必定便是眼前的女子了。

见刘员外正一眨不眨地瞧着自己，姚芸儿心里忍不住地发憷，待扶起姚母后，母女俩刚要走，不料那刘员外却追了过来，也不顾周围围满了村民，便对着姚芸儿拱了拱手，道了句："小娘子请留步。"

姚芸儿见他神色谦和，衣衫华丽，周身并无丝毫粗野之气，脚步便停在了那里，与母亲一道疑惑地瞧着他。

刘员外是见过世面的人，前些年一直在外面东奔西走，趁着"岭南军"作乱时大大地发了几笔横财，那美人儿见得自然也多，可如今这么一细瞧，竟觉得若论起美貌来，眼前的女子是他生平仅见，虽是荆钗布裙，却一点也不折损她的美貌，反而越显清纯温婉。

"敢问夫人与小娘子家中，是否姓姚？"刘员外暗自赞叹，言谈间极是和蔼，惹得周围的村民纷纷面面相觑，不知这方才还目中无人的刘员外，怎的会对姚家母女这般和气。

姚芸儿与姚母对视一眼，不知这刘员外葫芦里卖的是什么药，姚母握住女儿的手，刚要开口说话，就听一道沉稳有力的男声传来，正是袁武。

"员外有话，不妨与在下说。"

刘员外抬眸，就见眼前不知何时已是多了一位身材高大、相貌英武的男子，待看清此人的面貌后，刘员外瞳仁顿时一股剧缩，好似见到了极其可怕的事物一般，一连往后退了几步，一手指着面前的男子，一连声地道了好几个"你……你……你……"旁的话却说不出来，面色如土，显是骇到了极点。

一旁的家丁赶忙上前将刘员外扶住，不知道自家老爷究竟是怎么了，咋见到一个村民，便怕成了这样。

反观袁武，仍旧面不改色，魁梧的身形一览无遗，一双黑眸迥深，锐利得令人不敢逼视。

刘员外面无血色，整个身子都抑制不住地发抖，隔了好一会儿，方才竭力稳住自己的身形，再不敢去瞧袁武一眼，甚至连田地也不收了，对着身后的家丁吩咐："快，快走！"

家丁们面面相觑，似是想不通自家老爷何故会一反常态，可见刘员外催得迫切，一行人便匆匆离开了清河村，惹得里正与一众村民在后追赶，可无论他们怎么追，那刘员外都脚步不停，出了田垄后乘上了轿子，片刻间便走远了。

待刘员外走后，姚芸儿有些不安地摇了摇夫君的衣袖，不解道："相公，那刘员外为何一瞧见你，就吓跑了？"

袁武不承想自己隐居在此，还会被人认出，见刘员外方才的反应，便心知他之前定是见过自己，若自己的行踪被他传了出去，自是十分棘手，眼下，必要斩草除根不可。

念及此，袁武望着姚芸儿，微微一哂，道了句："我又不是吃人的老虎，哪能吓走他？"说完，不待小娘子开口，男人又嘱咐道："好了，你先与岳母回家，我去山里看看，怕是要回来迟一点。"

姚芸儿知晓家里银钱本就不多，如今又要将娘家的田地买下，袁武定是去山里寻东西去换银子了。当下便担心道："那你路上小心些。"

袁武淡淡颔首，又与姚母抱拳行了一礼，方才大步离去。

"老爷，您这是怎么了，咋地也不收了，就让咱们回去？"一行人行色匆匆，刘府的管家贴近轿子，与轿中的男子低声道。

刘员外时不时地掀开轿帘，对着管家吩咐道："快，快回头看看，有没有人追过来？"

管家不明所以，回头望去，但见四处寂寥，人迹罕至。

刘院外命家丁舍大路不走，上了这条荒野小道，也不回云尧镇，却直接去了荆州城。

"老爷放心，无人追来。"管家开口，见刘员外面色煞白，额上一层冷汗，显是遇到了极大的惊吓，心里更是不解，又道："老爷，方才那人究竟是谁，何故会将老爷惊成这样？"

刘员外深吸了口气，举起袖子将额上的汗珠拭去，沉默了半晌，方才颤着声音，缓缓地道出了三个字来。

话音刚落，那管家的脸色也"唰"的一下变了，当即道："老爷是不是看错了，奴才倒是听说，那人早已被凌将军砍杀马下，连带他的下属亲眷，也无一不被枭首示众，如此，他又怎么会在这个地方？"

刘员外眼皮轻颤，道："不，我决计不会看错，三年前在黑水县，我曾看过他一眼，这辈子都忘不了！"刘员外说着，顿了顿，又道："民间向来传闻，他当年身受重伤，却并未身死，尤其岭南那边，家家户户更是将他奉若神明，就连这次定陶、襄阳暴乱，那些个农民军也纷纷打着他的名头，此人若不除，朝廷定是后患无穷。"

管家沉思片刻，又道："那老爷是要去荆州城报官？"

刘员外点了点头，道："不错，这些年朝廷一直在追杀岭南军余党，若咱们将此人行踪透露给府衙，定是要记一大功，说不定日后加官晋爵，都指日可待了。"

刘员外说着，便将须一笑，许是这一路走来都顺风顺水，眼见着快到荆州，那心里也越发踏实，先前的惶恐不安，遂渐渐退去。

蓦然，轿夫停下了步子。刘员外心口一沉，一把掀开轿帘，就见前头竟立着一道黑影，那人逆着光，看不清容貌，只能看出此人身形魁伟，周身透着杀气，只有经过无数次血雨腥风、坦然面对生死的人，才会有这般浓烈而凌厉的杀气。

刘员外顿时慌了，被管家扶着从轿子里走了出来，家丁们瞧着眼前的男子，还以为是遇到了山中的歹人，一个个皆抽刀亮出了家伙，将刘员外团团护住。

眼见着那人一步步地走近，刘员外的手抖得越发厉害，待看清来人的面孔后，双膝一软，若不是被管家死死搀住，怕是已经瘫在了地上。

来人正是袁武。

男人面色冷然，周身不带一丝活气，将腰际的尖刀取出，但见寒光一闪，那些个家丁甚至没有看清他是怎么出的手，便被一刀毙命。

刘员外脸色惨白，那管家也骇住了，回过神来后，收回了扶在刘员外身上的手，转身就跑。

袁武足尖一点，从地上扬起一把长刀，一个用力，便将那刀掷了出去，将那管家穿胸而过，管家连哼都没哼，便倒在了地上。

刘员外瘫倒在地，瞳仁浑浊，面色如土，眼见着袁武向着自己走来，终是再也忍不住，对着袁武跪了下去，口口声声道："崇武爷饶命！爷爷饶命啊！"

瞧着地上抖成一团的刘员外，男人乌黑的眸子里寒光一闪，淡然的语气更是森然："刘员外，咱们又见面了。"

刘员外全身抖得如同筛糠，听见男人的声音也不敢回话，只不住地叩头。

刘员外听了这话，顿知自己再也没了活命的可能，竟是连跪也跪不成了，浑身瘫软，犹如一摊稀泥。

"崇武爷饶命，饶命啊！"刘员外翻来覆去，只会说这么一句。

"杀你这种人，真是脏了手。"男人淡淡开口，一语言毕，手起刀落，那刘员外血溅三尺，人头落地。

待袁武回来，天色已是暗了。

姚芸儿早已将饭菜做好，搁在锅里温着，只等男人回来便可以吃了。听到夫君的脚步声，姚芸儿匆匆迎了出去，就见袁武踏着夜色，大步而来。

"相公。"姚芸儿见到他，便喜滋滋地迎了上去，袁武伸出手，将她揽在怀里，刚进院子，就闻到一股饭菜的香味，顿觉饿得慌。

"做的什么，这样香？"男人嗅了嗅，却实在猜不出自家的小娘子做了什么好吃的。

姚芸儿抿唇一笑，柔声道："回家的时候，我瞧姜婶子家用豆面摊了豆饼子，在门口晒着，我就拿了一小块腌肉，和她换了两担子，回家用腊肉骨头熬了汤，用那汤汁把豆饼爆炒了，又加了些辣椒葱蒜进去，你肯定爱吃。"

瞧着小娘子笑盈盈的一张小脸，袁武眉宇间便是一软，俯身在她的脸颊上亲了亲，也笑道："那快盛出来给我尝尝。"

姚芸儿巧笑倩兮，轻轻答应着，便赶忙去了灶房，将饭菜为男人布好，让他吃了顿热乎乎的饭菜，瞧着他吃得有滋有味的，心头便好似吃了蜜似的，说不出的甜。

吃完饭，袁武取出银子，递到姚芸儿手里，道："你明日里将这些给岳母送去，要她将赋税交了，剩下的你拿着，想买什么便去买些。"

姚芸儿骤然一瞧那样多的银子，便怔在了那里，小声道："相公，怎么有这么多银子？"

袁武淡淡一笑，捏了捏她的小脸，道了句："在山上凑巧找到了一只山参，拿去城里卖了，便得了这些银子。"

姚芸儿丝毫不疑其他，听袁武这般说来，小脸顿时展露一抹笑靥，眼睛里也亮晶晶的，道了句："这山参这样值钱啊？"

袁武点了点头，唇角微勾，说了声是。

瞧着她笑靥如花的模样，袁武情不自禁地抚上她的小脸，将她拉到怀里，温声道："肚子还疼不疼？"

姚芸儿一听这话，唇角的笑意便隐去了，她轻轻颔首，说了句："不仅肚子疼，腰也疼。"

袁武眉头皱起，道："你先去床上歇着，我去请个郎中过来。"

见他要走，姚芸儿赶忙拉住了他，那张小脸微微一红，垂下眼眸，轻声细语道："相公，你别担心，我今儿问了娘亲，娘亲说女子来葵水时，肚子和腰疼都是最寻常不过了，只要过几天就好。"

袁武深谙男女之事，知晓姚母说得没错，可见姚芸儿脸色依旧泛着苍白，仍旧十分心疼，揽着她坐在自己怀里，大手则抚上她的腰肢，轻轻摩挲，缓解她的不适。

姚芸儿倚在他的怀里，又小声道："相公，娘亲还说，女子只有来了葵水，才会有小娃娃，我真希望我每天都来，这样咱们就会有小娃娃了。"

袁武听了这话，便无奈地摇了摇头，忍不住微笑起来，说了声："傻瓜。"

晚间，姚芸儿睡得极早，袁武揽着她的腰肢，见她那张小脸宛如青玉，眼底微微发暗，不似从前那般白里透红，眼底便焦灼起来，轻轻握住她的手腕，去探她的脉息。

姚芸儿脉息细沉，显是自小体弱、气血双亏所致，其他倒也瞧不出别的，袁武终究不是大夫，想着明日里还是要去镇子上请个郎中，为小娘子看上一看。顺道，再去打探一下刘员外的事。

这一夜，便这样过去了。

翌日一早，姚芸儿昏沉沉地睡着，察觉到身旁的动静，便竭力睁开了眼睛，袁武已经起身，穿好衣裳后，回头便见姚芸儿躺在那里，睁着剪水双瞳，清清纯纯地瞧着自己。

他回到床边，俯下身子为姚芸儿将额际的碎发捋好，温声道："你先睡着，我去城里一趟，午饭别等我，自己多吃些。"

"相公，你又要出门？"姚芸儿握住他的手，只觉得全身都不舒服，小腹也疼得越发厉害，对男人的依恋不由自主地便更深，一听他要走，忍不住紧紧地搂着他，说什么也不要他离开。

袁武无可奈何，低声哄道："我去请个大夫，要不了多久就回来。"

"你别走。"姚芸儿摇着他的衣袖，柔声开口。

见她可怜兮兮地看着自己，袁武顿时心软了，只得一叹，道："好，我不走。"

到了午后，姚芸儿觉得身上松快了不少，便下了床，打算将银子给娘家送去。

袁武自是要陪着她一道去的，可谁知村南头的高家过几日要办喜事，特地来请袁武去家中宰猪，姚芸儿赶忙说自己没事，要他快去帮忙，袁武见她脸色比起昨日好了不少，便将她一路送到了娘家，这才向着高家走去。

姚芸儿望着夫君的背影，唇角抿出一抹笑靥，刚要敲门，就见娘家的大门被人打开，走出来的不是旁人，恰是村子里的媒婆。

"陈婆婆？"姚芸儿瞧见她，心里便涌来一股诧异，也不知道这好端端的，她怎么会从娘家出来。

陈婆子瞧见她，便挤出一抹笑，上前拍了拍她的小手，说了句："几日不见，芸儿可出落得越发水灵了。"

姚芸儿见她神色有异，眸心顿时浮起一抹忧色，也不理会陈婆子的寒暄，道："陈婆婆，您来我家有事？"

陈婆婆顿了顿，才道："老身是为你二姐的事来的，兴许你还不知道，那张旺高中了，往后就是举人老爷了，陈家老太太也不是个善茬儿，儿子这边刚中举人，那边就把老身唤了过去，说是要和你二姐退婚，然后再让老身给她儿子寻一门大户人家的闺女，好当媳妇。"

姚芸儿一听这话，顿时恍如五雷轰顶一般，别说清河村这种小地方，就连云尧镇或荆州城，若有女子一旦被男家退婚，便会被视如弃妇，可是一辈子都抬不起头的，连带女子的家人都要被人指指点点的，日后若再想嫁人，可真是千难万难了。

姚芸儿想到这里，就连声音都急促起来："这张家怎么能这样欺负人，二姐和张秀才定的是娃娃亲，他们家哪能说退就退？"

陈婆婆也叹道："可不是，这张家倒真能做得出来，也不怕伤了阴德，老身可不会再帮他们家说亲了，芸儿啊，你回头好好劝劝你二姐，若日后有了好人家，老身一定帮她留心着，让她千万甭做傻事，啊？"

姚芸儿心乱如麻，待陈婆婆走后，刚进了姚家大门，就见大姐二姐正在院子里玩耍，一瞧见她，便扑了过来，甜甜地唤着小姨。

姚芸儿将带来的栗子糖拿出来，给两个小丫头吃了，嘱咐了她们不要乱跑，这才向着堂屋走去。

　　刚进屋，就见姚母与金梅都在，两人脸上却并没有姚芸儿所想那般寻死觅活、悲痛欲绝的神色，尤其是金梅，在看见姚芸儿后，脸庞甚至微微一红，站起身子道："芸儿回来了？"

　　"二姐，你……"姚芸儿觉得奇怪，本以为金梅受此打击，定会一蹶不振，可此时见她与平常并无异样，只让她好生不解。

　　姚母瞧见芸儿，便对着金梅道："金梅，你先去灶房，娘有些话要和芸儿说。"

　　"哎。"姚金梅答应着，便向灶房走去，经过姚芸儿身边时，姚金梅忍不住看了妹妹一眼，眸心却浮过一丝愧疚，只默不作声地垂下头，走出去了。

　　"娘，我刚才看见了陈婆婆，二姐的事我都听说了，您别往心里去，等日后咱们寻一户好人家，再帮二姐……"

　　"芸儿！"不等女儿说完，姚母便打断了姚芸儿的话。

　　见女儿清凌凌的眸子，姚母心下有些不忍，可一想起金梅，便咬了咬牙，对着姚芸儿开口道："芸儿，娘实话和你说了，这张家接二连三地推迟婚期，娘心里便猜着会有这么一天，娘寻思着，都是自家姐妹，若能在一起也有个照应，再说女婿心好，只要你答应，他一定不会说啥，娘方才也和你二姐说了，你二姐也是愿意的，所以娘来和你商议商议，你……"

　　"娘，你说什么呢？"姚芸儿不等母亲说完，一张小脸便是惨白，不敢置信般地看着母亲，颤声道，"你难道是要把二姐嫁给相公？"

　　姚母老脸一热，硬着头皮道："说不上嫁不嫁的，芸儿，你是袁武堂堂正正娶进门的，娘自然不会让你受委屈，这委屈做小的也是金梅，等她过了门，平日里还能帮你做做家务，你往后有了孩子，也可以让她帮着照应，你自小身子不好，有你二姐在，这往后的日子也能过得舒坦些，娘这也是为你好……"

　　"娘，"姚芸儿的泪水一下子涌了上来，摇着头，语气里更是颤抖得不成样子，"您不能这样，我和相公过得好好的，您怎么能把二姐嫁过来？"

　　姚母望着姚芸儿的小脸，心里也是一疼，可一想起大女儿的下场，只让她一把攥住了姚芸儿的手，道："芸儿，你就听娘的话，答应了吧，你想一想你大姐，你难道要逼得你二姐和你大姐一样你才甘心？娘养了你这么多年，没有功劳也有苦劳，再说当初，若不是金梅定了亲，这门婚事说啥也是该她嫁过去才是，你嫁了个好男人，难道就忍心看你二姐一辈子嫁不出去？"

姚芸儿望着老泪纵横的母亲，想起一头撞死的大姐，心里就跟刀剐似的疼，她坐在那里，只觉得喉间哽塞得厉害，好不容易断断续续地说了几句话："我们可以让媒婆再给二姐说个好人家，你让二姐嫁给相公，别人……别人也会说闲话的……"

"这退了婚的女人，又能嫁给谁？就算嫁了，也都是些见不得的男人，说不定比王大春还糟。芸儿，算娘求你了，你想一想你爹，我还没敢和他说金梅被张家退了婚，你说他要是知道了，该咋整啊！"

姚母说着，也哭了起来，竟站起身子，作势要对姚芸儿跪下，骇得姚芸儿一把将她扶住，泪珠更是不住地往下掉。

"孩子，算爹娘求你，你就当是报答爹娘这么多年的养育之恩，你就答应了吧！"姚母晃着女儿的手，一句句都砸在了姚芸儿的心坎上。

姚芸儿抽噎着，再也说不出话来，只有眼泪噼里啪啦地落个不停。

就在这时，屋外传来大妞清脆的童音："小姨，姨丈来了！"

袁武在高家杀完猪，心头记挂着姚芸儿，便来接自己的小娘子，岂料刚进姚家的大门，就听见姚芸儿的哭声，当下浓黑的剑眉便是一皱，大步向堂屋走去。

姚芸儿听到那道熟悉的脚步声，便心酸难忍，匆匆跑了出去，刚好迎头遇上了袁武，那心头的委屈再也按捺不住，刚唤了一声"相公……"便埋在他的怀里，哭出了声来。

袁武那一双眸子对着姚母望去，姚母甫一迎上那双锐利深邃的黑眸，心下便止不住地一颤，竟连招呼都忘记了，只怔怔地站在那里，嗫嚅着说不出话来。

"别哭，谁欺负你了？"男人沉声开口，大手揽住姚芸儿的肩头，望着她一脸泪痕，眸心情不自禁，满是疼惜。

姚芸儿抬起小脸，望着眼前英挺魁梧的男子，想起母亲方才的话，心却是一阵阵地抽着疼，她张了张嘴，还不等她说话，便觉得小腹一阵剧痛，疼得她眼前发黑，纤弱的身子轻如羽毛，就那样倒在了男人的怀里。

袁武眼睁睁地瞧着自己的小娘子倒在自己面前，那一双黑眸顿时暗沉得令人心惊，他低哑地唤着她的名字，刚将姚芸儿抱在怀里，大手便已经触到了那股黏稠的血液。

他望着自己手心中的那一抹红，脸色顿时变得铁青，深敛的眼瞳中，目眦尽裂。

姚母瞧着这一幕，也是吓呆了，待女婿抱着女儿匆匆离开后，也领着金梅，一道往袁家赶了过去。

袁家。

待郎中从屋子里走出后，袁武立马迎了过去，他的脸色焦灼到极点，声音亦是沙哑晦涩，一字字道："我娘子怎样？"

"袁相公莫急，你家娘子怀了身孕，已经两月有余，怕是这些日子未曾休养，又受到惊吓，眼下有滑胎之象，待我开了药方，再多歇息一阵，便没事了。"

袁武闻言，紧绷的身躯顿时一松，谢过大夫后，便马不停蹄地冲进里屋，去看姚芸儿。

姚芸儿小脸雪白，柔弱地躺在床上，她的眼睛紧闭，泪痕犹在，袁武见她轻颤着嘴唇，似是在说梦话，他瞧着心头一紧，俯身将耳朵贴了上去，待听清小娘子的呓语后，深隽的容颜顿时一片冷冽。

姚母与金梅站在院子里，刚将郎中送出门，就见袁武从里屋走了出来。

看见他，姚母便讪讪着上前，道："姑爷，芸儿咋样了？"

男人唇线紧抿，周身透着一抹令人不敢接近的森寒，顾盼之际，不怒自威。

"她有了身孕。"男人声音低沉，字字有力。

姚母与姚金梅听了这话，都怔在了那里，尤其是姚母，更是惊骇莫名，道："那芸儿的孩子……"

"郎中说芸儿受到了惊吓，有滑胎之象。"袁武的声音不高不低，沉寂到了极点，听在姚家母女耳里，却是没来由地让人心慌。

"那，那该咋办？"姚母既心虚，又愧疚，只搓着手，不知该如何是好。

"袁武有些话，要告知岳母。"袁武抬起眸子，向着眼前的母女望去，那一双乌黑的眼瞳宛如黑潭，冷冽不已，姚家母女刚一迎上他的目光，便是一震。

"姑爷有话请说。"姚母心头一个咯噔，小声道。

"自我与芸儿成亲以来，我自问对得起姚家一家老小，我也希望岳母明白，若不是为了芸儿，我自是不会去管这些闲事，至于芸儿为何受到惊吓，岳母也是心知肚明，无须我多说。"

姚母听得这话，那一张脸顿时变得火辣辣的，羞惭不已，刚要嗫嚅着再说几句，就听男人的声音再次响起："我袁武的娘子，只有姚芸儿一人，岳母便将那些心思收起来，带着你的女儿，请回。"

姚母见男人下了逐客令，心里顿时慌了，刚唤了一声"姑爷……"就见男人面色一沉，道："同样的话，别让我说第二次，出去！"

姚母一愣，见男人眼底满是阴鸷，便再也不敢多嘴，只站在那里，浑身都忍不住地发抖。

姚金梅见母亲如此，刚喊了一声"妹夫……"就听男人顿时喝了一个字："滚！"她吓了一跳，情不自禁地退后了几步，眼圈却顿时红了。

姚母竭力稳住心神，一手扯过女儿，对着袁武道："既然姑爷不给咱留情面，日后这袁家的大门，咱自然也不会来了，只不过芸儿身子弱，还有劳姑爷照顾。"

说完，姚母再也待不下去，领着金梅，娘儿俩一道走出了袁家。

待她们走后，袁武将门关紧，脚步匆匆，又向着里屋走去。

姚芸儿醒来，天色已是黑了，她刚动了动身子，就听身旁传来一道男声："醒了？"

她睁开眼睛，就见袁武正守在自己身边，见自己醒来，英挺的面容顿时浮上一抹淡淡的笑意。

"相公……"姚芸儿望着男人，心里又想起在娘家时母亲与自己说的那些话来，当下只紧紧地攥着男人的衣襟，漂亮的瞳仁中水光浅浅，还没开口，眼圈便是红了。

"娘说，要把二姐嫁给你……"

袁武闻言，眉宇间浮上一丝无奈，伸出大手为她将泪珠拭去，却又忍不住斥道："她说嫁便嫁，你把你相公当成了什么人？"

姚芸儿心头一酸，又道："可娘说，你心肠好，只要我愿意，你一定也愿意……"

"你愿意吗？"袁武眉头微皱，紧紧地凝视着自己的小娘子。

姚芸儿的泪水顿时滚了下来，躺在那里拼命地摇着脑袋："不愿意，我一点也不愿意，我不要二姐嫁给你！无论二姐问我要什么，我都可以给她，就是你不行，她不能要你！"

见她哭得伤心，袁武的心便软了，将她从床上抱起来，倚在自己的怀里，一面为她拭泪，一面低声道："傻瓜，除了你，我谁都不要。"

姚芸儿闻言，伸出小手回抱住他的身子，哽咽道："相公，你真的不会娶二姐？"

袁武看了她一眼，紧了紧她的身子，沉声道了两个字："不会。"

姚芸儿将身子埋在他的怀里，隔了好一会儿，才糯糯地出声："可是若咱们不答应，娘会不会生气？"

"不用管这么多，你往后只要将身子给我养好，母子俩都平平安安的，知道吗？"

"母子俩？"姚芸儿听到这三个字，顿时也不哭了，从男人的怀里昂起小脸，惊诧地看着他。

袁武心头一软，捏了捏她的小脸，道："是，母子俩，我还没告诉你，你有了身孕，已经两个多月了。"

姚芸儿彻底怔住了。

待她回过神来，小手轻轻地抚上自己的小腹，不敢置信地道了句："咱们有小娃娃了？他就在我的肚子里？"

袁武的眼眸落在她的小腹上，眸心亦是说不出的温和，将大手抚上，轻轻摩挲着，道："竟有这般迷糊的娘亲，有了孩子都不知道。"

姚芸儿抚着自己的小腹，心头却是一软，瞧着她傻乎乎的样子，男人一记浅笑，起身将药碗端了过来，递到姚芸儿唇边，温声道："好了，快趁热将药喝了。"

姚芸儿望着自己面前那浓黑的药汁，却蓦然想起自己这几日下身总是会隐隐地出血，她只当是来了葵水，不料竟是有了孩子！

将那碗浓黑的药汁一滴不剩地喝下，姚芸儿抚着自己的小腹，倚在男人的臂弯，心里亦是说不尽的温暖踏实，有了这个孩子，早已令她将在姚家发生的事尽数忘去了，只一心一意地听着男人的话，安心在家里保胎。

第八章

不速之客

自从那日里袁武将姚家母女从家里赶走后，这些日子姚家的人俱是没有上门，袁武本就将姚芸儿捧在手心，自从她有孕后，每日里更是无微不至，怜惜非常，日子一天天地过去，姚芸儿很快便养好了身子，下身的血已经止住，这几天便可以下床了。

这一日，袁武去了镇子里做买卖，待他回来后，就见姚芸儿倚着桌子，睡得正香，她的脸蛋依旧是俏丽而温婉的，毕竟年纪小，还透着些许的稚气，这段日子孕吐得厉害，身子也越发纤瘦了下去，倒显得下颚尖尖，一双眼睛格外大了。

袁武看着，心头便涌来一股疼惜，轻手轻脚地上前，将她的身子抱在怀里，打算将她放在床上。不料刚沾上她的身子，就见姚芸儿的睫毛轻轻一颤，继而唇角便抿出一抹梨窝，睁开了眼睛。

"装睡？"男人眉头一挑，低声道。

姚芸儿羞赧起来，小手勾住男人的颈，将脸蛋埋在他的怀里。

袁武唇角浮起一丝浅笑，无奈地摇了摇头，抱着她坐下，大手抚上她的小腹，道："孩子有没有折腾你？"

姚芸儿不愿他担心，微笑着开口："没有，孩子很乖，我午时还吃了一大碗米饭。"

姚芸儿说着，见桌子上搁着一个盒子，显是方才男人带回来的，她好奇地将盒子打开，就见里面有一块类似碗状的粉丝，不过是白色的，透着清香。

"相公，这粉丝怎么是白色的？"姚芸儿将那粉丝拿在手里，对着男人开口道。

袁武笑了，道："傻瓜，这哪里是粉丝，这叫燕窝。"

"燕窝？"姚芸儿不解。

袁武点了点头，见她小脸苍白，一手揽着她的腰肢，另一手则抚着她的小腹，温声道："这东西最宜女子安神养胎，你多吃些，知道吗？"

"燕窝对孩子好吗？"

袁武颔首，道："对孩子好。"

"那我一定好好吃。"姚芸儿双眸如星，提起孩子，脸庞上浮起一抹红晕，整个人都透出一抹温柔与慈爱，袁武瞧在眼里，遂将她的小手握住，放在唇边亲了亲。

"相公，那这燕窝贵不贵？"姚芸儿见那盒子漂亮，一瞧便是挺贵重的，又担心起来。

袁武唇角微勾，道："和粉丝一个价。"

姚芸儿这才放下心来，瞧着她温婉的笑靥，男人的黑眸迥深，拥她入怀。

余下的这些日子，姚芸儿的孕吐依旧十分严重，整日里吃不下饭，尤其是些肉菜肉汤，更是连闻都不行，唯独那燕窝配着冰糖炖了，还能勉强吃个几口，袁武瞧在眼里，每隔几日便又去了镇里一趟，将家中剩余的银子全用来买了燕窝。

路过茶肆时，就听几个人正坐在那里一面喝茶，一面说话，袁武听了几句，便不动声色地走了进去，要了一碗水，静静地听了下去。

"那刘员外死得是真惨，我听说连头都被人一刀砍了，到现在还没找到，这死后连个全尸都没有，真真是造孽！"

"可不是，就连刘府的家丁和管家也都是被人一刀毙命，到现在连凶手的影子都没瞧见，这官府也不知是干啥吃的，怕又是一桩无头案了！"

"你们有所不知，荆州城的溪山如今闹起了大虫，也不知害死了多少条人命，府衙多日来加派人手，要去将那大虫捕获，还放出话来，谁要能将那大虫打死，赏钱足足三十两哩！"

"三十两？"同桌的另一人先是惊诧，继而又道，"三十两又能如何，那大虫凶猛，别说三十两，怕是三百两，也无人敢去哩。"

一语言毕，其余诸人纷纷咂嘴称是，袁武将碗搁下，一声不响地取出铜钱，走出了茶肆。

荆州城。

天刚麻麻亮，几个守城的官兵正百无聊赖地坐在城门口喝茶，蓦然，其中一位官兵却手指官道，对着身旁的人说："你们瞧那汉子，生得魁伟矫健，走起路来虎虎生风，怕是个有功夫的。"

诸人随着他的目光望去，就见从官道上走来一位身材高大、相貌冷峻的男子，虽是粗布衣裳，却丝毫不掩其气势，但见他高鼻深目，颇具风霜，顾盼之际，眉目间不怒自威，当真令人忽视不得。

"不错，的确是一条好汉，怎的平日里从没见过他？"其余的官兵亦出声赞道，正说话间，却见那汉子正向着这边走来，走近一瞧，就见这汉子三十来岁年纪，一双眸子锐利如刀，风尘仆仆。

待见他将城墙口贴着的悬赏告示一手揭下时，方才那几位士兵皆站起身子，面面相觑间，皆不敢置信一般，一双双眼睛齐刷刷地向那汉子望去。

来人正是袁武。

当日临晚，荆州城的百姓便奔走相告，只道溪山上的大虫终是被人制伏，府衙里的士兵也将那大虫五花大绑，扛在肩上，举着火把在城里四处游行，喧闹间，却唯独不见那位打虎英雄。

人群四下里打探才知，那位打虎英雄姓吴名崇，外地人士，途经荆州得知此地有大虫出没，遂为民除害，打死大虫后，甚至也没等知府传召，便神不知鬼不觉地不见了踪影。百姓议论纷纷，皆道这位打虎英雄乃世间豪杰，当真是为老百姓做了件好事。

袁武怀揣着三十两纹银，趁着夜色掩护，匆匆往家赶。

快到清河村时，袁武的脚步逐渐慢了下来，今日在溪山时，委实凶险万分，他单凭一己之力，虽是将大虫打死，可自己的肩臂却也不慎被那大虫的利爪扑了一记，纵使他闪躲及时，却也还是被撕扯下一大块皮肉。此番他进城已属冒险，自是不会多待，也不曾将伤口处理，便离开了荆州，此时赶了一夜的路，疲惫间，更觉得那伤口处疼得钻心起来。

他倚在树下喘着粗气，合上眸子歇息一阵后，遂睁开眼睛，面不改色地从衣衫上撕下一块布条，将那臂膀上的衣裳扯开，取出早已备下的白药，对着伤口撒了上去，而后用布条将伤口紧紧勒住，做好这一切，方才往家赶去。

姚芸儿听得院子里传来的声音，便是一个激灵，赶忙从床上起身，连鞋子也没穿，便跑了出去。

袁武人在灶房，刚从水缸里舀了一瓢水，还不待他喝下，便听自己的小娘子唤了声相公，当下便将水瓢搁下，匆匆走了出去。

"不是和你说过，今晚别等我吗？"袁武皱眉，一语刚毕，见她只着一件月白色的棉裙，乌黑的长发尽数披在脑后，一张瓜子小脸白如凝脂，在月光下更显得皎洁，清丽如莲。

"相公，你去哪儿了，怎么现在才回来？"姚芸儿不放心，她本就有着身孕，又兼得一夜没睡，眉宇间闪烁着熬夜的疲倦，孱弱而憔悴。

袁武瞧着，不由分说便揽着她回到屋子，姚芸儿刚要将烛火点上，男人却一把按住了她的小手，将她抱在床上，低声道："好了，我已经回来了，你快点睡。"

姚芸儿眼前一片黑暗，只能隐隐地看见男人的轮廓，她在暗夜中伸出小手，还不等碰到袁武的身子，便被他极其精准地一把握住，姚芸儿听他声音低哑得紧，心里越发担心，见他不愿告诉自己去了哪里，便也不再开口，只柔声说了句："相公，我给你炖了粥，还在锅里热着，你是不是饿了？快去吃吧。"

袁武闻言，那一双眸子在暗夜里更显得黑亮不已，他握紧了她的小手，低语了一句："的确是饿了，你先睡，等你睡着，我再去吃。"

姚芸儿这才放下心来，轻轻"嗯"了一声，便赶忙合上了眸子，许是有夫君伴在身旁的缘故，未过多久，便沉沉睡去了。

听着她均匀的呼吸声，袁武许久没有动弹，就那样守着她，直到天色微亮，男人方才将她的小手送进被窝，并俯身为她将被子掖好，透着晨光，望着小娘子那张白皙秀美的脸蛋，袁武唇角微微一勾，粗粝的手指情不自禁地抚上她的肌肤，摩挲良久，方才起身离开了屋子。

他先是将带着血迹的衣裳换下，重新清理了伤口，并换上了干净的衣衫，做好这一切，天色已是大亮了。

因着有伤在身，袁武这几日并未出门，只在家陪着妻儿，是夜，姚芸儿正倚在袁武的怀里熟睡着，这些日子，她的胃口仍旧不好，所幸家里的燕窝却是不缺的，足以让她吃饱、吃够，那燕窝本就是极其滋补的东西，眼见着她的气色一日比一日好，脸颊处又是透着可喜的红晕，就连其他的饭菜，也能强撑着吃上几口了，男人瞧在眼里，心头自是宽慰。

袁武睁开了眼睛。

深夜中，男人的耳朵极其敏锐地捕捉到了一丝声响，袁武睁开了眼睛，他不动声色，将胳膊从小娘子的身下抽出，起身将悬挂于墙上的长刀取下，踏出了屋子。

"出来吧。"男人的身形在月光下显得分外魁伟挺拔，他的声音浑厚有力，这三个字话音刚落，就见一道黑影，从暗处中走了出来。

月色分明，将一切都映照得十分清晰。待看清来人的容貌，袁武黑眸一震，不等他开口，那人便冲着他跪了下去。

"起来说话。"袁武将长刀入鞘，单手将眼前的男子扶起。

谢长风眼圈通红，望着眼前的男子，声音却哽咽起来："大哥，属下找了您三年，总算是找到了！"

袁武不置可否，道："除了你，还有何人在此？"

"大哥放心，孟先生他们并不在此地，属下前几日在荆州城听说有人在溪山打死了大虫，一打听得知那人姓吴名崇，与大哥从前在岭南时的化名一模一样，属下便一路摸索，总算是找到了大哥！"

谢长风说着，因着激动，声音里则隐隐地颤抖，就着月光，见袁武的身形依旧魁梧高大，比之三年前并无变化，便微微放下心来，打量了这座小院一眼，道："大哥这三年来，都是隐居在此？"

袁武点了点头："不错，渝州之战后，我便投身在此，隐姓埋名，倒也过了几天安稳日子。"

"大哥，这些年来，咱们岭南军剩下的兄弟们个个都在找您，单说孟先生，不惜冒着杀头的风险扮作客商，四处找寻您的下落，您既然还活着，为何不与咱们联系？"谢长风眼眸通红，字字刺心。

袁武唇线紧抿，隔了片刻，方才道："朝廷一日不曾看见我的尸首，便一日不会善罢甘休，我若贸然出动，只会连带着你们与我一道被朝廷一网打尽。"

"大哥，如今襄阳、定陶各地都有咱们的人，就连赵康、吴煜那些小头目，也纷纷打着您的名号起义，眼下正是咱岭南军重振威风的好时候，只要大哥出山，若想东山再起，简直是易如反掌！"谢长风眸心似有火苗在烧，声音喑哑。

袁武不为所动，淡淡地摇了摇头。

见他摇头，谢长风道："大哥难道是怕了凌肃，要在这里过一辈子？"

袁武双目似电，看了他一眼，谢长风顿时察觉自己的逾矩，立时垂下眼眸，不敢放肆。

袁武收回眸光，沉默片刻，方才道："自渝州大战后，我一直都是人不人、鬼不鬼地过日子，朝廷害我父母，凌肃杀我妻儿，这笔仇，我没有一日敢忘。"

"那大哥为何不愿出山？"

"并非我不愿出山，而是眼下，还未到出山的时候。"男人声音低沉，眸光深邃冷冽，一字字道，"这三年来，我没有一日不在想着如何重建岭南军，去与凌肃决一死战，但咱们落到这一步，一定要稳住。"

谢长风望着男人的背影，声音亦坚定有力："无论大哥日后有何打算，属下都誓死追随大哥，三年前如此，三年后亦如此。"

袁武闻言，回眸望了谢长风一眼，他没有说话，只上前在昔日属下的肩膀上拍了拍，到了这个地步，两人之间也的确无须废话，所有的话，都隐在彼此坚韧而内敛的眸光里。

谢长风临走前，对着袁武又抱拳行了一礼，道："大哥保重，属下先行告退。"

袁武知晓他亦是隐姓埋名地过日子，当下也不曾问他去哪，只微微颔首，道了句："切记小心，不要与官府有过多接触。"

"是，大哥放心。"谢长风恭声道，语毕深深作了一揖，也不从袁家的大门离开，而是身形一转，提气纵上了墙头，顷刻间不见了踪影。

袁武站在院子里，高大的身躯笔挺如剑，月光照在他的影子上，一片淡淡的寂寥。

回屋后，姚芸儿依旧在酣睡，男人将刀挂好，自己则走到她身边，乌黑的眸子深敛似海，凝视了她好一会儿，终伸出胳膊，将她整个地抱在怀里。

这一日，姚芸儿起床后，在院子里将白棉儿与春花、大丫喂饱，这些日子她的孕吐已好了不少，那腰身也圆润了些，算一算日子，倒是有三个月的身孕了，那小腹虽然依旧是平坦的，可她每次抚上自己的肚子，心里都有说不出的甜蜜欢喜，恨不得孩子可以早些出来才好。

喂完了家畜，姚芸儿闲来无事，便寻了几块布料，打算为腹中的孩子做几件小衣裳，刚将针线篮子拿出来，还不等她动手，却听院外传来一阵嘈杂，接着便是一道男声响起："敢问此处，可是袁武袁屠户的家？"

姚芸儿听了这话，便赶忙走到铺子，刚将大门打开，就见门外站着三位男子，当先一人气质儒雅，身穿青色长衫，书生打扮，约莫四十岁年纪，神色温和。另一人身形高大，面色微黑，一副短打扮，倒似是寻常的乡野农夫。而最后一人瞧起来不过二十五六岁的年纪，虽是布衣草鞋，却生得身材颀长，相貌清俊。

姚芸儿骤然瞧见这三个男子，便微微怔在了那里，一双美眸盈盈，轻声道了句："你们找我相公？"

一听这话，当先那位书生打扮的男子眉心便是一皱，一双精明犀利的眸子将姚芸儿打量了一番，面色却依旧温和，道："小娘子莫怕，敢问小娘子的相公，可是姓袁名武，岭南人士？"

姚芸儿点了点头，瞧着三人也不似坏人，便言道："你们，是我相公的朋友？"

那男子笑了，对着姚芸儿拱了拱手道："正是，咱们都是袁相公在老家时的朋友，如今打听到他在此处落脚，便来看上一看，与他叙叙旧。"

"相公去山里砍柴了，怕是要过一会儿才能回来，先生快请进吧。"

姚芸儿与袁武成亲这么久，从不曾听他提过老家的人和事，只知道他是岭南人，前些年岭南大旱，他在家乡过不下去，只得出来讨生活，恰巧途经清河村，便在此住了下来。

是以如今见到这三人，竟是相公在家乡时的朋友，姚芸儿心里顿时感到亲切，连忙将客人引进屋，让在堂屋里坐着，自己也是不得清闲，又去了灶房添柴烧水，家里没有茶叶，只得将就着喝些白水，姚芸儿心下过意不去，又将锅里的冰糖燕窝盛出来一些，端了出来，留作点心给客人们吃。

待她走后，瞧着那燕窝，书生打扮的那男子便捋须笑道："子沾，你们还生怕元帅过得不好，岂知他家中随意拿出的，便是这等好东西。"

那被唤作子沾的青年男子闻言，脸上依旧是淡然的神色，只微微一哂，也不说话，倒是一旁的那位短打扮的汉子忍不住开口道："孟先生，你们说元帅，当真住在这里？还有刚才那小娘们，竟会是咱元帅新娶的夫人？"

孟先生颔首道："既是长风亲自送的信，自是不会有假，更何况，袁武这两个字，与元帅的本名不过相差一字，若我没算错，这袁武，定是咱们元帅无疑。"

听他这样一说，两人便都沉默下去，终究还是那汉子沉不住气，压低了声音，道："先生，若真是咱们元帅，他隐居在此也就罢了，可这如今又娶了个娇滴滴的小娘们，这往后……"

"别一口一个小娘们，若这袁武真是元帅，你可要改口唤夫人才是。"

几人这般说着，就听屋外蓦然传来一道娇柔的女声，那声音清甜温婉，透着水一般的柔润，唤了句："相公，你回来了？"

三人一听，同时对了个眼色，顿时站起身子向外走去。

袁武一手拎着一大捆木柴，另一手则将赶来迎接自己的小娘子抱在怀里，见她今儿气色极好，一张小脸白里透红的模样，让他瞧着便心情大好，忍不住俯下身子，用自己的胡子向着她白腻的肌肤上扎去。

姚芸儿被他逗得笑起来，可想起屋子里的客人，顿时一面躲，一面讨饶道："相公，你快别闹，家里来了客人……"

"谁？"袁武闻言，眸心顿时一震，停下了自己的举动，对着姚芸儿问道。

不等姚芸儿开口，袁武便瞧见自家堂屋门口正站着三个男子，那三人此时俱是一个个地愣在那里，不敢置信般地瞧着自己，尤其那乡野汉子，眼睛更是睁得铜铃般大小，一动不动地瞅着自己眼前的男女。

那个拿胡子去扎媳妇的，居然会是自家元帅？

乡野汉子心头这般想着，见男人的大手依旧揽在姚芸儿的腰际，又揉了揉眼睛，再次睁开时，才确信，这眼前站着的，果真是袁崇武无疑！

袁武望了这三人一眼，面上倒仍旧是极其平静的，似是早已料到他们会来一般，低眸对着姚芸儿道："不是和你说过，不能给不认识的人开门吗？"

"可他们说是相公在老家的朋友，所以我……"姚芸儿解释着，话还没说完，才惊觉自己的腰仍旧被男人扣着，当下一张小脸涨了个通红，赶忙从袁武的怀里抽出了身子，赧然道："相公，你和客人们先聊着，我去做饭。"

袁武点了点头，待姚芸儿进了灶房后，方才向着堂屋走去。

而那三人依旧站在那里，见袁武走来，那乡野汉子顿时按捺不住，一声"元帅……"刚唤出口，就见袁武黑眸雪亮，压低了声音打断道："先进屋再说。"

那汉子顿时噤了声，孟先生微微侧开了身子，只等袁武走进屋子，三人方才跟了进去。

一别三年，诸人此番相见，皆是百感交集，话还没说几句，那乡野汉子姓李名壮，虽是铁打般的身架，眼圈却蓦然红了，道："这三年，元帅可当真让属下们好找，朝廷那些狗官说元帅已被凌肃那狗贼砍杀马下，咱们活下来的兄弟没一个信的，这些年一面躲着官府，一面偷偷打探着元帅的下落，真是老天有眼，总算是让咱找到了元帅！"

袁武端起茶杯，却也不喝，唯有那一双眸子利如刀刃，也不知是在想些什么。

见状，坐在下首的青年男子，名子沾者则开口道："元帅隐身在此，怕是不知外头的情形，如今定陶、襄阳已被咱们攻陷，岭南、云州各地也是纷纷响应，大周朝廷只剩了一个空架子，各地农民军群龙无首，正是元帅出山的绝好时机，弟兄们熬了这么久，盼的便是这一日！"

袁武闻言，把玩着手中的杯盏，乌黑的眸光则向着迎面的中年男子望去，沉声道："先生怎么说？"

孟余本一直沉默不语，此时听得袁武开口，先是对着袁武拱了拱手，方才恭声道："元帅容禀，渝州大战时，凌肃与大赫勾结，以至于咱们岭南军死伤惨重，纵使如今将余下的部众重新云集在一起，咱们的实力也是大不如前，更兼得云州、襄阳等地鱼龙混杂，说到底也都是些乌合之众，实在难以与凌肃大军对战，依属下愚见，元帅若要出山，必定要选一个千载难逢的时机，务必要一招制胜，眼下，怕还不到时候。"

他这一番话刚说完，李壮与何子沾皆面露不解，不等他们开口，就见袁武脸上浮起一抹淡淡的笑意，颔首道："我与先生不谋而合，先生所言，深得我心。"

李壮是个直肠子，当即便忍不住道："先生，咱们千辛万苦才找到元帅，此行的目的便是要劝元帅出山，你到底是要咱等到啥时候？"

"李壮，你这毛躁的性子，怎么一点也没变？"袁武望着昔年一起同生共死的手下，眉头虽微皱，唇角却是微勾，带着几分笑意。

"元帅，"李壮焦急不已，道，"兄弟们日日夜夜都盼着您带着咱们去和凌肃那狗贼大战一场，好为咱死去的亲人老小报仇，这些年一直没找到你，兄弟们都不敢轻举妄动，眼下寻到了你，你说啥也要带着咱们大干一场！以慰咱们枉死的兄弟们在天之灵啊！"

他的话音刚落，孟余便摇了摇头，叹道："李壮，你何时才能长点心，元帅又没说不带你们打仗，眼下还没到时候，你急什么？"

袁武眸心暗沉，点头道："先生说得没错，这些年，我一直在等一个时机，待时机一到，定要凌肃血债血偿。"

语毕，就听一声脆响，原来是男人大手一个用力，便将手中的杯盏捏了个粉碎，而他的脸色，更森然得令人不寒而栗。

孟余声音沉缓，道："这些年咱们都熬了过来，越往后，元帅越是要稳住，更何况依属下愚见，大周朝再过不久，必生变故，到了那时，元帅的霸业，又何苦不成。"

袁武闻言，眸心愈是黑亮不已，他向孟余望去，两人对视一眼，俱是一片了然，袁武点了点头，淡淡道："如此，便承先生吉言。"

孟余打量着眼前这座农家小院，见院子里清清爽爽，又是鸡又是羊的，应有尽有，就连这间堂屋也是窗明几净，脸上便浮起一抹尴尬，掩饰般地轻咳几声，对着袁武道："光顾着说话，属下倒是忘记恭喜元帅，娶了这般秀外慧中的夫人。"

听他提起姚芸儿，袁武面上的阴戾之气便消散下去，眉宇间浮起一丝温和，道："的确，能娶她为妻，实在是我的造化。"

孟余的脸色微微一变，沉吟半晌，方才斟酌着开口道："只不过，属下有一事，还未告知元帅……"

"什么事？"袁武眉峰微皱，低声道。

孟余刚要说话，就听一阵脚步声窸窸窣窣地传来，正是姚芸儿端着饭菜，从灶房里走了过来。

"相公，该吃饭了。"女子娇柔的声音十分悦耳，刚看见她，袁武便站起身子，从她手中将盘子接过，见那盘子上是一碟小炒腊肉，目光中便浮起一抹怜惜，沉声道："这三位都是自己人，这些肉菜不用做，切些凉菜来就行。"

姚芸儿知道他是心疼自己不能闻肉味，当下便抿唇一笑，小声说了句："不碍事的，相公，你先陪着客人，还有几个菜，我现在就给端来。"

瞧着她温婉娇小的背影，袁武收回眸子，就见三人正齐刷刷地看着自己，待自己回过身子，又赶忙将眸光转开，他瞧在眼里，也没说话，只淡淡一笑，将那盘菜搁在了桌上。

因着是家里第一次有客人来，姚芸儿几乎使出了浑身解数，将一餐饭做得又快又好，凉菜是蒜泥拌胡瓜，麻油小葫芦，又清炒了个萝卜丝，腌菜配肉沫，蒜苗炒腊肉，又烧了个咸鱼炖豆腐，最后还用一根猪骨熬了一大锅汤，虽然都是些家常菜，但有荤有素，有烧有炒，也算得上十分丰盛了。

将饭菜端上了桌，姚芸儿解开围裙，对着男人道："相公，你们先吃着，我去给你们打一些酒来。"

她这话刚说完，李壮一拍大腿，喜道："可不是，这一大桌菜，哪能没有酒！"

不等姚芸儿走开，袁武便一手揽住她，让她在自己身旁坐下，黑眸对着李壮看了一眼，淡淡道了句："想喝酒，自己去打。"

李壮顿时不敢说话了，将脑袋垂下，端起碗扒了起来。

"相公，"姚芸儿轻轻地在桌下摇了摇男人的衣袖，按照习俗，家中有男客，女子素来不能与男子同食的，姚芸儿有些不安，道，"我要不先回屋子，等你们吃过，我再来吃……"

袁武自是不允，为她夹了一筷子的菜送进碗里，温声道："不必，快些吃吧。"

孟余等人见袁武与这小娘子说话都轻声细语，更不时为她夹菜，而那小娘子望着碗里的菜却满是难为，似是怎么也吃不下一般，只苦着一张脸，对着袁武道："你别为我夹菜了，我吃不下。"

袁武低声劝道："多少吃一点。"

瞧着两人这般旁若无人的样子，李壮张了张嘴，本还想再说个几句，还没开口，就见孟余对着他使了个眼色，示意他闭嘴吃饭。

因着没有酒，袁武的心思也一心在这小娘子身上，席上倒是十分安静，孟余一行人一语不发地吃着饭，瞧着袁武对姚芸儿关怀备至的样子，那眉头却是越皱越紧。

姚芸儿夹起一块鱼肉，放在嘴巴里咀嚼了几口，这鱼经过腌制与晾晒，按理说早该没了腥味，可不知怎的吃进嘴里后，那股子鱼腥味却是怎么也掩饰不住，只让姚芸儿忍不住，捂住嘴匆匆跑了出去。

袁武见状顿时搁下筷子，也跟了出去，见姚芸儿吐得昏天暗地，自是心疼不已，大手在姚芸儿的后背上轻拍着，低声道："好些没有？"

姚芸儿难受极了，忍不住泪眼汪汪地看着自己的夫君，嗔了句："我说我不吃，你偏要我吃……"

袁武无奈，将她揽在怀里，为她将唇角上的水渍拭去，轻声道："好，都怪我，别哭。"

孟余一行人站在门口，瞧着这一幕，三人脸上都有些不自在，尤其是李壮，更是往孟余身旁凑了凑，嘀咕了一句："我说先生，咱是不是找错人了？这真是咱元帅？"

孟余也没理会，瞧着眼前的那对夫妻，眉宇间却是沉了下去。

晚间，将姚芸儿安顿好，袁武方从里屋走出来，见到他，三人当即站起身子，袁武走到桌旁坐下，随手指了指凳子，道："坐吧。"

待三人坐下后，袁武看了孟余一眼，低声道："说吧，究竟是什么事。"

孟余踌躇片刻，终是一咬牙，那一句话，犹如一个霹雳一般，响在男人耳旁。

"元帅有所不知，您的原配夫人，与两位公子，尚在人世。"

袁武的脸色"唰"的一下变了，他霍然站起身子，一把攥住孟余的领口，将他带到自己面前，沙哑道："你说什么？"

孟余见他眉头紧皱，眼睑微微跳动，心下微觉骇然，却仍逐字逐句道："属下说，元帅的原配夫人，与两位公子尚在人间。"

袁武一个松手，孟余不由自主地往后退了好几步，何子沾赶忙上前扶住了他的身子，三人见袁武站在那里，就连呼吸都沉重起来，那脸色亦是没有一丝血色，他们从未瞧过袁武这般模样，此时皆是连大气也不敢喘。

隔了许久，袁武方才道了一句："他们现在在哪儿？"

"元帅放心，如今夫人与两位公子皆由暨南王氏兄弟照料，只等时机一到，元帅便可以去暨南，与妻儿团聚。"

孟余话音刚落，就见袁武默不作声，回到桌旁坐下，他的脸色被烛火映得忽明忽暗，英挺的容颜上，刀斧般深隽，不知过了多久，他终是合上了眸子，无声地握紧了拳头。

七年前，袁崇武与凌肃于宜阳关大战，岭南军粮草奇缺，武器落后，不得不采用流动战术，战乱中，袁崇武妻儿尽数被凌肃手下掳去，为将岭南军镇压，凌肃以其妻儿性命相威胁，逼袁崇武就范，袁崇武誓死不降，亲率骑兵三千深入敌腹，欲将妻儿救回，双方死伤惨重，袁崇武更是身中数箭，终因寡不敌众，眼睁睁见妻儿被凌家军掳走。

同年九月，双方于宜州口再次开战，凌肃将岭南军中数十位高位将领家眷尽数捆缚一起，再次逼岭南军投降，岭南军众人皆是庶民出身，其中大多是家中良田被夺，或有亲人于徭役中惨死，抑或不堪背负沉重的赋税，历年来皆是对朝廷深恶痛绝，当即非但不降，只纷纷呐喊，要与凌家军决一死战。

时有岭南军左副都统石于明者，妻子尚有身孕八月有余，于两军交战中哭泣不止，哀求丈夫投降，石于明当机立断，亲手将妻子射杀，以免其扰乱军心。

岭南军中，亦有无数士兵不仅妻儿，就连父母亦是陷于凌肃之手，这些大多是深受官府残害、朝廷欺压的庶民，一个个血红着眼睛，于阵前纷纷下跪，以叩父母养育之恩。

袁崇武下令，命三军缟素，与凌家军决一死战。

那一场大战，令山河失色，岭南军折损过半，凌家军却也元气大伤，不得不退守烨阳，撤退途中，凌肃命人将岭南军亲眷尽数处死，抛尸荒野，尸骨无存者数不胜数，自此后，凌家军与岭南军便结下了血海深仇，袁崇武本人与凌肃之间更是有深仇大恨、不共戴天。

双方数年来，大小战役不下百次，直到三年前，大周朝从北方邻国大赫借兵，连同凌家军十万大军，共同镇压岭南军。

此战之惨烈，令人不忍目睹，两军死伤之众，数年来无法估计。

最终，岭南军副将以及参军以上高位将领多达一十七人，全部阵亡，其余步兵被俘者数千余人，尽数押至京师，于午门枭首示众，一日之内，京师血流成河。

至此，这一场持续多年的农民暴乱方被镇压，史载，"岭南之乱"。

而袁崇武本人，亦是下落不明，朝廷只道他已被凌肃砍杀。因感念其多次赈灾放粮的义举，民间素以"崇武爷"呼之，渝州大战后，宜州、暨南等地百姓，家家户户立有"崇武爷"牌位，偷偷祭祀。

而在岭南一些偏僻之地，更有不少"崇武爷"庙，多年来香火鼎盛，善男信女络绎不绝，而在袁崇武家乡，则建有袁崇武的"衣冠冢"，每逢清明，前来祭奠者数不胜数。

孟余回想往事，心头自是感叹，又见袁崇武沉默不语，不免唏嘘，道："元帅，属下听闻夫人当年九死一生，带着小公子从凌肃手中逃脱，母子三人隐姓埋名，一路流落至蜀地深山，直到两年前才被王将军找到，这些年想必也是吃尽了苦头，若等他日元帅与夫人夫妻团聚，属下斗胆，还愿元帅莫要辜负了夫人才是。"

袁武听了这话，眸底的神色依旧深邃而内敛，他一语不发，就那样坐在那里，让孟余三人瞧着，再也不敢多说什么。

不知过去了多久，袁崇武终是开了口，道了句："孟余。"

"属下在。"孟余立时恭声道。

"命张智成去暨南，将他们母子三人接到云州，待时机成熟，我自会赶去。"

"元帅……"孟余眼皮一跳，不等他说完，就见袁武一个手势，令他将余下的话生生咽了回去。

"你们回去吧。"袁武说完，遂站起身子，推开里屋的门，径自走了进去。

"先生，元帅这是咋了，知道自家媳妇和孩子还活着，要我不还高兴个半死，可你瞧元帅那脸色，咋还不太好看……"李壮凑了过来，望着袁武的背影，对着孟余小声开口。

孟余瞥了李壮一眼，低声道："好了，如今咱们找到了元帅，还有一大摊事要去做，先回荆州再说。"

"啥，咱们不留下来？"李壮睁大了双眼，惊诧道。

孟余没心思和他废话，何子沾倒是忍不住了，道："你是不是觉得咱元帅不够惹眼，非要留下来惹得旁人留意才踏实？"

李壮闻言，这才不说话了，一行人临去前复又对着里屋恭敬行礼，礼毕后方才趁着夜色，离开了袁家。

里屋内，姚芸儿依旧沉沉睡着，就着烛光，那张巴掌大的小脸洁若白莲，透着清纯的温婉，她今年还不到十七岁，虽说已嫁为人妇，可脸庞上仍旧带着些许稚气，倒显得青青嫩嫩的。

袁武坐在一旁，抚上了她的睡颜，想起她年纪这般小，便已经嫁给他为妻，并为他千辛万苦地怀着孩子，乌黑的瞳仁中，便是深不见底的疼惜。

他将她的小手握在手心，缓缓地贴上自己的面颊，隔了许久，方才用低低的声音，唤了她的名字："芸儿……"

那短短的两个字，低沉浑厚，情深似海。

翌日，姚芸儿刚睁开眼睛，便迎上一双深潭般的黑眸。

"相公？"姚芸儿见袁武坐在床头，身上衣衫齐整，眼底布满了血丝，倒似一夜没睡一般。

袁武见她醒来，便微微一笑，握着她的小手，放在唇边亲了亲。

"你怎么了？"姚芸儿抚上他的脸，心疼道，"昨夜里是不是没睡好？"

"我没事。"袁武将她抱在怀里，并将散下的棉被重新为她盖好，暗中却在沉吟，不知要如何去和她说。

袁武紧了紧她的身子，望着她柔美白皙的小脸，那喉间的话便是无论如何也开不了口，心头却是疼惜更甚。

吃过早饭，姚芸儿望着男人，似是鼓起极大的勇气一般，才道："相公，我已经好些日子没回娘家了，也不知爹爹的身子好点了没有，今天家里没事，我想回去看看……"

袁武闻言，见她那一双杏眸中带着隐隐的祈求，声音也是又轻又小的，让他听着，心里便软了下来，道："走吧，我陪你回去。"

姚芸儿一听这话便高兴起来，忍不住上前环住了夫君的颈脖，纵使心头诸事纷扰，可此时看着小娘子那张娇美可人的笑靥，男人的眼瞳仍浮起几许温和，淡淡一笑，俯下身子在她的唇瓣上轻啄了一口。

虽然姚母曾打主意，要将金梅嫁给袁武，姚芸儿的委屈与难过自不必提，可如今她怀着孩子，却更加体会到身为人母的不易，养儿方知报娘恩，这日子一久，原先的那些委屈倒也消散了不少，心头却又惦记起娘家起来。

袁武自然明白自家小娘子的心思，临走时，还从铺子里割了一大块肉，打算一道给姚家送去。

姚芸儿这些日子都是待在家里安胎，此时骤然出了家门，心底倒是说不出的舒坦，那路似乎还没走上几步，姚家的院子便近在眼前了。

第九章

身世揭露

开门的正是姚母，姚芸儿瞧见母亲，刚唤了一声"娘"，眼圈便红了。姚母见到女儿、女婿，先是一怔，似是没想到他们还会上门，待听女儿唤了那一声娘后，鼻尖也是一酸，赶忙将姚芸儿拉进了屋子，从头到脚地打量了一番，见她气色极好，身子也圆润了些，方才微微放下心来，还未开口，眼眶也湿了起来。

"芸儿，娘早都想去看你了，可实在是没脸去啊，你快和娘说说，你还害喜吗，每日里能吃得下饭吗？"

堂屋里，姚母拉着姚芸儿的手，不住地问着，而袁武则站在院子里，没有进来。

"娘，你放心，我吃得很好，睡得也好，这孩儿很乖。"姚芸儿说着，见屋子里安安静静的，遂道，"二姐和小山去哪了？大妞和二妞呢？"

这话刚说完，姚母的眸心便浮起一抹黯然，沉默了片刻，方才叹道："金梅和小山下田去了，大妞和二妞，娘实在没法子养活，前些日子，已经托人把这两个孩子送到了王家村，回王家去了。"

姚母的这一番话刚说完，姚芸儿的脸色便变了，惊诧道："娘，王大春会把大妞、二妞卖了的，你怎么能把她们送回去？"

姚母想起那两个外孙女，心里便是刀割似的疼，忍不住举起袖子抹了把眼泪，道："你爹身子本来就不好，又听说金梅被张家退婚，一气之下病倒了，这些日子连床都下不了，家里哪还有那个能耐，养活那两个小祖宗？"

姚芸儿见母亲这般说来，心里也是酸涩得紧，又听闻父亲病倒了，当下再也坐不住，只与母亲一道去了里屋，就见姚老汉瘦得皮包骨头，病恹恹地躺在床上，竟是一副病入膏肓的模样，眼见着是要不行了。

姚芸儿瞧着大骇，上前不住地唤着爹爹，姚老汉一动不动，整个人都瘦脱了形，脸色更是蜡黄蜡黄的。

"娘，爹爹病得这样重，你怎么不告诉我？"姚芸儿心头大恸，见无论自己怎样呼喊，姚老汉都是昏睡着，偶尔睁开眼来，眼底也是浑浊一片，连人都认不出了。

"上回在你家，女婿将我和你二姐一道赶了出来，娘哪还有脸再上门扰你啊？"姚母瞧着姚老汉那副模样，泪水也滚了下来，又见女儿哭泣，上前道，"你爹这身子，怕是好不了了，你和女婿说说，他这岳丈横竖也就这么几天，要他大人不记小人过，等到了那一天，咱家没个顶事的男人哪行……"

不等母亲说完，姚芸儿抹了把眼泪，从床前站起身子往外跑。

"相公……"

听到小娘子的声音，袁武顿时转过身子，刚进堂屋，就见姚芸儿奔了过来，差点撞在他怀里。

"出什么事了？"袁武见她一脸泪痕，眉头顿时皱起。

"相公，爹爹病得很重，娘说横竖也就这么几天了，你去城里，请个好大夫来给爹瞧瞧，好不好？"

姚芸儿心慌得厉害，眼底噙满了泪水，攥着袁武的衣襟，似乎他便是自己所有的支柱。

袁武听了这话，拍了拍她的手，抚慰道："你先别哭，我进去看看。"

到了里屋，姚母正守在一旁抹眼泪，见袁武进来，脸上倒难免有些讪讪的，所幸袁武也不曾理会她，径自走到姚父身旁，见姚父这般模样，心头便是一凛，对着姚芸儿道："你和岳母在这里守着，我现在便去城里请大夫。"

待男人走后，姚母感激得不知如何是好，攥着女儿的手，也说不出话来，唯有眼泪一串串地往下掉。

"娘，你别哭了，爹会没事的。"

"有女婿在，你爹这身子，总算还有个盼头。"姚母心头感慨，泪眼婆娑地开口，"芸儿，娘先前可真是偷吃猪油蒙了心，瞧你和女婿过得好，就想着把金梅嫁过去，好让她跟着你享享福，你爹知道后，只差点没将娘骂死，你爹如今病成了这样，和娘也脱不开关系啊！"

姚母说着，越发哭个不住："娘是穷怕了，又怕金梅往后落得和你大姐一样，娘是没法子，才想着要把她嫁给姑爷，芸儿啊，你可千万甭怨娘，啊？"

姚芸儿揽住母亲，为姚母将泪水拭去，那泪珠却也一颗颗地往下掉，她摇了摇头，不断地劝慰着母亲："娘，您别哭了，女儿不怨你，有相公在，会好的，咱家的日子会好起来的……"

待袁武领着大夫赶到姚家时，天色已暗了下来，金梅刚瞧见他，便无颜待下去，只得躲进里屋，再不敢出来。

姚母将大夫迎进屋子，姚芸儿见袁武风尘仆仆，一路显然都没歇过，额上也布满了汗珠，她瞧着，便心疼起来，赶忙为他端来茶水，趁着他喝茶的空当，拿起汗巾子去为他擦拭。

袁武见她那一双眼睛哭得犹如小小的桃子，黑眸便浮起一抹无奈与疼惜，箍住她的腰肢，令她靠在自己胸膛，轻声安慰她别怕。

未过多久，就听里屋传来姚母与金梅的哀号，姚芸儿一震，赶忙从男人的怀里抽出身子，一转头便见那大夫已走了出来。

"大夫，我爹爹怎么样了？"姚芸儿双眸满是惊恐，对着大夫言道。

那大夫摇了摇头，只道了句："你爹这身子，早已经熬透了，别说是我，就算是华佗再世也救不活他，你们还是为他准备后事吧。"

姚芸儿一听这话，眼前顿时一黑，幸得被男人稳稳抱住，那大夫甚至似是嫌晦气一般，也不多待，刚说完这句，便匆匆离开了姚家。

夜深了。

姚家的烛火依旧燃着，姚老汉昏睡了许久，终是睁开了眼睛。

"他爹，你醒了？"见他睁开眼睛，一家人顿时围了过去。

姚老汉看了妻子一眼，眼瞳环视一圈，最终落在了姚芸儿身上。

见爹爹似是有话要告诉自己，姚芸儿赶忙上前，跪在床边，刚握住父亲的手，泪水便噼里啪啦地掉了下来。

姚老汉虚弱到了极点，口中沙哑难言，姚母见他紧紧地凝视着姚芸儿，知晓他定是要将十七年的事告诉女儿，便站起身子，对着金梅与小山道："你爹有话要和芸儿说，咱们先出去。"

待母亲与姐姐弟弟走后，姚芸儿望着躺在床上的父亲，一颗心仿佛被人攥在了手心里似的，捏得她难受到了极点，几乎要说不出话来。

"爹爹，您有话要和芸儿说吗？"见姚老汉颤抖着嘴唇，姚芸儿将耳朵贴了过去，就听姚父用含糊不清的声音，对着她说了几个字来："箱子里，有个盒子……你去……拿出来……"

姚芸儿循着老汉的眼眸望去，就见床头摆着一只木箱，那还是姚母当年的陪嫁，早已破损得很了，姚芸儿起身，将那箱子打开，就见里面全是些衣衫鞋袜，翻了许久，才在箱子的底部寻着个小盒子。

那盒子并不大，拿在手里却又觉得沉甸甸的，盒盖上刻着花纹，雕工甚美，形态雅致，不知是什么料子做成的，竟散发着一股隐隐的香味儿，十分好闻。

姚芸儿虽没什么见识，可一见这盒子，却也觉得这定是件极其珍贵的物什，家里向来贫寒，又怎会有这般精致的东西？

"爹爹，您说的盒子，是这个吗？"姚芸儿将盒子递到了父亲身边，姚老汉浑浊的眸子在瞧见盒子的刹那，便透出一抹光彩，他缓缓点了点头，喉咙犹如风箱一般，每一个字都说得极其吃力："芸丫头，将盒子打开……"

姚芸儿按着父亲的嘱咐，将那沉香木的盒子打了开来，顿时觉得那股沁人心脾的香味愈加明显，而盒子里则安安静静地搁着一块白如羊脂般的玉佩，在烛光的映照下，散发着柔和的光晕，温温润润的。

见父亲示意自己将玉佩拿起，姚芸儿伸出小手，只觉这玉佩触手柔润，滑如凝脂，仔细一瞧，便见那玉佩上刻着一个字，姚芸儿认识的字少，也瞧不出那字念什么。

"爹爹，这枚玉佩……"姚芸儿秋水般的瞳仁中满是不解，只望着姚老汉，心跳却莫名快了起来。

"芸丫头，爹一直没告诉你，你不是咱家亲生的闺女……"

姚老汉话音刚落，姚芸儿的脸色顿时变得如雪一般的苍白，她怔在那里，脸上满是不敢相信，姚老汉瞧在眼里，却仍自顾自地说了下去，只怕自己再不说，往后便没了说的机会："你是我十七年前，从云尧镇抱回来的，所以，爹给你取了个名字，叫作芸儿。"

姚老汉喘着粗气，这一段话说得稍微长些，便歇了好一会儿，才慢慢道："当年，我从荆州城赶货回来，途经云尧时，瞧见一个老婆子躺在地上，被冻得奄奄一息，我下车一瞧，才看见那人已经不行了，在她怀里，就抱着你。"

姚芸儿眼瞳满是错愕，一眨不眨地凝视着父亲，甚至不知自己身在何处，恍如一场噩梦。

姚老汉缓了几口气，又开口道："她临终前，把你托付给我，这块玉，也是她交给我的，要你长大后，凭着这块玉，去寻你的生身父母……"

姚父的话犹如惊雷一般，炸在姚芸儿耳旁，姚芸儿蒙住了，只轻轻摇了摇父亲的胳膊，眼眶中满是泪水，摇头道："爹爹，你骗我的，我是你和娘的孩子，我是姚家的女儿！"

姚老汉叹了口气，眼角也湿了，沙哑道："你打小就和咱村的女娃不一样，你生得俊俏，个子又小，当年那老婆子也曾说过，你们是从京城而来，她在临终前也口口声声地叮嘱我，说你身份贵重，一定要我好好照顾你，带着你身上的玉，去边疆找凌家军……"

"凌家军？"姚芸儿听着这三个字，全身都是一震，轻轻地默念出这三个字来。

姚老汉点了点头，道："爹也曾想过要带着你去边疆，可一来路途太远，二来没过多久，滇南暴乱，爹打听到凌家军已从边疆赶到了滇南，没过多久，又听说东海那边有倭寇生事，凌家军又从滇南赶到东海，这些年来，凌家军东征西讨，家里事又多，爹实在是没法子带你去啊。"

姚芸儿瞧着父亲的声音越来越小，心头顿时慌了，只揉着父亲的手，惶然道："爹爹，您快别说话了，您歇息一会儿，我去喊娘过来。"

"芸丫头……"姚老汉却是攥住了女儿的手，竭力睁开了眼睛，望着女儿雨打梨花般的小脸，道，"自打你来了咱们家，就没过过一天好日子，为了小山，爹和娘还想着要把你送去，给刘员外做妾，爹娘对不住你啊！"

"爹……"姚芸儿哽咽着，几乎要说不出话来，姚老汉最后看了她一眼，低语道："好在你嫁给了一个好男人，往后，就让他领着你，去找你的亲生父母，啊？"

姚芸儿见姚老汉已是合上了眸子，顿时伸出小手，去推父亲的身子，一面推，一面唤道："爹，你别睡，你别睡……"

姚老汉唇角浮起一丝若有若无的笑意，最后道出了一句话来："爹这辈子，太累了……"

"爹，爹爹？"姚芸儿见父亲再无反应，忍不住哭出声来，听到了她的哭声，姚母与金梅、小山一道赶了过来，姚母上前探了探姚老汉的鼻息，顿时扑在姚老汉身上，呼天抢地起来。

金梅与小山也是扑通一声跪在了地上，号啕大哭。

姚老汉的身后事，自然全担在了袁武身上，按姚母的意思，只道姚老汉苦了一辈子，若能走得风光些，自然更好。

男人请来了周边的四邻，一切都按村子里最好的来，就连那流水席都是有酒有肉，唢呐班子接连吹了三天三夜，热热闹闹的十人大抬，将姚老汉送到了姚家的祖坟地里，一切都是有模有样，村里的人在背后但凡提起姚家的三姑爷，莫不伸出个大拇指，夸赞其会办事。

姚芸儿这几日都如同怔忪了一般，只随着母亲与姐姐一道哭灵守夜，家里家外人来人往，她却惶然不可终日，想起姚父临终前的话，只让她的心头一阵阵地发紧，甚至不知道自己是谁。

一直到将姚老汉送下了地，请过街坊们吃过丧席，姚家方才安静了下来。

姚母支撑不住，被金梅扶上床歇息，姚小山一夜之间仿佛长大了一般，将姐姐姐夫送到门口，道："姐夫，你快带着姐姐回去吧，姐姐如今有了身孕，姐夫往后要多多费心了。"

袁武看了他一眼，倒是言了句："往后这个家，就靠你了。"

姚小山唇线紧抿，一言不发，用力点了点头。

袁武收回眸子，见姚芸儿犹如一个木偶一般，对周遭的一切恍若未闻，他揽紧了她的身子，带着她往家赶去。

回到家，袁武将姚芸儿抱在床上，拧了把汗巾子，为她擦过脸后，又为她擦了擦手，而后则将被子替她披好，温声道："什么都别想，快睡。"

姚芸儿的眼睛动了动，转过头看向男人，刚唤了一声相公，泪水便滚了下来。

"我没有爹了……"她从床上坐了起来，将身子埋在男人的怀里，声声泣血，让人听着心头不忍。

袁武轻抚着她的后背，犹如哄着婴儿般的温柔，他没有说话，只由着她哭泣，直到她哭累了，方才为她拭去泪珠，低声道："就当为了孩子，别哭了。"

姚芸儿听了这话，心头便是一滞，小手情不自禁地抚上了自己的小腹，想起自己的身世，心头却越发酸涩。

"相公，爹爹说，我不是他的亲生闺女。"姚芸儿昂起脑袋，望着眼前的男子，颤声道，"我是他从云尧镇捡回来的……"

袁武闻言，脸上却并无诧异之色，将她揽在怀里，姚芸儿身子哆嗦着，只觉得浑身上下都是说不出的冷，那股冷仿佛从骨子里冒出来似的，让她情不自禁地往男人的怀里依偎得更紧。

袁武伸出胳膊，将她整个地靠近自己的胸膛，瞧着她那张苍白如雪的小脸，不住地轻声抚慰，姚芸儿听着他的声音，心里渐渐踏实了下来，她攥着男人的衣角，小声地开了口："相公，我只有你。"

男人眸心微微一动，默不出声，在她的发顶上落下一吻。

姚芸儿实在累得很了，临睡前，将自己怀里的那只木盒子取了出来，递到了男人手心，道："这是爹爹给我的，说是当年他捡到我的时候，我身上就带着这个盒子。"

袁武一眼便瞧出这盒子乃是沉香木，此木历来比黄金还要贵重，袁武不动声色，将那盒子接过，另一手则安顿着姚芸儿躺下，直到小娘子睡着，他方才将盒子打开。

稀世的美玉握在手心里仿若小儿的肌肤，待看见那美玉上雕刻的卧虎时，男人的神情微微一凛，继而将玉身转过，细瞧下去，就见玉背上雕刻着一行小字，"赠吾结发妻"，而在这一行小字的后面，则是一个篆写的大字，"凌"。

凌！

袁武的瞳孔瞬间剧缩，脸色唰地变了，但见他眉峰紧皱，鼻息粗嘎，抬眸看向自己熟睡中的小娘子，握着那玉佩的手竟抑制不住地轻颤。

他识得这玉，知道这并不是寻常的玉，而是能调动天下百万兵马的虎符！

这玉年代久远，一看便知是百年前的东西，而大周朝在百年前，的确曾出过一位惊世骇俗的人物，那便是大周建国数百年来唯一一位异姓藩王，南陵王凌远峰。这玉想必是凌远峰所有，依背后所刻的那一行小字，想来这便是他与结发妻子间的定情之物，为后人代代相传。

姚芸儿，她竟是凌家的人！

上天竟这样捉弄于他，让他阴差阳错，娶了凌家的后人为妻！

他一动不动地坐在那里，暗幽幽的眸光深邃阴戾，攥着玉佩的手指骨节处根根分明，甚至已泛起青白之色，似是要将那块玉捏碎在手心里一般。

他与凌肃多年来历经数次血战，凌家军与岭南军之间更是血海深仇，若自家的小娘子当真是凌家的人……

袁武眸光暗沉，周身透着一股淡淡的森寒，似是在竭力隐忍。

他用了那样大的力气，终究，那手还是缓慢而无望地垂了下去。

姚芸儿醒来时，天刚麻麻亮，听见她的动静，袁武自窗前走了过来，姚芸儿睁着惺忪的双眸，轻声道："相公，你怎么还不睡？"

袁武没有说话，只在她的身旁坐下，将她的小手握在手心。

"你怎么了？"瞧着袁武脸色不好，姚芸儿伸出小手，有些担心地抚上了男人的侧颜，她的小手柔若无骨，抚在他的脸上，当真是说不出的温柔，而她那双秋水般的杏眸中，亦是满满的心疼与柔情，袁武瞧在眼里，心头却是百味纷杂，终究将她扣在怀里，道了一句："我没事。"

姚芸儿嗅着他身上的气息，心里顿时就是一安，将脸蛋靠在他的胸膛上，乌黑柔顺的长发尽数披在身后，依偎在他的怀里，乖巧得如同一个孩子。

袁武伸出手，抚着她轻软的发丝，两人依偎良久，姚芸儿方才开口道："相公，爹爹临终前，曾说过要你带着我，拿着玉佩去找凌家军。"

男人的手势微微一顿，一双眸子更是黑如浓墨，道："你想去吗？"

姚芸儿眸心浮起一层氤氲，从夫君的怀里轻轻抽开身子，小声道："我不知道，爹爹说，我的亲生父亲就是凌家军的人，他还说，说我身份贵重……"

袁武闻言，凝视着她的小脸，沉声道："若你当真出身高贵，嫁给我，更是委屈你了。"

姚芸儿一听这话，当即抬起眼睛，摇了摇头道："不，能嫁给你，我一点也不委屈，相公，其实我根本不想去找他们。"

"为什么？"袁武眸心深隽，问道。

"我们清河村有一句老话，叫养恩重于生恩，爹娘好容易将我养大，我虽不是他们的亲生女儿，但爹爹刚走，我若是现在就去找亲生父母，那娘亲一定会很伤心……"

姚芸儿说起来，便觉得心头酸涩，再也说不下去了。

"你想好了吗？"男人开口。

姚芸儿望着眼前英武魁梧的夫君，小手抚上了自己的小腹，点了点头道："我想好了，有相公在，还有咱们的孩子，我已经很知足了，无论他们是谁，我都不稀罕。"

袁武听了这话，深邃的瞳仁微微一动，他望着眼前的女子，姚芸儿身量娇小，身孕尚浅，还未显露，一张小脸清透无瑕，看着他时，眼瞳是盈盈的信赖与依恋，他终是一语不发，大手一伸，将她揽在了怀里。

姚芸儿伸出小手，回抱住他的腰身，糯糯地开口："相公，无论我是谁的女儿，你都不会嫌弃我，也都不会离开我的，是吗？"

袁武闻言，双瞳迥深黑亮，他轻抚着女子的后背，声音低沉而轻柔，只道了一句："无论你是谁的女儿，你都只是我的芸儿，这就够了。"

自姚父去世后，姚家更是塌了天，全家没了个主心骨，里里外外的事，少不得要多多依靠女婿，单说那家里的田地，便全是由袁武帮衬着在种，姚母心头过意不去，在家为姚芸儿腹中的孩子做了好几件小衣裳，就连些棉袄、虎头鞋，也全做好了。

这一晚，姚芸儿倚在男人的怀里，小手中却握着一只憨态可掬的小老虎，这自然也是姚母为孩子做的，大红色的布料，图个喜庆。

"相公，娘说我爱吃酸，这腹中的孩儿一定是个儿子。"姚芸儿喜滋滋的，把玩着那布老虎，眉眼间俱是甜美的笑意。

袁武看了她一眼，也是淡淡一笑，俯下身子在她的脸庞上亲了亲。

姚芸儿说完这话还没过多久，又道："若这腹中是个女儿，就更好了。"

"先前是谁说要生个儿子来拴住我的，怎么一转眼的工夫，又变了？"男人唇角微勾，大手抚上她柔软的小腹，沉声笑道。

姚芸儿被他说得羞赧起来，在他的怀里拱了拱身子，细声细气地说道："我昨天见到叶嫂子家的小女儿了，才一岁多，扎着羊角辫，穿着花衣裳，可爱极了。"语毕，姚芸儿抿唇一笑，将小脸低垂，又言道："我瞧着，也想生个女儿，成日里打扮得漂漂亮亮的，多好。"

袁武拍了拍她的后背，低声道："这一胎若是儿子，那咱们下一胎再生个女儿，想怎么打扮，就怎么打扮。"

姚芸儿脸庞一红，唇角噙着浅浅的梨窝，在男人的怀里点了点头，轻轻地"嗯"了一声。

瞧着她娇羞动人的模样，男人的眼瞳一暗，只觉一股燥热袭来，他微微苦笑，只得强自按压下去，合上了眸子，道了句"时候不早了，快些睡吧"。

姚芸儿答应着，在夫君的怀里睡得格外安稳，一直到睡着，却还是攥着那布老虎，舍不得撒手。

袁武瞧着，便觉无奈，待她睡熟后，轻轻地将那布老虎从她的手中抽出，刚放在一旁，就听院外传来一阵极其轻微的动静，男人听着，眉心便是一蹙，顿时凝神戒备起来。

他将被角为姚芸儿掖好，方才起身下床，摸黑握住长刀，刚走进院子，便见谢长风已是等了在那里。

瞧见他，谢长风刚欲拜倒，便被男人单手扶住了身子，耳旁只听得袁武开口道："不必多礼，发生了何事？"

谢长风抱拳，道："大哥，属下这次前来，是要提前告知您，官府已经掌握了咱们的行踪，荆州已不再稳当，孟先生与李壮、子沽等人均已离开了荆州，孟先生一再嘱咐，命属下劝您快快离开这里，去和烨阳的兄弟们会合。"

袁武闻言，眉头顿时紧锁，谢长风见状，又从怀中摸出一封信来，双手递与袁武手中，道："这是数日前从诸州传来的信，乃汪督师亲笔，还请大哥过目。"

袁武一语不发，将信纸接过，借着月光，一目十行地看了下去。

看完后，男人脸色一沉，将那薄薄的两张纸攥在手心，却不知在想些什么。

"大哥，再不走怕是来不及了，若等官府那帮狗贼一到，委实凶险得紧。"谢长风焦急不已，哑着嗓子劝道。

"你们先走，切记要快。"袁武转过身子，对着谢长风吩咐。

"大哥，那你？"谢长风惊愕道。

"我有家眷在此，你们不必等我。"袁武淡淡出声，浑厚而深沉。

"大哥……"谢长风还欲再说，却被男人出声打断："速去告诉孟余，让他带着兄弟们先入河梁山，再到正林渡口乘船赶往烨阳，千万不可与官府正面对战，一切都等到了烨阳再说。"

"属下还请大哥三思！您若不走，怕是孟先生与兄弟们也绝不会走，恕属下斗胆，大哥不妨将夫人留在清河村，日后再派人来接，也未尝不可。"

"我意已决，不必多言，你们先走，我随后就到。"男人的声音干脆果决，谢长风听着，见实在劝不动他，只得道："那长风便留下，助大哥一臂之力。"

"不必，我娘子怀有身孕，赶不了远路，你留下反而惹眼，去吧。"

"可是……"

不等他说完，便见袁武一个手势，止住了他的话语，男人转身前，只留下一句话来："没有可是，这是军令。"

谢长风再不敢多言，冲着袁武抱拳行了一礼，继而转身消失在茫茫夜幕中。

在他临去前，为袁武留下一匹骏马，那马通体乌黑，极神骏，袁武趁着夜色，亲自将马鞍改良，在上面蒙了一层厚厚的褥子，让姚芸儿坐上去时不会太过颠簸。

而后，直到将所有东西都准备好，他方才走进里屋，去将姚芸儿唤醒。

姚芸儿睁开眼睛，就见自家相公站在床前，还未等她回过神来，便被男人从被窝里抱了出来，并将衣裳为她披上。

"相公，你这是做什么？"姚芸儿睡眼惺忪，压根儿不知道发生了何事。

袁武望着小娘子娇憨的小脸，黑眸中浮起一丝怜惜，道："芸儿，这些事往后我会慢慢告诉你，眼下咱们要尽快离开这里。"

"离开这里？"姚芸儿一听这话，睡意顿时变得无影无踪，眼瞳中亦是满满的惊愕，"为什么要离开？咱们去哪？"

袁武也不多话，大手揽着她的腰肢，另一手拎过包袱，作势便要带着她走。

姚芸儿慌了，紧紧攥住夫君的衣袖，小脸上满是惊惶："相公，你到底要带我去哪？"

袁武停下步子，回头就见姚芸儿惊慌失措地站在那里，当下，他上前将她揽在怀里，道："别怕，咱们去烨阳，等到了那里，就没事了。"

"烨阳？"姚芸儿怔住了，轻声道，"那咱们这个家呢？"

袁武眸心一滞，道："等到了那里，咱们还会有新家。"

姚芸儿鼻尖顿时酸涩了起来，她打量着这座农家小院，屋子里干干净净的，房檐下还晒着咸鱼腊肉，还有家里养的那些家畜，到处井井有条，花了她无数的心思。

"那家里的这些东西……咱们都不要了吗？"姚芸儿声音发颤，只觉得没法子接受。

"全不要了，等到了烨阳，咱们再重新置办。"袁武见她眼瞳中噙满了泪水，心下也是不忍，却也没有法子，只得揽着她向院外走。

"那白棉儿，还有春花、大丫它们……"姚芸儿满是不舍，紧紧地抱着铺子的门栏，就是不愿意撒手。

袁武无奈，只得道："自然也不要了。"顿了顿，见姚芸儿泫然欲泣的一张小脸，不免又叹道："你放心，等咱们走后，你的这些小羊、小鸡，岳母他们会帮着照料。"

语毕，再也不顾她的不舍，狠下心来将她一个横抱，带着她上了马。

这是姚芸儿第一次骑马，碍着她腹中的胎儿，袁武让马一路小跑着。夜间风大，袁武将自己的衣衫解开，让她整个地靠在自己怀里，高大的身形将怀里的小人笼罩得密不透风，

姚芸儿望着四周黑漆漆的夜色，心里不免怕得慌，忍不住将身子往男人的怀里依偎得更紧，小手亦紧紧地攥着他的衣襟，小声道："相公，你还没告诉我，咱们为什么要走？"

袁武沉吟片刻，见姚芸儿一双瞳仁里满是惶然，纵使自己将她抱得再紧，那张小脸上都透着害怕与惊惧，他怜她孕中本就多思，唯恐将实话告诉她会吓着她，要她这一路上更担惊受怕起来，如此一想，便只得将实话压了下去，打算等平安赶到烨阳后，再将这前因后果与她说个清楚。

当下，男人避重就轻，道："我之前在老家时有个对头，如今打听到我在清河村落脚，怕是会找上门来滋事，我在烨阳有个朋友，咱们先去他那里住上几日，只等事情一了，咱们就回来。"

听他这样说，姚芸儿脸上恢复了一些血色，袁武瞧着，又道："好了，再眯一会儿，等到了喊你。"

姚芸儿丝毫不疑他，听夫君说起日后还会回来，心头自是安稳了不少，她本就睡得正熟时被男人唤醒，此时心里一松，困意又侵袭而来，眼皮也越发重了。

"可是相公，咱们也没和娘说一声，就这样一声不响地走了，我怕娘会担心。"

"没事，等到了烨阳，让人捎个信回来，也就是了。"袁武温声安慰，这一语言毕，姚芸儿便是点了点头，终是合上眼睛，倚在他的怀里，没过多久便睡着了。

袁武望着她熟睡的侧颜，抬眸看了眼天色，眉宇间的神色越发沉重起来。

由于担心她动了胎气，虽有宝马傍身，可脚程依旧极慢，待两人赶到云藩镇时，已是晌午时分，寻了家客店，随意吃了些饭菜后，袁武又要了一间客房，要姚芸儿好好睡了一觉，一直待到天黑，两人方才继续赶路。

从河梁山经过，赶到正林渡口，是去烨阳最近的一条路，但河梁山地势陡峭，路途坎坷，又加上正林渡口地势险要，袁武念着姚芸儿身子羸弱，又怀着孩子，自然无法走这条路，只得选择地势平坦、不易颠簸的官道。

而官道往来人多，极易暴露行踪，袁武只得白日里歇息，晚上赶路，这般过了几日，姚芸儿已憔悴不堪，一张小脸纤瘦不已，露出尖尖的下颚。

袁武瞧着实在不忍，寻了一处客店，要姚芸儿好好歇息。

午夜，就听一阵马蹄声隐隐传来，袁武倏然睁开眸子，一把将大刀握在手心，起身离开客房，将耳朵贴近地面细细聆听起来。

越听下去，男人的眉头皱得越紧。

这一次，袁武只得策马飞奔起来，后面的追兵越来越密，马蹄声也越发清晰，姚芸儿从未见过这阵仗，刚将眼眸往身后一瞧，便见后方黑压压的全是人影，每个人手中都举着火把，粗粗望去，竟不亚于数百人。姚芸儿慌了，小手握住丈夫的胳膊，颤声道："相公，后面有很多人，他们是不是在追我们？"

袁武周身散发着浓烈的杀气，听得小娘子的声音，也只是将她的身子一把扣在怀里，沉声吩咐道："将眼睛闭上。"

姚芸儿听话地合上了眼睛，只觉得未过多久，那身后的马蹄声越发紧密，身下的骏马也越跑越快，耳旁的风声还伴着利箭破空的声音，嗖嗖嗖！

接着便是男人挥起大刀，将羽箭一一击落，但听得刀箭相击相撞，清脆声络绎不绝，就在这一片嘈乱中，隐约有男人的声音响起："袁崇武，死到临头，还不束手就擒！"

袁武一记冷笑，胳膊揽着姚芸儿的身子，大手则攥紧缰绳，另一手握着砍刀，于千军万马中亦不见丝毫惧色。

耳旁惨叫连连，姚芸儿骇得小脸雪白，双眸紧闭，不时有温热的东西洒在她的脸上，她颤抖着，刚想着睁开眼睛，就听男人喝道："别睁眼！"

她吓得一惊，只得重新倚在他的怀里，也不知过去了多久，就听袁武一声怒喝，接着便是数声惨叫，身下的宝马亦发出一声嘶鸣，而后便狂奔起来。

身后追兵不停，袁武挥舞刀背，不断地向马臀上抽去，待将身后的追兵甩开，天色已是微微亮了。

袁武将姚芸儿抱下马，将她送到一处山洞中，也顾不得自己身上的伤，将自己的外衫脱下，一把笼在了姚芸儿的身上，低声道："我去将追兵引开，便回来寻你。记住，千万不要乱跑！"

"相公……"姚芸儿见他满身的血，不等她说完，就见袁武从怀中取出那只盒子，递到她的手中，吩咐道："芸儿，你听我说，如果到了天黑，我都没有回来寻你，你拿着这盒子去官府，要他们送你去浔阳，凌家军如今便驻扎在那里，清楚了吗？"

见自己的小娘子依旧睁着剪水双瞳怔怔地看着自己，袁武心口一疼，将她抱在怀里，俯身在她的脸蛋上亲了亲，低声道："等我回来。"

姚芸儿见他要走，小手慌乱地攥住他的衣袖，眼泪顿时落了下来："相公，你别走，你别丢下我。"

袁武狠了狠心，掰开了她的小手，最后道了句："听话，千万别乱跑！"

说完，再不理会她的祈求，将山洞旁的枝蔓一扯，将那洞口掩住，而后飞身上马，清啸一声后，策马远去。

身后追兵已至，就听马蹄声疾，向着袁武追赶而去。

姚芸儿攥着那木盒，独自一人蜷缩在山洞里，透过枝蔓，就见无数道人影骑着马从自己眼前经过，向着自己的夫君追去，她怕极了，也担心极了，小手紧紧地捂住嘴巴，呜咽地唤了一声相公，泪水流个不停。

却说袁武将追兵引开后，终因对方人多势众，于沫河一带被人团团围住，袁武本就是行伍出身，又兼得多年领兵作战，于千军万马尚不足惧，更何况如今，这些年他深居简出，心头本就郁闷难平，再加上姚芸儿不在，更是未有牵绊，此时手起刀落，大开大合，却是杀得兴起，等闲人压根儿近不了他身。

参将见此人了得，遂命弓弩手准备，一声令下，箭雨齐飞，袁武周身顿时笼罩在细密的箭雨之下，男人眼眸微眯，眸光中杀气大盛，提气一纵，足尖在几个官兵身上一点，身子凌空，生生将箭雨避过，而后一个起落，猛地一个回身，将手中的砍刀往参将身上招呼了过去。

参将见袁武如此悍勇，顿时一惊，还不等他将佩刀拔出，就觉颈中一凉，已被男人自颈处斜劈两半，顿时五脏六腑，就连那肠子都散落了一地。

众人见状俱是大骇，眸中更是露出惊恐之色，一个个只将袁武围起，却三三两两，皆不敢上前。

袁武双眸漆黑，凌厉冷冽，对着周遭诸人一一望去，砍刀在手，身形魁伟挺拔，沉声开口，道出了几个字来："一起上吧。"

正厮杀得难分难解，恰逢一支人马呼啸而来，当先一人正是谢长风。

"大哥，这里交给属下，您快走！"谢长风护在袁武身旁，一面挥着手中的砍刀，一面对着袁武道。

袁武颔首，道："你带着兄弟多多小心。"

语毕，也不再耽搁，翻身上马后，作势便要往回赶。

谢长风百忙中回眸一望，顿时大惊失色，厉声道："大哥，追兵源源不断，您不可回去！"

袁武也不理会，双腿一夹马腹，顷刻间不见了踪影。

谢长风焦急得厉害，冲着一旁的手下喝道："快，带几个人去保护大哥！"

袁武马不停蹄，一路疾驰，待赶到姚芸儿藏身的山洞时，天色已阴暗了下来，他飞身下马，一眼便瞧见那洞口的枝蔓有被人拨开的痕迹，当下心头便是一紧，而当他闯进山洞，只见洞里空无一人，哪还有姚芸儿的影子？

他的脸色顿时变得惨白，只觉得心口大恸，他环顾四周，终是沙哑着唤出妻子的名字："芸儿！"

四下里寂寥得可怕，只有男人的回声不断地响彻着，袁武在方才那一场大战中，身上本就受了重伤，此时只觉眼前一黑，再也支撑不住，手中大刀深陷于地，自己则倚着大刀俯下身去，大口地喘着粗气。

初见姚芸儿的那一幕浮现在眼前，她在灯下为自己缝制了那一件衣衫，抑或是羞赧地垂下眸去，抿唇一笑间，两个小小的梨窝……

袁武从没想到，自己的心会被她拴得这样紧，若是她按着自己的吩咐，拿着玉佩去了官府，若是她被追兵发现了踪迹，被人掳去，若是她……

男人拳头紧握，磊落的容颜上，却是一片惊痛似的绝望。

蓦然，男人敏锐的听觉捕捉到一抹轻响，接着，便是一阵窸窸窣窣的声音传来，袁武倏然站起身子，就见一抹温婉纤弱的身影自一旁的丛林里钻了出来，那一张白皙如玉的脸蛋上满是灰尘，身上依旧披着他的衣裳，已脏得很了，手里攥着一只盒子，在看见自己的刹那，杏眸中顿时滚下泪来。

"相公！"姚芸儿见到他，便不管不顾地向着他奔了过去，袁武一动没动，任由她紧紧地抱住自己。

直到那抹温软的身子真真切切地倚在自己怀里，他深吸了口气，手一松，那刀则落在了地上，发出"咣当"一声响，而他终伸出胳膊，将姚芸儿紧紧地箍在怀里。

"不是和你说过，让你不要乱跑，你去哪了？"男人的大手扣在女子的腰身上，他用了那样大的力气，甚至恨不得要将她扭碎在自己怀里，失而复得令他失控，只狠狠地抱着她，头一次对着怀里的小人厉声喝道。

见他发火，姚芸儿的泪水落得越发汹涌，她动了动身子，可终究还是没法从男人强悍的臂膀中抽出身子，只依偎在他的怀里，摇了摇头道："我没有乱跑，洞里太冷了，我实在受不住才会跑出来的，我一直在林子里，好等相公回来……"

袁武呼吸沉重，听了她这番话，这才察觉到怀里的小人儿全身冰凉，顿时从那一片不可控制的怒意中清醒了过来。

他松开她的身子，见她那一张小脸因着寒冷与恐惧，早已毫无血色，许是因为冷，那身子不住地哆嗦，就连嘴唇也是苍白的，念起她这一路吃的苦，男人乌黑的眼瞳中便浮起一抹深切的痛意，让他再也说不出旁的话来，只伸出粗粝的大手，为她将脸上的泪珠与灰尘拭去，继而大手一勾，又将她揽在了怀里。

待谢长风的人马赶到，袁武将姚芸儿抱上马背，一行人未过多久，便消失在密林之中。

第十章

元帅崇武

深夜。

就着烛光，袁武眉心紧蹙，打量着昏睡中的姚芸儿，刚欲开口相问，就见一旁正在为姚芸儿把脉的老人开了口，淡淡道："元帅不必焦急，夫人只是受了点风寒，再加上动了胎气，好好养个几日，便没事了。"

他的医术，袁武向来极是信任，此时听他这么一说，那悬着的心顿时放了下来，就连眉心也舒展了不少，抱拳对着老者行了一礼，道："有劳夏老费心。"

那被唤作夏老的老者收回了手，抬眸打量了袁崇武一眼，见他的眸光依旧落在床上的女子身上，眸心便浮起一抹不为人知的不悦，站起身子，道："元帅身上也受了重伤，还是让老夫为元帅将伤口包扎了再说。"

袁崇武一语不发，俯身将姚芸儿的小手放进被窝，又为她将被角掖好，这才站起身子，对着老者道："请。"

而夏老自是对这一切尽收眼底，脸上不悦之色愈浓，待袁崇武离开屋子，这才跟在他身后，随着他一道走了出去。

外间，谢长风等人尽数等在那里，见袁崇武出来，众人纷纷行礼，齐声唤道："元帅。"

袁崇武淡淡颔首，一声不响地在堂屋坐下，立时有人将酒水、棉布、白药端了过来，服侍着他上药。

夏老卷起衣袖，待看见男子身上的伤口时，脸色便是一变，几乎忙活了半宿，才将袁崇武身上的箭头取出。

待屋中只剩下他与谢袁崇武两人时，老者开口道："还好这箭头上无毒，若是有毒，元帅这条命，今日怕是要送在沫河了。"

袁崇武闻言，知他心头所想，面不改色地将衣衫穿好，起身道谢。

夏老摆了摆手，道："元帅不必道谢，老夫有些话，不知当讲不当讲。"

夏志生为人善于谋略，本就是岭南军中首屈一指的谋士，更兼得医术精湛，岭南军高位将领中，不知有多少人被他救过性命，在军中向来德高望重，就连袁崇武也对他礼遇有加。

"夏老有话，直说无妨。"袁崇武心知肚明，一双黑眸深炯，对着眼前的老者望去。

夏志生拱了拱手，道："如此，属下便直说了，得罪之处，还望元帅恕罪。"

男人点了点头，示意他开口。

"元帅是要做大事的人，岂可为一介妇人涉险，今日若不是谢将军领兵前来相救，元帅的情形委实凶险万分，不堪设想。若元帅被官府那帮狗贼擒住，咱们岭南军多年来的筹谋，亦是要功亏一篑。元帅为人素来沉稳，属下实在不知元帅今日为何如此。"

袁崇武默然无语，将夏志生的话一一听了，隔了半晌，方才道："夏老说得不错，今日的确是我莽撞了。"

听袁崇武这样一说，夏志生倒是不好再多说什么，道："您是三军统帅，咱们岭南军的生死存亡，全担在您身上，属下只愿往后，元帅事事三思，万不可再以身犯险。"

袁崇武抬眸，夏志生今年已是年过花甲，往日里就算对袁崇武，也刚正不阿，有什么便说什么，当下，袁崇武微微颔首，也不以为忤，道："夏老放心，日后袁某定会多加小心，再不会有今日之事发生。"

说完，袁崇武便站起身子，意欲向里屋走去，夏志生知晓他定是要去探望屋中的那位女子，想起姚芸儿，老者的眉心便是紧皱，今日晚间待他第一眼看见那小娘子时，便惊诧于这女子的美貌。

这小娘子虽年纪尚小，却生得冰肌玉骨，清丽秀致的五官上，下颚尖尖，一双秋水般的眼眸几乎能将男人的魂给勾去，这种长相在相书上可谓没福之人，一瞧便是祸水。

再看袁崇武对她果真是爱惜非常，他与诸人跟随袁崇武多年，却从未见他为了一个女子有过今日这般关怀则乱的神情。哪怕当年在渝州，前线大战到了最紧要的关头时，他的面色依旧是沉稳的，也不似今日这般焦急担心。

念及此，夏志生眼瞳中的忧色便更深了一层，待男人的步子快要迈进里屋时，他终是开了口，唤道："元帅请留步！"

"何事？"袁崇武转过身子，道。

"元帅，"夏志生垂下眸子，恭声道，"历来成大事者不拘小节，于男女之情上亦是如此，更何况元帅本有妻儿，此女不过是位姬妾，既为姬妾，狎玩便可，万万做不得真。"

待老者说完，男人的脸色瞬时沉了下去。

"夏志生。"他淡淡开口。

一听男人连名带姓地称呼自己，老者眼睑一跳，却还是恭恭敬敬地俯下身子，拱手道："属下在。"

"她是我明媒正娶的妻子，又何来姬妾一说？"袁崇武的声音低沉，喜怒不形于色，却让老者听着，心头一凛。

"元帅，恕属下直言，纵使夫人不在人世，此女也不过是您的续弦，更遑论如今夫人尚在人世，那此女便只能为妾，元帅又何必自欺欺人？"

袁崇武听了这话，却怒极反笑道："好一个自欺欺人，你胆子真是越来越大了。"

"属下不敢。"夏志生将头垂得更低。

"我再说一次，她是我袁崇武明媒正娶的妻子，谁若敢对她不敬，便是对我不敬，你记住了吗？"

男人的声音里是隐忍的怒意，夏志生听得清楚，心中却只得一叹，俯下身子，道："属下谨遵元帅吩咐。"

袁崇武说完，再也不曾看他一眼，转过身子，向着里屋走去。

待男人走后，夏志生眉峰紧锁，捋须沉思片刻，终是走出屋子，寻到了谢长风。

"夏老深夜至此，有何吩咐？"谢长风见到他，立时站起身子，抱拳道。

夏志生屏退诸人，只与谢长风一道坐下，谢长风见他面有忧色，顿时焦急起来，道："是不是大哥的伤势……"

"不，将军放心，元帅身经百战，再说今日的箭也不曾伤到筋骨，养个几日便没事了。"

一听这话，谢长风遂放下心来，疑惑道："既然大哥伤势不重，夏老又何故愁眉不展？"

夏志生等的便是这一句话，当即压低了声音，先是长叹一声，继而道："老夫是担心元帅被妖女迷惑，沉溺于儿女情长，乱了分寸。"

闻言，谢长风也沉默了下来，隔了半晌，方才点了点头，道："不错，大哥对那女子，委实太过爱重，今日在沫河，我要大哥先走，大哥却以身犯险，回去接她。"

"岭南军的存亡，都系于元帅一人身上，若他日后被此女迷惑，又有何雄心去与朝廷、与凌肃对战？"

"夏老说得极是，可惜如今孟先生不在此处，不然还可以商议一二。"谢长风说起来，心头也是沉甸甸的，又见夏志生眼眸中似有精光闪过，遂道，"不知夏老有何妙计，能将元帅的心给收回来？"

夏志生摇了摇头，道："妙计可不敢当，不过老夫倒是想着，咱们何不将夫人与两位公子接到烨阳，元帅与夫人是结发夫妻，也是同生死共患难的，他们之间的情谊，又哪是那乳臭未干的小丫头能比得上的，更何况，还有两位公子在，元帅即使对发妻无情，可看着孩子，又哪有不疼的道理。"

他这话音刚落，谢长风顿时拊掌道："夏老所言极是，天意弄人，令元帅与夫人分别多年，如今烨阳已被咱们攻占，也是时候让元帅夫妻团聚了。"

夏志生听着，却似乎想起另一件事来，那眉心便是一紧，又言道："只不过当日元帅命孟先生将夫人与公子接到云州，此番不等元帅吩咐，咱们便暗自将夫人接来，元帅若怪罪下来，怕是……"

不等他说完，谢长风便朗声一笑，道："夏老多虑了，我跟随大哥多年，知晓大哥最看重一个义字，咱若真是将夫人与公子接来，只怕大哥高兴都来不及，又岂会怪罪？再说，若大哥当真怪罪下来，也由我谢长风一力承担，与夏老毫无干系。"

夏志生闻言，便微微一笑，捋须点了点头。

里屋。

姚芸儿依旧昏沉沉地睡着，就着烛光，那一张小脸苍白如雪，乌黑的长睫轻柔如娥，在肌肤上投下两弯淡淡的阴影，她的长发尽数披在身后，衬着那一张脸蛋更是白得没了血色。

袁崇武握住她的小手，望着她那张憔悴纤瘦的小脸，心头便是说不出的怜惜，他看了她许久，眼瞳中终是划过一抹怅然，合上眼眸，静静地守在一旁。

翌日，姚芸儿醒来时，便瞧见自己正被袁武抱在怀里，她刚动了动身子，就见袁武睁开了眼睛。

"相公……"姚芸儿瞧见他，心里便是一安，忆起昨日，她被男人抱上马后，未过多久便体力不支，晕了过去，后来发生了什么，她更是一点也不晓得。

"这是在哪儿？"姚芸儿环顾四周，就见自己置身于一间干净宽敞的房屋之中，身上盖的被子亦是轻柔舒适的，忍不住对着男人问道。

袁武轻轻拍着她的后背，温声道："别怕，咱们如今在李家庄，等你养好了身子，咱们便去烨阳。"

姚芸儿将脸蛋埋在他的怀里，想起昨日的事，还是心有余悸，轻声道："相公，你之前……是不是犯过事？"

袁武大手一滞，低眸见她神色凄楚，让他瞧着只觉不忍。

"是，的确是犯了事，所以官府才会来抓我。"他低声开口，揽紧了她的身子。

姚芸儿听他这样一说，只觉得心里一寒，她低眸沉默了许久，似是下定了决心一般，道："相公，咱们别去烨阳了，去一处官府寻不到咱们的地方，像以前一样过日子，好不好？"

袁崇武眸心一动，继而道："你不是一直想回家吗？"

姚芸儿摇了摇头，抬起眼睛，声音虽小，一字字却清晰可闻："有相公在的地方，才是我的家，只要官府不把相公抓走，无论跟相公去哪，我都愿意。"

"你不怨我欺瞒你？"男人声音低哑，眸心更是黑得骇人。

姚芸儿心口一酸，伸出手来，搂住了男人的颈，在他的耳旁说着："我不怨，无论相公是杀猪汉，还是官府的逃犯，你都是我的相公，无论你去哪儿，我总是要跟着你的。"

袁崇武听了这话，心头是说不出的滋味，将她紧紧地扣在怀里，字字暗沉："你年纪这样小，实在不该跟我颠沛流离，过这样的苦日子。"

姚芸儿闻言，摇了摇头，她的声音虽小，却十分坚定："只要我们一家三口能在一起，我一点也不觉得苦。"

袁崇武眸心一涩，大手轻抚上她的容颜，他的眼瞳宛如月下深潭，深邃黑亮，瞳孔中更是仿佛燃着一簇火苗，他看了她许久，终低声开了口，一字字道："我会一直陪着你和孩子，一家三口，永不分离。"

姚芸儿听了他这话，鼻尖顿时一酸，唇畔却微笑起来，她伸出胳膊环住他的身子，心头却在默念着他方才的话，"一家三口，永不分离"，多么美的八个字。

纵使前路坎坷，可有这八个字在，还是令她的心里暖烘烘的，安宁而踏实。

袁崇武一行人落脚处乃是一个名为红梅村的小村落，岭南军当年的副将廖文宇便携妻儿隐居在此，平日里以打猎为生。此处地处深山，人迹罕至，倒不怕有官兵追来，唯一不妥的地方便是距烨阳还有数百里的山路要走，姚芸儿怀有身孕，这几日来回奔波，胎象本就不稳，自是不能长途跋涉，而烨阳如今情形混乱，群龙无首，争权夺势者众多，必须要袁崇武去主持大局，方能震住场面。

　　待姚芸儿休养两日后，袁崇武见她气色已是大好，便渐渐放下心来，却也不敢再冒险带她赶路。

　　这一日，姚芸儿起得极早，去了灶房帮着廖文宇的浑家一道准备早饭，廖文宇的妻房李氏刚见到她，便赶忙在围裙上抹了把手，口中连呼不敢，要她赶紧回去歇着。

　　姚芸儿这两日都是歇在里屋，平日里的吃食也都由李氏送去，李氏见她年纪小，又得袁崇武看重，待她自是十分好，将她看作自家妹子一般，惹得姚芸儿见到她也觉得亲切。

　　姚芸儿歇息了两日后，身子已是大好，又听袁崇武说这里是他朋友家，待身子好些后，自是不好意思一直在床上躺着，只想着来帮衬着做点事，总不好一直等吃等喝的，让人看轻了去。

　　李氏推托不过，只得依了她在灶房里帮忙，两人一道忙碌着，因着家里人多，光是那面便和了一大盆，廖文宇是猎户，家里没什么好东西，可一些深山里的野味却也不缺，一只野鸡早已被李氏打理干净了，正搁在案板上，姚芸儿将灶火烧旺，铁锅烧得红红的，这才从野鸡腹中取出了黄亮亮的鸡油，刚扔进锅里，就听"刺啦"一声响，接着赶忙将葱姜、辣椒、蒜瓣搁了进去，与鸡油在一起爆得香喷喷的，而后则将那剁好的野鸡一块块地放进锅里翻炒了起来。

　　灶房烟大，熏得人睁不开眼，姚芸儿本就怀着身孕，如今被那烟熏火燎地一折腾，胃里又翻江倒海地难受，她轻咳了几声，将那股恶心强压了下去，在锅里溜了清水，又将蘑菇洗干净，这些蘑菇都是从深山里刚采摘下来的，新鲜得紧，就连汁水里都酝酿着鲜甜，与野鸡一道做了菜吃，那肉味与菌菇的香味融合在一起，不说那野鸡肉，单说那汤汁都鲜得能把人舌头给化掉了。

　　这边野鸡正在锅里炖着，那边李氏也将面和好了，姚芸儿赶忙上前帮忙，将那面团切成一块块的，用掌心拍着，做成了饼子，蘸点水贴在了锅上，好做野鸡贴饼子吃。

李氏在一旁瞧着，连连咂嘴，不住地夸赞姚芸儿手巧贤惠，竟能想出这个法子，她和那面，原本是要给男人们蒸馒头的。

姚芸儿被人夸赞，面上便浮起一抹腼腆，李氏瞧在眼里，唇角的笑意却渐渐隐下去了，她听自家男人说过，袁崇武的发妻还在人世，如今瞧着眼前这娇滴滴的小媳妇，倒是禁不住地叹息，这般好的姑娘，咋就成了妾？

盖上锅，姚芸儿又将灶台里的火收了收，李氏赶忙将切好的野猪肉端了过来，要姚芸儿吃些垫垫肚子。那野猪肉也是廖文宇从山里打来的，肥肉膘子还在上头，显是做的时候没有打理干净，闻起来还有一股子的腥味，姚芸儿刚闻到那股腥味，便觉得胸口涌来一股子恶心，再也忍耐不住，只捂住嘴巴，跑到一旁干呕不止。

李氏慌忙将碗搁下，刚追出去，就见男人们恰巧回来了，当先一人正是袁崇武。

男人刚跨进院子，就见自己的小娘子正倚在院子里吐酸水，当下眉心便是一紧，赶忙上前揽住她的身子，道："怎么了？"

姚芸儿瞧见他，刚唤了一声相公，胃里面却依旧翻涌得厉害，忍不住又吐了起来，她早上起得早，到现在滴水未进，即使吐也压根儿吐不出什么，反而越是难受。

李氏也慌了手脚，手足无措地站在那里解释："这都是我不好，夫人怀着身孕，我怎么也不该让她下厨的……"

廖文宇闻言，顿时上前在浑家的身子上踹了一脚，刚要骂个几句，就听袁崇武道："罢了，劳烦廖夫人速去做些酸爽可口的菜来。"

姚芸儿自孕后，便偏爱酸食，从前在家时，更是青梅果子酸菜酸笋的吃个不停，袁崇武知道她每次想吐，只要吃些酸的便会好上许多，是以才会有如此一说。

李氏还在怔忪着，就听廖文宇喝道："还愣着做什么，没听见元帅吩咐，还不快去做！"

李氏被自家男人这么一吼，顿时打了个激灵，赶忙期期艾艾地答应着，匆匆钻进了灶房。

袁崇武见姚芸儿脸色不好，早饭倒也不吃了，揽着她进屋。

刚进屋，袁崇武便将她抱起来，放在床上后，方才道："不是嘱咐过你，这几日不要下床，怎么不听话？"

姚芸儿忙了好半天，又加上那么一吐，此时也是浑身酸软，再也没了力气，只软软地倚在枕头上，轻声道："我觉得身上爽利了不少，就想去帮着廖嫂子做点活，不然，咱们住人家的，吃人家的，多难为情啊。"

袁崇武听了这话，便是哑然，捏了捏她的小手，道了声："傻瓜。"

姚芸儿歇了一会儿，又道："相公，你别守着我了，快去吃饭吧，我给你做了野鸡贴饼子，你再不去，我怕会被你那些朋友吃完了……"

袁崇武闻言，便禁不住地轻笑出声，就连乌黑的眼瞳中，也盛着温柔的笑意，抚上她的小脸，低声道："你放心，我不在，他们不敢吃。"

姚芸儿摇了摇头，道："这可说不准，那饼子可香了，我费了好大的功夫才做好，你若吃不上，我心里难受。"

袁崇武微微一怔，这么多年来，他吃过无数餐饭，有山珍海味，也有粗茶淡饭，在走投无路时，甚至还吃过生肉，啃过树皮，喝过马血。却从未有过一人，似她这般对待自己，为他辛辛苦苦地做一餐饭，并告诉他，他若吃不上，她心里难受。

说不上是怎样的一种柔软，将他的心细细密密地缠住，他将她的小手攥在手心，良久没有出声。

"对了，相公。"姚芸儿想起一事，从床上坐起身子，袁崇武见状遂上前，将她的身子揽在怀里，好让她得以靠在自己身上。

"方才廖嫂子的夫君，为何要喊你元帅？"姚芸儿睁着清澈的眼瞳，不解地凝视着眼前的男子。

见他不说话，姚芸儿有些心慌，摇了摇他的衣袖，又轻语道："元帅，是不是将军？"

袁崇武见她相问，便也不打算再瞒她，略微收紧了自己的胳膊，将她环在臂弯，开口道："芸儿，元帅不是将军，冲锋陷阵者，只能为将而不能为帅，一支军队里，可以有很多将军，但元帅却只能有一个，明白了吗？"

姚芸儿的眸子里依旧满是迷茫，柔和的面庞更是如同雾里看花一般，男人的话对她而言，犹如天书。

见她迷迷糊糊地瞧着自己，袁崇武唇角微勾，又细心解释道："元帅是统领将军之将，故称为元帅，将军是统领兵马之将，故称为将军，听懂了吗？"

"那将军和元帅，哪一个更厉害？"

"一个是将之将，一个是兵之将，你说哪一个更厉害？"袁崇武笑了笑，捏了捏她的小脸。

"这么说，元帅才是最厉害的？"姚芸儿懵懂地望着自己的夫君，见他点头，心里便慌乱得越发厉害，就连声音也打起了战，"既然元帅这样厉害，那廖大哥又怎么会这样喊你？"

袁崇武拍了拍她的小手，道："你还记不记得，我曾与你说过，多年前岭南蝗灾肆虐，民不聊生，官府眼睁睁地看着老百姓活活饿死，却扣着粮仓不放。而后有一个人领着几十个农民，砸官府，开粮仓，杀死当地官员包括岭南知府，各地农民纷纷响应，以那个人为首，共建了一支军队，叫作岭南军？"

姚芸儿听自家相公这般说来，便点了点头，道："相公还说，岭南军的士兵都是良民，只是被官府逼得无路可走，与官府作对，也只是为了能吃一碗饱饭，活下去而已。"

袁崇武见自己的小娘子将自己的话记得一清二楚，便微微一笑，道："不错，岭南军与朝廷作战多年，后被朝廷与大赫联手镇压，有很多人为了躲避官府的追杀，不得不隐姓埋名，偷偷摸摸地过日子。"

"相公，那你……也是岭南军里的人吗？"姚芸儿望着袁崇武的眼睛，蓦然道出了这么一句话来。

袁崇武的大手在她的脸庞上摩挲着，但见指尖的肌肤细腻柔润，恍如凝脂，令人爱不释手。

"是，我一直没告诉你，我姓袁，名崇武，当年领着那几十个农民，砸了官府放粮的人，便是我，岭南军由我一手建立，元帅，也是我。"

男人的声音低沉，带着些许的沙哑，听在姚芸儿耳里，却是嗡嗡嗡地响，她似是愣住了，只呆呆地望着自己的丈夫，隔了许久，才喃喃道了句："你是崇武爷？"

袁崇武颔首，见自己的小娘子一副失魂落魄的样子，自是十分心疼，将她揽在自己怀里，温声道："民间向来这样唤我，可是芸儿，无论我是清河村的杀猪汉袁武，还是岭南军里的元帅崇武爷，你只消知道我是你的相公，是你腹中孩儿的爹爹，这就够了，其他的你别多想，知道吗？"

姚芸儿回过神来，牙齿却抑制不住地轻颤："可我听里正说过，崇武爷已经死了……"

袁崇武一记浅笑，大手在小娘子的肩膀上拍了拍，道："那只是朝廷的诳语，做不得真。"

"那相公当日，为什么要来清河村，又为什么……要娶我？"姚芸儿的声音又轻又软，睁着一双脉脉如水的眸子一眨不眨地望着袁武，眸心既有担忧，又有惊惧。

袁崇武当日娶她，不过是为了掩人耳目，听说姚家要嫁女儿，便让媒婆前去说亲，可谓瞎打瞎撞，连她的面都没见过，就连婚事也是简之又简，便将她娶进了家门。

谁知婚后两人夫妻恩爱，鹣鲽情深，如今见自己的小娘子这般瞅着自己，那实话便是怎么也说不出口，唯恐伤了她心，只得随口哄个几句，讨她欢喜。

"当日我自渝州一路逃亡，到了清河村时，见这里山清水秀，便生出在这里安家的念头，而至于为何娶你——"男人说到这里，略微顿了顿，就见姚芸儿巴掌大的小脸满是紧张，甚至连气都不敢喘，仿佛生怕错过他接下来的话一般，就那样一动不动地看着他，说不清怎样的一种动人可爱。

男人抚上她的脸颊，忍不住淡淡一笑，道："自然是喜欢你，才会娶你了。"

姚芸儿闻言，脸庞顿时落满了红晕，就连眼睛也垂了下去，轻声开口道："你又没见过我，怎么会喜欢我？"

"见过的。"袁崇武微微点头，揽住她的腰肢，在她耳旁低声道，"你从我铺子门口经过时，我就见过你了。"

姚芸儿只觉得自己的心口怦怦直跳，脸庞也烧得厉害，在他的怀里挣了挣身子，自然挣动不了分毫，反而让男人抱得更紧。

可是她的心里却甜丝丝的，忍不住低下脑袋，抿唇一笑，一对甜美的酒窝若隐若现，让男人瞧了个清楚。

袁崇武望着她的笑靥，眼眸便暗沉了下去，将她扣在怀里，俯身在她的额头落下一吻。

姚芸儿不再动弹，乖巧地倚在男人的臂弯，因着男人方才的那句话，眉眼间仍浮着赧然而娇羞的甜意，隔了好一会儿，才轻声开口："相公，等咱们到了烨阳，官府还会追去吗？"

袁崇武摇了摇头，安慰道："不会，烨阳如今已是咱们的地界，纵使官府想追过来，怕也没这个本事。"

姚芸儿想起往后，只觉得前路一片迷茫，忍不住在男人的怀里偎得更紧了些，袁崇武抱着她孱弱的身子，沉吟良久，终咬了咬牙，又道："芸儿，还有一事，我一直没有告诉你。"

"是什么？"姚芸儿已埋在他的怀里，男人宽厚而结实的胸膛不断地传来暖意，让她舍不得离开。

袁崇武的大手抚着她后背上的发丝，喉间却好似被什么东西哽住了一般，过了许久，方才开口道："我在老家时，曾娶……"

"相公！"不待男人说完，姚芸儿便从袁武怀中抽出了身子，一张小脸满是潮红，眼眸更是亮晶晶的，那一声相公里，更是控制不住地轻颤，整个身子都微微地哆嗦着，显是不知该如何是好一般。

"孩子，孩子在动！"姚芸儿伸出小手，小心翼翼地抚上自己的小腹，眸子里水光浅浅，含笑道，"相公，你快摸摸！"

见袁崇武依旧坐在那里，姚芸儿眼睛亮晶晶的，笑了起来。

袁崇武见她高兴成这样，只得将嗓子里的话压下去，伸出大手抚上她的小腹。

姚芸儿如今已有四个多月的身孕，小腹已微微隆起，只不过她身子纤瘦，那小腹并不明显，而当男人的大手抚上去时，掌心中分明察觉到一阵清晰的胎动。

袁崇武当即愣在了那里。

姚芸儿也不敢动弹，直到袁崇武看向自己时，方才柔声道："是孩子在动，是不是？"

袁崇武的大手放在她的肚子上，从掌心中传来的胎动是那样真实，令他连一点力气也不敢用，生怕伤着孩子。听到姚芸儿的话，他也笑了，点了点头，温声道："没错，是咱们的孩子，是他在动。"

姚芸儿望着他唇角的笑容，只觉得心里软软的，成亲这样久，她还从未见他有过如此畅快的笑，就连那乌黑的眼瞳里，也全是深邃的笑意，她看着他俯下身子，以一种温柔而小心的姿势守在自己身边，将耳朵贴近自己的小腹，而他眉目间满是慈爱，与以往简直判若两人。

她想起他年过三十，膝下却还无一儿半女，便心疼起来，伸出小手，抚上男人乌黑的剑眉，轻声道："相公，等这个孩子出生，我还会再给你生孩子的。"

袁崇武闻言，则直起了身子，望着她一双水眸脉脉，满是柔情，唇角的笑靥却又那般清纯腼腆，温婉得令人迷醉，他握紧了她的小手，只觉得方才的话无论如何都说不出口，微微一叹，重新将她揽在怀里。

翌日。凌晨。

天还未亮，就听谢长风的声音自屋外传来："大哥，自烨阳有飞鸽传书一封，还请您过目。"

袁崇武闻言，顿时起身穿衣，姚芸儿本正睡得香甜，此时被谢长风的声音惊醒，便再也睡不着了，不等她下床，男人将她按了回去，道："你先睡着，我出去看看。"

待他走出屋子，就见诸人已站在那里，看见他的刹那，皆躬身行下礼去，直呼："元帅。"

袁崇武自谢长风手中接过信，一目十行地看了下去，脸色顿时变得阴沉起来。

"大哥，是不是烨阳情形有变？"谢长风虽不知那信上内容，可见男人沉下去的脸色，还是能猜出一二。

"信上说，郭明领军叛变，已于昨日投靠了凌家军。"

男人的话音一落，诸人顿时哗然，夏志生道："元帅，为今之计，还望您速速赶往烨阳，亲自主持大局不可。"

夏志生说完，诸人尽向袁崇武望去，黑暗中，那一双双眸子蕴含着迫切，似乎只等袁崇武一声令下，便要往烨阳奔去。

"收拾行装，即刻拔营。"男人声音沉稳，却透着令人无法抗拒的威势，他这一语言毕，就听众人齐声称是，那声音轰然作响，在这寂静的小山村里，犹如惊雷一般，炸在人耳旁。

姚芸儿在里屋，对外间发生的事尚不清楚，未几，就见袁崇武大步走了回来，她刚起身迎了过去，便被男人抱在怀里。

"芸儿，烨阳发生军变，眼下我非去不可，你留在红梅村，等烨阳事情一了，我立马回来接你。"

男人声音低沉而隐忍，就着烛光，那一双乌黑的眸子依旧深敛似海，满是疼惜。

姚芸儿一听这话，心头顿时不安起来，攥着夫君的衣袖，道："相公，你说过无论去哪儿，都会带着我的。"

袁崇武闻言，紧了紧她的身子，道："如今情况紧急，你还怀着孩子，实在不能跟我走。你先在这里住着，我已经命长风留了下来，他与廖嫂子会一道照顾你。"

姚芸儿见袁崇武声音沙哑，又听屋外脚步匆匆，她虽然年纪小，对军政之事一窍不通，却也晓得定是发生了大事。

当下，她稳了稳心神，抬起小脸望着眼前的男子，轻声道："你放心去吧，我会照顾好自己和孩子，等你来接我。"

袁崇武眸心一室，扣紧了她的纤腰，在她的脸颊上亲了亲。姚芸儿心头酸涩，埋在他的怀里，又颤着嗓子说了句："只是……你一定要早点回来。"

袁崇武抚上她的发丝，只道了一个字来："好。"

说完，他又看了她一眼，终是转过身子，头也不回地大步离去。

姚芸儿望着他的背影，心头却抽得死紧，几乎要让她透不过气来，她伸出小手，护住自己的肚子，凄凉与无助，汹涌而来。

袁崇武走出院子，诸人已整装待发，谢长风立在一旁，见到男人顿时俯下身子，抱拳唤了句："大哥。"

袁崇武颔首，只道出四个字："照顾好她。"

"大哥放心。"谢长风深深作揖。

袁崇武不再说话，翻身上马后，一声浑厚有力的"出发！"但见尘土翻滚，一行人转瞬不见了踪影。

烨阳。

孟余走进主帐时，就见袁崇武正凝神望着眼前的战略地图，一双眼睛已熬得通红，眼底血丝交错，显是许久不曾睡个好觉。

数日前，待男人赶到烨阳时，正逢郭明哗变，投靠敌军，吴煜自立为王，而豫西等地又冒出一支新的农民军，大有进逼烨阳之势。

袁崇武不眠不休，通宵达旦，于阵前力挽狂澜，单枪匹马，追至浔阳口，硬是将郭明与其手下的八千人马给拦了回来，诸人谈起此事，无不纷纷咂嘴，只道袁崇武此举，深入虎穴，委实胆识过人。

而后亲赴渝州，与吴煜同盟，将豫西的农民军拧成一股，皆收入麾下，岭南军一夕间声势大壮。

短短几日，朝廷大军逼近，袁崇武亲自上阵，令岭南军士气大振，一鼓作气，不仅将烨阳守得固若金汤，更一举将溪州、洛城、安阳三座城池收入囊中，震慑天下。

一时间，民间有谚语："崇武爷，得天下，分田地，收四方。"此谚语迅速流传在大江南北，无数孩童争相传唱，一时间，各地不堪朝廷沉重徭役与赋税者，纷纷赶至烨阳，加入岭南军，数日之内，岭南军实力大增。

"不知元帅召见属下，有何要事？"孟余立在一旁，拱手行礼。

袁崇武将眼眸从地图上收回，以手捏了捏眉心，指着一旁的位子道："坐吧。"

孟余口中称不敢，依旧笔直地站在那里。

袁崇武见状，也不勉强，道："如今岭南军在短短时日内声势壮大，先生理应要记一大功。"

孟余闻言，立时俯身道："元帅言重了，自古以来，得民心者得天下，元帅如今最为要紧之事便是收揽民心，恰如那谚语所说，将官府里的田地分给庶民，民心所向，成就大业，定是指日可待。"

袁崇武淡淡颔首，黑眸深邃而凌厉，唯有面上依旧没什么表情，只端起一旁的茶碗，抿了一口。

"元帅这几日不眠不休，又加上前线战事缠身，恕属下多嘴一句，元帅还是要多多保重身子，只怕要不了多久，凌肃便会领兵逼近烨阳，到时候，又是一场硬仗要打。"孟余的话音刚落，就见袁崇武眸心一沉，将那只茶碗搁下，道："先生放心，袁某等了三年，等的便是这一日。"

孟余见袁崇武面色暗沉，一双眸子虽精光闪闪，熬夜的疲倦却依旧萦绕在眉眼间，当下遂劝道："如今军中尚无要事，元帅不妨去歇息片刻，养一养神。"

袁崇武淡淡一笑，道："就算歇下了，也睡不着，不如来想一想战事。"

孟余闻言，沉吟片刻，方道："恕属下多嘴一句，元帅，可是有心事？"

袁崇武先是一怔，继而唇角上扬，勾出一抹自嘲，道："先生慧眼，眼下，的确有一件事，实在让袁某不知该如何是好。"

想起自己的小娘子，男人英挺的眉目间便是一软，而后却又浮上几许无奈，纵使面对敌情，也不见他有过如此神色。

孟余拱了拱手，道："若属下猜得没错，元帅是为夫人的事烦忧？"

袁崇武点了点头："倒是让先生看笑话了。"

"元帅说的哪里话，此事只怨造化弄人，与元帅并无干系，元帅不妨将实情告知夫人，想必夫人，也自会体谅。"

袁崇武摇了摇头，以手抚额，闭目养神道："她年纪小，又怀着孩子，若要告诉她实情，我只怕她会受不了。"

孟余闻言，心头不禁苦笑连连，摇了摇头道："元帅这便是英雄难过美人关了，就连在战场上杀敌，属下也不曾见您眨过眼，怎的如今面对夫人，元帅倒是……"

孟余斟酌着用词，却终不好再开口，噤了声，不再说话了。

袁崇武睁开眼睛，深隽的面容上满是浓浓的自嘲，隔了良久，就见他沉缓道:"不错,袁某自问不论何事,都可果决处置,可就偏偏拿她没法子,一看见她哭,我心就乱了,那些话,怎么也说不出口。"

孟余见男人坐在主位,黑发高绾,剑眉朗目,身配铠甲,魁梧的身形笔挺如剑,顾盼之际,不怒自威,唯有那眉头紧皱,话音刚落,便合上了眸子,神情间极是烦闷。

"元帅,大丈夫三妻四妾,本属寻常,更遑论元帅身份在此,莫说是发妻,就是姬妾无数,也无不可。"

袁崇武闻言,摇了摇头。

"再说,元帅的发妻乃是当年在岭南时,遵父母之命所娶,多年来勤勤恳恳,相夫教子,如今若能与元帅团聚,也是苦尽甘来。恕属下多嘴,夫人虽也是元帅明媒正娶,可比起发妻,终究还是隔了一层。"

主帐里一片静默。

孟余许久不听袁崇武开口,遂清了清喉咙,开口道:"依属下愚见,元帅不妨将两位夫人一道接至烨阳,若元帅不舍夫人做妾,那便以平妻身份伴在元帅左右,也未尝不是件美事。"

"不行。"袁崇武终是开了口,话语虽短,却毫无转圜之势。

孟余心中一个咯噔,脱口而出道:"莫非,元帅是要休了发妻,身旁只留夫人一人?"

袁崇武眼皮一跳,隔了半晌,方才叹道:"不,她跟随我多年,吃尽了苦,当年是我没有护住他们母子周全,已是对不住她,如今她既然还在人世,我又怎能休了她。"

孟余听他这般说来,方才舒了一口气,思索片刻,也叹道:"元帅对发妻有义,对夫人有情,自古情义两难,元帅如今的处境,倒也真让属下一筹莫展。"

袁崇武脸上阴晴不定,良久,终闭了闭眼眸,对着孟余道:"明日,你去红梅村一趟,将夫人接来。"

孟余一怔,道:"元帅三思,如今烨阳情形不明,凌家军随时会来,若将夫人接来……"

孟余话未说完,就见一道凌厉的视线看向自己,令他将余下的话全部咽了回去,只得道了句:"属下遵命。"

"切记,路上一定要小心,我要你毫发无损地将她带到我面前。"

第十一章

痛失稚儿

红梅村。

李氏切了盘酸笋，配着粳米粥，一道给姚芸儿送了过来。

刚进屋，就见姚芸儿正立在窗前，望着前方的村路，李氏将饭菜搁下，微微一叹，道："芸儿，快别等了，先过来吃饭吧。"

这些日子都是李氏在照料姚芸儿的起居，因着李氏年长，姚芸儿一直都唤她嫂子，而相处了几日下来，李氏瞧姚芸儿性子好，嘴又甜，不由得对她多了几分喜爱，时间一长，便由着姚芸儿的性子，也不唤她夫人，只唤她芸儿了。

姚芸儿听到李氏的声音，这才回过神来，又向着窗外看了一眼，方才走到桌旁坐下，端起碗，就着酸笋抿了一口粥。

"你现在是双身子的人，可要多吃点才行，若是将你喂瘦了，你让嫂子咋去和元帅交代。"

见姚芸儿有一口没一口地喝着粥，李氏微微着急起来，拿起一个馒头，不由分说地塞到姚芸儿手里，要她多吃些。

姚芸儿握着馒头，刚咬了一口，却觉得如鲠在喉一般，怎么都咽不下去。

"嫂子，你说我相公，他会不会遇上官府的人，会不会有危险？"姚芸儿将馒头搁下，一颗心却都系在自己的夫君身上，这些日子总是吃不好，睡不香的，想得百窍千丝。

"元帅是啥人，哪里有人能抓得了他，你听嫂子一句话，你啥也甭想，每日里只管吃好睡好，把身子养得白白胖胖，这才是正经事。"

"可是……相公已经走了这么久，为什么还没回来接我……"姚芸儿心头酸楚，将眸子垂下，露出纤柔的下颔来。

李氏望着她娇美清纯的小脸，心头便也软了，温声安慰道："嫂子虽是个妇道人家，没读过书，可也知道男人家事多，哪能一天到晚地陪着媳妇？再说元帅是要做大事的人，铁定更忙了，听嫂子的，甭多想，哪怕为了这孩子，你也要多吃点才行，瞧你瘦的，哪有点当娘的样儿。"

姚芸儿听李氏这样一说，便抚上微隆的小腹，那心里顿时变得很软，将馒头就粥，强压着自己吃了下去。

吃完早饭，谢长风便去了山里砍柴，他虽被袁武留下来照顾姚芸儿，可毕竟是个男子，平日里只留在院外，从不踏进屋子里一步，就连那饭食也是由李氏给他送去，不曾与姚芸儿同桌共食。

李氏见今儿天气好，便挎着篮子，打算去菜地里摘一些菜回来，临出门特意嘱咐了姚芸儿，要她好好在家歇着，这才匆匆向菜地里走去。

姚芸儿闲来无事，拿了针线篮子，坐在院子里打算给腹中的孩儿做几件小衣裳，先前姚母为孩子做的衣裳鞋袜，连同那一只红色的布老虎，全都落在了家里，没有带出来，此时只得重新做了。

姚芸儿想起母亲，便牵挂起来，也不知自己与夫君这么一走，家里怎么样了，尤其是娘亲，还不知道会着急成啥样子，爹爹和大姐已经不在了，先前有袁武，家里无论出了什么事他都可以帮衬着，可如今家里若再出个什么事，那可真是孤儿寡母，连帮衬的人都没了。

姚芸儿想起娘家，手中的活便再也做不下去了，秀气的眉头也不由自主地微微蹙了起来，心头只盼着袁武能快些来接自己，等事情平息了，他们也就可以回家了。

二八少妇心思单纯，压根儿不懂"崇武爷"这三个字的含义，更不知道他们在清河村的那个小家，是一辈子都回不去了。

就在她出神间，却蓦然听院外传来一阵嘈杂，接着便是女人与孩子们的哭声响起，其中伴着嗒嗒的马蹄声，与男人们的淫笑。

姚芸儿吓了一跳，赶忙将针线活儿搁下，见廖家的院门没有关好，脑子里头一个念头便是要上前去将那院门关上。可她刚走到门口，还未将门合上，便见一个人高马大的男子闯了进来，甫一看见姚芸儿时，那男子便眼眸一亮，犹如发现了珍宝一般，对着院外的人唤道："老四、老六，你们快过来瞧瞧，这山窝窝里倒有个天仙儿般的娘们哩！"

话音刚落，那男子便狞笑着上前，一把将姚芸儿抱在了怀里。

姚芸儿吓傻了，吓蒙了，直到被那男人抱在怀里，方才发生一声惊叫，拼命挣扎着，她那点儿力气，又哪里抵得过身强力壮的歹人，那男子双臂似铁，紧紧地将她箍在怀里，俯下身子就要往她的脸上亲去。

许是被他方才的话音所引，那被唤作老四、老六的人也赶忙跑了过来，刚进院子，就瞧见自家兄弟怀里抱着一个小娘子，粗粗一瞥，就见那小娘子肤白胜雪，眉目若画，似乎是吓得厉害，整个身子都微微颤抖着，一双眼睛满是泪光，领口处的衣衫已被撕扯了开来，露出一小块白腻的肌肤，白花花的晃着人眼，令人恨不得上前，将她身上的衣衫全给扯去了才好。

"这娘们长得可真俊，咋这家没个男人？"其中一男子将腰刀插了回去，也凑了过来，伸出手就在姚芸儿的脸蛋上摸了一把，顿觉触手柔润，滑腻腻的十分勾人。

姚芸儿望着眼前这三个男人，紧紧护住肚子，唇瓣颤抖着，说不出话来。

"没男人岂不更好，这小美人，先让咱兄弟消受了再说，瞧这一身细皮嫩肉的，八成还是个雏儿。"另一男子淫笑着，眼眸滴溜溜地在姚芸儿的身上打量着，待看见她微微隆起的小腹时，却言道："哟，这小娘们肚子里倒是有块肉，这种货色，大爷我倒没有尝过。"

经他这么一说，其他那两人方才留意到姚芸儿的肚子，姚芸儿趁着机会，便从那男子的禁锢里挣脱了开来，抬腿便要往外跑。

还不等她跑出院子，便有男人抓住她的长发，将她一把扯在地上，姚芸儿摔了这一跤，只觉得眼前一黑，肚子里更是绞得疼，只对着那一步步逼近自己的三个男子哀求道："求求你们，别过来，我还怀着孩子，求求你们……"

"小美人儿，你别怕，若你肚子里那块肉没了，哥哥我再和你生一个。"其中一男子一面说，一面搓着手狞笑，说完后，三人对视了一眼，眼见着便要向着地上的姚芸儿扑去。

恰在此时，上山砍柴的谢长风赶了回来，刚下山，便见有一支马贼在村子里烧杀掳掠，男人心下暗呼不好，连肩上的柴也顾不得，握住斧头便向着廖家奔去，待他一脚将门踹开，就见姚芸儿衣衫不整，满脸的泪，正被三个男人围在地上，欲行那不轨之事。

谢长风见状，眸心顿时变得血红，挥舞着斧头，向着那三人砍了过去。

谢长风乃岭南军大将，武艺自不用多说，那三人招架不住，对着院外呼唤同伴，待谢长风将三人砍死后，廖家院外已聚满了马贼，谢长风一手将姚芸儿从地上抱起，也顾不得别的，带着她杀到院外，寻到一匹马后，将她放在马背，甚至连话都来不及说上一句，便挥手在那马臀上拍了一掌，待马载着姚芸儿离去后，自己则留下与那帮马贼厮杀在一起。

姚芸儿浑浑噩噩，就见红梅村此时已是人间炼狱一般，到处都是火，村民的惨叫声凄厉，一些女子则被山贼拖至田里，蹂躏糟蹋，而老人更是横尸荒野，甚至一些小孩子也不能幸免。

姚芸儿长这么大，都还不曾见过这般的惨景，她丝毫不知，如今岭南军复又崛起，于烨阳一带发生暴乱，官府将全部精力用在了岭南军身上，一些马贼便肆无忌惮，趁机烧杀掳掠了起来。

姚芸儿面色惨白，在马背上颠簸着，她死死抓住那缰绳，也不知那马要将自己带到哪去，这般慌不择路的不知跑了多久，那马一声嘶鸣，扬起了前蹄，姚芸儿双手不稳，被那马甩了下去，而她的肚子，重重地摔在了地上。

剧痛袭来，让她整个身子都抑制不住地发颤，她努力地睁开眼睛，伸出小手抚上自己的肚子，连哼都没哼，便人事不知地晕了过去。

…………

待袁崇武从前线赶回来时，就见孟余领着众人守在帐外，甫一看见他，皆跪了下去。袁崇武见状，眉心便是一皱，一把将孟余从地上扯了起来，双眸乌黑，盯着他一字字道："究竟出了何事？"

孟余有口难言，只得拱手道："元帅容禀，属下按元帅吩咐，带人去红梅村接夫人，可当属下赶往红梅村时，却见那里已成一片火海，男女老幼，惨不忍睹，一打听才知村子里来了马贼……"

孟余话未说完，袁崇武神色一变，攥着他衣领的手更握得死紧，骨节处发出"咯吱咯吱"的声响。

"那她在哪儿？"男人声音低哑，眼瞳更是暗得骇人。

"属下领人赶到时，就见谢将军身受重伤，谢夫人下落不明，而夫人……"孟余说到此处，额上已布满了一层细密的汗珠，却再也无法说下去了。

"她怎么了？"袁崇武脸色惨白，心跳犹如擂鼓一般，眼睛里更是焦灼欲狂，见他如此，更令孟余不敢开口。

"说！"男人的声音里是隐忍的怒意，厉声喝道。

"等属下找到夫人时，就见夫人躺在梅林里，浑身……是血……"

孟余话音刚落，袁崇武整个人似是被雷击中一般，一动不动地站在那里，他的目光雪亮如电，呼吸都急促起来，孟余抬起头来，唤了一声："元帅……"

袁崇武回过神，松开了他的衣襟，自己则缓缓转过身子，双拳不由自主地紧握在一起。

"元帅，夫人眼下正在帐里，夏老已赶了过来，想必要不了多久，就会有消息。"孟余见他犹如陷阱里的困兽一般，双眸血红，闪着骇人的光芒，心下不免发憷，只守在一旁恭声道。

袁崇武牙关紧咬，一语不发地站在那里，身旁诸人却没有一个敢上前劝上几句，他的身子紧绷着，好似轻轻一扯，就会断了。

待夏志生从帐里走出时，男人倏然抬起眸子，待看见夏志生满手的鲜血时，那一张脸瞬间变了，就连一丝血色亦无。

夏志生看见袁崇武，便赶忙将自己手中的汗巾子递到了一旁的药童手中，自己刚拱起手，还不等他说话，就听袁崇武沙哑的嗓音响起："她怎么样了？"

"回元帅，夫人受了重伤，腹中孩儿……已没了。"夏志生声音低缓，一字字犹如匕首，割在袁崇武的心头，刀刀见血。

"况且夫人身子屡弱，此次又失血过多，老夫只怕日后以夫人的情形，很难再有身孕了。"

袁崇武一动不动地听他说完，脸上却面无表情，夏志生动了动嘴唇，还要开口说话，就见男人一个手势，示意他不必再说。

夏志生立在一旁，就见袁崇武面色深沉，脚步似有千斤重一般，一步步地，向着军帐里踱去，短短的几步路，他却走了很久。

孟余与夏志生守在那里，两人都不敢出声，直到袁崇武走进了帐子，孟余方才压低了声音，对着夏志生道："夏老，夫人的情形，难道日后真的不能再有身孕？"

夏志生点了点头，道："她身子本就赢弱，有孕初期必定也有过滑胎之象，怕是后来一直用极珍贵的补药吊着，这才将孩子保住，更何况她已怀胎五月，胎儿早已成形，此番小产对身子的伤害自是更大，这样一来，那身子骨也不中用了，生不出孩子，也算不得稀奇。"

孟余一听，面上便浮起一抹黯然，叹道："若是我能早到一步，夫人腹中的胎儿，或许便能保住……"

夏志生却道："元帅已有两位公子，这一胎也无非是聊胜于无罢了，孟先生不必自责。"

孟余闻言，摇了摇头，苦笑道："即使同样是元帅的亲骨肉，可这个孩子在元帅心里，怕是就连那两位公子，也是无法比的。"

他这一句话刚说完，夏志生也不说话了，两人对视一眼，皆叹了口气。

夜深了。

姚芸儿刚动了动身子，袁崇武便察觉到了，他凝视着女子苍白如雪的脸蛋，沙哑着嗓子唤她："芸儿，醒醒。"

姚芸儿觉得冷，无边无际的冷，无边无际的黑暗，待听到男人的声音时，她的眼皮依旧沉重得睁不开，喃喃道了句："相公，我很冷。"

她的身上已盖了两床棉被，袁崇武听了这话，则将她的身子小心翼翼地抱在怀里，将自己胸膛上的暖意源源不断地传给她，并为她将被子掖好，只让她露出一张脸蛋。

"好些了没有？"他的声音那般轻柔，姚芸儿听着，心里便是一安，用力地想睁开眼睛去看看他，可最终还是徒劳，她什么也没说，便又昏睡了过去。

袁崇武便这样抱着她，坐了整整一夜。

翌日清晨，姚芸儿的睫毛微微轻颤，继而睁开了眼睛。

映入眼帘的，便是袁崇武的面容，一夕之间，男人眉宇间满是沧桑，眼睛里布满了血丝，红得仿佛能滴下血来，他比在红梅村时瘦了许多，那一张坚毅英挺的容颜则更显得棱角分明，深邃凌厉，见她醒来，他明显地松了口气，望着她的眸光中，深不见底的心疼与怜惜，几乎要倾泻而出，令那抹凌厉减退了不少。

"相公……"姚芸儿嘴唇干裂，嗓子更是哑得厉害，这一声相公又轻又小，几乎让人听不清楚。

袁崇武抱紧了她，握住她的小手，低语道："我在这儿。"

姚芸儿想要伸出手，抚上他的脸，可全身上下却都软绵绵的，没有一丁点的力气。她的眼睛轻轻转了转，对着男人道："咱们这是在哪儿？"

"在烨阳。"袁崇武说着，俯身在她的发顶落下一吻。

姚芸儿合上眸子，只觉得自己全身都仿佛在冰窖一般，说不出的冷，只让她往男人的怀里钻得更紧。

"相公，你去接我了吗？"

袁崇武眸心一黯，不等他说话，姚芸儿便轻声细语了起来："我在红梅村，每天都等着相公去接我，我知道，你一定会来的。"

"芸儿……"袁崇武不知该说什么，只得将她抱得更紧。

"红梅村里来了歹人，谢大哥为了救我，让我上了马，那马不知怎么了，把我摔了下来……"姚芸儿忆起当天的事，便情不自禁地害怕，整个人却更清楚了些，昂着脑袋望着眼前的男子，道，"相公，咱们的孩儿，没事吧？"

许是见男人不说话，姚芸儿的眸子里划过一抹惊慌，伸出小手便要往自己的小腹上摸去，男人眼疾手快，将她的手一把扣住，姚芸儿浑身软绵绵的，自是挣脱不了，袁崇武不忍看她，别过脸，开口道："芸儿，咱们的孩子，已不在了。"

姚芸儿听了这话，便愣在了那里。

袁崇武将她的脑袋按在怀里，依旧温声轻哄道："这个孩子和咱们无缘，你年纪还小，往后咱们还会再有孩子……"

袁崇武声音艰涩，话只说到这里，便觉得再也说不下去了。

"什么叫咱们的孩子不在了？"姚芸儿似是怔住了，黑白分明的眸子极清晰地倒映出男人的身影，袁崇武望着这一双澄如秋水般的眼睛，只觉得万箭穿心，他说不出话来，一声不吭地将她抱在怀里，想起那未出世的孩子，他与她的孩子，便觉得五脏六腑无一不疼，疼得他面色发白，甚至连揽着姚芸儿的胳膊，都抑制不住地颤抖着。

姚芸儿见他如此，心里便有些明白了，硬是将自己的手抽出，当她抚上自己的小腹时，方才惊觉原本微微隆起的小腹，此时却平坦了下去。

"相公，咱们的孩儿，他去哪了？"姚芸儿头昏脑涨，小手痉挛般地哆嗦着，攥住男人胸前的衣衫，整个人都已魂飞魄散。

袁崇武任由她撕扯着自己，见她的泪水一颗颗往下掉，打在他的手背上，滚烫的泪珠几乎要灼痛他的心。

"他一直好端端地待在我肚子里，怎么会不见了？"姚芸儿面色如雪，乌黑的长发披在身后，更是衬着一张小脸憔悴不堪，仿佛男人大手一个用力，就会将她给捏碎了似的。

"芸儿，你听话，等你养好了身子，咱们的孩子还会再回来，我陪着你，我们一起等。"袁崇武终是开了口，他的声音低沉而果决，让人情不自禁地相信，姚芸儿哭倒在他的怀里，无论男人怎样安慰，都是泪如雨下，说不出话来。

男人伸出手，为她将泪珠一颗颗地拭去，他不知该用什么话来安慰怀中伤心欲绝的女子，他与她一样，那样期盼着这个孩子，可结果，却是如此令人痛彻心扉。

姚芸儿自小产后，一来身子过于虚弱，二来沉浸于丧子之痛中，连日来都下不了床，就连夜间也时常惊醒，抑或在睡梦中轻泣出声，每当此时，男人总会抚上她的小脸，将她抱在怀里，男人的胸腔温暖而厚实，为她驱散无尽的黑暗与寒冷。

孟余走进主帐时，岭南军中一众高位将领已等候多时，见只有他一人，余明全忍不住道："孟先生，元帅怎没和你一起过来？"

孟余捋须，却面露尴尬之色，只沉默不语。

其余诸人便都了然起来，知道自家元帅定是在帐中陪着夫人。这些日子，袁崇武除了处理必要的军务外，其余都是伴在姚芸儿身边，就连一些公文也移到了姚芸儿所居的营帐内，只等她睡着后方才一一处置，似乎那些军政大事，都没有一个女子来得重要。

碍于袁崇武素日里的威慑，并无一人敢在背后多言，只不过那脸色，却都隐隐地露出几分不解与焦急。更有甚者，心头已是不忿起来，他们自是不会觉得袁崇武有错，而是将一切全都扣在了姚芸儿身上，私下里更是有人传言，道那姚芸儿是妖女，将英明神武的"崇武爷"迷惑成了这样。

这话传出不久后，岭南军中又有人揣测起来，甚至有人说那姚芸儿是朝廷派来的女子，只为迷惑袁崇武，好让他日后在战场上不战而降。

流言愈演愈烈，终是传到了袁崇武耳里，待听闻孟余说起，底下的士兵纷纷传言，说姚芸儿乃是妖女时，男人的面色却无多大变化，微微一哂，依旧看着手上的公文，命孟余接着说下去。

而当孟余说起，有人揣测姚芸儿的身份乃是朝廷派来的女子后，袁崇武的脸色顿时变了，眸心精光一闪，将那公文扔在了案桌上，发出好大一声响来。

孟余一惊，将头垂得更深，恭声道："元帅息怒，这些话也只是一些新兵无所事事，没留意才传出来的，属下已经命人彻查下去，将这些在军中散布谣言的人全给抓了出来，如何处置，还望元帅示下。"

"一律军法处置，以儆效尤。"男人的声音浑厚，听在孟余耳里，却令他大惊失色，只失声道："元帅，军法处置，是否有些……"

"军中最忌流言，军法处置，为的是杀一儆百，若往后军中再有此事发生，决不轻饶。"

第十一章 痛失稚儿

165

男人深隽的面容上依旧是喜怒不形于色，可孟余追随他多年，知他已是动怒，当下便俯身，恭恭敬敬地说了声："属下遵命。"

待袁崇武将军中事务处理好后，已是深夜，他站起身子，早有侍从将饭菜端来，他也来不及吃上几口，匆匆走出帐外，去看姚芸儿。

姚芸儿还未睡着，听到男人的脚步声，便从床上坐起身子，不等她下床，便被男人按了回去，并将被子为她披好。

"相公，你回来了。"姚芸儿望着眼前的男人，只觉得一颗心立马踏实了下来，她孤身一人在这偌大的军营里，那位夏老每隔一天便会来为她把脉，她纵使年纪小，却也能察觉出来，夏老并不喜欢她，每次都是一声不响地来了就走，连句话也不会和她说。除了夏老，便是送饭的侍从，此外，再也看不到旁人。

袁崇武虽然得空便会回来陪她，可他毕竟是三军主帅，军中诸事缠身，待姚芸儿能下床后，他便一连几日均在前营处理军务，视察军情，抑或操兵训练，每日里都是直到晚上才能回来。

是以每当他回来，姚芸儿总是格外高兴，那张依旧苍白而纤瘦的小脸上，也会浮起一抹甜蜜的笑靥。

袁崇武瞧见她，便觉得全身的疲倦无影无踪，俯下身子在她的脸庞上亲了亲，转眸一瞧，却见案桌上搁着一碗燕窝，那是他专门命人给姚芸儿做的夜宵，可却是动也没动的样子，显是姚芸儿没有吃。

男人将碗端起，见那燕窝还热着，遂回到榻前，道："怎么不吃？"

姚芸儿摇了摇头，轻声道："我不想吃。"

男人微微一笑，温声开口："以前不是最爱吃吗？"

姚芸儿鼻尖一酸，将脸蛋垂下，隔了许久，方才说了句："以前，是孩子喜欢吃。"

袁崇武闻言，瞧着她柔婉凄楚的一张小脸，心口便是一疼，握住她的小手，低声道："你现在身子弱，无论多少，总归吃一点。"

说着，男人舀起一勺，喂到姚芸儿唇边，道："来，张嘴。"

姚芸儿抬头，便迎上男人的黑眸，他的眉宇间依然温和而宠溺，见她睁着眼睛看着自己，便淡淡一笑，道："别看我，快趁热吃。"

姚芸儿眼圈一红，张开嘴，将那燕窝吃下，袁崇武极是耐心，一勺勺地亲手喂她，还剩下半碗时，姚芸儿却问了句："相公，这燕窝真的是大补的东西吗？"

袁崇武点了点头，道："燕窝自古便是好东西，往后每日里我都会让人给你送来，你要记得吃，知道吗？"

听他这样说来，姚芸儿便开了口："那你也吃点。"

袁崇武一怔，继而笑道："这燕窝都是你们女人家的东西，我吃做什么？"

姚芸儿却不依，伸出小手舀起了一勺，送到袁崇武唇边，袁崇武黑眸一滞，瞧着她正眼睛一眨不眨地看着自己，便无论如何也狠不下心拒绝，唇角微勾，将那勺燕窝吞了下去。

姚芸儿见他吃下，便抿唇一笑，烛光下，就见她那一双星眼如波，双颊晕红，白皙柔美的脸蛋宛如美玉，清纯而腼腆。

袁崇武瞧着，遂将她揽在怀里，用自己的额头抵上她的，姚芸儿唇角含笑，伸出小手搂住他的颈脖，小声地问他："相公，这燕窝甜吗？"

"你吃过的，自然甜了。"袁崇武挽住她的腰肢，低声说着，他这一语言毕，姚芸儿脸庞便烧了起来，只埋首在他的怀里，惹得男人轻笑出声。

…………

翌日一早，天还未亮，袁崇武便起了，姚芸儿在军营里住了这些日子，知道他每日都是要升帐点兵的，当下也起身，去为他将衣衫理好，袁崇武握住她的小手，放在唇边亲了亲，道："等我回来。"

姚芸儿点了点头，心头却是有些不舍，轻声言了句："你早些回来。"

袁崇武知晓她独自一人身在军帐，自是十分难挨，可若像孟余所说，在烨阳置一处华宅，将她送去，却又无论如何都放心不下，为今之计，也只有将她留在身边，等情势稳定后，再做打算。

念及此，袁崇武捏了捏她的脸颊，道："处理完军务，我便回来陪你。"

姚芸儿轻轻"嗯"了一声，一直将袁崇武送到营帐门口，直到男人的背影消失不见，方才回去。

主帐内。

一行人等皆是等候多时，待看见那道魁梧高大的身影时，皆齐齐躬身行下礼去，口中道："元帅！"

袁崇武走到主位坐下，立时有人将军报双手呈上，男人看完后，眉心便微皱起来，继而将那军报压在桌上，手指轻叩桌面，发出"笃笃"的声响。

帐内安静到了极点，诸人跟随袁崇武多年，皆知晓他此时正在思索良策，是以并无一人敢出声打扰。

未几，袁崇武抬眸，向着诸人望去。

诸人与之对视，心头皆是一震，孟余最先上前，拱手道："元帅，凌家军十万大军突袭，襄阳已失守。"

"豫西军大败，定陶、长丰失守，云州被围，王将军血书求援！"

"朝廷派了水师，欲从正林渡口强行而过，与凌家军十万大军夹击烨阳！"

"新兵操练不久，难以迎战杀敌，咱们虽有七万大军，可调动的人马却不足三万。"

诸人面色焦急，一人一句，将如今的情势一一说了个遍。

男人一语不发，面无表情地将诸人的话一一听了下去，待他们说完，袁崇武开了口，道："诸位有何高见？"

夏志生当先站了出来，恭声道："元帅，若按属下愚见，咱们这三万兵力，对抗凌家军十万大军，已是以卵击石，更何况朝廷水师压境，吴煜叛乱，这点兵力更是杯水车薪，如今之计，唯有舍弃烨阳，退守滦州，再作打算。"

夏志生一语言毕，诸人无不纷纷出言附和，袁崇武看向孟余，道："先生意下如何？"

孟余一怔，继而垂首道："元帅容禀，岭南军如今的实力早已无法与当年相比，属下也认为退守滦州，方为上上之策。"

袁崇武听了这话，便是一记冷笑，道："当年渝州大战，岭南军便是于退守暨南途中，惨败于凌肃大军，诸位眼下是想要岭南军重蹈覆辙？"

男人声音低沉，目光冰冷，如刀似剑般地划过诸人的面容，岭南军高位将领无不缄默了下去，不敢与袁崇武对视，只一一垂下脸去。

半晌，就听何子沾道："还望元帅三思，咱们的兵力，委实不够……"

"既然不够，那便要用在刀刃上。"男人声音沉稳，面容更是冷静，虽然眼下情形危急，已是生死存亡时刻，却依旧气势从容，不见丝毫慌乱，甚至连一丝焦虑也没有。

"凌家军十万大军突袭，朝廷派来水师，襄阳失守，云州被围，吴煜叛盟，可真正能威胁到咱们的，也只有凌肃的十万大军。"

诸人一听，神情俱是一震，一双双目光皆看向主位上的男子，似是不解其话中含义。

"正林地势险要，渡口狭小，纵使朝廷派来水师，兵力也是有限，咱们无须动用三万精兵，只需将新兵派往渡口驻扎，一来磨砺，二来震敌，另外再派一位熟悉渡口地势的将领过去，便可保无虞。"

男人说完，神色依旧沉稳而淡然，继续道："云州位于蜀地，历来易守难攻，王将军身经百战，纵使被围，坚持个数月怕也不在话下。更何况云州自古便是鱼米之乡，城中粮草必定充裕，云州这一道屏障，目前仍稳如磐石，不必忧惧。"

男人声音沉缓，字字有力，待他说完，诸人的脸色却都和缓了不少，暗自舒了口气者，大有人在。

"再说吴煜，"袁崇武说及此人，眼眸便微眯起来，漆黑的眼瞳中，杀气一闪而过，"此人有勇无谋，一心想自立为王，此番攻占婺州，也不过是趁乱寻衅滋事，咱们只需调动婺州邻近诸地的兵力与其对峙，等打完了凌肃，再一举歼灭。"

说到这里，主帐里原本凝重的气氛顿时消散了不少，诸人听着，连连点头，孟余道："元帅所言极是，眼下便只剩凌肃的十万大军，不知该如何应对？"

袁崇武闻言，眉心紧蹙，但见他沉吟良久，方才道："兵力不足，终究是咱们的死穴。"

听他这样说来，众人便都沉默了下去，袁崇武双眸炯炯，在众人脸上划过，却蓦然问起另一件事来："前阵子让你们去镇压流寇马贼，事情办得如何了？"

"启禀元帅，烨阳附近的马贼与流寇已尽数被咱们歼灭，百姓们无不拍手称快，谈及元帅，更是以'活菩萨'相称。"

孟余话音刚落，男人便唇角微勾，淡淡道："既如此，你们便为'活菩萨'传令下去，告知烨阳周边诸州百姓，凌肃十万大军压境，凡愿入我岭南军者，若能将凌家军打退浔阳，个个论功行赏，万亩良田，人人得以分之。"

待男人走出主帐，天色已暗了下来。回到营帐时，姚芸儿正趴在案桌上，长发尽数绾在脑后，做妇人装束，烛火映在她的脸颊上，睡得正香。

袁崇武瞧见她，瞳仁中便浮起淡淡的温柔，上前将她抱在怀里，不料刚碰到她的身子，姚芸儿便醒了过来。

"相公……"姚芸儿美眸迷离，带着几分惺忪，声音亦是糯糯的，不等她将话说完，袁崇武便俯下身子，吻了下去。

余下的几日，烨阳一直处于备战中，袁崇武一连三日都在前营商讨战局，不曾回来，姚芸儿独自一人待在营帐里，她知道军营中都是男子，自己自是不能出去的，每日不见天日，连门都不出，一段时日下来，那原本便苍白的小脸更是不见血色，瞧起来极是孱弱，却越发楚楚动人。

听到熟悉的脚步声，姚芸儿一怔，刚站起身子，就见男人走了进来，瞧见他，姚芸儿忍不住上前，扑在男人怀里。

袁崇武这几日亦是忙得天昏地暗，直到此时抱住姚芸儿温软的身子，才觉得整个人慢慢苏醒了过来，紧绷的神色也稍稍缓和了些，一语不发地将她揽得更紧。

"芸儿，你听我说，再过不久烨阳便有一场大战，到时候我必须要领兵亲赴前线，你待在这里，哪里也不要去，知道吗？"

未过多久，便听袁崇武的声音响起，他抚着怀中人儿的脸颊，轻轻摩挲。

"相公，你要去打仗？"姚芸儿从他的怀里抽出身子，清亮的瞳仁里满是惊惧。

袁崇武点了点头，道："你别怕，等战事一了我便回来。"男人轻描淡写，说完后又言道："那块玉，还在你身上吗？"

"相公要我一定要把那块玉收好，我一直都贴身藏着。"姚芸儿说着，便要伸出手，从怀中将那块玉取出。

袁崇武闻言，遂放下心来，握住她的手，沉声道："记住我和你说的话，这块玉你一定要收好，若是往后……"

男人说到这里，眸心深处便传来一记苦涩，他微微一哂，没有再说下去，将姚芸儿重新揽在怀里，低语道："无论到了何时，这块玉都会保全你，记住了吗？"

姚芸儿云里雾里，只是不解，可见袁崇武神色沉重，心里也是沉甸甸的，又不愿他担心，轻轻点了点头。

袁崇武捧起她的小脸，在她唇瓣上印上一吻，想起即将而来的大战，脸色愈是暗沉下去。

"相公，你怎么了？"姚芸儿有些不安，轻声问道。

"芸儿，我袁崇武这一辈子，光明磊落，从不曾做过坑蒙拐骗之事，可对你，我实在是有违男子汉大丈夫行径。"袁崇武握住她的肩头，漆黑的眼睛笔直地望着她，深邃的瞳仁里漾着的，满是深切的疼惜。

姚芸儿一怔，似是不解男人为何这样说，道："相公，你是不是有事瞒着我？"

袁崇武微微颔首，道："不错，有一件事，我一直都在瞒着你，我曾几次想要告诉你，可到头来，还是开不了口。"

男人说着，眉宇间是淡淡的自嘲。

姚芸儿的脸色微微变了，只觉得心头慌得厉害，她眼睛一眨不眨地望着眼前的男子，小声道："到底是什么事？"

袁崇武望着她清纯苍白的一张小脸，见她那剪水双瞳满是无措，瞧着自己时，带着惶然与心惧，让他不忍再看下去，别过头，沉默了片刻，终开口道："我在岭南老家时，曾娶过一房妻室。"

姚芸儿一听这话，便愣在了那里。

"元帅！"就在袁崇武还要再开口时，却听帐外传来一道男声。

"何事？"袁崇武眉头紧皱，对着帐外喝道。

"属下有要事，还请元帅速速出来一趟！"男子声音焦急，听起来的确是有要事发生。

袁崇武回眸，就见姚芸儿依然怔怔地站在那里，他心下一疼，紧了紧她的身子，低声道："你在这里等我，我去去就来，等我回来，我再将这些事一一说给你听。"

语毕，袁崇武转过身子，大步走出了营帐。

第十二章

原配母子

姚芸儿过了好一会儿，才渐渐地回过神来，她不知自己等了多久，可男人依旧没有回来，想起他对自己说的那句话，便让她坐立不安，他说，他在老家曾娶过一房妻室……

姚芸儿木怔怔的，不知道这究竟是怎么回事，若自己的相公真的娶过媳妇，那他的媳妇现在在哪儿？自己又算个什么？

姚芸儿身子发冷，实在坐不住了，从榻上站起了身子，走出了营帐，打算去寻自家相公，让他和自己说个清楚。

她已许久不曾见过天日，此时骤然从帐子里走出来，眼睛便被光刺得发疼，不得不举起手，将眼睛遮住。

守帐的士兵见到她，皆躬身行礼，唤了声："夫人。"

"你们看见我相公了吗？"姚芸儿头晕眼花，对着两人轻声道。

那两人先是一怔，继而道："元帅去了主帐。"

姚芸儿压根儿不知主帐在哪儿，要那两个士兵带着自己过去，那两个士兵不敢怠慢，只得领着姚芸儿往前营走去。

刚到前营，不等姚芸儿走到主帐，就听一阵马蹄声响起，一支骑兵自军营门口疾驰而来，一辆马车紧随其后，接着，主帐的门帘被人打开，袁崇武领着诸人，走了出来。

姚芸儿看见他，心下便是一安，她站在侧首，袁崇武并没有看见她，她刚开口，一声"相公"还不曾从嘴巴里唤出，便蓦然听得一声："爹爹！"

她被这道声音吸引了过去，就见一个十二三岁的少年，从马背上翻身而下，双目通红，奔到袁崇武身边，"扑通"一声，跪了下去。

姚芸儿瞧着这一幕，不由自主地睁大了眼睛，似是不明白眼前究竟发生了何事。

袁崇武将少年扶起，父子七年未见，眼见着当年膝下小儿已是长大，眉宇间却仍像足了自己，袁崇武心绪复杂，而袁杰更是心酸难忍，此时见到了父亲，便想起这些年与母亲、弟弟所受的苦，竟忍不住"哇"一声，在父亲怀里哭出了声来。

孟余与夏志生诸人皆站在袁家父子身后，瞧着这一幕，诸人纷纷感慨万千，更有甚者，也随着袁杰一道，潜然而下。

马车的车帘不知何时被人掀开，自马车上缓缓走下来一位妇人，那妇人手中牵着一位十来岁的男孩，母子两人皆是白净面皮，面庞清秀，眉宇间虽风尘仆仆，全身上下，却依旧干净而整洁。

尤其是那妇人，虽已年过三旬，脸面早已不再年轻，眉宇间甚是安宁，一举一动，尤为端庄。

待看见那魁梧挺拔的男子时，妇人眼眶一热，隐忍多年的泪水似要决堤，就连牵着儿子的手亦是抑制不住地战栗，她强自按捺，牵着小儿子，一步步地走到袁崇武面前，一别七年，男人几乎没什么变化，只有那脸庞的轮廓更是深邃，眉宇间更是添了盛年男子所独有的沉稳，她望着自己的夫君，一声"相公……"刚唤出口，泪珠便滚了下来。

那一声"相公"，姚芸儿听得清楚，她的身子轻轻一动，幸得一旁的士兵扶住，那士兵见她脸色雪白，心头顿时慌了，怎么也没想到自己领着她过来，竟会遇到元帅与原配夫人重逢。

"夫人，要不属下扶着您回去歇息？"士兵嗓音轻颤，显是骇得不知要如何是好。

姚芸儿脑子里晕沉沉的，只觉得自己身在一个噩梦里，眼前那人明明是自己的夫君，可他身边却多出了一位女子，也与自己那般唤他相公，而那两个男孩子，长得与他那般相似，尤其那年长些的少年，简直与他是同一个模子刻出来的一般，而那年纪尚小些的男孩，则更像那位白净的妇人，可即使如此，那挺直的鼻子，也依旧像极了袁崇武。

姚芸儿望着自己的夫君将那两个男孩子揽在了怀里，她看着那妇人泪如雨下，向着他依偎了过去，看着袁崇武身后的人，都是眼圈通红，一脸欣慰地望着这一切，她只觉得自己的身子越来越软，越来越晕，几乎再也站立不住，那些人的脸全在她眼前转来转去，那男孩一声声的"爹爹"与那妇人一声声的"相公"在她的耳朵里使劲儿地拧着，她竭力地睁着眼睛，却觉得眼前一黑，接着便软软地倒了下去。

"夫人，夫人？"士兵慌了手脚，许是这边的动静过大，终是让主帐前的人往这边看了过来，待袁崇武见到姚芸儿倒在那士兵怀里时，脸色顿时一变，再也顾不得其他，几步便奔了过来，将姚芸儿一把抱在怀里，望着她煞白的一张小脸，眸子中则是惊痛至极的光芒。

夜色静谧。

"娘，爹爹为什么不来看我们？"袁宇抬起清秀稚弱的脸庞，对着身边的母亲说道，许是这些年吃了太多苦的原因，十一岁的袁宇个子瘦小，看起来只有八九岁。

与父亲分别时，他只有四岁，这些年早已忘记了父亲的样子，不似袁杰，对袁崇武依稀还有些记忆。

安氏心头一酸，握住两个儿子的小手，对着他们轻声道："你们的父亲是岭南军的统帅，千千万万个将士都系在他身上，又哪有那些空闲来陪咱们？"

话音刚落，袁宇倒还好，袁杰却是眉心一皱，道："娘，您不必为父亲说话，白日里您不是没有瞧见，爹爹抛下我们，抱着那个女人去了后营，而且，我听得清楚，那些士兵唤那个女人夫人！"

安氏闻言，面色便微微一沉，道："杰儿，母亲与你说过，不可在背后说父亲的不是。"

袁杰听母亲这般说来，遂将眼眸低垂，不再开口。

夜渐渐深了，安氏将小儿子哄睡，回眸见大儿子面上依旧是不忿的样子，遂上前坐下，对着袁杰道："还在生你父亲的气？"

袁杰摇了摇头，道："母亲，孩儿不敢与父亲置气，只觉得父亲对咱们太过无情。"说完，袁杰抬起头，望着母亲的眼睛，接着说道："这七年，咱们母子三人相依为命，母亲吃了多少苦，只有儿子知道，如今咱们一家人千辛万苦，总算团聚在一起，可父亲却陪在另一个女人身边，对咱们母子不闻不问！母亲，您一直和孩儿说，我的父亲是一个英雄，孩儿也记得，从前父亲那样疼孩儿，可如今，他为什么会变成这样，就连看都没多看孩儿一眼……"

安氏见儿子伤心，自是心疼起来，将儿子揽在怀中，温声抚慰道："杰儿，在来时的路上，母亲就与你说过，咱们与你父亲分别七年，在这七年里，你父亲身边不会没有女人，母亲了解你们的父亲，他不是无情无义之人，无论他有多少女人，也不会将咱们母子弃之不顾，你要记住母亲的话，往后见到你父亲，你一定不可如今日这般将心底的不满全挂在脸上，你要讨得父亲的欢心，让他像儿时那般疼你，明白吗？"

袁杰今年已十三岁，多年的隐忍与苦难早已将这个少年磨砺得深沉内敛，此时听母亲这样说来，心头顿时了然，坐起身子，对着母亲点了点头，道："母亲放心，孩儿明白。"

安氏抚上儿子的脸庞，目光满是慈爱："杰儿，无论你父亲有多少女人，你都是他的长子，这一点，谁都改变不了。"

袁杰闻言，眼睛顿时一亮，终究还是孩子，听了母亲这一句话后，心头顿觉好受了不少，母子俩又说了些旁的话，未过多久，就听帐外传来两道男声："夫人容禀，属下孟余、夏志生求见。"

安氏立时拍了拍儿子的小手，示意他站起身子，自己则捋一捋衣衫，温声道："孟先生与夏老快快请进。"

孟余与夏志生走进帐子，袁杰顿时俯身对两人行了一礼，口中只道："见过孟伯伯、夏爷爷。"

孟余与夏志生皆连忙还礼，口中直呼不敢，袁杰这般称呼两人，除了表示出极大的尊重外，无形间还将彼此的距离拉近了不少。

尤其是夏志生，更是打小看着他长大的，眼见着当年那垂髫小儿已成翩翩少年，心头自是感慨万千，又忆起这些年母子三人在外所受的苦楚，眼眶便蓦然一红，似是要禁不住地老泪纵横起来。

"夫人与公子如今总算是苦尽甘来，老朽这把老骨头，还能见到夫人与两位公子和元帅团圆，也是得偿所愿。"夏志生与孟余一道站在帐里，任由安氏相劝，两人却仍是说什么也不愿坐下，神情亦是毕恭毕敬，与面对袁崇武时并无二致。

"夏老说的哪里话，这次云州被围，王将军命人将咱们母子三人送到烨阳，途中若不是夏老命人前去接应，咱们母子又怎能顺利赶往军营，与夫君团圆？"安氏说着，遂是对着袁杰望去，吩咐道："杰儿，快谢过你孟伯伯与夏爷爷，此次若不是他们相助，咱们母子只怕是凶多吉少。"

袁杰得到母亲吩咐，顿时对着两人深深作了一揖，两人慌忙将其扶起，见眼前的少年虽年幼，可眉宇间却俊朗不凡，英挺坚毅，像极了他父亲。

孟余捋须微笑，道："大公子好相貌，倒是像极了元帅年轻的时候。"

安氏闻言，则站起身子，对着孟余与夏志生敛衽行了一礼，两人一惊，顿时拱手道："夫人行此大礼，真真是折煞了属下。"

"孟先生与夏老都是岭南军中的老人了，又深得夫君器重。我这妇道人家，倒是有个不情之请。"

"夫人请说。"

"杰儿今年已十三岁了，这些年来跟着妾身流落在外，过着苦哈哈的日子，连大字也识不得几个，他的父亲能文能武，又岂能有这般不中用的儿子，妾身只愿日后，两位多多提携，好让杰儿也不至于与他父亲相差太远。"

安氏话音刚落，孟余忙道："夫人请放心，公子乃是元帅长子，便是岭南军中的少帅，属下定是竭尽全力，扶持少帅。"

夏志生当即也是俯首，与孟余一道，一腔忠心，万死不辞。

安氏见状，心头悬着的大石总算是落了下来，拉着儿子，对着两人深深拜了下去。

后营中，主帐里的烛火彻夜不息。

姚芸儿已经醒来，自醒来后，她便抱紧了自己，缩在床角，连一个字也不说，唯有眼泪一直掉。

袁崇武守在一旁，瞧着她这样，只觉得心如刀割，却实在说不出旁的话来，两人坐了许久，直到姚芸儿哭累了，抽噎起来，袁崇武方才一叹，起身不由分说地将她一把抱在了怀里。

"芸儿，是我对不住你，你有气，只管往我身上撒，别怄着自己。"袁崇武伸出手，为她将脸上的泪珠拭去，眼下的这个局面，他也是从未想过，他也并不想去解释什么，也不知自己还能说什么，去安慰怀中的女子。

"他们，真的是你的妻儿？"姚芸儿隔了许久，方才抬起眼睛，对着袁崇武问道。

袁崇武点了点头，道："不错，他们是我的妻儿。我十六岁时，父母便为我聘了妻子，在我十八岁和二十岁时，得了这两个孩子。七年前，我领军与凌家军开战时，他们被凌家军掳去，我以为……他们已不在人世，不承想，还有相见的一天。"

男人的声音低沉而艰涩，说到最后一句，却带着淡淡的沙哑，似是在感叹造化弄人。

"那我……算什么呢？"姚芸儿望着他，有大颗的眼泪顺着她的眼眶里落下，短短的一夕之间，她挚爱的夫君不仅娶过妻子，更有两个孩子，姚芸儿想起白日里见到的少年，他瞧起来已是十二三岁了，竟比自己小不了几岁。如今想起，只让她心痛如绞，不知所措。

袁崇武将她箍在怀里，他向来最见不得她哭，此时面对她的泪水，更是让他不知该说什么，他能说什么，他又能怎么说，所有的话在此时都显得苍白无力。

到了后来，姚芸儿的眼睛已经哭红了，犹如两只小小的桃子，袁崇武一手揽着她的后背，另一手则将她的小手握在手心，微微收紧。

姚芸儿合上眼睛，心里依旧悲苦难言，她开了口，声音沙哑而微弱："往后，我就是妾了，是吗？"

"不，"男人的声音沉稳，道，"你是我的妻子，没有人能改变。"

袁崇武语毕，则伸出大手，为姚芸儿将泪珠拭去，乌黑的瞳仁迥深黑亮，一字字地告诉她："姚芸儿，你记住，我这一生，定不负你。"

那短短的八个字，个个掷地有声，而袁崇武在说完这句话后，遂站起身子，道了句："你早些休息。"而后，便头也不回地走出了营帐，大步离去。

姚芸儿望着他的背影，知晓他定是要去见他的发妻与儿子，她坐在那里，唯有烛光将她的身影拉得老长，她捂住了嘴巴，只觉得孤苦无依，偶尔抑制不住地呜咽。

两个孩子都已经睡着，安氏轻手轻脚地为他们将被子掖好，长子的容貌酷似他的父亲，虽然如今年岁尚小，可眉宇间已有了几分英挺坚毅。而次子的容貌则更像她，清秀白净得多，她默默地凝视着两个孩子，思绪却飘到了许多年前。那时候的她，与袁崇武还只是岭南一对平凡的庶民夫妻，日出而作，日落而息。两人虽是父母之命，媒妁之言，但成亲后，袁崇武勤劳肯干，又有手艺，就连地里的活也做得好，家里的日子虽不富裕，但也还算殷实，就连村里那帮同龄的姐妹，都羡慕她嫁了一个好夫婿。

袁崇武性子冷，平日里话不多，但无论待她，还是待孩子，却都是真真切切的好。她现在都还记得，在孩子年纪小的时候，家里无论有什么好吃的，他向来是从不沾口，全都省下留给她和孩子。就连那年岭南蝗灾，家里没米没粮，他不得不去城里，给官府服苦役，得来的粮食却也是一口也舍不得吃，硬是从城里连夜赶了几十里山路回来，将那袋粮食交给她，让她熬些粥给孩子喝。

而他自己的脚，早已鲜血淋漓，被路上的石子划得血肉模糊，她一直都不知道，当年那几十里崎岖不平的山路，赤着脚的他，究竟是怎么走的。

若日子能一直这样过下去，虽说苦了些，但他们一家人终究是在一起，其乐融融，父慈子孝，夫妻间虽无花前月下，却是少年夫妻，老来成伴，也并非不好。要怨，便也只能怨那天杀的官府，若不是家中良田被夺，公婆惨死，她与袁崇武至今也还会是岭南一对相依相守的夫妻，又哪里会分别七年，又哪里会有别的女人与她一道伴在袁崇武身边？

安氏闭了闭眼睛，想起姚芸儿，只觉得心头酸涩，白日里虽是匆匆一瞥，却也能瞧出那女子不过十六七岁的年纪，容貌甚美，最为要紧的，便是袁崇武待她昏厥后，那眼底的焦灼，狠狠刺痛了她的眼睛。

她从没见过他那样子。

自嫁与他为妻以来，她从没见他失过分寸，从没有。

她虽然明白这些年来，自己夫君的身边不会没有女人，可却怎么也没想到，那女子竟会如此年轻。安氏微微苦笑，伸出一双粗糙干枯的手，这双手在这些年来，独自抚育两个儿子长大，早已不复从前的白嫩柔软，她轻抚上自己的脸，她已年过三十，肤色虽仍细腻白皙，可她自己知道的，她的眼底早已布满了细纹，就连头发间也略有白霜，她老了。

在仍然英挺矫健的男子面前，她早已老了。在年轻貌美的姚芸儿面前，她更是被比了下去。

安氏凄楚一笑，将手垂下。听到身后的声响，她微微一颤，即使分别多年，她却仍是记得男人的脚步声。

她回过头来，就见袁崇武魁梧的身躯立在那里，烛光将他的面容映得模糊不清，笼罩着淡淡的阴影。

"相公……"安氏站起身子，刚要迈开步子，可见男人不声不响地站在那里，想起他白日里抛下自己母子，却将姚芸儿抱在怀里，心底便是一恸，那脚步便是无论如何也迈不开了，一声"相公"刚从唇间唤出，便停下步子，微微别开了脸。

夫妻两人七年未见，如今骤然相见，却皆沉默不语，安氏的心一分分地寒了下去，她曾想过无数次与夫君重逢的情形，却不料，竟是如此。

袁崇武走到榻旁，见两个孩子都已睡熟，他在榻前坐下，静静望着他们，一言不发。

分别时，袁杰不过六岁，袁宇只有四岁，如今七年过去了，两个孩子都早已不似他记忆中的样子，他瞧着自己的两个儿子，心头却又有一丝恍惚，怎么也无法将眼前的两个儿子与自己记忆中的小儿融合到一起去。

他终伸出手，抚上儿子睡熟的面庞，汪洋般的眼瞳里，种种神情，溢于言表。

"这些年来，辛苦你了。"袁崇武收回了手，转过身子，对着一旁的安氏言道。

安氏转过身子，强自将自己眼睛里的雾水压下，摇了摇头，轻声道："如今能与相公重逢，之前的那些苦，便算不得什么。"

袁崇武沉默片刻，方才道："终究是我负了你们母子，亏欠你们良多。"

安氏望着他深隽的面容，脚步却不由自主地向他走近了些："这一切，都怨不得相公，要怨，便也只怨凌肃。"

安氏声音本来极为温婉，可在说到最后那一句时，却又透出无尽的怨怼，就连眼瞳中，也是深不见底的恨意。

若非凌肃，她又怎会与袁崇武夫妻分别，她的两个孩子，又怎会与父亲父子分离，他们母子三人，又怎会流落在外，吃了这么多年的苦。

袁崇武听到"凌肃"二字，深邃的面容依旧不动声色，他没有说话，隔了良久，终开口道："眼下凌家军压境，两军随时可能开战，我已命人打点好一切，送你们母子去秦州。"

安氏闻言，眼皮顿时一跳，颤声道："相公，是要我们母子走？"

"烨阳朝不保夕，唯有秦州，才是最安全的地方。"

袁崇武说完，遂站起身子，任由安氏出声挽留，他却仍头也未回，离开了安氏的营帐。

大战在即，主帐中灯火不熄，诸人已等在那里，待看见男人后，皆躬身行礼，袁崇武彻夜不眠，将战事一一部署，直到凌晨，便有加急密报，自京师传来。

袁崇武将密报打开，看完后，神情当即一变，继而将那张纸对准烛火，焚烧干净。

"元帅，不知信上，说了什么？"孟余见男子面色不定，遂最先开口问道。

"信上说，皇帝已抱恙多日，梁王密谋夺权，太子已将御林军遣至东宫，京城内乱不休，恐生大变。"

孟余一听，当即喜道：“凌肃这些年来一直力挺梁王，此番皇帝病重，为保梁王登基，凌肃定是驻守京师，无法亲赴烨阳，倒是能让咱们喘一口气。”

袁崇武却是一记冷笑，道：“凌肃虽无法前来，却将帅印交给他的义子，命其统领大军，凌家军此时怕已离烨阳不远。”

“义子？”夏志生听得这两个字，顿时眉眼一震，上前一步道，“敢问元帅，不知这凌肃的义子，可是姓薛，单名一个湛字？”

袁崇武颔首：“不错，正是薛湛。”

就这两个字，却令帐中一片哗然。诸人皆是大惊失色，更有甚者，一听“薛湛”二字，脸色顿时铁青，一个个无不眉头紧锁，似是在思索良策，半晌无人说话。

不知过了多久，孟余终是言道：“元帅，薛湛此人年纪轻轻，便能平步青云，在凌家军中一人之下，万人之上，实在是不容小觑。”

孟余话音刚落，夏志生也道：“此人手腕颇深，近年来屡建奇功，凌肃年岁已高，凌家军中诸事皆由此人处置，近些年凌家军征战漠北，讨伐胡虏，驱除蛮夷，皆由此人领兵作战，立下赫赫战功，朝中皆在传，岭南军下一位统帅，必是这薛湛无疑。”

“两年前，属下曾于浔阳见过此人一面，当时便觉此人非同小可，若此番真由他领兵与咱们对战，元帅对此人，定是要多多防范才是。”

诸人你一言，我一语，袁崇武一一听了，把玩着手中的杯盏，面色依旧沉寂如故，一语不发。

天色微亮，诸人纷纷行礼告退，袁崇武站起身子，一夜未眠的眼睛里已布满了血丝，径自走出了主帐，向着后营走去。

守在帐口的士兵见到他，皆俯身行下礼去，一句“元帅”刚要脱口而出，便被男人一个手势止住。

两个士兵面面相觑，眼见着自家元帅在帐外站了许久，却终是没有进去，而是转过身子，越走越远。

帐中的姚芸儿，仍沉沉睡着，压根儿不知道他方才来过。

余下来的几日，男人依旧在前营处理军务，商讨战局，无论是安氏，还是姚芸儿，皆是一面也不曾见过。军中士气大振，只等大战的到来。

“娘亲，这几日孩儿一直跟着刘伯伯和谢叔叔在校场上练兵，尤其是谢叔叔，待孩儿极好，手把手地教孩儿骑射，还说等凌家军赶到烨阳后，要领着孩儿上战场杀敌！"

袁杰一袭银装铠甲，衬着一张面容格外俊朗，已颇有些小小少帅的味道了。

安氏瞧在眼里，心头自是宽慰，拿起绢子，为儿子将额前的汗珠拭去，一旁的袁宇则趴在案桌上，一笔一画地练着字，清秀的小脸上，极是认真的神色，似是对母亲与大哥的话充耳不闻。

"宇儿，不要离纸太近，仔细伤着眼睛。"安氏吩咐着，就听小儿子脆生生地说了句："娘，您放心，孩儿马上便写好了。"

安氏微微一笑，回眸看向长子，温声道："你谢叔叔和刘伯伯都是岭南军中的大将，骑射功夫都是最好不过的，难得他们有心教你，你一定好好学。知道吗？"

"母亲放心，孩儿很用功，今儿个一早，接连三箭都是正中红心！"

见袁杰脸上喜形于色的模样，安氏摇了摇头，依旧轻声细语地告知孩子："你父亲虽是元帅，你平日里更是不能过焦过躁，对那些叔叔伯伯，一定要谦虚有礼，虚心求教才是，千万不可骄狂气盛，记住了吗？"

袁杰闻言，脸上的沾沾自喜之色便收敛下去，面色渐渐变得沉稳起来，对着母亲恭恭敬敬地行了一礼，道："母亲说得极是，孩儿受教了。"

安氏点了点头，极是欣慰，将长子揽于怀中坐下，未几，就见袁宇捧着一阕大字走了过来，对着母亲道："娘，孩儿想将这幅字送给爹爹。"

面对着亲儿这一派拳拳的孺慕之情，安氏心头一软，摸了摸袁宇的小脸，对着长子道："带着弟弟，去找你们的爹爹。"

袁杰神色一黯，却摇了摇头，道："母亲，父亲这几日一直在主帐里商讨战事，除了孟伯伯和夏爷爷他们，他谁都不见。"

安氏心里一窒，道："那位姚氏，他也不曾见过吗？"

袁杰点了点头："那个姚氏一直都待在帐子里，父亲已经好几日没去瞧她了。"说完，袁杰唇角微勾，又道："还有一事，母亲有所不知，父亲已将一切都打点好，要送咱们母子去秦州，可这个姚氏，却吩咐了把她送到烨阳城里，根本不与咱们一起去秦州。"

安氏眼皮一跳，就连声音都隐隐地变了，道："你父亲将她留在烨阳，不让她与咱们一道走？"

"是的母亲，烨阳马上便要开战，凌肃十万大军随时都会杀过来，目前也只有秦州，才是最太平的地方，父亲将咱们送去，还是看重咱们的。"

安氏的心却是一沉，当着儿子的面，她却什么也没有多说，只微微一笑，道："你们都是他嫡亲的骨肉，他又怎么会不疼你们？"

袁杰听着，遂咧嘴一笑，带着袁宇去了外头玩耍，剩下安氏一人，却是眉心紧蹙。

深夜，四下里万籁无声。

"元帅，安夫人求见。"有士兵走进主帐，对着孤身一人，坐在主位上的男子言道。

袁崇武眉心微皱，将手中的公文合上，道了句："让她进来。"

安氏走进了帐子，就见她一袭素色衣衫，荆钗布裙，朴实无华中，却十分端庄整洁。

"何事？"袁崇武看向她，声音不高不低，平静到了极点。

"明日里，相公便要将我们母子送到秦州，晌午时宇儿写了一阕字，想给你瞧瞧。"安氏说着，遂从袖中取出一张纸来，展在男人面前，"相公诸事缠身，他们也不敢来扰你，念着明日便要走了，妾身便想着将这字送来，也算是了了孩子一桩心愿。"

安氏声音温和，缓缓那字打开，小儿字迹拙劣，虽歪歪扭扭，却足以看出写的人下了极大的功夫，一笔一画，亦是十分认真。

袁崇武瞧着这字，面上的神色遂和缓了下来，嘱咐道："宇儿身子不好，这一路，倒要劳你多费心思。"

安氏轻言："照料孩子，本就是母亲该做的事，又哪有费心一说？"

袁崇武将纸折好，道："时候不早了，回去歇息吧。"

安氏心口一酸，微微苦笑道："一别七年，相公如今，倒是连话也不愿与明霞说了。"

明霞，乃是安氏闺名，这两个字，袁崇武已多年不曾听过，此时骤然从安氏嘴里说出，倒让他微微一怔，数年前的回忆，汹涌而来。

安氏见他沉默不语，亦缄默下去，两人静默半晌，就听男人终是开口，声音低沉："明日还要赶路，回去吧。"

安氏抬眸，见男人脸色已恢复到原先的淡然，心头遂沉甸甸地往下落，再也没个可依傍的去处。

"如今烨阳战乱，朝不保夕，若是相公信得过我，不妨让姚氏与我们母子一道赶往秦州，路上也好有个照应。"

安氏的话音刚落，袁崇武便抬起眸子，向着她看了一眼，安氏眼眸清亮，依旧端庄贤淑，迎上他的眼睛。

男人摇了摇头，道："不用，你们母子只需将自己照顾好，其他的事，我自有安排。"

安氏的心一分分地凉了下去，垂下眸子，轻声道："杰儿与宇儿，这些年来日日盼着和相公团聚，而相公如今却要将亲儿送走，将姚氏留下吗？"袁崇武闻言，面色依旧如故："你既然知道烨阳大战在即，朝不保夕，定是明白我将你们送走，是为了护你们周全。"

"那相公，又为何不将姚氏送走？"安明霞凝视着眼前的男子，不放过他脸色的任何一个表情。

袁崇武没有说话。

见袁崇武依旧一语不发，让她不知该如何是好，隔了片刻，她轻轻在男人身旁坐下，垂首道："咱们一家人已分别了七年，如今好不容易团聚，往后，就让妾身和孩子跟着相公，哪怕是为了两个孩子，相公也不要将我们送走，他们不能没有父亲。"安氏声音沙哑，带着隐忍，说到后来，喉间已是轻颤。

"团聚？"袁崇武咀嚼着这两个字，面上却渐渐浮起一抹苍凉，他淡淡一笑，那笑声中，亦是无尽的寂寥与沧桑。

"你我夫妻为何团聚，你自是心知肚明，无须我多说。"男人的声音淡然，一语言毕，那一双黑眸炯炯，盯着女子的面容。就见安氏的脸色"唰"的一下变得惨白，望着眼前的男人，说不出话来。

"七年前，岭南军征战黑水，凌肃趁机命人将岭南军军眷掳走，你们母子三人，便也是在那一次被凌肃掳去的。而后凌肃逼降不成，遂将岭南军的家眷尽数屠杀，我一直没有问你，你当年带着孩子，究竟是如何从凌家军手中逃了出来？"

安氏听了这话，全身都抑制不住地轻颤，就连唇间亦褪去了血色。

袁崇武接着道："岭南军退守暨南时，凌家军十万大军却突袭而至，对岭南军行军路线了如指掌，那一仗，我岭南军四万男儿血洒临安，被俘者数千余人，被凌家军枭首示众。"

袁崇武双目血红，一字一字地说着，说到后来，终是抑制不住地闭上眼眸，那双拳紧握，一直隔了许久，方才睁开眸子，字字蚀骨："渝州大战，岭南军惨败，我苟活至今，为的便是要为他们报仇雪恨，可笑的是，始作俑者却不是旁人，正是我袁崇武的女人。"

安氏面如死灰，眼瞳中亦是灰茫茫的，仿佛瞬间苍老了好几岁。

"妾身是为了孩子，凌肃用杰儿和宇儿来威胁妾身，妾身实在是没法子，他们……也是你的儿子。"安氏声音凄苦，一语言毕，眼泪终抑制不住，从眼眶中滚落了下来。

袁崇武闭了闭眼眸，他的声音低哑，终是开口道："我是他们的父亲，可我更是岭南军的统帅。"

说完，他不再去看安氏一眼，只说了句："你走吧。"

那三个字，犹如一颗巨石，狠狠地砸在安氏的心上，她的眼瞳放空，默默坐了片刻，终站起身子，她没有走，而是静静地站在那里，解下了自己的腰带，那双粗糙而干裂的手，虽轻颤，却依然有条不紊，将自己的衣裳缓缓解开，令自己的身躯，尽数展露在男人面前。

那是怎样的一具身子，女子原本白皙的肌肤上，布满了弯曲狰狞的伤痕，满是鞭笞落下的痕迹，更有无数块通红的铁烙，烙在肌肤上，落下的红印更是让人触目惊心，那皮肤早已皱在一起，丑陋到了极点，让人看着欲呕，全身上下，竟没有块完好的地方。

尤其她胸前的那两团绵软，竟被人活活挖了下来！留下两大块血红色的窟窿，寒森森的，灼着人的眼睛。

袁崇武只看了一眼，便整个人都怔在了那里，而后，那眼睛瞬间充血，犹如暗夜中的鹰枭，他的牙关紧咬，双手更是紧握成拳，似是要将手指握碎一般。

"凌肃将我抓去后，让人把我绑了起来，用各种各样的酷刑轮番来折磨我，我被他们折磨得昏死过去，便有人将辣椒水浇在我身上，逼得我生不如死。"

安氏声音轻颤，一字一字说着，她的面色已恢复了平静，唯有眼睛里，仍是无尽的悲苦与恨意。

"他们要我将相公的行军路线透露出来，我情愿一死，也不愿背叛相公，他们见实在没法子，便威胁我，要将我的胸乳割下……"安氏说到此处，颤着手，将自己的衣衫合起，将那胸前的窟窿遮住，那眼睛的光是抖的，就连声音也是抖的，"我被疼晕了过去，等我醒来后，就见那天杀的凌家军，将我的杰儿和宇儿带了上来……"

说到这里，安氏终是再也忍耐不住，泪水滚滚而下，声声凄厉："杰儿当年才六岁，宇儿只有四岁，他们……他们那帮人，竟然将杰儿和宇儿捆在我面前，要我眼睁睁地看着亲儿，和我受一样的苦楚！"

安氏声嘶力竭，回忆往事，自是恨得银牙紧咬，有血丝从她的嘴巴流了出来，她闭上眼睛，紧紧地攥着自己衣衫的一角，泪如雨下："我无论受什么罪都行，可我不能看着我的儿子和我一样，我知道这有多疼，我情愿他们把杰儿和宇儿一刀杀了，也不愿他们遭这么大的罪！"

安氏面色雪白，只哭得不能自抑。

"是我背叛了相公，是我将岭南军的行军路线告诉了凌肃，相公杀了我吧，让我去为枉死的岭南军赎罪。"

安氏看向了主位上的男子，她的脸庞早已惨无人色，这么多年来，日日夜夜的恨，日日夜夜的悔，日日夜夜的痛，此时全化成了泪水，似是要将七年来所承受的所有苦楚，全部倾泻出去。

"这些年，我领着孩子躲进了深山，只觉得无颜来见相公。如今，杰儿和宇儿都长大了，日后，我只希望相公能念在他们自幼与父亲分别，吃尽了苦头的分儿上，能多疼他们一些，无论相公以后有多少孩子，我都求求相公，不要抛弃他们。"

安氏说完，强忍住泪，默默坐起身子，将身上的衣裳穿好。主位上的男子却依旧坐在那里，眸心暗得噬人，就连呼吸也渐渐变得沉重起来，整个人都散发着浓浓的戾气，杀气腾腾。

安氏站起了身子，不等她说话，就听"砰"的一声巨响，将她吓了一跳，袁崇武一拳狠狠地砸在了案桌上，将那案桌生生砸出一个豁来，而他的声音更是暗沉到了极点，几乎每一个字，都似是从牙齿间挤出来一般。

他只念了两个字："凌！肃！"

凌肃！

那两个字，便是安氏一生的梦魇，提起那两个字，安氏只恨得说不出话来，全身亦是哆嗦不已。

袁崇武脸面低垂，安氏看不清他的脸色，唯有他的肩头却在剧烈地颤抖着，似是在竭力隐忍，她瞧着便担心起来，缓慢而迟疑地伸出手去，唤了声：

"相公……"

袁崇武身子一震，倏然抬起头来，向着她望去。

安氏望着眼前自己的夫君，七年前那一段犹如噩梦般的经历再一次呼啸而来，她凝视着袁崇武的容颜，喃喃地念了句："无论相公信不信，我都是为了孩子，若不是凌肃使出这等手段，我情愿带着孩子们一道去死，也绝不会背叛相公……"

安氏心如刀绞，再也说不下去，只得别开脸，微微合上了眼睛，一大串泪珠又从眼角落了下来。

她的侧颜依旧是清秀而白净的，与她身上的累累伤痕，更是有着强烈的对比。她身上的那些伤，就连征战沙场多年，杀人不眨眼的袁崇武也是闻所未闻，让人心悸。那些伤，可怖到了极点，不说是落在一个手无缚鸡之力的女子身上，哪怕是落在一个铁骨铮铮的好汉身上，也是令人发指的折磨。

袁崇武深深呼吸，他没有说话，唯有眼瞳中的火苗依旧熊熊燃烧着，他看了安氏一眼，沙哑着声音，终是道了句："我知道你是为了孩子。"

安氏的眼泪再次夺眶而出，这些年来，漂泊无依，居无定所，日夜忍受着良心的折磨，一次次从噩梦中惊醒，领着两个稚子，所受的辛苦，只有她自己知道。

此时透过泪眼，见自己的夫君真真切切地坐在自己面前，那心头的苦楚便再也按捺不住，恨不得可以在男人的怀里，大哭一场。

她终是咬紧了唇瓣，将自己的情绪压了下去，分别七年，他们早已不再是岭南那对贫贱夫妻，而眼前的男人，是高高在上的岭南军统帅，这一切，都将她的心头堵死，让她不敢越雷池半步。

"元帅！"就在此时，便听帐外传来一道焦灼的男声。

"何事？"

"凌家军大军已至沙帮口，突袭我军，前锋将军莫廷御，请求元帅示下！"

袁崇武闻言，眉心顿时紧皱，当即站起身子，一旁的安氏也一道站了起来，声音已带了几分惊恐："相公……"

"你先回去。"袁崇武说完，便大步走了出去。

第十三章

舍身救子

号角声起，厮杀震天，凌家军与岭南军的这一仗，提前而至。

一连数日，袁崇武皆在前线领兵作战，岭南军事先已做了精密的部署，三万精兵，皆用在最需要的地方，其他一些当地民兵，则采用流动战术，与农民军配合默契，分分合合，声东击西，神出鬼没，纵使凌家军兵力上有着绝对的优势，但一时间却被岭南军的流动战术搅得分身乏术，不得不以静制动，驻扎在烨阳以西，两军拉开了持久战。

自开战以来，每一场仗，皆由袁崇武亲自率领，士气大振。然农民兵实力不足，装备落后，向来无法与凌家军正面对战，袁崇武历来所采用的战术，皆是防守为主，最忌讳的便是贸然进攻，深入敌腹。

军营。

姚芸儿正倚着营帐的窗子，向着外面望去。

袁崇武本令孟余将她送往城中，却不料凌家军大军突袭，此事便耽搁了下来，这些日子，她仍旧独自待在营帐里，每日里都有袁崇武的亲兵为她送来食物，汤汤水水，总是应有尽有。可她却还是一日日地消瘦了下去，在得知袁崇武上了战场后，原先的一腔哀怨早已化为满腔担忧，生怕刀枪无眼，会伤着他。

直到帐外传来一阵喧哗，才将她的神智给唤了回来，她微微一怔，刚掀开了帐帘，就听士兵们欢呼声起，而那一道身影，黑甲黑盔，却一马当先，从营口遥遥而来。

姚芸儿远远望着，便知道是他回来了，多日来的惶然，终是在见到他的刹那变得踏实，她再也忍不住，从帐子里走了出来，士兵们在前营呼声震天，迎接着凯旋的主帅，压根儿没有人留意到她。

安氏已领着两个孩子在营口等候多时，待男子翻身下马后，袁杰便面露喜色，迎了过去，唤了声："父亲！"

袁崇武拍了拍儿子的肩膀，不待他说话，就见次子袁宇也走了过来，清澈的眼睛里带着几分怯意，伸出小手攥住了父亲铠甲上的一角，声音里还带着几分奶腔，唤了声："爹爹。"

听着这一声爹爹，男人心头五味纷杂，他俯下身子，粗粝的大手抚上次子稚嫩的小脸，乌黑的眼瞳中，深不见底。

见孩子领口的衣衫并未理好，袁崇武伸出手，为儿子将衣衫抚平，道了句："去你母亲那里。"

袁宇极是不舍，昂着脑袋道："那爹爹日后，还会来陪宇儿吗？"

"等爹爹得了空闲，便来陪你。"袁崇武说着，在孩子的发顶上揉了揉，眼眸则向不远处的安氏看了一眼，终是没有再多说什么，领着身后诸人，匆匆向主帐走去。

岂料刚转过身子，就见姚芸儿孤身一人，正倚在一处不起眼的角落里，向着这边看来。

她一袭淡青色的衣衫，眉目若画，因着许久不曾见过天日的缘故，肤色比起之前更为白皙，身子也更是纤瘦了不少，那窄窄的腰肢不盈一握，唯有一双剪水瞳仁，恍若波光粼粼的湖水，脉脉地望着自己。

两人已是许久未见，袁崇武这些日子忙着战事，只得将对她的牵念压下，此时骤然瞧见她，便觉得压抑在心底的思念从胸腔里叫嚣着，要冲出来一般。让他控制不住地上前，想要将她紧紧箍在怀里。

见他一语不发，惹得一旁的孟余小心翼翼地开口道："元帅……"

袁崇武收回眸光，微微握紧了拳头，终是道了句："明日里，派人将他们全都送出军营。"

说完，男人脚下不停，径自向着主帐走去。

姚芸儿眼睁睁地看着他头也不回地大步离开，她站在原地怔怔地看着他的背影，看着他的身边围着那样多的人，却唯独将她丢在这里。

安氏揽着两个孩子，袁杰自是留意到了姚芸儿，一手指着她，对着母亲道："娘，你瞧，那就是父亲新纳的小妾，姚氏。"

许是被那一声"新纳的小妾"惊住了，姚芸儿转过身子，望着对面的母子三人，安氏面色温和，一手揽着一个儿子，袁杰年少的脸上，却十分阴沉，袁宇则摇了摇母亲的衣袖，问道："娘，什么是小妾？"

不等安氏开口，就见袁杰一记冷笑，轻蔑的目光剐在姚芸儿身上，故意将声音说得极大："小妾就是偏房，永远上不了台面，不仅要侍候夫君，还要侍候正妻，就算死了，牌位也不能入宗庙，更不可以和夫君同葬。"

少年声音清脆，眸心却甚是阴毒，岭南军的诸人皆将他视为少帅，纵使此时听见了，却也并无一人胆敢上前，说上一句。

姚芸儿一张小脸变得惨白，她站在那里，分明是大白天，可却还是觉得四周全是黑暗，浑身上下更是冷得冰凉，她摇了摇头，声音却小得让人听不清楚："我不是妾……"

没有人知道她在说什么。

"小孩子家不懂事，姚夫人不要往心里去。"安氏静静地望着她，声音亦是轻柔，一语言毕，便要领着孩子们离开。

袁杰却道："娘，她不过个妾，这些日子也不曾来向你问安，你何必对她这般和气……"

"住嘴。"安氏呵斥，见母亲发怒，袁杰顿时噤了声，任由母亲拉着自己与弟弟，回到了后营。

姚芸儿依然孤零零地站在那里，也不知站了多久，才有士兵大着胆子，上前道："夫人，要不属下先送您回去，再为您请个军医过来？"

姚芸儿知道自己的脸色定是难看到了极点，她木怔怔地摇了摇头，转过身子，也不知自己是怎样回到的营帐，刚在榻上坐下，泪珠便无声地掉了下来。

她紧紧地环住自己，清瘦的肩头抑制不住地轻颤，一声声犹如血泣，从喉间呜咽出来，她不是妾，她也是男人明媒正娶的妻子啊！

少年方才的话，让她落进了一个深不见底的深渊，想起袁杰阴森的目光，再想起袁崇武冷冰冰的背影，她便觉得不寒而栗，这偌大的一个军营，竟是没有一个可以让她感到踏实的地方，她轻声哽咽着，终是唤了一声："娘……"

她想家，想娘，想清河村，更想自家那座小小的院落，她只愿自己是做了个噩梦，睁开眼睛时，她还是清河村里屠户袁武的小媳妇，三餐一宿，一世安稳地过着自己的小日子……

她的夫君，是清河村的屠户袁武，而不是岭南的统帅袁崇武，一字之差，却是天壤之别。

营帐内，安氏将袁宇交给了营中的士兵，要他们领着孩子出外玩耍，待帐中只剩自己与袁杰时，安氏回眸，一个巴掌，便向着儿子的脸上挥了过去。

"娘？！"袁杰错愕，睁着眼睛一动不动地望着母亲，似是不解母亲为何会打自己。

"跪下。"安氏显是气到了极点，面颊潮红，眉头更是紧紧蹙着。

袁杰捂着脸，终是一声不响地跪了下来。

"你可知娘为何要打你这一巴掌？"安氏竭力让自己的声音平静下来，一字字对着跪在地上的儿子说道。

"孩儿不知。"袁杰长这么大，从不曾挨过母亲的一个手指头，哪怕之前的日子多苦，安氏也总是将他与弟弟捧在手心，就连训斥都是极少，更不用说挨这一耳光，袁杰毕竟年幼，挨了母亲这一巴掌，只觉得羞愤交加。

"母亲与你说过多次，切不可焦躁轻狂，母亲要你隐忍，跟着叔叔、伯伯们好好学本事，不是让你逞一时口舌之快，失了分寸！"

"娘，孩儿如何失了分寸？那女子不过是父亲纳的姬妾，既是姬妾，她就该知晓自己的身份，咱们在军营住了这些日子，从不曾见她来向母亲请安，孩儿如何说不得？"

"你！"安氏心头一恸，便再也站立不住，在椅上坐下，道，"你年纪还小，哪懂其中的关窍，你可知你今日说的这些话，若是传进了你父亲耳里，他会如何看你？"

袁杰却不以为然："父亲知道又能如何？孩儿是父亲的长子，又岂是那一介姨娘可比得的？"

见儿子冥顽不灵，安氏心如刀绞，道："娘与你说过多次，咱们与你父亲分别多年，在他心里恐怕早已没了咱们。宇儿身子不好，而你身为长子，照顾幼弟的担子自是担在你身上，娘护不了你们，往后的路都要靠你们自己走，若等日后你父亲再有别的孩儿，你们若是护不了自己，你让娘怎么放心得下？"

安氏说到这里，只觉得心头酸涩，见儿子依旧跪在那里，一声不吭，那心头又软了，声音也和缓了下来："咱们母子三人，这么多年所受的苦，全拜凌肃所赐，若非凌肃，母亲又岂会落下终身残疾，你弟弟又怎会如此孱弱，你曾立誓要在战场上报仇雪恨，又怎能这般沉不住气？！"

说完，安氏将儿子从地上扶起来，见袁杰的半张小脸已微微红肿，心头便疼惜起来，刚要伸手抚上，不料却被儿子侧身躲开。

"母亲是父亲的结发妻子，又何必如此胆小谨慎，这般下去，咱们母子在岭南军中又有何立足之地？"袁杰终是年轻气盛，压根儿听不进母亲的苦口婆心，一语言毕，便拂袖离去。

安氏追到营帐口，却见袁杰已愤愤然骑上了一匹骏马，转眼间离得远了。

晚间。

袁崇武与诸人商讨完战局，又将近日里军营中积压的军务一一处理好，待将这些做好，这一夜又过去了大半。

他屏退了众人，独自走出主帐，不时有巡夜的士兵见到他，皆轰然出声，唤他元帅。

男人面无表情，慢慢踱到了姚芸儿的帐外，守夜的士兵见到他，顿时上前行礼。

"她近日怎样？"袁崇武声音低沉，姚芸儿是他心底最深的牵挂，无论如何，都割舍不下。

"回元帅，夫人近日……不太好。"士兵斟酌着用词，刚说完，便俯下了身子。

袁崇武闻言，心头顿时一紧，他默默站了许久，终伸出手，将帐帘掀开，走了进去。

姚芸儿睡在榻上，小小的身子微微蜷着，犹如一个稚弱的婴孩，一碰就会碎得不可收拾。

男人看在眼里，无声地上前，将她的小手握在手心，就着月光，见她脸上满是泪痕，那一滴滴泪水，皆打在他的心坎上，他伸出手，刚要抚上她的小脸，眼眸一垂，就见她的领口处露出一小块白皙如玉的肌肤，颈间上挂着一块玉，正是一个"凌"字。

袁崇武望着那一个"凌"字，只觉得心如针扎，他凝视着那块玉，也不知过去了多久，终是缓缓闭上了眼睛，唇角却微微勾起，一抹若有若无的苦笑。而当他睁开眸子，神色已恢复如常，将姚芸儿的小手送进被窝，默默看了她好一会儿，终是俯下身子，将她抱在了怀里。

姚芸儿睡眠极浅，待袁崇武将她抱在怀里后，她便醒了过来。

袁崇武知她醒了，却依旧没有动弹，只是将她扣在自己的胸口，如同从前在清河村那般，一个个深夜，皆是这般将她抱在怀里，方可安然入睡。

姚芸儿静静地倚在他的怀里，他已许久不曾来看过她，此时骤然被他抱在怀里，姚芸儿以为自己身在梦中，隔了好一会儿，方才小心翼翼地伸出手，抚上男人的脸颊。当手指甫一沾上袁崇武的面庞时，姚芸儿的眼泪瞬间滚落了下来。

袁崇武握住她的小手，放在唇边亲了亲，低声道了句："别哭。"

姚芸儿心头酸涩，却又说不出话来，躺在那里将脸蛋垂下，就着月光，她的泪珠挂在眼睫毛上，晶莹剔透的，犹如一颗颗小小的水晶。

袁崇武望着她白皙秀美的脸庞，却是思绪万千，不可抑止。

两人在清河村时的点点滴滴，*丝丝缕缕地缠着他的心*。姚芸儿年纪虽小，却懂事体贴，情愿将所有的好东西全留给他。她十六岁便嫁给了自己，为他流了孩子，伤了身子，纵使她真的是凌肃的女儿，他又岂能对不起她？

他刚抚上姚芸儿的小脸，尘封多年的往事却又汹涌而来。渝州大战，岭南军惨败，他眼睁睁地看着他的同胞兄弟，一个个死在他面前。他们都是他同生共死的兄弟，他们死了，他却活着。他们的妻儿老小，尽数死于凌家军的刀口下，可他的妻儿却还活着。四万条人命，皆因自己的妻儿所起，抑或，是那四万条人命，换来了自己的妻儿。想起那鲜活的四万条人命，袁崇武只觉得心头沉甸甸的，似要喘不过气来。

然而，安氏何辜，她只是一个母亲，那一身血淋淋的伤，更令他痛恨自责，这一切，皆因他而起。

他怀中抱着的女子，是他割舍不下的挚爱，可结发妻子那一身令人触目惊心的伤，往日几万同胞惨死血债，自己当年在临安大战时受的数箭，无一不让他想起她的父亲。

她，是凌肃的女儿！是他的仇人！是他日夜不敢忘，恨不得将其千刀万剐的仇人！

这个人，又怎能是他的心头挚爱？！又怎可以是他心头的挚爱？！

他的发妻因为他，受尽了凌肃的折磨，而他此时，却揽着凌肃的女儿。

袁崇武的面色渐渐变得惨白，合上眸子，双拳却紧紧握着，骨节处发出"咯吱咯吱"的声音来。

姚芸儿见他如此，心头的委屈早已被不安与担忧所取代，她轻轻摇了摇袁崇武的胳膊，漂亮的瞳仁里，满是担心与焦急。

袁崇武睁开眼睛，察觉到她眼底的心疼，心头便是一窒。她在心疼他。在这世间，也只有她，才会用这样的眸子望着自己。

袁崇武轻声一叹，紧了紧她的身子，万种思绪，却只是化为了两个字："芸儿……"

那短短的两个字，却重逾千斤，无奈到了极点。

袁崇武并没有待多久，便从姚芸儿的帐中走了出来，穆文斌已等了那里，看见他，便恭恭敬敬地唤了句："元帅。"

袁崇武点了点头，道："命你明日送夫人进城，路上一定要多加小心。"

"元帅放心，属下即便赴汤蹈火，也会护夫人周全。"

袁崇武沉默片刻，又道："两军交战，胜负难料，若我身有不测，你记住，一定将她送到凌家军中，不容有误。"

穆文斌大惊，道："恕属下愚钝，不知元帅为何如此？"

"你不必问这些，只消记住我的话，若岭南军战败，我定然也不会苟活于世，你只需要将她送到凌家军军营，余下的事，你不用理会。"

穆文斌心思百转，却怎么也猜不出元帅此举究竟是为了何故，然袁崇武心思深沉，他自是不敢擅自揣摩，当下只深深一揖，恭声领命。

"切记，此事只有你一人知晓，万不可泄露出去。"袁崇武叮嘱道，穆文斌向来是岭南军中出了名的闷葫芦，最是不多言多语的性子，更是对袁崇武忠心耿耿，听元帅如此说来，当即开口，只道此事绝不会被他人知晓。

袁崇武淡淡颔首，拍了拍他的肩膀，而后向前营走去。

主帐中，孟余已等在那里，瞧见袁崇武后，立时行下礼去。

"先生不必多礼。"袁崇武虚扶了一把，而后走至主位坐下。

"不知元帅深夜召见，所为何事？"

"明日你将他们母子三人送到秦州，切记一路要隐姓埋名，不可露出行踪。"

孟余一听，顿时一怔，道："元帅，眼下大战在即，属下自认还是留在军中为妥，至于护送夫人与公子，何不派他人前往？"

袁崇武摇了摇头，沉声道："这一仗，委实凶险难料，稍有不慎，就是满盘皆输。袁杰与袁宇年幼，我身为人父，却不曾尽到为父之责，先生博学多才，若我不测，还望先生可悉心栽培，切记不要让他们走上歧路。"

孟余一听这话，心头便是一涩，拱手道："元帅说的哪里话，如今的情形虽说不妙，但岭南军士气高涨，又有元帅亲自领兵，鹿死谁手，还未可知。"

袁崇武便是淡淡一笑，道："话虽如此，但世事难料，凡事还要以防万一。"

孟余既为岭南军中首屈一指的谋士，自是知晓如今日益危殆的战局，纵使袁崇武精于战术，通宵达旦、不眠不休地与诸人商讨战局，然兵力与武器上的不足仍旧是岭南军的死穴，而袁崇武，他只是人，终究不是民间传言的"活菩萨"，此时听他这般说来，便同于交代自己的身后之事，只让孟余忍不住心头酸涩起来。

"元帅，不妨听属下一劝，弃守烨阳，领兵向西南后退……"

"西南有慕家的十万铁骑，为躲凌肃，而退西南，终是免不了一战。"

一听西南慕家，孟余心头便是一凛，大周朝向来有谚，"北凌南慕"，皆是世代将门，凌家一直驻扎北境，威慑大赫，而慕家则是驻守西南边陲，震慑夷狄，这两大武将世家，固守大周基业，上百年来未有一日松懈，皆忠心耿耿，被朝廷倚为肱骨。

慕家祖上乃是大周朝的开国武将，开国时成年男儿尽数战死沙场，立国后皇帝感念其不世功勋，遂立下祖训，大周朝历代皇后皆是由慕家所出，就连当今圣上的一后二妃，也皆是出自慕家。岭南军近些年来皆是在北境与凌家军作战，当年渝州大战时，西南慕家一来路途遥远，难以调兵遣将，二来征讨蛮夷，镇守南境，若非如此，北凌南慕一旦联手，朝廷甚至无须从大赫借兵，便能将岭南军镇压下去。

如袁崇武所说，岭南军若是退守西南，有慕家在，也是讨不了好去，终是难免一战。

帐中沉默片刻，忽听帐外传来一道脚步声，谢长风神色匆匆，未得通传便赶了进来："元帅！"

袁崇武抬眸，见他神情焦急，声音暗哑，便知出了大事，浓眉顿时紧锁，道："出了何事？"

"是大公子，被凌家军的人掳去了！"谢长风话音刚落，就见安氏一脸雪白，神色慌张地冲了进来，刚见到袁崇武，便声泪俱下："相公，快救杰儿！快想想法子，救救杰儿！"

袁崇武眉心一跳，冲着谢长风喝道："究竟是怎么回事？"

不等谢长风说话，安氏脸无人色，颤声道："晌午时，妾身说了杰儿几句，他便骑着马跑了出去，妾身赶紧去求谢将军，谁知道等谢将军带人追出去后，就见杰儿已经被凌家军的人给掳去了！"

安氏全身战栗，话刚说完，便死死捂住嘴巴，泪水一行行地往下掉。

"胡闹！"袁崇武心头火起，念及亲儿安危，再也无暇顾及其他，刚要走出主帐，却见安氏一把拉住了他的胳膊，他回头看了她一眼，道了句："你放心。"

自袁崇武走后，姚芸儿一直没有再睡，而是起身披上了衣衫，未几，就听得帐外号角声响，马蹄声疾，袁崇武连夜点兵，亲自率领一支精兵，闯入了敌方的阵营。安氏立在帐口，眼睁睁地看着男人的身影消失在茫茫夜色中，却是忍不住地潸然泪下。

七年前，在自己母子三人被凌肃掳去后，他也曾如今夜这般，未曾有丝毫犹豫，便率领三千骑兵冲进凌家军，欲将妻儿夺回，无奈却被凌肃围剿，她更是眼睁睁地看着他被凌肃以利箭穿胸而过。七年后，当听闻儿子被敌军俘虏后，他也仍是一如当年，不曾退缩，仍是星夜领兵去救自己的儿子。

安氏又念起多年前在岭南，在她刚生下袁杰时，一直没有奶水，孩子饿得哇哇直哭，不知是听谁说鱼汤发奶，虽是寒冬腊月的天，袁崇武却二话不说，每日里去下水捕鱼，无论日子有多冷，她的一日三餐，必是顿顿都能喝上鲜美的鱼汤。

他从没亏待过他们母子。纵使如今他身边已有新妇，安氏扪心自问，却仍旧无法说出袁崇武一个不字。

安氏的双手紧紧地攥在一起，只觉得喉间发苦，她想起自己可怖的身子，那一身令人作呕的伤疤，她知道自己这一辈子，是再也不能从夫君那里得到一丝垂怜。七年的相思，纵使如今夫妻重逢，又能如何，她早已落下了终身残疾，注定了要眼睁睁地看着自己的夫君去亲近别的女子。

而这一切，却都是拜凌肃所赐！

想起凌肃，安氏只恨得牙根发痒，若不是他用如此卑劣的手段来胁迫自己，她又岂会背叛岭南军，又岂会背负上四万条人命，而她与袁崇武夫妻二人，又怎会落到如今这般田地！

眼下，就连自己的亲儿亦被凌家军掳走，当年那些不堪回首的记忆再一次地闯入脑海，只让安氏恨得双眸血红，恨不得亲手将凌肃碎尸万段，方解心头之恨。

姚芸儿压根儿不知出了何事，只以为有敌军深夜来袭，她担心袁崇武的安危，再也顾不得什么，从帐里匆匆走了出来，守夜的士兵见到她，立时躬下身子，唤了句："夫人。"

"出什么事了？"姚芸儿望向前营，就见深夜中，一切都瞧不清楚，唯有那远去的马蹄声，却依然嘚嘚地响着，极是清晰。

"少帅被敌军掳去，元帅领兵前去营救。"士兵如实回答，话音刚落，姚芸儿的脸色便苍白起来，脱口而出了一句话来："那他会有危险吗？"

士兵一怔，道了句："这……"

姚芸儿心头焦灼，刚想迈出步子去前营看看，可又想起安氏定会守在那里，而那些岭南军的将领又向来不喜自己，脚下的步子便迈不开去，只守在帐外，惶然无措地等着前营的动静。

夜凉如水，寒风吹在身上，冷得刺骨。

姚芸儿轻轻发颤，柔婉纤细的身子在月下恍若一枝青莲，含香摇曳，柔弱可人。一旁的士兵有些不忍，终于大着胆子上前劝道："夫人要不先回帐里歇着，等元帅回来，属下即刻告诉您。"

姚芸儿摇了摇头，一双眸子依旧一眨不眨地凝视着前营的方向，柔肠百转，一颗心仿佛被人紧紧捏着，让她透不过气来。

一直到了天亮，就听一阵马蹄声响，前营顿时喧哗起来，不时有士兵上前，只道元帅受了重伤，速将军医请到主帐。

姚芸儿听得这番动静，闻得袁崇武受了重伤，那本就苍白的脸蛋更是连一丝血色也无，控制不住地迈出步子，那脚步却是踉踉跄跄的，深一脚浅一脚地向着前营奔去。

主帐内。

袁崇武一语不发，唇线紧抿，任由军医将其左腹上的箭头拔出，鲜血顿时涌了出来，上好的白药方才敷上，便被血水冲开，只瞧得诸人脸色大变。

重伤下，袁崇武的面色自是好看不到哪里去，就连嘴唇亦失去了血色，待军医将伤口包好，他抬了抬眼皮，就见袁杰惊恐至极，全身都轻轻地哆嗦着，他在年幼时便曾被敌军抓去过一次，又曾目睹过母亲被敌军百般折磨，他毕竟只有十三岁，此时纵使被父亲救回，却还是受到了极大的惊吓，半晌回不过神来。

察觉到父亲的目光，袁杰身子一颤，这次自己闯下了滔天大罪，敌军的箭雨袭来时，是父亲将他护在身下，生生为他挡了那一箭，此时瞧着袁崇武被鲜血染透的衣衫，他唇角轻颤，却是说不出话来，终是扑通一声，跪了下去。

"爹！"袁杰的眼眶噙满了泪水，扑在袁崇武面前，挥起手便打了自己一巴掌，道，"是孩儿错了，孩儿下次再也不敢了，爹爹原谅孩儿！"

袁崇武望着眼前的儿子，袁杰四岁时，他离家出外征战，待他将安氏母子接到身边时，袁杰已经六岁了，然即使是接到了身边，他也总是在外打仗的多，未过多久，安氏母子便被凌家军掳走，这七年来也吃尽了苦头。对这个儿子，袁崇武不是不愧，此时看着孩子惊恐莫名的一张脸，他没有说话，只是伸出手，将袁杰扶了起来。

"爹爹，孩儿知错了！您饶了孩儿吧！"袁杰见袁崇武面色不定，心头越发发怵不知父亲会如何惩罚自己。

"往后不可再意气用事，记住了吗？"袁崇武终是开口，话音刚落，不待袁杰出声，就见安氏领着袁宇，匆匆赶了过来。

"杰儿！"瞧见爱子毫发无损，安氏顿时松了口气，上前将袁杰一把揽在怀里，一个字还没说出，眼睛里便噙满了泪花。

"娘，爹爹受伤了。"袁宇拉着母亲衣衫，小心翼翼地开口。

安氏闻言，这才察觉到袁崇武脸色苍白，腹上缠着的绷带，早已血迹斑斑。

袁杰也道："母亲，爹爹是为了救孩儿，为了孩儿挡箭，才受的重伤。"

安氏听了这话，见主位上的男子神色坦然，倒是令她说不出什么，又见次子依偎在袁崇武身旁，遂轻轻推了推袁杰的身子，要他与弟弟一块过去。

袁杰对袁崇武本是一直心存敬畏，不敢亲近，可想起在战场时，危急关头父亲竟能够为救自己，连命都不要！

他一直觉得袁崇武不够疼爱自己，可今日亲眼见到父亲从敌军手中冒死救出了自己，那心头也涌来一股孺慕之情，遂与弟弟一道在父亲身边坐下，刚唤了声"爹爹"便哽咽了起来。

袁崇武望着两个儿子，心头却想起自己与姚芸儿的那个孩子，那个与自己无缘的孩子，眸心便是一恸，他可以在敌军中救袁杰千千万万次，可那个他最爱的孩子，他却是再也救不回来了。

当下，男人闭了闭眼眸，只伸出手，将两个儿子揽在怀里。

安氏立于一旁，此情此景，让她说不出话来，微微侧过脸，却蓦然迎上一双秋水般的杏眸。

是姚芸儿。

安氏这才发觉她竟倚在主帐门口，见自己发觉了她，姚芸儿清纯柔美的脸蛋上微微一怔，那双瞳仁却是失魂落魄的，一张白净的瓜子小脸亦是凄凉的，甚至没有多看自己一眼，便匆匆转身离开了主帐。

颇有些落荒而逃的味道。

安氏一动未动，静静地回过身子，当姚芸儿从未来过。

晚间。

姚芸儿收拾好小小的包袱，她并没有多少东西，只有两件换洗的衣裳，她攥着自己的小包袱，眸心亦是空洞洞的，想起主帐中的那一幕，只觉得心如刀割。

他们是一家四口，而自己，却是一个外人。

她或许早已该走了。

姚芸儿擦干泪水，望着夜色，只等夜深人静后，好悄悄上路。

听到身后的声响，她回过头来，就见袁崇武已换了衣衫，走了进来。

"相公。"姚芸儿轻轻开口，这两个字她已是许久没有唤过，当这两个字从嘴巴里唤出来时，从前在清河村时的那些个日日夜夜，点点滴滴又重新浮上了心头，她望着眼前的男人，却怎么也无法将他与自己的夫君融合到一起去。

袁崇武没有说话，只一语不发地上前，将她抱在了怀里。

他的胸膛一如既往地温暖，直到被他重新抱在了怀里，姚芸儿才真真切切地感觉到他还是那个怜惜自己、疼爱自己，将自己捧在手心的屠户袁武。

姚芸儿心头一酸，生怕触碰到他的伤口，轻轻地倚在他的怀里，一动也不敢动。袁崇武半晌没有说话，紧紧地箍着她，直到姚芸儿的小手抚上他腹上的伤口时，他微微一震，松开了她的身子。

"疼吗？"姚芸儿声音轻柔，眼瞳中的疼惜，让人瞧着心碎。

袁崇武摇了摇头，望着女子眼睛里的水光，让他无言以对。

"你都知道了？"袁崇武开口。

姚芸儿点了点头："我听士兵说了，你为了救孩子，受了重伤……"

姚芸儿将自己去了主帐的事隐过不提，想起那一幕，便觉得眼眶酸得疼。

"芸儿，"袁崇武声音低沉，缓缓道了句，"他是我儿子，我必须去救他。"

姚芸儿垂下眸子，袁崇武见她不说话，以为她心头难受，刚要开口，就见姚芸儿抬起小脸，对着他轻声道："你是父亲，救儿子是天经地义，我都明白。"

袁崇武见她神色凄清，一张瓜子小脸瘦得只有巴掌大小，下颚尖尖，肤色更是苍白得厉害。

袁崇武看着，一语不发地将她揽在怀里，他的胡楂早已冒了出来，此时抵在姚芸儿的额前，扎得她微微地痒。

在清河村时，他最爱用自己的胡楂去扎姚芸儿的小脸，每次都将她逗得咯咯直笑，此时回想起往事，姚芸儿心头一酸，几乎要忍不住地落下泪来。

她合上眼睛，伸出小手小心翼翼地避开他的伤口，去环上男人的腰，将自己深深地埋在他的怀里。

"这些日子，委屈你了。"袁崇武说着，粗粝的大手轻抚上姚芸儿的脸庞，轻轻摩挲间，是无尽的爱怜。

姚芸儿摇了摇头，小声道："我在这里吃得好，穿得好，我知道你事情多，我不委屈。"

袁崇武心头一涩，情不自禁地将她揽得更紧。

"相公——"姚芸儿倚在他的胸膛，静静地开口，袁崇武揽着她，只道了个字："嗯？"

"这些日子，我想了很多，也想明白了很多事。"

"是什么？"

姚芸儿从他的怀抱里抽出身子，昂起脑袋望着他的眼睛，咬字极轻："相公，有一件事我从没告诉过你。当初爹娘本来是要将我嫁到云尧镇，去给刘员外做妾的。"

袁崇武眸心暗沉，一语不发，听她说下去。

"我们清河村地方小，从没有人纳过妾，甚至还有很多家贫的汉子，都娶不上媳妇。我也一直觉得，过日子就是一男一女，夫妻两人白头到老。刘员外五十多岁了，当我听说爹娘要把我嫁给他做妾，我很难过，可如果我不嫁给刘员外，小山就要去战场当兵，其实到了后来，我是愿意的，我愿意去给刘员外做妾。"

姚芸儿说到这里，望着眼前魁梧挺拔的男子，眼眶便红了，可唇角却噙出一抹浅浅的梨窝，道："可是后来，相公娶了我，我很感激相公，我想好好对相公，和相公好好地过日子，一辈子就只有我们两个人，我还会给相公生很多孩子……"

姚芸儿想起自己之前失去的那个孩子，泪水终是再也忍不住，从眼眶里落了来，她也不理会，只继续往下说："等来了军营，我才知道相公以前有过妻儿，现在想来，是我太不懂事，相公已年过三十，就算曾有过妻儿，也是最寻常不过的，我一直问自己，我既然愿意给刘员外做妾，我为什么就不愿意给相公做妾呢？"

"芸儿……"袁崇武心如刀绞，唤了一声她的名字，让她不要再说。

姚芸儿望着男人英武的容颜，一张脸蛋犹如雨后梨花，泪珠晶莹透亮，衬着那双眼睛宛如星波，美到了极点。

"相公，你知道为什么吗？"她的唇角噙着笑，望着袁崇武的目光中，却是无尽的爱恋。

"为什么？"袁崇武已隐隐猜出她接下来要说的话，他的声音是沙哑的，带着几分轻颤。

"因为我喜欢相公，"姚芸儿伸出小手，轻轻地抚上男人的面颊，袁崇武这些日子黑瘦了许多，扎着姚芸儿的眼睛，她的手势间是说不出的怜惜与温柔，泪珠却一滴滴地往下掉，"就连爹娘，我都没有那样喜欢过，我是太喜欢相公，所以才会觉得，相公就是我一个人的，娘曾要把二姐嫁给你，我眼睁睁地看着她哭着求我，我都没有答应，金梅是我姐姐，无论她要什么，我都可以给她，可就是相公，我不能给她，因为相公在我心里，比我的命还要重要……"

姚芸儿说到这里，袁崇武觉得再也听不下去，一把将她抱在怀里，他的力气那样大，几乎要将姚芸儿揉碎在自己怀里，他俯下身子，声音喑哑而低沉："别再说了……"

姚芸儿合上眼睛，她不再说话，只将脸蛋紧紧地贴在男人的胸膛上，听着他的心跳，泪水却是越来越紧。

不知何时，袁崇武将她抱到了榻上，两人已许久不曾同眠，此时却如同以前在清河村时，无数个夜晚一般，姚芸儿将脑袋蜷缩在他的怀里，袁崇武则揽着她，将她护在自己的怀里。

他白日里受了重伤，因着失血过多，全身都十分乏力，又兼得这些日子忙得分身乏术，早已累得很了，此时又将姚芸儿揽在怀中，身心便松懈了下来，这一松懈，无穷无尽的倦意袭来，让他抑制不住地，只想沉沉睡去。

"相公……"姚芸儿望着男人的脸色，心头密密麻麻地锐痛，让她透不过气，她喃喃地低语，"我不想离开你。"

袁崇武虽是合着眸子，她这一句话他却还是听见了，当下紧了紧她的身子，低声道："哪儿也不要去，我在哪儿，你就在哪儿。"

姚芸儿身子轻轻地颤着，见袁崇武呼吸均匀，深隽的面容已陷入沉睡，她凝视了他好一会儿，终开口道："相公，你还记得咱们的家吗？"

袁崇武沉沉睡着，对她的话已充耳不闻。

姚芸儿轻轻地从他的怀里坐起身子，将被子为他掖好，望着男人熟睡的面容，只觉得心如刀绞，泪珠又忍不住地从眼眶里落下。

"无论你会不会回家，我都会在家里等你，一直等你，等你打完了仗，你回家看看我，好吗？"

姚芸儿的小手轻轻抚着男人熟睡的面容，泪珠一颗颗地打在他的脸上，他却毫无知觉，姚芸儿哭成了泪人，俯下身子，在夫君的脸颊上落上一吻。

她起身穿好衣裳，将早已收拾好的小包袱取了出来，再也不敢去看袁崇武一眼，悄无声息地离开了营帐。

第十四章

偶遇少将

因着袁崇武今夜留宿的缘故，为了避嫌，帐口的士兵都早已撤了，姚芸儿走出帐外，就见四下里静悄悄的，她趁着夜色，向着前营走去。

未走多远，便遇上了巡夜的士兵，姚芸儿心头一慌，只缩在帐篷的阴影里，不敢动弹，等巡夜的士兵走后，方才迈开步子，向着营口奔去。

巡夜的士兵众多，就听一声："站住！"姚芸儿双腿一软，却也不敢回头，仍旧拼命地往前跑。

身后的士兵迅速追了上来，听到这边的动静，驻扎在前营的官兵也是闻风而来，姚芸儿慌了，蓦然，却是有人一个用力，将她一把拉进了营帐，不待她惊呼出声，嘴巴便被人死死捂住。

是谢长风。

"启禀将军，属下方才见将军营帐周围有人鬼鬼祟祟，不知是否惊扰了将军？"士兵的话音响起，谢长风闻言，道："本将并未见到鬼鬼祟祟之人，全都给本将退下。"

"是，属下告退。"

未几，就听一阵脚步声远去，待帐外安静了下来，谢长风松开了自己的手，打量了姚芸儿一眼，道："夫人这是？"

姚芸儿知晓袁崇武身边的人都不喜欢自己，之前在红梅村时，谢长风待她虽说恭敬有加，却也极冷淡，此时见到他，更让她心头微乱，说不出话来。

"夫人是要走？"谢长风见她不说话，又开口言道。

姚芸儿点了点头，知道凭着自己是走不出这戒备森严的军营的，终鼓起勇气，迎上谢长风的眸子，道了句："还望将军成全。"

谢长风眉心一凛，暗自沉吟片刻，便道："夫人请随我来。"

冷月高悬，晨曦已近。

袁崇武虽身受重伤，可毕竟是行伍出身，天色刚亮，他便醒了过来，下意识地紧了紧胳膊，要将怀中的女子揽得更紧，可不料怀中早已空空如也。

他倏然睁开眼睛，见自己身上的被子盖得严严实实，可姚芸儿却不见了踪影。

"芸儿！"他心下一空，立时掀开被子，刚下床，便扯到了腹中的伤口，疼得他眉心一蹙，却什么也顾不得，向着帐外冲了出去。

夜深了，岭南军大帐里的烛火彻夜不息，距姚芸儿走失已经过去了一天一夜，夏志生与孟余俱熬得两眼通红，听着属下的回报。烨阳城周边就差没被岭南军翻了个底朝天，军营周围更是被掘地三尺，却依旧不见姚芸儿的身影。

袁崇武不顾身上的重伤，亲自领兵前去寻找，他那个样子，已近疯魔，一干人干眼瞧着，竟连劝都不敢劝上一句。

"这军营戒备森严，夫人一介女流之辈，又哪里能跑得出去？"夏志生眉头紧锁，对着孟余道。

孟余想起袁崇武如今的样子，便不寒而栗，咬牙道："无论夫人去了哪，咱们也都要把她给找回来，你瞧元帅为了她急成了什么样子，若寻不回她，元帅还怎么打仗？"

夏志生越发焦灼，沉吟片刻，方才道："依我瞧，夫人这事说来蹊跷，怕是军中有人相助，若非如此，她孤身一人决计跑不出去。"

孟余点了点头，刚要说话，就听帐外传来一阵凌乱的脚步声，接着便是一道高大魁伟的身影走了进来，正是几欲疯魔的袁崇武。

他腹部的伤口早已崩裂，鲜血已涌了出来，将那衣襟染得血红，夏志生刚一瞧见，便眉心一跳，刚欲上前劝个几句，却被男人一手攥住了衣领，脚步几乎悬空，被男人拎在了面前。

"说，是不是你？"袁崇武双目血红，周身都透出一抹森寒之气，那字字暗哑，带着浓浓的戾气。

"元帅……不干老夫的事，老夫……也不知道夫人去了哪……"夏志生的领口被男人紧紧攥着，让他喘不过气来，好不容易吞吞吐吐地将一句话说出，那张老脸已憋得青紫。

"元帅，有话好好说！"孟余瞧着袁崇武的样子，只觉得心头骇然，一个箭步上前抱住了袁崇武的胳膊。

袁崇武松了手，夏志生一连退后了好几步，不住地咳嗽，隔了好一会儿，脸色才慢慢恢复过来。

见袁崇武看向了自己，孟余心头一寒，赶忙道："元帅，此事与属下无关，就算给属下十个胆子，属下也不敢将夫人给藏起来啊！"

"是，你不敢……"袁崇武隔了许久，方才默默念叨了一句，他转过身子，觉得自己头疼欲裂，那眸心亦是乱的，只觉得自己的心被人撕扯着，疼得他几乎要站立不稳，身子微微一晃，一手扶住了桌子，就那样倚在了那里。

孟余与夏志生两人看不见他脸上的表情，都十分担心，见他的伤口仍流着血，夏志生走出帐子，刚要命人将自己的药箱拿来，却见谢长风站在帐外，刚看见他，那神情便是一变。

夏志生瞧着，心头却微微一凛，走到谢长风身旁，压低了嗓子："你是不是知道什么？"

谢长风心绪复杂，却不答反问道："元帅如何了？"

"元帅都快急疯了，找不到夫人，怕是整个岭南军都别想顺当。"夏志生眉头紧锁，想起袁崇武如今的样子，倒也焦心得很。

谢长风微微思索，道："属下倒是觉得，夫人离开了军营，对元帅，对岭南军，都未尝不是一件好事。"

夏志生听了这话，却叹道："原本老夫也如将军这般想，可如今见元帅为了她焦急成这样，才知这位夫人是元帅心尖上的人物，万不可有个三长两短。"

谢长风沉默下去，夏志生双目似电，又对他看了一眼，道："将军若是知道什么，还是赶紧告诉元帅，不然，元帅这般下去，岭南军非出大事不可。"

谢长风半晌无言，隔了良久，方才一咬牙，向着主帐走了进去。

夜色黑得噬人，袁崇武一马当先，腹部的伤口本已被夏志生重新包扎过，可哪里经得住如此的奔波劳碌，策马狂奔不久，那伤口又崩裂开来，鲜红的血又从麻布里冒了出来。

男人脸色惨白，大手紧紧捂住腹部，伤口处疼得剐心，他却恍然不觉，只因身上还有一处，更是撕心裂肺地疼着，一下下地划拉着他的心扉，那疼痛竟似刀割一般，令他不得不将手从腹部拿起，死死抵住自己的心口。

曾经的回忆，如杏下盟约一股脑地涌上心头，外面兵荒马乱，两军交战之际。她孤身一人，又能去哪儿？她或许会回清河村，可她连路都识不得，又要如何回去？

袁崇武眉头紧锁，望着这四周黑漆漆的深夜，更是焦灼万分，五内俱焚。

黎明时分，天刚破晓。

姚芸儿挤在难民中，当日谢长风将她送出军营后，她并未走出多远，便碰上了这一支逃荒的难民，她从未出过门，压根儿不敢一个人上路，只得抱紧了包袱，随着这些难民一道走着，却也不知究竟要去哪儿。

她辨别不出方向，也说不出清河村大致的方位，这些难民也是因岭南军与凌家军交战而无家可归的老百姓，年纪轻轻的壮年男子大多去参了军，剩下的无非是些年老体弱者，姚芸儿打听了许久，却没有一个人知道清河村在哪儿，大多数人甚至连听都没听说过。

她没法子，只得跟着难民走，见她生得美貌，难民中有位好心的婆婆，担心她会招来祸事，遂用泥巴将她那张白皙如玉的小脸全给遮住，放眼望去，姚芸儿混迹在脏兮兮的难民中，倒是一点儿也不显眼，甚至连岭南军的人也全给瞒了过去。

她身子孱弱，脚力极慢，赶了一日的路后，便觉得头晕眼花，累到了极点。

蓦然，却见前面的难民喧哗起来，纷纷跪在地上，举着手中的碗，祈求着军爷给些粮食。

姚芸儿缩在人群里，远远望去，就见那黑压压的士兵中，当先一人身着银盔银甲，胯下一匹宝马通体乌黑，极是神骏，千军万马跟在其身后，帅旗迎风飘扬，正是一个大大的"凌"字。

瞧着那个"凌"字，姚芸儿心底一颤，顿时想起了自己身上的那块玉，而姚老汉临终前的话亦闯进了脑海。

她的亲生爹爹，便是凌家军的人！

她的小手情不自禁地抚上了自己的领口，隔着衣衫将脖子上的那块玉攥在手心，只觉得手心里满是冷汗，不知要如何是好。

她看着凌家军中有将士走了出来，将粮食一一分给了难民，她也分到了几个馒馒。

姚芸儿望着身旁的士兵，嘴唇微微颤动着，刚想出声，可心头却又蓦然想起了袁崇武。

她知道岭南军与凌家军在烨阳厮杀，岭南军的将士死在凌家军手下的不计其数，军中的人一旦提起凌家军，也都是恨得咬牙切齿，巴不得将凌家军的人撕成碎片。

若是她的爹爹真是凌家军的人，那她日后，又有何颜面去见袁崇武？他和她，怕是再也不能在一起了。

姚芸儿想到这里，握着玉佩的手便松了下去，待那银甲将军骑着宝马从她身旁经过时，她慌忙转过了身子，隐身于难民之中，任由凌家军的人越走越远。

官道。

"将军，如今岭南军实力大不如前，咱们若是失去了这次围剿的机会，等日后岭南军壮大起来，再想一举歼灭，可就难了。"参将王智成策马上前，对着那银甲将领言道。

那银甲将领二十五六岁的年纪，甚是年轻，眉宇间虽风尘仆仆，依旧清俊而英气。

闻得属下的话，薛湛道："义父既然命咱们班师回京，想必定是京师出了极大的变故，至于岭南军，也只有等日后腾出手来，再去收拾了。"

王智成思索片刻，道："前不久便听说圣上龙体违和，如今元帅急召咱们回京，倒不知是不是为了梁王……"

薛湛闻言，脸上倒依旧瞧不出什么，道："等到了前方驿站，我先行一步回京，你领着将士们，凡事多加小心。"

王智成知晓元帅曾于数日前传来一封急信，不仅命凌家军速速班师回朝，更命薛湛快马加鞭，紧急回京，当下听薛湛吩咐，便不再多说什么，只拱手称是。

到了晚间，薛湛领了一支精兵，皆换下了戎装，扮作寻常商旅，就着夜色向着京师飞奔而去。

而在京师，梁王与太子间的党政之争却愈演愈烈，太子乃皇后所出，西南慕家外孙，本应顺理成章地继承皇位，然多年来，大周历代皇后皆由慕家所出，既有祖训在此，皇帝又恐外戚干政，便命慕家驻守西南，不得皇帝传召，便永世不得进京，就连朝中六部，也是从不允有慕家之人夹杂其中。

是以西南慕家虽有赫赫军功，朝中并无人脉，太子除有嫡子身份外，却是孤掌难鸣，纵使慕家手握重兵，也是远在西南，远水救不了近火。

梁王则是靖贵妃所出，是为皇帝长子，靖贵妃乃太傅之女，其父在朝中门生众多，六部中盘根错节，势力极广。最为重要的则是靖贵妃母子身后，有凌肃的大力扶持。

凌肃乃当世武将，与慕玉堂同为大周朝的一等军侯，其祖上更是大周朝建国数百年来唯一一位异姓藩王，凌肃本人亦是战功盖世，不必多说，却不知他竟是从何时起，处心积虑地为梁王筹谋，其人虽是武将，平日却时常与言官结交，多年累积，朝中党羽众多。

如今的京师，阴沉得令人心慌，皇帝已多日不上早朝，朝中文武百官分成两派，为着立嫡还是立长之事争论不休。

大雨磅礴。

姚芸儿全然不知自己身处何处。

她与难民一道，蜷缩着身子，四周无遮无挡，连个避雨的地方都没有。

她全身都已被雨水打湿，湿透的身子曼妙尽显，偏生又穿着一件薄薄的白棉裙子，长发尽数披散，脸蛋上的泥土早已被雨水冲刷得干干净净，将那一张白玉般剔透柔润的小脸露了出来，在这样一群衣衫褴褛、面露菜色的难民堆里，简直是美丽不可方物。

她冷得瑟瑟发抖，这年头兵荒马乱的，流寇马贼数不胜数，没走多远，就见一队响马呼啸而来，瞧着这一队难民，许是知道没油水可捞，又见那些女子非老即丑的，倒也不曾为难。

姚芸儿见到这些响马，红梅村噩梦一般的情景又闯进了脑海，她吓得脸色雪白，钻进了一片密林，她拼命跑着，只听得风在耳旁簌簌响，也不知自己究竟跑了多久，甚至连鞋子都跑没了，整个人方才虚脱在那里。

大雨依旧下着。四下里空无一人，姚芸儿抱紧了自己，脸上早已分不清是雨水还是泪水，天色一分分地暗了下来，她终是站起身子，拿起自己的包袱，环顾四周，却再也找不回自己来时的路，只得在密林里乱转，整个人又冷又饿，几欲昏倒。

一直到了晚间，她方才走出了林子，身上早已没了力气，只瘫在路边喘着气。

就着月光，就见前面有一摊摊黑影，隔得远，压根儿看不清是什么。姚芸儿歇息了好一会儿，方才站起身子，等走近了一瞧，却骇得她惊叫出声。

哪是什么黑影，分明是一具具尸体，横七竖八地在那里，在月色下显得凄惨而瘆人，周围的血腥气更是让人闻之欲呕。

姚芸儿吓坏了，压根儿分不出东南西北，紧紧抱着怀中的包袱，刚要跑开，脚踝处却被人一手攥住，眼见着身子不稳，摔在了地上。

姚芸儿回眸，就见攥住她脚踝的人一身的血，月色下，那一张脸极为年轻，眉宇间甚是清俊，好似在哪里见过。

姚芸儿回过神来，只觉得心口怦怦直跳，她俯下身子，就见那人合上了眼睛，姚芸儿伸出小手，去探他的鼻息，他还活着！

姚芸儿摇了摇那人的身子，因着冷，声音都在打战："你快醒醒……"

那人一动不动。

姚芸儿望着四周的尸首，恨不得远远逃开，可却怎么也狠不下心不顾这人的死活。当下她抬起眸子向着周边看了看，就见不远处的山脚下有一个凹洞，约莫能躺下一个人来。她攥起那人的衣衫，吃力地往凹洞处移去。刚下过雨，路面十分湿滑，这倒是帮了她大忙，不然凭着她那点力气，无论如何都拖不动一个男人。

纵使如此，等她将那男子移到凹洞后，也累得头晕眼花，全身再无丁点力气，刚要站起身子，双腿便一软，竟倒在了那男子的胸口。

就听那男人一声闷哼，姚芸儿惊觉他胸膛上有伤，赶忙吃力地支起身子，那男子微微睁开眸子，道了句："我怀中有药……"这一语刚落，又昏睡了过去。

姚芸儿听得清楚，就着月光，见他浑身都是血，再也顾不得什么，赶忙伸出小手，果然在男人的怀里摸到一个瓷瓶，刚打开瓶口，便闻到一股药味。

她从未给人治过伤，此时只觉得无从下手，又见他伤口极深，还在不断地往外冒着鲜血，当即一咬牙，将那瓷瓶里的药向着他的伤口撒去。那白色的粉末不知是何药材制成，敷上后未过多久，伤口处的血便流得少了，姚芸儿瞧在眼里，只觉得心头一喜，将剩余的药粉又撒了些许上去，而后从自己的包袱里取出一件衣裳，撕成布条，为男人将伤口包上。

做好这一切，姚芸儿已精疲力竭，倚在洞口歇息，那雨势已小了下来，不时有雨丝打在她的身上，冷得人发颤。她蜷缩在那里，已困得睁不开眼睛，可瞅着那一地的尸首，却还是打心眼里害怕，无论如何都睡不着。

到了半夜，那重伤的男子发起了烧，额头烫得骇人，姚芸儿没法子，只得将布条蘸上雨水，搭在他的额上，如此反复，这一夜，便这样过来了。

天明时，姚芸儿见他伤口处的布条已被血水浸湿，遂小心翼翼地为他重新换了一次药，又用干净的布条将伤口包上，而后姚芸儿伸出小手，抚上男人的前额，发觉已不复昨夜那般滚烫，心头便微微一松，踏实了不少。

昨晚天色暗，一直没有瞧清男人的长相，此时天明，姚芸儿这才看清男子的容貌。

他二十五六岁的年纪，剑眉星目，鼻梁高挺，纵使受了重伤，脸色苍白，却仍然显得英俊凌人。

而这种俊美又和那些文弱书生是那般不同，他的俊美是极富阳刚之气的，虽是一身寻常打扮，可总有一股无以言说的气势，从他身上不断地散发出来。

姚芸儿不承想自己出手相救的，竟会是这般英俊的后生，当下脸庞便发烫起来，她已嫁为人妇，如今与一个男子处于荒郊野岭，已是不妥，虽然她的本意是为了救人，可心里终究还是有些不踏实。

她收拾好包袱，刚要起身离开，回眸瞧着那男子依旧昏昏沉沉地睡着，那脚步便再也迈不出去了。若是等她走后，这男子再次发起了高烧，又要如何是好？再说既是救人，又哪有救了一半便撒手不管的道理？

姚芸儿这样想着，便又走了回来，没过多久，就听那男人干裂的嘴唇微微颤动，道出了一个字来：“水……”

姚芸儿听着，遂走出凹洞，回来时手中捧着树叶，将叶子上的水珠一一顺着男人的唇瓣，喂了进去。

清凉的雨水入喉，顿觉清甜甘洌，那男子睁开眸子，就见眼前一张瓜子小脸，肤如凝脂，眉眼如画，望着自己时，那一双瞳仁纯澈似水，满含善意的关切。见自己睁开眼睛，她微微一怔，脸颊顿时浮上一抹红晕，便好似在白玉上染了一层胭脂，娇羞温婉。

此情此景，宛若梦中，那男子只觉心口一窒，便怔在了那里。

姚芸儿喂着他喝下雨珠，也不敢抬眸看他，所幸那男子并未醒来多久，又是沉沉睡去。

姚芸儿瞧着，松了口气。这一松懈，便觉得腹中饥肠辘辘，这才想起自己已许久都不曾吃过东西了。

她的包袱里还有几块馒头，正是凌家军分给她的，她将馒头取出，只觉得硬邦邦的，难以下咽，刚咬了几口，便吃不下了。

到了午间，姚芸儿瞧着那男子脸色惨白，遂伸出手去探了探他的鼻息，发觉他呼吸平稳，这才放下心来。

一直到了傍晚，那男子方才醒来。

姚芸儿见他醒来，心底遂松了口气，看着他因失血过多，就连唇瓣上都毫无血色，便取过一个馒头，轻声道："你是不是饿了？"

那男子一动不动，一双黑眸一眨不眨地看着她，姚芸儿有些慌乱，撕下一小块馒头，递到男子的唇边，道："你流了太多的血，吃点东西吧。"

那男子张开嘴，将馒头吃进了嘴里，馒头极硬，男子重伤下几乎无力咀嚼，姚芸儿瞧在眼里，便轻声说了句："你等等。"

她寻来一块石头，将馒头砸成了碎块，而后夹杂着雨水，在手心里捏成了糊糊，取出一小团，递到了男子唇边。

那男子依旧不说话，笔直地望着她的眼睛，姚芸儿只觉得他的目光黑亮逼人，竟让她不敢和他对视，只得低着头，一心喂他将糊糊吃下。

待男子再次昏睡过去，姚芸儿轻手轻脚地将他伤口处的布条解开，见那血已止住了，唇角不由自主便噙起一抹梨窝，重新换了布条，为他将伤口包好。

她丝毫没有发觉，那男子已睁开了眼睛，望着她的眼瞳中，深不见底。

翌日一早，姚芸儿捧回来树叶，却见凹洞里没有了男人的身影。

她一惊，走出凹洞，就见那堆尸首中央，竟站着一抹颀长的身影，正是那个被她所救的男子。她看着他将那些尸首连成一排，重伤下，自是十分吃力，姚芸儿瞧着，想上前帮忙，可终究没有那个胆量，只站在洞口，看着他矗立在那里，默默地站了许久。

薛湛望着眼前惨死的同胞，双拳抑制不住地攥成一团。他奉凌肃之命，率领一支精兵连夜启程，为掩人耳目，绕道而行，为的便是尽快赶回京城。岂料途中竟遇人埋伏，身边亲兵尽数战死，就连他自己也身受重伤，所幸诸人上路时皆身穿相同服饰，倒是没人认出他的身份，不然，即便他不死，也非让人多砍上几刀不可。

薛湛双眸暗沉，心头略微思索，如今圣上龙体欠安，怕已回大无力，义父既急召他回京，定是朝中的形势有变，薛湛心头有数，义父力保梁王，必要之时，即使发动军变，也在所不惜。

而太子背后的势力，则是西南慕家，慕家不得奉召，永世不能入京，既如此，便只能在路上动手脚。

薛湛想起当日的情形，埋伏在此处的不下数千余人，且训练有素，个个精于骑射，作战亦是凶悍勇猛，这样的人马，除了西南慕家，不做他想。而为何慕家的人能对自己的行军路线了如指掌，事先埋伏于此，薛湛眼眸微眯，心知军中定是有了奸细。

他深吸了口气，方才牵动了伤口，让他面色惨白，回过头，便见洞口处站着一个女子，肌肤胜雪，眉目宛然，正悄生生地看着自己。

见那男子向着自己走来，姚芸儿有些惶然，将包袱攥在手里，心头却惴惴不安。

薛湛望着眼前的女子，见她那双黑白分明的眼瞳里闪烁着隐隐的惧意，刚要开口，却听闻一阵马蹄声向着这边飞驰而来。当下薛湛的脸色即是一变，按住胸前的伤口，走回凹洞后，一语不发便将姚芸儿揽在怀里，趴了下来。

姚芸儿惊恐更甚，不等她出声，嘴巴已被男人的大手紧紧捂住，在她的耳旁低语道："有人来了，别出声。"

话音刚落，姚芸儿便听见那一阵马蹄声由远及近，粗粗听下去，怕不下数百人。她想起前几日遇到的那些响马，脸色顿时变得惨白，就连身子也抑制不住地轻颤。

一旁的男子察觉，遂俯下身，对着她轻声说了句："有我在，别怕。"

他的声音极低，却甚是有力，姚芸儿一怔，刚抬起眼睛，便对上了男人的黑眸，他的眼睛黑如曜石，让姚芸儿不敢再看。

"咦，穆将军，这里怎会有这些尸首？"

就听洞外蓦然传来一道男声，薛湛听在耳里，心头却是一沉，抬眸向外望去。

姚芸儿闻得"穆将军"三个字，心口便怦怦直跳，只不知道这位"穆将军"会不会是"穆文斌"，若真是他，那袁崇武，是不是也在这里……

"这年头兵荒马乱的，看到这些尸首有何稀奇，咱们还是打起精神，赶快找到夫人才要紧。"穆文斌眉头一皱，眸光只淡淡地在地上的尸首上划过。

"将军说得极是，夫人走失了这些天，元帅只差没在烨阳周边翻了个窟窿出来，倒真不知这夫人究竟去了哪儿。"

"可不是，幸好如今凌家军已经班师回京，不然元帅这般疯魔下去，还怎么打仗。"

穆文斌闻言，脸色顿时沉了下来，喝道："元帅的家务事，又岂是你们说得的？"

那些士兵见将军发火，皆是一个激灵，再也不敢多嘴。

穆文斌掉过马头，刚要赶路，眼角一扫，却见那一地的尸首中，有一人甚是眼熟。

当下，男人心头一凛，迅速地翻身下马，向着尸首走去。

"将军？"见自家将军下马，诸人无不惊诧，亦从马背上纷纷而下，赶到穆文斌身边。

待走近后，看清那些人的长相，不知是谁率先出声，喝了句："将军，这些好像是凌家军的人！"

穆文斌脸如寒霜，伸出手去探那些人身上的伤，隔了半晌，方才道："不错，这些是凌家军的精兵。"

身后诸人闻言无不哗然，穆文斌眼眸在那些尸首上细细扫过，道："大家快些找找，看薛湛那厮，是不是也在这里？"

一听"薛湛"二字，众人顿时来了精神，一一抽出身上的佩刀，向着地上的尸首翻去，两军交战已久，彼此间血海深仇，趁着寻尸的工夫，乱砍乱翻者大有人在。

薛湛双眸阴沉，不声不响地将这一切尽收眼底，就连那手指亦狠狠地攥成一团，轻轻发颤。

"将军，没瞧见薛湛那厮。"直到将地上的尸首翻得横七竖八，诸人方才回禀。

穆文斌微微颔首，道："想必那厮定是侥幸逃过了一劫，咱们莫要耽误了正事，还是打探夫人的下落要紧。"

岂料岭南军士兵却不曾动弹，一一站在那里，对着穆文斌道："将军，这些凌家军的狗杂碎，死后能得个全尸也忒便宜了他们，不如先让弟兄们料理完了，再找夫人不迟。"

两军多年大战，岭南军妻儿老小死于凌家军之手的成千上万，对凌家军的人无不恨到了极点，恨不得吃其血肉，是以穆文斌闻言后，面色亦是淡然的，点了点头，道了句："那就尽快。"

语毕便翻身上了马。

得到主将的首肯，士兵们望着那一地的尸首，几乎连眼睛都变成了红色，一一举起砍刀，对着那些凌家军的精兵挥了过去，务必要令其身首异处。

姚芸儿压根儿不知发生了什么，不等她瞧见那血腥的一幕，身旁的男子遂一把遮住了她的眼睛，将她的脑袋按了下去。

姚芸儿不敢动弹，更不敢大声喊叫，只轻轻伸出手，想将男子的手从自己眼睛上拨开。

"别看。"男人的声音响起，沙哑而暗沉，带着蚀骨的隐忍，那两个字，便好似从牙缝里挤出来的一般。

薛湛眼睁睁地看着岭南军的人将手中的大刀砍向同胞的尸首，看着他们将自己的兄弟分成数块，看着他们将凌家军的人头砍割下，踢来踢去……

他怒到了极点，亦是恨到了极点，整个身子都紧绷着，眼瞳中几欲沁血。

两军之仇，不共戴天！

穆文斌骑在马上，看着自己一众属下对着敌军的尸首做出这般残忍之事，他却并无阻止之意，凌家军所犯恶行罄竹难书，就连他自己的父母与妹子，亦是在七年前那一场大战中被凌家军的人掳去，待他找到他们时，亦是死无全尸！

不知过去了多久，穆文斌开口道："够了！"

闻得主将出声，岭南军的人遂停了下来，临去前，不知是谁放了一把大火，将那些残肢断骸一起烧了，火光冲天。

听得马蹄声远去，薛湛从洞口站起身子，他的脸色雪白，豆大的汗珠不断地从他的脸颊上往下滚落，姚芸儿睁开眸子，就见他胸前一片血红，显是方才伤口崩裂，可瞧着他的脸色，却骇得连一个字也不敢多说。

她看着他一步步地向着那大火处走去，他的背影颀长而挺拔，宛如松柏，却透出浓浓的一股煞气，让人害怕，不敢接近。

待那火势渐小，就见那男子手捧黄土，拜了三拜。而后便转过了身子，不知怎的将手放进嘴中，一记响亮的哨音响起，未过多久，便见一匹通体乌黑的骏马不知从何处飞奔而来。那马极是神骏，姚芸儿原本只看见一个黑点，不过眨眼间，那马便奔到了眼前。

薛湛伸出手，在骏马的身上轻轻一拍，继而一个用力，便飞身上了马背。虽是大伤在身，身形却依旧俊朗利落。

策马走至姚芸儿身边时，瞧着她一眨不眨地看着自己，薛湛大手一个用力，便将姚芸儿抱了上来。

姚芸儿大惊失色，回眸道："快放我下去！我不要骑马！"

见男子不为所动，姚芸儿焦急起来，又道："快放了我，我还要赶路！"

见她十分害怕的样子，薛湛让那宝马放慢了脚力，望着眼前的小人，道了句："你是我的救命恩人，我自是不能放了你。"

姚芸儿听了这话，便蒙了，语无伦次起来："我救你，只是见你受了伤，我从没想过要你报答，你快放了我吧，我真的要赶路……"

许是见她快要急哭了，薛湛终是言道："你要去哪儿？"

姚芸儿见他这般相问，便老老实实地回答："我要去清河村。"

"清河村？"薛湛听得这三个字，剑眉微微一皱，见姚芸儿一张小脸清纯温婉，恍如月下梨花，双眸中带着几分期冀与忐忑地看着自己，遂道，"你家住在那里？"

姚芸儿点了点头，嗫嚅了好一会儿，方才小声地开口道："你知道清河村该怎么走吗？"

薛湛自是不知道清河村在哪儿，见她低眉垂眸地坐在那里，瓷白的小脸细腻柔润，乌黑的睫毛轻轻抖动着，既是惊慌，又是赧然。

他终是收回眸光，道了句："我送你去。"

姚芸儿听了这话，赶忙道："不，你告诉我该怎么走，我自己回去。"

"怎么？"

"我是有夫君的，若让人瞧见我同你在一起，可就说不清了。"姚芸儿与他共乘一骑，自是离得十分近，甚至连彼此的呼吸都清晰可闻，那脸颊便不由自主地发烫，又道，"你快让马停下，放我下去！"

薛湛见姚芸儿身姿纤瘦，脸庞纯稚，怎么也不像嫁过人的，对她的话也不以为意，只淡淡道："别乱动，当心摔着。"

话音刚落，正巧身下的骏马跨过一截木桩，那瞬间的颠簸令姚芸儿身子不稳，吓得她"啊"的一声，小手不由自主地抓住了薛湛的胳膊。

薛湛见状，一记浅笑，双腿一夹马腹，骏马犹如离弦的弓箭般，转瞬离得远了。

第十五章

十七年前

京城，皇宫，夜。

靖贵妃从元仪殿走出时，永娘已是在一旁候着，主仆俩对视一眼，靖贵妃心中有数，心跳便快了起来，面上却依旧是波澜不惊，带着几分哀切。

"圣上龙体欠安，为本宫摆驾慈安殿，本宫要为圣上祈福。"女子的声音十分轻柔，却透出隐隐的悲伤，诸人闻言，皆匍匐于地，恭声领命。

转过弯，永娘服侍着靖贵妃上了凤辇，待辇中只有主仆两人时，靖贵妃紧绷的神情一松，对着永娘颤声道："他……他来了吗？"

"小姐放心，侯爷已经在慈安殿里等候多时了。"永娘当年乃是靖贵妃的陪嫁丫鬟，多年来主仆两人在深宫中相依为命，对主子的称呼一直不曾改变。

听了这话，靖贵妃的心头便踏实了下来，许是见她脸色苍白，永娘道："小姐，是不是皇帝的身子，不大好？"

靖贵妃闻言，轻轻"嗯"了一声，道："他的身子早已被酒色侵蚀，又盲目服用那些术士的丹药，我方才问了张太医，说他的身子已经是强弩之末，怕是撑不了几日了。"

听了这话，永娘心头却说不出是何滋味，主仆俩沉默良久，永娘方道："过了这么多年，小姐还恨皇上？"

靖贵妃心头一颤，一双白皙如玉的双手却抑制不住地握紧，一字字道："恨，怎能不恨，若不是当年他强逼我进宫，我与肃哥早已厮守在一起，又怎能过了这么多年人不人鬼不鬼的日子？"

靖贵妃说来，便银牙紧咬，眼睛却蓦然一红，又说了句："还有我那苦命的孩儿，这么多年来，都寻不到她一点儿消息，甚至连如今她是死是活，我都不知道……"

靖贵妃想起那个孩子，便觉得心口剧痛，隐忍许久的泪水，终是从眼眶中落了下来。

靖贵妃闺名徐靖，乃是当朝太傅的独生女儿，十三岁时便已名满京师，被誉为京城第一美人。同年，凌家上门求亲，徐太傅欣然应允，将掌上明珠许配给凌家军中的少帅凌肃。

这一段姻缘在京城自是被传为佳话，自古美人名将，千古风流，只等徐靖年满十五，及笄后便嫁到凌家。

而这一门文武重臣结为姻亲的婚事，也被当朝文官大加赞誉，甚至吟诗作赋，留下不少名章。至于那一对小儿女，更是郎才女貌，凌肃年长徐靖十岁，又常年征战，得了徐靖这般柔美娇小的大家闺秀，哪有不疼的道理，在与徐靖定亲后，甚至连出外征战时，稍有空闲，凌肃心头亦是会浮起未婚妻娇美羞赧的面容，心里只盼着她快快长大，早日及笄，好将她娶回家门。

徐靖自幼便已听闻凌肃的名头，知他是少年英雄，闺阁里的小姐就连想起来都心跳不已。

然，就在徐靖及笄的那一年，与凌肃的婚期不过还剩下三月有余，恰逢元宵佳节，因着是出嫁前的最后一个上元节，遂禀过父母，领了永娘一道出府，去赏花灯。岂料便是在那一夜，竟偶遇微服出巡的少年天子。

花灯下的少女着一袭鹅黄衣衫，肤色莹白胜雪，两弯柳叶淡眉，一双剪水美瞳，不食人间烟火的美丽让天子惊鸿一瞥，再也难以忘怀。

回宫后，皇帝不顾朝臣反对，亦不顾京师坊间流言，用尽了心思，使尽手段，硬是将徐靖抢进了宫，地位仅次于皇后，封为贵妃。纵使被人说为昏君，亦在所不惜。

翌年，徐靖为皇帝诞下了皇长子，便是如今的梁王泰。而凌肃，至今已是天命之年，却一生不曾娶妻。膝下无儿无女，遂将一手养大的同胞遗孤薛湛，认为义子。一代枭雄，寂寥如此。

永娘想起往事，也心口酸涩，握住了靖贵妃的手，哽咽道："小姐，小小姐吉人自有天相，若是有缘，你们母女此生定是会再相见的。"

想起十七年前的往事，靖贵妃心如刀割，刚将眼泪压下，凤辇便已赶到了慈安殿。

永娘搀扶着靖贵妃下了辇，主仆俩一道向着殿堂走去，靖贵妃走进了大殿，永娘则在外面与诸人一道候着。

幽深的大殿散发着蚀骨的寒意，靖贵妃走了几步，却没有看见男人的身影，她的身子微微哆嗦着，一声"肃哥"还未从唇中唤出，整个人便被男人抱在了怀里。

这么多年来，两人见面的次数少之又少，凌肃常年驻守边疆，三年五载，才会回京一次，两人仅有的几次相见，身旁皆是隔了无数的人。凌肃望着她身着繁复的宫装，戴着满头的珠翠，胭脂水粉将她的脸蛋勾勒得看不出丝毫瑕疵，在宫人的环绕间，一举手，一投足，都是十足的严谨守礼，天家风范尽显。而他，只得离她远远地站着，道一声："娘娘……"

他知她在宫中步履维艰，亦知自己与她曾有婚约，宫中人心险恶，空穴来风的流言蜚语便能中伤她，将她推到万劫不复的境地去。是以他每次与她最多不过说上三句话，便会匆匆告退。唯有一颗心，却是千疮百孔。

她早已不是当年那个衣着青色罗裙，一支玉簪将黑发绾住，一笑间露出两个梨窝，柔柔地唤他肃哥哥的女子。他几乎想伸手抓住那个影子，却总是徒劳无功。贵妃，站在他的面前，她是那么高高在上。可在他心底，她却依旧还是当年那个豆蔻年华的少女，至老至死，永志不忘。

"肃哥……"徐靖将身子埋在凌肃的怀里，一语刚毕，泪珠便"唰"地落了下来，怎么也止不住。

隔了这么多年，她的身子依旧柔软得不可思议，凌肃心知眼前情况紧迫，紧了紧她的身子，便将她从怀中松开，嘱咐道："靖儿，你听我说，皇帝的身子怕是撑不过三日，我已打点好一切，朝中六部也全都安置妥当，到了那一日，你只消记得一点，千万不可自乱阵脚，慕家远在西南，没有传召，不得进城奔丧，必要之时。"说到这里，凌肃眼眸一沉，一字字道："即使发动宫变，也在所不惜。"

念起他为自己母子所做的一切，靖贵妃的心头愈是酸痛难忍，昂起脑袋，望着眼前的男子，许是常年征战，又许是心牵徐靖与那苦命的孩子，凌肃不过五十余岁，却华发早生，脸庞上亦是皱纹沟壑，可挺拔的身躯依旧，黑眸锐利如刃，气势丝毫不减当年。

"泰儿非你亲子，你这样做，值得吗？"徐靖泪眼蒙眬，问出了多年藏在心中的话，当年她被皇帝强掳进宫，未几，便被年轻的天子强要了身子，不久后便怀了孩子，正是梁王泰。

凌肃凝视着眼前的女子，粗粝不堪的大手缓缓抚上靖贵妃白净的脸庞，低着声音，道出了一句：“他是你儿子。”

徐靖的眼泪扑簌扑簌地落了下来。

“若咱们的孩儿还在，该有多好……”她终是说出了自己的心里话，那个孩子占着两人心中最为柔软，也是最为痛苦的一处地方，此时听徐靖提起那个孩子，凌肃心头一滞，亦是心如刀绞。

“启禀娘娘！”不待二人继续说话，蓦然便听永娘的声音自殿外传来。

“圣上醒了，要见娘娘。”

闻言，徐靖一惊，凌肃已为她将泪水拭去，低声道：“去吧，不用怕，元仪殿中全是咱们的人。”

徐靖点了点头，如水般的眸光划过凌肃的面容，终是一咬牙，转身走出了慈安殿。

望着她远去的背影，男人的身影仍一动未动地站在那里，唯有眼底，渐渐浮上一抹苦涩。

元仪殿。

靖贵妃走进宫殿时，一屋子的人便朝着她跪了下去，她面无表情，唯有眼睛却微微红肿，平添了几丝哀伤，似是对皇帝的龙体忧心忡忡。

“娘娘，皇上将奴才们全赶了出来，自个儿在后殿候着您呢。”高公公躬身上前，尖细的嗓子压得极低，对着靖贵妃道。

靖贵妃淡淡颔首，宫装轻移，向着后殿走去。

龙榻，一袭明黄寝衣的男子脸色蜡黄，听到女子的脚步声，男子睁开眼睛，微微一笑，道了句：“你来了。”

靖贵妃垂下眼帘，对着他依旧恭恭敬敬地行了一礼，语调不疾不徐，滴水不漏：“臣妾参见皇上。”

男子一记苦笑，道：“这么多年，我在你面前从未自称过朕，唯有你，一心要与我生分至此。”

靖贵妃站起了身子，脸上依旧是安安静静的神色，只垂首不语。

皇帝早已见惯了她这般清淡的样子，他凝视她良久，终是一叹道：“你还是恨我。”

“臣妾不敢。”女子的声音听在耳里，虽是轻柔，却不带丝毫情义。

皇帝收回眸光，吃力地抬起自己的手，对着靖贵妃的方向伸出，喉咙里吐出了两个字："过来。"

靖贵妃一步步地向他走近，在距龙榻三步之遥的地方，稳稳地站住了。

皇帝自龙床的暗格中，取出一卷圣旨，颤抖着手，递到了她面前。

靖贵妃美眸中浮起一抹疑惑，将那卷明黄色的圣旨自皇帝手中接过，待她看完圣旨中的字迹后，整个人便愣在了那里。

皇帝唇角微勾，声音仿佛从很远的地方飘来一般，轻飘飘的："泰儿刚出生时，我便对你许诺，要将我的龙椅传给咱们的儿子，只是，你从没信过。"

靖贵妃握着圣旨的手，已抑制不住地轻颤。

皇帝躺在那里，气若游丝，每一个字声音虽小，却依旧清晰："你宁愿相信凌肃，也不愿相信我会将皇位传给泰儿，这么多年来，我早已倦了，却还是放不下你们母子。"

说到这里，男子枯槁憔悴的脸上，逐渐浮起一记苦笑，犹记当年，他是风流倜傥的少年天子，鲜衣怒马，挥斥方遒，是何等的意气风发。那一年的上元节，在京城的花灯会上，他一袭青衫，磊落潇洒，却偏偏对她一见钟情，再见倾心，不惜背负昏君的名头，也要将她占为己有，如此想来，竟是全都错了。

靖贵妃听他提起凌肃，苍白的脸颊上顿时生出一抹红晕，虽已是徐娘半老，可那刹那间的赧然慌乱，却宛如二八少女，扎着皇帝的眼。

皇帝合上眸子，继续道："你与凌肃之间的事，我早已洞悉，就连你十七年前生下的那一个孩子，我也是一清二楚。"

靖贵妃在闻得这句话后，脸蛋"唰"的一下变得毫无血色，她倏然抬起头来，紧紧地盯着床上的男子，一连声的"你……你……"从颤抖的红唇中吟出，却说不出旁的话来。

"你当年推托身子不适，请旨移至偏殿休养，实则是怀了身孕，怕被宫人察觉，"皇帝说到这里，清瘦的面容浮起一丝苦涩，淡淡道，"你自以为可以瞒天过海，甘冒大险，也要为凌肃生下那一个孩子，等孩子出生，你让你的心腹嬷嬷连夜将孩子放在食篮里偷送出宫，这一切，我都晓得。"

靖贵妃脸色雪白，三魂去了两魂，她不敢置信地看着眼前的男子，似是这么多年来，第一次认识他一般。

"你既然已知道，又为什么会放过我？"她的声音沙哑到了极点，整个身子都抑制不住地哆嗦。

皇帝的眼底闪过一抹痛楚，他一记浅笑，却不曾开口。

"是你！"蓦然有一道灵光在脑海闪过，靖贵妃声音都变了，嘶声道，"是你下的手！我的孩子！是你……"

皇帝这才道："不错，是我下令让人除去了那个孽种。这些年来，凌肃千方百计地寻找那个孩子，却不知那个孽种，早在十七年前便死了。"

靖贵妃闻言，顿觉眼前一黑，身子软软地倒了下去。

皇帝的声音已犹如风箱一般，呼哧呼哧地响，可那些话却依旧源源不断地传到靖贵妃的耳里："这些年来，凌肃为了力保你们母子，东征西讨，为我守护这大周基业，他却不知道，他的亲儿早已命丧我手……"

皇帝的声音已是沙哑难闻，喉间更是传出一阵阵的"嗬嗬"声，在这阴森的后殿里，更显得瘆人可怖。

"别再说了！"靖贵妃声音嘶哑，整个身子都瑟瑟发抖，她的牙齿打着轻战，眸中又恨又痛，凄苦到了极点。

皇帝说了这么多话，早已体力透支得厉害，他躺在那里喘着粗气，隔了许久，方才道："待我走后，你去告诉凌肃，要他，一定要当心慕家……"

听到"慕家"，靖贵妃心神一凛，从方才那抹痛不可抑中回过了神来，慕家镇守南境，手握重兵，当年南疆夷狄侵犯，慕家按兵不动，逼得皇帝将慕皇后所出的皇子立成太子，这才率兵将夷狄驱逐出境，此事被皇帝视为奇耻大辱，对慕家的掣肘，亦是从立太子后，变本加厉起来。

"泰儿继位，慕家定会不甘，你告诉凌肃，要他一面以皇后与太子去牵制慕家，另一面则以安抚为主，为泰儿求娶慕家的女儿为后。此外，便要他尽快将岭南军镇压下去，若等慕家与岭南军联手，泰儿的江山，便再也坐不稳了。"

皇帝说到这里，对着靖贵妃看了一眼，道："你听明白了吗？"

靖贵妃心口发寒，听了这一番话后，脸色亦苍白了起来，她没有说话，只点了点头。

皇帝终放下心来，眼瞳深深地望着她，眸心渐渐地浮起一丝温柔，他张了张嘴，最后唤出了两个字，亦是刻于他心头一生的名字："靖儿……"

靖贵妃没有回答，等了许久，却仍不见皇帝开口，这才轻轻抬眸，对着榻上的人望去。

这一眼，却让她怔在了那里，榻上的人，已了无生息。

永安二十六年，周成帝于元仪殿驾崩，享年四十六岁。其去世前留下遗诏，将皇位传于长子，同年，文帝继位，改年号洪元。

浔阳。

薛湛与姚芸儿赶到时，正值午后。

姚芸儿望着这里，眼眸则向着薛湛看去，迷茫道："这是哪里？"

"这里是浔阳。"

"浔阳？"姚芸儿一怔，蓦然想起当初袁崇武带着自己离开清河村时，途中遭逢追兵，他将自己藏于山洞，临去前曾叮嘱，若他一直不回来，便要自己拿着身上的玉佩去见官府，要他们送自己去浔阳，找凌家军。

是以此时听见"浔阳"二字，姚芸儿心里便慌了，对着身后的男子道："我不要去浔阳，我要回清河村。"

薛湛无奈，只得温声劝她："等我将军中的事处理好，禀明义父后，定会亲自送你去。"

"军中？"姚芸儿默念着这两个字，突然间恍如福至心灵一般，望着薛湛俊美阳刚的面容，失声道："你……是凌家军的人？"

薛湛点了点头："不错，我是凌家军的少帅。"

姚芸儿眼前一黑，怎么也没想到自己一时心软，所救的男子竟会是夫君的敌人！

许是见姚芸儿脸色变得苍白，薛湛眉头一挑，道："吓到你了？"

姚芸儿说不出话，就连唇瓣亦褪去了血色，她想起前几日，岭南军的人将那一地的尸首烧了个干干净净，当日隔得远，她并没有听清岭南军的人究竟说了什么，此时想来，那一地的尸首，自然也是凌家军的人了，也难怪，岭南军的人会恨成那样。

她的身子微微颤抖着，自己竟这般糊涂，救了敌军不说，甚至现在就连人也落在了凌家军的手里！

若要这个男人知道，自己是袁崇武的女人，他又会如何对待自己？

薛湛自是不知她心头所想，见她默不作声，还以为是自己的身份惊着了她，当下便低语道："这一路并非我有意隐瞒身份，只不想告诉你后，平白令你担惊受怕。如今到了浔阳，纵使岭南军有通天的本领，也是不敢过来，你不用怕。"

姚芸儿回眸，正好迎上他黑亮的眸子，她想起自己身上的玉佩，当真是心如藕节，不知要如何是好。

"我不要去军营，你放了我，我要回家。"姚芸儿祈求着，巴不得与凌家军隔得越远越好，若被他们知道了自己的身份，还不知会如何折磨自己，若她将身上的玉佩拿了出来，自己的父亲若真是凌家军里的人，那她和袁崇武，怕是永远也不能在一起了。

姚芸儿胡思乱想着，只觉得心里乱糟糟的，手脚亦冰凉冰凉的，惶然无措。

薛湛见她如此，眉心便蹙起，大手刚碰上她的小手，姚芸儿便是一震，满是惊恐地看着他。

薛湛顿时收回了自己的手，淡淡一笑，道："凡事有我，别怕。"

那一张年轻的面容随着这一笑，更显得清俊帅气。这一句说完，他不再去瞧姚芸儿，而是一夹马腹，让那骏马再次狂奔起来。

呼啸的狂风淹没了姚芸儿的话语，身下的宝马领着他们一路向着凌家军的军营驶去。

京城。

一袭明黄色宫装的女子静静立在城头，望着远去的队伍，一颗心却抽得紧紧的，痛得几欲麻木。

她已由靖贵妃变成了皇太后，从未穿过明黄色的她，终是穿上了一个王朝最高贵的女子才可以穿的凤袍。

可她的眸子里却没有丝毫的喜悦，整个人如同一具木偶一般，直到凌肃大军离开了京城，上了官道，她的泪水方才落了下来。

新皇登基，内乱四起，他为了她，早已征战了一生，即使如今年逾五旬，却还是不得不为她的儿子去平定天下。

永娘上前，将一件披风为太后披在身上，温声道："小姐，岭南军不过是些乌合之众，侯爷此番亲自领兵前往，定会旗开得胜，稳固圣上的大周基业。"

太后垂眸无语，紧了紧那披风，隔了一会儿，方道："要你去打听的事儿，有眉目了吗？"

"奴婢已命人打听，可得到的消息却皆与朝中流传的一模一样，只道慕玉堂征战一生，得了七个儿子，西南慕家这一辈，竟没有女儿。"

徐靖闻言，眉头顿时紧锁，想起成帝临终前的话，却是不解，沉思了片刻，道："先帝生前曾嘱咐本宫命人去慕家提亲，若这慕家没有女儿，先帝此话岂不是多此一举？再派人去西南打探，务必要给本宫查个一清二楚，这慕家若真没有女儿，倒也罢了，若有女儿，定要依循祖制接进宫来，立为皇后。"

"太后恕奴婢多嘴，玉茗宫太后乃是慕玉堂亲妹，这慕家有没有女儿，她定是一清二楚，太后，何不去问问她？"

"本宫与她斗了一辈子，即使本宫去问，她也不会说，本宫又何必自讨没趣。"徐靖说完，再次将视线投向城外的官道，却见凌肃的大军，已成了一小块黑点，未过多久，便再也瞧不见了。

浔阳。凌家军军营。

天色渐渐暗了。

姚芸儿待在营帐，白日里薛湛与诸人前去议事，遂命人将她送到这里，未过多久，就有士兵端来了洗澡的木桶，将热水倒满在里面，此外还送来了清水、馒头、肉块、青菜。临去前，士兵对着姚芸儿拱了拱手，十分恭敬："少帅说姑娘一路辛苦，还请姑娘洗漱用膳后，便早些歇息，明日一早，将军自会来见姑娘。"

语毕，不等姚芸儿说话，两人便行了礼，退出了营帐。

姚芸儿的确是又累又饿，这些日子一路奔波，风尘仆仆，衣衫上早已沾满了灰尘，此时望着那一大桶热水，倒真巴不得可以去泡一泡身子。

她环顾四周，见帐篷皆被捂得严严实实的，就连方才那两个士兵，听脚步声也是走得远了，姚芸儿放下心来，将身上的衣衫褪下，刚将身子埋在温热的水里，顿时觉得全身上下莫不舒坦到了极点，好好地洗了个澡，换了衣衫，乌黑的长发则随意地披在身后，往下滴着水珠。

望着案桌上的食物，姚芸儿不由得觉得饥肠辘辘，这一路已许久不曾好好地吃顿饭了，当下便拿起馒头，吃了起来。

待她吃完饭，先前的那两个士兵则将她用过的木桶连带着她吃过的饭菜，全都端了下去，许是因着薛湛的缘故，整个凌家军上上下下都对姚芸儿十分和气有礼，这两个士兵更是如此。

待他们走后，姚芸儿实在是累得很了，脑袋几乎刚沾上枕头，甚至没来得及去想一想自己如今的处境，便昏昏沉沉地睡了过去。

翌日一早。

姚芸儿正在喝粥，就听薛湛的声音在帐外响起，她定了定神，刚开口答应，帐帘便被人一掀，一身戎装的男子大步走了进来。

眼前的男子黑发高绾，剑眉星目，身上的戎装更是衬得他清俊英气，虽有伤在身，却仍旧神采奕奕。

见她怔怔地看着自己，薛湛便是微微一笑，道了句："瞧，我给你带了什么？"

姚芸儿回过神来，这才看见他手里竟是拎着东西的，当下那双眼睛就是一亮，欣喜道："兔子！"

话音刚落，姚芸儿唇角噙着笑窝，满怀喜悦地伸出小手，将那只兔子接了过来，薛湛见她欢喜成这样，心头便是一软，在她身旁坐下，看着她逗弄那只兔子。

怀中的兔子通体雪白，十分温驯，姚芸儿只觉得可爱，不禁伸出小手，轻轻抚了上去。

薛湛看了她一会儿，眼见着她那张小脸上笑窝盈盈，清透无瑕，遂移开目光，道："军营里没什么好东西，就让这兔子陪你解解闷，我得空便会来看你。"

姚芸儿听了这话，见他要走，便赶忙道："你不是说过，要送我回清河村吗？"

薛湛闻言，遂解释道："义父这几日便会回到军营，待我将一些事禀明了他，定会送你回去。"说完，薛湛的眸子在姚芸儿苍白的脸蛋上淡淡划过，又道："再说你身子不好，这几日便在营里好好歇歇，再赶路不迟。"

姚芸儿心绪纷乱，却也知道薛湛说得没错，若是她孤身一人上路，路上遇上那些响马流寇，可真不知要如何是好。

念及此，姚芸儿垂下眸子，不再说话了。

薛湛刚回军营，诸事缠身，自然也没空多待，离去前见姚芸儿闷闷不乐的样子，遂言了句："若是在帐子里烦闷，便出去走走，不过可不能乱跑，知道吗？"

姚芸儿听他这般说起，心里便好受了些，点了点头。

薛湛又看了她一眼，微微勾唇，转身离开了营帐。

刚走出去不远，就见士兵匆匆而来，对着他抱拳："少帅，侯爷大军已赶到了浔阳，怕是再过不久，便能回到军营。"

薛湛闻言，心头便是一喜，面上却依旧如常，点了点头，道："传令下去，三军于校场整装，迎接元帅回营。"

"是。"

午时，凌肃大军浩浩荡荡，赶至军营。

主帐内，待一身铠甲的男子在主位上坐下，帐中诸人皆拜了下去，口中齐声道："恭迎主帅回营。"

凌肃抬了抬手，示意诸人起身，眼眸却向着薛湛望去，口中道："湛儿，过来。"

薛湛抱拳称是，上前走至凌肃身边，恭声道了句："义父。"

"身上的伤怎样？"凌肃已知晓薛湛在路上遭人埋伏，身受重伤之事，一路上心头都甚是挂念，此时相见，便出声问道。

凌肃征战多年，膝下却无儿无女，薛湛乃其义子，自小跟在他身边长大，两人虽不是亲生父子，但多年来父慈子孝，与亲生父子丝毫无异。

"有劳义父挂怀，孩儿身上的伤已痊愈。"

凌肃见他精神尚佳，念着他到底年轻，遂放下心来。

薛湛话音刚落，就听凌家军中的大将，蒙文虎对着凌肃笑道："元帅，您就甭担心少帅的伤了，您还不知道，少帅这次回来，还给您带了个娇滴滴的儿媳妇。"

一语言毕，主帐内的气氛顿时变得微妙起来，诸人大多是些叔叔伯伯辈的，打小看着薛湛长大，此时虽是碍于凌肃素来的威势，不敢造次，可大多数人却已面露笑意，竭力忍着。

凌肃闻言，唇角也浮起一丝淡淡的笑意，看着薛湛道了句："此事当真？"

薛湛面露尴尬之色，道："义父容禀，孩儿当日身受重伤，幸得姚姑娘出手相助，姚姑娘只是孩儿的救命恩人。"

"少帅如今也到了成家的年纪，既然人家姑娘救了你的命，要属下说，少帅还不如以身相许，既报了恩，又娶了媳妇，岂不是两全其美。"

许是见凌肃面露笑意，底下诸人胆子也是大了，不知是谁这般说了一句，主帐中的人皆是笑出了声来，齐齐向着薛湛望去，只将薛湛看得哭笑不得。

凌肃也微微一笑，薛湛今年已二十有五，这些年一直东征西伐，倒是将成家的事给耽误了。自己也曾想过要为他娶一位大家闺秀，岂料这孩子却总以岭南军未灭，何以成家的话来搪塞自己，如今听属下这般一说，凌肃微微沉吟，倒也的确要为这孩子说一门亲事了。

薛湛见状，赶忙转开了话头，对着凌肃道："义父，当日孩儿领兵于回京途中被人偷袭，若孩儿猜得没错，偷袭孩儿的人，定是西南慕家。"

他这一语言毕，帐中顿时安静了下来，凌肃脸上的笑意也隐了下去，颔首道："本帅知道。"

"元帅，慕家这些年来屡次以下犯上，这一次新帝即位，慕家更是连份折子也没有上奏，去贺新皇登基之喜。如此大不敬，难道圣上便这样饶了他们不成？"

凌肃脸色深沉，道："慕家手握重兵，镇守南境，不可轻举妄动。更何况眼下岭南军作乱，势力日益壮大，咱们眼下最要紧的，便是联手慕家，将岭南军彻底镇压下去。"

凌肃话音刚落，诸人皆是一震，王副将道："元帅，慕玉堂心胸狭隘，阴险多疑，与您向来不和，若要慕家出兵相助，属下只怕……"

"为今之计，便是要慕家将女儿嫁到宫中，如此一来，慕玉堂亲妹亲女皆在京城，倒不怕他不出兵。"凌肃说完，眉头却皱得更紧，道，"只不过本帅听说，慕玉堂有七个儿子，却唯独没有女儿。"

帐中静默了片刻，却见一老者上前，对着凌肃拱了拱手，道："元帅，老朽有些话，不知当讲不当讲。"

凌肃抬眸，见此人正是军中德高望重的老者蔡先生，遂道："先生请说。"

"元帅容禀，十八年前，老朽曾在西南慕家军中，当过军医。"蔡先生这一语言毕，诸人皆是哗然，蒙文虎最先忍不住，道："老蔡，这样说来你是慕家的人？"

凌肃一个手势，命诸人安静下来，他那一双眸子锐利似刃，对着老者道："先生继续说。"

老朽拱了拱手，接着说了下去："慕夫人乃女中豪杰，巾帼不让须眉，多年来随慕将军一起镇守南境，便是这样一位女将军，为慕侯爷生下六位公子。"

"慕玉堂不是有七个儿子吗？"有人问道。

老朽捋须，摇了摇头，唇角却浮起一抹淡淡的苦笑："此言差矣，这天下人人只道慕家七儿个个英伟不凡，殊不知，慕侯爷夫妇的第七个孩子，不是儿子，而是女儿！"

闻言，凌肃眸心一窒，道："先生又是如何知晓此事？"

"因为当年，是老朽亲自为慕夫人接生，那分明是个女孩儿，老朽决计不会看错。"

"那慕家为何要隐瞒此事，这可是欺君之罪啊！"

主帐中人面面相觑，显是对此事皆是不解。

薛湛沉吟片刻，却开口道："义父，若如蔡老所说，慕家七儿不是公子，而是小姐，那慕家多年来隐瞒此事，只怕是不愿让女儿进宫抑或是慕玉堂早有反意。"

凌肃眸心暗沉，闻言淡淡颔首，道："本朝自开国以来，历代皇后皆出自慕家，若慕玉堂不愿将亲女送进宫，狼子之心，昭然若揭。"

慕家乃开国功臣，到慕玉堂这一代，势力已是如日中天。当年大周开国皇帝立下祖制，命子孙历代皇后皆自慕家挑选，一来自是因慕家战功赫赫，二来便是以此来牵制慕家。

而这慕玉堂若真是生了六个儿子，才得了这么一个闺女，必定宝贝得紧，舍不得让女儿进宫，倒也是人之常情。

念及此，凌肃道："此事还需从长计议，如今一个岭南军，已够让咱们焦头烂额，至于慕家，则派人多多留意，眼下咱们还是对付袁崇武要紧。"

听主帅这般说来，站在下首的副将则道："元帅，探子来报，只道袁崇武已率岭南军攻占了益阳，此人诡计多端，每占一地，便开仓放粮，大分田地，惹得民心所向，更有多处百姓吟唱歌谣，甚至还唤这反贼为'活菩萨'。"

待这一番话说完，诸人的脸色皆变得沉重起来，就连凌肃亦眉头深锁，显是对此人颇为忌惮。

"活菩萨？"薛湛一记冷笑，道，"袁崇武当年不过为岭南一介庶民，这些反贼向来会故弄玄虚，自吹自擂，他既然是人，本将便不信他没有弱点。"

薛湛话音刚落，蒙文虎则道："少帅说得不错，这袁崇武虽说有些本事，但属下倒是听闻他有个软肋，只要咱们能将他这软肋制住，倒不怕他不听使唤。"

"是何软肋？"凌肃闻言，一双眸子炯炯有神，倏然向蒙文虎望去。

"元帅有所不知，这袁崇武有个爱姬，前阵子在烨阳走失，袁崇武为了寻她，只差没将烨阳周边给翻了个底朝天。为此，就连岭南军里的人也颇有微词，属下还打探到，袁崇武对那爱姬疼若心肝，咱们若是能将他这爱姬找到，倒不怕镇不住他。"

"区区一个女子，便能镇得住'崇武爷'？"凌肃声音低沉，似是听了个天大的笑话，冷声道，"你们不要忘了，七年前，他的妻儿都在咱们的手上，也不见他投降，如今一个爱姬，又能成多大气候？"

听凌肃这般说来，众人便都沉默了下去，隔了片刻，蒙文虎终不死心，又进言："元帅，无论如何，咱们总还是要试上一试，即使不能震住袁崇武，可咱们若是擒住了他的爱姬，总也可以杀一杀他的锐气。"

凌肃思索片刻，终是道："便依你之言，追查那女子下落，那女子姓甚名谁，你可知道？"

"回元帅的话，属下打探得清楚，那女子姓姚，闺名唤作芸儿，听说今年也不过十六七岁，这袁崇武，还真是老牛吃嫩草……"

不等他说完，薛湛的脸色已"唰"的一下变了，凌肃与他离得十分近，自是没有忽略他的脸色，当下黑眸迥深，道："湛儿，你是不是知晓那女子下落？"

薛湛收敛心神，面对自己的义父，却不知要如何开口，一时间心思百转，道："义父，孩儿并不知晓姚芸儿下落。"

"来人，将那位姚姑娘带上来。"凌肃见他神色，心头已是怀疑，厉声吩咐道。

薛湛顿时拜了下去，拱手道："义父，姚姑娘只是姓姚而已，孩儿也不知她的闺名，孩儿可用性命担保，她的夫君决计不会是袁崇武！"

"是与不是，待本帅问过后，自会一清二楚。"凌肃声音冷冽，望着单膝跪地的义子，脸上已有了严峻的味道。帐中诸人见此变故，皆怔在了那里，就连蒙文虎，也是连大气也不敢出，虽说早已知晓薛湛带回来的女子姓姚，可怎么也没将她与袁崇武的姬妾想到一块去。

第十六章

父女相见

未几，便有人将姚芸儿带了过来。

姚芸儿本在帐中与那兔子玩耍，骤然听说元帅要召见自己，那心头自是怕得慌，只将兔子搁下，硬着头皮随着士兵进了主帐。

听到脚步声，帐中诸人皆齐刷刷地循声望去，顿觉眼前一亮，只见一位年约二八的少女款款而来，柳眉杏眸，长睫如蝶，露出来的肌肤莫不是白如凝脂，吹弹可破，许是害怕，一双眼瞳中噙着浅浅的惊惧，望着众人时，秋水般的眸子仿佛能将人的心都给融化了。

凌肃在看清姚芸儿相貌的刹那，便如同被雷击中了一般，整个人都愣在了那里。他的脸色瞬间变得苍白，那一声"靖儿……"几乎差点从嗓子眼里蹦出来。

眼前的女子，与十六岁时的徐靖，恍如一个模子里刻出来似的，直让他看得心如刀绞。

凌肃眼睛一眨不眨地看着她，没来由地心口传来一阵抽痛，这种痛从未有过，甚至连他自己都说不清这股子痛意从何而来，只微微攥紧了拳头，在不为人知的地方，轻轻颤抖。

"元帅……"见他神色有异，诸人的脸色便浮起几许尴尬，直到王副将一声轻咳，方将凌肃的心神给拉了回来。

凌肃深吸了口气，面色已恢复如常，对着姚芸儿道："姑娘救了小儿一命，凌某无以为报，须向着姑娘当面道谢才是。"

凌肃面色温和，一面说，一面则对着姚芸儿拱了拱手，言辞间极是和气。

姚芸儿见他神情威武，一身铠甲，年纪已五十有余，周身透着威严，可她不知为何，却并不怕他。

此时又见他待自己这般和气，姚芸儿原本的惊惧已渐渐消散了去，赶忙对着他还了一礼，她不知该说什么，想了半天，才说了句："伯伯言重了。"

这一声伯伯，却喊得凌肃心中一软，他凝视着眼前的女子，竟盼着这一切都是自己多心，只希冀这样一个相貌如此相似靖儿的女子，千万不要与岭南军牵扯上关系。

他顿了顿，终开口道："不知姑娘是何方人士，姓甚名谁，家中双亲，可还健在？"

凌肃的口气温和而寻常，仿佛与她闲聊家常一般，姚芸儿抬眸，见他唇角含笑，原本严肃不已的面容已和缓了下来，眼瞳中竟还透出几许慈爱，让她瞧着，所有的戒备都烟消云散。

"回伯伯的话，我姓姚，单名一个芸字，爹娘都唤我芸儿，家住在清河村。"她的声音清甜而柔嫩，丝毫没有察觉自己的话音刚落，帐中诸人的脸色皆变了，尤其是薛湛，脸上再无一丝血色，就连凌肃眸心中亦浮起一抹戾气，不复方才的温和。

姚芸儿见众人神色有异，心里便惶然起来，帐中的人她都不认识，此时便只得向着薛湛望去，小声开口道："我是不是说错话了？"

不等薛湛开口，就见帐中的将领对了个眼色，只等凌肃下令，便将姚芸儿擒住。

薛湛心头一凛，不等诸人动手，便一个箭步将姚芸儿护在身后，对着诸人喝了句："你们谁敢动她？"

诸人被他气势所震，倒都怔在了那里，齐齐向着主位上的凌肃望去。

凌肃一语不发，盯着眼前的两人，不知在想些什么。

薛湛迎上凌肃的眸子，声音沙哑而低沉："义父，她是孩儿的救命恩人。"

凌肃黑眸深邃，对着薛湛一字字道："她也是袁崇武的女人。"

薛湛心头一紧，两军之间血海深仇，无数同胞惨死于自己面前，那些血和恨，历历在目。

他低眸，看了怀中女子一眼，姚芸儿脸色雪白，犹如一只陷入敌军陷阱的小鹿，眸子里满是惊慌。

薛湛没有说话，大手却环住她的身子，将她紧紧揽住，对着主位上的男子道："义父，孩儿求你！"

"将她拿下！"凌肃开口，声音冷到了极点。

"唰——"是刀剑出鞘的声音，薛湛已将随身的佩刀抽出，与周边将领对峙。

"湛儿，为了一个女人，连义父的命令，你也敢违抗吗？"凌肃见义子如此，只觉心头怒到了极点，忍不住大声斥道。

"孩儿不敢违抗义父！"薛湛望着主位上的男子，一字字道，"只是孩儿曾说过，一定要护她周全。"

薛湛对军中的刑罚最是清楚不过，两军积怨已久，姚芸儿既是袁崇武的女人，又生得这般花容月貌，若落入那些将领手中，当真是不堪设想。

凌肃面色阴沉，心头已怒到了极点，刚要出声命人将薛湛与姚芸儿一块拿下，却听闻一阵脚步声匆匆而来，浑身是血的将领从马上摔了下来，刚被士兵搀进主帐，便扑通一声在凌肃面前跪了下来。

"元帅，岭南军昨夜突袭株洲，守军大败，汉阳被围，株洲已失守，汉阳总兵泣血求援！"那将领刚说完这句话，便再也支撑不住倒在了地上，伤口处汩汩冒着鲜血，被士兵抬了下去。

帐中诸人皆如梦初醒，再也顾不得姚芸儿，皆神情肃穆，一一立在那里，等着凌肃一声令下，挥师赶往汉阳。

凌肃当即站起身子，沉声道："王将军、缪将军！"

"属下在！"主帐中当即站出两位神情坚毅、身材壮硕的武将，对着凌肃恭声道。

"本帅命你二人为前锋将军，与衮州驻兵会合，即刻领兵奔赴汉阳。"

"属下遵命！"

"张将军、莫参将！"

"属下在！"

"本帅命你二人驻守浔阳，不容有误！"

"是！"

"其他人等，与本帅一道，率领三军，赶往汉阳！"凌肃一声令下，诸人皆齐声领命，那声音轰然如雷，震天慢地。

凌肃走下主位，临去前向着薛湛与姚芸儿看了一眼，薛湛收敛心神，将佩刀入鞘，还未开口，就听凌肃道："先将她留在军营，容后再说。"

大战在即，薛湛定是要与大军一道赶往汉阳，此时自是无法可想，只恭声称是。

待诸人走后，薛湛望着姚芸儿依然惊魂未定的一张小脸，眸心中一丝不易为人察觉的疼惜一闪而过，道："事出突然，你先在营里安心待着，你放心，不会有人敢伤你。一切都等我回来再说。"

薛湛匆匆说完，便狠了狠心，将姚芸儿留在营帐内，大步走了出去。路过帐口时，便见驻守在浔阳的张将军与莫参将站在那里，薛湛向来与二人私交甚笃，此时一个眼神，两人便心头了然，只拱手道了句："少帅放心，属下绝不会为难姚姑娘。"

薛湛点了点头，这才大步向着校场赶去。

西南，慕家。

慕玉堂虎着一张脸，一目十行地看完手中的公函，便"啪"的一声，将其扔在了案桌上。

"朝廷说了什么，怎么将你气成了这样？"慕夫人秀眉微蹙，夫妻俩皆是一袭战袍，慕夫人姿容本就秀美，身着战袍更添了几分英气，眉宇间颇有女将风采。

"如今岭南军围攻汉阳，朝廷命咱们向烨阳出兵，直捣岭南军大本营，好让其腹背受敌，逼得岭南军从汉阳撤兵不可。"慕玉堂瓮声瓮气，说完后浓眉紧皱，从鼻子里冒出一声冷哼。

慕夫人心思一转，便道："朝廷既然下了这般命令，咱们若不出兵，便是抗命。"

慕玉堂道："将在外，君命有所不受。我慕家军驻扎南境，镇守蛮夷，若我大军离开西南，南疆夷狄趁机作乱，又要如何？"

慕夫人望着丈夫，却道："甭说这些冠冕堂皇的话，我瞧你是压根儿不想出兵，去襄助凌肃。"

慕玉堂对着妻子自是不会隐瞒，当下便点了点头，道："不错，我的确不想出兵，凌肃害我亲妹，欺我外甥，若这些年不是他在暗中作祟，这大周的江山，又哪能落到靖贵妃和梁王手里？"

慕夫人知晓夫君与凌肃多年不和，此时便也不再相劝，只淡淡道："你想让岭南军和凌家军鹬蚌相争，好让慕家军坐收渔翁之利，可眼下咱们终究是臣，既然朝廷下了文书，命咱们出兵，咱们总不能公然抗命，不然，你让新皇的脸面往哪儿搁？"

听妻子这般说来，慕玉堂遂沉吟起来，缓缓道："既如此，便随意派个将领，领个三五千人，去烨阳做做样子，也就罢了。"

他的话音刚落，便听一道清脆的声音响起，当真是未见其人，先闻其声，紧接着，一位身着银袍、眉清目秀的少年走了进来，但见他面如冠玉，乌黑的长发用束带束于头顶，英姿飒爽，明媚照人。

"父亲，此次便让孩儿与六哥一道领兵，赶往烨阳，会一会那袁崇武。"少年声音清冷，眉宇见傲然天成，举手投足间，高贵尽显。

刚瞧见他，慕玉堂夫妇的脸色俱柔和下来，尤其是慕夫人，更是笑盈盈地起身，牵住他的手将他拉在自己身边坐下，嗔道："真是小孩子家，说话不知道天高地厚，那袁崇武是什么人，岂是你和你六哥能比得的？"

慕七不以为意，道："袁崇武不过是个庶民，打了几场胜仗便被民间吹嘘得不可一世，孩儿早就想会会他，看看他到底是不是有三头六臂。"

他这话刚说完，不仅慕夫人，就连慕玉堂也笑了起来："你和你六哥，都是家养的雏，还想去和袁崇武斗？也不怕风大闪了舌头。"

虽是斥责的语气，但慕玉堂眸光却其是温和，唇角依旧噙着笑意，又哪有一丝责怪的味道？

慕七向来被父母兄长娇宠惯了，此时听父亲责备，却更激起了好胜之意，将目光看向了慕夫人，道："母亲，孩儿自幼便跟随您和父亲在战场杀敌，咱们慕家军个个英勇善战，袁崇武的农民军不过是些乌合之众，孩儿就不信打不赢他。"

"不行，这阵子你哪也不能去，给我老实在家待着。"慕玉堂见女儿执意如此，便忍不住喝道。

慕夫人瞪了他一眼，回眸对慕七道："如今新皇即位，这些日子京师不断派了人来，打探咱们慕家究竟有没有女儿，眼下正是紧要关口，你怎能抛头露面？还是听你父亲的话，在家安安分分地待着，等这阵子风头过去，无论你要去哪儿，母亲都允你去。"

慕七一听这话，眉心便蹙起，道："母亲，这些年来您和父亲一直要孩儿女扮男装，为的便是不愿让孩儿进宫为后，若是被朝廷知道孩儿是女子，又如何是好？"

慕夫人神情坚毅，伸出手攥紧了慕七的小手，与丈夫对视了一眼，柔声道："我与你父亲绝不会让你重蹈你姑姑的覆辙，有慕家军在，你只管放心。"

慕七闻言，心头遂踏实了下来，慕家远在西南，与京师相隔万里，慕家的女儿多是十五六岁便远赴京城为后，一旦进了天家，便一辈子难归故土。而大周历代皇帝莫不忌惮慕家，处处掣肘，到了如今，慕家在京师早无丝毫势力，慕家的女儿进了宫，也多半是傀儡皇后，郁郁而终者大有人在。

是以，慕玉堂夫妇征战一生，在得了六个儿子后，幸得天赐，终是得了这么一个闺女，夫妇俩对幼女疼如性命，商议后遂对外宣称，慕家只有七子，没有女儿，而慕七自小于军中长大，向来不爱红装爱武装，为避人耳目，一直以男装示人，将门之女，本就英气爽朗，竟将外人全给瞒了过去。

汉阳。

凌肃率兵赶至时，岭南军已攻破城门，汉阳总兵以身殉城，连带副将参兵数十余人，头颅皆被起义军悬挂于城门之上，暴晒数日之久。

凌家军赶至城门下，瞧见这一幕，凌肃心头火起，眸心却浮起一抹悲凉，只恨得双眸血红。

岭南军将汉阳城守得固若金汤，凌家军一一采取了隧道式、撞击式、云梯、强攀式、焚烧式、箭战式攻城，却都被袁崇武一一化解，岭南军在攻占汉阳时，早已料到凌肃会率大军攻城，是以军中早有准备，竟让凌肃束手无策，只得命人将汉阳城团团围住，双方拉开了持久战。

是夜，凌肃望着汉阳城的城楼，眸心中似有火苗在烧，不知过去多久，终是对着一旁的手下道："命人去浔阳，将袁崇武的爱姬带来。"

"是！"

数日后。

凌家军大军再次攻城不下，死伤无数。

高楼上，岭南军一众将领分排而站，袁崇武一身黑甲，站在正中，其子袁杰，与一众高位将领皆站在其身后。

望着城下黑压压的凌肃大军，每个人的脸色都冷淡而肃穆，森然到了极点。

"袁崇武，你此刻投降，本帅还可饶你一命！"凌肃一马当先，对着城楼上的男子道。

袁崇武面无表情，也不答话，只伸出手来，一旁的弓弩手早已准备好，只等主帅一个手势，万箭齐发。

凌肃瞧着清楚，声音亦浑厚嘹亮："本帅有份大礼，袁将军不妨看过以后，再下令不迟。"

语毕，则对着身后的随从吩咐道："去将她带上来。"

凌肃话音刚落，便有士兵将姚芸儿押了上来。

薛湛见状，顿时目眦尽裂，刚唤了一声"义父！"便被一旁的王参将与高副将死死按住。

姚芸儿一路风尘仆仆，自是吃尽了苦头，她一身素色棉裙，长发早已散落，披在身后，一张小脸苍白如雪，于三军中，却是纯净到极点的美丽，待士兵将她押到阵前时，她微微抬眸，便看见城楼上站着她日思夜想的男人。

"相公……"姚芸儿干裂的嘴唇轻颤着，在看见袁崇武的刹那，几乎不敢置信般地怔在了那里，一句相公轻得如同呓语，刚吐出了两个字，眼眶便红了起来。

"是夫人！"孟余瞧见姚芸儿后，一双眼眸倏然大睁，再去看袁崇武，就见他眉头紧皱，眼睑微微跳动着，整个人都冷锐得令人不寒而栗。

凌肃一个手势，士兵顿时抽出大刀，向着姚芸儿纤细柔白的颈脖上架去，那刀口锋利，刺得人睁不开眼。

"本帅数三下，袁将军若不下令打开城门，那这位如花似玉的美貌佳人，便要血溅城下。袁将军，本帅还请你三思。"凌肃面色阴寒，一字字都如同匕首，狠狠地剜在袁崇武的心上。

"区区一个女子，怎可乱我军心，还望元帅以大局为重，万不可为了个女人，失了分寸！"一旁的石于明上前言道。此人曾于七年前，将处于敌军手中的妻子亲手射杀，当时他的妻子已怀了八个月的身孕，只为不受凌家军胁迫，如此大义灭亲，眼下由此人口中说出这番话来，自是分量极重。

城楼上的将领，俱将目光投向了袁崇武，就见他一语不发，全身仿佛绷紧的弦，一扯就会断了。

"一！"凌肃冰冷的声音响起。

"义父！"薛湛被一众将领死死按着，任由他心急如焚，却毫无法子，他知晓凌肃心狠手辣，向来为达目的不择手段，若袁崇武不愿下令打开城门，那么姚芸儿，定是非死不可。

"二！"见袁崇武还是不出声，凌肃眉心拧得更紧，声音却甚是沉稳有力，两军俱是听得清楚。

姚芸儿泪眼蒙眬，望着城楼上的男子，即使隔着这样远的距离，她却还是能察觉到袁崇武已焦灼到了极点，他一动不动地站在那里，整个人都抑制不住地发颤，双拳更是握得死紧，他的煎熬与痛楚，她瞧得清清楚楚。

不等凌肃将那一声"三"唤出口，袁崇武终是闭了闭眼眸，声音深沉而浑厚，对着手下道："传令下去，打开城门。"

"元帅！"

"父亲！"

城楼诸人皆大惊失色，而袁崇武的面色却已平静了下来，他面无表情，一手制住了属下的话头，另一手，则不动声色地将弓箭握住，蓄势待发。

凌家军诸人闻言，皆震天高呼，凌肃对着押住姚芸儿的士兵挥了挥手，示意他们将砍刀从姚芸儿的颈上拿下。

姚芸儿垂下眸子，泪水便顺着脸颊滚落了下来，她不知自己是从哪来的勇气，竟一把伸出手握住了那士兵手中的刀柄，将自己的颈脖对着刀刃送了过去。

她只盼自己死了，也不愿袁崇武因为自己，被凌家军的人逼到如此境地中去。

"芸儿！"男人怒吼声响起，那一张脸更是"唰"地变得青白。

姚芸儿的力气本身就小，更兼得这一路又累又饿，吃尽了苦头，为了防她逃跑，那一双手更是被人用绳子紧紧缚住，是以压根儿使不上力气，那刀刃刚抹上脖子，士兵便已回过神来，一把抽过手，顺势将姚芸儿推在地上。

即便如此，她的脖子却还是沾上了刀刃，那刀刃极是锋利，虽没割到要害，鲜血却仍冒了出来。

连珠箭便在这一刻数箭齐发，对着姚芸儿身旁的士兵射了过去，就听"嗖嗖嗖"，是利箭破空的声音，那劲风竟刮得姚芸儿脸颊生疼，几乎刹那间，在她身后的士兵，俱被袁崇武以瞬息并发的连珠箭尽数射死。

姚芸儿一手捂住颈脖，踉踉跄跄地站起身子，向着城楼拼命地跑。

凌肃勃然大怒，一声令下，三军刚要攻城，就听袁崇武一声"放箭"，顿时万箭齐发，向着凌家军破空而来。

姚芸儿顾不得身后的一切，她的眼睛里只有那座城楼，只有自己的相公，鲜血已将她素色的衣裙染红，就听那城门终是被人打开，发出沉闷的声响，接着，一骑战马的男子自城中飞驰而来，将那些侍从远远甩在身后，高楼上箭雨齐飞，他却视若无睹，只一心向着姚芸儿奔去。

"相公……"姚芸儿看见他，滚烫的泪水顿时落了下来，她全身上下再无丝毫力气，不等她倒下，袁崇武便已飞速地下了马，伸出胳膊，终是将她一把抱在了怀里。

"没事了，芸儿，我来了，没事了……"袁崇武看着她全身是血，顿时心跳得如同擂鼓那般厉害，甚至连姚芸儿都听得一清二楚。而他的脸色更是焦灼欲狂，急促地喘息着，发疯般地用手捂住她的伤口，那样用力，捂得她一阵阵地疼痛，几乎要透不过气来。

他抱起姚芸儿的身子，姚芸儿已说不出话来，那眼瞳里的光已慢慢地黯淡了，她依旧能清晰地听见袁崇武纷乱的心跳声，很想开口告诉他，自己没事，可无论如何就是说不出话来，只知道自己被男人一把搂在了怀里，恨不得把自己揉进他的骨血里去，而她只觉得眼前一黑，终是再也支撑不住地晕了过去。

待孟余率诸人赶到，就见袁崇武死死地将姚芸儿抱在怀里，姚芸儿一身的血，一张小脸惨无人色，也不知是生是死，而袁崇武的脸色自是比她好看不到哪儿去，直到他上前唤了声"元帅……"袁崇武方才如梦初醒一般，惊觉怀中的小人已是奄奄一息，呼吸更是微不可闻，当下立时抱着她站起身子，发疯般地上了马，向着城中疾驰而去。

密密麻麻的箭阵下，凌家军中的人自是分身乏术，眼见着袁崇武一行退回城内，凌肃眸心欲裂，刚要下令追去，可自城楼上的箭雨一阵紧过一阵，竟逼得凌家军迈不开步子，不得不节节后退。

汉阳城中。

经过方才的大战，城中更是戒备森严，连一只苍蝇都飞不进来，城楼上的守兵换了一批又一批，密切留意着凌家军的一举一动，而弓弩手更是不眠不休，时刻处于备战中。

总兵府。

袁崇武负手而立，守在屋外，他不知自己已等候了多久，将自己煎熬得发了狂，只得深吸了口气，在那里慢慢地踱着步，从这头踱到那头，那一步步似有千斤重一般。

孟余与穆文斌皆伴在一旁，瞧他这副样子，却也不敢上前说些什么，只得面面相觑地站在那里，留意着屋子里的动静。

直到"吱呀"一声响，袁崇武眼皮一跳，顿时一个箭步，将那汉阳城中首屈一指的大夫拎到自己面前，低哑道："她怎么样了？"

"回元帅的话，"那大夫吓得不轻，哆哆嗦嗦地道，"夫人身子本就羸弱，之前怕是有过滑胎，却没有受到很好的照料，这次又失血过多，这身子如今可算是虚透了，一定要好好养着才行。"

"她的伤……"袁崇武声音艰涩。

"伤口不深，倒是无妨，就是这身子一定要好生调养，不然只怕日后夫人的身子会大不如前，再调理起来，可就难了。"

袁崇武闻言，也不再开口，只松开大夫的衣襟，向着里屋匆匆走了进去。

姚芸儿还没有醒，她躺在床上，颈脖处缠了一层白纱，点点血迹沁了出来，仿佛雪地中绽放的落梅，看得袁崇武心如刀绞。

他伸出手，却在快要触碰到她的伤口时，生生停在了那里，一语不发地在床头坐下，紧紧地攥住了她的小手。

姚芸儿醒来时，正值午夜。

袁崇武抚上她的小脸，见她醒来，那一双乌黑的眸子如同暗夜，深深地凝视着她，低声道了句："伤口还疼不疼？"

姚芸儿说不出话，刚要摇头，便听袁崇武道了句："别乱动！"

她躺在那里，浑身都疼到了极点，只睁着一双眸子望着眼前的男子，直到袁崇武俯下身子，小心翼翼地将她抱在怀里，她的泪珠终是再也抑制不住，纷纷落了下来。

"不是和你说过，哪儿也不要去，怎么不听话？"袁崇武想起两人分别的这些日子，念起她这些日子所受的这些苦楚，声音便沙哑暗沉，虽是斥责的语气，可眼眸中仍是浓浓的疼惜。姚芸儿颈间受伤，声音比起之前更是微弱，她动了动嘴唇，只能一个字一个字地开口："我只是想回家等你，没想到会遇上凌家军的人。"

袁崇武摩挲着她细嫩的脸颊，心头更是疼得厉害："我和你说过，若是遇上凌家军的人，就将你颈中的玉佩拿出来，都忘记了吗？"

姚芸儿闻言，便轻轻地摇了摇脑袋，那双眼睛澄如秋水，一眨不眨地看着自己面前的男人，仿佛要将他刻在自己眼底似的。

袁崇武双眸一震，声音更是低沉得厉害："你是为了我，才没有把玉佩拿出来？"

姚芸儿点了点头，许是牵动了伤口，让她小脸一白，开口道："我知道凌家军是相公的敌人，如果我拿出了玉佩，那我以后，就再也不能和相公在一起了……"

袁崇武喉间一涩，将她的小手攥在手心，看着她的眼睛道："芸儿，我曾对你说过，无论你是谁的女儿，你都只是我的芸儿，这句话无论到了何时，都不会有任何改变，你清楚吗？"

姚芸儿垂下眼睛，便有一小颗晶莹的泪珠顺着眼角落了下来："我知道相公不会嫌弃我，可是……相公身边的人会嫌弃，他们不会让我留在相公身边，可我，只想做相公的女人。"

姚芸儿说完这句话，心头便酸涩得厉害，她反握住男人的大手，一字字都敲打在男人的心坎上，尤其是那最后的一句话，更是令袁崇武说不出话来，只将她抱得更紧，俯身将脸颊隐在她的发间，隔了许久，方才道了声："傻瓜。"

姚芸儿将脸颊埋在他的怀里，离开他的这些日子，她的一颗心全部系在他的身上，此时重新回到他的怀里，只让她什么都顾不得了，再也不愿和他分开。

"相公，"她昂起小脸，轻声道，"往后我哪也不去了，我只想和相公在一起，不论我的爹爹是谁，我都不认了，这块玉佩，我也不要了。"

姚芸儿说着，便伸出小手，哆哆嗦嗦地抚上自己的胸口，想夫将那块玉佩扯下，让男人收好。可孰料她摸索了半天，却觉得胸口那里空空荡荡的，哪还有那块玉佩的影子？连带着束玉佩的绳子，也一道不见了。

"相公，我的玉佩不见了……"姚芸儿惊慌起来，说了这么久的话，她早已心慌气短，又加上失了玉佩，那心里一乱，脸色则越发难看。

袁崇武心疼不已，将她的身子轻轻地放在床上，将被子为她掖好，低声道："丢了便丢了，别去想这些，赶快歇着。"

姚芸儿却是不安，只攥着男人的衣袖，颤声道："会不会是我丢在了凌家军的军营里，若真是这样，会被他们瞧见的……"

袁崇武抚上她的小手，微微收紧，声音低沉而温柔，轻声哄道："就算被他们瞧见了也没事，你是我袁崇武的女人，没有人能将你从我身边带走。"

姚芸儿听了这话，心头便涌来一股甜意，眼眶却又不争气地红了。袁崇武俯下身子，用自己的胡子在她白嫩的小脸上轻轻扎了扎，揽住了她的腰肢，温声道："好了，快睡，往后你什么也别想，只要把身子给我养好，知道吗？"

姚芸儿的确累了，当下便听话地"嗯"了一声，待闭上眼睛后，几乎只一小会儿的工夫，那小脑袋便倚在了男人的怀里，沉沉睡了过去。

袁崇武就那样揽着她，自己半倚在床上，看了她良久。

汉阳城久攻不下，凌肃大军遂驻扎于城下，断绝了城中补给，用最古老的法子，等着城中弹尽粮绝，到时，岭南军自是不战而降。

这一日，凌肃独自一人站在主帐，对着窗外的夜色出神。

听到脚步声，凌肃并未回过头，只淡淡道了句："何事？"

"启禀元帅，莫参将求见！"士兵言毕，凌肃眉头一皱，转过身子，露出一张刚毅沧桑的面容。

"让他进来。"

待一袭戎装的男子走进主帐后，凌肃在主位上坐下，沉声道："本帅命你驻守浔阳，何故来此？"

莫参将脸色有异，俯身对着凌肃行了一礼，而后道："元帅，军中发现一物，此物非同小可，属下必须亲自禀明元帅。"

"是什么？"凌肃眉头皱得更紧。

莫参将不再说话，从怀中取出一枚玉佩，双手呈于凌肃面前。

烛光昏暗，凌肃将那块玉佩接过后，一时并未瞧清，直到眯起眼睛，便见玉身上的那只老虎栩栩如生。当下，凌肃的脸色顿时大变，赶忙将玉佩转过，当看见那一个"凌"字后，凌肃的脸色已是白得骇人，倏然从主位上站起身子，双手紧紧箍在莫参将的肩上，嘶声道："这玉佩从哪儿来的？说！这玉佩你是从哪儿得来的？"

莫参将见他须发皆张，双眸赤红，形如疯魔，心里便发憷起来，道："元帅容禀，此玉佩是从袁崇武的爱姬，姚氏身上落下的。"

凌肃整个人愣在了那里。

"姚氏……姚氏……"凌肃不断地咀嚼着这两个字，姚芸儿的面容浮现在脑海，那秀气的眉眼，杨柳般的身段，她那样像靖儿！他还记得自己在看见她时，甚至差点将她错认成了靖儿！

他那般糊涂！他竟然没有丝毫怀疑，他只以为这世上外貌相似之人何其多哉，竟没有想过十七年前，靖儿为他生下的那个女儿，与姚芸儿正是相同的年纪！

错了，一切都错了。

他被仇恨蒙蔽了眼睛，只知道她是袁崇武的爱姬，竟从未想过，她或许还会是自己的亲生女儿！

凌肃全身发冷，想起白日里自己竟挟持她，将她推至三军阵前，差点害她性命，身子便不稳，幸得莫参将一把扶住，莫参将见他脸上惨无人色，心头更是担心，道："元帅，您……"

"我没事。"凌肃将那块玉佩紧紧地攥在手心，一时间心潮澎湃，无法自已。

"十七年了，老天总算是开眼了！"凌肃的声音极低，苍老的容颜上，是止不住的痛，那痛多年来沁入骨髓，却在这一刻丝丝缕缕地从心头不断地往外蔓延。

他在主位上重新坐下，隔了许久，方才对着莫参将道："你去传我命令，命浔阳守兵，连同安庆、滦州、大渝三处兵马，务必在七日内，给本帅赶到汉阳！"

"是！"

待莫参将走后，凌肃复又将那块玉佩放在面前，整个身子却忍不住地颤抖。

汉阳城。

姚芸儿休养了几日，这日终是可以下床了，袁崇武在前院商议完军事后，刚踏进后院，就见她正坐在院子里，一张脸蛋依旧毫无血色，看见自己后，唇角顿时浮起一抹笑窝，慢慢地起身，打算向着自己迎过来。

袁崇武赶忙上前，将她揽在怀里，道："大夫不是嘱咐了你要好好歇着，怎么起来了？"

语毕，便向着一旁的仆妇看了过去，喝道："不是让你们好好照顾夫人，怎能让她下床？"

一众仆妇皆连大气也不敢出，姚芸儿过惯了苦日子，本就不习惯有人照顾自己，此时又见袁崇武因为自己责怪众人，心头越发过意不去，赶忙摇了摇夫君的衣袖，轻声道："你别怪她们，是我自己觉得今天身上松快了些，想出来透透气的。大夫也说了，我现在已可以下床了，你快别发火。"

听着她轻声细语地和自己说话，袁崇武心头的火气自然烟消云散了，只不过心里还是担心的，为她将身上的披风紧了紧，望着她笑盈盈的小脸，知道她这些日子也的确闷得慌，也不忍要她回房，当下就连声音亦不知不觉间温和了下来："前院里开了不少花，要不我带你去看看？"

姚芸儿自是愿意，点着小脑袋，笑意更浓。

袁崇武也是一笑，姚芸儿颈中的伤口已愈合，此时涂着一层药膏，让他瞧着眸心一暗。

姚芸儿察觉到他的目光，心里便有些难受，忍不住伸出小手想要捂住颈上的伤口，不让他看。

不等她将伤口捂住，小手便被男人一把握住，姚芸儿低下脑袋，轻轻说了句："大夫说，往后会留疤，会很难看。"

袁崇武捏了捏她的手心，浑厚的声音听在耳里，却低沉而温柔："不难看，只要是你身上的，我都喜欢。"

他的声音极低，只有姚芸儿才能听见，顿时那一张小脸变得绯红，声音更是糯糯小小的："你不嫌弃吗？"

袁崇武望着她颈间的伤口，只觉一股密密麻麻的怜惜将他的心头绕紧。他紧了紧她的身子，道了句："心疼都来不及，哪里会嫌弃？"

姚芸儿听了这话，禁不住抿唇一笑，也不敢去看他，只垂着脑袋，心里却是甜丝丝的。

两人一路穿过月洞门，这座总兵府占地极广，前院是花园，其中雕梁画栋，抄手回廊，正是一幅美不胜收的情景。

姚芸儿长于清河村，自小过着苦哈哈的日子，即使后来跟随袁崇武离开了村子，也是一路颠沛流离，又哪曾见过这般华丽的深宅？

两人未曾走几步，就见夏志生与孟余向着这边走来，待看见袁崇武与姚芸儿后，两人俱俯下了身子，恭敬行礼。

这几日，不仅汉阳城的名医，就连夏志生也一道尽心尽力地为姚芸儿调养身子，每日里都要来后院几次，为姚芸儿把脉。姚芸儿不知为何，只觉得这些日子袁崇武身旁的属下对自己都和气了起来，比起之前，不知好了多少。

她自是不知岭南军中多是绿林豪杰，最看重的便是一个"义"字。以前诸人只道姚芸儿年幼貌美，都当她是祸水，可自从那日在城楼上见她宁死也不愿敌军胁迫袁崇武后，这一帮人都对姚芸儿好生敬重，只道她年纪虽小，却心有大义。

袁崇武免了两人的礼，夏志生抬眸，见姚芸儿的气色比起之前几日已好了不少，不由得放下心来，捋须微笑道："夫人这两日气色见好，每日里多出来走动，对身子也是大有裨益。"

姚芸儿这几日得他精心照料，心里本就感激，此时闻言，便对着夏志生欠了欠身子，温声道："这几日有劳夏老费心了，等芸儿好了后，定要做一顿好饭，答谢夏老。"

　　她这一番话说得极为真挚，加上年纪又小，更是显得纯稚可爱，当下三人都微笑起来，夏志生道："夫人在红梅村时，做的野鸡贴饼子，老朽可是到如今还念念不忘，想起来就要流口水。"

　　姚芸儿听了这话，心头自是高兴，笑道："那饼子相公最爱吃了，原来夏老也喜欢，那等过两日，芸儿就去做。"

　　她这话说完，孟余也俯身作了一揖，笑道："只怕等夫人做好了饼子，就连属下也要被香味给勾去，大吃一顿不可了。"

　　孟余话音刚落，诸人俱笑起来，姚芸儿眼见着他们待自己比起从前和善，心里自是欣喜，抬眸向着袁崇武望去，一双剪水美眸中，亦是亮晶晶的笑意。

　　袁崇武望着她的笑脸，若不是碍于孟余与夏志生在场，当真是控制不住，只想俯身在她的脸颊上亲上一亲。

　　不远处，却有一道身影隐在阴影中，对这一切尽收眼底。在看见孟余、夏志生与姚芸儿说说笑笑时，那一张年少的脸庞满是阴戾，拳头更是紧紧握着，待袁崇武将姚芸儿揽入怀中后，少年冷哼一声，转身离开了花园。

第十七章

夫妻分别

娇妻如芸
上

夜间。

袁崇武回来时，正巧遇见丫鬟端着刚熬好的药汁，走进了后院。

他将药碗接过，刚踏进屋子，就见姚芸儿正倚在床上小憩，他不愿惊动她，只将药碗搁在一旁，去为她将被子掖好。

岂料还不等他碰上她的身子，姚芸儿便已绷不住地笑了起来。

"又装睡？"袁崇武也是一笑，捏了捏她的小脸，对着她道，"既然醒了，就快将药喝了。"

姚芸儿也不再胡闹，抿唇一笑，乖乖地张开嘴，将那碗浓黑的药汤一滴不剩地喝了个精光。那药极苦，姚芸儿喝完后，顿觉舌头都麻了，赶紧捏了块蜜饯放在嘴里，嘴巴里的苦味方才稍稍退了些。

袁崇武伸出手为她将唇边的药汁拭去，道："这几日军中事多，我不能陪在你身边，你要好好养着身子，按时吃药，知道吗？"

姚芸儿已听闻凌肃纠集了数支军队，一道向着汉阳逼近。汉阳如今，可真成了喋血孤城。虽然岭南军依旧将汉阳守得固若金汤，可毕竟被敌军绝了粮草，指望着城中备下的那些水和粮食，实在不知能支撑到什么时候。

姚芸儿知道这几日袁崇武都忙得分身乏术，已好几天没有睡个好觉了。想起这些，姚芸儿便觉得心疼，握住他的大手，轻声道："你快去忙你的，我会好好吃药，你别担心。"

袁崇武点了点头，俯身在她的小脸亲了亲："你先歇着，明日我再过来看你。"

说完，男人便站起身子，可还不等他迈开步子，衣袖却被姚芸儿攥住了，他回眸，就见自己的小娘子有些不安地看着自己，唤了他一声："相公……"

袁崇武见她这样，只得留了下来，抚上她的小手道："怎么了？"

姚芸儿默了默，才道："这几日我总是害怕，一想到那块玉佩，心里就不舒坦。我只怕那块玉佩落到凌家军的手里，会给相公添麻烦。"

姚芸儿说起来，心里便绞成了一团，只觉得难受。

袁崇武拍了拍她的小手，沉稳的声音温和地道出了几个字来："放心，不会。"

姚芸儿却是不信，垂下小脸："是我没用，连块玉佩都管不好，还让它给丢了。"

袁崇武瞧着她懊恼的样子，便笑了，将她揽在怀里，大手轻轻地在她的后背上拍了拍，低声道："别去想这些，我现在只盼着你能吃好、睡好，就够了。无论是凌家军，还是岭南军，你都不用去管，只要将身子给我养好，嗯？"

姚芸儿听了这话，心里暖融融的。两人依偎良久，姚芸儿伸出手环上夫君的腰，轻轻地开口道："相公，如今孟先生和夏老他们都对我很好，可我很害怕，我怕他们若是知道了我的父亲是凌家军的人，他们会不会恨我，要你休了我？"

袁崇武闻言，眸心便是一沉，他良久都没有说话，只将姚芸儿的身子抱得更紧。

"傻瓜，你夫君是岭南军里的元帅，他们说的话，又算得了什么？"袁崇武淡淡笑起，轻声安慰着怀中的女子。

姚芸儿听他这般说来，心头便踏实了不少，只轻轻"嗯"了一声，将脑袋埋在他的怀里。

而袁崇武的脸色，却在她看不见的地方，落上一层深隽的阴影。

丫鬟端着点心走到后院时，就见一抹黑影正鬼鬼祟祟地立在姚芸儿的窗口，看那样子，倒似是在偷听屋子里的话一般，听得有人过来，那黑影顿时一闪，消失不见了。

丫鬟揉了揉眼睛，只当自己是看花了眼，刚踏进屋子，就见袁崇武从里屋走了出来，不等她行下礼去，就听男人浑厚的声音响起："好好照顾夫人，若她有什么闪失，小心你的脑袋。"

那丫鬟一个激灵，忙不迭地连连称是，直到男人走后，一颗心还是怦怦直跳的，服侍姚芸儿时，更是打起十二分的精神，丝毫不敢怠慢。

汉阳城，晚间，总兵府衙。

屋子里的气氛凝重到了极点，岭南军所有的高位将领，皆分成两排，一动不动地站在屋子里，对着主位上的男子望去。

夜静到了极点，许久都没有人开口，城外火光冲天，正是安庆、滦州、大渝三处兵马，与凌家军一道，将汉阳城团团围住，呈掎角之势。先前的云梯式、隧道式、撞击式、强攀式、焚烧式、箭战式，复又逐一而来，凌家军来了强援，这几日都是一轮又一轮的攻势，直让岭南军招架不住，连喘口气的时机也没有，战况眼见着变得岌岌可危起来。

凌肃此番使尽浑身解数，联合三处兵马，其势头倒似非将岭南军逼到绝境不可。纵观两军历年来的大战，凌肃却也从未如此次般破釜沉舟，不计后果，简直如同疯魔，每一次攻城，都是一场硬仗，两军俱是死伤惨重。

袁崇武凝神望着眼前的战略地图，汉阳城周边密密麻麻地插满了军旗，意味着城周早已被敌军占领。

男人眸心暗沉，过了许久，方才道：“城中的粮草，还够支撑多久？”

“元帅放心，城中粮草充足，足够再撑三五个月。”

袁崇武点了点头，又道：“穆将军与谢将军的兵马，还有多久能到汉阳？”

“元帅容禀，今日刚收到穆将军与谢将军的飞鸽传书，只道数日前烨阳遭到慕家军围攻，两位将军不得不驻守烨阳，与慕家军大战，倒是无法领兵相助汉阳。”

“慕家军？”袁崇武听得这三个字，眉头便是紧皱，森然道，“慕家多年来镇守南境，向来不管朝廷之事，这一次，又怎会与我岭南军为难？”

“属下听闻此次是慕家的六公子与七公子亲自领兵，慕家是将族世家，祖祖辈辈也不知出了多少位将军，那两个小子怕是得了祖宗的庇佑，竟接连得胜，将我岭南军打得落花流水，听说……听说……”说到这里，孟余斟酌着，似是接下来的话十分难以启齿。

“听说什么？”袁崇武喝问。

“听说那慕家七公子诡计多端，竟使诈将穆将军骗至小山河，指使手下对着穆将军大肆羞辱，等谢将军带着兵马赶到时，就见穆将军被他们悬在树上，赤着上身，身上就没块好肉。”

袁崇武闻言，心头自是怒意滚滚，拳头亦是握紧，沉声道：“黄口小儿，不知天高地厚。”

说完，袁崇武将心头的火气按压下去，对着孟余吩咐道：“你去传书文斌与长风，要他们尽管凝神对付慕家，守住烨阳即可，不必领兵赶往汉阳。"

"是。"孟余俯身领命。

屋中又沉寂了下来，诸人皆是脸色沉重，未过多久，就听一声："报！"

"元帅，凌家军派来使者，候在城外求见元帅！"

传令兵声音刚落，众人的脸色俱是一变，两军交战，不斩来使，只不过诸人与凌肃打了这么多年的仗，却从未见凌家军派过使者，此次自是怎么也猜不出凌肃此举，究竟是葫芦里卖的什么药。

袁崇武心神一凛，面上却依旧喜怒不形于色，沉声道："打开城门，命使者进城。"

"是！"

未几，就见一位青色衣衫的年轻男子，随着岭南军士兵走进了府衙。正是凌肃身旁的幕僚。

"小可参见元帅。"见到袁崇武，年轻男子十分有礼，顿时俯身拜了下去。

"先生不必多礼，"袁崇武一个手势，道，"请坐。"

"小可不敢。"年轻男子拱了拱手，开门见山道，"小可今日奉侯爷之命前来，只为与元帅商议一事。"

"先生有话请说。"

"不瞒元帅所说，汉阳城被元帅守得固若金汤，侯爷久攻不下，不免焦躁，更兼之双方死伤惨重，这般下去，只不过是让一些别有用心之人坐收渔翁之利，是以，侯爷思索良久，终是命小可前来，与元帅商议休战。"

"休战？"听得这两个字，屋子里的人俱是哗然，孟余最先反应过来，俯身在袁崇武耳旁轻语了一句："元帅，凌肃为人阴险，他的话委实不可相信。"

袁崇武不置可否，望着眼前的来使，沉声道："除此之外，侯爷还说了什么？"

"元帅果真是快人快语，侯爷的确说过，若元帅想休战，须得体现诚意，不妨将自己的爱姬与亲儿，与小可一道送出城外，待侯爷见到元帅的爱姬与亲儿，自是能知晓元帅的诚意，侯爷定会从汉阳撤兵，若违此誓，天理难容。"

诸位岭南军将领听了这话，脸色顿时不忿，可想到如今日益危殆的战局，却又说不出旁的话来，只得齐齐向着袁崇武望去。

"你们凌家军，除了会拿女人和孩子做文章，就没其他本事了吗？"蓦然，就听一道男声响起，这声音十分清朗，隐约还透出几分稚意，诸人循声望去，却见此人正是一脸愤然的袁杰。

见到儿子，袁崇武眉心微蹙，道："大人的事，小孩不要插嘴，下去。"

袁杰却并未退下，而是一步步走到袁崇武面前，望着周围的岭南军将领，那一双眸子炯炯，最终仍是落在了父亲身上，一字字道："父亲，你敢不敢告诉在座的叔叔伯伯，凌家军的人为何要你的爱姬？"

袁杰话音刚落，岭南军诸人皆是一怔，夏志生道："少帅何出此言？"

袁杰依然紧紧地望着主位上的父亲，眸心渐渐浮起一抹痛楚，哑声道："父亲，这一屋子的叔叔伯伯，都是为你卖命，跟着你出生入死的兄弟，孩儿斗胆问你一句，你敢不敢和他们说实话，姚氏到底是什么人？"

袁崇武一语不发，一双眸子黑如夜空，笔直地望着眼前的儿子。袁杰在父亲的目光下，心头不由得开始发憷，可一想起白日间在后院听见的那些话，心头顿时又悲又愤，不可抑止，当下却也不曾回避，迎上了父亲的视线。

"少帅，眼下大战在即，你还是先回府候着，莫要让元帅分神。"孟余见状，遂匆匆打了个哈哈，上前将袁杰一把扯住，作势便要让人将这孩子送回去。

岂料袁杰却一把挣开了孟余的手，走至凌家军使者面前，道："凌肃既然将你派来要我父亲的姬妾，那他有没有告诉你，姚氏究竟是谁的女儿？你们凌家军里，到底谁才是她的父亲？"

这一语言毕，岭南军的人顿时大震，就连孟余的脸色也是变了，对着袁杰喝道："少帅不可胡说，你怎能将夫人与凌家军扯上干系？"

"我没有胡说！"袁杰厉声道，"这是我亲耳从姚氏口中听来的，她的父亲是凌家军的人！她生怕咱们知道，可父亲明知她是敌军的女儿，却还一直对她宠爱有加，一直帮着她瞒着我们！"

这一语言毕，岭南军诸人皆愣住了，孟余与夏志生对望了一眼，俱是从彼此眼底察觉到一抹惊惧。

屋子里静到了极点。

袁崇武面无表情，依旧端坐于主位上，魁梧的身躯笔挺似剑，盯着袁杰的眼睛，沉声道了句："说完了吗？"

袁杰双眸赤红，见父亲如此，心头更是火起，一字字道："父亲明知姚氏的身份，却一直将她留在身边，孩儿竟是不知，父亲竟已被她迷惑到如此地步！

凌家军害死我军无数，就连孩儿年幼时，也曾与母亲和弟弟一道被凌家军的人掳去，这才和父亲分别七年，您……您这样，又如何对得起岭南军惨死的士兵，又……怎么能对得起母亲！"

那最后一句话，近乎歇斯底里，字字泣血，袁杰终究只有十三岁，这一段话说完后，眸中早已满含热泪，只觉满腔的仇苦与愤恨无处倾泻，早将母亲素日里的告诫抛在脑后，竟当众质问起父亲。

袁崇武闭了闭眸子，将胸口的怒意压下，对着一旁的士兵吩咐道："将他带下去。"

男人一声令下，顿时有士兵上前，架住袁杰的身子，袁杰哪里肯依，兀自在那里乱挣，口口声声道："我不走！"

孟余上前，一手扶住了袁杰的身子，眸心则向着袁崇武望去，哑声道："元帅，不知少帅所说，是否属实？"

孟余刚说完，所有人的眼睛一道投在了袁崇武的身上，那一双双的眼睛里既有迫切，又有惊骇，更多的却是无边无际的茫然，似是怎么也不曾想到，自家元帅的枕边人，竟会是敌军的女儿！

"真相究竟如何，还望元帅告知。"夏志生走至大帐中央，对着袁崇武深深行下礼去。

"真相便是她是我袁崇武的妻子，仅此而已。"袁崇武声音清冷，一双眸子更是利如刀刃，对着诸人一一看了过去，凡是与他对视者，无不觉得心口一寒，俱低下头去，不敢再看。

"眼下大战在即，本帅没心思和你们商讨家事，至于袁杰，口出狂言，扰乱军心，带下去以军法处置。"袁崇武声音平稳，不高不低，寻不出丝毫喜怒。袁杰闻言，更是觉得悲愤莫名，即使被士兵架住了身子，却依旧口口声声地在那里道父亲偏心，祖护妖姬云云。

"回去告诉你们侯爷，用女人和孩子去换取太平，岭南军做不出这种事，还请他死了这条心。"待袁杰被士兵押走后，袁崇武面无表情，对着使者开口。

一语言毕，使者的脸色便微微一变，隔了片刻，方才道："还请元帅三思，不要为了个女子，而……"

"我意已决，送客。"袁崇武大手一挥，打断了使者的话。

那使者终是不再多言，临去前拱了拱手："若元帅当真要拼个鱼死网破，凌家军上下十万大军，自是会竭力奉陪，告辞。"

待使者走后，诸人向着主位望去，却见袁崇武坐在那里，面色极为难看，整个人都冷锐到了极点，如刀似剑一般，让人不敢多言。

"接着议事。"男人的声音冷冷冰冰的，听得他这副语气，只让所有人都将喉咙里的话给吞到肚子里，连一个字也不敢多说。

凌肃大军依旧是不分昼夜，对着汉阳城猛攻，袁崇武已一连数日不曾回府。这一日，姚芸儿正坐在院子里为袁崇武缝制衣衫，却听前院传来一阵喧哗，丫鬟的声音若有若无地传来，隐约只听得几句，似是有人要往后院里闯。

姚芸儿将袁崇武的衣衫搁下，刚站起身子，就见一个少年男子一手挥开了丫鬟，向着里院横冲直撞地走了过来。

正是袁杰。

两人刚一打照面，姚芸儿心里便是一个咯噔，望着眼前比自己小不了几岁的少年，只不知该怎么面对才好。

袁杰也不说话，就那样站在那里，双眸阴沉沉、冷冰冰地看着姚芸儿。

"少帅，元帅曾说过，夫人身子不好，没有他的允许，谁都不能来的……"那丫鬟焦急不已，碍于袁杰在军中的地位，声音也是极其细微的，袁杰自是不会理会，看也不去看她一眼，只望着姚芸儿，终是开口道："我有些话想和你说。"

姚芸儿不知为何，每次见到安氏母子，总是打心眼里觉得自卑，此时即使只面对袁杰，心里却依旧如此，纵使他之前在烨阳时曾当着诸人的面羞辱过自己，可想起如今大战在即，袁崇武已忙得昏天暗地，自己实在不愿让他分心，心里竟也暗暗希冀着，能和袁杰好好说几句话，不要闹得那么僵才是。

"娟儿，劳你去给少帅倒杯茶来。"姚芸儿对着丫鬟吩咐道。待娟儿退下后，姚芸儿望着袁杰，指了指一旁的凳子，轻声道："先坐一会儿吧。"

袁杰双眸炯炯，隔了片刻，却道了句："若是按着年纪，我应该喊你姐姐。"

姚芸儿听了这话，一张小脸顿时一白，只觉得十分羞窘，不由自主地低下头去。

袁杰自她身旁绕过，走到凳子上坐下，淡然出声："我娘嫁给父亲时，比你眼下还要小上几岁。"

姚芸儿知晓袁崇武十六岁便成亲，想必安氏当年也不过十四五岁，的确是比自己如今还要小的。

姚芸儿默默地站在那里，只觉得一颗心绞得紧，竟是无颜去瞧眼前的少年，恨不得地上有条缝，可以让自己钻进去。

袁杰望着她窘迫的一张脸蛋，那双眼睛亦是水汪汪的，心里不由得暗道了一声狐媚，只道："在我面前你用不着摆出这副可怜兮兮的样子，我今天来，只是为了告诉你，凌家军逼得父亲把你交出去，只要把你送出城，凌肃便会退兵。"

姚芸儿闻言，顿时怔在了那里，惊诧道："凌家军的人要相公把我交出去？"

听得她那一声"相公"，袁杰便觉得刺耳，当下遂冷哼一声，道："凌家军的人为何要你，你自己心中有数，我真不知你究竟使了什么手段，能将我父亲迷惑成这个样子，竟让他宁愿折损兵将，也不愿将你送走！"

姚芸儿心头乱得厉害，清秀可人的瓜子小脸，此时也是惶惶然的，没有一点儿血色。

"凌家军的人已经围住了汉阳城，攻势一阵比一阵厉害，岭南军已经支撑不了多久了，父亲若再不愿意休战，只怕城破的日子，已经不远。你自己想想吧。"

袁杰说到这里，便站起了身子，刚要起身离开，却见姚芸儿仍俏生生地站在那里，微风吹起她的衣角，虽是荆钗布裙，却柔美到了极致。

"既然你的父亲是凌家军的人，我真不懂你何苦非要留在我父亲身边，做他的小妾？"袁杰停下了步子，眉头紧锁，似是真的不解。

"我……"姚芸儿嘴唇嗫嚅，刚说了一个字，便说不下去了。

"你若真的为父亲着想，就离开他，回凌家军去吧。"袁杰见姚芸儿的眸心已是泪光点点，知她心中已有所动摇，当下便趁热打铁，"再说你已经生不出孩子了，就算留在我父亲身边，也是永无出头之日。"

这一句话好似一声惊雷，炸在姚芸儿耳旁，只让她的脸庞再无丁点血色，颤声道："你说什么？"

"汉阳城的名医和夏爷爷都说你伤透了身子，往后再也不能生孩子了，是父亲将这些事瞒了下去，没有告诉你而已。我奉劝你一句，有我母亲在，你就算留在岭南军里，这一辈子你也只是个妾，还不如回到你父母身边，你听清楚了吗？"袁杰声音森冷，一字字都好似一把把利剑，要在姚芸儿的身上割出好几个窟窿，女子的脸色惨白胜雪，满是失魂落魄。

袁杰说完这句，便转身欲走，他刚迈开步子，就见孟余行色匆匆，领着一支精骑赶了过来，甫一看见袁杰，孟余顿时道："少帅怎不声不响地来了这里，倒真让属下一通好找。"

见一行人脸色有异,袁杰道:"孟伯伯,究竟出了何事?"

孟余这才瞧见袁杰身后的姚芸儿,顿时便对着两人拱了拱手,道:"夫人,少帅,凌家军大军已军临城下,元帅亲自领兵,这一场仗也不知要打到什么时候,为了以防万一,元帅命属下将夫人与少帅先送走。"

"父亲要将我送到哪儿?"袁杰沉不住气,一句话脱口而出。

孟余道:"城中自有密道,可一路赶至泰州,属下斗胆,还请夫人与少帅快些离开汉阳,好让元帅少些后顾之忧,能专心抗敌。"

袁杰到底年纪小,知道父亲这般安排,定是汉阳城已到了朝不保夕的地步,当下便慌了神,虽然强自镇定,可那渐渐青白下去的脸色,到底还是将他心底的恐惧透露了出来。

蓦然就听一道轻柔婉约的女声响起,是姚芸儿。

"等我们走后,他是不是要和凌家军决一死战?"

孟余一怔,却半晌答不出话来,隔了许久,方才一叹道:"两军积怨已久,与凌家军决一死战,也是元帅多年夙愿。"

姚芸儿心头剧痛,泪水在眼眶里打转,却怎么也不让它们落下,她望着孟余,终轻声开了口:"孟先生,凌家军的人说,只要你们能把我交出去,他们就会从汉阳撤兵,是吗?"

孟余闻言,一双眸子顿时向着袁杰望去,袁杰心下发虚,别开了脸。

"属下虽不知夫人与凌家军究竟有何渊源,但凌家军的确曾遣来使者,提出休战。而他们的条件,便是要元帅将夫人与少帅交出去。"

姚芸儿吸了口气,将眼睛里的泪珠逼了回去,她摇了摇头,对着孟余道:"不用把少帅交出去,只要把我一个人交出去就够了。"

孟余怔在了那里,望着眼前孱弱纤瘦的女子,一句话终是忍不住脱口而出:"夫人,您的父亲,难道真是凌家军的人?"

姚芸儿又摇了摇脑袋,示意自己也不清楚:"我不知道,但是只要他们能撤兵,我愿意去。"

孟余张了张嘴,却觉得说不出话来,他心知两军如今俱是死伤惨重,无论是凌家军,还是岭南军,都再也撑不下去了。尤其是凌家军,此番提出休战,怕也是因为忌惮西南慕家,而不得不保存实力。

孟余沉吟片刻，终是道："夫人，听属下一句劝，您还是和少帅先走，若此事被元帅知晓，他定是不会要您出城，若是您去了凌家军……"

不等他说完，便被姚芸儿打断："那您就别让他知道。"

孟余彻底怔住了。

他抬眸迎上了一双乌黑澄澈的眸子，秋水般的美丽，带着坚决与祈求，纯净得令人心惊。

他没有再说话，只轻轻叹了口气。

城楼。

凌家军的弓弩手在城下密密麻麻列成方阵，一阵阵的箭雨，间不容发地向着城楼上飞去。

岭南军的人早已筑起一堵盾牌，却抵挡不住那密集的箭雨，未过多久，便有盾牌被箭雨射穿，盾牌后的人，自是被射成了刺猬。

"元帅，这里太危险了，您将这里交给属下，您先回去。"岭南军大将守在袁崇武身旁，望着那铺天盖地的箭雨，对着男人劝道。

袁崇武却充耳不闻，依旧镇定自若，魁梧的身躯挺立如松，他站在那里，便等于竖起一面军旗，直让岭南军的人士气大振。

"两军交战，我身为统帅，又怎能离开战场？"袁崇武话音刚落，耳旁却蓦然听得一抹沉重的声响，脸色顿时变了，厉声道："是谁打开了城门？"

站在一旁的副将也听得那沉闷的声响，显是有人将城下的大门打开，一时间，城楼上的人俱面色大变。未几，就见一道纤弱的身影从城中走了出来，刚瞧见她，凌家军的主帅顿时一个手势，仿佛生怕伤着她一般，命箭阵退下，自己则策马上前，将弓弩手抛在了身后。

瞧见女儿，凌肃顿时下马，眼见着便要向姚芸儿的方向奔去，岂料却被追上来的参将一手拉住了身子，低语道："侯爷小心，属下只怕袁崇武会使诈。"

凌肃却将其挥开，一双眸子一动不动地望着眼前的姚芸儿，抑制不住地向着她走去。

"孩子……"凌肃喉间艰涩，这一声刚唤完，便伸出胳膊，欲将姚芸儿揽在怀里。

姚芸儿却往后退了几步，一张小脸毫无血色，轻轻地道了句："你是我爹爹？"

凌肃眼眶蓦然涌来一股滚烫，喉咙更好似被什么堵住了一般，噎得他说不出话来，只点了点头。

姚芸儿垂下眸子，唯有泪水滚落了下来。

"孩子，快回来，到爹爹这里来。"凌肃见她落泪，心头便是剧痛难忍，对着姚芸儿伸出了手，轻声哄着她过来。

姚芸儿擦去泪水，她听见了袁崇武的声音，可却不敢回头。她望着眼前的凌肃，那个自称是她爹爹的男人，颤抖着开口："只要你下令撤兵，我就跟你们走。"

凌肃闻言，刚要上前几步，孰料姚芸儿却取下了发簪，抵在了自己的颈上，对着凌肃道："你别过来！"

凌肃顿时站在了那里，赶忙道："快将簪子放下，爹爹答应你，爹爹撤兵！"

话音刚落，凌肃便一个手势，命围困于汉阳城周边的大军，尽数向后退去。

两军交战已久，双方俱是死伤惨重，而凌家军也早已疲于奔命，纵使将城攻下，也是杀敌一千，自损八百，到时候定是再无实力去与慕家抗衡。双方这般硬战，不过是两败俱伤，唯有慕家坐大，慕玉堂野心勃勃，若凌家军不能保存实力，那太后与皇帝的处境，便十分危险。

而凌肃此时的目的，只是将自己流落在外多年的女儿带回身边，他调遣三军，也只是为了逼迫袁崇武将女儿送出来，此时既然见到女儿，凌肃自是不会再下令拼死攻城，只愿带着女儿，早日回京。

"孩子，过来。"凌肃缓缓地迈着步子，一双眸子紧紧地盯着姚芸儿，生怕她手中的簪子会伤着自己，那声音暖如春风，只听得姚芸儿一怔。

她的手不知不觉间垂了下去，望着那一步步向着自己走来的男人。凌肃年逾五十，因着常年征战，早已令他的眉宇间布满了沟壑般的皱纹，与那些养尊处优的王爷军侯压根儿无法相比，那如雪双鬓，也甚是扎人眼。

姚芸儿看着他，怎么也没有想到，这个高大而苍老的男人，居然会是自己的爹爹！

凌肃伸出手，那一双手是哆嗦的、颤抖的，试了好几次，才抚上姚芸儿的脸庞，他的声音更是沙哑得不成样子，只一声声地反复道："孩子，爹爹找了你十七年……找了你十七年……"

姚芸儿见他虎目含泪，那是一双父亲的眸子，在这样的目光下，让人再也无法怀疑，他真的是她的父亲！是她十七年不曾谋面，谋面后却又不曾相认的父亲！

"别哭！"凌肃为姚芸儿拭去泪水，此时此刻，他很想告诉女儿，这些年她受苦了，往后，自己定不会再让她受一丁点委屈，可望着女儿满脸的泪水，只让他的悲痛再也无法抑制，终是伸出胳膊，将姚芸儿紧紧抱在怀里。

十七年的牵挂与思念，终是凝结成泪水，从那双虎目中落了下来，打在姚芸儿的发间。

"芸儿！"蓦然，一道男声传来，让姚芸儿打了个激灵，她转过身子，向着城楼望去。

两人隔着千军万马，遥遥相望，姚芸儿看着袁崇武被李壮拉住了身子，他挥手一掌，打在了李壮的胸口，可李壮依然没有松手，更多的人拥了上来，死死地拦住了他。

泪水终是划过面颊，她动了动嘴唇，却没有人知道她到底说了什么。

凌肃揽过她的身子，温声哄道："孩子，都过去了，跟爹爹回家。"

"家？"姚芸儿怔怔地唤出了这一个字，瞧着她失魂落魄的样子，只让凌肃心疼不已，他将自己的披风披在了女儿身上，声音轻柔得如同在和一个婴儿说话一般："对，爹爹带你回家，你是爹爹的掌上明珠，爹爹再也不会让旁人欺负你。"

凌肃一面说着，一面将姚芸儿带回了凌家军的阵营，三军迅速围拢，将父女俩紧紧护住。而远处的汉阳城，城门早已被人重新关上，至于城楼上的人，随着大军的远去，渐渐成了一个个黑点，眨眼的工夫，便再也看不见了。

姚芸儿醒来时，根本不知道自己在哪儿。

见姚芸儿睁开眼睛，凌肃心头只感欣慰，伸出手探上姚芸儿的额际，见她已经退了烧，脸上便露出了笑容，温声道："和爹说说，有没有哪里不舒服？"

姚芸儿神情恍惚，隔了许久，才将这一切的前因后果想了个清楚。

见她的眼底渐渐变得清明，凌肃伸出手，刚想着抚上女儿的小脸，却见姚芸儿面露惊恐之色，当下他的手便停在了半空，收了回来。

"你，真的是我爹爹吗？"姚芸儿哑声道。

听到姚芸儿开口，凌肃没有说话，而是拿出了那块玉佩，递到了女儿面前。

姚芸儿将那块玉佩攥在了手心，就听凌肃的声音响起："这块玉佩，是我们凌家的传家之宝，是由为父的曾祖父手中传来，当年为父将这块玉佩送给了你母亲，她将你送出宫时，便在你身上挂了这块玉佩。"

"送出宫？"姚芸儿眼眸一惊，不解地看着眼前的男人。

凌肃的脸上划过一抹令人不易察觉的痛楚，缓缓道："你的母亲，是太傅家的小姐，本是为父未过门的妻子，可在为父快要迎娶她时，先皇下了一道圣旨，将她选入宫做了贵妃。"

姚芸儿怔怔地听着凌肃口中的一切，她轻轻地坐起身子，半倚在那里，低声道："那你们后来……又怎么会生下我？"

凌肃闻言，望着姚芸儿的眸光中满是慈爱，终是忍不住伸出手，抚上了女儿的发顶，接着道："你母亲入宫后，第二年为皇帝生下了长子，而为父常年戍守边疆，再也不愿回京，只愿他们母子均安，足矣。"

说到这儿，凌肃顿了顿，面上隐露出追忆之色："在泰儿六岁时，我曾率兵回京，先皇于宫中设宴，那也是为父七年来，第一次见到你母亲。"

姚芸儿静静地听着，纯澈的眼瞳，只让凌肃瞧着心口一酸，她那样像靖儿。

"一别七年，你母亲早已不是当年那个无忧无虑的少女。后宫险恶，她身居高位，膝下又有长子，无论是皇后，还是那些低位妃嫔，都处心积虑地想要置她于死地。"

说到这里，凌肃低声一叹，隔了片刻，方才道："为父从没想过她的日子竟会这般艰难，直到从她身旁的永娘口中得知，他们母子这些年被宫人三番两次地陷害，尤其是泰儿，更是数次险些被皇后害了性命，为父舍不下心头牵挂，便留在了京城，结交朝中大员，并送了侍女入宫，去助你母亲一臂之力。"

"皇帝，不喜欢她吗？"

"你母亲为了我，多年来对先皇一直极为冷淡，早已失了宠幸，而先皇年少即位，内宠众多，你母亲，只是他三千后宫中的一个。"

凌肃说着，淡淡一笑，声音里却甚是苦涩："他抢了你母亲，却不曾好好待她。"

"那后来呢？"姚芸儿轻声问。

"后来，"凌肃微微笑起，望着女儿的眼眸中，亦是说不出的疼爱，"北方大赫国越境突袭，为父不得不领兵与之大战，决战前夕，先皇在宫中为为父设宴，这些年来，我与你母亲，未有一日忘记过彼此，也就是那一晚，待宴席结束后，为父并未出宫，而是掩人耳目，去了你母亲的披香殿。"

凌肃伸出手，为女儿将碎发捋好，温声道："为父征战多年，膝下一直无儿无女，待为父远在前线，收到你母亲的信，告诉我她已怀了我的骨肉时，你不知为父有多高兴。"

姚芸儿听到这里，眼眶中已盈满了泪珠，她望着眼前的男人，轻声道："那，你们怎么会弄丢了我呢？"

凌肃眸心一黯，是绵绵不断的痛楚。

"你母亲自怀了身孕，便请旨去了偏殿，待她冒死在宫中生下你之后，便让自己的乳娘带着你出宫，而为父也早已命人在城门口接应，可谁知，却一直没有等到你……"

凌肃说完，想起这十七年来，自己与徐靖皆对这个孩子日思夜想，徐靖处于深宫，自孩子下落不明后，便一直茹素，每日里吃斋念佛，日日夜夜地盼着这孩子尚在人世，能够平安长大。而自己这十七年来，即使东征西讨，可也不忘四处打探女儿的消息，这种苦压在心里，无人可说，只有自己懂得。

凌肃凝视着爱女的容颜，低声道："你长得真像你母亲。"

姚芸儿闻言，一句话便情不自禁地从嘴巴里说了出来："那她，还在宫里吗？"

凌肃微微颔首，道："先皇去世后，梁王继承了皇位，她是梁王的生母，她……是皇太后。"

姚芸儿美眸倏然大睁，轻语道："皇太后？"

凌肃知晓让女儿一夕间接受这些实属为难，可他却再也等不得了，骨肉分离十七载，眼下，他只愿能尽快回京，与徐靖团圆。

"你母亲虽是皇太后，可她这些年来，没有一日不在惦记着你，等你将身子养好，爹爹便带你回京，爹爹盼了这么多年，总算盼到了这一天。"

凌肃说起，心头便觉得宽慰，抚着女儿的头顶的手，亦满是轻柔，仿佛眼前的女子，只是七八岁的小儿。

"爹爹知道这些年来，你吃了很多苦，往后不会了。有我和你母亲在，这天下都不会有人欺负你，我和你娘，会将这十七年欠你的，全补还给你。"

第十八章

思柔公主

京城，皇宫。

"娘娘，当心山上寒气重，伤了身子。"永娘上前，将一件明黄色的螺纹披风为徐靖披在了身上。

"永娘，他这次去了多久？"徐靖紧了紧披风的领口，轻声道。

永娘一怔，暗自寻思了会儿，道："侯爷这次离京，大概走了三个月。"

"不。"徐靖摇了摇头，唇角噙着一抹淡淡的笑意，"是一百零九天。"

永娘见她这般数着日子地盼着凌肃回来，心头便是一酸，不知该说什么才好。

徐靖静静地站在宫墙上，此处是皇宫里最偏僻的一处角楼，站在这里，便可以遥遥地看见宫外的紫山。

但凡凌肃不出外征战，留在京城的日子里，两人每日总会在同一个时辰，一个站在角楼，一个站在紫山，彼此远远地看上一眼。

年年如此。

永娘心头凄然，劝道："小姐，角楼上风大，咱们还是先回去吧。"

徐靖摇了摇头，轻声道："本宫还想再待一会儿。"

永娘遂沉默下去，站在一旁，静静地陪着她等下去。

待主仆俩回到披香殿时，天色已是暗了。

自梁王登基后，徐靖便被尊称为皇太后，为了彰显身份，自是要移宫的，可徐靖却道在披香殿住了多年，早已习惯，无论礼官怎样相劝，都不愿移宫。周景泰生性仁孝，见母亲不愿移宫，遂在披香殿周围大兴土木，将披香殿建得华丽精致，除此外，殿中的陈设更是千尊玉贵，稀世珍品，应有尽有。

刚踏进后殿，就见侍女迎了过来："娘娘，方才收到侯爷的密信，还请娘娘过目。"

徐靖闻言，心头顿时揪紧了，赶忙从侍女手中将那一封信接过，许是因着紧张，那指尖都抑制不住地轻颤。

将侍女遣退，徐靖刚将信看完，身子便是一软，眼见着向地上倒去。

永娘大惊，赶忙上前扶住，未过多久，徐靖悠悠醒转，刚醒来，便唤了一声："我苦命的孩子……"

话音刚落，泪珠就噼里啪啦地落了下来。

"小姐，究竟出了何事？"永娘心中大骇，赶忙相问。

徐靖哆哆嗦嗦地将那张薄薄的纸紧紧地攥在手中，贴近了自己的心口，泪如雨下："永娘，是我的女儿，是我的女儿……她还活着，肃哥找到了她，再过几日，他们便会进京，我就能瞧见她了……"

永娘闻言大惊，道："这样说来，侯爷是找到了小郡主？"

徐靖点了点头，哽咽道："肃哥在信上说，他们如今已经到了臻州，再过不久就能回到京师，我终是能见到我的孩儿……"

永娘的眼眶也湿了，喜极而泣："小姐吃了十七年的素斋，日日夜夜地盼着有一天能与小小姐母女团圆，这一天终是等到了！"

就在主仆俩额手相庆的时候，却听一道尖细的嗓音自殿外传来，让人心下一惊。"奴才参见皇上！"

恭迎圣驾的声音此起彼伏，徐靖一听儿子来了，匆匆捋了捋头发，永娘赶忙拿来帕子，为徐靖将面上的泪痕拭去，收拾好这些，就见周景泰已穿过前殿，走了过来。

因着是来给母亲请安，周景泰并未身穿龙袍，而是一袭黑底绣金龙的绸袍，头上戴着束发嵌宝紫金冠，他的相貌本就英俊，此时瞧起来更是显得丰神俊朗。

瞧着眼前的儿子，徐靖只觉得心头五味纷杂，待周景泰向着自己行下礼后，赶忙上前亲自将儿子扶起。周景泰恪守孝道，无论朝堂之事多忙，每日里定会抽空来披香殿请安。或与母亲品茗对弈，或与母亲闲聊家常，晨昏定省，从不间断。

母子俩说了几句闲话，得知皇帝还没有用膳，徐靖命膳房做了几道儿子爱吃的菜，陪着母亲用完膳后，因着元仪殿还有折子不曾处理，周景泰并未逗留多久，便匆匆离开了披香殿。

望着儿子的背影，徐靖只觉得一颗心犹如猫抓。

屏退众人后，永娘自是瞧出了徐靖的心思，遂上前道："小姐是不是在担心，该如何与皇上去说小小姐的事？"

徐靖眸心一震，顿时道："不，此事绝不能让泰儿知道，他会受不了！"

"那小姐与侯爷，到底是何打算？"永娘显然也是赞成徐靖不将此事告诉皇帝，可若想将女儿接进宫，怕是难以堵住这天下的悠悠之口。

徐靖默然无语，走到美人榻上坐下，凝神思索了起来。

永娘站在一旁，主仆俩沉默了片刻，就听永娘开口道："小姐，恕奴婢多嘴，此事一定要妥善处置，皇帝是咱们瞧着长大的，他的脾性您最清楚不过，虽是孝顺，但心性儿极大，若要他知晓此事，怕是会掀起轩然大波。"

徐靖额首，道："此事若传出去，无论是对肃哥，还是对泰儿，都是百害而无一利，本宫又岂会不知？"

"依奴婢愚见，娘娘不妨暗中与小小姐见上一面，以解这十七年相思，平日里便要小小姐待在侯爷府里，侯爷只有这么点骨血，怕也是要将小小姐含在嘴里都怕化了，小姐只管放心。"

徐靖摇了摇头："不，我们母女分开了十七年，如今既然找回了这个孩子，本宫再也不愿和她分开，本宫要接她进宫，只要是本宫能给她的，本宫全都给她！"

一语言毕，徐靖的眼眶中又微微红了起来，想起十七年前自己熬尽了心血，九死一生才为自己心爱的男人生下了那一个小小的孩子，她只来得及在孩子的脸颊上亲一亲，甚至都没有喂过她吃上一口奶，那孩子便被自己的乳娘匆匆抱走，自此之后，便是母女分别十七载。十七载，六千多个日日夜夜，当娘的心受尽折磨，每当看见儿子，她的心里却总是会想起自己的女儿，想起那个打出娘胎，便与自己分别的女儿……

"可是小姐，若要接小小姐进宫，总要找个名正言顺的由头才是。"

"你说得不错，本宫已经决定，要将她封为公主。"

"公主？"永娘惊诧道。

徐靖点了点头，声音轻柔而坚定："对外，肃哥会说这孩子是他流落在民间的女儿，肃哥南征北战多年，若是在民间留了个孩子，也在情理之中，没有人会怀疑。更何况，肃哥乃朝廷肱骨，多年来战功赫赫，忠心耿耿，既然他寻回了亲女，朝廷自然不能无动于衷，本宫会与皇帝商议，将凌肃封为藩王，世袭'南凌王'的封号，以示我皇恩浩荡，一来晋封忠良之后，二来庆贺南凌王寻女之喜，如此，这孩子便是名正言顺的公主，没有人能说一个不字。"

听自家主子这般说来，永娘便是一凛，而待她细细思索一番后，便赞道："小姐此计甚妙，如此一来，小小姐便是公主，而小姐您大可以说与小小姐投缘，留她在宫中常住。"

"不，"徐靖却摇了摇头，轻声道，"这还不够，本宫要认她做义女，本宫要她堂堂正正地喊我一声'母后'！"

女子的眼眸雪亮，那声音更是掷地有声，在这寂静的深宫中，只显得削金断玉一般，清晰有力。

五日后，京师。

凌肃大军自汉阳班师回朝，刚进京师城门，京师百姓便夹道迎接，待凌肃入城后，诸人皆跪了下去，口中直呼侯爷万安。

姚芸儿独自一人坐在马车中，听着外间安静到了极点，几乎听不到一丝声响，她终是轻轻地掀起了窗帘，向着马车外看去。

这一眼，便让她怔住了。

京城的繁华，乃是她生平仅见，她自小流落于乡村，长大后又屡遭变故，不是在战场，便是在军营，又哪曾见过这般恢宏的城池？

终究是年纪还小，姚芸儿忍不住四处打量，就见街道两旁店肆林立，薄暮的夕阳余晖淡淡地洒在红砖绿瓦的楼阁飞檐之上，几乎晃花了她的眼睛。而京师里的人，穿得也都十分华贵，那衣衫上的料子，不是绸就是缎，一看就值许多银子，哪像清河村那般，人人都穿粗麻衣裳，能有匹棉布，便已是十分难得了。

姚芸儿见他们都匍匐于地，跪得纹丝不动，对着自己的马车恭恭敬敬地行礼，甚至不敢抬起眼睛，去看自己一眼，

凌肃十万大军不能全部入城，凌肃只带了一千铁骑，黑盔铁甲的铁骑，严阵肃立。

甬道正中一条红毡铺路，御林军甲胄鲜明，皇家的明黄华盖，羽扇宝幡，层层通向甬道尽头的高台。

而一身明黄色龙袍的皇帝，已亲自在高台等候。在他的身后，有一层明黄色的纱帘，将里面的人围住，外间的人只能隐约瞧见帘中的影子。

凌肃下了战马，将佩刀解下，递给了一旁的侍从，一步步登上了高台。

帘中的徐靖见到他，心跳得顿时快了起来，好似从嗓子眼里迸出来似的，一旁的永娘紧紧地攥着她的手，她的眼睛寻觅着，待看见那辆马车时，遂颤声道："永娘，我的孩子，我的孩子就在那里！"

"小姐，您一定要撑住，等皇上犒赏三军后，您便可以和小小姐相见了。"永娘俯下身子，轻声安慰着。

徐靖深吸了口气，就听皇帝宣召的声音响起，继而，便是那一道熟悉的男声，浑厚而低沉地道了句："吾皇万岁！"

徐靖闭上了眼睛，泪水瞬间盈然于睫。

犒军完毕，皇帝与太后自是起驾回宫，凌肃率领将士，依旧跪在那里，恭送圣驾。

徐靖的帷帐一直没有撤下，这是宫中的规矩，女眷出行时，都是要由这般的帐子与他人隔开，嫔妃已是如此，更遑论太后。

凌肃一直垂着眼眸，在徐靖踏上凤銮时，终是忍不住抬起头来，向着她看了过去。

帘子里人影绰绰，徐靖在奴才的服侍下，一步步地登上了凤銮，她微微回首，透过帷帐，依稀看见那抹身影。

她知道他也在看着自己，他为她征战半生，扶持她的儿子为帝，令她享有这世间女子最崇高的地位，而他自己，却一次次地跪在自己母子面前……

"小姐，咱们该回宫了。"永娘见主子出神，遂上前在她的耳旁轻声言语，徐靖回过神来，只得将那一腔的酸楚尽数咽下，轻轻点了点头。

凌肃依旧领着诸人跪在那里，待皇上与太后的銮驾离开，诸人方才起身，凌肃望着徐靖的凤銮，眸心渐渐浮起一抹苦涩，直到那凤銮慢慢远去，那抹苦涩，终是化成无尽的怅然。

晨起，皇宫。

"你们听说没有，外间都在传，说南凌王的女儿和咱们太后长得可像了，就连那些老嬷嬷都说，公主和太后年轻时候，简直像一个模子刻出来似的。"

"可不是，我也听说了，昨儿去御膳房传膳的时候，还听几个内侍在那里偷偷儿地说思柔公主貌美若仙，虽是在民间长大，可却将先帝的那些公主全给比下去了呢。"

"太后这样宠爱公主，将她认作义女，还要把她接进宫，怕也是瞧着她和自己年轻时候长得像，才会格外偏疼些吧？"

"嘘，你们不知道，太后从前和南凌王有过婚约，外间都在说，南凌王当年得不到太后，便在民间纳了个容貌与太后相似的女子，所以生下的这个女儿才和太后长得这样像！"

"对，对，对，这事儿我也听说了，按说这公主的生母倒也当真可怜，生下公主没几天就不在了，一辈子连个名分也没捞上。"

几个宫女聚在一起叽叽喳喳地正说得热闹，不知是谁低呼了一声："你们快瞧，是思柔公主！"

话音刚落，几个宫女皆伸着脑袋，就见一辆华贵精致的鸾车缓缓驶来，鸾车上一律用上好的月影西纱做帐，那西纱出自西凉，乃为贡品，一块便价值万金，这般整块地用在鸾车上，倒真是令人咋舌。

那几个宫女见到公主的仪仗，顿时忙不迭地拜了下去，一个个俯下脑袋，连大气也不敢喘。直到鸾车远去，宫女们方才站起身子，望着那公主仪仗，不无羡慕地道："这思柔公主的命可真好，比起往后这一辈子的荣华富贵，之前在民间受的那些苦，又能算得了什么？"

鸾车中的姚芸儿自是听不到她们的这一番话，此时的她正木怔怔地坐在鸾车里，一袭湖绿色的宫装衬着她雪白的肌肤，鸦翼般的黑发绾成了飞仙髻，一张瓜子小脸搽了胭脂，更是面如桃花，美丽如画。

京城里的世家女子向来以瘦为美，是以那宫装的腰身是收紧的，姚芸儿的腰肢本就纤细，此时这般一勾勒，更是显得那身姿曼妙娉婷，待鸾车驶到披香殿时，侍女扶着她下车，姚芸儿望着眼前这座披香殿，她如今已经成了思柔公主，皇帝的圣旨与太后的懿旨几乎在同时传到凌府，封凌肃为"南凌王"，而她不仅被封为公主，更被太后认作义女，并要她在三日后进宫，陪侍在太后身侧。

这一日，便是她进宫的日子。

披香殿中，徐靖早已等候多时，她坐在榻上，眼底下满是乌青，就连那上好的胭脂，也掩不下那抹苍白，她的心跳得那样快，一双手不安地交握在一起，手心里满是冷汗。

"小姐，您别着急，公主马上就要到了。"

"是，本宫不急，"徐靖深吸了口气，用极低的声音道，"本宫已经等了十七年，又怎会急于一时？"

话虽如此，当听见那一声"思柔公主到！"时，徐靖那本就苍白的脸上，更是变得毫无血色。

"是不是她来了？还是本宫听错了？"徐靖紧紧攥住永娘的胳膊，不等永娘说话，就见一道湖绿色的身影自殿外款款走了进来，那女子约莫十七的年纪，眉眼清丽，下颚尖尖，肌肤细腻如瓷，腰身柔弱似柳，待看清她面容的刹那，徐靖整个人犹如雷击，蒙在了那里。

早有嬷嬷教过姚芸儿宫中的礼节，她低垂着眉眼，按着嬷嬷的教导对着徐靖跪了下去，口中道："给太后请安。"

徐靖颤抖着双唇，几番想要开口，喉咙却沙哑得厉害，好不容易才吐出了一句话来："快些起来。"

待姚芸儿站起身子，徐靖勉强压下心头的激荡，对着殿里的宫人道："本宫有些体己话，想和公主说，你们先下去。"

"是。"

待诸人走后，徐靖方才在永娘的搀扶下，一步步向着姚芸儿走去。

姚芸儿一直都低着头，直到一双温暖柔软的手将自己的脸蛋捧在手心，柔和而轻颤的女声响起："乖孩子，抬起头，让娘好好看看你……"

听到这抹声音，只让姚芸儿再也忍不住，抬起眼睛向着徐靖望去。

母女俩四目相对，徐靖的泪水猛然决堤，她早已说不出话来，只不断地抚摸着姚芸儿的小脸，仿佛那是这世上最珍贵的东西，一碰就会碎了，让她不敢用力，生怕会摸疼了她。

"你，是我娘？"姚芸儿的声音十分轻，徐靖听了这话，泪水更是怎么也止不住，就连永娘也在一旁陪着落泪。

"是，我是你娘。"徐靖用力地点了点头，刚把这几个字说完，便再也控制不住，伸出胳膊将姚芸儿紧紧地抱在了怀里，她并不敢放声痛哭，唯有那眼泪却是无声地一直掉，一直掉……

汉阳。

孟余与夏志生站在城楼上，望着校场上黑压压的士兵，正在那里操练着，而一身戎装的袁崇武，则亲自立在上首，一语不发地凝神观看。

两人被寒风吹得瑟瑟发抖，夏志生当先忍不住，道："虽说是慈不带兵，可如今元帅对下也太严厉了些，这从前操练一个时辰也就够了，如今却是操练三个时辰，甭说那些士兵支撑不住，就连元帅自个儿，也经不住这般折腾啊。"

孟余轻叹一声，道："元帅这般训兵，自然有他的道理。如今慕家与凌家联手，咱们若再不加强训兵，怕是到时候会不堪一击。"

夏志生闻言，便是点了点头："你说得不错，我听说那西南慕家比起凌家还要厉害，慕家的士兵常年与蛮夷作战，练就了一身功夫，个个凶悍，据说比蛮夷还要野蛮。若岭南军与慕家开战，倒真是凶多吉少。"

孟余面色深沉，隔了片刻，方才道："老夏，你可曾听说过一句话？"

"什么话？"夏志生不解。

孟余将手拢在袖子里，缓缓道了一句："得慕家者得天下。"

夏志生顿时怔在了那里。

孟余也没有瞧他，只自顾自地说了下去："这句话由来已久，早在大周开国时，此话便已在民间流传了下来。"

夏志生心头一动，低声道："你的意思，倒是要元帅与慕家联手？"

"实不瞒你，我这心里一直有这个念头，不过……"孟余说到这里，一记苦笑道，"慕家那个老狐狸慕玉堂，向来不是省油的灯，再说那慕家七子个个英伟不凡，就连咱们素来瞧不上眼的老六和老七，这次只领了区区五千人，便将文斌与长风打得落花流水，这西南慕家如此的势力，怕是咱们高攀不上。"

夏志生却是微微一笑，道："老夫也曾听过一句谚语，却与先生所说，相差了一个字。"

"哦，是什么？"

"得慕七者，得天下。"

孟余眼睛一闪，诧异道："此话怎讲？"

夏志生捋须道："这句话在西南那边流传甚广，慕玉堂一辈子得了七个儿子，却唯独最宠幼子，慕家夫妇一直将这个小儿子捧在手心，不仅如此，听说就连慕家的其他六子，也无不是处处顺着这个弟弟，是以，西南才会有此谚语传出。"

孟余心思大动，沉吟良久，却摇了摇头，苦笑道："这慕七若是女子，咱们倒可想方设法来为元帅讨来，可他是个小子，你我又都是糟老头子，上哪去讨这少年郎欢喜？"

话音刚落，两人对视一眼，却皆大笑出声，袁崇武听得这边的动静，黑眸遂淡淡地向着这里一瞥，两人察觉到他的视线，赶忙噤了声，直到袁崇武转过身子，孟余方叹道："元帅这样下去，也不是办法，就是铁打的身子，也撑不住啊。"

夏志生却不以为然，道："元帅这般拼命，说到底，还不是为了思柔公主。"

孟余闻言，似是感慨一般，道："当日元帅隐身清河村时，我曾去寻过他，那时瞧着思柔公主不过是个寻常的乡野女子，谁又能想到她竟会是凌肃的女儿。"

夏志生道："既然她是凌肃的女儿，便是咱们的敌人，这一辈子，元帅与她都再无可能了。"

孟余缓缓点头："希望如此吧，只盼着元帅日后能渐渐淡忘了她，毕竟重振岭南军的威风，才是眼下的头等大事。"

夏志生将须颔首，两人略略说了几句后，便也自行散去了。

入夜，袁崇武迈着疲倦而沉重的步子回到后院，而那个总是巧笑倩兮来迎接自己，温柔如水的女子，却再也瞧不见了。

他推开门，"吱呀"一声响，自姚芸儿走后，他遣退了所有的仆人，唯有每晚，在忙完了一天的事务之后，他却总是控制不住地来到这里。

屋子里空荡荡的，再也寻不到她的气息。

袁崇武走到梳妆台前，姚芸儿曾用过的梳子依然安安静静地摆在那里，男人伸出手，将那把梳子握在手心，月光淡淡地映在他身上，纵使他用尽全力，也无法掩饰住那抹锥心刺骨的痛。

他望着手中的那一枚象牙梳子，乌黑的眼瞳中，有着悲伤的绝望，唇角，却慢慢地浮出一抹无力的苦涩笑容，他将那枚梳子搁在怀中，转身走出了屋子。

翌日，除却留守汉阳的驻军外，岭南大军便班师回到烨阳，而回去后，自然又是一场恶战，与慕家的恶战。

京城，皇宫。

夜深了，姚芸儿已在宫中过了月余，这月余里，她一直都是浑浑噩噩地过着日子，成日里都会有数不清的命妇与闺秀进宫来向她请安，徐靖为了给她解闷，特意请来了杂耍班子和戏班子进宫，每日里披香殿中都是热热闹闹的。朝中大臣的家眷，明里进宫是庆贺太后认了义女，暗地里则是处处巴结，奇珍异宝流水般地涌入了披香殿，姚芸儿望着那些琳琅满目的珍宝，却怎么都打不起兴致，那一双美丽的眸子亦是空洞洞的，整日里犹如一个木偶一般，任由身旁的人摆弄，灵

娇妻如芸

上

魂却不知是落在哪里去了。

徐靖瞧着自是心疼，只以为女儿是不适应宫中的日子，每日里都是想方设法地寻些花哨事物，来哄姚芸儿高兴，可姚芸儿却仍是日渐消瘦下去，请了御医来瞧，却也只说是心中郁结难纾，反反复复说来说去便都是那一句"要好好调养"，徐靖听得火起，却丝毫没有法子，竟眼睁睁地瞧着姚芸儿一日比一日憔悴。

徐靖守在床头，见女儿苍白消瘦的一张小脸，便默默泪垂，一旁的永娘上前劝道："小姐，您快别难受了，小小姐怕是没过惯宫中的日子，又加上初来京城，有些水土不服，让御医精心着调理，也就没事了。"

徐靖摇了摇头，在女儿熟睡的面容上轻轻抚过，低声道："本宫能瞧出来，这孩子心里肯定有事，可她却什么也不说，都在心里闷着，这让本宫怎么能不心疼？"

永娘也向着姚芸儿看去，烛光下，女子的脸庞是青玉般的颜色，美是美，可到底没了生气，整个身子纤细而孱弱地躺在那里，脆弱得如同一个瓷娃娃般，一捏就会碎了。

"奴婢也瞧出来了，小小姐在宫里的这些日子，奴婢就从没见她笑过，一屋子的宝贝，都不能让她看上一眼，这孩子的心，也不知是落在了什么地方，眼下，倒也只有慢慢来了。"

徐靖闻言，便微微点头，瞧着女儿可怜兮兮的模样，打心眼里难受，刚要将被子为她披好，却听姚芸儿的唇角轻轻一动，唤出了两个字来——

"相公……"

徐靖与永娘俱听得清楚，不由得都愣在了那里。

姚芸儿无知无觉，依然沉沉地睡着，唯有一大颗一大颗的泪水，却顺着眼角源源不断地往外淌，顷刻间枕头上便沾满了泪痕。

"芸儿很想你……"她在睡梦中轻声地呢喃，那一声轻柔的呢喃，却是情深入骨，缠绵悱恻。

姚芸儿在睡梦中一直哭了许久，她的声音很小，哭声都是细细微微的，似是受了极大的委屈一般，想哭，却又不敢哭，只扯着徐靖的心，让她跟着女儿一道落泪。

"这个痴儿，怎生这般惦记着那个反贼！"徐靖回过神来，赶忙拿起帕子，为女儿将脸庞上的泪珠拭去，一面拭，却又一面忍不住低声道出了这句话来，言语间，满是无奈。

永娘对此事也是知晓的，直到姚芸儿不再梦呓，方才低声道："小姐，侯爷曾说过，小小姐对那反贼一往情深，当日甚至不惜以命相胁，去求侯爷撤兵，如今到了京城，也还一心惦记着那反贼，若这般下去，可怎生了得？"

"袁崇武这些年来一直与朝廷作对，到处收拢人心，先帝在世时，因为此人也不知费了多少心血，就如今连泰儿即位，每日里也被他扰得忧心忡忡，此人一日不除，我大周江山便一日不稳，可这孩子……却又偏偏这般死心眼！"徐靖说起来，便眉心紧锁。

"小姐，奴婢有一话，不知当讲不当讲。"永娘瞧着姚芸儿那张清清瘦瘦的小脸，眸心涌来一股子不忍，对着徐靖小声地开口。

"你我名为主仆，实际却亲如姐妹，又有什么话是不能说的？"徐靖声音温和，示意着永娘直说无妨。

"奴婢瞧着小小姐如今的样子，倒真是可怜，若是小小姐真心爱恋那个袁崇武，奴婢便寻思着，咱们不妨派个礼官，去与那袁崇武说道说道，只要他愿意率岭南军归顺我朝廷，太后您便将义女卜嫁于他，这般不仅成全了小小姐的一番痴心，说不准也解决了皇帝的心病，更能让侯爷抽出工夫去对付慕家，如此一举三得，更可稳固我大周江山！"

徐靖闻言，沉思片刻后，缓缓道："你想得太过天真，袁崇武是什么人？他岂会为了一个女子，甘愿俯首称臣？若是一个女人便能招抚他，七年前朝廷便这样做了，又怎会等到今日？更何况，即使他袁崇武愿意招安，怕是他手下的岭南军，也不会同意，两军多年来血海深仇，又岂是一桩婚事便能抵消得了的？"

徐靖说到这里，顿了顿，又言道："再说，本宫听闻他有妻有子，又比我芸儿年长一十四岁，芸儿在他身旁，居然沦为姬妾，本宫盼了十七年，才盼得这个孩子，无论如何本宫也不会让她往火坑里跳，她若是回到了袁崇武身边，袁崇武日后若要再反，难不成肃哥要亲手杀了女婿？"

"小姐，奴婢倒是觉得，若是袁崇武真心喜爱小小姐，咱们只要将小小姐许了他，说不准他也就没了反意，安心和小小姐过起日子，也是有可能的……"

徐靖眼眸一沉，不等永娘说完便打断了她的话，就连那声音也冷了下去："就算他没有反意，可凭着他以前做过的那些事，哪怕是诛他九族，让他死个千百次也是死有余辜，这个人就算成了本宫女婿，也还是要非杀不可，如此，本宫又怎能再让女儿和他扯上干系？"

徐靖说完，永娘便沉默了下去，瞧着姚芸儿凄清的小脸，心头便是一叹。

徐靖抚上女儿的面容，轻语道："肃哥与本宫也是一个意思，芸儿她年纪小，如今虽然一时惦记着那反贼，但往后日子一久，等她长大了些，便也渐渐淡了。再说，京城里多的是年轻才俊，难道还怕芸儿寻不到好夫婿吗？"

说到这里，徐靖微微一笑，望着姚芸儿的目光中，亦是满满的爱怜。

永娘也道："奴婢瞧着侯爷的义子，薛湛薛将军倒与小小姐堪称一对璧人，前几日奴婢还听闻薛将军托人打探小小姐的消息，得知小小姐吃得少，今儿特意命人送来了许多荆州那边的点心，此外还送了一条狮子狗来，好给小小姐解闷儿。"

徐靖闻言，唇角的笑意便愈浓，颔首道："湛儿那孩子本宫瞧着也是不错的，上一次肃哥在信中也与本宫提过，等再过些日子，待芸儿养好了身子，咱们就寻个机会，让这两个孩子见上一面，以后，也好顺理成章。"

永娘听出了徐靖的话外之意，当下便微微欠了欠身子，微笑道："奴婢谨遵太后吩咐。"

徐靖亦是一笑，回眸又看了姚芸儿一眼，见她睡得极沉，便轻手轻脚地为她将被子掖好，方才与永娘一道离开了。

烨阳。

袁崇武班师回城时，慕家军正驻扎于烨阳城郊，两军不曾正面对战，暗地里却已交手了几次，皆是各有损伤，呈胶着之势。

一眨眼，日子进入了十二月，天气也是一天比一天地寒冷。姚芸儿身子本就孱弱，待入冬后下了第一场雪，她便染上了风寒，继而发起了高烧，迟迟不见好转。

徐靖不眠不休，留宿于姚芸儿所居的荷香殿照顾女儿，凌肃自宫外得知消息，也请旨进宫，与徐靖一道守在姚芸儿床前，这也是自姚芸儿入宫后，凌肃第一次进宫探望女儿。

宫人都在外头候着，就连永娘与青叶也静静地走到了殿外，后殿中，便只剩下这一对父母，守着他们挚爱的骨肉。

"肃哥，再过不久就是这孩子十七岁的生辰了，我想着到了那日，就正式让芸儿认祖归宗，我在宫里，再为她办一场庆生宴，将文武百官、命妇小姐、世家公子全给请进宫里，好好地热闹热闹，给这孩子添点儿喜庆。"

徐靖伸出手，探上了女儿的额头，见她已退烧，那悬着的心方才放下，遂转过身子，对着凌肃轻声细语地说着。

凌肃的眸光一直留在女儿身上，自他带着女儿回京后，父女俩几乎没相守几日，姚芸儿便被徐靖接进了宫，父亲的心情难以言说，此时好不容易见到孩子，自是怎么也瞧不够。

听到徐靖的话，凌肃便微微颔首，粗糙的大手在女儿白皙的小脸上轻轻抚过，亦低声道："也好，这孩子心思重，让那些闺秀小姐多进宫走动走动，她们年纪相近，自然也容易亲近些。"

徐靖声音酸涩，轻语道："肃哥，我知道你疼这孩子，和我一样，恨不得日日都能守着她，可我却把她接进了宫，你会不会……怨我？"

凌肃闻言，便摇了摇头，沧桑的面容上浮起一抹无奈，握住了徐靖的手，低声道："说什么傻话，我疼这孩子，只是因为她是咱们的女儿，她的娘亲是你。"

听着那最后一句，徐靖的眼眶顿时红了，刚唤了一声"肃哥"，那泪珠便肆无忌惮地落了下来。

凌肃微微笑起，伸出手为徐靖将泪水拭去，温声开口："都说女儿像娘，这话一点不假，咱们的孩子不仅长得像你，就连这爱哭鼻子的性子，也像极了你。"

徐靖被他说得也是一笑，虽已年过四十，可那垂眸一笑间，仍是说不出的韵致美丽，让凌肃看着心头一恸，说不出的苦涩，忍不住伸出胳膊，揽她入怀。

两人相互依偎，都再也没有说一句话，唯有眼瞳却一道向着熟睡中的女儿望去，过了许久，徐靖方道："这孩子实心眼儿，一直惦记着袁崇武，你说，这该如何是好？"

凌肃拍了拍她的手，瞧着女儿清瘦的小脸，也是心疼，叹道："芸儿年纪还小，从前一直长在那个小山村里，日后只要咱们多疼爱她些，再为她找个好夫婿，从前的事，自是会慢慢忘了。"

"肃哥，我有一事，一直没有机会问你。"

"什么事？"

"那袁崇武究竟是什么人？"徐靖秀眉微微蹙起，从凌肃的怀中抽出身子，轻声道，"想来他不过是一介莽夫，年纪又长，家中还有妻儿，怎就让芸儿痴心成了这样？"

凌肃闻言，神情便是一凛，沉默了良久，方道："我与袁崇武虽是宿敌，可也不得不说，袁崇武这人颇有本事。此人不过是岭南一个农民，短短几年里不仅一手创建了岭南军，更是笼络民心，所向披靡，当年若不是我用他的两个儿子逼得他妻子泄露岭南军的行军路线，说不准这江山，早在七年前便不再姓周，而是姓袁了。"

徐靖一震，半晌都没说出话来，隔了许久，方才低声道了句："既然此人这般厉害，那定要非除去不可了。"

凌肃点了点头，道："若要除去此人，朝廷必须要借慕家的势力，若然等凌家军打败岭南军，也定是元气大伤，到时候朝廷，可就再无实力与慕家抗衡了。"

徐靖轻轻"嗯"了一声，道："这个我知晓，我已经命人去慕家求亲，有祖制在，慕玉堂已答应送女儿入宫，等下个月，便可以命礼部寻个吉时，去西南下聘了。"

凌肃闻言，眸心便浮过一丝赞同之色，刚要开口，却见姚芸儿动了动身子，两人顿时不再说话，只靠近了床头，凌肃唤了女儿几声，未过多久，姚芸儿的睫毛微微轻颤，睁开了眼睛。

见她醒来，徐靖顿时一喜，温暖的掌心在姚芸儿的脸颊上轻轻摩挲着，柔声道："可算是醒了，有没有哪里不舒服？只管和爹娘说。"

凌肃亦是上前，许是见姚芸儿一眨不眨地看着自己，遂握住女儿的手，温声道："爹爹听说你病了，放心不下，所以和皇上请了旨来看你。你别闹小孩子脾气，一定要快点好起来。"

姚芸儿瞧着眼前的父母，他们的声音仿佛和一个婴儿说话般轻柔温和，他们望着自己的眼睛里，更是满满的疼爱，仿佛自己是这世上最珍贵的宝贝，一眨眼，就会不见了似的。

一瞬间，姚芸儿如同身在梦中一般，周遭的一切，都是那样不真实。

恰在此时，永娘端着一碗千年雪参汤走了进来，徐靖亲手接过，对着姚芸儿柔声哄道："这汤最是滋补身子，来，娘喂你。"

凌肃见那汤黑乎乎的，遂对着一旁的永娘吩咐："去给公主端些甜点过来。"

待永娘走后，凌肃见徐靖舀起一勺药汁，便要往姚芸儿唇边送去，当下开口道："当心别烫着孩子。"

徐靖笑了，只得又对着那勺药汁吹了吹，这才向姚芸儿口中喂去。

姚芸儿倚在那里，那一双剪水美瞳一时看看母亲，一时看看父亲，到了后来，泪珠终是抑制不住，从眼眶里滚落了下来。

看见她哭，徐靖与凌肃都心疼不已，徐靖将药汁搁下，赶忙将姚芸儿搂在怀里，哄道："孩儿快别哭，你这么一哭，是来剐爹娘的心啊。"

姚芸儿抽噎着，泪眼迷蒙地望着眼前的父母，不知过了多久，终是颤着声音，对着凌肃唤了一声："爹爹……"

凌肃听着这一声爹爹，心头便犹如被温热的水淌过一般，让他说不出话来，只将女儿的小手攥在手心，过了许久，才哑声答应。

姚芸儿转过眸子，又向着徐靖望去，徐靖亦是双目含泪，伸出手抚上女儿的小脸，手势中是满满的疼惜。

"娘。"姚芸儿将脸庞埋在徐靖的怀里，刚唤出那一声娘后，便再也控制不住，"哇"的一声，大哭了起来。

徐靖的眼泪也落个不住，伸出手在女儿的后背上轻拍着，不断地说着："都过去了……都过去了……"

凌肃望着眼前的母女，深深吸了口气，上前伸出胳膊，将两人尽数揽在了自己怀里。

丁潇潇 著

下

娇妻如芸

中国华侨出版社

第十九章

刻骨相思

烨阳。慕家军军营。

"不！爹娘答应过我，绝不会让我嫁到京城！"慕七听完兄长的话，倏然从榻上站起身子，一身戎装衬着那一张脸庞越发俊秀，眉宇间十分英气。

"小七，礼官下月便会赶到西南下聘，你听爹娘的话先回西南，爹娘既然答应过你，自是不会食言，你且再等等。"慕成义好声好气地劝着这个妹妹，自小慕七便是一家人的掌中宝，即使在军中，自己也还是处处让着她。

慕七面色冷若寒霜，道："朝廷的礼官又能如何？我不回去，他们还能来押我不成？仗着自己是皇帝，便想娶谁就娶谁了吗？"

慕七说完，便是一记冷哼，看也不再看慕成义一眼，转身向着帐外走去。

"小七！"慕成义最是清楚这个妹子的性子，此时自是忙不迭地追了出去，可到帐外一瞧，却见慕七已乘上那匹千里宝马，顷刻间便离开了军营，跑得远了。

慕成义向来拿这个妹子没法子，当下又担心妹子孤身一人，若被岭南军捉去便糟了，当下赶忙命人追了出去，可慕七那匹宝马出自西域，乃月氏国君送给慕玉堂的礼物，慕玉堂爱女如命，见女儿喜欢，便送给了她，等闲的马哪里能追赶得上，待诸人追出军营，慕七早已不见了踪影。

烨阳西郊，随行于此的岭南军瞧见一匹快马从眼前经过，待看清那人身上的服饰，顿时有侍从喝道："瞧，这里有慕家军的人！"

慕七耳力甚好，闻言便勒住了骏马，那几个岭南军的人乃是随着袁崇武出外狩猎，驻守在此，见慕七孤身一人，年纪尚小，长得又英俊，遂压根儿没将他看在眼里，只上前将他团团围住，污言秽语，淫笑不绝。

"这小子长得白白净净的，咱把他捉了，扒了衣裳看看他是不是娘们，咋样？"

"看那张脸蛋，嫩得跟豆腐似的，这衣裳若剥了，还不跟个小白团似的。"

诸人说完，皆放声哄笑，上前便欲将慕七擒住。

慕七面色清冷，却一语不发，倏然那眸心寒光一闪，抽出佩剑，当先一人几乎没瞧清她是如何出的手，便被割下了头颅，血溅三尺。

其余的岭南军见状，皆面色大变，一个个也亮出了刀，一起朝着慕七身上招呼了过去。慕七唇角微勾，眼瞳中却是冷光四射，手中长剑飞舞，杀气尽显。

慕七自幼长于军中，慕玉堂一代枭雄，武艺了得，慕家六个儿子亦是身手不凡，慕七向来好胜，见哥哥们有武艺傍身，自己自是不能被比了下去，多年一直勤学武艺，又加上父母兄长对她无不是宠爱有加，在慕家军中，慕七向来是呼风唤雨，骄纵任性，就连慕家军中的大将，也个个都顺着她的脾气，教过她功夫。

是以，纵使如今被这几个岭南军的人给缠住，慕七仗着艺高人胆大，倒也丝毫不见惊慌，下手更不迟疑，一招一式，皆狠毒老辣，未几，又有一人被她砍去一臂。

慕七今日本就心头郁结难纾，又被这些岭南军以言语羞辱，此时自是毫不留情，就在她一声清叱，手中长剑架上一个岭南军的脖子时，却蓦然听得一道蕴含着威势的男声道："小小年纪，出手便如此歹毒。"

此人话音刚落，就听周围诸人齐声唤了句："元帅！"

慕七神情一凛，一双凤目向着来人打量过去，就见那男子约莫三十岁的年纪，身形魁伟挺拔，面庞微黑，高鼻深目，眉宇间颇有风霜之色，胯下一匹黑马，海碗大的铁掌，虽比不上自己的宝马，可也是一日千里，不带歇息的。

慕七虽然骄纵，但自幼长于军营，此时见到这男子，心头倒暗暗喝了声彩，想那袁崇武鼎鼎大名，今日一见，却果然名不虚传，当真是条好汉。

念及此，慕七抽回宝剑，对着袁崇武冷声道："你便是袁崇武？"

那男子也不出声，一双眸子黑亮深邃，向着地上的尸首望了一眼，眸底的神色，更是沉了下去。

"怎么，是要一起上吗？"慕七瞥了一眼周围跃跃欲试的岭南军，言辞间极是不屑。

那男子一个手势，众人便皆退了下去，让出一块空地来。

"袁某领教足下高招。"袁崇武抽出自己的朴刀，一语言毕，胯下骏马犹如离弦的箭，向着慕七冲了过来。

慕七不敢小觑，凝神对战，两人一刀一剑，一刚一柔，袁崇武的刀大开大合，一招一式无不刚毅有力，慕七的剑则轻灵小巧，令人防不胜防。

两人这般斗了片刻，慕七虽然自幼习武，但终究是女儿身，力气上当先便输了，又加上袁崇武的刀便如同他的人一般，浑厚深稳，只让她招架不住，未过多久，便气喘吁吁起来。

慕七仗着长剑锋利，胯下宝马神骏，招数上虽落于下风，但面上仍不见丝毫慌乱，一招"苍山迎客"使了出去，剑尖笔直地向着袁崇武的眼睛上劈，趁着男人挥刀挡开的工夫，慕七双腿一夹马腹，一声清啸声响起，那马便飞驰而去。

"想跑？"袁崇武黑眸微眯，也策马追了过去。

身后的侍从皆骑马追了过去，但袁崇武与慕七的坐骑都是千里挑一的宝马，片刻的工夫，诸人便被两人远远甩在了身后。

慕七见身后那男子阴魂不散，无论自己怎生驱驰骏马，却怎么都甩不开他，到了这时，慕七心里反而镇定下来，将飞驰的骏马勒住，回身便是一剑，刺得袁崇武一个措手不及，向后一个仰身，方才避了开去。

两人皆翻身下马，斗了起来，未过片刻，就听"铮"一声响，原来是慕七手中的长剑被男子一刀劈开，震得人虎口生疼。

慕七秀眉微蹙，好胜之心大起，她自幼在慕家军中便等同于公主一般，即使偶尔与人过招，那些人也是处处让着她，生怕一个不稳会伤着她，哪曾似今日这般，就连武器都被人劈了开去？

慕七受此大辱，当下也不管袁崇武长刀在手，竟赤手空拳，纵身而上，以慕家祖传的拳法，向着男人打了过去。

袁崇武大手一个用力，也将手中的长刀扔了出去，以最寻常的军拳，与慕七交起手来。

慕七心知自己在力气上吃了大亏，一心速战速决，一招一式皆是快、准、狠，全是取人性命的打法。

袁崇武神色阴沉，一面与其过招，一面却将慕七的身法招式尽数记在脑海，倒也不曾伤她，却似有心要将慕七的招数全部看完一般。

一套拳还未使完，慕七便已看出了男人的用意，当下不由得更是恼怒，眸心杀机大起，一个招式未曾用了，手中不知何时已多了一把匕首，向着袁崇武的心口刺了过来。

男人面色一变，侧过身子，大手一把扣住了慕七的手腕，就听一声"咔啦"，便是腕骨被男人错开的声音。

慕七顿觉手腕剧痛，那张脸瞬间变得惨白，可她向来脾性坚韧，纵使疼痛入髓，却仍咬紧牙关，一声不吭，伸出另一手，向着袁崇武的眼睛挖去。

袁崇武自是不给她机会，又是一阵骨头错位的声音响起，袁崇武自慕七肩膀以下，皆将她的骨头错开，咔嚓咔嚓的声响，萦绕不绝。

慕七疼得几欲晕去，额上冷汗涔涔，眼前更是发黑，纵使双臂疼得钻心，却依旧站得笔直，一双眸子清清冷冷的，向着眼前的男人望去，仍旧一语不发，甚至连一声最低微的呼痛都没有发出。

袁崇武见他如此硬气，便收回自己的手，道了句："好小子，我不再为难你便是。"

慕七知晓自己如今落入敌军手中，自会生不如死，与其让他们拿着自己威胁慕家，不如自己了断。

念及此，慕七当即也是干脆，刚欲咬舌自尽，不料袁崇武却早已看出她要自尽，不等她咬下去，男人的大手已扣住她的脸颊，他与她离得那般近，就连呼吸都喷在了她的脸上。

"说，你是慕家六子还是七子？"男人声音低沉，慕七听在耳里，却是一记嘲讽，竟一口啐在了袁崇武脸上，一心想要激怒他，好让他将自己杀了。

袁崇武侧过脸，慕七瞅准时机，忍着剧痛，将胳膊从男人胸前一挥，自己向后跃开了身子，身形转动，迅速骑上了宝马。

袁崇武这一次却并未追去，直到此时，岭南军的随从方才跟了过来，见自家元帅站在那里，皆上前道："元帅，要不要追？"

袁崇武摇了摇头，道："不必了。"说完，眼眸略微低垂，却见自己胸前的衣襟有些不整，显是方才打斗所致，男人大手一探，那脸色却倏然沉了下去。

"元帅，您这是？"见袁崇武骑上宝马，诸人皆是不解。

"那小子偷了我的东西。"男人撂下了这句话，宝马却已去得远了。

西郊，袁崇武追赶而至，慕七胯下宝马虽是神骏，但她胳膊受了重伤，自是不好驾驭，未过多久，那马一个扬蹄，竟将她从马背上摔了下来。

慕七顺势一滚，忍着肩膀上的剧痛，豁然站起身子，一语不发地盯着面前的袁崇武。

男人端坐于马背，一双眸子暗如夜空，翻身下马，走至慕七身旁沉声道：

"给我。"

慕七方才见袁崇武胸口露出一块白玉般的物什，只当是何重要之物，遂顺手一扯，看也没看便揣在了自己怀里，而后骑马逃之夭夭，不承想却被袁崇武识破追了过来。

念及此，慕七更是料定那东西非比寻常，当下拼着一口气，一声口哨自唇中吐出，身形迅速地向后转去，袁崇武伸出手，刚欲抓住她身子，不料却被慕七用脚挡开，袁崇武知他狡猾，当即黑眸一沉，一手扣住他的脚踝，令他再也动弹不得。

慕七知晓这一次自己是再也逃不掉了，又加上经过这一番打斗，全身也没了力气，待脚腕被袁崇武扣住后，整个身子便再也支撑不住地倒在了地上。

随着她倒下，一样东西便从她的衣衫里掉了出来。

哪里是什么宝贵的物什，只不过是枚象牙制成的梳子，梳子一角处，还垂着几缕丝绦，一瞧便是女人家的东西。

慕七先是一怔，继而眸心便浮起一抹嘲讽，银牙紧咬，只等着脚腕处的剧痛传来。岂料袁崇武却松开了她的脚腕，俯身将那梳子拾起，重新入怀，继而看也不曾看她一眼，转身离开，翻身上马。

慕七见他这般目中无人，不由得心头大怒，喝道："站住！"

袁崇武将马掉头，眼眸淡淡地在他身上扫过，道："还有何事？"

慕七站起身子，声音亦是清清冷冷的，唯有眸底却涌来几丝诧异："你既然知晓我是慕家两位公子之一，你为何不抓我？"

"岭南军向来不会用人质要挟，你既然是慕家公子，袁某自会在战场恭候。"男人声音沉稳，慕七听在耳里，眼睛却是一动："你真会放过我？"

袁崇武却不理会，撂下了这句话后，便一夹马腹，一人一骑，顷刻间远去了。留下慕七独自一人站在那里，隔了许久，方才明白袁崇武当真是放了自己。

当下，慕七扶着胳膊，一步步向着自己的战马挪去，直到上了马，心里却还一直回想着袁崇武的话，未几，遂皱了皱眉，暗自道了句："真是个怪人。"

经过这么一出，慕七的心性也是收了，当下也不再横冲直撞，而是回到了军营。

皇宫，夜，荷香殿。

徐靖为姚芸儿亲手炖了参汤，见着女儿一口口地吃下，心里便温温软软的，面上的笑靥也越发浓郁。

姚芸儿喝完了参汤，望着眼前的母亲，却似有话要说。

"娘，女儿有一事，想和您说。"

"傻孩子，无论是什么事，只要娘能做到的，你尽管开口。"徐靖握住姚芸儿的小手，轻声细语地笑道。

姚芸儿在宫里住的这些日子，徐靖都将她捧上了天，哪怕她要天上的星星，怕是徐靖与凌肃也会想方设法为她寻来，只不过他们对她越好，那心里的话，便越是不好开口。

"娘，我从前在清河村时，被姚姓夫妇收养，我虽然不是他们亲生的，但他们对我一直很好，姚家爹爹已经去世了，家里就剩下姚家娘亲和二姐、小弟，他们的日子一直都很苦，我出来这么久，也没有他们的消息，我……我很牵挂他们。"

姚芸儿说到这里，便垂下脑袋，继续道："女儿求您，能不能让人去清河村看看，告诉他们我过得很好，让他们别惦记。"

徐靖闻言，便拍了拍女儿的小手，温声道："你放心，娘早已经命人去了清河村，赠给他们银两，姚家日后定会衣食无忧地过日子，你只管将身子养好，这些事就交给娘，你别再想了，知道吗？"

"娘，您能不能，把他们接进宫，让我看看他们……"姚芸儿声音小得犹如蚊子轻哼，徐靖却还是听见了，当下她轻轻一叹，抚上了女儿的小脸，柔声道："孩子，你要记住，你现在是思柔公主，再也不是清河村的姚芸儿。从前的那些人都和你没有任何关系，你是大周的公主，是这个王朝最尊贵的女子，至于姚芸儿，这世上已经再也没有这个人了，母后这样和你说，你听懂了吗？"

姚芸儿怔怔地听着，望着眼前的母亲，喃喃地重复道："这世上，再也没有了姚芸儿？"

"对，这世间再无姚芸儿，有的，只是思柔公主。"徐靖的声音轻柔婉转，带着满满的慈爱，犹如蛊惑般地，敲进姚芸儿的心底去。

烨阳，慕家军军营。

慕成义走进主帐，就见慕七正坐在那里握着一卷兵书，见自己走进，那眼眸却依旧落在兵书上，也不曾看他一眼。

慕成义微微苦笑，将手中的信递到了妹妹身旁，道："这是方才收到的飞鸽传书，爹爹命我们明日启程，率三军回西南。"

慕七这才抬起头来，将那张纸接过，匆匆看完后，脸色当即一变："咱们如今与袁崇武还未决出胜负，岂可回去？"

慕成义遂道："爹爹当初命咱们领军攻打烨阳，也不过是碍于新皇的面子，朝廷让咱们派兵围攻烨阳，咱们也顺着他们的心意，这戏做到如今已做足了，你难不成还真要和袁崇武决一死战？"

慕七将手中的兵书"啪"的一声摔在了案桌上，道："自然要决一死战，原本袁崇武未回来时，咱们将谢长风和穆文斌那两个脓包打得落花流水，如今袁崇武一回来，咱们便领军回西南，这和落荒而逃有什么区别？"

慕成义摇了摇头，劝道："小七，你不是不知道，爹爹和凌肃多年不和，表哥亦是因着凌肃才失去了江山，咱们如今攻打岭南军，便等于是在襄助凌肃，这种事情做一次两次尚可，做多了岂不成了傻子。"

慕七则冷笑道："我看你分明是怕了袁崇武。"

慕成义的脸色也变了，道："京城的礼官已经去了西南下聘，你若真想嫁到京城，让咱们慕家受凌肃胁迫，你便只管留在这里，和岭南军纠缠下去。"

见哥哥要走，慕七一把拉住了他，皱眉道："你方才的话是什么意思？"

"你还不知道，爹爹有意与岭南军结盟，一块对抗朝廷。"

慕七闻言，当即愣在了那里。

"你胡说，我慕家世代忠良，岂可与反贼同流合污？"

慕成义眸心亦浮过一抹苦笑，低声道："你年纪还小，朝政上的事自是不懂。这些年来，咱们慕家一心一意为朝廷镇守南境，却处处受其压迫，你难道忘了咱们的祖父，是如何去世的？"

慕七听了这话，顿时不再出声，慕成义拍了拍她的肩膀，道："准备一下，明日咱们便启程回西南。怕是要不了多久，袁崇武自会亲自去西南一趟，与爹爹商议结盟之事。"

"爹爹的意思，难道是要襄助袁崇武，去夺得皇位？"慕七秀眉紧蹙，低声道。

慕成义却摇了摇头，道："这些事咱们无须去管，咱们只要知道，无论爹爹做什么，都是为了慕家，这就够了。"

慕成义说完这句话，便起身离开了营帐，留下慕七独自一人坐回主位，那原先的兵书，却是无论如何都看不下去了。

烨阳，岭南军军营。

"元帅，慕家大军已由今日启程，返回西南。"孟余走至男人身旁，俯身道。

袁崇武点了点头，这些日子，凌家军与慕家，皆缠得他分身乏术，纵使此时听得慕家撤军的消息，男人的脸上，也还是不见丝毫松懈。

"元帅，依属下之见，慕玉堂既有心与元帅联手，这对岭南军来说便是千载难逢的机会，元帅不妨亲自去西南一趟，也好让慕玉堂知晓咱们的诚意。"

袁崇武摇了摇头，淡淡道："慕玉堂不甘受朝廷掣肘，与咱们结盟，也不过是想拉拢咱们，利用岭南军去对付凌肃罢了。"

孟余自是明白其中的道理，他默了片刻，终是道："元帅，属下有一句话，一直都想问问元帅。"

"说。"

"若有朝一日，朝廷以思柔公主为饵，诱元帅归顺，不知元帅会作何选择？"

袁崇武闻言，黑眸雪亮，顿时向着孟余望去。

孟余亦毫不退缩，笔直地迎上袁崇武的眼睛。

两人对视良久，袁崇武方道："岭南军与朝廷血海深仇，但凡我袁崇武在世一日，便决计不会有归降这一天，你大可放心。"

孟余心头一松，面上仍是恭谨的神色，只深深垂下头去。

袁崇武不再看他，低声嘱咐："这些日子，军中的一切事务便交由你处置，每日操练，务必要风雨无阻。"

"元帅这是要出远门？"孟余心下不解，抬起头向着男人望去，就见袁崇武脸色深沉，道了句："我要去京城一趟。"

孟余顿时大惊，失声道："元帅！京城无异于龙潭虎穴，元帅怎可以身犯险？"

袁崇武瞥了他一眼，站起身子："不必多说，对外你只需宣称我旧伤发作，留在城中静养即可。"

见袁崇武执意如此，孟余心乱如麻，却又无法出声劝阻，只得恭声称是。

是夜，袁崇武一袭箭袖青衫，做寻常打扮，身后跟随了几名侍从，一行人刚要出发，却听得身后传来一阵马蹄声，袁崇武举目望去，就见来人不是旁人，正是袁杰。

"父亲！"袁杰翻身下马，一举奔至袁崇武马下，声音却慌得厉害，"父亲，你快回城，弟弟起了高热，大夫方才去瞧，说弟弟怕是染上了痘疮！"

袁崇武闻言，心头顿时一沉，一把将袁杰拉在自己身旁，喝道："这是何时的事，为何现在才来告诉我？"

"弟弟已经病了三日了，娘说父亲军中事多，不让孩儿来告诉您，可如今，弟弟……怕是不行了……"

不等袁杰说完，袁崇武收回了自己的手，对着身后的诸人道了句："回城。"语毕，便一夹马腹，向着烨阳城奔去，袁杰望着一行人的背影，连额上的汗水也来不及拭，亦慌忙骑上马，向着父亲追去。

烨阳城中，元帅府。

袁宇早已神志不清，一张小脸烧得通红，不住地抽搐，安氏守在一旁，不断地用清凉的汗巾子去为孩子擦拭着额头，泪珠却成串地往下掉。

听到男人的脚步声，安氏抬起泪眼，在见到袁崇武的刹那，那泪水更是抑制不住地落了下来，奔到袁崇武身旁，攥住他的衣襟泪如雨下："相公，你快想法子救救宇儿，你快想想法子，救救他……"

袁崇武拍了拍她的手，也没说话，冲到病儿床前，在看见孩子如今的模样后，眉头更是拧得死紧。

"大夫怎么说？"袁崇武回过身子，对着安氏道。

"大夫说，宇儿若一直高热不退，便是染上了痘疮，这可是要死人的啊！"安氏一颗心抽得生疼，望着床上受苦的孩子，恨不得可以将孩子身上的病全都转在自己身上，哪怕是再严重千倍百倍。

袁崇武伸出手，探上儿子的额头，顿时觉得触手滚烫，再看袁宇，更是抽搐得厉害，全身都打起了寒战。

"来人！"袁崇武对着屋外喝道。

"元帅！"

"速去军营，将夏志生请来。"

"是。"

待士兵领命而去后，安氏守在袁宇床头，一双泪眼却向着袁崇武望去："相公，宇儿才十一岁，这孩子自幼体弱多病，若他这次有个好歹，我也活不下去了……"

袁崇武望着眼前哭成泪人的女子，她只是一个母亲，是他孩子的母亲。

他的眸光落在安氏脸上，黑眸中沉毅如山，道："你放心，军中也曾有士兵染上痘疮，夏志生治过此病，宇儿会没事的。"

安氏迎上他的目光，心里便安定了不少，她默默垂下眼睛，望着孩子通红的小脸，一大颗泪水顺着眼角滚下，悄无声息。

是夜，袁宇的情形依旧不见好转，夏志生已从军营赶至城中，待瞧见袁宇的模样后，心头顿时一紧，赶忙让人回避，并将袁宇此前用过的衣裳、桌椅、被褥、纸笔皆一一焚烧，此外将袁宇居住的这一处庭院与诸人隔开，等闲人不许入内，而院子里服侍的人，也在唇鼻上蒙了一层厚厚的棉布，以防痘疮蔓延。

将药汁为袁宇灌下后，夏志生对着袁崇武拱了拱手，道："元帅，小公子这里有夫人和属下守着，您还是速速出府避痘，若有何事，属下定命人告知于您。"

袁崇武坐在床前，见袁宇的脸上已开始起痘，原本那张清秀白净的小脸，此时已惨不忍睹。他深知痘疫的厉害，此时见儿子伸出小手，欲往脸上抓，袁崇武眼皮一跳，当即攥住孩子的手，让夏志生吓得一惊，失声道："元帅，您万不可亲自照料公子，痘疫传得快，一个不小心，便会染上此病！"

袁崇武一语不发，夏志生脸上蒙着厚厚的棉布，此时却什么也顾不得，又道："元帅，您是三军统帅，万万不可在……"

"他是我儿子。"男人的声音低沉有力，便是这一句话，却让夏志生将口中的话全部咽了回去，半晌，只微微一叹，行了一礼后匆匆走出屋子，去为袁宇熬药。

夏志生刚走，安氏便端了一盆热水走了过来，让袁崇武洗手。

两人皆不眠不休，一道照顾患儿，因着深知痘疫的可怖，那些仆人大夫亦巴不得离得远远的，所有贴身的事儿，唯有父母在做。袁宇在凌晨时醒来过一次，看见父亲时，孩子虚弱的脸蛋上便浮起一抹笑靥，微弱地唤了声："爹爹……"

袁崇武伸出手，抚上孩子的小脸，低声道："别怕，爹爹在这儿。"

袁宇未过多久又陷入了昏迷，可那唇角却是微微上扬的，让安氏看得心里发酸。

第三日时，袁宇的烧终是退了，夏志生来瞧过，只道痘疮已开始结疤，待脱落后，便无事了，这几日精心照顾着即可，已无大碍。

袁崇武闻言，终放下心来，而安氏更是心口一松，再也支撑不住地晕了过去，由着丫鬟扶去歇息。

夏志生站在原地，袁崇武在他肩上拍了拍，而后便一语不发地走出了屋子。

他已三日不曾休息，此时一张面容早已疲惫到了极点，眼睛里布满了血丝，刚走进院子，被那屋外的日头一照，顿时觉得眼睛被刺得一阵酸疼，他只觉得自己头疼欲裂，耳朵里更是嗡嗡作响，就连那脚下的步子亦是踉跄的，诸人瞧见他，皆是一震。

他越过众人，也没让人跟着，只独自走了出去。直到从怀中取出了把梳子，男人的脸色方才和缓了些，他合上眸子，将那梳子紧紧地攥在手心。

翌日。

安氏醒来后，便匆匆赶到屋子里去看袁宇，见孩子果真开始好转，心头不免极是欣慰，这才发觉没有瞧见袁崇武，遂对着一旁的丫鬟问道："怎么不见元帅？"

那丫鬟摇了摇头，显是自己也不清楚。安氏为袁宇掖好被角，刚要起身出去，就见袁杰一脸阴鸷地走了进来，开口便是一句："娘，父亲去了京城，找姚氏去了。"

安氏闻言，脸色顿时一变，道："就没人拦着他？"

袁杰摇了摇头，咬牙道："他可是岭南军的主帅，谁敢拦着？"

安氏见儿子面露埋怨，遂按住了孩子的肩膀，对着袁杰轻轻摇了摇头，示意他不可再说。

袁杰看了一眼屋子里忙忙碌碌的人，只得将喉咙里的话全都给咽回了肚子里去。直到晚上，屋子里只剩下母子三人，袁宇方才醒来了一会儿，还喝了一小碗米汤，此时已沉沉睡去，安氏将孩子的小手放进被窝，就听袁杰压低了声音，说起了话来。

"娘，父亲这次也太过分了，弟弟还生着病，他怎么能抛下弟弟不管，甘冒大险去了京城？"

许是见安氏没有说话，袁杰又道："他就不想想，万一这次他被朝廷擒住了，咱们母子怎么办，岭南军成千上万的将士们又要怎么办？"

安氏默默听着，站起身子，领着袁杰走到一旁，方才道："你父亲这次去京城的事，军营里的人全都不知道，你给娘记住了，千万不能透露出去，不然，你要旁人怎么看你父亲？"

"哼，"袁杰却是一记冷笑，道，"他既然敢做，难道还怕人知道？"

安氏摇了摇头，秀眉却微微蹙起，语气里也是含了几分斥责："杰儿，他是你父亲，娘与你说过许多次，你和你弟弟年纪还小，必须要依附于他，你给娘记住了，只有他好，你们才能好，若是他失了军心，你和你弟弟又能指望谁？"

袁宇闻言，犹如醍醐灌顶一般，隔了半晌，终是对着母亲垂下脑袋，蔫蔫地道了句："孩儿明白了。"

安氏见儿子认错，已不舍得再去责怪，想起袁崇武，心里却是又酸又凉，忍不住微微苦笑，眉眼间无尽凄凉。

"娘，您笑什么？"袁杰见母亲唇角含笑，心头自是老大的不解。

安氏深吸了口气，慢慢道："是笑你父亲，为了仇人的女儿，竟连自己的命都不顾了。"

袁杰闻言，心头也涌来一股酸涩，继而便是愤恨与失望。

"娘，他明知咱们因凌肃受了那么多的苦，却还将凌肃的女儿纳为姬妾，为了她甘冒大险进京，孩儿真不明白，孩儿怎会有这般不堪的父亲！"

"住口！"听儿子出言不逊，安氏顿时喝止，她看着袁杰的眼睛，隔了许久，方才一叹，道，"他若真是不堪，这岭南军里，又哪里还会有咱们母子的位置？"

说完，安氏闭了闭眼睛，轻语了一句："娘累了，你先出去吧。"

袁杰见母亲脸色的确不好，遂对着母亲行了一礼，走出了屋子。

安氏独自一人立在那里，也不知在想些什么，直到听闻床上的孩子传来一道轻微的动静，她方才回过神来，匆匆走到床前，就见袁宇已睁开了眼睛，看见自己的刹那，细声细气地喊了一声："娘……"

安氏瞧着孩子，心头顿时变得很软，可袁宇的下一句话，却令她怔在了那里。

"爹爹呢？"

安氏动了动嘴唇，却说不出话来，唯有一双泪珠，却"吧嗒"一声，从眼睛里落了下来。

"娘，您别哭，孩儿做了一个梦，在梦里，爹爹一直在照顾孩儿，对孩儿可好了。"

安氏擦去泪珠，勉强扯出一抹笑意，道："傻孩子，哪里是梦，你爹爹不眠不休地在这里照顾了你三日，夜里给你换药擦身的也都是他。"

听母亲这般说来，袁宇的眼睛顿时一亮，向着四周寻觅了片刻，那眼睛的光便黯淡了下去，小声道："那爹爹现在去哪儿了？"

安氏喉间一苦，柔声道："他军中有事，见你已经好了，便先回了军营。"

好不容易哄睡了儿子，安氏转过身，一想起袁崇武此时正拼命赶路，甘冒奇险，只为了见凌肃的女儿一面，便百般滋味涌上心头，只恨得银牙紧咬，不可抑止。

京城，东郊。

袁崇武一路风尘仆仆，这几日他一直是不眠不休地赶路，实在倦极了，便也随意寻个地方打个盹，眼见着终是到了京城，方才勒住了飞驰的骏马，下马后倚在树下，一语不发地将水囊里的水向着自己的脸上浇去，这才觉得全身上下松快了些许。

何子沾在一旁瞧着，心里只觉得不忍，他默默走到男人身旁坐下，两人俱没有开口，隔了许久后，何子沾方才道："大哥，您这次千里迢迢地来京城，是要将夫人接回去？"

袁崇武闻言，也没有说话，只喝了一口水，摇了摇头。

见他摇头，何子沾又道："大哥，恕小弟多嘴一句，你我都知京城有多凶险，您是三军统帅，去京城，实在是不妥。"

袁崇武闭目养神，听到何子沾的话，遂微微一哂，他又何尝不知自己是三军主帅，如今为了自己的女人孤身上京，却将岭南军弃之不顾，实在是有负将士。

"我知道我不该来京城，可我控制不了。"

一语言毕，袁崇武已站起了身子，重新跨上了骏马，竟无丝毫犹豫与迟疑，向着城门飞奔而去。

何子沾瞧着，微微摇了摇头，也骑上了马，随着袁崇武一道入城。

南凌王府。

因着今日是思柔公主正式归宗认祖的日子，王府里一早便忙开了，待公主的凤辇停在王府门口时，凌肃早已领着诸人候在了那里。

父女相见，有忧有喜，因着再过几日便是姚芸儿的生辰，这一日早已被钦天监勘测过，是为吉日，凌肃已命人将一切备好，意欲让女儿认祖归宗。

祠堂上，摆着凌家数位先祖的牌位，姚芸儿跪在蒲团上，恭恭敬敬地对着凌家列位先祖磕了头，又从父亲手中接过香，为先祖们敬上。

凌肃在一旁瞧着，心头自是欣慰，姚芸儿在管家的示意下，又向着凌肃跪了下去，恭恭敬敬地拜了三拜，凌肃心绪复杂，待礼成后，连忙将女儿扶起。

"从今日之后，你便是凌家的女儿，凌芸儿。"

父亲浑厚的声音响在耳旁，姚芸儿有一瞬间的恍惚，抬眸，便是他慈爱而温和的眸子，让她瞧着只觉得心头一暖，轻轻地唤了声："爹爹……"

凌肃望着失而复得的女儿，不由得百感交集，这些年来，他戍守边疆，东征西讨，就算偶尔回京，可这偌大的一座府邸，却是空荡荡的，连个说话的人也没有。世人皆道他位高权重，把持军政，却不知他孑然一身，黯然孤苦。

"爹爹已经和太后说过，留你在王府住上一宿，今晚，就让咱们父女俩好好地吃一顿团圆饭。"凌肃十分高兴，话方说完，便微笑起来，瞧着女儿的眼睛里，却是浓浓的不舍。

姚芸儿望着凌肃两鬓上的白发，心头便是一酸，从身后的宫女手中取过一双棉袜子，对着凌肃道："爹爹，这是女儿为您做的，天气冷了，您当心冻着脚。"

凌肃接过那一双温软的棉袜，眼眶中却蓦然一热，瞧着女儿清纯秀美的脸庞，只让他更是心存爱怜，忍不住伸出胳膊，将女儿揽在怀里，粗粝的大手抚上孩子的发顶，低哑道："好孩子。"

父亲的怀抱是那般宽厚，让姚芸儿感到满满的温暖，不由得在父亲的怀里蹭了蹭脑袋，恍如撒娇的小女儿般，让凌肃忍俊不禁，笑出了声。

晚间的宴席上，除了凌肃与姚芸儿父女之外，却还有一个人，此人不是旁人，正是凌家军的少帅，薛湛。

因着是家宴，薛湛今日并不曾身穿戎装，而是京城中的世家公子最为寻常的装束。一袭白色锦袍，俊朗的容颜犹如雕刻般五官分明，有棱有角，乌黑浓密的头发用银冠高高绾起，一双剑眉下是一对含笑的眸子，颇有些放荡不羁的味道，不经意间流出的精光，却令人忽视不得。

姚芸儿骤然见到他，眉目间便浮上一丝欣喜，忍不住微笑道："薛大哥，你怎么也来了？"

凌肃留意着女儿的神态，见她展露笑靥，便也笑道："湛儿是爹爹的义子，既然是家宴，又怎能没有湛儿？"

自入宫后，姚芸儿便再没有见过薛湛，两人当初却也算是共过患难，在凌家军时，薛湛更是曾多方照料过自己，是以姚芸儿见到他，倒也觉得十分亲切。

薛湛望着眼前的女子，心里却说不出是什么滋味，他动了动嘴，任是他平日里能言善辩，此时却不知该说些什么，只得自嘲一笑，将手中的酒一饮而尽。

凌肃瞧着眼前的义子与女儿，只觉得两人如同金童玉女，的确是一对璧人。

薛湛打小便是他看着长大的，在他心里，一直将其视如己出，而等自己百年后，自是要将凌家军交给他的。凌肃念及此，又向着两人看了一眼，如今看来，不仅要将凌家军交给薛湛，甚至就连自己的掌上明珠，也是要一并给他了。

宴席未曾持续多久，姚芸儿折腾了一天，早已疲惫不堪，凌肃瞧着自是心疼，唤来嬷嬷，将女儿送回房间休息。待姚芸儿走后，席上便只剩下凌肃与薛湛二人。

"湛儿，"凌肃淡淡开口，道，"义父有一事，想要与你商议商议。"

"义父有话请说。"薛湛恭敬道。

凌肃微微颔首，缓缓道："芸儿再过几日，便年满十七岁了，太后前几日曾说过，要为芸儿寻一门亲事，义父对朝堂之事虽然了如指掌，可对这一群小辈却是不甚了之，还要你和义父说说，这京中，可有能与我芸儿匹配的青年才俊？"

薛湛闻言，心头便是一怔，他垂下眸光，暗自思虑片刻，终是一咬牙道："义父，孩儿也有一事，还请义父成全。"

"哦？"凌肃淡淡微笑，"你说。"

薛湛站起身子，对着凌肃深深作揖："孩儿恳请义父，将芸儿嫁与孩儿为妻。"

凌肃凝视着眼前的义子，薛湛气宇轩昂，年轻有为，乃是青年一辈中的翘楚，自己与徐靖也皆是属意由他来当女婿，方才那一番话也不过是试探。此时见薛湛果真对女儿有意，凌肃沉默片刻，语气却变得凝重起来："湛儿，你也知晓，芸儿曾经是袁崇武的女人，义父不愿勉强你，你对芸儿若是真心，义父自是愿意成全，可若不是，义父只希望你不要耽误了她。"

薛湛听了这话，颀长的身姿犹如玉树临风，对着凌肃道："义父，孩儿愿以性命起誓，孩儿求娶芸儿，是因为孩儿真心喜欢她，与她是何人之女毫无干系，若义父愿将芸儿嫁给我，孩儿定会将她视若珍宝，不让她受一点委屈。"

男子清越的声音掷地有声，犹如削金断玉一般，而那张俊美的容颜上，更是极其郑重的神色，凌肃素来了解他的为人，此时听他如此一说，便放下心来，只站起身子在薛湛的肩膀上拍了拍，感慨道："有你这番话，义父便放心了，义父征战一生，只有这么一个女儿，你要答应义父，无论到了何时，都要护她周全，再不让她吃一点苦，受一点罪……"

凌肃声音沙哑，说到这里，便再也说不下去了，侧过身子，深吸了口气。

"再过几日，便是芸儿的生辰，在那一日，义父会为你向太后请旨赐婚，而后，便将你们的婚期公之于众。"

许是欢喜来得太过突然，薛湛怔了怔，直到凌肃望着自己淡淡笑起，方才回过神来，拱手对着凌肃道："多谢义父！"

凌肃心下快慰，拉着薛湛一道坐下，两人的心情都出奇地好，那一杯杯的烈酒，便如同白水一般进了肚子。

第二十章

岭慕结盟

姚芸儿回到闺房，待侍女退下后，她身上只着一件白绫衬裙，却从床上轻轻地坐了起来，用胳膊环住了自己的身子。

人前，她尚可强颜欢笑；人后，却有数不尽的刻骨相思，折磨得她生不如死。

她的泪水一颗颗地滴在锦被上，未过多久，那精致的苏绣被面便染上一大摊水渍，她生怕自己哭久了，眼睛变得红肿，明日里会被人瞧出来，是以擦去了泪水，回眸一瞧，却见床头上摆着几个趣致可人的彩瓷娃娃。因着是女儿的闺房，凌肃颇费了一些心思，让人在这间屋子置下了许多女孩儿喜欢的小玩意，这些瓷娃娃，便是其中之一。

姚芸儿伸出白皙如玉的小手，自床头取下两个娃娃，一个是男娃，另一个是女娃，她独自蜷在床头，一手握住一个，眼泪却又扑簌扑簌地往下掉。

"这一个是相公，这一个是芸儿。"姚芸儿轻轻举起手中的娃娃，这一语言毕，唇角却浮起一抹笑靥，如水的眼瞳中更是说不尽的柔情缱绻，相思蚀骨。

她动了动小手，让两个小娃娃面对面地站在一起，而后用手指推了推那女娃娃，让它往男娃娃的身边挪去，一面推，一面轻声细语地开口："相公，天气一日比一日冷了，你的衣裳还够穿吗？"

姚芸儿推了推男娃娃的身子，似是期冀着它会回答自己一般，她也知道自己傻，遂带着泪水，笑了起来，依旧是轻声细语地说着："芸儿每天都很想你，你也会想芸儿吗？"

这一句刚说完，姚芸儿只觉得自己的一颗心被人撕扯着，疼得她再也说不下去了，她望着那个男娃娃，只合上眸子，泪水霎里啪啦地掉了下来，就连纤瘦的肩头，亦轻微地抽动。

"想，日日都想。"

蓦然，身后传来一道男声，姚芸儿顿时止住了哭泣，不敢相信一般，刚回过头，就见自己日思夜想的那个人，自屏风后缓缓走出，站在了自己面前。

姚芸儿一眨不眨地看着面前的男子，她的身子颤抖得那般厉害，甚至还没等她开口说出一个字，那男子便大步向着她走了过来，不由分说便将她一把从床上抱起，炙热而滚烫的吻，铺天盖地般地压了下来。

熟悉的气息扑面而至，姚芸儿犹如溺水的人一般，拼命地攥住了袁崇武的衣襟，她忽闪着眼睛，以为自己是在做梦，一动也不敢动，生怕自己会从这个梦境里醒来。

袁崇武将她紧紧箍在怀里，他用了那样大的力气，简直恨不得将她揉碎在自己手里一般，融进自己的身子里去。

他毫不怜惜地吮吸着她的唇瓣，记忆中的柔软与清甜在这一刻瞬间被唤醒，他的双臂如铁，属于他的气息充斥在姚芸儿的周围，让她晕乎乎的，因着不能呼吸，一张小脸逐渐变得通红，就在她快要晕过去时，袁崇武终是松开了她。

姚芸儿大口地喘息着，泪水顺着眼角一滴滴地往下落，袁崇武望着她的泪水，只觉得心如刀绞，又将她抱在怀里，捧起她的小脸，将她的泪珠一颗颗地吮去。

姚芸儿犹如失了魂的木偶，不知过去了多久，她终是敢伸出小手，颤抖着抚上了男人的脸。

"相公……"直到抚上那张坚毅英挺的面容，姚芸儿才知自己不是做梦，而是袁崇武真真切切地站在自己面前。

袁崇武握住她的小手，放在唇边亲了亲，他闭了闭眼眸，终是再也忍耐不住，又将姚芸儿一把扣在了怀里，紧紧地搂在自己的胸膛上。

姚芸儿伸出胳膊，环住他的身子，她的脸蛋埋在男人的胸口，听着他沉稳有力的心跳，轻轻柔柔地开口道："相公，真的是你吗？"

袁崇武俯身在她的发顶落上一吻，声音喑哑低沉："自然是我。"

"你是怎么进来的？"姚芸儿蓦然想起此事，慌忙从袁崇武怀里抽出身子，见男人一袭侍卫装扮，小脸顿时一白，一双眼睛不住地在男人身上打量，颤声道，"你有没有受伤，有没有人看见你？"

袁崇武箍住她的纤腰，将自己的下颚抵在她的额上，低声道："我没事，别怕。"

姚芸儿听着他的声音，恍然若梦，忍不住将身子埋在他的怀里，却说不出话来，直到男人托起她的小脸，才看见她的脸蛋上又落满了泪痕。

瞧着她哭，袁崇武既是心疼，又是无奈，伸出手为她将泪水拭去，姚芸儿也知道自己一定是哭得不成样子了，她眼睛一眨不眨地望着眼前的男人，努力地想要将泪水憋回去，却终是徒劳。

她用手擦了擦眼睛，唇角却露出一抹梨窝，赧然道："我也不知怎么了，看不见相公的时候想哭，如今看见了相公，还是想哭……"

袁崇武听着这句话，黑眸中的心疼便越发深邃，他一语不发，只重新将姚芸儿抱在怀里，俯身在她的发丝上印上一吻。

姚芸儿好不容易才止住了泪，轻轻地开口："相公，我真以为，我再也见不到你了。"

袁崇武轻轻拍着她的后背，手势间如同哄着一个婴儿般轻柔，听到她的话，也只是低语了一句："傻瓜。"

姚芸儿环住他的腰，美眸中浮起一层氤氲，小声道："爹爹和娘亲都要我忘了你，他们说，我现在是大周的公主，再也不是清河村的姚芸儿，我和相公，也永远都不可能在一起了。"

袁崇武闻言，黑眸便是一沉，只将姚芸儿揽得更紧了些。

姚芸儿将脸蛋贴在他的心口，声音轻柔而温软，一字字地融进男人的心。"他们都不知道，我不稀罕什么公主，我只想和相公在一起，如果要我离开相公，别说是大周的公主，就是大周的女皇，我也不稀罕的。"

袁崇武听着这一番话，只觉得心头一滞，竟是要他不知该说什么才好，只得低声唤了一句她的名字："芸儿……"

姚芸儿从他的怀里抽出身子，一双泪眼盈盈地看着眼前的男子，眸子里却带着满满的恳求，颤声道："相公，就算芸儿求你，你不要再和我爹爹打仗了，爹爹很疼我，咱们一块去说，爹爹一定会答应的，好不好？"

袁崇武一语不发，就那样凝视着她，只看得姚芸儿的泪珠又落了下来，她轻轻地摇着男人的衣袖，那张梨花带雨的小脸，看得人心头不舍。

袁崇武依旧没有说话，面对自己心思单纯、涉世未深的小娘子，只让他微微一哂，满是苦涩。

两军多年来深仇大恨，都恨不得置对方于死地，吃对方血肉以解自己的心头之恨。岭南军数万条性命折损于凌家军之手，抛开此事不谈，纵使岭南军对抗朝廷，死不足惜，可他们的妻儿老小，又有何罪？那些老人何辜，稚子何辜？凌家军当年对岭南军犯下的滔天恶行，又岂可一笔勾销？

更何况，他深知朝廷定是无论如何都不会放过岭南军，纵使招安，也不过是一时的缓兵之计，到头来，仍是躲不过朝廷的围剿与诛杀。与其如此，不如放手一搏。

这些事情，他都无法一一去与姚芸儿说。他的仇人，毕竟是她的爹爹。

当下，袁崇武抚上姚芸儿的小脸，那一双黑眸雪亮，无声地摇了摇头。

姚芸儿心口一酸，黯然道："相公，哪怕是为了我，也不成吗？"

袁崇武颇为无奈，将她的脑袋按在自己怀里，姚芸儿心里难受，也不愿再去逼他，隔了许久，方才轻声细语道："爹爹年纪大了，这么多年一直是孤身一人，如果你真要和他打仗，我只求你，往后你若是在战场上见到了我爹爹，你不要伤害他，好吗？"

袁崇武抚着她的长发，听着她在自己的怀里柔声祈求，那羸弱的身子仍旧是不堪一握的，倚在他的怀里，柔若无骨。

他沉默了许久，直到姚芸儿泪眼迷蒙地看着自己，他的心顿时便软了，微微一叹，终是道了句："别哭，我答应你。"

姚芸儿听了这话，心口便松了下来，忍不住抿唇一笑，袁崇武瞧着她的笑靥，眉宇间便是一柔，大手捧住她的小脸，又一次攫取她的唇瓣，深深地吻了下去。

姚芸儿搂住他的脖子，两人依偎良久，唇齿间的缠绵是那样醉人，男人的呼吸亦越来越重，仅存的理智克制着他，让他终是松开了姚芸儿的唇瓣。

姚芸儿轻轻地喘息着，淡淡的粉色仿若从肌肤里面渗透出来似的，白里透红的一张小脸，分外可人。

袁崇武平息着自己的呼吸，粗粝的大手在她的脸蛋上轻轻摩挲，姚芸儿垂下眸子，向着他依偎过去。

"芸儿，你听我说，我在京城不能待太久，等时机成熟，我会立马过来接你，记住了吗？"袁崇武深吸了口气，将体内的躁动压了下去，大手则揽住姚芸儿的腰肢，轻声嘱咐道。

姚芸儿抬起小脸，迷茫道："相公，你这次进京，不是要带我走吗？"

袁崇武心头一涩，大手在她的脸颊上轻轻拍了拍，却是哑然，道了一句："傻芸儿。"

第二十章 岭慕结盟 一

姚芸儿想起父母，也是柔肠百转，若是袁崇武真要带自己走，她也不知自己能否将父母舍下，跟着他去。

两人沉默片刻，袁崇武就着烛光，见她气色尚佳，身子虽然仍是纤瘦的，可比起之前在自己身边时，却还是稍稍圆润了些。

他瞧着，心头说不清是怜惜还是歉疚，俯身将自己的额头抵上她的，低声道："这些日子，照顾好自己，不要多想，等着我来接你。"

姚芸儿点了点头，声音却是十分小："那你，别让我等太久……"

袁崇武笑了，刮了刮她的小鼻子，声音低沉而温和，道了一个字来："好。"

姚芸儿心里一甜，小声道："相公，我不在你身边，你会想我吗？"

袁崇武紧了紧她的身子，唇角微勾，却是自嘲。

他这次甘冒大险，千里迢迢地进京，路上一共花了五天五夜的时间，累死三匹宝马，为的不过是来见她一面，此事就连他自己瞧着，也都是荒诞可笑到了极点，也只有这个傻乎乎的小娘子，才会这样问他。

"想，"他点了点头，淡淡一笑，低声道了句，"快想疯了。"

姚芸儿鼻尖一酸，听着男人的话，眼睛又红了一圈。男人瞧着便忍俊不禁，又将她扣在怀里。

姚芸儿心里又是酸楚，又是甜蜜，也不愿去想往后，只愿这一刻长长久久，生生世世。

未过多久，却听窗外传来一道极其细微的声响，袁崇武一听，黑眸中顿时精光一闪，知道此处已不可久留。

他咬了咬牙，轻轻推开姚芸儿的身子，姚芸儿不解地看着他，她似是明白了什么，轻声道："相公，你要走了吗？"

袁崇武压下不舍，点了点头，捏了捏她的小脸，说了句："听话，等着我。"

姚芸儿心头一恸，小手紧紧地攥着男人的衣袖，虽然知道他的处境危险，却又无论如何也舍不得松开手去。

袁崇武见她落泪，上前抱了抱她的身子，在她的脸庞亲了亲，姚芸儿终是松开了自己的手，哽咽道："你要小心……"

袁崇武颔首："我知道。"

说完，就听窗外的声音再次响起，这是袁崇武与属下之间的暗号，袁崇武听着，心知再也无法逗留，狠了狠心，不再去看姚芸儿一眼，松开她的身子，转身便走。

姚芸儿望着他的背影，那一颗心顿时空了，全身再也没有一丝力气，瘫在了床上，唯有泪珠却一滴滴地滚落了下来。

袁崇武一行就着夜色掩护，离开了京城。

途经浔阳时，早已是人疲马倦，遂留在城中，寻了处客店打尖。

未几，就见百姓们皆向着城墙拥去，原来是朝廷新贴了皇榜。袁崇武瞧着，遂命人前去打探，自己则端起一碗酒，一饮而尽。

而待方才的属下回到客店时，一语言毕，男人的脸色顿时"唰"地变了。

皇榜上昭告的不是旁的，正是太后义女思柔公主，与凌家军少帅薛湛的婚期。

榜中只道二人男才女貌，实为天作之合，太后亲下懿旨，待明年开春，便为两人亲自主婚。

袁崇武听着属下将榜上的话尽数告诉了自己，握着酒碗的手却抑制不住地用力，直到"咔嚓"一声脆响，那碗竟被他捏成数瓣，男人的脸色更阴沉得可怕，站起身子，对着诸人道了句："出发。"

而后，便大步走出客店，翻身上马，向着烨阳驰去。

京城，皇宫。

姚芸儿赶到披香殿时，徐靖正倚在美人榻上，由一旁的小宫女轻捶着肩膀，闭眸养神。

听到女儿的脚步声，徐靖睁开眼睛，挥了挥手，示意身旁的宫女退下，自己则亲自迎了过去，柔声道："你这孩子，究竟是出了什么事，怎生急成了这样？"

徐靖一面说，一面取出自己的丝帕，为姚芸儿将额上的汗水拭去。

"娘，您将我许配给了薛将军，是吗？"姚芸儿只觉得身子发冷，殿内虽暖意融融，她却只觉得冷，打心眼里的冷。

徐靖见女儿神色有异，便将殿内的宫人全部喝退了下去，而后拉住女儿的手，温声道："湛儿是你父亲义子，无论是品貌，还是家世都是没的挑，将你许配给他，不仅是娘的意思，也是你父亲的心愿。"

姚芸儿摇了摇头，小脸却变得雪白："不，您和爹爹明明知道，我已经嫁过人了，我的相公是袁崇武，除了他，我不会再嫁给别人！"

徐靖脸色一沉，语气里已有了严峻的味道："芸儿，你不要忘了，你如今是大周的公主，而袁崇武却是一介反贼，你和他，永远都不可能在一起！"

姚芸儿的泪水涌上眼眶，"扑通"一声，对着母亲跪了下来，祈求道："娘，女儿求求您，您和爹爹不要把我许配给别人，我求求您！"

徐靖见女儿落泪，心头软了，只将姚芸儿从地上扶起，轻声细语地劝说了起来。

"你这孩子怎么这般死心眼，那袁崇武比你年长十四岁，家中有妻有子，娘真不知他哪一点好，将你迷惑成了这样。"徐靖望着女儿满眼的泪水，心头不免又气又疼，牵着女儿在榻上坐下，苦口婆心道，"先不说他与你爹爹对战多年，单说他家中的妻儿，你可曾想过，你若与他在一起，又要如何与他的妻儿相处？"

闻言，姚芸儿一怔，腮边依旧挂着泪珠，一声"我……"刚从嘴巴里唤出，心里却想起安氏与袁杰，那余下的话，便再也说不下去了。

"一生一世一双人，这是世间女子梦寐以求的姻缘。芸儿，听娘一句话，袁崇武不是你的良人，更不会是你的一双人，你是我和你爹捧在手心里的宝，你难道要爹娘看着你去给一个反贼做妾？"

姚芸儿说不出话来，唯有眼泪一直往下掉。

徐靖为女儿拭去泪水，柔声道："你瞧瞧薛湛，他待你一心一意，又年轻有为，单说相貌也与你十分般配。在这京城里，也不知有多少官家小姐想嫁给他为妻，更难得他打小就在你爹身旁长大，最是知根知底的，爹娘也只有把你嫁给他，才能放心得下。"

姚芸儿摇了摇头，轻声道："娘，女儿已经嫁过人了，还失去过孩子，大夫曾说过，女儿往后都生不出孩子了，我知道您和父亲是为了女儿好，可是……薛大哥是好人，我不想害了他。"

徐靖眼皮一跳，握紧了女儿的手，道："宫里的御医只说你是滑胎后不曾好好调养，才落下了病症，往后只要细心调理，孩子还不是要多少有多少，民间的那些庸医，又怎能与宫里的御医相比？再说，你父亲从未逼迫湛儿，是他心甘情愿想娶你为妻。"

见女儿不说话，徐靖十分心疼，道："芸儿，娘知道你心里惦记着袁崇武，你听娘说，这世间的好男儿千千万万，爹娘为你另觅佳婿，待你与湛儿相处久了，你一定会忘了袁崇武，你眼下年纪还小，定是觉得难以割舍，其实日子一久，也就淡了。"

徐靖一面劝说着女儿，一面在女儿的小手上轻轻拍了拍，她的声音极温柔，也不知姚芸儿听进去没有。

半响，就见姚芸儿终是抬起了眼睛，向着母亲望去，她动了动嘴唇，轻轻地道出了一句话来："娘，你难道也会忘了爹爹吗？"

徐靖的脸色顿时"唰"的一下变得惨白，她想起了凌肃，蓦然间只觉得心痛难忍，不得不收回了自己的手，侧过了身子，整个人都抑制不住地颤抖。

姚芸儿默默坐在那里，有一大颗泪顺着她的眼角滚落了下来，她低垂着眼睛，极其小声地说了句："娘做不到的事，女儿也做不到。"

她说完，便从榻上站起身子，对着母亲行了一礼，而后走出了披香殿。

瞧着女儿的背影，徐靖刚站起身子，却觉得眼前一黑，又软软地坐在了榻上。她几乎要忘了，她当年也曾如女儿这般痛哭流涕，也曾这般生不如死。

这么多年来，她在这宫里一日一日地熬，与那三宫六院的女子一道去争抢一个男人，她真的忘了，自己当年不得不与情郎分离时，也曾泪如雨下，也曾伤心如狂。

徐靖闭上了眸子，只觉得自己头疼得厉害，她与凌肃此生不得相守，只望女儿能寻一个真心相爱的男子厮守一生，可这男人，竟是朝廷的头号敌人。

"冤孽，真是冤孽……"徐靖叹了口气，缓缓地呢喃出一句话来。

西南，慕家。

主厅中，慕玉堂坐于主位，袁崇武坐在右首，慕家其余六子皆在一旁陪坐，诸人皆常年征战沙场，酒量素来极大，这般你来我往，见袁崇武话虽不多，喝酒却干脆，不免对他起了几分好感，不消多久，席间气氛倒也十分融洽。

袁崇武当日方回到烨阳，便一路马不停蹄，领了一支骑兵向着西南赶去。慕家世代驻守南境，慕玉堂在西南更是如同天子，翻手为云，覆手为雨，倒也难怪朝廷忌惮。

酒过三巡，孟余悄悄附在袁崇武耳旁，低声道："元帅，慕玉堂有七子，席间却只见了六位少爷，唯独不见那位最宠爱的小公子，倒是不知为了何故。"

袁崇武这些日子一直风尘仆仆，如今一碗接着一碗的烈酒下肚，眉宇间遂浮起几分醉意，却尚能自制，道："此等小事，无须在意。"

孟余恭声称是，方才站回身子，就听闻一道男声响起："夫人到，七小姐到！"

这一道话音刚落，岭南军诸人皆脸色一变，孟余与穆文斌对视一眼，再看袁崇武依旧不动声色地坐在那里，两人收敛心神，齐齐向着门口望去。

就见慕夫人与一位年约十八的女子踏进了主厅，待看清那女子容貌时，诸人无不觉得眼前一亮。那女子一袭白衣胜雪，乌黑的秀发尽数披在身后，以一支玉簪松松绾住，全身上下再无任何缀饰，却是冰肌玉骨，暗香袭人。一张鹅蛋脸面，眉不描而黛，唇不点而朱，更妙的是那女子的眉宇间不同于一般美人般满是柔媚，而是透出淡淡的清冽，犹如雪上梨花，容不得人轻贱。举手投足亦是落落大方，毫不扭捏，竟有几分英气流露其间。

慕玉堂瞧着女儿换回了女装，遂一记朗笑，对着妻女招了招手，命夫人与慕七一左一右坐在自己身旁，而后则向着袁崇武道："袁将军有所不知，慕某六子一女，因着朝廷的缘故，这些年小女一直是女扮男装，随在军中，倒是让将军看笑话了。"

袁崇武淡淡一笑，举起酒道："慕元帅慈父心肠，亦是人之常情。"

慕玉堂哈哈一笑，也举起碗来，一饮而尽。

慕七坐在父亲身边，眸心在袁崇武身上瞥过，唇角却浮起一抹嘲讽，见他丝毫不曾留意自己，收回目光，只端坐在那里，从头到尾，一言不发。

宴席一直持续到深夜，一碗接着一碗的烈酒下肚，慕玉堂早已红光满面，对着袁崇武道："今我慕家军与岭南军联手，日后自不必再忌惮朝廷，唯愿两军齐心协力，共建大业！"

一语言毕，慕家其余六子手中无不举着烈酒，向着袁崇武敬去。

袁崇武黑眸中暗流涌过，他喝的酒自是不比慕玉堂少，此时眼底醉意愈浓，面上却仍喜怒不形于色，只牢牢端起酒水，与慕家诸人逐一而敬。

宴席结束后，慕玉堂已被人搀扶着回到后院歇息，袁崇武只觉得头昏欲裂，胸口处更是热乎乎的，五脏六腑都火烧火燎一般，难受到了极点。孟余与穆文斌一道将他扶起，他却伸出手将两人推开，低声道了句："我没事。"

孟余与穆文斌对了个眼色，都十分担心，只得紧紧跟在其身后，一行人刚走出主厅，被外间的寒风一吹，袁崇武更觉得烦闷欲呕，一手扶住廊下的圆柱，停下了步子。

孟余刚要上前，却听一道女声响起，那话音里透着轻蔑，一字字都十分清脆："咱们西南的酒向来极烈，袁将军既然酒量尚浅，又何故如此牛饮，在这里醉态百露，平白让人看了笑话。"

袁崇武眼眸一扫，却见当先一人，正是慕七。何子沾心下不忿，刚欲开口，就见袁崇武一个手势，令他闭嘴。

"七小姐说得不错，袁某的确是失态了。"袁崇武淡淡开口，一语言毕，则对着慕七拱了拱手，道了声："告辞。"

而后，便领着身后诸人径自从慕七身旁经过，竟是连看都不曾看她一眼。他的这种漠视并不是故意为之，而是淡然自若，仿佛她慕七在他眼里，与一堵墙一棵树，或者与慕府中的任何一位仆人侍从都毫无分别。

慕七银牙紧咬，从小到大，她在西南一直呼风唤雨，无论谁见到她皆是小心翼翼，那些人也是从不看她，不为别的，只因为心存敬畏，不敢看她。而那个男人，她瞧得清楚，分明是不屑看她！

慕七双眸幽冷，对着袁崇武离去的方向瞥了一眼，妍丽的脸庞上浮起一抹鲜艳的鄙薄，终是拂袖而去。

回到岭南军客居的庭院，袁崇武刚踏进屋子，终是再也忍耐不住，醉倒了下去。侍从们慌忙上前，将他扶到床上歇下，这些日子，袁崇武马不停蹄，不眠不休地在各地奔波，体力早已透支得厉害，如今又兼得慕玉堂与慕家诸子轮番劝饮，更是醉得一塌糊涂，待诸人七手八脚地为他将戎装褪下，他早已是人事不知，昏昏沉沉地睡在那里。

命侍从们退下后，屋子里便只留了孟余与穆文斌二人。

"先生，您说慕家如今与咱们结盟，到底是什么意思？"穆文斌与孟余一道在桌旁坐下，低声道。

孟余倒了两杯茶，将其中一杯递到穆文斌面前，开口道："慕家与朝廷嫌隙已久，朝廷这些年来一直暗中削弱慕家的力量，慕玉堂忍耐多年，这次是忍不住了，之所以与咱们联手，也无非是想借助咱们的力量，多一分胜算推翻朝廷罢了。"

"属下还有一事不解，元帅之前对结盟之事并不热衷，此番又为何会一反常态，亲自赶往西南与慕玉堂联手？"

听了这话，孟余便是一叹，苦笑道："这个自然是因着思柔公主了。"

穆文斌心头一震，失声道："莫非元帅是要将思柔公主抢回来？"

孟余点了点头："元帅待她用情至深，朝廷已昭告天下，要将公主许配给薛湛为妻，元帅如今，也只有和慕家联手，才有可能打败凌肃。"

"可她是凌肃的女儿！"穆文斌冷笑连连，眸心更森寒得可怕。

孟余张了张嘴，却终是什么也没有说，只沉默了下去。

"若早知她是凌肃之女，当初在烨阳时，便该将她一刀杀了，以慰我岭南军在天之灵！"穆文斌一拳打在桌上，恨得咬牙切齿。孟余眼皮一跳，道："穆将军，你对元帅一直忠心耿耿，如今……"

穆文斌大手一挥，道："我忠心相对的，是从前那个以大局为重，能领着兄弟们成大事的元帅，而不是如今这个被美色冲昏了头脑的元帅！"

"穆将军……"

"先生留在此处，若等元帅醒了，还望先生能劝劝元帅，文斌先告辞。"不等孟余说完，穆文斌便打断了他的话，站起身子对着孟余拱了拱手，继而大步走了出去。

孟余瞧着男人怒意冲天的背影，念着如今的岭南军，亦是深叹了口气。蓦然，孟余不知想起了什么，眼睛却是一亮，苦苦思索片刻后，那紧皱的眉峰终是舒展开来，捋须自言自语了一句："如今之势，倒也只有此计可行了。"

十二月底，岭南军连同慕家大军，以迅雷不及掩耳之势，攻占了暨南、洛河、池州等地，岭慕大军势如破竹，各地守城官兵皆不堪一击，纷纷泣血求援，更有甚者，池州总兵不等岭慕大军赶至，便已打开城门，亲率家眷跪地迎接。

一道道加急军报雪片般地飞向了京师，短短数日内，元仪殿的案桌上堆满了小山般的奏折，年轻的帝王不眠不休，一双俊目熬得通红，待看完浔州知府的折子后，只觉胸闷难忍，将那折子一手扔在了案桌上，发出好大一声脆响。

见皇帝动怒，殿中的内侍宫女全部跪了下去，黑压压的一群人，在那里齐声道："皇上息怒。"

周景泰浓眉紧皱，对着众人挥了挥手，喝道："全给朕退下。"

徐靖领着永娘刚踏入元仪殿时，便见着了这一幕。

见到母亲，周景泰站起身子，将心头的烦闷压下，对着母亲深深一揖："天色已晚，母后为何不在宫中歇息，却到了孩儿这里？"

不过短短数日，周景泰已然消瘦了许多，那一张气宇轩昂的脸庞上满是憔悴，眼底更是透着淡淡的乌气，显是许久不曾安眠所致。

徐靖瞧着，便心疼起来，将儿子扶起，让他与自己一道坐下，从永娘手中将自己亲手做的点心送至周景泰面前，温声道："这是母后为你炖的燕窝羹，你快些趁热吃了，补一补身子。"

周景泰便是一笑，道："母后每次来元仪殿，总是不忘为儿子送些好吃的。"

徐靖也是慈爱笑起，目光中满是爱怜，对着儿子道："母后知道近些日子朝上的事多，越是如此，你便越是要保重好身子，朝政上的事，母后帮不了你，只能在这些衣食上，为你多费些心思了。"

周景泰搅动着碗中的玉勺，却也不吃，只向着母亲望去。

"怎么了？"徐靖见儿子有话要说，遂对着永娘使了个眼色，示意她退下。

待殿中只剩下母子两人时，周景泰终是开了口，道："母后，您与朕说实话，思柔公主，她是不是袁崇武的女人？"

徐靖闻言，心头顿时大震，就连声音都变了："皇帝是听谁说的？"

周景泰见状，遂道："母后无须问朕是从何得知此事，母后只消告诉朕，此事究竟是真是假。"

徐靖心乱如麻，当日姚芸儿进京时，凌肃只道她是自己流落在民间的女儿，从不曾将姚芸儿嫁过人，并是袁崇武爱妾的事情透露出去，凌家军向来军纪严厉，既然主帅下令命诸人封口，定是无人敢泄露的，可如今，周景泰却偏偏知晓了此事！

望着已经长大成人的儿子，徐靖移开眸光，一时心头五味纷杂，不知要说什么才好。

隔了许久，徐靖方才点了点头，哑声道："不错，思柔的确曾是袁崇武的女人，可那些都已是过去的事了，如今她是南凌王的女儿，也是薛将军未过门的妻子。"

周景泰黑眸幽暗，俊朗的容颜隐在阴影中，让人看不清他的神情，只能听到他用深沉的声音，一字字道："既如此，朕有一计，还望母后成全。"

"你要做什么？"徐靖心头一跳，一句话脱口而出。

"朕会命使者去池州与袁崇武面谈，并将孩儿的手书带去，只要他愿意归顺朝廷，孩儿便将他封为岭南王，岭南军士兵人人赐以田地银两，让他们回乡，过回他们从前的日子。"

徐靖凝视着儿子的面庞，稳住自己的心神，道："说下去。"

"朕还会允他自治岭南，并将思柔公主，一并送回他身边。"

徐靖听着儿子说完，脸色顿时变得惨白，想也未想，便喝道："不！思柔绝不能回他身边去！皇帝，如此种种不过是你的缓兵之计，有朝一日，待你腾出手来，定然还是会将袁崇武置于死地，到了那时，你要思柔如何自处？更何况，朝廷已昭告天下，将她赐给薛湛为妻！"

"既然母后知道是缓兵之计，便应该知晓儿子绝不会将自己的亲妹子送到反贼手中，眼下，唯有拉拢袁崇武，安抚住慕家，才能保我大周江山！"

其他的话徐靖都没有听清，唯有那一句"儿子绝不会将自己的亲妹子送到反贼手中"她却是听得清清楚楚，当下，徐靖的脸惨白如雪，再无人色，只喃喃道："你都知道了？"

周景泰面色淡然，侧开眸子，道："朕只知道，凌肃乃我大周功臣，他的女儿，既然是母后义女，便与朕的亲妹子毫无二致。"

徐靖的身子抑制不住地哆嗦，她向来了解这个儿子，知晓他心思深沉，这一点像他的父亲，就连到了如今，她也不知道自己与凌肃的事他究竟知道了多少。当下，徐靖心如藕节，一面是儿子，另一面却是女儿，只让她心里乱糟糟的，混沌到了极点。

周景泰舀起一勺燕窝羹，对着母亲道："明日，朕便会命使者赶往池州，只消袁崇武答应归顺，无论他要什么，朕都愿意给他，也希望母亲到时，能够以大局为重。"

徐靖一震，眼前的男子分明是自己的亲儿，可她竟觉得他这般陌生，嗓子里更是如同被东西堵住了一般，久久说不出话来。

第二十一章

思君而至

因着前线军情紧急，这一年的京城亦是萧索沉闷，眼见着到了年关，宫里也是一片压抑，各宫各殿都死气沉沉的，没有一丝喜庆。

姚芸儿自天冷后，便一直待在荷香殿中，极少出门，这一日，她独自一人在殿中做针线，待将一双护腰的垫子收了最后一针，又细细地在上头绣了几朵小花，方才微微一笑，捧在怀里，打算为母亲送去。

披香殿的宫人看见她，刚要行礼，不待她们跪下，姚芸儿便扶起她们的身子，微笑道："我只是来看看母后，你们快别多礼。"

姚芸儿性子温顺，宫里的人都十分喜欢她，当即一个宫女便笑眯眯道："太后午睡刚起，正和徐姑姑在里头说话呢，公主此时进去正好。"

姚芸儿亦是一笑，也没让人通传，轻手轻脚地向着里头走去。

"小姐，皇上的意思，倒是要假意招拢岭南军，等日后寻到机会，再将他们一网打尽？"

蓦然，这句话传进了姚芸儿耳中，让她心头一窒，脚步顿时停了下来。

"不错，皇帝如今已派了使者，去池州与袁崇武商谈此事，皇帝许他做岭南王，并分给他们田地和银两，甚至还要将芸儿送给他，想必如此，那袁崇武也定不会拒绝。"

"皇帝此意不过是令袁崇武与慕家断盟，若等他一旦归顺了朝廷，怕是他的死期，也就不远了。"

姚芸儿听到这话，就觉得脑子里"轰"地一响，全身冰凉，就连握着腰垫的手都瑟瑟发抖。

徐靖点了点头，道："袁崇武这个人，朝廷是无论如何都要除去的，本宫如今最担心的，却是他愿不愿意归顺朝廷。"

永娘遂劝道："小姐不必担心，袁崇武出身微贱，像他们这些庶民，历来都胸无大志，所谓起义还不是为了填饱肚子。如今皇上给了岭南军这般大的恩典，袁崇武自然也要掂量掂量，更何况还有小小姐在，袁崇武断然没有理由拒绝。"

后面的话，姚芸儿已听不下去了，她攥紧了腰垫，甚至不知道自己是如何走出披香殿的，就连宫人给自己请安，她都是浑浑噩噩的，一路小跑着，回到了自己的寝宫。

她的脸色雪白，回想起母亲与徐姑姑的话，便觉得不寒而栗，犹如困兽一般在屋子里走来走去，却不知该如何是好。

想起男人如今的处境，姚芸儿只觉得心痛如绞，她坐在床榻上，心里却涌出了一个念头，她要出宫，她要去池州，要去告诉袁崇武，千万，千万不能相信朝廷！

姚芸儿打定了主意，便振作起精神，收拾了几件衣裳，那些衣裳都是徐靖命尚衣居为她做的，每一件都精致华美，彰显公主尊贵，看着那些衣裳，凌肃与徐靖待她的好便一点一滴地萦绕心头，若是去告诉袁崇武不要归顺朝廷，又岂不等于背弃了自己的父母？

姚芸儿念及此，心头顿时大恸，收拾包袱的小手则停了下来，一面是父母，一面却是自己挚爱的男人，只让她煎熬不已，双手紧紧地搓着自己的衣角，不知要如何是好。

夜深了。

姚芸儿坐在桌前，宫女为她将床铺好后，则冲着她福了福身子，温声道："公主，时候不早了，您快些歇息吧。"

姚芸儿答应着，将一碗蜜罗汤递到那宫女面前，道："月娥，这是母后让徐姑姑给我炖的补汤，我吃不完，你帮我吃了吧。"

既是公主所赐，月娥自是不敢拒绝，恭恭敬敬地端过玉碗，将一碗汤吃了个干干净净。

姚芸儿心口怦怦直跳，待月娥喝完了，那一双眼睛紧紧地盯在月娥身上，手心里全是冷汗。月娥见状，不解道："公主，您怎么了？"

可不等姚芸儿回话，她就觉得眼前一黑，脑子里更是天旋地转，继而眼儿一闭，倒了下去。

姚芸儿慌忙扶住了她，见她眼睛紧闭，便轻轻晃了晃她的身子，月娥睡得极沉，无论她怎样唤她，都是不醒。

方才的蜜罗汤里，姚芸儿将太医为自己开的安神助眠的药丸掰了几粒，融了进去，那一小粒的药丸便能让人沉沉地睡个好觉，如今几粒下去，月娥自是醒不了了。

姚芸儿小心翼翼地探了探月娥的呼吸，见她呼吸沉稳，便放下心来，赶忙将她的衣衫脱下，自己换上，摸索到她的腰牌，也一道揣在怀里。最后又将被子为她盖好，一切收拾停当，方才匆匆走出了荷香殿。

守夜的宫人皆昏昏欲睡，见到她出来，只道是月娥服侍完公主，都没有留意，姚芸儿在宫里居住了这些日子，对荷香殿周围也颇为熟悉，当下寻了一处躲着，等着天色微亮，便匆匆向着宫门走去。

她身上穿着宫女的宫装，又一路低垂着脑袋，遇见主子便躬身回避，这一路走下去，竟十分顺利，一直到了承安门，方才被人拦下。

姚芸儿低眉垂目，将腰牌奉上，道自己是荷香殿中的宫女，要为思柔公主去宫外采买。

思柔公主乃是宫中的红人，看见她宫里的人，侍卫们自是十分和气，又见那腰牌也的确是荷香殿的，守门的侍从并无丝毫为难，就将姚芸儿放了出去。

姚芸儿心跳得厉害，一路穿过了安德门、承乾门、裕华门，直到从最后一道宫门里走出时，那全身上下方才如同脱力一般，腿肚子更是不停地打战，只一路咬着牙，走了许久，直到远远离开宫城后，终是双膝一软，瘫在了地上。

池州，岭南军军营。

主帐中的烛火彻夜不熄，袁崇武与诸人商讨了一夜战事，待天色微明，诸人方才起身行了一礼，而后走出营帐回去歇息。

袁崇武一夜未眠，待诸人走后，他依旧坐在那里，眼眸望着眼前的战事地图，烛光将他的影子拉得老长，淡淡寂寥。

少顷，便有侍从匆匆而来，对着袁崇武道："启禀元帅，营口的士兵抓到一个女子，此女口口声声说是您的夫人，要见您一面。"

听了这话，男人的脸色顿时一变，倏然从主位上站起身子，一个箭步便将那侍从拉到了自己面前，声音紧涩："她现在在哪儿？"

"穆将军将此女擒住，说她是敌军奸细，要将她就地正法……"

不等侍从将话说完，袁崇武的瞳孔剧烈收缩，已大步冲了出去，孟余亦面色大变，紧随其后一道跟了出去。

袁崇武隔得老远，就见校场上已围满了岭南军的人，见到他走来，诸人皆齐齐行了一礼，唤了声："元帅。"

唯有穆文斌，手中却擒着一个女子，那女子一身荆钗布裙，雪白的一张小脸满是惊慌，胳膊被穆文斌紧紧缚住，一点儿动弹不得，待看见袁崇武后，杏眸中顿时噙满了泪水，轻轻地唤了一声："相公……"

此女正是姚芸儿。

袁崇武怒到极点，刚欲上前，不料穆文斌却"唰"的一声，抽出了佩刀，抵在姚芸儿的颈脖上，一双黑眸冷如寒星，对着袁崇武道："元帅，此女乃凌肃独生女儿，属下在此用她血祭我岭南军的亡魂，想必元帅也不会有异议。"

袁崇武伫立不前，目光利如刀刃，对着穆文斌一字字道："放了她！"

穆文斌一记冷笑，对着周围的将士们看去，厉声道："兄弟们，你们瞧清楚了，这就是咱们的元帅！此人敌我不分，与凌肃的女儿结为夫妻，你们说，这种人，又如何能统领岭南军，又如何能当咱们的元帅？"

穆文斌话音刚落，岭南军诸人皆面色不定，孟余跟在袁崇武身后，再也忍耐不住大声喝道："穆文斌，你莫非是要叛变不成？"

穆文斌闻言，却不言不语，只"扑通"一声，对着袁崇武跪了下来，将那长刀双手呈于袁崇武面前，道："元帅，弟兄们跟了你多年，只要你能将凌肃的女儿亲手杀了，弟兄们还是服您！"

语毕，周围的岭南军，亦齐齐跪在了袁崇武面前。

袁崇武望着眼前这一幕，面上已有了冷峻的神色，他一语不发，大步上前，将姚芸儿揽在了怀里。

"相公……"许是因着冷，姚芸儿的身子瑟瑟发抖着，她这一路吃尽了苦头才从京师赶到池州，只想着告诉自己的夫君千万不要中了朝廷的圈套，却不曾想到自己竟会将他逼到如此的境地中去。

当下，姚芸儿又愧又悔，只恨自己莽撞，丝毫没有帮上他，还为他惹下了这般大的麻烦。

袁崇武紧紧搂住她的身子，低语了一句："没事。"而后那一双眸子漆黑如墨，向着穆文斌望去。

穆文斌已从地上站起了身子，身后的岭南军亦站在其身后，一双双眼睛，齐刷刷地盯着袁崇武与姚芸儿两人。

"大哥，我岭南军数万将士命丧凌肃之手，就连咱们的亲眷老小，也无一不是为凌肃所害，如今老天开眼，要他的女儿落在咱们手中，这笔仇，您究竟是报，还是不报？"

穆文斌双目血红，整个人煞气尽显，这一句话刚说完，其余的岭南军诸人无不恨得牙根发痒，那一道道目光落在姚芸儿身上，仿佛恨不得在她身上割几个血窟窿，更有甚者，已抑制不住地握紧拳头，望着袁崇武的目光中，既是愤慨，又是心寒。

袁崇武不动声色，大手依旧箍在姚芸儿腰际，以自己的身子为她挡下那一片的刀光剑影，浑厚的声音沉稳有力，每一个字都让人听得清清楚楚。

"咱们的仇人是凌肃，与他妻女毫无干系。"

穆文斌听了这话，便哈哈一笑，苍凉的笑声回荡在校场上空，显得分外可怖。

"如此说来，大哥是舍不得杀了这娇滴滴的小美人了？"

"不错，我的确是舍不得，穆将军意欲如何？"袁崇武双眸阴沉，全身上下散发着浓浓的戾气，话音里已透出森然的味道。

闻言，穆文斌便是一怔，握着刀柄的手，却微微战栗起来。

袁崇武不再看他，揽着姚芸儿向前走去，他每走一步，岭南军便向后退了一步，唯有穆文斌，却依旧站在那里，显是在竭力隐忍。

孟余心头一转，赶忙上前将穆文斌扯到一旁，洪亮的声音却让所有人都听得清楚："此乃元帅的家务事，咱们身为下属，又岂能干涉？穆将军晚间想必也是吃多了酒，倒是以下犯上了起来。"

孟余一面说，一面在穆文斌的胳膊上悄悄用力，示意他万万不可冲动。

袁崇武一语不发，揽着姚芸儿向前走去，蓦然，却听穆文斌大喝一声，将孟余一把推开，咬牙道："元帅，文斌父母兄妹皆被凌肃所害，今日，文斌纵使拼了这条命，也要血刃此女，让凌肃血债血偿！"

穆文斌说完这句，便挥着一把长刀向着姚芸儿砍了过来，岭南军其余诸人见状，皆血红着眼睛，纷纷亮出了兵刃，高呼道："血债血偿！血债血偿！"

袁崇武眉心一紧，护着姚芸儿的身子，抽出腰间佩刀，沉声道："你要杀她，便先将我杀了。"

穆文斌眸心一动，手中的砍刀却毫不迟疑地对准了姚芸儿劈下，袁崇武单手举起佩刀格挡，就听"咣当"一声脆响，穆文斌倒退了几步，不等他挥刀再来，就见袁崇武手中的刀口，已架在了他的颈脖上。

穆文斌心知自己犯下大罪，如今既被袁崇武擒住，便松下手中长刀，闭目等死。

其余岭南军见袁崇武三两下就将穆文斌制服，心下不免骇然，原先那一声声"血债血偿"，亦渐渐停息了下去。

"你们给我听着，谁敢动她一根头发，我要谁的命。"男人声音冷到了极点，这一语言毕，眼光一扫，就见李壮已领着自己麾下的精兵赶到，袁崇武收回架在穆文斌颈上的佩刀，不等他开口，已有人上前，将穆文斌五花大绑了起来。

而其余穆文斌手下的亲兵，也被袁崇武的精兵尽数缚住，粗粗一看，怕有数百人之多，李壮上前，道："元帅，穆文斌煽动军心，触犯军纪，罪不可恕，还请元帅示下。"

不等袁崇武开口，孟余赶忙道："元帅，穆将军追随元帅多年，一直忠心耿耿，还望元帅从轻处置。"

穆文斌却是一笑，道："孟先生不必为穆某求情，岭南军的弟兄，全是出自草莽，咱们唤他一声元帅，是敬重他能带着兄弟们干一番大事，他如今已成了凌肃女婿，咱们还和凌家军打什么仗，大家伙不如全都散了，让袁崇武归顺朝廷，当他的'岭南王'吧！"

穆文斌一语言毕，麾下亲兵皆出声附和，岭南军中大多是农民百姓，或马贼流寇，本就是乌合之众，如今经过这么一场哗变，穆文斌手下亲兵只当活命无望，倒都出言不逊起来。

袁崇武收回目光，对着孟余沉声开口，道了句："一律军法处置。"

语毕，再不看众人一眼，揽着姚芸儿的身子，向着主帐大步而去。

姚芸儿受到此番惊吓，早已说不出话来，直到进了主帐，袁崇武将她抱在怀里时，她方才回过神，心里却内疚到了极点，轻声道："相公，我又给你添麻烦了……"

袁崇武抚上她的脸，无奈道："不是让你好端端地在京城里待着，待我将事情处置好，便会去接你，为何要到池州来？"

见她的样子，袁崇武便已猜出她是悄悄出宫，偷跑出来，这一路也不知吃了多少苦头，语气中便含了几分斥责。

姚芸儿想起自己此行的目的，慌忙道："我在宫里听娘说皇上要封你当'岭南王'，还给你们田地和银两，要你们归顺朝廷，不要再和慕家结盟。"

袁崇武凝视着她的小脸，哑然道："你偷跑出宫，费尽了心思来见我一面，就是要和我说这些？"

姚芸儿摇了摇脑袋，颤声道："不，相公，我来是要告诉你，你千万不能相信皇上的话，皇上是骗你的，他要你归顺朝廷，只是什么缓……什么计的……"

姚芸儿手足无措，努力回想着当日在披香殿中听来的那些话，其中一句却是怎么也想不起来，当下只急得不知如何是好。

袁崇武握住她的小手，唇角已浮出一抹笑意，道了句："缓兵之计。"

"对，就是这句话，娘和徐姑姑在殿里说的，被我听了去，徐姑姑还说，若是你答应了招安，怕是要不了多久，就是你的死期。"

姚芸儿说着，心头便好似被人揪紧了，她不安地攥住丈夫的胳膊，小声道："相公，你千万不要相信皇上，他还要把我送给你，就是想要你听他的话，他其实是要杀你！"

姚芸儿说到这里，已是泪光点点，她那样害怕，望着袁崇武的目光中，满是爱恋与不舍，看得人心里止不住地软。

袁崇武揽紧了她的身子，他没有说话，只将她的小手放在唇际一吻。

"相公，我在路上耽搁了几日，朝廷的使者是不是已经来了，你见到他们了吗？"

袁崇武瞧着她焦急不已的样子，黑眸中便是一柔，道："他们前几日便已经到了池州，已经和我面议过此事。"

姚芸儿小脸一白，失声道："那你是怎么说的，是不是答应了他们？"

袁崇武摇了摇头，缓缓道出一句话来。

"芸儿，岭南军走到今天，早已是朝廷的眼中钉、肉中刺，无论是皇上，还是凌肃，都恨不得除之后快。即使我有心归顺，朝廷也不会信我，既如此，岭南军便只有一条路可走。"

"是什么？"姚芸儿心口直跳。

"与朝廷打到底。"袁崇武握紧了她的手，沉声开口。

"这样说来，无论朝廷许给相公多少恩典，相公也决计不会归顺了？"姚芸儿听了他方才的那一番话，心头说不清是什么滋味，她那样怕袁崇武会中了朝廷的圈套，绞尽脑汁，千方百计地出宫来见他一面，岂料，即使自己不来，他也从未想过要与朝廷说和。

袁崇武捧起她的小脸，低声道了句："芸儿，没有人愿意当反贼，所谓农民军，只不过是被朝廷所逼，盛世时不会有农民起义，只有乱世才有，而乱世朝纲败坏，又如何能归顺？"

姚芸儿对这些事向来都不大懂得，此时听袁崇武这般说来，心里倒也有些明白了，她垂下小脸，轻声细语地道了句："我本以为，皇上要把我给你，你就会答应招安的，所以才想着一定要来告诉你，若是知道你不会招安，我……我……"

"你什么？"袁崇武俯下身子，低语道。

"我就不来了……"姚芸儿声音微弱，这一句说完，心里却有些委屈，她这一路那样担心，担心袁崇武会为了自己答应归顺朝廷，谁知这一切倒都是她一厢情愿，自己多虑了不说，还给袁崇武惹了这般大的祸事。

袁崇武忍俊不禁，抬手抚上她的头发，见她那一张小脸染着几分凄楚，遂将她抱在了怀里，笑道："你若不来，我又怎么能知道皇帝的心思，若是哪一天太过想你，索性归顺了朝廷，又要如何是好？"

姚芸儿倚在他怀里，听他这样说起，脸庞便微微一红，轻轻地道了句："真的？"

袁崇武点了点头："真的。"

姚芸儿闻言，忍不住抿唇一笑，将脑袋埋在他怀里，心里却是温温软软的，两人依偎良久，姚芸儿却蓦然想起了父母，小脸上的神色不免便黯然了起来，开口道："相公，若是有个法子，能让皇上真心封你做岭南王，那该多好。"

袁崇武眸心一动，向着姚芸儿望去，就见她倚在自己胸口，那一张小脸清纯而温婉。他伸出手揽住她的腰肢，深深吻了下去。

姚芸儿搂住他的脖子，两人温存片刻，袁崇武便松开了她的唇瓣，那呼吸却已粗重起来，只得深吸了口气，将那股心猿意马压了下去。

姚芸儿杏眼迷离，柔软而清甜的唇瓣被男人吮得微微发肿，显得越发娇艳，清丽秀致的五官上，那嫣红的一点，更是让人难耐。

"相公……"姚芸儿轻轻地唤着他，就着烛光，男人的面孔英武刚毅，比起上次在京城相见时，却清减了些，轮廓更深邃起来。

袁崇武竭力克制着，担心她身子羸弱，听她开口唤自己，也只是紧了紧她的身子，哑声道了句："嗯？"

姚芸儿伸出小手，抚上了他的脸庞，那一双秋水般的眼瞳漾着的，全是心疼与怜惜，她看了他许久，才轻声细语地言了句："你瘦了。"

袁崇武淡淡一笑："吃不上你做的饭菜，自然会瘦了。"

姚芸儿心头一酸，小声道："那相公想吃什么？我现在就去做。"

袁崇武见姚芸儿的剪水双瞳正盈盈然地望着自己，那是发自内心的真情，无论如何也作不了假，无论自己是清河村的那个屠户袁武，还是如今的岭南军统帅袁崇武，她都是那个小媳妇，那个一心只想让自己吃好、穿好的小媳妇。

"芸儿，"袁崇武喉间一涩，粗糙的大手将姚芸儿的小脸捧在手心，他凝视了她良久，方才低沉着嗓音，言了一句，"我袁崇武何德何能，这一辈子，竟会遇上你。"

姚芸儿有些不解，然而不等她开口，就见男人又俯下身一举攫取了她的唇瓣，这一次不同于方才那般的小心轻柔，而是霸道的、狂热的，他压根儿不给她说话的机会，只将她压在身下，而他的大手已探进了她的衣衫里去，在那一片细腻如玉的肌肤上游移，他的大手上满是茧子，在姚芸儿凝脂般的身子上划过时，让她微微疼痛起来。

她被他吻得透不过气，整个人都是迷迷糊糊的，甚至不知道自己的衣衫是何时被他脱去的，熟悉的气息早已将她尽数笼罩，他将她裹于身下，竭尽所有，抵死缠绵。

天色微亮。

姚芸儿倚在袁崇武怀里，男人闭着眼睛，唯有大手仍旧揽在她的腰际。经过方才那一场欢愉，姚芸儿已是筋疲力尽，此时便如同猫儿一般，枕在男人的臂弯，连动也不想动。

不知过去了多久，姚芸儿轻轻摇了摇男人的胳膊，柔声唤他："相公，你睡着了吗？"

袁崇武睁开眼睛，大手为姚芸儿将额角的鬓发捋好，温声道："怎么了？"

姚芸儿垂下眸子，心口处却是酸酸凉凉的，她沉默了好一会儿，才说了句："等天亮，我就要走了。"

袁崇武揽住她的身子，刚要开口，不料自己的嘴巴却被姚芸儿的小手一把捂住。

"相公，你别说话，你听我说，好不好？"

袁崇武眸心深邃，暗夜中显得格外黑亮，他没有说话，只将她的小手握住，静静地听她说了下去。

"我留在相公身边，只会让相公为难，还会拖累相公，等天亮后，相公就送我去我爹爹那里，好吗？"

"芸儿……"袁崇武刚唤出她的名字，便被小娘子出声打断："我会等你，我一直都会等你，等你打完了仗，你就去接我。"

姚芸儿说到此处，泪水已在眼睛里打转，她搂住袁崇武的脖颈，呢喃道："相公，我知道你和我爹爹有深仇大恨，无论我怎样求，你们都不会听，可我还是希望你和我爹爹能好好的，不要再打仗，如果有一天，你杀了我爹爹，或者我爹爹杀了你，那我……我也是活不成了……"

袁崇武心头一紧，将她扣在怀里，姚芸儿心头酸楚，忍不住啜泣起来。

男人面色深隽，一语不发地揽着她的身子，听着她在自己怀中饮泣，那一颗心便如同刀割，让他眉心紧紧蹙起，直到姚芸儿止住了哭泣，他为她拭去泪珠，望着小娘子梨花带雨般的小脸，他终是言道："我答应你，永不会有那一天，我不会让你爹爹伤害到我，我也决计不会伤害你爹爹。"

姚芸儿闻言，将小脸贴近男人的胸口，想起日后，遂是一片迷茫惊惧，倒是显得眼下的相守更是弥足珍贵起来。她不舍地伸出小手，环住袁崇武的颈，刚低下脑袋，泪珠又"吧嗒"一声，落了下来。

天亮了。

袁崇武走出营帐时，就见李壮与孟余已率众候在那里多时，待见到他出来，诸人皆躬身行礼，口唤元帅。

"何事？"袁崇武开口。

"元帅，方才收到消息，凌家军大军已经驻扎在玉蚌口，与我岭慕大军对峙。"

袁崇武闻言，遂微微颔首，蓦然，却听一道清朗的声音自远而来。

"听闻岭南军掳来了凌肃之女，慕成天特来恭贺，不知袁将军，可否将思柔公主借我慕家军一用？"

话音刚落，便见一道矫健的身影健步而来，在他身后还跟着一位银袍小将，正是慕七。

两军如今携手御敌，慕家军军营与岭南军军营毗邻，昨晚穆文斌哗变，此事早已传到慕家军的耳里，而至于为何哗变，慕家诸人也是一清二楚。

"慕将军此言差矣，岭南军中并无思柔公主，将军不知从何听闻此事，纯属空穴来风，一派胡言。"

孟余拱了拱手，对着慕成天言道。

慕成天淡淡一笑，也不看他，径自走到袁崇武面前，洪亮的声音让所有人都听得真切："袁将军得了凌肃的女儿，这等天大的好事，又何苦要藏着掖着，如今岭慕大军联手，一道驻守池州，对抗朝廷，将军既得了思柔公主，自是该将其交出来，只要咱们将此女缚于玉蚌口，凌肃自是不战而降。有了此女在手，远胜于千军万马，难道袁将军是要独占公主，不让慕家军知晓吗？"

"慕将军……"孟余眉头紧锁，刚要开口，却被袁崇武以手势制住。

男人面色沉稳，听到身后的脚步声，则回过头去，就见姚芸儿已梳妆妥当，仍是昨日的荆钗布裙，长发绾在脑后，脚下一双青绿色的绣花鞋，全身上下虽无任何首饰，但她刚从营帐里出来，便映着天色都仿佛明亮了几分，诸人刚一瞧见她，心头皆是一震，就连袁崇武麾下的一些精兵，此时也莫不感慨，难怪元帅舍不得斩杀了此女，这般的美人儿，怕是无论换做谁，也都舍不得吧。

慕七一向自负美貌，但此时见到了姚芸儿，心头自叹弗如，不由自主，慕七的眼眸又是向着袁崇武望去，这一看，慕七的眸心便浮起一抹不解，只道这般娇滴滴的美人，又是凌肃的掌上明珠，怎的竟跟了这般一个蛮汉。

姚芸儿骤然见到这样多人，心里便慌张起来，经过昨晚的惊吓，而后又与袁崇武久别重逢，缠绵半宿，此时的她看起来更是不胜娇羞，孱弱中更显柔美清秀。

袁崇武向着她伸出手，将她揽在怀里，低语道："咱们走。"

见袁崇武旁若无人般地揽着怀中的女子向前走去，慕成天脸色顿时一变，对着袁崇武道："袁将军这是什么意思？"

袁崇武这才向他看了一眼，深沉的声音不喜不怒，平静到了极点："袁某做事，无须向穆将军解释。"

"袁崇武，你不要忘了，你们岭南军可是要靠着我们慕家，你今天若不把思柔公主交出来，莫怪我们慕家翻脸无情！"

慕成天话音刚落，岭南军诸人皆变了脸色，唯有袁崇武面容沉稳如故，道了句："慕将军也不要忘了，朝廷的使者眼下还在池州，慕将军若不欲与袁某结盟，袁某也不勉强。"

听了这话，慕成天的脸"唰"的一下变得铁青，冷笑道："袁崇武，本将倒是不信，你会归顺朝廷？"

袁崇武也没说话，只淡淡一笑，揽着姚芸儿越过诸人，早已有侍从等在那里，男人翻身上马，而后大手一勾，将姚芸儿抱在怀里，也不再看众人一眼，但听马蹄声起，一行人已向着营帐外奔去。

慕成天面色涨得通红，孟余立在一旁，只当作不知，对着一旁的李壮道："元帅昨日吩咐过，要将陈大人和刘大人请到军营，商讨招安之事，你速速命人去驿馆，将两位大人请来。"

李壮虽是粗人，但脑子一转，心头已是了然，对孟余拱了拱手，道了句："是，属下这便去。"

路过慕家军时，李壮也不忘道了句："若元帅这次能和两位大人谈拢，倒也是咱们岭南军的造化，只不过到时候，慕公子的日子，怕是有点……嘿嘿，不太好过了。"

慕成天刚欲开口，胳膊却被慕七微微扯住，他回眸一看，就见妹妹对着自己使了个眼色，示意自己不要多说。当下慕成天敛住心性，与慕七领着诸人一道拂袖而去。

望着二人的背影，李壮赶忙奔至孟余身边，低声道："先生，难不成大哥真要带着咱们归顺朝廷？"

孟余摇了摇头，却捋须笑道："如今的岭南军，倒成了抢手的香饽饽，元帅成就大业的那天，怕真是指日可待了。"

"先生说的啥意思，我咋听不懂？"李壮丈二的和尚摸不到头脑。孟余不再多言，只微微一笑，眸子中却是胸有成竹的光芒。

姚芸儿倚在袁崇武怀里，前方不远处，便是凌家军驻扎的玉蚌口。

袁崇武勒住飞驰的骏马，让马停了下来，而位于玉蚌口的凌家军，已看见了岭南军的身影，顿时进入备战状态，弓弩手与盾手皆竖起一道人墙，未过多久，便有副将见到了姚芸儿，连忙令弓弩手与盾手退下，并命侍从速速去通传元帅与少帅。

姚芸儿想起即将到来的离别，只觉得心头跟刀割似的，她转过身子，看着身后的男人，眼睛里已闪烁着水光，对着男人道："相公，你放我下来吧，我回去了。"

袁崇武的大手紧紧扣在她的腰际，他看了她良久，黑眸中渐渐浮起一抹锐痛，英挺的面容上更是无尽的苦涩，他转开眸光，拳头却在姚芸儿看不到的地方，悄悄紧握。

"芸儿，我袁崇武欠你的，有朝一日，定会全部偿还于你。"男人的声音低沉，说完这一句，他翻身下马，而后将姚芸儿从马背上抱下，为她将被风吹乱的发丝捋好，敛下汪洋般的黑眸，道了句："去吧。"

姚芸儿忍住眼眶里的泪水，目光中满满的全是不舍，她昂着脑袋望着眼前的夫君，轻声道："相公，你照顾好自己，我会等着你，无论到了什么时候，我都会等你。"

袁崇武侧过身子，魁伟的身躯笔挺似剑，却又一语不发。

姚芸儿踮起脚尖，轻轻地在夫君的脸庞上印上一吻，她的泪珠便也随着这一吻落进了袁崇武的嘴巴里，那一颗泪水滚烫，苦到了极点，涩到了极点。

姚芸儿擦去泪水，终是头也不回地转身向着凌家军走去，她一步步走得极慢，直到听到身后的马蹄声响起，知晓袁崇武已带着众人回营后，泪水方才如同断了线的珍珠一般，扑簌扑簌地往下掉。

"少帅！"见到薛湛，守在前头的士兵皆躬身行礼，薛湛一袭戎装，颀长的身形一如既往，俊朗的容颜在看见姚芸儿后，有一瞬间的失神，继而向着她大步走去。

姚芸儿偷偷出宫的消息薛湛已知晓，他也猜出她定是去了袁崇武那里，此时见到她踽踽独行，纤弱的身影恍如一弯水中月、镜中花。

"薛大哥……"姚芸儿见到他，心里莫名地涌来一股愧疚，太后已将两人的婚事昭告天下，她知道如今在世人的眼里，她都已是薛湛未过门的妻子，可是她的人和她的心，都只属于另一个男人。

薛湛见她面色苍白，许是冷，身子都是轻轻发抖的，他瞧在眼里，终是什么也没有说，将自己的披风解下，为她披在身上。

第二十二章

血洒沙场

娇妻如芸

下

凌家军主帐。

待薛湛领着姚芸儿走进时，凌肃正坐在主位，看见女儿后，让他又气又痛，倏然站起身子，向着女儿走来。

姚芸儿自觉无颜面对父亲，只"扑通"一声，跪在了凌肃面前。

凌肃望着眼前的爱女，心窝子一阵阵地疼，在她偷偷出宫后，徐靖当日便病倒了，就连他自己在得知女儿不见的消息时，也是眼前一黑，急痛攻心。这是他们好容易才找回来的女儿，他与徐靖都再也承受不了任何的失去，想起她千方百计地出宫，不惜让父母承受蚀骨般的痛，却只为了那个反贼时，凌肃心口便涌来一股怒意，几乎不可抑止，抬手便要向着姚芸儿脸上掌掴下去。

薛湛眼皮一跳，亦跪在姚芸儿面前，拉住了凌肃的胳膊："义父，芸儿这一路吃尽了苦头，您有话好好说！"

凌肃闻言，方从那一片怒火中稍稍回过神来，眼见着女儿恰如薛湛所说，小脸苍白而憔悴，脸蛋上满是泪痕，让他看着，心头顿时软了，那抬起的手终是缓慢地垂了下去。

见义父消气，薛湛将姚芸儿从地上扶起，见她脸色雪白，遂对着凌肃道："义父，孩儿先送芸儿去歇息。"

凌肃看了女儿一眼，见孩子正泪眼汪汪地看着自己，那心头仅存的火气也烟消云散了，唤来了军医，命其好好为女儿诊治，而后又将姚芸儿亲自安顿在自己居住的主帐，事无巨细，亲力亲为，直到女儿睡着，凌肃为孩子掖好被角，方才与薛湛一道走了出来。

"湛儿，明日由你亲自护送芸儿回京，等到了京城，你也不必再回池州，义父已与太后商议过，下个月初十，便是千载难逢的良辰吉日，你便与芸儿在京城完婚，如何？"

凌肃声音沙哑而寂寥，一语言毕，则向着义子看去。"义父，孩儿只怕操之过急，会让芸儿接受不了。"薛湛迎上凌肃的目光，清俊的容颜上，轮廓分明。

凌肃听了这话，心里却微微一暖，含笑拍了拍薛湛的肩头，道："你与芸儿的婚事，一直是为父心头的一块心病，只有亲眼瞧着你与芸儿成婚，义父才能放下心来，去和袁崇武与慕家决一死战。"

薛湛心头一凛，想起如今日益危殆的战局，年轻的容颜丝毫不见退缩之意，拱手道："孩儿只愿留在池州，助义父一臂之力。"

凌肃却摇了摇头，微微一笑道："傻孩子，你若能将芸儿照顾好，让她这一辈子无忧无虑，就已为义父尽了最大的力。"

听了这一句话，薛湛不知为何，心头却涌来一股不祥之感，他刚欲开口，就见凌肃对着他摆了摆手，道："此事便这样说定了，下个月初十，义父自会赶回京城，亲自为你主婚。"

薛湛闻言，心头却说不清是何滋味，只恭声称是。

回到京师，已是数日之后了。

姚芸儿刚入宫，就见徐靖领着永娘，在荷香殿等候多时。

瞧见母亲，姚芸儿又愧又痛，刚要对着母亲跪下，却被徐靖一把扶了起来。

"娘，对不起……"姚芸儿愧疚难当，这一语言毕，便垂下了眼睛，只觉得无颜面对母亲。

徐靖牵住女儿的手，心头百感交集，瞧着女儿风尘仆仆的一张小脸，她终是什么也没有说，将孩子揽在怀里，隔了许久，才缓缓道了句："回来了就好。"

"公主，恕奴婢多嘴，您这次一声不响地跑出了宫，您可知太后有多担心，您这刚走，太后就病倒了，又不敢对外宣扬，只得暗地里让人四下寻您，就差没将整个京城翻了个底朝天，您明知袁崇武一心与侯爷过不去，又怎能再去寻他？您这样做，是要将太后与侯爷置于何地？您这简直是在剐父母的心啊！"

永娘见徐靖一心都在姚芸儿身上，竟连一句斥责的话也没有，当下那一腔憋闷便再也忍耐不住，也顾不得其他，只将肚子里的话全给说了出去。

姚芸儿闻言，赶忙从徐靖怀里抽出身子，美眸中满是担忧，失声道："娘，您病了？"

徐靖摇了摇头，道："娘没事，芸儿，娘要你答应我，往后切记不可再私自出宫，也不要再去见那个反贼，你能做到吗？"

姚芸儿泪水涟涟，不敢去看母亲的眼睛，她没有说话，只轻轻摇了摇头。

徐靖见女儿如此固执，那一颗心便也灰了，因着这一场病，令她看起来十分憔悴，再怎样仔细保养，说到底也终究是四十多岁的人了，如今瞧去，那眼角边的细纹亦十分明显，让姚芸儿看得难受，可若要她往后再也不见袁崇武，她知道自己是无论如何都做不到的，除非她死。

"这一个月，你便好端端地给娘待在荷香殿里，下个月初十，就是你与薛湛的婚期，到时候，你父亲会亲自回京为你主办婚事，至于袁崇武……"徐靖说到这里，看着女儿惊慌失措的一张小脸，心头便涌来一阵不忍，却还是继续说了下去，"听娘的话，忘了吧。"

说完，徐靖也不再理会姚芸儿的祈求，领着永娘走出了荷香殿，姚芸儿刚要追出去，却被殿外的宫女拦住了身子，徐靖听着女儿的哭求，一颗心犹如在酸水里泡着，终究还是没有回头，直到走出了荷香殿，徐靖望着眼前跪了一地的宫人，平静的声调淡淡响起："你们给本宫听着，这一个月在荷香殿里好好儿地服侍公主，若再让她跑了出去，小心你们的脑袋。"

"是。"那一地的宫人，俱是胆战心惊，唯唯诺诺。

战场上，两军遥遥对峙。

袁崇武黑甲黑盔，身下一匹宝马毛色棕亮，极为神骏，一人一骑，凛然生威，身后千军万马，黑压压的望不到尽头。凌肃亦是一马当先，手握长矛，满是风霜的脸庞上森然坚毅，乌黑的眼瞳中，紧紧盯着远处的那一道身影，周身杀气大显，只有历经百战，坦然面对生死的人，才会有这般浓烈而逼人的杀气。

就听号角声起，凌肃一个手势，身后千军万马轰然作响，向着岭南军杀去。

袁崇武双眸雪亮，一声令下，亦亲率诸人，挥舞着战刀，与凌家军厮杀在一起。

这种肉搏战向来最是血腥，两军交战多年，更兼得岭南军血海深仇，对凌家军无不恨之入骨，抗敌时更是凶悍勇猛，全是不要命的打法，但见尸横遍野，血流成河，比起当年的渝州大战，更是有过之而无不及。

慕成天与慕七亦率兵自玉蚌口突袭凌家军军营，断敌粮草，奇袭敌后，与驻守在玉蚌口的凌家军同样是杀得难分难解。

袁崇武手中长刀大开大合，双眸早已杀得血红，不断有凌家军的战士被他砍杀马下，未几，竟是尸堆成山，以一己之力，杀敌百人。

"袁崇武！"

蓦然，便听一道浑厚的男声传来，袁崇武凝神望去，就见一道黑影向着自己袭来，颈边一阵凉意划过，男人心神一凛，堪堪向后避开了这一击，来人一击不中，手中长矛一转，又向着袁崇武斜刺过来。

袁崇武勒住骏马，身子向后侧去，手中大刀扬起，打在长矛之上，就听"砰"的一声响，两人虎口俱是一震，袁崇武抬眸，这才看清来人不是旁人，正是凌肃！

凌肃面色骇人，招招欲将袁崇武置于死地，他本就出自武将世家，自幼在军中长大，更兼得臂力惊人，几招下去，竟逼得袁崇武险象环生。

袁崇武面不改色，凌肃的杀招袭来，男人只沉着应对，手中大刀将周身要害团团护住，倒也让凌肃短时内欺身不得。

两人斗了片刻，周边杀声震耳欲聋，袁崇武眸光暗沉，多年前的那一幕幕全部向着脑海涌来，两军交战时，正是眼前的这个人，命人将岭南军的亲眷一排排地押于阵前，逼得岭南军投降，岭南军誓死不从，依然是此人，面无表情的一个手势，便让无数人人头落地。而后，又是一排人被押上来，源源不断，让岭南军亲眼自己的至亲一个个惨死于自己面前，那些滚落的人头，一个个充斥在男人的眼底，他甚至能记清每一个人的表情……

岭南军四万男儿，四万条人命，那些全是他同生共死的兄弟，是他带着他们离开岭南，是他带着他们举兵起义，是他带着他们离开家中妻儿老小，他们将自己的命全交在他手里，可最终，他们死了，只有他还活着。

他将他们带出了岭南，却令他们客死他乡，终其一生，都无法再将他们带回去。

而发妻那一身的伤疤，更揭示着眼前这个男人令人发指的恶行，如此种种，皆由此人而起！若非他以幼子逼迫母亲，又何来那四万条人命！

袁崇武目露凶光，几欲沁血，心口积蓄多年的煞气似是要在这一刻蓬勃而出，他握紧了手中的长刀，厉声长啸，神威凛然，斜身一劈，砍断凌肃战马前蹄，那马发出一声嘶鸣，马背上的人亦滚落了下来。

袁崇武挥起大刀，趁此良机，直直地向着倒在地上的凌肃劈去，雪亮的刀口距凌肃头颈不过相差毫厘时，竟硬生生地停在了那里。

凌肃抬眸，就见袁崇武立在那里，似是在竭力隐忍，面色难看到了极点，肩头处抑制不住地抖动，连带着那刀口小轻颤不已。

凌肃瞅准时机，手中长矛一举，竟狠狠向着袁崇武的心窝处刺来，袁崇武当机立断，侧过身子，却终究迟了一步，尖锐的长矛刺进他的胸膛，穿胸而过。

袁崇武一声低吼，以身向前逼近，将凌肃踩在身下，手中大刀扬起，眼见着向他斩下。

凌肃躺在那里等死，却见袁崇武脸色惨白，那手中的刀已到了自己鼻尖，却终究不曾落下。

"元帅！"

何子沾见袁崇武身受重伤，整个人摇摇欲坠，刚欲上前，却被凌家军诸人缠住，情急下，何子沾对着亲兵大喊："速去保护元帅！"

他一语刚毕，却听一道大喝声响起，那声音还带着几分稚嫩，继而就见寒光一闪，不知从何处飞奔出一个少年，将手中的长剑，不偏不倚地刺在了凌肃心口。

正是袁杰。

京城，皇宫。

午后的宫殿分外安静，徐靖正在披香殿里小憩，蓦然，却觉得心口一痛，瞬间从梦中醒了过来。

"肃哥……"她的脸色雪白，额上满是冷汗，全身都汗津津的，无边无际的恐惧袭来，让她瑟瑟发抖。

"小姐，您怎么了，是不是被梦魇住了？"永娘匆匆而来，刚将帐帘钩起，就见徐靖失魂落魄地坐在那里，看见自己，便一把攥住了她的手，颤声道："永娘，我做了一个梦，肃哥全身都是血，他出事了，他一定出事了！"

永娘在她身边坐下，温声抚慰道："小姐别怕，这都是梦，梦最做不得真。"

徐靖摇了摇头，眼珠里是灰白的，一张脸仿佛一夕间苍老了下去，只喃喃道："不，永娘，你赶紧要人去池州，去探探肃哥的消息！"

见徐靖惊骇不已，永娘遂温声哄着："小姐先歇着，奴婢这就派人去池州打探。"

话音刚落，不等永娘站起身子，就听一道慌慌张张的声音从殿外传来："娘娘，大事不好了，娘娘……"

徐靖骤然听到这抹声音，只觉得全身一僵，待那宫人战战兢兢地走进，永娘便站起身子，喝道："放肆，在娘娘面前，也能这般失了分寸？"

那宫人面色如土，全身都筛糠一般地抖动着，听到永娘的呵斥，立时匍匐于地，话音里却带着哭腔道："启禀娘娘，方才京城收到了池州八百里加急战报，只说……说……"

"说什么？"徐靖攥紧了被褥，对着宫人嘶声道。

"凌家军主帅凌肃，被反贼袁崇武所杀，以身殉国，战死沙场！"

徐靖听了这话，几乎连吭都没吭一声，便晕死了过去，永娘大骇，赶忙上前扶住了徐靖的身子，哑声道："快传太医，快去传太医啊！"

洪元二年，南凌王凌肃于玉蚌口被逆贼袁崇武诛杀马下，血洒战场，终年五十有三，王爷戎马一生，膝下唯有一女，帝感念其功勋，晋封其女思柔公主为"晋国公主"，将其灵位安置于"忠烈堂"，并列于首位，帝亲自祭奠，泪洒衣襟。（此段选自《周史列传·一百三十七回　武侯外传》）

夜深了，姚芸儿木怔怔地跪在凌肃的灵前，整个人犹如缺水的花骨朵一般，再也没了一丝一毫的灵气。

那一日，薛湛一身重孝，命三军缟素，将凌肃的灵枢运回京师，姚芸儿身为凌肃独女，早已出宫回到了王府，这几日她都浑浑噩噩的，任由周边的人摆弄，从她的嘴巴里吐出的话，也总是那句："他答应过我，不会伤害我爹爹……"

不明就里的奴才们见公主成了这般模样，暗地里也只道她是悲痛过度，怕是得了失心疯。

薛湛本就是凌肃义子，又兼得与姚芸儿的婚事早已昭告天下，凌肃的身后事便全部担在了他身上，不仅如此，朝廷亦命其接任凌肃的主帅之位，只等凌肃出殡，便领军奔赴池州。

守灵的仆人见到薛湛，皆齐齐拜了下去，薛湛视若无睹，目光落在灵前的姚芸儿身上，他一步步地向着她走去。不过几日的工夫，他已变得憔悴不堪，心口处不断传来剧痛，唯有恨，绵绵不断的恨，才能支撑着他咬牙强撑下去。

薛湛在姚芸儿身旁跪下，与之一道为凌肃守灵，姚芸儿的脸色青白交加，没有丁点儿血色，薛湛看了她一眼，对着身后的仆人道："这里我来守，你们将公主扶下去休息。"

"是。"几个陪跪的仆妇闻言，俱小心翼翼地上前，想要将姚芸儿扶起来，岂料姚芸儿却是不依，刚有人沾上她的身子，她便如同一只受惊的小鹿般，发出一声惊叫。这几个仆妇见状，你瞧瞧我，我瞅瞅你，生怕姚芸儿有个好歹，会落到自己身上，当下都不敢上前，只得一个个木桩似的戳在那里，心惊胆战地向着薛湛望去。

薛湛见姚芸儿紧紧蜷缩在棺椁下首，眼瞳如同蒙尘的美玉，再没有丝毫光彩，微微战栗着，仿佛只剩下一个躯壳，而那魂魄已不知道散落到哪里去了。

薛湛眸心一恸，他缓缓上前，蹲在姚芸儿面前，对着她伸出手道："芸儿，将手给我。"

姚芸儿的目光轻飘飘地落在他身上，却似认不出他一般，只喃喃自语："他说过，他不会伤害我爹爹……"

薛湛明白她话中的意思，当下便心如刀割，他将所有情绪尽数压下，对着姚芸儿温声道："来，听话，将手给我。"

许是他温煦的声音，终是让姚芸儿的神智微微恢复了些，她动了动眼珠，这才看清了眼前的男人。

"薛大哥……"她轻语。

薛湛伸出胳膊，将她的冰凉的小手攥在手心，男人宽厚的手掌十分的暖，姚芸儿怔怔地瞧着他，轻声道："薛大哥，我爹爹没死，是吗？"

薛湛扶起她的身子，姚芸儿这几日都没有进食，每日里只能被仆人喂些汤水进去，整个人纤瘦得如同一缕轻烟，让他察觉不到丝毫重量。

她浑身上下都没有一丁点儿力气，此时只得倚在薛湛的怀里，男子的胳膊揽过她的纤腰，一面扶着她向外走去，一面低声道："什么也别想，去好好睡一觉。"

男子沉缓悦耳的声音一点一滴地沁进姚芸儿的心里，她实在累极了，任由薛湛带着自己走出了灵堂，她的脚步是虚浮的，未走出几步，便软软地倒在了男人的怀里。

薛湛将姚芸儿一个横抱，牢牢抱在怀中，男子清俊的容颜在月光下是淡淡的阴影，他一语不发，稳稳当当地将姚芸儿送回房间，望着女子沉睡中的面容，薛湛的拳头悄悄紧握，终是头也不回地走了出去。

池州。岭南军军营。

"元帅如今怎样？"

待夏志生从营帐里走出时，诸人皆围了上去，孟余声音沙哑，出声问道。

夏志生摇了摇头，眉心紧紧蹙着，显是袁崇武的伤势颇为棘手："元帅这次伤得极重，那长矛刺得太深，若是动手拔了，只怕元帅会失血过多，难逃一死。"

"那若不拔呢？"孟余一句话脱口而出。

"若不拔，老夫无从下手为元帅医治，也是一条死路。"

"拔是死，不拔也是死，夏老的意思，倒是说咱元帅没得救了？"李壮一身的血，自是方才在战场上染上的，他也来不及去擦，待听夏志生这般说起，顿时失声道。

夏志生没有说话，沉默不语地站在那里，眼底渐渐浮起一抹绝望。

孟余见他的神情，就知道袁崇武眼下定是凶险到了极点，他心乱如麻，刚回头，恰巧见袁杰正向着营帐大步而来，当下心头一转，遂向着袁杰拱手道："少帅，元帅眼下的情形委实凶险万分，属下斗胆，还请少帅尽快拿个主意，元帅身上所中的长矛，究竟是拔，还是不拔？"

袁杰不过十四岁，还是个半大的孩子，此番骤然见诸人的眼睛全落在自己身上，当下便有些手足无措，可一想起如今生死难料的父亲，少年便竭力让自己镇定下来，心头却也是乱的，只恨母亲不在身旁。

见袁杰一直踌躇不已，孟余不免焦灼起来，又上前俯身抱拳，再次道："少将军，您倒是快些拿个主意，元帅，怕是没工夫再等了……"

袁杰心头一慌，想起如今危重的父亲，额上亦起了一层细密的汗珠，年轻的脸庞与诸人一般，同样是左右为难的神色。

"既然不拔只有死路一条，不妨拔了，还有一线生机。"

蓦然，就听一道清越的声音响起，众人回头一瞧，就见正是一袭戎装的慕七，手中托着一个盒子，向着诸人走了过来。

"七小姐。"孟余见到她，眸心便是一动，对着她拱了拱手，却猜不出她的来意。

慕七神情淡然，将手中的盒子递到夏志生手里，道了句："这是咱们慕家祖传的疗伤圣药，你拿去给袁崇武外敷内用，只要他不是伤到要害，我保管他不会死。"

夏志生双手接过药盒，眸光却向着孟余望去，两人对视一眼，颇有怀疑之色。

慕七见状，便是一记冷笑，道："慕家既与袁崇武结盟，自是不会看着他去见阎王，你们信也好，不信也罢，这药我是送来了，若你们还想要袁崇武活下去，那就尽快给他用上。"

慕七说完，看也不再看众人一眼，转身便欲离开。

"站住，谁知道你这药是真是假，若我父亲用了你这药，一命呜呼，又该如何？"袁杰见慕七神情倨傲，心下已是不悦，待她转身离开之际，这一句话便脱口而出。

慕七停下步子，一双凤目雪亮，在袁杰面上划过，唇角却浮起一丝嘲讽，只吐出了四个字来："无知小儿。"

她似是不欲与袁杰多费口舌，一语言毕，遂头也不回地走出了岭南军大营。

见慕七走后，孟余顾不得许多，奔至夏志生身旁，道："夏老快些看看这药，究竟能用不能用？"

夏志生一脸凝重，将盒子中的药丸放在鼻间细嗅，却怎么也分辨不出究竟是什么药，当下，他微微一叹，对着孟余开口："眼下，倒也只有试上一试了。"

听着两人的意思，仿佛要死马当活马医一般，袁杰心头顿时不安起来，嚷嚷道："夏爷爷，慕家的人狼子野心，他们送来的药，怎能去给爹爹用？"

"少帅，咱们眼下，只有这一个法子。"夏志生说完，又回到了主帐，袁杰刚要跟进去，却被孟余一把拦住，袁杰见身旁全是叔叔伯伯辈的人，如今父亲病危，若有一好歹……

袁杰心下一寒，直接转过身子，对着不远处的侍从吩咐道："来人！"

"少帅。"

"你们速去烨阳，将大人与二公子接来。"

少年的话音刚落，孟余眉头便是微皱，劝道："少将军，如今池州战乱，再过不久，想必凌家军还会卷土重来，若此番将夫人与二公子接来，属下私以为不太妥当……"

袁杰却也不听，大手一挥，坚定道："父亲如今生死不明，自然要由母亲来主持大局。"

孟余听了这话，便不再开口，回身之际，与诸位同僚相视一眼，彼此间都透出几许的无可奈何。

京城，皇宫，披香殿。

姚芸儿回宫时，正值傍晚，天阴沉沉的，大片大片的乌云，仿佛要朝着人直直地压下，让人喘不过气来。

她不知道自己是如何走进的披香殿，刚踏进殿门，永娘便迎了过来，只不过几日不见，姚芸儿整个人都瘦了一圈，那张脸蛋简直还没有男人的手掌大，因着纤瘦，倒更显得年纪尚小，而她眼底的凄惶之色，越发让人瞧着不忍。

永娘忍住眼眶里的泪水，上前拉住姚芸儿的手，领着她向着内殿走去，一面走，一面轻声细语地说着："小小姐，待会儿见到小姐，您可千万要忍着点，万不能在你娘面前落泪，不然，奴婢只怕她会受不了……"

姚芸儿耳朵里嗡嗡嗡地响着，只瞧着永娘的嘴巴一开一合，她究竟说了什么，她却是什么也不清楚，直到入了内殿，就见徐靖一身缟素，头发上簪着白色的绒花，不施脂粉，脸面上的细纹清晰可见，原本乌黑的长发亦泛起了白霜，不过几日的光景，她便再也不是从前那保养得宜、瞧起来三十许人的太后，而是一个形容枯槁、容貌苍凉的深宫妇人。

见到母亲，姚芸儿的眼睛方才恢复了些神采，她对着徐靖跪了下去，微弱地喊了一声："娘……"

徐靖凝视了她好一会儿，这是她与她最爱的男人所生下的孩子，亦是她苦苦寻找了十七年的孩子，可正是这孩子一心念着的那个男人，杀死了自己的肃哥……

徐靖闭上了眼睛，一颗心仿佛比黄连还要苦，她的泪水在这几天里早已流干了，此时见到女儿，纵使眼睛酸酸涩涩地疼，却终是再也哭不出来。

"起来吧。"徐靖对着女儿淡淡开口，姚芸儿听到母亲出声，却依旧一动不动地跪在那里，母女俩许久都没有说话，直到姚芸儿跪得太久，膝盖处隐隐作痛，就连身子也轻颤起来时，永娘瞧着心疼，小心翼翼地上前，意欲将姚芸儿扶起："小小姐，地上寒气重，您身子弱，哪里能消受得了，还是快些起来吧。"

姚芸儿却侧过了身子，仍然跪在那里，她一点点地挪动着自己的身子，直到跪在母亲面前，那泪珠方才滚滚而下，忍不住扑在徐靖的怀里，自凌肃死后，第一次哭出了声音。

徐靖任由她哭着，不知过去了多久，她方才抬起自己的手，轻轻抚上了姚芸儿的脸颊："你们凌家世代忠良，历代都以扶持大周为己任，到了如今，却只有你这么点儿骨血。而你的父亲，征战一生，亦孤苦一生，不承想最终却死于逆贼之手，你身为凌家的女儿，母亲与你说了这些，你可明白？"

姚芸儿水眸中闪过几许迷茫，只懵懂而悲伤地望着母亲，摇了摇头。

徐靖惨然一笑，慢慢道："你父亲死于袁崇武之手，你既是他唯一的女儿，为人子女，杀父之仇，又岂能不报？"

姚芸儿听了这话，一张脸蛋顿时毫无血色，眼珠里更是灰蒙蒙的，她不敢置信般地看着眼前的母亲，喃喃道："娘，您是要女儿，去……去……"

那余下的话，却再也说不出口。

"不错，娘要你去杀了袁崇武！"徐靖眼眸大睁，这短短的一句话中，包含着无尽的刻毒与凄厉。

姚芸儿的身子软了下去，她的脸色是惨白的，已说不出话来，整个人都抑制不住地瑟瑟发抖，孱弱的身子恍如寒风中的秋叶。

徐靖伸出手，缓缓将女儿揽在自己面前，她的眼睛雪亮，冰凉的手指划过姚芸儿的肌肤，声音更是没有丝毫暖意，"听娘的话，去杀了袁崇武，为你父亲报仇，为惨死的凌家军报仇，只要杀了袁崇武，你哥哥便能保住江山，娘也可以安心地去见你父亲，听娘的话，杀了他！他是你的杀父仇人！娘要你杀了他！"

徐靖不住地摇晃着女儿的身子，姚芸儿面色如纸，任由母亲撕扯着自己的身子，直到永娘上前，费了好大的力气才将徐靖拉开。

姚芸儿的身子再也支撑不住地瘫在了地上，她周身没有丁点活气，唯有一行行的泪水从眼睛里毫不费力地涌出来，能让人知道她还活着。

永娘心下骇然，将姚芸儿扶了起来，伸出手不住地拍打着姚芸儿的小脸，颤声道："小小姐，您快醒一醒，您别吓唬奴婢！"

姚芸儿眼珠轻轻一动，推开她的身子，向着母亲重新跪了下去："娘，他答应过我，他不会伤害爹爹，我知道，爹爹不是他杀的，绝不会是他杀的……"

姚芸儿哭得上气不接下气，不等她说完，徐靖只觉得悲从中来，怒不可抑，抬手一掌，便向着女儿的脸上掌掴下去。

那一声"啪"，清脆响亮到了极点。

姚芸儿被这一巴掌打倒在地，娇嫩的小脸上顿时浮出通红的手印，她长到如今，都不曾受过别人一个手指头，哪怕从前在清河村时，姚家日子过得苦，可姚老汉与姚母待她也和金兰、金梅并无二致，从小到大都不曾打过她，嫁给袁崇武后，更是被男人捧在手心里地过日子，又哪里能想到，如今竟会是自己最亲的母亲，打了她这一巴掌。

徐靖站起身子，对着地上的姚芸儿厉声道："凌家军成千上万双眼睛都瞧得清清楚楚，你爹爹被袁崇武踩在脚下，被他亲手砍杀，到了这一步，你还在想着那个反贼，还在为那反贼说话，我与肃哥……又怎会有你这般不堪的女儿！"

徐靖说到此处，简直如同万箭穿心，原先无论如何也哭不出来的眼泪，此时从眼眶里噼里啪啦地滚了下来，转眼间淌得满脸都是。

姚芸儿抬起脸颊，望着眼前悲痛欲绝的母亲，她的脸如死灰，慢慢地支起身子，用尽全身力气，对着徐靖叩下了三个头，而后，她垂着眼睛，轻声轻气地说了一句话来："娘，是女儿不孝，您杀了我吧。"

徐靖闻言，眸中几欲喷出火来，对着匍匐于地的女儿颤声道："好，好，你宁愿死，也不愿去杀袁崇武，你……果真是本宫的好女儿！"

姚芸儿合上眼睛，已是流不出泪来。

姚芸儿不知道自己是如何回到荷香殿，永娘瞧着她的样子，自是放心不下，也跟了过来，待她轻手轻脚地服侍着姚芸儿在床上歇下，眼见着这孩子躺在那里，犹如一个瓷娃娃似的，一碰就会碎了般，只让永娘心里不是滋味，陪在一旁抹起泪。

姚芸儿双眸无神，怔怔地望着自己的帐顶，她的爹爹死了，死在她最爱的男人手里……她曾对袁崇武说过，如果有一天，他杀了她爹爹，或者是她爹爹杀了他，那她也一定活不成了，她从没想过，她最怕的事情，竟会来得这般快。

她不相信，她知道袁崇武决计不会杀害她的父亲，可是，她的爹爹终究死了，再也活不过来了……

瞧见她落泪，永娘赶忙在一旁劝道："小小姐别哭，方才你娘说的那些话，你可千万别往心里去。你娘那是急痛攻心，恨不得跟你爹一块走，人难受极了，说的都是些胡话，你莫要和你娘计较，这母女俩是没有隔夜仇的，啊？"

姚芸儿摇了摇头，泪眼迷茫地看着眼前的女子，轻声道了句："徐姑姑，是我不孝，我不怨娘。"

永娘瞧着她凄楚盈盈的小脸，想起这一摊子的事，眼圈也是红了，为她将被子掖好，轻哄着她入睡："好了，小小姐什么也别想，先睡上一觉，奴婢在这里守着您。"

姚芸儿虽然心乱如麻，可身子却是虚弱透了，她迷迷糊糊地闭上了眼睛，终是半昏半睡地晕了过去。

永娘让人请了太医来瞧，只说姚芸儿是悲痛过度，开了方子让人去将药煎了，旁的倒也没法子，只有让公主自己想开，不然吃什么都是无用。

永娘心头惴惴，一直照顾到深夜，就听一阵脚步声响起，永娘刚回过头来，就见徐靖着一件素色衣衫，卸下了所有的朱钗环翠，缓缓走了过来。

"小姐，这么晚了，您怎么还没歇息？"永娘瞧见她，遂赶忙迎了过去，徐靖这些日子亦是憔悴不堪，就连脚下的步子都是虚浮无力的，永娘一叹，上前扶了，让她在姚芸儿床前坐下。

徐靖望着女儿的小脸，见她半张脸蛋又红又肿，显是白日里自己的那一巴掌所致，此时瞧起来，当娘的自是心疼，轻轻地伸出手，抚上了孩子的小脸。

"永娘，我白日里，是不是太过分了？"隔了许久，徐靖方才出声，声音十分低缓。

"小姐的心都快碎了，就算言辞间有失偏颇，也是人之常情，小小姐会明白的。"

徐靖微微苦笑，摇了摇头："朝中良将匮乏，肃哥已经去了，湛儿还年轻，往后朝廷怕是再也不能制住袁崇武了。我白日说的那些话，句句出自真心，我是当真希望这孩子能争口气，去将那逆贼杀了，好为她爹爹报仇，可谁知，她心心念念的，只有那一个反贼，就连父母在她心里，也都被比下去了。"

永娘闻言，却久久没有说话，直到徐靖将眼眸转向了她，道："你怎么不说话？"

永娘微微抬眸："奴婢有些话，不知该说不该说。"

"这里又没有外人，你想说什么，只管说便是。"

得到徐靖的答复，永娘福了福身子，道："恕奴婢不敬，奴婢瞧着小小姐对袁崇武，就好似看见了当年小姐对侯爷，虽然那反贼无法与侯爷相比，可这情意却都是真真儿的。"

徐靖一怔，怎么也没想到永娘会说出这般话来，当下不敢置信般地看着她，哑声道："你这话是什么意思？"

永娘瞧着姚芸儿瘦得脱形般的小脸，微微一叹道："奴婢只是瞧着小小姐可怜，小小姐嫁给袁崇武在前，与父母相认在后，大错既已铸成，小姐若要她杀了袁崇武，恕奴婢多嘴，您这是在逼着她去死啊！"

"杀父之仇，不共戴天，更何况袁崇武乃是反贼，本就是人人得而诛之。"徐靖面露寒霜，字字清冷。

永娘垂下眸子，吐出了一句话来："恕奴婢斗胆，若是此事换成了小姐您，您会杀了侯爷吗？"

徐靖眼眸大震，整个人犹如被雷击中了一般，蒙在了那里。

永娘轻声叹息，对着徐靖跪了下去，道："小姐，不要再逼这孩子了，这孩子的心里比谁都苦。"

那余下的话，永娘已说不出下去了，只别开脸去，拭了一把眼泪。

听了永娘的话，徐靖转过身，望向女儿的眸光中，亦是源源不断的痛楚。

第二十三章

远嫁大赫

池州，岭南军军营。

"元帅今日如何？"待夏志生为袁崇武处理完伤口，孟余与袁杰顿时上前问道。

夏志生擦了擦手，脸上已有了几分欣慰之色："七小姐送来的疗伤药果真是世间难得，元帅这条命，总算是保住了。"

听了这话，孟余与袁杰的神情皆是一松，当日，袁崇武的情形凶险万分，在夏志生为他将伤口处的长矛拔去后，大量的鲜血汹涌而出，而袁崇武本人亦是心跳缓慢，脉息微弱，眼见着是救不活了，夏志生赶忙将慕家的药为其敷上，并将药丸给他灌下，如此这般没日没夜地领着一众军医精心照料，终是将袁崇武这条命从阎王爷那里抢了回来。

袁杰望着榻上的父亲，见袁崇武面色惨白，双眸紧闭，呼吸亦几不可闻，少年的眉头便是皱起，对着夏志生道："夏爷爷，我瞧父亲的情形仍旧不见好转，这都几天了，咋还不醒？"

夏志生温声安抚道："少帅莫急，元帅这次的伤实在太重，眼下只是保住了一条命，若要完全清醒，怕是还要再等上几日。"

袁杰闻言便点了点头，想起当日玉蚌口大战，少年摇了摇头，道："真不知父亲当日是中了什么邪，明明有机会杀了凌肃，却一次次地饶过那老匹夫，若非如此，又岂能差点丢了性命。"

听着袁杰这般说来，孟余和夏志生对视一眼，自是无法接话，可又深知袁杰所言极是，两人不由得微微苦笑，面露尴尬。

袁杰在榻前坐下，见父亲额上满是汗水，遂随手拿起一块汗巾子，替父亲将汗珠拭去。

岂料，他刚俯下身子，就见袁崇武干裂的嘴唇微微一动，继而一道低语从唇中唤出，袁杰大喜，赶忙对着夏志生与孟余道："父亲说话了！"

两人赶到榻前，就见袁崇武眉心紧蹙，苍白的脸上没有一点血色，他的声音极低，直到袁杰将耳朵贴近父亲的唇瓣，这才知晓他究竟说了什么。

他那一声声模糊的呓语，仔细听下去却只有两个字，芸儿，芸儿，芸儿……

少年的脸色"唰"的一下变得骇人，他一语不发，从鼻孔里发出一声冷哼，而后冷冷地看了父亲一眼，便站起了身子，也不再去瞧孟余与夏志生，径自走出了主帐。

瞧着袁杰的背影，夏志生微微摇头，道："定是元帅唤着思柔公主，被少帅给听去了。"

孟余一惊："难道元帅伤成这样，还忘不了那个女子？"

夏志生这一次却丝毫不像从前那般露出不悦之色，只点了点头，叹了一声："冤孽，元帅这一身的伤，皆拜她父亲所赐，可……"

夏志生说到这里，便摇了摇头，似乎再也说不下去一般。

孟余沉思良久，终是一咬牙，道："元帅如今重伤未愈，咱们倒不妨为他将婚事昭告天下，纵使元帅醒来怪罪咱们，眼下也是没法可想了。"

"不错，老夫也正有此意。"

夏志生说完，孟余又是言道："眼下两军明为结盟，私底下却如同一盘散沙，也只有与慕家联姻，才能将岭慕大军真正地拧在一起，到时候与朝廷作战，也多了几分胜算。"

夏志生颔首，道："话虽如此，可慕玉堂既然能将掌上明珠舍出来，此人的野心，倒也不得不防。"

孟余淡淡一笑，似是感慨："慕玉堂这种人，为了权势与私欲，自是什么都能舍得，如今两军相互利用，若等朝廷一倒，咱们与慕家，怕免不了又是一场厮杀。"

夏志生闻言，面色也凝重起来，两人相视一眼，俱深感前路坎坷，夏志生眉头紧锁，沉吟道："少帅已命人去将夫人接来，想必这两日夫人便会赶到池州，到时候，咱们又要如何与夫人开口？"

"夏老无须多虑，夫人深明大义，绝非不识大体之人，咱们只要将这些利害关系与夫人说个清楚，再说，与慕家联姻不过是权宜之计，夫人定会理解。"

夏志生苦笑道："纵使夫人好说话，可少帅……"

孟余摇了摇头，淡淡道："少帅终究还是个孩子，说句大不敬的话，岭南军拥护此子，亦不过是看着元帅的面子。"

夏志生微微颔首："也罢，一切便都照先生所说，至于元帅与七小姐的婚事，自然也是越快越好，咱们先将此事昭告天下，以免慕玉堂那厮再耍花样。"

孟余连连称是，两人如此商量一番，孟余便匆匆离开主帐，与众将商议去了。

京城，皇宫。

这一日天气晴朗，宫人为姚芸儿披上了一件雪狐大氅，扶着她去了园子里，让她坐在廊下看着笼子里的画眉鸟解解闷儿。这几日她都是足不出户地待在荷香殿，每日里都是悄无声息的，总是一个人呆呆地出神，时常一坐就是半天。

听到脚步声，一旁的宫人刚一抬眸，就见一道颀长的影子大步而来，宫人一惊，刚要俯身行礼，薛湛摆了摆手，示意她们退下。

姚芸儿一张小脸都似是被领口处的毛遮住了，消瘦得让人心疼。

薛湛缓缓走近，姚芸儿依然无知无觉地坐在那里，他看了她好一会儿，她都没有察觉，那一双漂亮的眼瞳毫无神采，整个人好似一个木偶般，失去了所有灵气。

薛湛瞧着，乌黑的眸心中便慢慢浮起一抹痛楚，他走到姚芸儿面前，蹲下身子，道出了一句："芸儿。"

姚芸儿抬起眼睛，映入眼帘的便是薛湛年轻清俊的面孔，他唇角含笑，双眸明亮，犹如一道阳光，霎时照进人的心眼儿里去。

"薛大哥……"她动了动嘴唇，声音又细又小，让人听不清楚。

薛湛此番进宫，乃是向皇帝辞行，他已晋为凌家军主帅，须臾间便要领兵赶往池州。离去前，终是舍不下心头的牵挂，看一看她才好。

"听说你这几日身子不好，我不放心，就想来看看。"男子低声说着，黑白分明的眸子向着姚芸儿的脸庞看去，眼见着她肤色惨白，露出的手腕瘦骨嶙峋，扎着人眼。

薛湛心头一涩，微微转过眼睛，不忍再看。

姚芸儿也知道自己如今瘦得不成样子，当下将手腕缩回衣袖里去，对着薛湛道："薛大哥，你不用担心我，我没事。"

薛湛微微一笑，从怀中取出一个盒子，递到了姚芸儿面前，温声道："瞧我给你带了什么。"

姚芸儿听他声音温和，眼眸不由自主地向那盒子望去，只见里面满是方糖，一块块晶莹剔透的，在打开盒子的刹那，就连呼吸里都是清甜的香气，让人嗅着，再苦的心，也都要变甜了。

"这是京师最负盛名的松子糖，老人孩子都爱吃，宫里是没有的，你快尝尝。"

姚芸儿这些日子都是食不下咽，每日里最多也不过喝几口粥，此时望着那松子糖，她自然也毫无胃口，可瞧着薛湛温煦的眉眼，那拒绝的话便无论如何也说不出口，伸出小手，捏了一颗送进嘴里。

那糖刚一入口，便唇齿留香，又甜又糯的，微微地粘牙，丝丝缕缕的甜意从嘴巴里蔓延开来，让人情不自禁地想起了儿时，就连心性都好了起来。

姚家家贫，一年到头也只有在过年时才会给孩子们买上几块糖吃，而姚芸儿大多也都让给了弟弟。进宫后，宫里的山珍海味自是不缺，可这种民间的糖果却是瞧不见的，让她此时吃起来，心头自是一暖。

瞧着她的眼睛变得明亮，薛湛唇角的笑意越发深邃，道："好吃吗？"

姚芸儿点了点头，多日来，第一次露出一抹浅浅的笑靥。

见她的唇角沾上些许的碎末，薛湛伸出手，欲为她拭去，姚芸儿身子一僵，薛湛却视若无睹，为她将碎末拭去后，方才缓缓道出一句话来："芸儿，明日我便要领兵，去池州与岭南军决一死战。"

姚芸儿的瞳仁一怔，原先的那抹笑意顿时消失得无影无踪，脸庞上是无尽的凄楚。

薛湛凝视着她的眼睛，他的声音低沉温柔，一字字地说了下去："战场上刀剑无眼，生死皆为寻常，若薛大哥这一次战死沙场，你会难过吗？"

姚芸儿回过神来，见薛湛乌黑的眸子正看着自己，她心头一慌，小声道："薛大哥，你不会死的。"

薛湛便是一笑，低声道："每一个上战场的将士，都早已将生死置之度外，无论是义父，还是我，我们都是如此。"

听他提起凌肃，姚芸儿眼眸一黯，只觉得心口处很疼很疼，她垂下小脸，心若针扎。

"芸儿，两军交战，生死难料，在战场上不是你死，就是我亡，战争无关其他，只分敌我，你明白吗？"

姚芸儿一震，一双美眸直直地看着薛湛的眼睛，轻声道："薛大哥，我不懂你在说什么。"

薛湛黑眸似海，低语道："记住我的话，无论是义父，还是袁崇武，他们在战场上的身份永远都只是一军主帅，而不会是你的父亲和夫君，打仗时，他们不会想起你，更不会有所谓的'翁婿之情'，义父不会因为你的缘故，去留袁崇武一命，反之，袁崇武也是一样。你懂吗？"

"我知道，他是我的杀父仇人……"姚芸儿脸色若雪，呢喃着开口。

薛湛摇了摇头，道："战争是男人的事，与你毫无干系，至于杀父仇人，更是无稽之谈。自古以来，每一场战争都是尸堆成山，又哪有什么爱恨情仇？"

"薛大哥……"姚芸儿惊愕地看着眼前的男子，似是不敢置信一般，良久都说不出话来。

薛湛面色如常，道："芸儿，我问你，若是这一次我在战场上杀了袁崇武，你会恨我吗？"

姚芸儿小脸雪白，若是薛湛真将袁崇武杀了，她肯定是活不成了。

她知道两军血海深仇，对立多年，也知道战场上刀剑无眼，上了战场的人向来都是九死一生，如薛湛所说，战场上不是你死就是我亡，生生死死都属寻常，既是寻常，那她，还会恨杀死自己夫君的人吗？

姚芸儿摇了摇头，声音虚弱得厉害："我不知道……"

薛湛又言了句："若凌家军的人杀了袁崇武，你与我之间，又可会有杀夫之仇？"

两军交战，必有死伤，凌家军的人杀了袁崇武，亦不过是杀死他们的敌人，与薛湛何干？

蓦然，另一个念头又在脑子里蔓延开来，自己的爹爹与岭南军不共戴天，杀死岭南军诸多亲眷，若他死于岭南军之手，亦不过是岭南军为自己亲人报仇，又与袁崇武何干？

不，不，不一样，那是自己的爹爹，他是自己的爹爹啊！

薛湛望着她的眼睛满是迷茫与痛苦，光洁的额头上汗涔涔的，虽是孱弱，可终究不像方才那般，整个人毫无生气，一心求死。

他微微放下心来，伸出手，可在快要抚上她的脸颊时，却停在了半空，缓缓地收了回来。

"芸儿，你记住，纵使我在战场上被袁崇武所杀，也只是我薛湛技不如人，仅此而已。"

薛湛说完，则站起了身子，临去前，最后留下了一句话来："不要再逼自己，义父为了皇上，为了大周的江山而战，马革裹尸，战死沙场，是义父最好的归宿。记住薛大哥的话，你没有杀父仇人。"

你没有杀父仇人。

这一句话，仿佛惊雷一般地炸在姚芸儿耳际，她抬起眸子，就见薛湛笔直地站在那里，因着逆着光，轮廓分明的五官更是显得英俊凌人。他看了她好一会儿，终是一语不发，转身离开了园子。

那道背影，清朗坚毅，利落而潇洒。

而他的话，则久久地回荡在姚芸儿的心田，无论如何都挥之不去。

池州，岭南军军营。

"娘，您说什么？您同意父亲迎娶别的女人？"袁杰一脸的错愕，对着母亲失声道。

安氏面色平和，对着孩子轻语了一句："那不是别的女人，那是慕家七小姐。"

"慕家七小姐又怎么了？正因为她是慕家的女儿，父亲自是不能委屈了她，她嫁给父亲，定是正室，到时候您又算什么，我和弟弟岂不成了庶子？"

安氏见儿子心绪不稳，遂按住儿子的肩膀，看着袁杰的眼睛缓缓道："孩子，慕家的势力不用母亲说，你也明白，你父亲若想打败朝廷，必须倚靠慕家的力量，而联姻，自然是最好也是最有用的法子。"

"母亲，那您是要做父亲的姬妾？"袁杰双眸大睁，似是对母亲的平静感到不解。

安氏摇了摇头，无奈道："杰儿，母亲与你说过多次，小不忍则乱大谋，眼下咱们母子处境尴尬，此事甭说母亲做不了主，就连你父亲，他也同样做不了主。既然如此，母亲索性答应个痛快，好让你父亲的属下能高看咱们母子一眼，让母亲博个深明大义的名声，而你父亲日后，也会越发愧对咱们母子，你明白吗？"

袁杰仍是不愤，哑声道："母亲，姚氏那边刚走，这边又出来个慕七，这种日子，到底何时才是个头？"

安氏眼睛雪亮，每一个字都十分清晰，吐出一句话来："娘问你，你是愿意做反贼的儿子，还是愿意做皇帝的儿子？"

袁杰一震，心下霎时明白了母亲话中的含义，他的脸色慢慢变得沉静起来，一字字道："孩儿自是愿做皇帝的儿子。"

安氏的脸上这才有了一丝欣慰，颔首道："杰儿，你身为男儿，切不可只顾眼前的蝇头小利，而是要看得长远一些，眼下你父亲与慕家联姻，直接关系着他的大业，你是他的长子，又岂能逞一时之气，因小失大？"

袁杰心头豁然开朗，对着母亲俯下身子，道："孩儿知道该如何做了。"

安氏微微一笑，让儿子重新在自己身边坐下，粗糙的手掌抚过孩子的眉心，温声道："听说这一次，是你杀了凌肃那狗贼？"

袁杰眼睛顿时一亮，不免沾沾自喜："不错，是孩儿亲自手刃了凌肃，将刀插在了他的心口，终是为咱们母子，也为岭南军报了大仇！"

安氏心头百感交集，艰涩地道了句："好孩子……"

袁杰见母亲落下泪来，遂伸出手为安氏擦去，那眉头却是紧皱，冷声道："母亲，你有所不知，当日父亲已经将凌肃打下了马，分明有机会杀了他，可他却饶了凌肃不说，还让凌肃手中的长矛刺伤了自己，若不是孩儿冲出去手刃了那奸贼，怕是父亲早已没了性命！"

安氏闻言，眸心便浮过一丝阴郁，道："凌肃是姚氏的生父，他自是不会杀他。"

袁杰一记冷笑，恨声道："咱们母子三人在凌肃手下受尽屈辱，他不为妻儿报仇不说，却几次三番饶敌性命，孩儿真是……恨透了他。"

安氏心口一跳，却拿不出别的话来安慰孩子，只得说了句："他是你父亲，你不能怨他。"

袁杰"哼"了一声，年轻的容颜上满是桀骜，他似是不欲再谈父亲，而是说起旁的话来："母亲，日后慕七若是生了儿子，咱们又该如何？"

安氏闻言，瞧着袁杰满是戾气的眼底，心头却涌来一阵哆嗦，脸色也严肃了起来，对着儿子道："若慕七真有了你父亲的孩子，那也是你的弟弟或妹妹，母亲绝不允许你做伤天害理的事。"

袁杰见自己的心思被母亲一猜即中，便有些羞恼起来，道："母亲，那慕七可不是省油的灯，比姚氏厉害百倍，咱们不能不防。"

安氏微微缓和了神色，声音亦平淡而温和："她越是厉害，对咱们便越是有利，母亲还生怕她不够骄横，若都像姚氏那样，才真叫人棘手。"

袁杰却不懂母亲话中的意思，安氏却也不答，对着儿子嘱咐道："慕七越是强势，咱们母子便愈是要隐忍小心，事事礼让她三分，一定要懂得示弱。"

袁杰心思一转，顿时明白了母亲的苦心，他没有多说，只郑重地对着母亲点了点头。

池州，岭南军军营。

袁崇武醒来时，天刚破晓，因着失血过多，让他口干舌燥，嗓子里仿佛裂开了一般，火烧火燎地疼。

他这一次伤得极重，凌肃未有丝毫的手下留情，纵使他侧过了身子，可那一击是伤到了脏腑，待他彻底将伤养好，已是月余之后了。

在他伤好之后，军中诸人，如孟余夏志生等，皆是齐刷刷地跪在他面前，告诉他与慕家联姻之事，本以为男人定会勃然大怒，斥责众人一番，岂料袁崇武闻言，却不动声色，只淡淡颔首，示意自己知晓了。

待身上的伤稍好，男人便回到了战场，领兵作战，与之前毫无二致，唯有细心的幕僚发觉，袁崇武更沉默寡言起来，时常一整日都听不到他开口说一个字，整个人冷锐如刀，在战场杀敌时更是犹如暗夜修罗，那不要命的样子，简直让人看着害怕。

"元帅，据咱们在京师的探子来报，朝廷已从北方大赫国借兵，大赫国君赫连和，已命其弟赫连隆日领兵南下，怕是再过不久，便会赶到大周京师。"

孟余立在下首，一语言毕，诸将脸色皆是一变，何子沾率先道："先生所言的这一位赫连隆日，不知是不是被称为龙虎大王的大赫名将赫连隆日？"

孟余点了点头，道："不错，此人天赋异禀，骁勇好战，深得大赫国君信任，赫连和共有十七个弟兄，大多被他贬谪或流放，却只有赫连隆日，因着战功赫赫，被封为龙虎大王。"

诸人听来，眉头俱是紧皱，夏志生道："怕是朝廷见咱们与慕家联盟，便按捺不住，从大赫国借兵，只不知这次大周又要割多少城池出去？"

"据悉，周景泰答应将幽和六州尽数拱手相送，以求赫连和出兵相助。"

"幽和六州自古以来就是兵家必争之地，那周景泰倒也当真舍得。"闻言，就连一向粗枝大叶的李壮也忍不住咂嘴。

"请神容易送神难，周景泰此举，怕是要引狼入室。"孟余沉缓出声，眼眸却是对着主位上一直一语不发的袁崇武望去，开口道，"元帅，朝廷此番从大赫国借兵，咱们不得不尽早防范，大赫国民风彪悍，北国铁骑更曾横扫漠北草原，而这赫连隆日在大赫也素有威名，朝廷这一招，的确给了咱们一个措手不及。"

袁崇武面色沉着，一双黑眸暗沉如水，闻言亦不过道了句："大赫国境荒凉，向来无粮草支持大军远征，更何况大赫本身还需用充足的兵力去对抗蒙古铁骑，即使赫连和这次答应出兵，怕也不过区区万人，终究是远水解不了近渴。"

男人的声音十分冷静，听他这般说来，诸人心头都是一松，原先帐内慌乱的情绪顿时稳定了不少，孟余领首道："元帅说得不错，大周这些年国库亏损得厉害，除了割地，倒也拿不出银两去养活大赫的兵马，单靠大赫国，这一路路途遥远，更是筹备不到粮草，如此一来，想必大赫即使出兵，兵马也是有限。"

袁崇武神色淡然，道："同样的兵马，在不同的人手里，威力自是不同。赫连隆日天生神力，若是这一次当真由此人统兵，的确不得不防。"

男人话音刚落，众人皆沉默下去，显是在等着袁崇武拿主意。

袁崇武对着诸人看了一眼，淡淡吐出一句话来："即刻起，岭南军从战时转为备战，退守烨阳，命三军养精蓄锐，以逸待劳，未免不敌北国铁骑。"

"是。"诸人齐齐躬下身子，那声音整齐列一，轰然作响。

袁崇武面不改色，将目光放在眼前小山一般的军报上，示意众人退下。

见状，孟余遂上前，拱手言了句："元帅容禀，下个月便是您与慕家小姐的婚期，属下是想，迎亲时，若元帅抽不开身，便由……"

"不必，"不等他说完，便被男人打断，"我亲自去。"

孟余一怔，踌躇道："元帅，慕家当日也会有送亲使，您若不去，慕家的人想必也不会有什么怨言。"

袁崇武听了这话，遂是搁下手中的笔，那一双黑眸雪亮如电，向着众人笔直地射来，令人不敢与之对视。

"既然是联姻，自是要将事做全，下去吧。"

孟余见他已处理起军务，便与众人一道行了一礼，恭恭敬敬地退了下去。

出了主帐，李壮忍不住发起牢骚，道："你们瞧见没有，元帅现在咋跟变了个人似的，这么多天了，除了军政上的事，我就没见他说过旁的话。"

孟余与夏志生对视一眼，却没有开口，一行人缓缓走着，李壮又道："孟先生，您倒是快出个主意，元帅这伤刚好，就跟不要命似的，成日里不是打仗，就是在主帐里处理军务，甭说他自个儿，就连我看着都累！"

孟余一记苦笑，却不知该说什么，只摇了摇头，叹了句："元帅这是心里难受，咱们身为下属，也没法子。"

"他难受个啥？那慕七咋说也是个美人坯子，这新人在怀的，还难个什么劲儿？"李壮仍在那里嚷嚷。

孟余与夏志生对视一眼，却都是心下无奈，直到李壮被人喊去训兵，孟余才开口道："夏老，其实这次咱们的探子从京师还传来一个消息，只不过方才在帐中，孟某没敢告诉元帅。"

"哦？那是何事？"夏志生不解道。

孟余微微眯起眼睛，向着远处望去，道："信上说，赫连隆日领兵入境后，周景泰在宫中设宴款待，不知怎的，那赫连隆日竟看上了思柔公主，要周景泰将公主送给他。"

夏志生心头一凛，惊愕道："莫非那赫连隆日不知思柔公主已嫁过人？"

孟余摇了摇头："夏老有所不知，大赫乃北方游牧之国，民风向来粗放，父妻子袭，兄妻弟娶的事多有发生，再说那赫连隆日本就是个粗人，甭说他不一定知晓思柔公主与咱元帅的事，怕是就算知晓，也不以为意。"

夏志生沉吟片刻，低声道："不知那小皇帝，会不会将思柔公主嫁给赫连隆日？"

"探子探到的消息，只说周景泰以思柔公主已经许给薛湛为由，给挡了回去，若我猜得不错，这怕是周景泰故意使的手段，想要赫连隆日加兵。"

夏志生不由得苦笑道："都说红颜祸水，古人诚不欺我，不过区区一个女人，偏偏惹出如此多的动静，那朝廷早已将思柔公主与薛湛的婚事昭告天下，如今周景泰若真要将公主送到大赫，难道就不怕薛湛起兵谋反？"

孟余也道："不瞒夏老所说，我倒是真盼着薛湛能起反意，只不过薛湛那小子年纪虽轻，却甚是忠勇，要他叛离朝廷，怕是不太可能。"

夏志生颔首，叮嘱道："这些事咱们无须去管，先生切记要封锁消息，万万不能让此事传到元帅耳里，元帅与七小姐的婚事近在眼前，绝不可出一丁点差错。"

孟余点了点头，道："夏老放心，在下晓得。"

京城，皇宫，披香殿。

姚芸儿一袭浅青色宫装，柔软的料子贴着她纤弱的身段，娉娉婷婷，每一步都是袅娜。

"孩儿见过母后。"见到徐靖时，姚芸儿缓缓拜了下去，不等她跪下，便被永娘一把扶起，让她在徐靖身旁坐下。

徐靖双眸红肿，显是哭了一夜所致，此时见到女儿，泪水又有泛滥之势，却被她死死忍住，对着女儿开口道："芸儿，你和母亲说实话，你是如何惹上那赫连隆日，让他逼得泰儿，非要将你娶回大赫不可？"

姚芸儿垂着眸子，听到母亲如此相问，心头便是一凉，眸心满是骇然地看着母亲，轻声道："娘，您说什么？"

徐靖见女儿还不知情，心头越发酸涩，道："娘说，赫连隆日向泰儿指名要你，还说，若不将你嫁给他，他便班师返回大赫。"

姚芸儿的脸倏然变得惨白，徐靖焦急不已，攥住了女儿的手，又一次开口道："你倒是快和母亲说说，你究竟是如何识得的赫连隆日，那日的宫宴，只有皇帝与王公大臣作陪，你既然没有出席，他又怎会见到你？"

姚芸儿回想起当日的事，只觉得心如秋莲，苦涩不已，她没有回答母亲的话，而是对着母亲轻声问了一句："娘，若是赫连隆日当真要女儿嫁到大赫，您……会答应吗？"

徐靖不料她会问出如此话来，当即便怔在了那里，她瞧着女儿楚楚可人的小脸，见孩子澄如秋水般的眸子正一眨不眨地看着自己，那眸子里，既有害怕，又有期冀，还有祈求。她的心变得很软，几乎脱口而出，要告诉女儿娘会护着你，娘拼尽全力，也不会让你嫁到大赫那茹毛饮血的地方去。

可蓦然，儿子清朗的容颜闯进脑海，大周朝岌岌可危的江山，更是要将她逼到一个深不见底的深渊，让她无路可走。

瞧着母亲沉默的容颜，姚芸儿的心渐渐凉了下去，最后一丝期盼，也成了粉末。

她知道，这个皇宫，她早已待不下去了。如今赫连隆日既然会求娶自己，皇上自是不会拒绝，她嫁到大赫，已是板上钉钉的事，可她却还是向母亲问出了这句话来，她那样期盼，期盼着母亲能告诉她，不会有人把她送走，即使是一句安慰也好。

070

可徐靖终是转过了身子，任由泪水扑簌扑簌地滚落下来，却始终一个字也没说。

爹爹走了，相公娶了别人，就连母亲，也不要自己了……

姚芸儿低下头，一大颗泪珠顺着眼角滚了下来，她没有说话，站起身子，对着母亲跪了下去。

"娘，女儿愿意嫁到大赫，您别哭。"姚芸儿伸出小手，为母亲将脸上的泪珠拭去，她的声音轻柔，一字字打在徐靖的心上，让人心如刀割。

"女儿不孝，一直都不曾为您和爹爹做过什么，如今爹爹已经不在了，女儿已经没有机会再去尽孝心了。如今，就让女儿，为娘做一件事吧。"

徐靖心头大恸，忍不住将姚芸儿一把揽在了怀里，泪如雨下："芸儿，是娘对不住你，是娘对不住你！"

姚芸儿将身子埋在母亲怀里，她什么也没有说，唯有一行泪水，轻轻地落了下来。

夜渐渐深了。

永娘捧着一碗百合银耳汤缓缓走了进来，就见徐靖一袭寝衣，端坐于梳妆台前，也不知在想些什么。

"小姐，时候不早了，您将这汤喝了，早些歇息吧。"永娘柔声宽慰着，将玉碗端至徐靖身旁。

徐靖望着镜中的自己，她入宫二十多年，早已不再是当年的如花少女，而是慢慢地成为一个深宫妇人，一个利欲熏心、不择手段的深宫妇人。

她低下眸子，将玉碗端起，搅动着精致的玉勺，低声道："永娘，你说，我和肃哥若是没有找回这个孩子，芸儿的日子，是不是会更好？"

永娘垂下眸子，道："小姐，奴婢知道您心里难受，可如今侯爷已不在了，失去了这个靠山，小小姐纵使留在您身边，往后的日子也好不到哪儿去。您将她送到大赫，明为联姻，却也实实在在是一片慈母心肠，也是为了她好啊。"

徐靖深吸了口气，缓缓道："话虽如此，可一想到这个孩子是肃哥在这世上仅存的骨血，我却护不了她，还要把她送到那么远的地方，我这心里……"

徐靖言至此，再也说不下去，将那玉碗搁下，无声地哽咽。

永娘瞧着也是心疼，只得劝道："这凡事都有两面，虽说小小姐如今远嫁大赫，你们母女日后难以相见，可您瞧小小姐这眼里心里都还想着那袁崇武，这次远嫁大赫，也未必不是一个转机。"

徐靖心如刀绞，轻轻地道了句："若是肃哥还在，我们母女，又岂会沦落到如此境地？"

永娘听了这话，心里也是不忍，道："小姐，听奴婢一声劝，这事儿您是做不了主的，皇上打定了主意要将公主送给赫连隆日，您若是阻拦，只怕是火上浇油，还不知皇上对公主会做出什么事来。"

这其中的关窍，徐靖又岂会不知，当即她收敛心神，将眼眶中的泪水逼了回去，对着永娘问起旁的话来："要你去打听的事，打听清楚了没有？"

她的话音刚落，永娘的眼睛里便是一亮，对着徐靖笑道："瞧瞧奴婢这记性，将正事给忘了。"

语毕，永娘则是一五一十地说了下去："奴婢已将小小姐身旁的宫人都唤来问了个仔细，才知道宫宴当天赫连隆日曾借故离席，也不知怎的，竟让他在后园里见着了公主，听月娥说，小小姐那天在园子里荡秋千儿，那赫连隆日倒也当真无礼，直接就去问小小姐的闺名，倒是吓了月娥她们好大一跳。"

徐靖闻言已抿唇笑起，道："大赫国民风彪悍，男子遇到心爱的女子，的确是直来直去，没有咱们这些讲究。"

"奴婢还听闻赫连隆日虽然容貌粗犷了些，可为人豪爽，在大赫国中口碑极佳，是个百里挑一的英雄。而且赫连隆日还说，公主若是嫁过去，直接当他的王妃，是正妻！"

徐靖听到"正妻"这两个字，眼睛顿时发出光来，失声道："这是真的？"

永娘点了点头，笑盈盈地开口："自然是真的，小小姐可是咱们大周数一数二的美人，那赫连隆日瞧见她还不跟瞧见仙子似的，如今又以正妻之位下聘，奴婢寻思着，等公主嫁过去，定然也是被赫连隆日千宠万宠地过日子，苦不到哪儿去。"

徐靖听了这番话，原本一直愁眉不展的脸面上，终是微微展颜，唇角亦噙着淡淡的笑意，颔首道："如此，我也就放心了，等芸儿嫁过去之后，咱们多派些使者过去，若那赫连隆日对她不好，咱们再想别的法子。"

永娘答应着，主仆俩又说了几句别的，大多也都是与姚芸儿有关。

待赫连隆日答应增兵后，周景泰便命礼部着手准备姚芸儿的婚事，因着姚芸儿曾与薛湛定亲，礼部诸官员绞尽脑汁，为姚芸儿重新拟定了公主封号，并由太后一道懿旨，只道姚芸儿要为生父守孝三年为由，唯恐耽误了薛湛婚事，遂与薛湛解除了婚约，而后又将镇国公的女儿，淑贵妃的内侄女许配给了凌家军的少帅，并道只等薛湛回京，便由皇上亲自为其主婚。

太后的懿旨与皇上的圣旨几乎同一天被人快马加鞭，送至池州的凌家军的军营，此外，皇上还亲自派了朝中大员，明为钦差大臣，为皇上视察军情，实则却是安抚薛湛，晓之以情，动之以理地将眼前的局势一一说了个清楚，生怕薛湛心中不服，会滋生反意。

岂料薛湛神色如常，只让人将京师的钦差大臣款待得滴水不漏，而等这些人回京后，面对周景泰的质问，皆口口声声，一致道薛湛领旨谢恩，军中一切如常，未见丝毫不满。

周景泰遂放下心来，只等大赫兵马与凌家军会合，如数年前一般，将岭南军的反贼尽数剿灭。

荷香殿。

"公主，您快来瞧瞧，这些可都是太后赏赐下来，为您添妆奁的，这么多好东西，可要将奴婢的眼睛都给晃花了。"

月娥喜滋滋的，对着一旁的姚芸儿唤道，姚芸儿见她笑眯眯的样子，不愿扫了她的兴，遂微微一笑，走了过来。

果真，桌子上琳琅满目，满是珍品，姚芸儿的目光最终落在那一支凤头簪上，那簪子由夜明珠打造，与旁的簪子毫无二致，唯一不同的是尾端十分尖锐，仿佛看上一眼，都会将眼睛灼痛了去。

她伸出小手，将那支簪子挑起，对着月娥道："我只留这支簪子就好，其他的，你和西翠、月竹她们一块分了吧。"

月娥一惊，赶忙道："公主，这些都是太后赏给您，要您带到大赫去的，您就是给奴婢十个胆子，奴婢也不敢拿啊。"

姚芸儿在锦凳上坐下，听到月娥如此说来，便轻声道："这些东西若跟着我，可真是可惜了……"

月娥闻言，便觉得不解，可却也不敢多说，主仆俩沉默一会儿，月娥小心翼翼道："公主，容奴婢多嘴一句，您明日便要嫁到大赫了，你若有什么放不下的人和事儿，不妨和奴婢说说，心里也舒服些。"

姚芸儿目光渐渐变得迷离起来，她没有去看月娥，而是犹如自言自语般开口道："我没什么放不下的，要说有，就是我的娘亲，还有我的姐弟，我离开家那样久，真不知道他们怎么样了。"

姚芸儿攥着手中的凤簪，想起清河村，唇角便噙起两弯酒窝，柔声道："还有我家里的春花、大丫，也不知道它们有没有挨饿，有没有人照顾它们。"

月娥丈二和尚摸不到头脑，睁着一双眼睛，傻乎乎地凝视着姚芸儿，心里不由得瘆得慌，还以为公主因着要嫁到那般偏远的地方，心里受了刺激，变得神智失常起来。

姚芸儿依旧沉浸在自己的回忆里，对周遭的一切视若无睹，轻语道："月娥，往后若有机会，你能替我去清河村看一眼吗？"

月娥虽然不懂公主在说什么，可听她这般开口，自是不敢不出声，当下忙不迭地开口道："公主放心，奴婢再过几年就能出宫了，等奴婢出宫后，一定替你去清河村看一看。"

听了这话，姚芸儿唇角的梨窝越发甜美，她已许久不曾这般笑过了，她这一笑，仿佛千树万树梨花开一般，美到了极致。

"嗯，你若瞧见了我相公，能不能帮我带一句话给他？"

月娥脸色顿时变了，颤声道："公……公主，您这还没成亲，又如何来的相公？"

姚芸儿没理会，她凝视着手中的凤簪，望着那尖尖的尾端，比匕首还要尖锐，若是将它扎在自己的心口，也不知道会不会疼……

她胡思乱想着，隔了好一会儿，才开口道："月娥，你若瞧见他，帮我告诉他，我无论是姚芸儿，还是凌芸儿，都只有他一个夫君，无论是我的人，还是我的心，永远都只会是他一个人的……"

姚芸儿说到这里，晶莹的泪珠便一颗颗地从眼眶里落下，她低垂着眼睛，看着那些泪珠落在自己的裙衫上，凝成好大一摊水渍。

月娥已不敢说话，只怔怔地站在那里，不知该如何是好。

"还有——"姚芸儿用手背拭去自己的泪水，可那泪珠却越流越多，怎么都忍不住。

"你帮我问问他，为什么……"姚芸儿嗓音酸涩，艰难地出声，"为什么要杀我父亲……又为什么，要娶别的女人……"

说到这里，姚芸儿已是再也说不下去了，她用了那样大的力气，才将自己的泪水逼回去，回头，就见月娥脸色雪白，满是惊恐地站在那里。

姚芸儿顿时觉得过意不去，勉强扯出一丝笑来，轻声道："我是不是吓到你了？"

月娥不敢说话，摇了摇头，恭恭敬敬地站在那里。

姚芸儿不愿再为难她，她也从不曾想过，月娥会真的替自己去清河村，这些话不过是一直积压在心底，此时说出来，心头果真好受了不少。

姚芸儿站起身子，温声道："时候不早了，我去歇息了，明日里，我就要走了。"

她的脸色依旧是安安静静的样子，说完这句话，则转身回到了内殿，她将那凤簪小心翼翼地包好，贴身收了进怀里。她知道，只有当送亲的退伍踏入大赫的国土时，赫连隆日才会增兵相助她的母亲和哥哥，去攻打她挚爱的男人。

她的确不孝，即使父亲死于袁崇武之手，可她竟还是恨不起他。为人子女，她早已无颜活在这世上。而徐靖是她的母亲，不要说徐靖只是将她嫁给赫连隆日，即使她将自己嫁给任何一个男人，她也都会愿意的。

送亲的队伍绵延千里，一路向着大赫行去。

姚芸儿独自一人坐在凤辇中，从头到脚，都是鲜艳的大红色，无不透着喜庆。早起时，当她盛装告别徐靖时，徐靖却没有见她，她敛衽跪在披香殿的殿门口，恭恭敬敬地拜了三拜，叩谢母亲的生育之恩。

而后，便是烦琐的、冗长的、各种各样的规矩和礼仪，当她上了鸾车后，已是筋疲力尽。

她捏紧了那支凤簪，知道此时还没到时候，无论多难多苦，她都要撑下去，只有等赫连隆日出了兵，她才可以了结自己。

这样想来，姚芸儿的唇角便渐渐浮起一抹浅浅的微笑，因着年纪尚小，那抹笑容中，还带着几分稚气未脱，更显凄凉，无依无靠。

大赫与大周相距甚远，送亲的队伍浩浩荡荡，仿佛这条路永远也没有尽头。

第二十四章

还君明珠

"少帅，这里已是大赫国境，送亲的队伍定会途经此路，而赫连隆日的人已在前方驿站相候，咱们若想抢回公主，只有在这里动手。"

黄沙中，高靴佩刀，做蒙古装扮的男子隐在薛湛身旁，对着他开口道。

薛湛点了点头，眉宇间风尘仆仆，这一路他马不停蹄，终是抢在赫连隆日的人之前，埋伏于此，为的便是要救回姚芸儿，他忍受不了，并不是因为她被太后与皇帝送到这般荒凉的地方，而是因为他知道，将她嫁到大赫，那是在逼她去死。

"赫连隆日的兵马，还有多久能到池州？"遥遥见到前方的动静，薛湛握住腰间的长刀，对着一旁的属下道。

"回少帅的话，赫连隆日五万兵马已由昨日赶到了安庆，怕是三五日内，就能赶到池州。"

薛湛闻言，也没说话，一双眸子只紧紧盯着前方的送亲队伍，待那顶凤辇映入眼帘时，薛湛眸心一紧，将面罩戴上，抽出腰间长刀，对着众人低喝了一句："动手！"

诸人得到命令，皆一拥而上，从黄沙里露出身子，他们全是蒙古打扮，一个个身形魁梧，举起长刀呼啸着向着迎亲的队伍杀去，大周的送亲使瞧见这一幕，顿时吓得脸色雪白，全身颤抖地大喊："不好，蒙古贼子抢亲来了，快去保护公主！"

这些送亲的将士大多出自京师的御林军，平日里从未上过战场，就连腰间的佩剑也是徒具花哨，又哪里能与薛湛麾下那些身经百战的精兵相比，一些人还未回过神，就已经被砍倒在地，那送亲使慌得厉害，声嘶力竭地胡乱指挥，就听惨叫声与兵器相撞在一起的声音络绎不绝，姚芸儿听到外头的动静，刚掀开帘子，就见不知从哪儿拥来一批蒙古勇士，个个凶猛，似是为了自己而来。她的心微微一惊，只回到辇中，从怀中取出了那支尖锐的凤簪。

本来她是想着快到大赫的京师时才了结自己的，毕竟自己多活一日，赫连隆日的兵马便会离池州更近一步。可此时看来，却是不用等到京师，便是她的死期了。

姚芸儿举起凤簪，微微合上了眼睛，将那支簪子向着自己的心口狠狠刺下。

"芸儿！"薛湛砍死砍伤数人，就连那送亲使也被他砍下马背，他跃上凤辇，大手刚掀开帘子，瞳孔便剧烈收缩，眼睁睁地看着姚芸儿举起凤簪，朝着自己的心口刺下。

薛湛来不及上前，想都没想，便将自己腰间的玉佩取下，迅速掷了出去，打在姚芸儿的手腕上，就听"咣当"一声脆响，姚芸儿手中的凤簪落了下去，而她双眸迷茫，薛湛乔装打扮，她压根儿认不出他是谁，直到薛湛冲上前将她一把抱在怀里后，用极低的声音告诉她："别怕，薛大哥来了。"

她才算是活了过来。

"薛大哥……"姚芸儿轻轻地吐出这三个字，泪水才扑簌扑簌地落下，瞧见她哭，薛湛为她将泪水拭去，安慰道："别哭，没事了，有薛大哥在，不会有人欺负你。"

瞧着她毫无血色的小脸，薛湛揽紧了她的腰肢，抱着她出了凤辇，就见凌家军诸人仍与送亲的将士缠斗在一起，薛湛不欲多待，抱着姚芸儿上了骏马，对着厮打中的属下喝了一个字："撤！"

一行人得令，皆唤来各自的骏马，匆匆随着薛湛向着北方逃开，他们身下的骏马皆是千里挑一的良驹，又加上对周围地形极是熟悉，未过多久，便将大周的将士远远甩在身后，待天色暗下来时，已将追兵彻底甩开。

薛湛凝视着姚芸儿的睡容，清俊的面容满是担心，他伸出手探上姚芸儿的额头，顿时觉得触手滚烫，浓黑的剑眉当即一蹙，对着身后的属下道："告诉他们，将药煎好后马上端来。"

"是。"

待屋中只剩下两人时，薛湛伸出手，抚上姚芸儿沉睡中的小脸，低沉着声音唤了一声她的名字："芸儿……"

他俯下身子，为姚芸儿将散落的头发捋好，望着她瘦得几欲脱形的小脸，男人乌黑的瞳仁里满是怜惜与痛意。

他一直守在那里，衣不解带地照顾着昏睡中的姚芸儿，不知过了多久，姚芸儿动了动身子，薛湛本就是行伍出身，向来十分警觉，因着发烧，姚芸儿脸蛋潮红，唇瓣裂开了许多小口子，整个人躺在那里，羸弱得如同一个婴孩，让人止不住地疼惜。

薛湛端过水，小心翼翼地喂着她喝了几口下去，姚芸儿依旧无知无觉。

"芸儿，醒醒。"薛湛轻轻拍了拍她的小脸，低声唤道。

姚芸儿双眸紧闭，脸蛋满是凄楚与痛苦，她的嘴唇微微颤抖着，终是唤出两个字来："相公……"

薛湛的大手，瞬时停在了那里。

"相公……"姚芸儿的泪水犹如一场雨，薛湛从未见过一个女人会有这般多的泪水，也从不知道一个人哭，竟会让他的心都揪了起来。他向来最厌烦女人流泪，只觉得过于懦弱，可此时瞧着姚芸儿源源不断的泪水，只让他的心里除了酸涩，便是心疼。

"我早该知道，你忘不了他。"薛湛沉声开口，伸出手指为姚芸儿将腮边的泪水勾去，耳中听着她那一声声的相公，乌黑的眼瞳中，亦渐渐浮起一抹无奈与绝望。

"芸儿，你真是把我的心都扯碎了。"薛湛淡淡一笑，那一笑间长眉入鬓，虽是落寞，但又极为清俊。

"你若想见他，薛大哥便成全你。"

薛湛说完这句，遂走出了屋子，见他出来，顿时有人上前，唤了声："少帅。"

薛湛看了眼天色，对着手下道："池州那边可有消息？"

"回少帅的话，军中一切如常，岭南军已退守烨阳，只不过方才收到传书，却说袁崇武领着大军向大赫赶来，就连跟慕家的婚事，也都给耽搁了。"

"什么？"薛湛眸心一惊，低声道。

"袁崇武与慕家小姐的婚事尽人皆知，可不知为何，就在婚礼前夕，袁崇武突然起兵，将慕家小姐撇下，领着麾下亲兵向着大赫追了过来。"

"朝廷难道没有察觉？"薛湛又道。

"袁崇武一行途经柳州时，曾被柳州总兵拦截，可谁知袁崇武不知使了什么法子，竟踏城而过，待咱们收到消息时，怕是他已赶到了大赫。"

薛湛眸心幽暗，道："消息准确吗？"

"回将军，此事千真万确。"

薛湛轻轻"哦？"了一声，又道："袁崇武当真将两军抛下，自己领着兵马走人？"

那人则道："这倒不是，慕家的小姐仍是如期嫁到了烨阳，至于袁崇武与慕玉堂之间究竟达成了什么盟约，咱们的人实在无从知晓。"

薛湛向前踱了几步，月光落在他的身上，但见青衫磊落，俊挺轩昂。

"将军，公主曾与袁崇武有过夫妻之实，袁崇武这次，怕是为了公主而来。"

听到这句话，薛湛仍是沉默，隔了许久，方才道："去派人打探一下，袁崇武的人马，究竟到了哪里。"

"是，"那人答应着，咬牙道，"可惜咱们这次带的人不多，不然定要手刃此人，为元帅报仇。"

薛湛神情一凛，道："告诉下面的弟兄，切记不可轻举妄动。"

"属下明白。"

薛湛回到屋子，姚芸儿仍昏昏沉沉地睡着，那一张布满了泪痕的小脸，让人看着分外不忍。

"芸儿，你一心念着的那个人，到底还是来了。"薛湛守在她的床前，这一句话刚说完，便淡淡一笑。他为姚芸儿将被子掖好，望着姚芸儿伤心欲绝的小脸，低语道："要怪，也只怪我遇见你太迟。"

说完，薛湛黑眸中无声地浮起一抹苦涩，他没有多待，收回目光，头也未回地走出了屋子。

回程的路上，凌家军的副将于大凯策马赶至薛湛身旁，道："将军，您是真打算将公主交给袁崇武？"

薛湛颔首，应了一声："嗯。"

见状，于大凯又道："那可是您未过门的妻子啊！"

薛湛听了这话，乌黑的眼瞳对着他看了一眼，才微微一笑，道了句："大丈夫何患无妻，她既心中无我，我又何必强求。"

副将仍是不忿："将军，咱们千辛万苦，才将公主从大赫抢了回来，这岂不是平白便宜了袁崇武那厮？"

薛湛年轻清俊的容颜上仍旧是云淡风轻的神色，闻言亦不过浅笑，没有说话。

一旁的李震也忍不住开口道："再有袁崇武此次虽然麾下精兵众多，咱们若是在路上偷袭，抑或用公主相胁，倒也不是没机会对付他。"

薛湛闻言，面上的笑意便敛了下去，沉声道："无论是偷袭，还是用公主要挟，都未免胜之不武。我敬他是条汉子，一切，就让我和他在战场上分个高下吧。"

诸人心知薛湛为人与凌肃不同，听他这般说来，便都不好再说，一行人赶至辽阳时，便寻了个客店纷纷换下了蒙古骑装，见薛湛腰间空空如也，于大凯不由得脸色大变，对着薛湛道："将军，您腰间的玉佩，怎不见了踪影？"

薛湛睨了他一眼，从怀中摸出玉佩，于大凯一瞧，才见那玉佩已碎成两半，显是落在地上所致。

这玉是薛湛二十岁生辰时，凌肃所赠，如今他却用它救了芸儿一命，也算是冥冥之中，自有天意。

一行人马不停蹄，赶至京师附近时，便听闻思柔公主在大赫国失踪的消息，百姓们议论纷纷，只道周景泰勃然大怒，命使者前去大赫欲与赫连和讨一个说法，大周朝好端端的公主，为何会在大赫境内下落不明，而太后更是茶饭不思，忧思成疾。

一夕间，坊间皆流传思柔公主在大赫境内被蒙古人挟持了去，赫连隆日在得知此事后，亦命人追踪公主下落，蒙古人则拒不承认掳走了大周公主，两军兵戎相向，已起了好几次小规模的摩擦。

大周公主在大赫境内走失，大赫无论如何也脱不了干系，面对大周源源不断的使者，赫连和只得派了使臣，与周景泰协商此事，并承诺原先答应的五万兵马，自是一个也不会少。

薛湛一行人回到池州，未几，大赫兵马而至，与凌家军会合。

大赫边境。

待薛湛领着诸人离开后，姚芸儿仍浑浑噩噩地睡着。睡梦中，就连房门被人一脚踹开，她也没有醒。

袁崇武不眠不休，这一路千里迢迢，领着麾下勇士没日没夜地赶路，赶到大赫时，竟收到了薛湛的传书，待看清上面的内容，男人不顾手下的阻拦，单枪匹马地赶到了这里。

就着烛光，就见自己日思夜想的人正静静地躺在床上，两人分别许久，这些日子，二人俱是在鬼门关走了一圈，男人一语不发，将她从床上抱起，紧紧地搂在了自己怀里。

姚芸儿醒来时，天色已是大亮，她微微睁开惺忪的双眼，只觉得全身上下无一处不疼，她的烧已经退了，乌黑的秀发被汗水打湿，湿漉漉地贴在肌肤上，更衬着小脸雪白，没了颜色。

直到男人温厚的手掌为自己将汗水拭去，她迷迷糊糊的，只以为他是薛湛，低声道了句："薛大哥，我想喝水。"

那男子一声不响，端来热水，自己先用唇试了试，见水温极烫，遂温声开口："再等等，不烫了再喝。"

听到这道声音，姚芸儿心头一颤，转过小脸，向着眼前的男子看去。

"是你？"姚芸儿的泪珠盈然于睫，轻声开口。

袁崇武点了点头，攥紧了她的小手："是我。"

姚芸儿试图抽回自己的手，她那点力气，自是挣脱不了，她别开小脸，泪珠一滴滴地从眼眶里滚落了下来。

袁崇武伸出手，为她将泪水拭去，姚芸儿心如秋莲，将眼睛紧紧闭上，她还以为自己又是在做梦，没被袁崇武握住的手则用尽全力地去掐手心，当即一股锐痛袭来，才让她知晓自己不是在做梦。那一腔的酸楚与委屈更是无法言说，唯有泪水掉得越发厉害。

"别哭。"袁崇武俯下身子，见她泪流满面的一张小脸，深邃的容颜满是沧桑与寂寥，沉声吐出这两个字。

姚芸儿没有看他，她的声音那样小，又细又弱地说了句："你走吧，我不想看见你。"

袁崇武闻言，不由分说，将她抱在了怀里，姚芸儿挣扎着，泪水抑制不住，淌得满脸都是。她虚弱得厉害，全身都使不出什么力气，男人的胳膊紧紧地箍着她的腰肢，让她动弹不得。

她心里苦到了极点，对着门口出声唤道："薛大哥，薛大哥……"

"芸儿！"袁崇武眉心紧皱，捧过她的小脸，让她看向了自己。

姚芸儿闭上眼睛，无论男人说什么，她就是不睁开眼。

袁崇武心如针扎，道："芸儿，我知道你恨我，你睁开眼睛，你看着找，咱们好好说。"

"你杀了我爹爹，我永远都不要见你。"姚芸儿捂住自己的耳朵，眼睛仍死死闭着，她不敢睁眼，只怕自己心软，只怕自己看见了他，就会没出息地将杀父之仇抛在脑后，怕自己看了他会心疼，怕自己看了他，就会变得不再是自己！

袁崇武无言以对，他一手揽着姚芸儿的身子，却连一个字也说不出口。

他要说什么，他又能怎么说，难道要告诉她，自己已经放过了凌肃，凌肃却以长矛重伤自己，最终死于袁杰之手？

袁崇武合上眸子，觉得心头烦闷到了极点，胸口处的伤更是隐隐作痛，令他的脸色，渐渐地苍白起来。

当日，凌肃下手委实太过狠辣，纵使他避开了身子，可仍受了致命一击，而后缠绵病榻一月有余，此番又接连赶路，那胸口的伤便始终没有痊愈，时常隐隐作痛。见他不说话，姚芸儿动了动身子，欲从他怀中离开，谁知腰身却被男人箍得更紧，姚芸儿心头气苦，拼命地挣扎起来："你放开我！"

袁崇武自是不会放开她，直到姚芸儿的小手向着他的胸口推去，孰料竟觉手心一片黏腻，才发觉自己手心满是脓血，而袁崇武面色惨白，额头上一层密密麻麻的汗珠，胸前的衣襟上更是沾满了血污。

她的脸色顿时比袁崇武还要难看，惊愕道："你怎么了？"

袁崇武深吸了口气，将伤口处的剧痛压下，见她相问，遂摇了摇头，道了句："我没事。"

姚芸儿探到他的后背，亦是摸到一片浓稠的血液，望着那触目惊心的红，她的小手不由自主地轻颤起来，就连声音都变了："你受伤了？"

瞧着他的伤口，分明是被人用尖锐的利器穿胸而过所致，那伤距心口十分近，若是再偏一点点……姚芸儿不敢想下去。

袁崇武侧过身子，从腰间将白药取出，撕开自己的衣衫，将药粉撒上。

姚芸儿怔怔地看着他，待看见男人举起药瓶，欲为后背的伤口上药时，她不知道怎么了，竟想都没想，便将那药瓶从他手中接过，为他小心翼翼地对着伤口撒了上去。

袁崇武裸着的后背伤痕累累，满是这些年征战后留下的印记，而此时那一道伤口更是血肉模糊，因着这一路连天带夜的飞驰，惹得伤口反复崩裂，此时已溃了脓水，甚至散发出难闻的味道，若是一般人瞧见了，定会闻之欲呕，不敢再看。

可姚芸儿瞧着，却觉得心都要碎了，大颗大颗的泪珠从她的眼睛里往下滚，看着他这一身的伤，心里疼得透不过气来一般，难受得不得了。

她颤抖着手，将药粉轻轻地为他撒在身上，许是伤口处的脓血太多，药粉刚撒上去没多久，便被冲了出来，姚芸儿忍不住，将冰凉的指尖缓缓地抚上他的伤口，哑声道："疼吗？"

袁崇武回过身子，见她的眼瞳中满满的都是心疼，即使凌肃的死与自己脱不开关系，即使自己已另娶他人，可她的眼睛里，仍是不见丝毫的埋怨与憎恨，与先前一样，无论何时瞧见她，她望着自己的目光里，只有让人心碎的疼惜。

她心疼他。

在清河村时如此，在烨阳时如此，就连到了如今，也还是如此。

袁崇武没有说话，大手一勾，将她重新揽在了怀里。

姚芸儿抬眸，便能看见他胸前的伤，她没有再挣扎，心里却又纠结到了极点，又苦又涩，这样久的日子，她只知道自己的父亲死于岭南军之手，却不知他也身受重伤。

"伤你的人，是不是我爹爹？"姚芸儿凝视着他的眼睛，纤瘦的身子在他的怀中不住地打战，怎么也止不住。

袁崇武并没有说是谁伤了自己，而是低声道了句："战场上刀剑无眼，无论是谁伤了我，都属寻常。"

"那你杀了我爹爹，也是寻常吗？"

"芸儿……"隔了许久，袁崇武方才艰涩地喊出了她的名字，男人深隽的眉心满是苍凉，唤出她的名字后，他转过目光，除了沉默，还是沉默。

姚芸儿的心沉入谷底，她没有说话，只轻轻地从男人怀里抽出身子，从自己的长裙上撕下一块干净的布料，手势轻柔地为他将胸前的伤口包好，牢牢系紧后，看着他的眼睛，道出一句话来："你走吧，我不会和你在一起了。"

袁崇武攥紧她的手，重伤加上长途跋涉，让他整个人都熬到了极点，就连声音都沙哑无力，缓缓道："你先歇着，我待会儿再过来。"

说完，他站起身子，眼前便是一黑，他咬紧了牙关，一步步地走出了屋子，刚到院子里，便再也支撑不住地顺着墙角滑倒在地，他的呼吸粗重，胸口的伤如同刀割，一下一下地绞来绞去，他以手捂住伤口，可那疼痛仍划拉着，几乎穿透他的肋骨，一直划到他心里去。

他仰起头，脸上的神情倒仍旧是沉着而冷静的，似是对那伤口处的剧痛置若罔闻，因着身上还有一处，比那伤口更疼，撕心裂肺。

这一处房子位于大赫与大周交界处，四周都是人迹罕至，十分荒凉。袁崇武并未发出响箭，好让部下寻来，自始至终都是一个人倚在那里，闭目养神，侧耳倾听屋子里的动静。

他听着她低声抽泣了许久，才慢慢安静了下来，待她睡着后，袁崇武方才回到了屋子。大赫位于北方，天气十分阴冷，而这房子十分破败，显是许久不曾有人居住，寒风阵阵，刮得人全身冰冷。

袁崇武望着缩成一团的姚芸儿，在她身边躺下，大手一揽，如同他们之前无数个相依相偎的夜晚一般，拥她入怀。

两人身心俱疲，尤其是姚芸儿，迷迷糊糊中不由自主地向着温暖的方向拱了拱身子，男人紧紧地抱着她，以自己的胸膛为她抵挡肆虐的北风。

这一觉，二人都睡得极沉，一直到了翌日晌午，姚芸儿方才彻底醒来。

抬眸，便是袁崇武熟睡的面孔，她伸出手，轻轻地划过他的眉眼，最后手指则落在他的下颚，这一路风尘仆仆，袁崇武的下颚早已长出了一层青青的胡楂，当她将手放上去时，扎得她微微地痒。

犹记得在清河村时，他总爱用自己的胡子来扎自己，每次都将她惹得咯咯直笑，那样好的日子，如今想起，却只剩下痛彻心扉。

她垂下了眼睛，忍住眼眶中的涩意，刚要将自己的手抽回，岂料却被男人一手攥住。

她抬起脸，就见袁崇武不知何时已醒来，乌黑的眸子正沉沉地望着自己。

"芸儿……"

不等他说完，姚芸儿便打断了他的话，她说："袁崇武，你送我回家吧。"

"我要回清河村。"

姚芸儿看着他的眼睛，一字字地说出了这句话。

袁崇武伸出手，抚上她消瘦苍白的脸庞，他没有多语，一点头，言了句："好，咱们回家。"

姚芸儿摇了摇头，吐出了一句："你的家，在烨阳，你的妻儿，也在烨阳。"

"芸儿……"袁崇武眸心大恸，刚唤出她的名字，就见姚芸儿伸出小手，捂住了他的嘴巴，她的眼瞳清澈如水，低声道："你放了我吧。"

你放了我吧。

袁崇武将她的手握在手心，从自己的唇畔缓缓拿下，他看了她好一会儿，直到姚芸儿落下泪来，他瞧着那些晶莹的泪珠，方道出了一句话来："我放不了。"

姚芸儿身子孱弱，袁崇武寻到一处边境小镇，为她赁下一具马车，并在马车里面置了厚厚的垫子，备好了粮食与水，才将她抱在车上。

两人一路都默不作声，袁崇武在前头赶车，姚芸儿则倚在车厢里，偶尔袁崇武回过头去，也只能看见她环住自己的身子，或是在出神，或是肩头轻轻地抽动。

每当这时，袁崇武无不是心如刀割，却又无能为力。

清河村位于北方，无须多日，两人便赶到了荆州。

一想到明日就能回家，就能见着娘亲与姐弟，姚芸儿的心便好似死灰复燃一般，当袁崇武掀开车帘，打算将她抱下车时，就见她唇角噙着笑窝，眼睛里也是亮晶晶的，浮起浅浅的雀跃之情。

袁崇武心下一软，对着她伸出胳膊，温声道了一个字："来。"

姚芸儿下了车，两人皆是寻常打扮，姚芸儿荆钗布裙，袁崇武则是布衣草鞋，头上戴着斗笠，与农家汉子毫无二致，一点儿也不起眼。

袁崇武揽着她进了一家客店，要了一间上房，并从店小二处要来一盆热水，给姚芸儿泡脚。

这一路，姚芸儿都不曾和他说过一个字，在看着他在自己面前蹲下身子，褪去她的鞋袜，将她那一双白嫩的脚丫按进热水里时，她终是开了口："我明日里可以自己回家，你走吧。"

袁崇武没有看她，依旧半蹲在那里，一语不发地为她洗好小脚，拿过汗巾子擦干净。

"你先歇着，明日我送你回去。"男人端过盆，临去前撂下这句话来。

翌日。

两人终是回到阔别已久的清河村。

姚芸儿下了马车，脸上的笑意怎么也止不住，那是发自心底的喜悦，她那样高兴，如同一个小孩子般。

刚进村口，就见到几个村民正围在一起唠着家常，待看见姚芸儿与袁崇武后，诸人纷纷一脸错愕，站了起来。

“哟，这不是袁屠户和芸儿吗？”李大婶当先忍不住，将篮子一扔，奔了过来。

“芸儿，你和你相公这是去哪儿了，咋现在才回来？”其余街坊见状，纷纷围在姚芸儿身旁，上上下下，不住地打量。

姚芸儿笑盈盈的，看到这些街坊，打心眼里亲切，她不欲多待，只一心想着回家，遂对着诸人道：“婶子，芸儿先回家看看，等芸儿见过娘，再来和婶子们说。”

闻言，诸人的脸色却都变了，一个个站在那里，那一双双眼睛你瞧瞧我，我瞧瞧你，最终皆落在姚芸儿身上。

看着众人的脸色，姚芸儿心下一个咯噔，也察觉了不妥，当下便轻声道：“怎么了？是不是……我家出什么事了？”

听了这话，街坊们面面相觑，终有人叹道：“芸儿，你这一声不响地走了这么久，哪能知道家里出了天大的事啊。”

“是不是我娘病了？还是小山……小山上战场了？还是我二姐……”姚芸儿脸色渐渐雪白，惊慌失措地开口。

“芸儿，听婶子说，就在你和你相公离开村子没多久，你家便起了一场大火，你娘……还有你二姐、小山……都被烧死了……”

姚芸儿听到这句话，脚下便是一个不稳，不等她摔倒，袁崇武已上前，将她揽在了怀里。

姚芸儿心头乱哄哄的，耳朵里更是嗡嗡直响，她什么话也没说，一手推开了身后的男子，向着姚家的方向奔去。

姚家经过那一场大火，早已是残垣断壁，仅存的一扇主墙也被大火熏得乌黑，姚芸儿不敢置信地望着眼前的一切，她的身子战栗得厉害，只觉得天旋地转，就好像连心里仅存的那一点温暖也消失了，最后的一点儿出路，都被人堵死。

“娘……”她终是唤出了声来，整个人瑟瑟发抖地站在那里，犹如无家可归的孩子，目光里满是凄楚与无助，她四下里寻找着，那一声声的呼唤，几乎要将人的心都给扯碎了。

“娘……二姐……小山……”

她不断地唤着亲人，直到男人将她一把扣在了胸膛，她恍惚地抬起眸子，在看清袁崇武的面容后，她动了动嘴唇，却连一个字都没说出口，软软地倒了下去。

袁崇武将她一个横抱，也不理会跟来的村民，带着她回到了他们的家，那座小小的庭院。

屋子里已经很久没有人住了，桌椅板凳上皆落下了一层厚厚的灰尘，袁崇武将姚芸儿抱在床头，自己则从柜子里取出被褥，将姚芸儿安顿好后，他并未走开，而是寸步不离地守在她身旁，将她紧紧搂在怀里。

"芸儿，我在这里。"他的大手轻拍着姚芸儿的后背，浑厚沉稳的声音响起，犹如哄着婴儿般的低柔。

姚芸儿经此巨变，早已三魂没了两魂，本能般地蜷缩在男人的怀里，双手紧紧地攥住袁崇武的胳膊，眼泪一行行地滚落。

袁崇武抱着她，任由她在自己怀里哭得像一个孩子，他向来最不舍她哭，此时看着她那一滴滴的泪珠，只觉得心被人狠狠攥着似的，捏得他难受。

袁崇武的大手抚上她的小脸，为她将腮边的泪水拭去，胳膊仍揽着她的身子，另一只手则轻轻地在她的身上拍着，低哄着她入睡。

姚芸儿眼睛哭得通红，睫毛上还挂着晶莹的泪珠，一声不响地倚在男人怀里，仿佛他便是她所有的依靠。

入夜后，就听院外传来一道极其轻微的声响，姚芸儿依旧是无知无觉的，袁崇武捕捉到了那抹声音，英挺的剑眉顿时微蹙起来，将姚芸儿小心翼翼地放在床上，低声道："听话，你先睡，我出去看看。"

岂料姚芸儿却攥住他的胳膊，哑声道："你要去哪儿？"

袁崇武望着她毫无血色、满是惊惶的一张小脸，心头的疼惜萦绕不绝，将被子为她掖好，安抚道："别怕，我就在门外。"

语毕，男人站起身子，刚打开自家的大门，就见一道黑影立在院子里，看那样子，似是在踌躇着要不要上前叩门。

袁崇武没问他是如何进的院子，那黑影几乎没瞧清他是如何出的手，整个人便已被他制住，杨大郎心下骇然，赶忙道："好汉饶命！我是来找芸儿的！"

闻言，袁崇武眸心微动，喝道："你究竟是何人？"

"在下姓杨，名大郎，清河村人士，家就住在村西头，好汉若不信，一问芸儿便知。"

听他这般说来，袁崇武倏然想起自己与姚芸儿成亲不久后，她曾告诉过自己，村西头有一位孤寡老人杨婆婆，唯一的孙儿上了战场，一个人孤苦伶仃地过日子，姚芸儿甚至还曾问过自己，她若有空，能否去杨家帮衬帮衬。

念及此，袁崇武收回了自己的手，就着月色，那一双黑眸在杨大郎身上瞥过，沉声道："若我没记错，你是在凌家军的麾下当兵，又怎会回到这里？"

杨大郎刚要回话，就听"吱呀"一声轻响，是姚芸儿打开了房门，声音中透出浅浅的惊恐，道："是谁来了？"

袁崇武上前揽过姚芸儿的肩头，带着她回房，并对着杨大郎道了句："进来说话。"

杨大郎刚踏进屋子，便对着姚芸儿开口："芸儿，我是西头的杨大哥，前些年上了战场，你想起来没有？"

借着烛光，姚芸儿见眼前的汉子二十多岁的年纪，生得黝黑健壮，憨憨厚厚的一张脸面，正是西头杨婆婆的孙儿杨大郎！

"杨大哥，你回乡了？"

瞧见故人，姚芸儿眼底也浮上些许的神采，对着杨大郎轻声开口。

杨大郎摇了摇头，压低了嗓音，说了句："我是从军营里偷跑回来的，芸儿，大哥有些话，一定要告诉你不可。"

见杨大郎郑重其事的模样，姚芸儿眸子里划过浅浅的不解，不由自主地向一旁的袁崇武望去。

袁崇武迎上她的眸子，在她身边坐下，大手揽过她的腰肢，对着面前的杨大郎道："阁下有话不妨直说。"

杨大郎知道两人是夫妻，自是没什么好隐瞒的，遂一咬牙，将自己知道的事一五一十地说了出来："芸儿，大哥前些年被朝廷征去参军，而后投靠了凌家军，正在'南凌王'凌肃麾下。"

听到"凌肃"二字，姚芸儿心头一痛，眼睛却仍一眨不眨地盯着杨大郎，等着他继续说下去。

"大哥离家数载，早已思乡情切，那日，大哥奉命去主帐为元帅送文书，岂料刚到帐口，竟听到咱村的名字。"

姚芸儿眼皮一跳，一句话脱口而出："他们说了什么？"

杨大郎望着眼前的夫妻，却不答反问道："芸儿，你和大哥说实话，你们……可是哪里招惹了南凌王？"

姚芸儿听了这话只作不解，她刚欲开口，男人的大手却在她的腰间轻轻一个用力，示意她不要开口。

"凌肃贵为亲王，我们夫妻自是连见都不曾见过，又何来招惹一说？"男人语音沉着，杨大郎听在耳里，也啧啧称是，面露不解。

"这便奇了，当日我在帐外，听得清清楚楚，元帅手下的幕僚谈起皇宫，说什么太后要元帅命人来咱们清河村，斩草除根，一个不留。"

听到这里，姚芸儿身子大震，袁崇武将她揽在怀里，让她靠在自己的胸膛，对着杨大郎道："继续说。"

杨大郎瞧着姚芸儿面无人色，遂担忧道："芸儿妹子，你咋了？"

"说下去！"袁崇武声音冷然，让杨大郎打了个激灵，接着出声道："我当时听了这话，吓得魂飞魄散，也不知咱清河村究竟招了什么祸事，怎么把太后给招惹上了。我一动也不敢动，就听元帅说，村人无辜，命人务必要将姚家的人赶尽杀绝，不留活口，至于其他人，便饶其一命。"

姚芸儿不住地哆嗦，纵使袁崇武将她紧紧地抱住，可那抹打心眼里的冷意却还是驱散不了，冷得人刻骨，冷得人心寒。

"我实在是吓坏了，文书也没送，就寻了个地方躲了起来，当晚我就想着回乡，可军营里戒备森严，我实在是跑不了，直到后来岭南军作祟，元帅领兵去和袁崇武打仗，我才寻到机会偷偷跑了回来。"

说到这儿，杨大郎垂下头，话音中不无黯然："芸儿，是大哥对不住你，等我回到清河村，才知道你家……已经出事了……"

"这是真的吗？"姚芸儿倚在袁崇武的臂弯，轻飘飘地吐出这么句话来。

杨大郎抬起眸子，看向她的眼睛，点了点头，叹道："村人都以为姚大婶和金梅、小山死于大火，其实我知道，他们是被人害死的，那把火，也定是南凌王派人烧的……"

姚芸儿转过脸，将脑袋埋在男人胸口，喉咙仿佛被东西堵住了一般，就连呼吸都困难起来。

杨大郎顿了顿，又道："芸儿，这件事一直憋在大哥心里，大哥回乡后，也就没打算再回去，而是带着奶奶去了荆州，想让她过几天好日子。她一直都对我说，我离乡的时候，村子里只有你对她好，经常给她送东西，这件事大哥若不告诉你，那我还算是人吗？"

"大哥虽然不知道你们和南凌王有什么过节，但他们那些人可是咱们招惹不得的，听大哥一句劝，无论以前发生了什么，你们眼下还是赶紧走吧，走得越远越好，再也别回来。"

杨大郎说完，见两人俱一语不发，尤其是姚芸儿，一张脸蛋已面色如纸，仿佛随时都会香消玉殒一般，看得人害怕。

他的心跳快了起来，连一小会儿也不愿多待，匆忙对着袁崇武告辞，而后便大步走了出去。

第二十五章

相依相守

待杨大郎走后，袁崇武捧过姚芸儿的小脸，见她眸心满是失魂落魄，正呆呆地看着自己。

袁崇武心疼到了极点，他的大手在姚芸儿的脸颊上轻轻摩挲，低声唤她的名字："芸儿……"

"他们……杀了我娘，杀了二姐，杀了小山……"姚芸儿声声沁血，一双雪白的手紧紧攥着袁崇武的衣衫，说完这一句，嗓子便好似被什么糊住了一般，只能发出模糊不清的声音，再也说不出话来。

袁崇武将她抱在自己膝上，将下颚抵上她的发顶，大手轻拍着姚芸儿的后背，一语不发。

"为什么，"姚芸儿哽咽着，断断续续道，"他们为什么要这样做？我问过太后，她告诉我，她给了我娘银两，要他们好好过日子，还说他们以后都会衣食无忧……"

姚芸儿神情惶然，蓦然想起那一晚，当徐靖神态慈和地告诉自己这些话时，她曾那样感激她，此时想起，却是噬心蚀骨的痛。

是了，娘死了，二姐死了，小山也死了，他们往后，可不是就衣食无忧了吗？

姚芸儿的手指紧紧攥着，骨节处泛着惨白，她的声音微弱，每一个字都仿佛从胸腔里蹦出来似的："他们……怎么能这样狠毒……我是姚家养大的，他们怎么能这样做，怎么能这样……"

姚芸儿再也忍不住，嘶声痛哭起来："爹爹和娘亲都将我当成亲生女儿，姚家虽然穷，可从没让我吃不饱饭，穿不暖衣。这十七年来，是姚家的人对我好，是姚家把我拉扯长大，他们……他们从没养过我一天，却把我的亲人都杀了……他们凭什么……"

想起枉死的至亲，姚芸儿心如刀绞："娘亲苦了一辈子，从没过过好日子，二姐还没有嫁人，还有小山……小山才十五岁，他是姚家唯一的根啊……"

姚芸儿越想越难过，哭倒在袁崇武怀里。男人深隽的面容并无什么表情，唯有黑眸中是深邃的疼惜，他轻抚着姚芸儿的后背，为她拍顺着，其实不用杨大郎来说，他心中便已料到姚家的大火定与凌肃脱不开干系。

只是没想到，姚芸儿的生母，竟也与此事有关。

姚芸儿情绪极其不稳定，袁崇武几乎哄了半宿，才让她迷迷糊糊地睡去了，他守在一旁，望着她满是泪痕的小脸，伸出手为她将眼泪一滴滴地勾去。

翌日。

姚芸儿一身缟素，与袁崇武一道，向着姚家的坟地走去。

看着那几座荒凉的坟头，姚芸儿的泪水又要决堤，袁崇武将手中的篮子搁下，拿出香烛与冥币，一一点燃，供在了坟头。

姚芸儿跪在父母的坟前，一双眼睛哭得如同红红的桃子，肿得不成样子，不时有寒风吹在她身上，将她那一张小脸吹得通红，袁崇武瞧着不忍，欲上前将她抱走，可她却极倔强，跪在那里不愿离开。

袁崇武知她心里难受，当下便也陪着她待在那里，姚芸儿伸出手，轻轻抚上父母坟前冷冰冰的石碑，袁崇武握过她的手，顿觉触手一片冰凉，便不由分说，将她抱下了山。

晚间，姚芸儿醒来后，就见袁崇武守在床前，见自己醒来，遂端来了一碗肉粥，温声道："这是从隔壁梁家换来的肉粥，快趁热吃些。"

姚芸儿毫无胃口，摇了摇头，轻声道了句："我不饿，你吃吧。"

袁崇武舀了一勺肉粥，仍旧轻声细语地哄着："你这两天都没怎么吃东西，大夫说你身子太弱，要多吃些粮食，若真吃不完，剩下的再给我。"

姚芸儿望着他的眼睛，见他乌黑的眼瞳中满是温柔与怜惜，她的心便好似被人用一根细针狠狠地扎了进去，那股痛让人生不如死，提醒着她，她什么都没有了，在这个世上，她只有他……只有他了……

"来，先吃一口尝尝。"袁崇武将瓷勺送到姚芸儿唇边，他的声音低沉而温柔，竟让人无法拒绝，姚芸儿张开小嘴，好不容易才将那勺肉粥咽下，男人瞧着，眉心便微微舒展了些，赶忙舀起下一勺送去，生怕自己慢了，姚芸儿便不愿吃了一般。

如此，那一碗肉粥便要男人喂了一小半下去，姚芸儿食不知味地咀嚼着，在袁崇武又一勺肉粥送到唇边时，她终是再也忍不住，一大颗泪珠顺着眼角"啪"的一声落进了瓷碗里，与那肉粥融合在一起，顷刻间不见了踪影。

袁崇武见她落泪，将那碗搁下，双手捧起她的小脸，无奈道："怎么又哭了？"

姚芸儿侧过脸，也不去看他，轻轻地道出了一句话来："你什么时候走？"

袁崇武扣住她的下颚，将她的小脸转向了自己，道："等你将身子养好，我就带你走。"

"你要带我去烨阳？"姚芸儿乌黑的睫毛湿漉漉的，显得那双眼睛格外澄澈，犹如温润的宝石一般，一眨不眨地看着男人的眼睛。

袁崇武没有说话，只点了点头。

姚芸儿鼻尖一酸，凄清道："你有妻有子，还有新妇，我去了，又算什么呢？"

袁崇武揽住她的肩头，一字字道："芸儿，我与慕家联姻，是唯一能在短期内将岭慕两军拧在一起的法子。我曾与慕七说过，我与她的婚事只是一场盟约，不过是各取所需。她也曾说，只等两军打败朝廷，她便会远走天涯，绝不会与我有何牵绊。"

说到这儿，袁崇武望着她的眼睛，沉声道："你懂了吗？"

姚芸儿摇了摇头，轻语呢喃："天下对你来说，真的就这样重要吗？你难道，非要打败朝廷不可吗？"

袁崇武听了这话，唇际便浮起一丝苦笑，他伸手抚上女子的脸颊，言了句："芸儿，并不是我非要打败朝廷，而是朝廷逼得我非要这天下不可。"

许是见姚芸儿懵懵懂懂，袁崇武又道："这世上，想要我命的人多不胜数，芸儿，你记住我的话，我不想带着你东躲西藏，颠沛流离地过日子。除了打仗，除了打败朝廷，除了争这天下，我别无选择。"

男人的声音浑厚，在这深夜中，犹如削金断玉一般，字字清晰有力，姚芸儿看了他许久，终是道了句："若等你得到这天下，你还会是你吗？"

袁崇武闻言，遂揽住姚芸儿的颈，将她的额头贴近自己，附于她的耳边道："不论到了何时，在你面前，我都只是清河村的屠户，你的男人，仅此而已。"

姚芸儿垂下眼睛，轻柔的长睫柔软似娥，微微轻颤着，看得人心头一软。

袁崇武抬起她的小脸，男人的掌心满是粗粗的厚茧，硌着她的脸蛋又痒又疼，姚芸儿闭上眼睛，只觉得心头莫名地酸楚，竟情不自禁地将身子埋在他的怀里，呢喃了一句："我只有你……"

袁崇武心中一疼，将她揽得更紧，他俯下身子在她的发丝上印上一吻，低沉的嗓音，道出一句话来："我只要你。"

那短短的几个字，让人听着，心里说不出的滋味，有点酸，有点暖，两人经历了这样多，终是等来了此刻的相守。

姚芸儿将脸蛋贴在他的胸口，隔了许久，轻声地说了一句话来："我不想走，我想留在清河村。"

听她这般说来，袁崇武便是无可奈何，抚了抚她的发丝，姚芸儿抬起眼睛，呢喃道："我们留在家里不行吗？或者，咱们寻一处没有人认识我们的地方，隐姓埋名地过日子，好吗？"

袁崇武望着她清澈的眸子，他知晓自己的小娘子一向心性单纯，当下仍捺着性子温声道："无论咱们去哪儿，朝廷、凌家军，还有慕玉堂，他们都不会善罢甘休，天下虽大，却没一处能容得下咱们，你明白吗？"

更何况，四万同胞的深仇大恨未报，凌家军一日不除，他又怎能走？

再者，还有安氏母子。

袁崇武想到这里，再看着姚芸儿盈盈然、满是期冀的眸子，心头却不禁苦笑，苍凉之色愈浓。

两人仿佛回到了新婚时，过着最寻常的日子，日出而作，日落而息，家里原本的那些猪早已不见了，在袁崇武带着姚芸儿离开清河村后，姚母苦寻无果，遂将袁家的那些猪全给卖了，至于春花、大丫也早已被炖吃了，只有白棉儿，姚母没舍得宰，将它卖给了村东首的田家。

袁崇武听说后，则花了银子，又将那只羊给姚芸儿赎了回来，姚芸儿身子孱弱，待看见白棉儿后却是一喜，就连眼睛里也是亮晶晶的，抚着白棉儿的脑袋，抿唇一笑。

她不让自己想太多，只将日子过得井井有条，对袁崇武更是无微不至，短短的几日内，还为他缝制了新衣，心头更是盼着这日子多过一天，便是一天，她与袁崇武能这般多厮守一日，便是一日。

夜间。

姚芸儿倚在袁崇武的怀里，明日，他们便要离开清河村，返回烨阳。

她的秀发尽数铺在身后，乌黑柔软，握在手中犹如上好的丝绸，惹得男人爱不释手。

俯身，就见她睁着一双眼睛，袁崇武亲了亲她的小脸，温声道："明日还要赶路，快睡。"

姚芸儿摇了摇头，将身子往他的怀里偎得更紧了些，小声开口："我舍不得睡。"

袁崇武听了这话，便是又好笑，又心疼，大手揽过她的腰肢，轻轻摩挲。

"相公，明日我想去给娘，还有二姐、小山上了坟再走。"

男人点了点头："这个自然，香烛和冥币我已经备下了，明日一早便去。"

姚芸儿想起枉死的亲人，心里还是难过不已，她竭力忍住眼眶里的泪水，对着袁崇武道："我一直都不明白，他们为什么，要把我娘和姐弟全杀了呢？"

袁崇武闻言，见她伤心欲绝的一张小脸，遂低声道："芸儿，你的身世隐秘，凌肃与徐靖为了守住这个秘密，自是要杀人灭口。何况自古以来，掌权者对庶民皆视为蝼蚁，他们下令杀死一村的人，和拧死一只蚂蚁，没有任何区别。"

姚芸儿一颤，对着男人轻声道："若有一天，你也成为掌权者，那你……也会将庶民视为蝼蚁吗？"

袁崇武眸子黑亮，听了这话，亦不过是微微一笑，他没有说话，只伸出胳膊，将姚芸儿揽在怀里。

姚芸儿没有继续问下去，两人沉默片刻，姚芸儿又道："在京城时，太后曾要我杀了你，为南凌王复仇。"

"你不唤他们爹娘了吗？"男人问。

姚芸儿眸心一黯，她挣扎了许久，方摇了摇头，对着袁崇武道："我从没恨过别人，无论是谁，就连当初在红梅村，那些马贼害得我没了孩子，我也没恨过他们，我只怪我自己没保护好孩子。"

听她提起他们失去的那个孩儿，袁崇武的黑眸中便浮起一抹蚀骨般的痛意，心口亦犹如针扎，他没有开口，只听着她静静说了下去。

"可是现在，我却恨他们，只要想起姚家的人好心收留我，他们不感激人家，却还把人家灭门，我就恨不得从来没认识他们，我更恨自己，是他们的女儿……"

姚芸儿说到这里，终是忍不住落下泪来。

袁崇武捧起她的小脸，为她吮去泪珠，低声道："芸儿，他们毕竟是你的亲生父母，不要恨他们。"

姚芸儿眼圈通红，她抬起眼睛，声音十分轻："我知道他们是我的亲生父母，我可以不恨他们，可我……再也不想做他们的女儿了。"

袁崇武捏了捏她的脸颊，颔首道："你是姚家的女儿，你是姚芸儿。"

姚芸儿听了这话，隔了许久，唇角终是浮起一丝柔弱无依的微笑，呢喃着："相公说得没错，我是姚家的女儿，我是姚芸儿。"

袁崇武见她能想开，自是欣慰，担心她日后钻牛角尖，遂道："此番皇上与太后送你去大赫和亲，换来五万兵马，你欠太后的生育之恩，便已经全部还清，往后不要再想他们了，嗯？"

姚芸儿点了点头，想起自己当初已作好了自尽的准备，只等送亲的队伍赶到大赫的京城，她便会了结自己。若不是薛湛与袁崇武赶至大赫，怕是她如今早已不在人世。

而当日在宫中，徐靖却连一句挽留的话也不曾说，姚芸儿心头也是一片寒凉，她没有再说话，在男人怀里垂下脑袋，合上了眼睛。

袁崇武拍了拍她的后背，低声哄着她入睡。

翌日一早，天刚麻麻亮，两人便起身，收拾好了行装，去了姚家的坟地为姚家二老磕过头，又在姚金梅与姚小山的坟头上了香，方才离开了清河村。

一路虽艰辛，但袁崇武待她极为怜惜体贴，便也算不得苦，到了渝州后，守城的官兵瞧见二人，俱行了大礼。

袁崇武没有再继续前行，而是带着姚芸儿来到了一处华贵精美的宅子前。

姚芸儿疑惑地看向了男人，道："相公，你不是要带着我去烨阳吗？"

袁崇武牵着她的手，带着她走进了宅子，温声道："岭南军数月前便将渝州打了下来，我一直没抽空过来看上一眼，如今咱们先在渝州住上几日，再走不迟。"

姚芸儿听他这般说，便点了点头，心口却微微松了口气，对她来说，能迟一天去烨阳，也总是好的。

袁崇武将她安置好，宅子里仆妇众多，两人还未说上几句，就有侍从匆匆而来，跪地禀报道："元帅，宇文将军与张将军求见。"

袁崇武拍了拍姚芸儿的了，让她早些歇息，自己则离开了屋子，他这次一走一个多月，此番回来，自是有数不清的军务在等着他。

姚芸儿知道他事多，当下也丝毫不觉得委屈，反而只有心疼。一路颠簸，她也实在是倦得很了，遂在仆妇的服侍下洗了个澡，换了干净的寝衣，头刚沾上枕头，便沉沉睡去。

袁崇武回来时已是深夜，姚芸儿睡得正香，男人在她身边躺下，拥她入怀。

姚芸儿刚洗过澡，头发还湿漉漉的，袁崇武刚探上她的后背，便惊觉手心里湿漉漉的，凝神一瞧，眉心顿时一皱，见她睡得香甜，也不舍得将她吵醒，只拿过汗巾子，将她的长发轻轻地揉搓起来。

姚芸儿实在是困得厉害，直到袁崇武为她擦干了长发，她都没有醒，男人见状，唇角浮起一丝浅笑，把她从床上抱了起来，倚在自己臂弯，另一只大手则将她寝衣上的扣子一个个地解下，为她褪去了被水珠打湿的衣衫。

女子裸露的肌肤宛如凝脂，白花花地烧着他的眼，寝衣褪下后，姚芸儿身上便只着了一件兜肚，这些日子她瘦了许多，纤弱的腰肢更给人不盈一握之感，乌黑的长发贴在身上，更是衬着雪肤花容，美不胜收。

袁崇武只看了一眼，眸心便变得滚烫起来，他移开目光，迅速掀过被子，为姚芸儿盖在身上，而后揽着她睡下。

怀中的肌肤滑如玉璧，凉如秋水，姚芸儿身上的体香更丝丝缕缕地往他的鼻子里钻，袁崇武揽着她，闭目养神，唯有呼吸却控制不住地粗重起来。

许是没穿衣衫的缘故，男人粗粝的掌心抚在身上直硌得她不舒服，姚芸儿迷迷糊糊的，在男人怀里扭动了几下身子，想要躲开他的大手，她这么一动，袁崇武倏然睁开了眸子，低哑着嗓子唤了声："芸儿！"

姚芸儿睁开惺忪的眼睛，就见袁崇武面色隐忍，似是在竭力控制着什么，她本就睡得极沉，此时被男人唤醒，声音更是软软的，带着几分娇憨："相公，你回来了。"

袁崇武在她的脸蛋上亲了亲，声音仍沙哑粗重，道了句："好好睡觉，别乱动。"

姚芸儿不解地看着他，眼眸一扫，这才发觉自己的衣衫不知何时已被他脱去了，当下，那一张粉脸顿时飞上一抹红晕，蚊子般地哼道："你……你怎么把我的衣裳脱了……"

瞧着她娇羞的模样，袁崇武更是难耐，只得强自将身体里的躁意压下，抵上她的额头，道："怎么也不等头发晾干就睡觉？"

姚芸儿这才明白，定是自己的头发把衣衫弄湿了，她垂下眸子，有些赧然地开口："我太累了，刚躺下，就睡着了。"

袁崇武捏了捏她的耳垂，将她揽在自己的胸口，哑声道："那便睡吧。"

袁崇武笑了，握住她的手放在唇边亲了亲，而后便起身披上了衣衫，姚芸儿见他欲走，自己刚要坐起身子，却被男人的大手按了回去。

"你先睡，我去营里看看。"

"这么晚了，你去营里做什么？"姚芸儿探出半个身子，裸露的肩头恍如洁白的象牙，晃着人眼。

袁崇武将被子为她掖好，实在不好和她说自己是怕控制不住，要将她裹于身下缠绵，只得微微一哂，抚了抚她的小脸，道："听话，快睡。"

说完，袁崇武刚站起身子，孰料自己的胳膊却被姚芸儿攘住，烛光下，女子的肌肤泛着淡淡的粉色，那是羞极了才会有的颜色，她低眉垂目地倚在那里，锦被从她的身子上滑落，露出白皙柔软的身子，对着他糯糯地开口："相公别走，留下来陪我。"

袁崇武简直濒临失控，不得不俯下身子，刚要将被子为她盖上，岂料姚芸儿竟伸出白花花的胳膊，搂住了他的脖子，在他的脸颊上亲了亲。

怀中的身子轻颤着，亲吻过自己的小娘子则是羞得连头也不敢抬，袁崇武抱紧了她，低哑出声："芸儿，你身子还没养好，我怕伤着你。"

姚芸儿轻轻摇了摇头，鼓起勇气看着自己的男人，她没有说话，而是昂起脑袋，将自己柔软的唇瓣，贴上了男人的嘴唇。

她的气息是那般清甜，袁崇武的眼眸倏然暗沉得怕人，他的大手紧紧箍住姚芸儿的腰际，恨不得将她融进自己怀里，他的呼吸滚烫，加深了这一个吻。

姚芸儿被他吻得透不过气来，甚至自己是何时被他压在床上的都不知晓，她身上的兜肚早已被他撕下，男人的手劲那样大，简直要将她揉碎在自己怀里一般。

袁崇武与姚芸儿在渝州待了三天，第四日时，烨阳主营中的人得知了袁崇武身在渝州的消息后，顿时遣人送来了飞鸽传书，恳请袁崇武早日回营。

袁崇武亲临渝州前线，命渝州守将重新部署了布防，紧接着，又去了训兵营，视察渝州新征的一批士兵，直到将一切处置好，已是第七日了。

而何子沾与李壮，则是领着人快马加鞭，从烨阳赶至渝州，恭请袁崇武回去。

袁崇武点了点头，与渝州守将连夜商议好守城布局，回到总兵府时，却见姚芸儿还没有睡，正倚在窗前等着自己。

见到他回来，姚芸儿赶忙迎了出去，袁崇武揽过她的身子，回到房间，袁崇武则开口道："芸儿，明日咱们启程回烨阳。"

姚芸儿心里一个咯噔，见她神色有异，袁崇武握住她的肩头，低声道："怎么了？"

姚芸儿摇了摇头，对着他开口："相公，我想过了，你将我留在渝州，不要带我去烨阳，好不好？"

袁崇武眉心一蹙，道："你让我把你丢在渝州？"

姚芸儿环住他的身子，轻声细语地说着："岭南军的人都不想看见我，还有你身边的幕僚，他们都不会让你把我留在身边。"

袁崇武刚欲开口，就听姚芸儿又道："还有你的妻儿……我，我真的害怕看见他们。"

袁崇武听了这话，黑眸中便浮起几许怜惜，想起烨阳如今的情形，有安氏与慕七在，他也实在不愿要姚芸儿去蹚这趟浑水，但要他将她留在渝州，却又无论如何都放心不下。

姚芸儿知晓他的心思，又轻声道："相公，府里有嬷嬷、丫头、老妈子，她们会照顾好我的，我自己也会很小心，你别牵挂我。"

袁崇武握住她的手，沉缓道："渝州与烨阳相距甚远，我怎能不牵挂你。"

姚芸儿想起与他的分别，心里也是不舍，她伸出胳膊将自己埋在夫君的胸口，柔声道："那等相公不忙的时候，就来渝州看看我，好不好？"

袁崇武揽住她的腰，见她实在不愿跟自己去烨阳，也不忍心勉强，只得道："我会将亲兵留下来，护你周全，等我将烨阳的军务处理好，我便回来。"

姚芸儿点了点头，搂住了他的脖子，黑白分明的眸子中满是依恋。

袁崇武迎上她的目光，心头却是一疼，他捧起她的脸蛋，眉宇间颇为无奈："芸儿，眼下，的确是委屈你了。"

姚芸儿抿唇一笑，轻轻地摇了摇头，娇柔尽显："我不委屈，能和相公在一起，我就心满意足了。"说到这里，姚芸儿顿了顿，将眼睛微微垂下，又轻语了一句话，"我知道，一切都会好的，我相信相公。"

袁崇武心头一暖，乌黑的眸子里更是无尽的深情，他没有说话，而是俯下身子，含上了她的唇瓣。

这一吻缠绵悱恻，当男人松开姚芸儿时，女子雪白的脸庞上已落满了红晕，倚在他的怀里，轻轻地喘息，袁崇武黑眸一暗，伸出手将她的发簪取下，那乌黑的长发便垂了下来，柔软而顺滑。这一夜，两人心头俱是浓浓的不舍。

袁崇武离开渝州，一行人风雨兼程，刚到烨阳城外，就见孟余与袁杰已领着诸人候在了那里，看见袁崇武的刹那，众人皆齐刷刷地下马行礼，口唤元帅。

袁崇武勒住骏马，对着诸人微微抬手，沉声道："不必多礼，诸位请起。"

"谢元帅。"众人站起身子，俱是毕恭毕敬。

袁崇武依然端坐于马背上，目光在袁杰的脸上划过，见此儿低垂着脑袋，也不抬眸看他，只盯着地面，目光十分阴沉。

袁崇武知道自己此番与慕家联姻，惹得袁杰心里不快，可一来这孩子年纪尚小，二来心胸狭隘，纵使自己与他解释，怕也只会让他觉得自己是欲盖弥彰，为另娶寻找借口。如此，袁崇武心头微沉，只希望等这孩子年纪稍大些，方能权衡利弊。

"回城。"男人收回目光，低声吐出这两个字来，而后扬起马鞭，向着烨阳城飞驰而去。

袁崇武这次离开烨阳两月有余，军中的军务日积月累，主帐中的案桌上，文书早已堆积得如同小山一般，袁崇武顾不得其他，迅速将一些紧急的军务连夜处理了，而后又将岭南军中的高位将领召集在一起，眼见着凌家军与大赫兵马会合，不日便要向着烨阳打来，袁崇武一连数日，都是与诸将通宵达旦、不眠不休地商讨战局，回到烨阳许久，还不曾踏进过元帅府一步。

这一日，众将方从主帐退下，走至帐外时，却见一道身影正向着主帐踏步而来，一袭戎装衬着她英姿飒爽，唯有头发却不似从前那般高绾，而是做妇人装束，全部绾在脑后，颇有几分巾帼不让须眉的味道。

正是慕七。

见到她，岭南军众人皆行下礼去，恭声道了句："参见夫人。"

慕七微微颔首，也不理会，径自向着主帐走了过去。

当日袁崇武在二人婚期前夕领兵赶往大赫，这对于世间任何一个女子来说都是奇耻大辱，可这慕七却淡然自若，不见丝毫怨怼，以至于岭南军诸人私下里谈起此事，无不啧啧称奇。

这些日子慕七作为新妇，却也不曾住在烨阳城中的元帅府，而是一直留在军营，也仍是一袭戎装打扮，倒与慕夫人当年十分相似。

袁崇武回营后，连日来皆是宿在主帐，两人虽不同宿，但慕七熟读兵书，对如今的战局更是了如指掌，素日里话虽不多，但每每出口，定会艳惊四座，一针见血地指出岭南军战局上的不足，不仅让孟余、夏志生等人侧目，就连袁崇武，也不得不对她刮目相看。

是以，慕七在岭南军的威信日益高涨，就连她出入主帐，亦是来去自由，没有人敢说上一句。

听到她的脚步声，袁崇武抬起眸子，映入眼帘的便是一张英气明媚的面容。慕七肤白胜雪，贝齿朱唇，让人眼前一亮。

男人看见她，眉心便微蹙，平静的声音不高不低，沉声道："何事？"

慕七睨了他一眼，在一旁坐下，道："方才收到父亲的飞鸽传书，凌家军与大赫的兵马已在池州会合，父亲让你趁着这个机会，速速自立为王，以振军心。"

袁崇武闻言，黑眸深沉如水，面色仍是一丝表情也无，淡淡道："除此之外，他还说了什么？"

慕七摇了摇头，道："没了，眼下只有这一件事儿。"

说完，慕七一双妙目在袁崇武的身上打量了片刻，淡淡一笑道："袁崇武，我倒真没想到，你居然为了一个女人，连岭慕大军结盟这般重要的事，都能弃之不顾。"

袁崇武依旧一目十行地看着手中的文书，听到慕七的话，也只是勾了勾唇角，没有说话。

许是见惯了他这般沉默寡言的样子，慕七也不以为意，袁崇武今年三十有二，正值盛年，浓黑的剑眉，高挺的鼻梁，因着身在军中，黑发高绾，一袭铠甲更是衬着身姿魁伟挺拔，不怒自威，颇有统率三军的将帅之气。

慕七不再多言，临去前留下一句话来："我明日回府，等着你自立为王的消息。"

周洪元二年，岭南军主帅袁崇武者，于烨阳封王，麾下将士士气高涨，所向披靡，与朝廷划溪水而治，夺得大周半壁江山。凌家军与大赫十万大军，向烨阳进逼，袁崇武亲披战甲，其夫人亦为女中豪杰，夫妻联手，将大赫兵马牢牢困于玉蚌口处，逼得赫连隆日无法南下一步。（此段选自《金史杂谈·大周朝·将相侯篇》）

渝州。

姚芸儿这些日子总是贪睡，成天成夜都睡不够似的，这一日刚起来没多久，便觉得身子困乏，就连丫鬟请她去院子里走走，她也是摇了摇头，温声拒绝了。只觉得自己的那一双腿仿佛灌了铅一般，沉甸甸的不想走动。

姚芸儿微觉赧然，只道自己的身子是越发懒怠了，她倚在了美人榻上，闲来无事，便为袁崇武纳了好几双鞋垫，想着等下次看见他时，好让他换着穿上。

与男人分别的这些日子，姚芸儿每日里都是抓心挠肝地想着他，她处于深宅，也不知外头的情形，每当此时，心头便涌来阵阵悔意，若是当初自己能勇敢一些，跟着他一块去了烨阳，也好过成日里地挂念……

高嬷嬷走进屋子时，就见姚芸儿在那里出神，高嬷嬷微笑着上前，将一碗当归羊肉汤递到了姚芸儿面前，温声道："夫人，这是小厨房刚刚炖好的，您快趁热吃些，补补身子。"

姚芸儿将针线活搁下，刚坐起身子，孰料甫一闻到那股气味，胸口便涌来一股反胃，竟抑制不住地干呕起来。

瞧见她呕吐，高嬷嬷顿时慌了，忙不迭地为她拍顺着后背，一声声地道："这是怎么了？夫人是不是着凉了？"

姚芸儿伸出小手，将那碗当归羊肉汤推远了些，直到闻不到那股气味后，方才觉得胃里松快了不少。

"高嬷嬷，我这几天嘴巴里没胃口，您告诉厨房，要他们不要再给我炖这些油腻的东西，我想吃点清淡的菜。"

高嬷嬷听了这话，遂笑道："夫人有所不知，元帅离开渝州的时候，可是特意叮嘱过厨房，要他们换着花样给您做好吃的，那些清粥小菜的，又怎能滋养身子。"

"来，您若是吃不下肉，那就喝点汤，这当归羊肉汤最是补血，您快趁热多喝一点。"

见姚芸儿不再呕吐，高嬷嬷又将那碗汤端了过来，央求着姚芸儿多少吃些，姚芸儿想起自己孱弱的身子，也想将身子养壮一些，好让袁崇武放心。念及此，遂接过汤碗，刚舀起一勺汤水送进嘴巴，羊肉的那股膻味便弥漫开来，只让她"哇"的一声，又全给吐了出来，比起方才更甚。

周嬷嬷这次倒是看出了点门道，一面为姚芸儿拍着后背，一面压低了声音道："夫人，老奴多一句嘴，您这个月的葵水来了没有？"

姚芸儿连酸水都吐了出来，一双眼睛里水汪汪的，听到周嬷嬷的话，心里却是一震，缓缓地摇了摇头。

周嬷嬷顿时喜上眉梢，喜滋滋地开口："夫人，您该不会是有喜了吧？"

姚芸儿一怔，想起当日袁杰的话，整个人、整颗心，都是凉的，她垂下眼睛，情不自禁地抚上了自己的小腹，难道，上天当真会如此垂怜，再赐给她一个孩子吗？

周嬷嬷见她不说话，还当她是脸皮儿薄，害羞，笑道："夫人您先歇着，老奴这就去请大夫，来给您把上一脉，若是您真怀上了，元帅还不知会高兴成什么样子。"

瞧着周嬷嬷喜笑颜开的模样，姚芸儿满是惶然，好不容易才勉强扯出一丝笑来。

而当渝州首屈一指的名医赶到总兵府，为姚芸儿诊治后，竟告诉她，她当真是有了身孕，并且已经一月有余！

那句话便如同一记惊雷，炸在姚芸儿耳旁，让她一动不动地愣在了那里。

"先前我曾小产，有大夫说，我往后再也不能生孩子了，您……是不是诊错了？"隔了许久，姚芸儿方才回过神来，喃喃开口。

那名医便是一笑，捋须道："夫人小产后的确曾伤了身子，但夫人日后定是服用了极珍贵的补药，将身子的亏空重新填了回来，所以才得了这个孩子。"

姚芸儿听了这话，嗓子里好似被东西堵住了，说不出话来，眼眶却红了一圈。

大夫收拾了药箱，临去前留下了安胎的方子，又细细叮嘱了一番，方才被人好生护送着，离开了总兵府。

姚芸儿望着自己平坦的小腹，心头却更加思念起袁崇武。

"相公，咱们的孩子终于回来了。"姚芸儿的手轻轻抚摸着自己的肚子，这一句话刚说完，一颗凝聚着酸楚与欣喜的泪珠，从眼睛里滚落下来。

第二十六章

小女云溪

袁崇武赶到渝州时，正值黎明。

他这一路马不停蹄，待看见高耸的城楼时，心头终是舒了口气，手中的马鞭却挥舞得更紧，恨不得能立时见到他一心念着的人。

守夜的士兵瞧见他，皆跪地行礼，袁崇武也没下马，只匆匆命他们起身，自己则向着总兵府奔去，就连随行的侍从都被他远远甩在了身后。

姚芸儿正睡得香甜，压根儿不知道袁崇武此番回来。自从有孕后，她总是睡不饱，就连男人匆匆走进了屋子，急促的脚步声清晰可闻，都未曾将她吵醒。

袁崇武看见她，只觉得心头的思念再也无法抑制，就着烛光，见她气色比起自己走时好了不少，一张小脸雪白粉嫩更显娇美，他的心底一松，也顾不得会吵醒她，将她拦腰连同被子，一道抱在了自己怀里。

姚芸儿睡得迷迷糊糊，待自己的唇瓣被男人吮住后，方才睁开了眼，四周全是他的呼吸，而他的大手已探进了被窝，将她的腰带扯下，抚上了她的肌肤。

姚芸儿这才彻底醒了过来，知晓是袁崇武回来后，心里顿时一暖，忍不住伸出胳膊，回抱住他的颈脖，在他的怀里拱了拱身子，向他依偎过去。

袁崇武恨不得把她揉到怀里去，他的呼吸渐渐变得粗重起来，姚芸儿被他吻得晕头转向，直到被男人压在身下，她方才回过神来，忙不迭地躲开他炙热急切的吻，轻喘着道出一句话来："相公，不行……"

袁崇武克制着自己的冲动，听到她的声音遂微微撑起身子，大手抚上她的小脸，沙哑道："是不是葵水来了？"

姚芸儿脸庞飞上一抹红晕，她勾住丈夫的脖子，眼睛里却闪起了泪花，她摇了摇头，小声道："没有，不是来了葵水。"

袁崇武低头亲了亲她的鼻子，听了这一句便肆意起来，姚芸儿终是软软地开口："相公，咱们的孩子来了。"

袁崇武愣在了那里。

"孩子？"他低语出声。

姚芸儿唇角噙着笑窝，轻轻点了点头，道："咱们的孩子回来了，他现在在我的肚子里，已经一个多月了。"

袁崇武瞳孔放大，他微微支起身子，望着怀中的女子，粗粝的大手却情不自禁地抚上了她的小腹，哑声道："你有了身孕？"

姚芸儿瞧着他怔怔的样子，心头便是一软，伸出小手抚上他的面容，这一路风餐露宿，男人的眉宇间早已是风尘仆仆，让姚芸儿看着心疼起来。

"相公曾说过，咱们的孩子会回来的，如今，咱们终于等到了。"姚芸儿的小手柔若无骨，轻轻抚摸着丈夫的面庞，手势间亦是满满的柔情。袁崇武回过神来，心头顿时涌来一股激荡，喉间却是艰涩的，久久说不出话来。

见他不出声，姚芸儿有些不安，摇了摇他的衣袖，小声道："相公，你怎么了？是不是……这个孩儿来得不是时候？"

袁崇武倏然抬起眸子，见姚芸儿的眼睛里浮起浅浅的惊惶，他心头一疼，道："我盼这个孩子已经盼了太久，又怎么会不是时候？"

姚芸儿眼眶一热，轻声道："那你，怎么一直都不说话？"

袁崇武瞧见她的委屈，小心翼翼地将她揽在怀里，另一只手仍然落在她平坦而柔软的小腹上，沙哑着嗓子，道出了一句话来："我是高兴傻了，说不出话了。"

姚芸儿见他深深地看着自己，一颗心更是温温软软的，忍不住向着他的怀里依偎过去。

男人大手一勾，将她拦腰稳稳当当地抱了起来，姚芸儿一惊，赶忙捂住了自己的肚子，失声道："别伤到咱们的孩子……"

袁崇武微微一笑，自己坐在床沿，将她整个地揽在怀里，并用被子把她捂得严严实实。

姚芸儿露出一张小脸，腮边已是浮起一抹红晕，袁崇武紧了紧她的身子，低声道："让我好好抱抱你们娘儿俩。"

姚芸儿不再动弹，将脑袋靠在男人的胸口，声音亦是清清甜甜的："相公，你说，这个孩子是小袁武，还是小芸儿？"

袁崇武握住她的小手，他的声音温和，却又透出不容转圜的坚决："一定是儿子。"

姚芸儿抿唇一笑，不依起来："谁说是儿子，我偏偏想要闺女。"

袁崇武听了这话，乌黑的眸子便是微微一滞，又不忍拂了她的心思，只得低声道："女儿自然也好，若是像你一样，我不知会有多疼她。"

姚芸儿心头甜丝丝的，昂起头，柔声道："不论这个孩子是儿是女，我都还会再为相公生孩子的。"

袁崇武闻言，一记浅笑，为她将额前的碎发捋好，缓缓道："芸儿，咱们只要这一个孩子，就已经够了。"

"为什么？"姚芸儿不解。

袁崇武一笑置之，道了句："哪有什么为什么，总之这个孩子，一定是儿子。"

姚芸儿听着他斩钉截铁的语气，想起他毕竟是行伍出身，虽然膝下已经有了二子，但还是想要儿子的吧。

想起袁杰与袁宇，姚芸儿心头说不清是何滋味，有些害怕，又有些担心，对着男人道："相公，你这次什么时候走？"

袁崇武瞥了她一眼，捏了捏她的脸颊，笑道："我才刚来，你就盼着我走？"

姚芸儿在他的怀里蹭了蹭身子，小声道："听周嬷嬷说，你再过不久就要领兵横渡溪水，去和朝廷打仗了。"

袁崇武点了点头，道："不错，这一仗，慕玉堂也会出兵。"

"那，慕家的小姐，也会和你一道去吗？"姚芸儿轻柔的嗓音响起，透着淡淡的凄楚。

袁崇武默了默，环住了她的身子，道："她也会去。"

姚芸儿心头一酸，垂下眸子，不再说话了。

袁崇武将她的小手放在唇边一吻，见她那一张白净的瓜子小脸上满是明净的忧伤，遂捧过她的脸蛋，要她看向自己的眼睛。

"芸儿，慕七是战场上的勇士，她对我来说，既是我的盟友，也是我的战友，仅此而已。你懂吗？"

姚芸儿心里难过，睁着眼睛望着自己的丈夫，轻语呢喃道："若是她喜欢上你，该怎么办？"

袁崇武先是一怔，继而便是哑然，望着姚芸儿酸盈盈的眸子，他知道她是吃醋了，不由得又是心疼，又是好笑。

"傻瓜，你当别人都和你一样，稀罕一个武夫？"

袁崇武神色温和，乌黑的眼瞳中漾着的也全都是温柔的笑意，姚芸儿被他说得赧然起来，微微侧开小脸，蚊子哼似的道了一句："我才没稀罕你。"

袁崇武微微笑起，眸光一转，见床头搁着一个针线篮子，里面整整齐齐地搁着好几双棉垫子，那细密的针脚一瞧便是出自姚芸儿之手。

袁崇武将鞋垫拿在手里，对着怀里的小人道："还说没稀罕我，这是给谁做的？"

姚芸儿小脸一红，小声道："我想多做几双，留着你换。"她的声音柔和，清丽如画的脸庞上亦是温婉如初，俨然还是那个清河村的小媳妇。

袁崇武揽着她的腰肢，亲了亲她的长发，望着手中舒适而轻软的鞋垫子，男人眸心的暖意更深了一层，情不自禁地将她揽得更紧。

袁崇武在渝州只待了两日，便匆匆返回了烨阳。姚芸儿虽是不舍，可也知道大战在即，他实在没法子留下来陪伴自己。而她如今怀着身孕，前三个月胎象还不稳定，最怕颠簸，如此，只得一个人留了下来，纵使府里的人将她服侍得滴水不漏，可对袁崇武的思念还是抑制不住，时不时地蹿出来，咬上她一口。

烨阳，元帅府。

翌日，便是袁崇武领兵横渡溪水的日子。

袁宇坐在桌前，正捧着一卷古书，聚精会神地读着，安氏陪在一旁，瞧着孩子好学，心里也是极为欣慰。

长子尚武，次子聪慧，纵使自己的日子再不济，可瞧见这两个孩子，她的心里却也知足了，往后的日子，多多少少也有个盼头。

见袁宇搁下书本，安氏也放下了手中的绣花活计，对着儿子温声道："我儿怎么了？"

袁宇垂着脑袋，清秀的脸庞上有着淡淡的失落，隔了好一会儿，才对母亲道："娘，爹爹明日里就要去打仗了，可他……都没有来看过孩儿。"

安氏心头一酸，瞧着年幼的儿子，便如鲠在喉，跟喝了一碗黄连水似的，满满的不是滋味。

"你爹爹身为统帅，又再加上眼前大战在即，他自是忙得分身乏术，没空过来，也是寻常。"

许是见儿子仍闷闷不乐的样子，安氏又安慰道："虽然他没来，可你瞧这些书，都是你父亲亲自让人送来的，就连你如今的师父也是他亲自选的。你父亲虽忙，心头还是有宇儿的。"

袁宇听母亲这样说来，心里才稍稍好受了些，他捧起书，刚要继续看下去，不料眼睛余光处却瞅见一道高大魁梧的身形从院子里走了过来。

"爹爹！"

瞧见袁崇武，袁宇顿时站起了身子，眉清目秀的小脸上喜形于色，也不等母亲开口，便向着袁崇武飞奔了过去。

袁宇高兴得不知要如何是好，他与母亲居住在元帅府，不似袁杰那般身在军中，可以追随父亲左右，袁崇武平日里忙于战事，回府的日子也屈指可数，细细算来，袁宇已有好些天没有见到父亲了。

见袁崇武与儿子一道走进屋子，安氏什么也没有说，只默默站在一旁，看着袁崇武与儿子一道坐在主位。

望着桌上搁着的书卷，袁崇武拿起一本，对着儿子出声相问了几句，年幼的稚子对答如流，口齿清晰，条理亦分明，不仅将师父教的用心记牢了，更为难得的是在其中掺杂了自己的见解，小小年纪，实在难得。

袁崇武微微颔首，眸中微露赞许之色，拍了拍孩子的头顶。恰在此时，却听一阵压抑的咳嗽声响起，袁崇武抬眸，便见安氏正以手掩嘴。

"怎么了？"袁崇武问道。

不待安氏开口，袁宇已抢先一步，童声朗朗："爹爹，母亲着了风寒，已经好一阵了。"

袁崇武闻言，遂对着安氏道："大夫怎么说？"

安氏摇了摇头，秀气的脸庞上满是温和，一面轻咳，一面道："王爷不必担心，妾身吃上几味药，过几日便没事了。"

袁崇武收回眸光，对着门口道了句："来人。"

顿时有侍从毕恭毕敬地走了过来，行了一礼道："王爷有何吩咐？"

"命人去军营，要孙军医速来帅府一趟。"

"是。"

待侍从领命而去后，袁崇武站起身子，对着安氏言道："孙军医最擅伤寒，要他给你诊上一脉。"

安氏点了点头，缓缓道了句："多谢王爷。"

袁崇武不再多言，刚起身欲走，孰料袁宇却攥住了他的衣襟，对着他道："爹爹，您明日就要去打仗了，孩儿舍不得您走。"

望着孩子纯稚清澈的目光，袁崇武拍了拍儿子的脸颊，对着他道："等父亲战事一了，便会回来看你。"

"父亲，孩儿这些日子一直想去军中看您，可母亲总会拦住儿子，若等父亲回来，孩儿可以去军中找您吗？"

袁崇武点了点头，道："可以。"

袁宇闻言，便咧嘴一笑，袁崇武拍了拍孩子肩头，对着他道："听你母亲的话，照顾好自己。"

说完这一句，袁崇武没有再多待下去，转身离开了元帅府。回到了军营后，袁崇武也不曾休息，而是连夜整顿三军，率着岭慕大军向着溪水进逼。

凌家军与大赫兵马死守溪水渡口，溪水，便是北方朝廷最为重要的一道屏障，若是能攻下溪水，距离大周京师，已然不远。

待大军驻扎后，袁崇武便命人赶至渝州，将姚芸儿接了过来。

姚芸儿如今已有了三个多月的身孕，胎象早已稳固，又加上袁崇武早已将烨阳城中最擅千金的名医送到了渝州，与自己手下的亲兵一道，一路虽是艰辛，但总算将她毫发无损地送了过来。

而袁崇武，早已等候了多时。

两人这一别，足足二月有余，周嬷嬷刚掀开帘子，就对着姚芸儿笑道："夫人您瞧，王爷来接您了。"

姚芸儿听了这话，微微打起了精神，果真如周嬷嬷所说，就见那道高大魁伟的身影正在不远处候着，待看见自己的马车后，男人顿时下了马，向着自己大步而来。

周嬷嬷早已下了车，恭恭敬敬地跪在了一旁，随行的诸人看见袁崇武，亦行了大礼，唤了句："王爷。"

袁崇武的眼睛落在姚芸儿身上，他唇角含笑，对着马车伸出了胳膊，低声道了句："把手给我。"

姚芸儿向前倾着身子，刚把自己的手伸出去，整个人便已被袁崇武牢牢扣住了腰际，稳稳当当地将她从马车里抱了出来。

　　袁崇武黑眸雪亮，这样久的日子，对她的思念不分日夜，每当战事稍懈的空当，他心心念念的也全是一个姚芸儿，就连他自己也觉得可笑，竟会不受控制地，这般思念一个女人。

　　直到此时将她真真切切地搂在了怀里，袁崇武眉头舒展，见她气色极好，虽是一路辛苦，可那张小脸竟比起自己离开渝州时要圆润了些。

　　见他的目光紧紧地凝视着自己，姚芸儿的神情中不由得浮起几丝腼腆，赧然地垂下眸子，小声呢喃道："这么多人看着咱们呢……"

　　袁崇武淡淡笑起，瞧着她娇羞可人的样子，若不是有周边诸人在，倒真想俯下身子吻她。

　　他的大手揽着她的纤腰，眼眸落在她的小腹上，眸心便是一柔，温声道："咱们的儿子怎么样，折腾你没有？"

　　姚芸儿笑了，嗔了句："哪有你这样的人，孩子还没出生，你就口口声声地唤儿子。"

　　袁崇武抚上她的肚子，顿觉掌心一片柔软，竟让他舍不得用力，唯恐会吓到孩子一般。

　　姚芸儿见他眉宇间满是温和，目光中透着满满的慈爱，心里又软又暖，快化了似的。

　　"走吧，咱们先回营。"隔了好一会儿，袁崇武才收回了自己的手，对着姚芸儿温声开口。

　　姚芸儿由他揽着自己，却将心里的话问了出来："相公，你这次为什么要把我从渝州接来？"

　　袁崇武脚下的步子微微一顿，低声道："还能为什么，自然是想你了。"

　　姚芸儿心里一甜，她又何尝不想他，此时听男人这般说来，便也不再说话了。她自是不知道，溪水战事紧张，两军眼下呈拉锯战，袁崇武亦抽不开身回渝州看她，而这一场仗遥遥无期，就连袁崇武自己都不知道这仗会打到什么时候，甚至就连姚芸儿分娩，他也无法赶回。如此，便索性将她接了过来，免得整天整夜地挂念，放心不下。

　　回到岭慕大军军营，袁崇武将姚芸儿送回自己居住的主帐，帐内一应俱全，什么都有，待侍从退下后，袁崇武揽过姚芸儿的身子，不由分说地吻了下去。

　　顾忌着她的身子，这一吻不过是浅尝辄止，即使如此，在松开她时，袁崇武的气息已变得粗重了。

他深吸了口气，对着姚芸儿道："你先歇着，待会儿还有个战局要商讨，等商讨完，我便回来。"

姚芸儿知他辛苦，便轻轻嗯了一声，道："你安心去忙你的，别担心我，我会照顾好自己和孩子。"

袁崇武瞧着她唇角那一对梨窝，心头便是一软，又将她揽在了怀里，在她的鬓角上落上一吻。

袁崇武离开营帐后，便大步向着主帐走去，刚踏进主帐，就见慕七与一众岭慕大军的将领已等在了那里，见到他走进，除了慕七，所有人俱俯身行礼，齐声唤道："末将参见王爷。"

袁崇武面色沉着，黑眸冷峻，早已不复方才的温情脉脉，他越过诸人，向着主位走去，口中淡淡吐出两个字来："免礼。"

案桌上的军报又已堆积成山，一直到了午夜，方才将战局重新部署，诸将纷纷告辞，主帐中便只剩下袁崇武与慕七二人。

袁崇武随意拿过一份军报，刚打开便见里面已被人批阅，印上了自己的帅印。

男人的脸色一沉，无声地向着一旁的慕七看去。

慕七迎上他的眸光，静静道："你不用这样看我，这些军报明日便要传回诸州，我不过是在替你分忧。"

袁崇武"啪"的一声，将军报合上，字字低沉有力："我与你说过，无事不要碰我的东西。"

慕七一动不动地看着他的眼睛，良久，轻声一哂道："袁崇武，你不要忘了，如今你不仅是岭南军的统帅，更是岭慕大军的主帅，你的军报，我如何看不得？"

慕七说完，将眼睛微微移开，又道了一句话来："你将你的侧妃接到军营，我无话可说，但你若是为了她耽误了军务，我自是不会放手不管。"

袁崇武打开另一份军报，见上面亦被人批阅后盖上了自己的帅印，那白纸黑字清清楚楚，语句犀利果决，没有丝毫的拖泥带水。

"七小姐这些话，不妨等袁某当真贻误军机后，再说不迟。"袁崇武将军报搁下，深邃的黑眸笔直地向着慕七看去。

慕七沉默片刻，终是道："你将她接来，究竟是什么意思？"

男人的眉头微微皱起，不轻不重地说了句："这是袁某的私事。"

慕七"呵"地一笑，逐字逐句道："你不要忘了，我是你名义上的王妃。"

袁崇武目光幽暗，在她脸上凝视片刻，而后淡淡道了句："你自己心中清楚，我们只是盟友。"

说完，袁崇武站起身子，头也未回地走出了主帐。

慕七仍独自一人坐在那里，修长的手指紧握，微微颤抖。

军中事务众多，袁崇武不是率兵在前线打仗，便是与诸将商讨战事，此外还要筹备粮草、探视伤员等，琐事数不胜数。姚芸儿时常都是睡了一觉醒来，才见男人迈着沉重的步子赶回来。

两人虽然相守的时候不多，但比起姚芸儿身在渝州，数月不见一面来说，已是一天一地。

姚芸儿不愿让男人为难，如同当初在烨阳一般，整日只待在营帐里哪里也不曾去过，实在憋闷得慌，也只是在营帐门口坐上一会儿，透透气。

这一次，袁杰并未跟随袁崇武一道赶至溪水，而是被父亲下令留守烨阳，有了上次的教训，袁杰也不敢莽撞地私自前来。姚芸儿知晓袁杰不在军中后，倒暗地里舒了口气。就连她自己也说不上为什么，对安氏母子，她就是觉得自卑与恐惧，巴不得远远逃开。

日子虽然苦闷，但她的肚子却一天天地长大了，圆滚滚地挺在那里，好似衣裳里塞了一只西瓜，让她瞧着就想笑。

晚间，袁崇武一手将姚芸儿揽在怀里，另一手则抚在她的小腹上，轻柔地摩挲。

"相公，这是我给你缝的平安符，你明日出征时，别忘了带上。"姚芸儿取过白日里缝好的符，递到了男人面前。

男人唇角勾出一抹淡淡的笑意，将那护身符接过，贴身收在了怀里。

姚芸儿知道他对这些平安符向来都是不相信的，即使收在怀里，也只是为了让她心安，当下又不放心地嘱咐了一句："你别笑，一定要好好收着，千万别弄丢了。"

袁崇武脸庞上的笑意愈浓，点了点头，紧了紧她的身子，道："别担心，我会平安回来。"

想起明日的分别，姚芸儿只有不舍，忍不住往他的怀里依了依身子，柔声道："我和孩子，都在这里等你。"

袁崇武粗粝的大手抚着她圆滚滚的肚子，说起孩子，男人英挺的眉宇便情不自禁地微微一柔，低声道："再过两个多月，你就要生了，我到时候一定会回来，陪着你看咱们的孩子出世。"

姚芸儿心里一甜，轻轻应了一声，道了句："周嬷嬷和孙大夫都说了，孩子长得很好，你在外头安心打仗，别担心我和孩子。"

袁崇武合上眼睛，低笑道："自然很好，咱们的儿子一定会很健壮，是个虎头虎脑的小子。"

见他又提起儿子，姚芸儿摇了摇他的胳膊，小心翼翼地开口道："相公，若是这一胎，是个女儿，你会不会很失望？"

听了这话，男人乌黑的剑眉微微一动，刚睁开眸子，就见姚芸儿宛如秋水的眼睛正脉脉地看着自己，那眼瞳里有些不安，有些害怕，更多的则是担心。

袁崇武心头一软，抚上她的小脸，道："若是女儿，我只会心疼都来不及，又怎么会失望？"

"可你……一直都说我肚子里的是儿子。"姚芸儿说来，有些许的委屈。

袁崇武无奈，将她的脑袋按在了自己怀里，笑了笑，没有说话。

他没有告诉她，女儿自然也没什么不好，但他们只会要一个孩子，那便一定要是儿子才行。自古以来，女人生孩子都是在鬼门关走上一圈，更何况姚芸儿身子孱弱，怀这一个孩子已是吃尽了苦头，他心里甚至一直都在担心她能否过得了分娩那关，又哪还舍得让她接二连三地生下去。

烨阳，元帅府。

"母亲，父亲今日已与慕七一道领军离开了军营。"袁杰压低了嗓子，对着安氏开口。

安氏看了儿子一眼，对他的心思了如指掌，道："你是要趁此机会，去对付姚氏？"

袁杰双眸阴戾，道："姚氏如今已怀胎六月有余，咱们再不动手，难道要眼睁睁地看着她生下那个孽种？"

许是"孽种"二字太过刺耳，安氏眉头蹙起，对着儿子低声道："杰儿，母亲与你说过多次，姚氏腹中的孩儿，亦是你的弟妹。"

"可那也是凌肃的外孙！"

听了这一句，安氏顿时缄默了下去，母子俩沉寂片刻，就听安氏的嗓音再次响起，逐字逐句道："母亲最后与你说上一次，姚氏腹中的孩子，咱们不是不能动，而是压根儿动不得！"

"为何动不得？"

"因为你父亲。"安氏望着儿子的眼睛，平静地开口，"若被你父亲知道此事，只会让他对咱们母子最后的一丁点愧疚与情分磨损得一干二净，往后你与宇儿在他心里，更是会变得一文不值，只会让他厌恶。"

安氏的语速不疾不徐，缓缓道："母亲容不得你冒险。况且，还是在姚氏腹中胎儿尚不知是儿是女的情形下，母亲更不允许你这样做，你可曾想过，若姚氏这一胎是女儿，你岂不要得不偿失？"

袁杰听了这话，年少的面容便一分分地冷了下去，时隔良久，方才对母亲道："那咱们该怎么办？"

"记住母亲的话，忍。"安氏眸光清亮，伸出手，握住了儿子的手心。

三个月后，夜。

姚芸儿的产期已近，这几日都是难受到了极点，每日里只盼着战场上的消息，期冀着男人可以尽快回来。

她自己也知自己这是在痴人说梦，朝廷调动了所有兵马，又加上凌家军与大赫、岭慕大军的这一仗打得异常艰辛，时有捷报，也时有噩报，每个人都惶惶不安，姚芸儿更是忧惧不已，每有噩报传来，便会担心得整宿整宿地睡不着觉。

这一日她刚睡下，辗转反侧了良久，才有些许的睡意，不料还不曾等她睡着，便觉得肚子里传来一股抽痛，痛得她弓起身子，唤出了声。

姚芸儿从不知道生孩子居然会这样疼，绵绵不断地，没完没了地疼。起先，那疼痛只是一阵阵的，还能让人喘过气来，可是很快，那股子痛意如浪一般地涌来，让她的眼前一片黑暗，只疼得她微微蜷起身子，再也忍不住，发出一声很小的呜咽。

待周嬷嬷与产婆赶来时，姚芸儿躺在那里，乌黑的秀发早已被汗水打湿，有几缕湿漉漉地贴在她的脸颊上，更衬着那张小脸雪一样苍白。

产婆赶忙上前抚上了她的肚子，对着周嬷嬷道："夫人这是要生了！"

周嬷嬷也是在大户人家当过差，服侍过女人生孩子的，此时一瞧姚芸儿的脸色，不由得有些担心，赶忙拿起汗巾子，为姚芸儿将额上的汗珠拭去，宽慰道：

"夫人，您这是头胎，怕是会疼一点，您咬咬牙，千万要撑住，孙大夫已经在外头候着了，您加把劲儿，好好地将孩子生下来，啊？"

姚芸儿眼眶里满是泪水，就连呼吸都痛，她说不出话来，只点了点头，待剧痛袭来，小手不由自主地攥紧了身下的被褥，轻声呻吟起来。

产婆探出了脑袋，对着姚芸儿道："夫人，您若是疼，尽管喊出来，这女人家生孩子，哪有不吭声的。"

姚芸儿摇了摇头，腹中的疼痛一阵阵的，没个尽头，只折磨得她生不如死。她身子本就羸弱，怀孕时又一直身在军营，每日里都待在营帐，也不曾出去走动，比起寻常产妇，更是要吃力许多，任由产婆如何催促，她却仍是使不出力气，只急得周嬷嬷与产婆满头大汗。

姚芸儿倦到了极点，不断有鲜红的血从她的身下流出来，一浪浪的血色剧痛凌迟着她纤弱的身子，泪流满面的一张小脸，就连偶尔的呻吟，也是低不可闻。

产婆满手的血，对着周婆婆道："夫人不使劲儿，我也没法子啊！"

周嬷嬷亦焦灼到了极点，对着姚芸儿道："夫人，您倒是用力啊，你这样下去，怎么能将孩子生下来！"

姚芸儿因着疼痛，已说不出话来，她软软地躺在那里，犹如案板上的小鱼，再也没有了挣扎的力气。

她攥住了周嬷嬷的手，泪珠噼里啪啦地落了下来，含糊不清地开口道："嬷嬷，劳你出去看看，我相公……他回来了没有？"

周嬷嬷劝道："我的好夫人，王爷在前线打仗，哪里能赶回来，您别念着他，赶紧用力啊！你要是疼，只管喊出来，千万别咽下去！"

姚芸儿攥着身下的被褥，只觉得自己越来越冷，唯有心里却一直在思念着袁崇武，腹中的剧痛变本加厉，疼得她终于哭出了声来，她咬紧牙关，拼命地告诉自己不能睡，一定要为他生下这个孩子。

夜渐渐深了。

守在帐外的大夫与军医起先还能听见帐里偶尔传来几声女子的低吟，到了此时，却是一点儿声音都听不到了，不由得面面相觑，眸心皆是惊惧。

鲜血浸湿了褥子，产婆却还没有看见孩子的脑袋，而姚芸儿再也没有了一点力气，昏沉沉地躺在那里，她的眼睛已合上了，手指无力地垂在那里，甚至连握手的力气都没有了。

恍惚中，就觉得自己的身子被人扶了起来，姚芸儿已经接近昏迷，自是由着人摆弄，产婆与周嬷嬷两人的脸色也是煞白煞白的，比起姚芸儿好看不到哪儿去，二人心头都清楚，若姚芸儿这一胎有个闪失，她俩自然也是活不成的。那产婆咬了咬牙，对着周嬷嬷道："先扶着夫人在地上走个几圈，然后再让她蹲下来。"

周嬷嬷忙不迭地答应着，两人拖着姚芸儿在地上走动着，那痛楚早已蔓延到四肢百骸，姚芸儿的意识早已模糊不清，痛楚从身体深处崩裂开来，仿佛要将她撕碎，她迷迷糊糊地睁开眼睛，疼得不能呼吸，只能不住地吸气。

两人扯着她的胳膊，产婆的声音不断地在耳旁响着："夫人，您别睡，快想一想这个孩子，来，您弯下腰，蹲下身子，对对对，就这样，您用力啊，使劲儿啊！"

姚芸儿大口地喘气着，昏沉沉的脑子里只有一个念头，就是疼疼疼，无止境的疼，她压根儿不知道她们为什么要自己蹲下，她的双腿不住地哆嗦着，直打战，幸得胳膊被周嬷嬷和产婆死死地拉扯着，不然她怕是早已倒了下去。

"啊……"她终是痛呼出声，仿佛有一股力气，探进了她的肚子，将她腹中的孩子硬生生地拉扯出来，产婆的声音仍然不住响着，已是沙哑起来："对，夫人，就这样，您再用力啊，老奴已经能看见孩子的头了！"

"相公……"姚芸儿的眼泪顺着眼角不断地往下滚，肚子里千斤重一般，不住地往下坠，待一团血红色的小肉球从她的身子里出来时，产婆一下子松开了她的身子，将那团小东西接在了怀里。

"生了，生了，夫人生了！"

耳旁，是两人喜悦不已的声音，姚芸儿合上了眼睛，甚至连新生的婴儿都没来得及去看上一眼，便再也支撑不住地晕了过去。

不断有滚烫的鲜血从她的两腿之间涌出来，就连梦里，也依旧是让人胆寒的冷，黑漆漆的一片。

百里外，一队人马星夜赶路，正向着溪水疾驰而来。

当先一人一身戎装，胯下骏马通体乌黑，将诸人远远甩在身后，男人神色森然，唇线紧抿，唯有眉头间却隐有忧色，黑眸中更是浓浓的担心，不住地挥舞着马鞭，恨不得可以即刻赶往军营。

此人正是袁崇武。

前线战事吃紧，朝廷背水一战，调动了全部兵力向着岭慕大军镇压而来，每一场都是硬仗，缠得他分身乏术。如今姚芸儿产期已近，袁崇武连夜将军中事务安排妥当，并对战局做了最新部署，自己方才领了一支精兵，星夜兼程，从前线赶了回来。

想起姚芸儿母子，袁崇武的一颗心便好似被人攥在手里，不住地揉搓，让他担忧到了极点，只盼着她们母子平安，足矣。

姚芸儿醒来时，天色朦胧，已微微亮了，她动了动嘴唇，微弱的声音唤了一句："孩子……"

听到她说话，一旁的周嬷嬷赶忙将孩子抱了过来，新生的婴儿粉粉嫩嫩的，包在大红色的小包被里，露出一张清秀的小脸，因着还小，眉目间还瞧不出长得像谁，但姚芸儿刚看见孩子的刹那，喜悦的泪水便止不住地从眼睛里落了下来，她唇角噙着笑窝，看着孩子皱巴巴的样子，这便是她和袁崇武的孩子，是她为他生下的孩子。

"夫人，您现在在月子里，可千万不能落泪，当心往后落下病根。"产婆也走了过来，对着姚芸儿小声劝道。

姚芸儿止住了泪水，声音依然是微弱而低柔的，对着她们轻声问了句："是男孩还是女孩？"

就这一句，两人却都变了脸色，周嬷嬷与产婆相视一眼，小心翼翼地凑上前，对着姚芸儿道："夫人，俗话说先开花，后结果。这第一胎是个女儿，下一胎保准来个儿子，您别难过，要将身子养好才行。"

姚芸儿美眸一怔，望着孩子小小的脸蛋，眸子里泛起的全是柔情与怜惜，她吃力地撑起身子，在孩子的小脸上亲了亲，柔声呢喃了一句："原来是个女儿。"

周嬷嬷心头惴惴，想起袁崇武在姚芸儿怀孕时，一心想要的都是儿子，若是被他知道了姚芸儿产下的是个女儿，也不知他会不会迁怒到自己头上。

这样想来，周嬷嬷更是不安，叹了口气，对着姚芸儿道："夫人，你刚生过孩子，还是先歇着，孩子有老奴照顾，您只管放心。"

姚芸儿的确是没有力气，才说了几句话，便头晕得厉害，她伸出胳膊，将女儿揽在了怀里，对着她们道："不要把孩子抱走，把她留在我身边。"

周嬷嬷和产婆应着，待姚芸儿母女睡着后，又忙不迭地将东西整理好，孙大夫已来瞧过，只道母女均安，姚芸儿在生产时失血过多，往后定要好好调理，此外便也没什么事了。

而等袁崇武回来，孩子已落地三日了。

听到男人的脚步声，姚芸儿抱着孩子的手微微一顿，刚抬眸，就见袁崇武已掀开了帐帘，近乎横冲直撞一般，大步走了进来。

男人魁梧的身形落满风霜，眉宇间风尘仆仆，眼中布满了血丝，脸上满是紧张与苍白，在看见姚芸儿揽着女儿，半倚在榻上时，紧绷的神情倏然一松，那一双黑眸炯炯，盯着姚芸儿母女，隔了片刻，方才一步步地向着自己的妻女走去。

姚芸儿见到他，心头便是一热，一声"相公"刚从嘴巴里唤出来，眼眶便红了一圈。

"别哭！"袁崇武上前，将她的身子抱在怀里，瞧着她因着生产而惨白若雪的小脸，心里的疼惜几乎不可抑止，紧紧地搂着她的身子，低哑着声音道了句："辛苦你了。"

姚芸儿倚在他怀里，微微摇了摇头，她的语气里带着几分歉疚，几分委屈，微弱地开口："相公，对不起，我没给你生个儿子，咱们的孩子是个女儿……"

想起他之前无数次地抚着自己的肚子，斩钉截铁地告诉她，他们的孩子一定是个儿子，岂料生下来却是一个丫头片子，他心里，一定很失望吧。

姚芸儿垂下眸子，只觉得心口疼丝丝的，很是难过。

袁崇武听了这话，强而有力的胳膊将姚芸儿揽得更紧，他的声音低沉内敛，带着压抑与心疼，响在她的耳旁："别说傻话，我喜欢女儿。"

姚芸儿抬起眸子，见袁崇武的眸光已向着熟睡中的女儿望去，他一手揽着自己，另一手则将女儿抱了起来，小小的婴孩睡得正香，在父亲宽厚的怀抱里，更显得小娇娇的，大红色的褓裸，还没有男人的胳膊粗。

袁崇武在看清女儿的小脸后，笑意便止不住地从眉梢眼角间流露了出来，乌黑深邃的眼瞳中，慈爱满溢。

这孩子是足月生产，因着母体孱弱的缘故，虽然有些瘦小，但肤色却是极好，和她的母亲一样白皙，乌黑的长睫毛根根分明，刚吃过奶水，小小的身子上还有着一股奶香，袁崇武小心翼翼地抱着女儿柔软的小身子，以一种温柔而慈爱的姿势守在孩子身边，让姚芸儿看得心头暖融融的。

一家三口依偎良久，姚芸儿担心他手重，会弄疼孩子，已将女儿重新抱在了怀里，自己则被男人搂在胸膛，两人一道向着熟睡中的女婴望去，俱是无限的欣慰与满足。

袁崇武揽着她们母女，将被子给姚芸儿捂得严严实实，瞧着自己怀里一大一小的两张脸蛋，男人心头的喜悦无以复加，俯下身子，在姚芸儿的前额上落下一吻。

"相公，你真的不介意吗？"姚芸儿软软地靠着他，心里却终究有些不安，对着身后的男人小声地问道。

袁崇武的大手托着她的胳膊，好让她不用费力便能将女儿抱在怀里，他本来正在凝视着刚出生的女儿，听到姚芸儿的声音，遂转过眸子，道："介意你生的是女儿？"

姚芸儿心里一涩，点了点头。

袁崇武低声一笑，用自己的额头抵上了她的，温声道："在清河村的时候，我曾说过要你给我养个小芸儿，还记得吗？"

姚芸儿一怔，顿时想起那一段男耕女织的日子，漂亮的瞳仁里浮满了追忆之色，她点了点头，小声道："记得，相公说，要我为你生一个小芸儿，咱们家就齐全了。"

袁崇武听着她轻柔如水的声音说出这句话来，心头便是一软，不禁想起从前在清河村时的那一阵日子，对怀中的女子更是爱怜，低声道："你为我生下了小芸儿，我自然高兴都来不及，又怎么会介意？"

姚芸儿洁白的小脸微微一烫，低下了眸子，轻语了一句："可我怀这孩子时，你一直都说这个孩子一定是个儿子，还让人将斧头埋在了树下，对不对？"

将斧头埋于树下，向来是岭南当地的习俗，为的便是能喜得麟儿，生个儿子。

此时见姚芸儿问起，男人勾了勾唇，无奈道："那不过是图个彩头，算不得什么。"

姚芸儿望着怀中睡得香甜的女儿，想起他之前那样想要儿子，心里还是不太舒服，轻轻地道了句："那你为何一心盼着我生儿子？"

袁崇武见她耿耿于怀，大手在女儿的小脸蛋上抚了抚，对着姚芸儿道："让你生儿子，是不想让你再受一次生产之苦。"

姚芸儿心头一动，清亮的瞳仁中便有些不解，袁崇武见她懵懂的样子，便淡淡一笑，因顾念着她的身子，男人将女儿接过，揽着她睡下，道："好了，快歇着，孩子我来照顾。"

　　姚芸儿说了这一会儿话，的确十分疲倦，又加上此番见到了袁崇武回来，心头既是踏实，又是喜悦，轻轻答应着，瞧着女儿在父亲的臂弯里安安稳稳的，姚芸儿放下心，依偎着袁崇武睡了过去。

　　见姚芸儿睡着，袁崇武悄悄起身，抱着女儿坐在床头，望着孩子粉雕玉琢般的小脸，让他的心里说不出的酣畅快慰，忍不住在女儿的脸蛋上亲了又亲，喜爱得不得了。

第二十七章

同
生
共
死

袁崇武并没有在军营待太久，前方战事危急，他不得不尽快回到战场。

留在军营的这几日，男人一直守着姚芸儿母女，就连一些军政要事，也都是等着妻女睡着后，方才批阅处置。

月子里的婴孩很乖，一天十二个时辰，倒是有十个时辰都在睡觉，偶尔姚芸儿从睡梦中醒来，总能看见袁崇武守在女儿的摇篮前，黑眸一眨不眨地看着孩子，那唇角总是挂着几分笑意，看得姚芸儿心里又温又软。

孩子在睡梦中也不老实，总爱挥舞着小手往自己的脸蛋上挠，每当这时，袁崇武总是会将女儿的小手挡住，他的手势轻柔，仿佛这孩子是件瓷器似的，一碰就碎。

而女儿每次一哭，都会让他的眉心紧蹙，心疼不已，不等孩子第二道哭腔传出，袁崇武早已将孩子抱了起来，在帐子里一遍遍地走，哄着怀中的稚女。到了后来，就连周嬷嬷和乳娘都看不下去了，私下里皆嘀咕着，哪有这样宠孩子的，这又不是儿子，不过一个丫头片子，王爷也如此宝贝。

就连她们大着胆子来劝，道这月子里的孩子哭一哭也是好事儿，要男人出去歇息，把孩子交给她们就好，可袁崇武却也只是微微一笑，仍旧衣不解带地照料着姚芸儿母女。

这一晚，袁崇武和衣而卧，大手揽在姚芸儿的腰际，两人均睡熟了，蓦然，却听摇篮里传来一阵哭声，细细弱弱的，如同小猫儿一般。

两人俱醒了，姚芸儿揉了揉眼睛，对着男人道：“相公，溪儿只怕是饿了，快把她抱来，让我喂一喂。”

岂料袁崇武却摇了摇头，一笑道：“溪儿不是饿了，听这哭声，怕是该换尿布了。”

姚芸儿看着他高大的身影向着摇篮走去，伸出手将粉团似的女儿抱在了怀里，熟练地解开孩子的襁褓，果真就见孩子的尿布已湿了。姚芸儿瞧着，赶紧拿过干净的尿布，刚要开口说上一句"我来就好"，谁知袁崇武已自然而然地从她手中将尿布接过，亲手为孩子换上。

姚芸儿心里一暖，换了尿布的溪儿果真不闹了，睁着一双黑葡萄般的眼睛，一时看看父亲，一时看看母亲，憨态可掬的模样，可爱极了。

袁崇武揽过姚芸儿的身子，两人一道逗弄着怀中的稚女，姚芸儿抿唇笑道："你怎么知道溪儿不是饿了，而是要换尿布了？"

袁崇武伸出一个手指，让女儿握住，一面逗着孩子，一面笑道："回头告诉乳娘和周嬷嬷，若是溪儿一直小声地哭个不住，那便是饿了。若是哭一阵停一阵，便是该换尿布了。"

姚芸儿听着这话，心头便是暖暖的，向着夫君依偎了过去，将脑袋埋在他的怀里。

袁崇武哑然，抱紧了她的身子，道："怎么了？"

姚芸儿说不出话，胳膊紧紧地搂着男人的身子，隔了好一会儿，才呢喃了一句："相公，我不想你走。"

袁崇武黑眸一震，怀中的女儿已睡熟，他轻手轻脚地将孩子放下，复又将姚芸儿抱在怀里，见她眼睛里已微微发红，男人浅笑，衬着那眉眼越发深隽英挺，他伸出手将姚芸儿的脸蛋捧在手心，声音里低沉浑厚，却又不失温柔："看我哄了溪儿，自己也想我哄了，嗯？"

姚芸儿脸庞飞上一抹红霞，嗔道："才没有。"

袁崇武笑了笑，温声道："前方战事吃紧，我明日一定要回去。等我打过溪水，我就会派人来接你们母女。"

姚芸儿想起明日的分别，心里便酸酸涩涩地难受，可她却也知晓袁崇武的不易，知道这一场仗十分艰辛，他虽然身在前线，心里却还牵挂着自己母女，星夜兼程地赶回来，也只是为了见上自己与溪儿一面，短短几日的光景，便又要回去了。

姚芸儿伸出胳膊，环住了丈夫的身子，轻柔的声音说了一句："我和孩子会好好地，等着你来接我们。"

袁崇武搂紧了她的腰肢，他没有说话，只俯身在姚芸儿的发丝上落下一吻。

待袁崇武走后，姚芸儿压下心头的思念，一心一意地照料着襁褓中的女儿，每当看着孩子粉嘟嘟的小脸蛋，让她的心总跟吃了蜜一样的甜，就连唇角也噙着笑窝，无论怎么瞧，都瞧不够。

军营里的日子乏善可陈，姚芸儿每日里除却照顾女儿，便是安心休养身子，刚出月子后不久，就听得前线传来消息，岭慕大军已攻下了溪水，打过了江，而大赫亦与蒙古开战，赫连隆日班师回朝，只余凌家军与诸地的义军退守云阳，兀自在苦苦支撑。

岭慕大军势如破竹，袁崇武本身的威望更是空前绝后，在民间被传得神乎其神，未几，便有说书人将其当年在岭南揭竿而起之事编成了曲子，于酒楼茶肆中争相传唱，称其为民间英雄。

而一些拉拢人心的民谣更是迅速地流传在大江南北，只道袁崇武乃真龙天子下凡，江山定会落入其手。岭慕大军渡江时，曾无意间从江底打捞上来一块巨石，上头隐约现出一个模糊的"袁"字，此事人尽皆知，以至于民间如今提起"崇武爷"来，于崇敬中，更是带了几分畏惧。

待岭慕大军驻扎溪水后，则有数支规模尚小的起义军前来投奔，一时之内，岭慕大军风头无两，向着大周京师，步步紧逼。

周景泰已数日不曾睡个好觉，元仪殿的灯火更是彻夜不息，自溪水而来的战报一封接着一封，宣示着如今日益危殆的战局，大周的江山，摇摇欲坠。

徐靖领着永娘走进殿内时，就见周景泰正坐在案前，闭目养神。案桌上的奏章散落得到处都是，凌乱不堪，一屋子的宫人跪在地上瑟瑟发抖，却没有一个人敢上前将折子收好。

徐靖瞧着儿子清瘦憔悴的面孔，只觉得心如刀割，她不言不语，俯身亲自将奏章拾起，为周景泰放在案头。

年轻的皇帝睁开眸子，见到母亲后，淡淡出声，道："母后深夜造访，所为何事？"

徐靖听着儿子寡淡的语气，面色沉寂如故，她没有说话，对着宫人挥了挥手，示意她们退下，待元仪殿中只剩下母子二人时，徐靖方道："这些日子，你一直歇在元仪殿里，听母后的话，还是回寝宫好好地睡上一觉，至于这些国事，容后处置也不迟。"

周景泰淡淡一笑，布满血丝的眼睛向着徐靖看去，道："岭慕大军攻下了溪水，赫连隆日班师回国，即便孩儿回宫，也睡不着觉，索性待在元仪殿吧。"

徐靖亦是知晓，如今的朝廷，也只有一个凌家军可用，若是凌肃还活着……

徐靖心口大恸，不愿再想下去，对着儿子宽慰道："朝中有冯才与岳志清这般的老将，凌家军中亦有薛少帅在，我儿不必烦忧，还是保重龙体要紧。"

周景泰落寞一笑，隔了半晌，方才吐出了一句话来："母后，咱们错了，全都错了。"

徐靖闻言，面色遂浮起一抹错愕，不解道："我儿这话是什么意思？"

周景泰抬起头，凝视着母亲的眸子，开口道："咱们不该将思柔送到大赫，而是应该将她留在宫里，这一步棋，终究是落错了子。"

徐靖心头了然，她沉默良久，终是一咬牙，言了句："南凌王生前的幕僚，曾与母后传来消息，说是思柔如今正在袁崇武身边，并为他生了孩子。"

周景泰黑眸雪亮，字字清晰："孩儿还没恭喜母后，喜得外孙。"

徐靖脸色白了一白，对着儿子道："你若是明白母后的用意，便该早作打算。"

周景泰唇角微勾，摇了摇头，"母后能打探到的事，孩儿自然也会知晓，数日前，孩儿已经派了人去了岭南军大营，岂料……"

徐靖心头一跳，一句话脱口而出："你将她们母子掳到了京城？"

周景泰微微抬眸，向着母亲看了一眼，淡淡道："母后不必担心，孩儿派去的人，并未截到她们母女，袁崇武将她们母女保护得滴水不漏，怕是如今她们母女已神不知鬼不觉地到了溪水，去了袁崇武身边。"

徐靖听了这话，心头却说不出是喜是悲，既欣慰女儿和外孙平安，又忧惧儿子如今的处境。

母子俩沉默片刻，徐靖微微站起身子，对着儿子道了句："既然如此，皇帝便收回这份心思，如今两军相持不下，鹿死谁手，还未可知。"

"母亲。"周景泰的声音响起，徐靖听见这一声"母亲"，身子却是一怔，周景泰素来唤自己为母后，这一声母亲，她已许多年都没有听过了。

烛光下，男子年轻英俊的容颜上，是淡淡的萧索，他低垂着目光，道了一句："若这大周的江山，葬送在孩儿的手里，到了那时，母亲有何打算？"

徐靖心头一抖，立时喝道："皇上，你是大周的天子，这等话如何能说？"

周景泰"哧"地一笑，俊秀的眉眼间既有自嘲，更多的则是痛楚。"母亲，大周的江山已有大半都落入敌手，白日孩儿更曾收到消息，咯州、榆阳、桑县、三洲知府俱跪地迎接岭慕大军，将城池拱手送给了袁崇武，怕是京师，已守不了太久。"

徐靖脸色"唰"的一下变得惨白，虽然知晓叛军作乱，可怎么也不曾想到，

第二十七章 一同生共死一

事态竟会严重到如此地步。

"到了那一日，孩儿自会以身殉国，至于母亲……"周景泰说到这里，略微顿了顿，一步步走到徐靖面前，望着她的眼睛，沉声道，"请恕孩儿不孝，待叛军兵临城下之日，便是你我母子自行了断之时，到了那一日，还望母亲不要让孩儿为难。"

徐靖闻言，一颗心渐渐地凉了下去，她双眸恍惚，竭力稳住自己的身形，终是沙哑着嗓子，道了句："你放心，母后绝不会贪生怕死，令大周朝蒙羞。"

溪水，岭慕大军军营。

溪儿已两个多月了，越发清秀白净，一张小脸蛋像极了姚芸儿，小手小脚都是肉乎乎的，让人瞧着便喜欢，恨不得把她整日地抱在怀里，疼个不住。

这一晚，袁崇武刚回到营帐，就见姚芸儿将女儿抱在怀里，在喂孩子吃奶。她的腰带已解开，衣裳微露，露出颈弯与肩头处一大片白皙如玉的肌肤，而她身上穿的偏偏又是水绿色的兜肚，那般青翠的颜色，衬着一身的细皮嫩肉，白花花地晃着人眼。

男人瞧着，乌黑的眸心顿时深了几分，变得滚烫起来，生硬地转过眸子，去看女儿。

姚芸儿见他进来，想起自己这般袒胸露乳的模样，脸庞便是一红，垂下眸子轻声细语地言了句："回来了。"

袁崇武走到她的身旁坐下，大手揽过她的腰肢，让她靠在了自己身上。溪儿是女娃，胃口本来就小，还没喝个几口，便喝饱了，姚芸儿担心孩子呛着，顾不得整理自己的衣衫，赶忙将女儿抱起来拍了拍后背。

将孩子哄好，姚芸儿见袁崇武的眸光仿佛能喷出火来，直勾勾地盯着自己，只让她那一张粉脸更是灿若云霞，娇羞不已。

待男人将女儿抱走后，姚芸儿慌忙整理好自己的衣衫，溪儿吃饱喝足后打了个响亮的奶嗝，刚被父亲送进摇篮，便甜甜地睡了过去。

袁崇武回过头，就见姚芸儿小脸通红地坐在那里，许是做了母亲的缘故，比起之前嫁给自己时的青涩与稚嫩，如今则多了几丝韵味与妩媚，便好似熟透的蜜桃，惹得人情不自禁地尝上一尝。

姚芸儿见男人向着自己走来，不等她开口，便被袁崇武攫取了唇瓣，那般霸道的掠夺，几乎不给她一丁点反驳的机会，粗暴地撬开了她的贝齿，尽情吮吸着她唇中的甜美，仿佛要将她生吞活剥。

男人的呼吸越来越重，姚芸儿昏昏沉沉的，自溪儿出生至今，袁崇武一直克制着从未要过她的身子，哪怕他的渴望已箭在弦上，最终也还是会被他强压下去。

就连这一次亦是如此。

姚芸儿美眸迷离，见袁崇武面色隐忍，额角布满了汗珠，他的呼吸仍是粗重的，却在紧要关头松开了她的身子，深吸了口气，坐了起来。

姚芸儿也坐起身子，眼睁睁地瞧着他坐在床头，胸膛急剧起伏，似是在竭力忍耐一般，她心里一疼，轻轻地上前，很小声地说了句："相公，溪儿已经两个多月了，你若是难受……那，那就……"

余下的话，姚芸儿却是说不下去了。

男人见她脸蛋酡红，就连脖子上亦染上一层粉色，遂勾了勾唇，握住了她的手，低声道了句："等溪儿满三个月才行。"

姚芸儿知道他是心疼自己身子弱，可又不忍见他这般辛苦，在他的怀里蹭了蹭脑袋，小声道："周嬷嬷说，只要满月后，就可以同房了……"

袁崇武挑了挑眉，道："你去问了周嬷嬷？"

姚芸儿脸庞绯红之色愈浓，简直羞得连头也不敢抬，蚊子哼似的言道："才没有，是周嬷嬷主动和我说的，她说月子里是万万不能的，但出了月子，就可以了。"

袁崇武忍住笑，将她抱在自己的膝上坐下，低声道："那怎么孙大夫却说，一定要等你生产三个月以后才行？"

姚芸儿先是一怔，继而清柔娇美的一张瓜子小脸如同火烧，对着男人道："你问了他？"

见袁崇武点头，姚芸儿垂下小脸，忍不住嗔道："这种事，你怎么问得出口。"

男人看着她瓷白的脸蛋上渗出朵朵红晕，唇角的笑意却越发深邃，他没有说话，握住她的小手，放在唇边亲了亲。

姚芸儿睫毛微微颤抖着，扑闪得如同温柔的蝶翼，她动了动嘴唇，又小声地说了句："那孙大夫有没有说，为什么一定三个月？"

袁崇武抬起头，黑眸睨着她，低沉的嗓音不疾不徐地吐出了几个字来："心急了？"

姚芸儿羞恼极了，伸出小手向着他的胸膛推了过去，一面儿小声道："你就会胡说。"

瞧着她薄怒娇嗔的模样，袁崇武只觉喉间一紧，眉宇间浮起些许无奈，他淡淡笑起，将她扣近了自己的胸膛。

姚芸儿起先挣扎了两下，最后仍乖巧地依偎在他的怀里，听着他沉缓有力的心跳，隔了片刻，方柔柔地道了句："相公，这几天我听人说，你再过不久就要去云阳打仗了，若这一仗打胜了，岭南军就可以逼近京城，你就要当皇帝了，是吗？"

袁崇武闻言，乌黑如墨的眼瞳向着怀中的女子望去，他抚上她的小脸，顿觉触手细腻温润，犹如摸着一块羊脂美玉。

"这几日你收拾好东西，等我率军攻打云阳时，你们母女和我一块走。"

姚芸儿心疼女儿，摇了摇头："溪儿还小，我带着她在溪水等你，好不好？"

袁崇武捏了捏她的小脸，道："把你丢下来倒没什么，只不过溪儿，我一定要带上。"

姚芸儿知道他在与自己说笑，当下便也抿唇笑了起来，唇角一对浅浅的梨窝，清清柔柔地开口："你有了溪儿，就不要我了。"

袁崇武揽她的腰际，瞧着她娇憨温婉的一张小脸，心头亦是一软，忍不住俯下身，吻上她的额头。

姚芸儿倚着夫君的胸膛，感受着他的疼惜与温柔，她知道此时的袁崇武是最好说话的，哪怕自己和他无理取闹，去要天上的星星，他也会想法子去给自己摘下来。姚芸儿心乱如麻，隔了好久，方小心翼翼地说了句："相公，芸儿有事想求你，你能答应我吗？"

袁崇武抱着她柔若无骨的身子，听到她软软地相求自己，男人不动声色，道："你想要我留徐靖与周景泰一命？"

姚芸儿心头一颤，没想到自己还没开口，便被男人猜了个正着，她从袁崇武的怀里抽出身子，一双水润润的眸子看着男人深隽的面容，分明带着祈求的神色。

"那，你能饶过他们吗？"姚芸儿声音艰涩，虽然徐靖曾下令将姚家灭门，让自己再也不想见她，可终究，她还是自己的亲生母亲啊！

姚芸儿纠结到了极点，想起之前凌肃与徐靖待自己的好，若要她眼睁睁地看着袁崇武攻下京师，逼得母亲与哥哥去死，她却是无论如何也做不到。

袁崇武声音沉着，道："芸儿，即使我不杀他们，怕是国破那一日，他们自己也无颜苟活于世。"

"若等相公攻下京城，他们还活着，我只求相公能放过他们，给他们留一条活路，成吗？"姚芸儿喉间酸楚，一语言毕，眼眸中浮起一层薄薄的水雾，惹人怜惜。

见袁崇武不说话，姚芸儿摇了摇他的衣袖，又是言道："相公，你还记不记得以前夏大夫曾说我伤了身子，怕是以后都不能生孩子了。可是你瞧，咱们现在有了溪儿，就连孙大夫都说，是因为我吃了极珍贵的补药，才得来了这个孩子。而那些补药，都是我以前在皇宫里，太后和皇上赏给我的，你就看在溪儿的分儿上，放过她的外婆和舅舅，好不好？"

许是见姚芸儿快要落下泪来，袁崇武眉头紧蹙，终是无奈道："我答应你，我可以留徐靖一命，但周景泰，我必须要斩草除根。"

姚芸儿还欲再说，岂料袁崇武已伸出手指，一个手势，便要她将余下的话咽回了肚子里去。

云阳，凌家军军营。

一袭戎装的男子身姿颀长，剑眉星目，俊挺如昔。

身后的侍从瞧着男子的背影，道："少帅，方才收到军报，说是岭慕大军由袁崇武亲自带兵，已向着云阳逼近。"

薛湛淡淡颔首，示意自己知晓，脚下的步子却是不停。

良久，身后的侍从又言了句："少帅，恕属下多嘴，这一仗，怕是咱们凶多吉少。"

薛湛的脚步微微一顿，冷静的嗓音听不出丝毫波澜："不是凶多吉少，而是有去无回。"

侍从一怔，低声道："既如此，少帅何不领兵突围，世人皆知，当今圣上曾将您未过门的妻子送与大赫联姻，您又何苦为了这种君王卖命？"

薛湛闻言，遂摇了摇头，淡淡道了句："食君之禄，忠君之事，自古以来文臣死谏，武臣死战，咱们身为武将，没什么好说的。"

"那咱们如今，又该如何是好？"

薛湛回头看了那侍从一眼，却微微一哂，平静的声音吐出了一句话来："尽力而为，求个问心无愧，也就是了。"

待姚芸儿抱着女儿，与岭慕大军一道赶到云阳时，正值七月，骄阳似火。

姚芸儿一路都与孩子待在马车里，到了云阳也不例外，只与溪儿进了帐子，孩子因着天热，哇哇啼哭不止，姚芸儿听着，心里便疼得厉害。

袁崇武军务众多，到了云阳后，领着大军与凌家军厮杀得难分难解，岭南军如今声势大壮，又有慕家鼎力相助，凌家军不能抵挡，节节败退，到了后来，竟退至和州一带，京师的那些大臣俱慌了神，纷纷主和，硬是逼着周景泰下了折子，派了使臣赶到云阳，意欲与袁崇武说和。

孰知传来消息，朝廷派的使臣刚到云阳，连面还不曾见到袁崇武，便已被尽数处死，唯有血淋淋的人头则让人带回了京师，惹得周景泰雷霆大怒，不顾百官阻挠，竟御驾亲征，亲自率领了御林军赶到了和州，与凌家军会合。

这一日，慕七刚走出营帐，就见军医拎着药箱，神色匆匆，见到慕七后，顿时俯下了身子，毕恭毕敬地唤了声："见过王妃。"

慕七淡淡一瞥，问了句："怎么了？"

"回王妃的话，这天气太热，小郡主一直哭闹不休，王爷与侧妃皆担心不已，老夫正要去为小郡主诊治。"

慕七看了眼天色，毒辣的日头刺得人睁不开眼，她亦不过出来了片刻，便觉得热浪袭人，燥热难当，这种天气甭说婴孩，就连大人亦是要经受不住的。

"我那里有几颗蕴香丸，待会儿你让人去取了，化成水给孩子喝了，可保无虞。"

那军医一听这话，顿时大喜，蕴香丸老少皆宜，最宜消暑开胃，因着制作过程极其复杂，向来是无价之宝，等闲之人决计是见不到的。若给孩子吃了，甚至比保婴丹还要好上几分。

"不过，你千万不能说此药是我给的，记住了吗？"

"恕属下愚钝，王妃这是为何？"军医不解。

慕七一记嗤笑，淡淡道了句："你觉得若侧妃知道这药是我的，她还会给孩子吃吗？"

军医顿时不敢说话了。

慕七眼角浮起几分不屑，终究还是走到了自己的帐子，将仅剩的几颗蕴香丸尽数取出，让人给姚芸儿送了过去。

晚间，姚芸儿轻轻晃着摇篮，溪儿正沉沉睡着，这孩子因着天热，一直都哭闹不休，就连小嘴都憋紫了，直到军医将一颗清香的药丸化在水里给她喝下后，孩子方才慢慢安静了下来，奶水也愿意吃了，睡着时也不似前几日那般总是打惊，姚芸儿悬着的一颗心，终是放了下来。

袁崇武回来时，就见姚芸儿正趴在摇篮边，眼儿紧闭，睡得正香。

男人唇角浮起一丝笑意，先去看了女儿，见孩子的小脸已褪去了潮红，赤着的小手小脚亦清清凉凉的。男人放下心来，一个横抱，将姚芸儿放在了榻上。

姚芸儿迷迷糊糊的，只觉得透不过气来，她刚睁开眼睛，就见袁崇武已欺身而下，封住了她的唇瓣。

残月偏西，一室情迷。

八月，岭慕大军攻下蒙阳。相传，周景泰当日在和州身受重伤，又兼之长途跋涉，天气炙热，回去没多久便发起了高烧，数日内不见好转。待岭慕大军赶至蒙阳时，薛湛已命人护送着周景泰回京。此次周皇御驾亲征，出师不利，徒添笑谈，未几，便被袁崇武身旁的幕僚，将此事添油加醋地变成了打油诗，儿童们争相传唱，一时间只令朝廷大丢颜面。

九月，岭慕大军与凌家军于谭兰山一带激战，双方死伤惨重，终以岭慕大军取胜而告终。

十一月，天气转寒，远在西南的慕玉堂遣大军护送十万担粮草、三万副盔甲、八千匹骏马赶至前线，岭慕大军军心大振，作战时更为勇猛，大周经过连年征战，国库早已亏空，又加上河西、津南一带暴发瘟疫，户部拨款赈灾，大批赈灾银两却被贪官污吏层层扣押，无数百姓不是病死便是饿死，恰逢岭慕大军为灾民送来粮食与过冬的棉衣，此举深得民心，津南与河西百姓俱跪地大拜，将袁崇武供为皇帝，并有无数身强力壮的壮年男子，加入岭慕军中，斩杀狗官无数。

十二月，皇宫中一片愁云惨雾，没有丝毫新年即将到来的喜悦。

而岭慕大军，已攻占了大半江山，一路打至距京师不远的建邺城，眼下正值天寒地冻的时节，袁崇武下令命三军整装待发，稍作休整，京师，已是囊中之物。

是夜，军营中灯火通明，映着不远处死气沉沉的京师，分外鲜明。

因着岭慕大军随时可能打来，京师中的世家大员，已有不少人皆携着家眷前来投奔袁崇武。周景泰闻言，顿时下令杀无赦，那些没有走掉的贵族，自是惶惶不可终日，老百姓更是胆战心惊，夜夜不敢点灯，唯恐将岭慕大军给招来。

袁崇武坐在主位，正一目十行地看着手中的文书，听到脚步声，他微微抬眸，就见孟余一脸恭谨，缓缓走了进来。

"王爷。"孟余一揖到底。

"何事？"袁崇武将文书搁下，对着属下言道。

"王爷容禀，再过三日，便是岭慕大军向着京师进军的日子，近日军中事多，属下一直没寻到机会告知元帅，前几日从烨阳收到消息，说是二公子入冬后便染上了风寒，拖了月余也不见好。"

袁崇武闻言，眉心顿时紧蹙，对着孟余道："为何不早说？"

孟余一慌，赶忙解释道："王爷息怒，是侧妃在信中一再嘱咐，要属下伺机告诉元帅，侧妃还说，二公子虽然久治不愈，但大夫也说了并无大碍，只不过小公子甚是思念父亲，就连梦中也盼着王爷能尽快回去。"

袁崇武念起幼子，亦是心头不忍，他沉默片刻，终是道："遣人将前几日投奔而来的京师名医送到烨阳，命他务必要将宇儿的病治好，我会修书一封，令他一块带上。"

孟余又道："恕属下多嘴一句，王爷何不将侧妃与二位公子接到建邺，如今这天下唾手可得，也是时候将侧妃与少帅接来团聚了。"

袁崇武摇了摇头，道："眼下形势不稳，待咱们攻下朝廷，便是慕玉堂出手之时。与慕家的恶战，绝不会比朝廷轻松，若我有何不测，为以防万一，他们留在烨阳尚有一线生机。"

孟余听得此话，亦知袁崇武所言不假，当下他默了默，终是吐出了一句："恕属下斗胆，既如此，元帅又为何要将姚妃母女留在身边，无论去哪儿，也不离不弃？"

袁崇武听了这话，遂抬起眸子，看向了孟余的眼睛，孟余一怔，垂下了头，不敢与之对视。

"因为只有她，愿与我同生共死。"

男人的声音低沉，字字掷地有声。

回到主帐时，姚芸儿正抱着溪儿，在帐子里轻轻踱着步子，哄孩子睡觉。

溪儿如今已九个多月了，养得肉乎乎的，小脸雪白粉嫩，黑葡萄般的大眼睛滴溜溜地转，在母亲怀里也是不安分地扭来扭去，见到袁崇武后，顿时喜笑颜开起来，露出几颗小乳牙，可爱到了极点。

瞧见孩子，袁崇武唇角便浮起几分笑意，伸出胳膊，从姚芸儿怀中将孩子抱了过来。

许是父女天性，溪儿虽然小，平日里又总是姚芸儿带得多，可偏偏喜爱父亲，每次袁崇武一抱起她，小小的孩子都会欢喜得咯咯直笑，就连口水都能从嘴巴里流出来，沾得父亲身上到处都是。

袁崇武单手抱着孩子，另一只手则为她将唇边的口水拭去，姚芸儿瞧着父女俩其乐融融的样子，心里只觉得暖暖的，唇角亦噙着笑窝，去一旁将食篮里温着的点心取了出来，那食篮周围都已被她细心地裹了一层棉布，是以点心还是热乎乎的，她端上了桌，对着男人道："相公，快来吃点东西，垫垫肚子。"

袁崇武每日军务缠身，晚膳多半随意地扒个几口，到了夜里时常会饥饿难忍，姚芸儿总会为他变着花样备下夜宵，有时是一碗元宵，有时是一碗肉粥，有时便如今晚这般，是一碟子点心。

袁崇武见碟子上的点心还冒着热气，虽然不过是几个馒头，可姚芸儿偏偏心灵手巧地将馒头做成了鲜花形状，也不知她从哪里寻来的蜜枣，掺在馒头里，一颗颗地点缀在馒头中间，看着就让人赏心悦目。

姚芸儿接过女儿，溪儿一天天地长大，越发地沉了，时常抱了一天下来，姚芸儿的胳膊都酸酸胀胀地疼，几乎连抬都抬不起来。

她依偎着男人坐下，倒了一杯热水递到丈夫面前，轻声道："相公，这馒头好不好吃？"

"你做的，自然好吃。"袁崇武一笑，握了握她的小手，他的确是饿得很了，瞧着他风卷残云的样子，姚芸儿只觉得心疼，柔声叮咛道："你慢点吃，当心噎着。"

袁崇武哑然，低眸，就见小溪儿正一眨不眨地看着自己，许是瞧着父亲吃得香甜，那口水都快滴到领口上了，满是一副小馋猫的样儿，让人看得忍俊不禁。

袁崇武撕了一小块馒头，送到了女儿嘴巴里，姚芸儿刚要制止，就听男人道："溪儿已经九个多月了，你不能只喂她喝点奶水，咱们以后吃什么，也给她吃一点，才能把孩子养得壮实。"

姚芸儿还是担心，只怕孩子吃不好馒头，可见溪儿吃得津津有味，还在那儿不住地吧唧嘴，一小块吃完了，更是伸出肉乎乎的胳膊，对着袁崇武挥舞着，小嘴里发出咿呀哦啊的声音，那意思是还想吃。

袁崇武索性将女儿抱了过来，任由孩子拿着一块馒头在自己的膝上啃来啃去，瞧着溪儿憨态可掬的样子，只让他心头的阴霾一扫而光，忍不住笑出声来。

姚芸儿守在一旁，瞧着这一幕的父女天伦，心头是满满的知足，她不愿去想以后，只珍惜眼下，珍惜与袁崇武和女儿在一起的每一时、每一刻。

待溪儿睡着，姚芸儿轻手轻脚地将孩子送到了摇篮里，她刚站起身子，就觉得自己的腰身被男人从身后扣住，将她带到一个宽厚温暖的怀抱里去。

两人就这般站在摇篮前，静静地看着熟睡中的女儿。直到男人的声音响起，对着姚芸儿道："芸儿，三日后我便要领军攻打京师，我已将一切安排妥当，会有我的心腹带你们母女去安全的地方，等我打完仗，立马去接你们。"

姚芸儿身子一颤，她转过身子，一双美眸浮起一丝惊恐："相公，你要送我和孩子走？"

袁崇武搂过她的腰肢，见她因着自己的这一句话，一张小脸便失去了血色，心头不禁一疼，温声抚慰道："听话，只有将你和溪儿安置好，我才能安心去和朝廷打仗，等局势稳定下来，我就去与你和孩子团聚。"

姚芸儿摇了摇头，声音带有几分凄楚，却又满是坚定："我不走，我说过，你在哪儿我就在哪儿，不论到了什么时候，我们一家人都不分开。无论你去哪，我和孩子总要跟着你的。就算是黄泉路，我也都跟你去。"

袁崇武眸心一滞，瞧着姚芸儿清丽的容颜，让他喉间涩然，几乎说不出话来，只得沙哑地道了一句："芸儿，你这是何苦……"

姚芸儿垂下眸子，伸出胳膊环住他的身子，她的声音很微弱，很轻柔，男人却依旧听得一清二楚："相公，咱们好不容易才在一块，我和溪儿都不能没有你，你别想着把我们送走，我要陪着你，不论哪一步，我都要陪着你。"

袁崇武黑眸雪亮，他没有说话，只伸出粗糙的大手，抚上姚芸儿的发顶，隔了许久，方才将她紧紧地抱在怀里。

第二十八章

开国之君

娇妻如芝

下

京师，皇宫，元仪殿。

大殿中只幽幽地点了几支蜡烛，更衬着这一片凄清，宫里乱到了极点，这些日子每日都有宫人卷了宫中的珍宝，偷偷逃走。起初，周景泰还曾下令，命人将这些人就地处决，可当岭慕大军逼近京师后，整个宫里乱作了一团，就连侍卫亦纷纷逃命去了，他亲自拔剑，砍死砍伤了数人，到了如今，终是心灰意冷。

他孤身一人坐在主位上，案桌上依旧小山般地堆满了折子，唯有一个内侍仍旧毕恭毕敬地跪在下首，为他一次次地将酒杯斟满。

"李希，你为何不走？"周景泰双眸通红，周身满是酒气，远处的厮杀声震耳欲聋，怕是要不了多久，岭慕大军便会杀进宫来。

那唤为李希的内侍面色沉静，道："奴才自幼入宫，这皇宫，便是奴才的家，奴才……只愿守着家，守着自己的主子。"

周景泰呵呵一笑，摇头道："没想到你区区一介内侍，竟有如此骨气，比起我大周朝无数文官武将，不知强了多少。"

话音刚落，就听一声脆响，是殿外逃命的宫人不小心将怀中的烛台落在了地上，那烛台乃是黄金所制，光凭这一件东西，便足够一个人衣食无忧地过一辈子。

那奴才慌慌张张地将烛台重新揣在了怀里，还未走出几步，便被一个持刀侍卫一刀砍翻在地，那侍卫从他怀中取出珍宝，眨眼间不见了踪影。

周景泰瞧着这一切，缓缓从主位上站起身子，向着殿外走去，来来往往的宫人众多，每个人都疲于逃命，竟对这一位大周朝的君王视而不见，甚至还有宫人撞在了皇帝身上，让他一个趔趄，差点摔倒。

李希寸步不离地守着，伸出手扶住他的身子，周景泰微微一笑，对着他道："是时候了。"

李希俯下身子，毕恭毕敬地说了句："奴才服侍皇上上路。"

周景泰点了点头，一主一仆，渐行渐远。

洪元三年，大周覆灭，景帝二十有七，自缢于御花园内，以身殉国，待岭慕大军寻至其遗身时，见其身旁只余一内侍，亦与其一道自缢，同日，岭慕大军攻入京城，千秋霸业，始于今夕。（此段选自《史传·一百七十二回　大周本纪》）

开国后，百废待兴，事务众多。

姚芸儿已有好几日没有见到袁崇武的面了，她与溪儿被安置在玉芙宫中，成日里锦衣玉食，奴仆成群。

她从没想过自己还会回到这个皇宫，还记得那一日自己抱着溪儿入宫时，经过血战与屠杀，皇宫里满是血腥，就连凉风袭来，那气味也是令人作呕的，她虽然不曾亲眼瞧见，可也知道前朝的宫人已尽数被岭慕大军诛杀，如今留在宫里侍奉的，多半是从民间选来的良民，原先服侍过自己的那些人，却是一个也瞧不见了。

改朝换代，向来是血流成河。姚芸儿望着摇篮中的女儿，只觉得这偌大的一个玉芙宫里寒意森森，到处都是冷冰冰的，她忍不住将熟睡中的溪儿抱在了怀里，刚走出后殿，就有宫人迎了过来，恭恭敬敬地唤了一声："娘娘。"

"有没有看见王爷？"姚芸儿轻柔出声，直到如今，袁崇武也并未举行登基大典，是以宫中仍以王爷相称。

"回娘娘的话，王爷还在前头和诸位将军商讨国事，据说今儿个有许多前朝大臣降服，王爷怕是要忙上好一阵子了。"

姚芸儿听了这话，脸庞上便浮起一丝黯然，更多的却是对袁崇武的担心，而新年，便在如此的境地里悄然而至。

岭南军本就是农民起义军，军纪虽然严谨，但将士们的素养普遍不高，之前在随着袁崇武打天下时尚可英勇作战，但自从如今打下京师后，上至将领，下至士兵，皆贪图安逸，尽情享乐起来，单说袁崇武手下的几员猛将，不过区区数日的光景，便已在京师大置豪宅，迎娶美妾，甚至其中有不少人都是前朝的千金小姐。这些出自底层的农民军将领，仿佛要将这些年受的苦一夕间全给补回来似的，成日里醉生梦死，就连袁崇武召见，也时常有人来迟。

主将已是如此，岭南军中的一些下等官兵，更是变本加厉，在京师里为所欲所，欺压良民，嫖宿暗娼，聚众滋事者数不胜数，即使袁崇武三番五次勒令军队不许滋扰百姓，可这种事情仍是愈演愈烈，直到袁崇武下令将一批强抢民女者斩首示众，那些士兵方才稍稍收敛。

未过多久，岭南军中便传出流言，只道弟兄们拼死拼活为袁崇武打下江山，他一个人三宫六院，甚至还将前朝的公主迎进皇宫，享尽齐人之福，却对手下的兄弟诸多苛求，就连玩个女人，也要被他杀头。

此话不知如何传进袁崇武的耳里，自开国后，男人无时无刻不是诸事缠身，甚至连喝口水的工夫都没有。前朝的旧臣要安抚，慕家的人要防备，大赦更是不能小觑，又兼得各地不时有人趁乱起义，欲趁着岭慕大军攻下京师，元气大伤，好分得一杯羹来。

袁崇武听到传言后，面色亦是淡然的，只挥了挥手让人退下，有道是乱世用重典，在一道接着一道的刑罚压制下，军队终是重新恢复了军纪，民心也渐渐稳定了下来，到了后来，就连背后也再无人敢说袁崇武一个字来。

袁崇武踏进玉芙宫时，姚芸儿正拿着拨浪鼓，在逗着溪儿玩耍，听到身后的脚步声，姚芸儿身子一颤，刚回过头，就见袁崇武俯下身子，将她们娘儿俩抱在了怀里。

"相公……"姚芸儿见他脸色不好，眼睛里满是血丝，那一颗心顿时一抽，轻轻的两个字，是浓浓的怜惜。

袁崇武没有说话，只在她的唇瓣上啄了一口，而后道："走吧，带你去见一个人。"

姚芸儿美眸浮起一丝错愕，脱口道："是谁？"

袁崇武一笑，唤来了宫人，将孩子抱走，姚芸儿瞧着他的脸色，突然福至心灵一般，失声道："相公，你是不是要我带去见太后？"

周景泰当日以身殉国的事情，姚芸儿已知晓，却唯独不知道徐靖的下落，这些日子她一直悬着心，可见不到袁崇武，自然打听不到消息，甚至不知母亲现在是死是活。

袁崇武点了点头，牵住她的手，温声道："这些日子事情太多，将这事给耽搁了。"

"她……她还活着吗？"姚芸儿的脸色雪白，小手亦轻颤不已，袁崇武回眸，见她这般瞧着自己，自是心疼起来，道："我答应过你，会留她一命。"

姚芸儿心口一松，随着男人一道走至了殿外，袁崇武从宫人手中接过披风，亲手为姚芸儿披在身上，而后揽紧她的腰肢，低声道了句："走吧。"

没走多远，便有弯车等在那里，袁崇武将姚芸儿抱上了车，一直驶了许久，那车方才停下。

姚芸儿抬眸，就见自己身处于一处幽静偏僻的宫殿外，四周皆站着侍从，待见到袁崇武二人后，皆齐刷刷地下跪行礼。

袁崇武抬了抬手，道了声："免礼。"继而便牵着姚芸儿，走了进去。

大殿里十分暗，没什么光亮，只有几盏烛火幽幽地燃着，平添了几分凄凉。

姚芸儿刚踏进去，就闻到一股阴沉沉的香味，冰冷冷地凝结，仿佛结成了冻子一般，让人打心眼里冷。

"她在后殿，进去吧。"袁崇武伸出手，为姚芸儿将额前的碎发捋好，他知道她心中一直惦记着太后，只有让她看上一眼，她才会心安。

姚芸儿点了点头，心跳得越来越快，瞧见她的不安，袁崇武俯身低语，道："别怕，我就在这里。"

姚芸儿心头一暖，说不出的踏实，她轻轻"嗯"了一声，向着后殿走去。

后殿比起前殿更是晦暗，姚芸儿隔了好一会儿，眼睛才适应过来，细细瞧去，就见佛龛前静静地跪着一个女尼，正敲着木鱼，嘴巴里喃喃有声。

姚芸儿的泪水倏然滚落了下来，她死死捂住嘴巴，不让自己哭出声来，纵使知晓徐靖杀了姚家的人，可她终究还是自己的母亲，尤其在生下溪儿后，姚芸儿不知为何，更是惦记她，虽然无法释怀她做的一切，但原先对她的恨意，却还是不知不觉地消散了去。

听到身后的动静，女尼身子一怔，微微睁开眼睛，转过了身子。

在看见姚芸儿的刹那，徐靖眸心一滞，失声唤了句："芸儿……"

姚芸儿见她形容枯槁，一身布袍松松垮垮地垂在身上，瘦得让人看着扎眼。

"你……你还好吗？"姚芸儿微微侧过身子，声音细微地道出了这句话来。

徐靖搁下木鱼，缓缓站起了身子，唇角甚至噙了一分淡淡的笑意，对着女儿道："我很好，你能来看娘，娘很知足。"

许是那一声"娘"狠狠刺痛了姚芸儿的心，她摇了摇头，微弱地道了句："你不是我娘，我娘已经被你派人杀了。"

徐靖脸色一黯，轻轻向着女儿走去，她伸出手，似是想要抚上姚芸儿的脸，姚芸儿情不自禁地向后退了一步，徐靖的手搁在半空，最终缓慢而无望地垂了下去。

"是娘对不住你，娘这一辈子，做了太多错事。"徐靖轻声细语，温声开口，"如今见到你们母女平安，袁崇武为了你，能留娘一条命，娘……很放心。"

姚芸儿眼睛通红，强撑着不让眼眶里的泪水落下，哑声道："你以后，都住在这里吗？"

徐靖微微一笑，摇了摇头："娘见过你，已再无遗憾，明日便会出宫，去西峡寺修行，往后，怕是再也见不到你了。"

姚芸儿心口一酸，垂着脑袋，不敢去看徐靖的脸，生怕看了一眼，泪水便会决堤。

徐靖声音轻柔，仿佛从很远很远的地方传来一般，对着女儿道："芸儿，皇宫是这世上最可怕的地方，它会让人迷失本性，为了利益不择手段，会让你从一个单纯天真的少女，变成一个心狠手辣的深宫妇人。

"慕七家世显赫，安氏有二子傍身，更是袁崇武的结发妻子，你之后的路，全靠你一个人走。你答应娘，你一定要坚强，要护住自己母女周全。"

徐靖絮絮叨叨地说着，姚芸儿一句句地听，直到后来，有宫人前来催促，姚芸儿方才回过神来，就见徐靖一记苦笑，莫名其妙地道了句："若是你能将溪儿抱来给我瞧瞧，那该多好。"

姚芸儿沉默片刻，终是道："等溪儿再长大些，我会带着她去西峡寺，让你见一见她。"

徐靖眼眸一亮，一抹笑意抑制不住地绽放在唇角："你原谅娘了？"

姚芸儿没有说话，最后看了她一眼，留下了一句："你多保重。"而后，便匆匆走出了后殿。

待她走后，不知从何处走来一个内侍，捧着一个托盘，对着徐靖道："该上路了。"

徐靖转过身子，见那托盘上搁着一把匕首，一个瓷瓶，此外还有一段白绫。

那内侍道："王爷嘱咐过，一切全由夫人自行选择，夫人若是改了主意，想去西峡寺修行，奴才这就送您出宫。"

徐靖唇角浮起一抹浅笑，面色淡然到了极点，她摇了摇头，温声道："替我谢谢你们王爷，留我一个全尸。"

内侍头垂得更低，道了一句："不敢。"

徐靖伸出手，自托盘上取过那小小的瓷瓶，打开盖子，一股芬芳的气味顿时萦绕而出，这股子味道她并不陌生，她知道只要人服下此药，要不了多久便会七窍流血身亡，不会有多少痛苦。

她没有丝毫的迟疑，仰起头，将瓷瓶里的毒药一饮而尽。

周围顿时变得一片漆黑，倒地的瞬间，徐靖瞳孔已涣散开来，隐约却见一抹高大的身影向着自己走近，她竭力地伸出手，轻轻地唤出了那一个深刻于心底的名字："肃哥……"

深夜，姚芸儿却突然从梦中惊醒了过来，一旁的袁崇武察觉，支起身子将她揽在怀里，低声道："怎么了？"

姚芸儿心头酸涩，小手攥紧了丈夫的衣襟，轻声道："我做了一个梦，梦见了我娘，还有二姐和小山……"

袁崇武闻言，紧了紧她的身子，温声安慰。

姚芸儿将脑袋埋在他的怀里，想起徐靖白日里的凄凉，一颗泪珠却忍不住从眼眶中滚落了下来，想起枉死的亲人，心里更是纠结到了极点。

最终，她动了动嘴唇，对着男人道："相公，我白天见到太后，她说想看一看溪儿，等明天她出宫的时候，我能不能抱着女儿，去送送她？"

袁崇武揽着她肩头的手一顿，沉声道："她如今已是方外之人，这世间的俗事，不必再去扰她。"

姚芸儿心知即使自己抱着孩子相送，也不过是让彼此徒添伤感。念及此，姚芸儿垂下眸子，轻声呢喃道："她在西峡寺，会过得好吗？"

男人的大手轻拍着她的后背，声音低沉而温柔："会过得好。"

姚芸儿闻言，心头便是一安，袁崇武拭去她的泪水，道："好了，睡吧。"

姚芸儿却没有睡，又说了一句旁的话来："相公，明日里，安夫人和两位公子，是不是就要到京师了？"

袁崇武深隽的容颜隐在阴影里，看不出他脸上的神情，只能看见他点了点头，道了句："不错，今天收到的飞鸽传书，说他们已到了绩川，明日便能赶到京城。"

姚芸儿想起白日里徐靖的话，心头便是一疼，她什么也没有说，将脸蛋深深地埋在袁崇武的怀里。

袁崇武亦是一语不发，两人皆紧紧地抱着彼此，这一夜，便这样过去了。

三月，草长莺飞，京师已慢慢恢复了往日的繁华。

登基大典如期举行，袁崇武于太和殿称帝，立国号为梁。纵观历史，由一介农民到开国皇帝，当真是震烁古今，不仅是前无古人，也更是后无来者。

唯有立后一事，却一拖再拖，慕玉堂仍镇守西南，推翻大周后，无论是岭南军还是慕家军都死伤惨重，更兼得忌惮着北方大赫，两军俱心照不宣地休养生息。

慕家军打破了原先大周朝流传数百年的外藩重兵不得入京的规矩，在京城驻扎重兵，就连六部中，亦来了一场彻头彻尾的清理，慕玉堂自西南调遣了诸多言官武将，一一走马上任，放眼看去，朝廷六部中，无不是慕家的心腹。

袁崇武对这一切心知肚明，乱臣贼子由他来做，实权却在慕玉堂的手里。

为今之计，却只得忍。

他任由慕家为所欲为，从不干涉，亦不制止，甚至平日里就连政务也处理得少了，并勒令属下不得与慕家军起冲突，避其锋芒，韬光养晦。

元仪殿中，前朝的宰相温天阳早已投靠了岭南军，对着袁崇武道：

"皇上，如今六部中皆由慕玉堂的人操纵，咱们的人处处受其打压，为今之计，皇上不妨尽快将王妃册为皇后，以此安抚慕家。"

温天阳话音刚落，当即便有数位言官出声附和，就连一路追随袁崇武、此时已官拜尚书的孟余亦道："皇上，国不可一日无君，君不可一日无后，立后之事，实在不宜再拖下去。"

袁崇武坐于主位，黑瞳中深不见底，他以手叩桌，发出"笃笃"的声响，待诸人说完后，方才沉着声音，淡淡道了句："前朝时慕家便被称为'后族'，皇后之位对慕家来说，向来都易如反掌。慕玉堂若为了女儿的后位，又何须大费周章，他将女儿嫁给周景泰，也一样会是皇后。"

男人说完，诸人便都沉默了下去，一动不动地站得笔直，袁崇武的眼睛在诸人身上划过，又言道："若说一个后位，便能安抚住慕家。"说到这里，男人顿了顿，勾了勾唇角，吐出了一句话来，"这话实在可笑。"

温天阳老脸一红，俯身道："是微臣失言，然慕玉堂野心勃勃，皇上初登大宝，凡事不得不隐让三分，将他的女儿立为皇后，虽然不能遏制其野心，但多多少少，也能为皇上争取时机，对大梁亦是有利无害，以促进我大梁江山稳固。"

"皇上，温丞相所言极是，慕玉堂虽然蛮横，可慕家军如今亦是在休养生息，短期内也绝不会与咱们岭南军发起冲突，皇上将慕家的小姐立为皇后，亦可让慕玉堂掉以轻心，趁其玩弄权术，皇上大可暗度陈仓，将重心放至军队，只等日后杀他一个措手不及。"

袁崇武双眸暗沉，听了这话亦是不言不语，隔了许久方才道："明日传旨下去，就以慕家小姐膝下无子为由，将她册为皇贵妃，只等日后诞下麟儿，即刻为后。"

诸臣一怔，听了这话都面面相觑，最终还是温天阳走了出来，言道："皇上所言甚是，自古以来，母以子贵，若皇上身边诸妃皆膝下无子那也罢了，偏生无论是安妃还是姚妃，都诞有子女，慕家小姐虽然家世显赫，但一来伴驾最晚，二来没有所出，皇上以皇贵妃之位相赠，想必慕玉堂也说不出什么。"

说完，温天阳踌躇片刻，又道："只不过安妃与姚妃，不知皇上要赐以何位？"

袁崇武神色晦暗不明，沉默了片刻，方才缓缓道了句："她们二人，便以妃位赐之。"

"是。"

翌日，册封的诏书便昭告了天下，慕七虽为皇贵妃，却居住于凤仪宫中，凤仪宫向来为皇后的居所，历代皆由慕家女子居住，慕七虽然未有皇后之名，但袁崇武的诏书清清楚楚，只等她诞下皇子，便当即封后，是以她如今以皇贵妃之位入主中宫，就连那些最苛刻的言官，也说不出一个字，不觉丝毫不妥。

安氏则领着幼子居住在玉茗宫中，与姚芸儿所居的玉芙宫相去甚远，就算坐上鸾车，也要大半个时辰方才能到。

袁杰今年已一十五岁，这个年纪说大不大，说小却也不小，实在不宜住在后宫，便住在了距上书房极其相近的风雅轩，风雅轩在前朝亦是留作皇子居住读书的地方，袁崇武将长子安置于此，亦包含了不为人知的期许，望子悉心读书，修身养性，将那浮躁的性子得以收上一收。

建国初期，就有言官上奏，欲为袁崇武纳妃充实后宫，只道袁崇武子息单薄，委实不是大梁之福。历朝历代，无不对子嗣看得比天还大，君王的子嗣直接关系着王朝的衰荣，是以袁崇武登基不久，前朝遗留的言官，与岭南军的将领俱纷纷进言，谏章雪片般地涌入了元仪殿。

而袁崇武却不置可否，将那些奏章尽数驳回，最终只以一句初登大宝，国库空虚为由，将纳妃一事抛在一旁，不许人再提起。

晚间，玉芙宫。

姚芸儿将溪儿哄睡，在女儿粉嘟嘟的小脸上印上一吻，而后则去了厨房，亲自做了一碗藕丁竹笋瘦肉汤，给男人送了过去。

袁崇武正在偏殿看着折子，听到那道轻浅的脚步声，男人头也未抬，便知道是姚芸儿。

他抬起眸子，就见眼前的女子一袭素色宫装，清柔白皙的小脸，水盈盈的眸子，四目相对时，对着自己嫣然一笑。

建国初期诸事不稳，政务如山，光是那些折子，袁崇武每日都要批到深夜，此时见到她，心头便是一软，将折子放了下去。

"又做了什么？"瞧着她手中的食盒，袁崇武捏了捏眉心，对着姚芸儿含笑道。

"你尝尝就知道了。"姚芸儿从食盒里将汤罐取出，倒在玉碗里，递到男人面前。

袁崇武见那汤汁清清爽爽的，藕丁鲜嫩，竹笋碧绿，上头还浮着些许的肉丁，让人一瞧便觉得饿了。

袁崇武瞧着那几块肉丁，却不禁想起之前在清河村时的日子，不过短短三年的光景，却恍如隔世。

见他不说话，姚芸儿轻声道："相公，你怎么了？"

袁崇武回过神来，淡淡笑道："没什么，只是有些乏了。"

姚芸儿听他这样一说，不免更是心疼。

袁崇武见她着急，便微微一哂，又是言道："批了一天的折子，胳膊也酸得厉害，怕是连这汤，也端不起来了。"

姚芸儿信以为真，道："那我喂你。"

说完，便伸出纤柔的小手将玉碗端起，舀起一勺汤汁送到男人唇边，清凌凌的眼睛里满是关切与担心。

袁崇武忍住笑，捏了捏她的小脸，而后则将那碗汤汁端过，一饮而尽。

姚芸儿瞧着他好端端的样子，才知自己又上了他的当，不由得也是一笑，轻声嗔了句："你又骗我。"

袁崇武将碗搁下，大手一勾，便将她抱在了怀里，温香软玉在怀，只让男人身心一松，说不出的舒适。

姚芸儿依偎在他的怀里，伸出胳膊环住他的颈脖，轻声细语地言了一句："相公，我有件事想问你。"

袁崇武正闭目养神，听到她开口，点了点头，温声道："你问。"

"你为什么，没有将慕家的小姐立为皇后？"姚芸儿昂着小脑袋，满是不解地瞧着他，自入宫后，几乎所有人都以为皇后之位非慕七莫属，甚至就连安氏母子进宫后，自己曾在御花园无意间见过袁杰一面，少年不咸不淡地说了几句，言下之意便也是说这皇后之位定是会落在慕七的头上，即便不是慕七，也会是安氏，无论如何都轮不到她。

姚芸儿倒是从未想过要当皇后，她也心知以慕七的家世，就算袁崇武将她立为皇后也是理所当然的，却不知男人为何只将她立为皇贵妃。

听了这句话，男人睁开眼睛，望着怀中的小人儿，他的眉宇间是淡淡的宠溺，语气里却是无奈的，低语道："傻不傻，这种话也要问？"

姚芸儿眼瞳中仍是迷茫，袁崇武揽紧了她的身子，他的眼睛漆黑如墨，唇角噙着浅笑，一字一句道："若不能将你立为皇后，我要这天下又有何用？"

姚芸儿顿时怔在了那里，她一眨不眨地看着眼前的男人，似是怎么也没想到他竟会说出这般话来，袁崇武见她眼睛里有水光闪过，心下便涌来一阵疼惜，他将她整个地抱在怀里，浑厚悦耳的声音，低缓着道："芸儿，我曾在心头立誓，若有一天成就霸业，我的开国皇后，只会是你。"

姚芸儿鼻尖酸胀得厉害，她的眼睛湿漉漉的，心头更是涩然得难受，她在男人的怀里摇了摇头，轻声开口："我不稀罕什么皇后，我只要我们一家三口在一起就够了。"

姚芸儿说着，从男人怀里抽出身子，一双杏眸婉婉，温温润润地看着自己的夫君，小声说着："相公，朝堂上的事我虽然不明白，可我知道慕家的人不好惹，若是相公不将他们的女儿立为皇后，他们一定不会善罢甘休，如果相公真的为了我，才不让慕家小姐当皇后，那我……"

不等她说完，便被男人出声打断，袁崇武唇角噙着淡淡的笑意，抚上了姚芸儿的小脸，道了句："好了，这些事你都不用管，你只需将自己与溪儿照顾好，至于其他，一切有我。"

姚芸儿听他这般说来，便果真不再说话了，她垂下脑袋，将身子埋在男人怀里，两人依偎良久，袁崇武拍了拍她的脸蛋，道了句："时候不早了，回去吧。"

姚芸儿摇了摇头，轻轻坐在一旁，对着夫君道："我在这里陪你。"

袁崇武见她坚持，便也由了她去，他在处理政事时，姚芸儿十分安静，就连呼吸都几不可闻，只贴心地为男人添茶送水，将烛光微微移得更近些，好让他能看得舒服一些，她的手势很小心，没有一丝声响。

袁崇武抬眸，就见她正坐在一旁，低眉顺眼地为自己研磨，这研磨的法子是她跟宫人学来的，因着用心，姚芸儿磨出来的墨总比内侍磨得还要好，男人用着，只觉得十分顺手。

察觉到他在看着自己，姚芸儿的小脸微微一热，袁崇武瞧在眼里，遂勾了勾唇，握了握她的小手，继续埋首于小山一般的奏折中。

这一日，姚芸儿弯着腰，正牵着溪儿的小手，扶着孩子在御花园走路。

溪儿已一岁多了，正是顽皮的年纪，成日里都将姚芸儿缠得筋疲力尽，玉芙宫中虽然奶娘与宫人众多，可这孩子却甚是依恋母亲，除了姚芸儿，谁都不要。

"姚母妃？"直到听闻一记清脆的儿声，姚芸儿一怔，抬起头来，就见一袭锦袍的少年正站在自己面前，那少年肤色白皙，眉清目秀，正是袁宇。

见到他，姚芸儿先是一怔，继而支起身子，轻声唤了一句："二皇子。"

袁宇自进宫后，只在嬷嬷的带领下去玉芙宫中看过溪儿一眼，因着两宫相距甚远，又因母亲与兄长的关系，他也不敢来玉芙宫中看望妹妹，这一日刚从上书房下学，却不承想会在御花园中偶遇了姚芸儿母女。

袁宇一双眼睛眨也不眨地凝视着那粉团似的小人儿，唇角的笑意却是止不住的，带了几分腼腆，更多的则是喜悦，对着姚芸儿道："姚母妃，我能抱抱妹妹吗？"

闻言，姚芸儿心头一紧，可见袁宇的眼睛一直盯在小溪儿身上，那双清澈的瞳仁里满是兴奋与疼惜，是浓浓的手足之情。

姚芸儿心下一软，想起袁宇毕竟是袁崇武的儿子，相貌也是文弱清秀的，不似袁杰那般阴戾，姚芸儿也知道这孩子身子不好，时常生病，是以当下只柔声道："当然可以，只不过妹妹年纪还小，你抱着她要当心点。"

袁宇见姚芸儿答应，顿时喜不自禁，蹲下身子，将袁云溪抱了起来，说来也怪，溪儿认人认得厉害，除了父母谁都不要，可当袁宇将她抱在怀里时，小小的孩子立马咧开了小嘴，笑了起来。

袁宇见到妹妹朝着自己眉开眼笑的样子，自己也是喜不自禁，回头对着姚芸儿道："姚母妃，我能抱着妹妹去花园里玩吗？"

四周全是宫人，花园亦近在眼前，姚芸儿便叮咛道："不要跑得太远。"

袁宇答应着，抱着妹妹去了花园，身后跟着一大帮的侍从宫人，姚芸儿站在不远处，眼见着袁宇将袁云溪小心翼翼地抱在怀里，带着她去捕蝴蝶，只听溪儿脆生生的笑声响起，让人听着心都要化了。

袁宇对妹妹十分耐心，见她在自己怀里扭动着身子，遂将她放下，自己则站远了些，对着袁云溪笑道："来，过来，到哥哥这里。"

溪儿晃着小腿，摇摇晃晃地走出了几步，扑在了袁宇怀里，袁宇忍不住将她举得高高的，高呼道："溪儿会走路了！"

姚芸儿在不远处瞧着这一幕，唇角亦浮起丝丝笑意，转过头，对着一旁的宫人嘱咐了几句，要她们去端些点心水果来，待会儿好给两个孩子吃。

宫人刚刚退下，未过多久，姚芸儿却听一阵哭声响起，那哭声撕心裂肺，似是受了极大的委屈，她只听了一声，脸色"唰"地变得苍白，这是溪儿的声音！

等姚芸儿奔至花园里，就见袁宇面色如土，浑身瑟瑟发抖地站在那里，而溪儿已被侍从抱了起来，一张小脸到处是血，就连那漂亮的衣领也被染红了，小小的身子在侍从的怀里不住地抽搐着，号啕大哭。

姚芸儿慌了，她手忙脚乱地将孩子接过，一张脸煞白煞白的不住地道："这是怎么了？出什么事了？"

袁宇见着这一幕，亦吓坏了，瞧着妹妹哭得厉害，也哭了起来，对着姚芸儿道："姚母妃，是宇儿的错，宇儿没看好妹妹，让她摔了跤，她的眼睛……磕在了石头上。"

姚芸儿一怔，眼眸向着草丛中看去，果真见那里竖着一块尖锐的巨石，一角处沾满了血。

听着稚女的哭声，让姚芸儿心疼得不知要如何是好，她抱紧了孩子，再也顾不得与袁宇说些什么，嘶声要人去请了太医，自己则抱着女儿，在宫人的簇拥下匆匆离开了御花园。

直到姚芸儿抱着孩子，与宫人一道离开后，袁宇仍站在那里，他抽噎着，抹了把眼泪，刚要抬腿跟上，岂料从假山旁却钻出一个人来，一把将他拉扯了过去。

"哥哥？"见到袁杰，袁宇大睁了眼睛，怎么也没想到他竟会在这里。

袁杰隐身在假山里，年少的面容一脸阴鸷，对着弟弟道："娘和你说了多少次，要你离那丫头远点，你怎么不听话？"

袁宇嗫嚅着，一张稚嫩的小脸满是泪痕，兄弟虽然只相差两岁，但比起高大健壮的兄长，他分明还是一个孩子。

"溪儿是我妹妹，我就是想看看她，多陪陪她……"

"呸！妹妹？"袁杰一记冷笑，对着弟弟道，"她算什么妹妹？要我和你说多少次，她是玉芙宫那个狐媚子生的，她娘抢了咱们母亲的恩宠，她抢了咱们兄弟在父皇心里的位置，她本就不该来这个世上，算哪门子的妹妹？"

袁杰话音森寒，袁宇听在耳里，心头却慢慢凉了下去，他望着眼前的兄长，颤声道："哥，溪儿还那么小，看着她受伤，你不心疼吗？"

闻言，袁杰不解地看着弟弟，皱眉道："我心疼？我巴不得那丫头死了最好，我为何要心疼她？"

袁宇听了这话，顿时睁大了眼睛望着眼前的兄长，过了良久，失声道："是你……是你害了溪儿……"

袁杰脸色一变，矢口否认："分明是她自己磕着了眼睛，与我何干？"

袁宇浑身发抖，方才他领着溪儿在假山附近玩耍，溪儿奶声奶气地跟在他身后，不过一个转身的工夫，溪儿便摔了下去，而且还不偏不倚地磕到了那块巨石上！

"你躲在这里，趁着溪儿过来，你伤了她。是你把她推到石头上的，是不是？"

袁宇眼眸血红，竟冲了上去，小手紧紧攥住袁杰的衣领，咬牙切齿道。

袁杰面露不耐，眼底更是一片不忿，一手便将袁宇的小手挥开，让弟弟一个趔趄，险些摔倒。

"是我做的又怎么样？我倒没出手，而是踢了她一脚，谁知道那丫头要死不死地磕到了石头上，能怪得了我？"

"你！"袁宇目眦尽裂，犹如一头发怒的狮子，向着袁杰扑了过去，袁杰猝不及防，竟被弟弟一个用力推在了地上。

"溪儿是咱们的妹妹，她还那么小，你怎么能忍心，你怎么能下得去手！"

袁宇想起粉团儿似的妹妹，一眨眼浑身是血，她伤得那样重，说不准那眼睛都保不住了……

念及此，袁宇心头大恸，眼泪一串串地往下滚，双手死死扼住袁杰的臂膀，将他紧紧压在身下。

袁杰面色阴暗，一拳打在弟弟身上，将他推了开去，斥责道："为了那个丫头，你发什么疯？"

袁宇虽然一直知晓袁杰性子暴躁，就连安氏也一直交代自己，要处处顺着兄长，听兄长的话，可他怎么也没想到袁杰的心思竟是如此恶毒，对那般小的孩子都能下得去手！

似是猜出弟弟在想什么，袁杰站起身子，掸了掸身上的灰尘，对着弟弟道："你别忘了，姚氏是凌肃的女儿，那丫头是凌肃的外孙女，大哥这样做，也是为了咱们哥俩的将来好，你长点心，别尽做胳膊肘往外拐的事。"

袁宇神色黯然，一张脸蛋亦面色如雪，他默默地坐起身子，紧抿着双唇，一言不发。

袁杰看了他一眼，似是对这个弟弟颇为失望，道了句："你好自为之吧，你若想在父皇面前邀功，大可以将哥哥供出去。"

说完，袁杰不再看弟弟一眼，只走到假山外，对着园子里看了一眼，见四下里无人，方才走了出去，眨眼间不见了踪影。

袁宇眼瞳无光，未过多久，亦从假山里走出，他擦干了面颊上的泪痕，脚步十分坚定，向着玉芙宫的方向走去。

第二十九章

温氏珍珍

玉芙宫，后殿。

袁崇武得知女儿受伤的消息，便从元仪殿匆匆赶了过来，刚到后殿，就听溪儿撕心裂肺地哭着，孩子显然哭了许久，嗓子早已哑了，一声声地绞着父亲的心。

姚芸儿守在床前，目不转睛地盯着一群太医围在女儿身旁，孩子的哭声一声比一声大，显是疼得厉害，小小的身子不停地挣扎着，被太医紧紧地箍住，血水混着泪水不住地从眼角里往下掉，就连那枕头都被打湿了。

姚芸儿的眼泪亦没停过，她伸出手将自己的泪珠拭去，一声不吭地守在那里，只有孩子哭得太厉害时，她方才会颤抖着声音，哄上几句不成声的话语。

直到她落进一道温厚有力的怀抱里时，姚芸儿整个人才瘫软了下来，对着身后的男子刚唤了一声："相公……"泪水更是肆无忌惮地落了下来。

袁崇武脸色沉到了极点，揽紧了她的肩头，宫人们见到他，皆跪了下去，每个人的脸上都是战战兢兢的，太医听到动静，亦转过身子，太医院的院判张大人则向着袁崇武拱了拱手，颤声道："老臣见过皇上。"

"公主怎么样？"袁崇武向着床上瞥了一眼，就见溪儿躺在那里，一张白皙粉嫩的小脸上满是血污，简直让人心痛到了极点。

张大人肩头哆嗦着，见男人相问，不敢不答，只"扑通"一声，跪在了帝妃二人面前："回皇上的话，公主的眼睛受了重伤，老臣已领着同僚竭力相救，可一来公主伤得太重，二来公主年幼，一直哭闹不止，臣等束手无策，若要医治，必须要公主停止哭闹才行。"

"那就想法子，要她别哭！"袁崇武眸心焦灼，低声喝道。闻言，张太医的额上已起了一层冷汗，为难道："皇上容禀，公主年幼，臣等不敢以麻沸药喂之，如今之计，只能等公主睡着后，不再流泪方可医治。"

袁崇武听了这话，心头便是火起，厉声道了句："一群庸医！"言毕，他大步走至床前，将床榻上的女儿抱在怀里，姚芸儿亦围了过去，溪儿哭了许久，已疲惫不堪，嗓子哑得不成样子，就连哭声都微弱了起来，细细的如同小猫，唯有眼泪一直流个不停，方才为她敷上去的药膏，被眼泪冲得到处都是。

"溪儿乖，别哭……"姚芸儿见女儿痛苦挣扎的样子，一颗心疼得几欲麻木，若不是她大意，孩子又怎能受这般大的罪！

袁崇武抱紧了女儿，让她小小的身子无法乱动，对着一旁的太医沉声道："拿银针来。"

张太医最先回过神，道："皇上的意思，是要臣等为公主扎针？"

袁崇武不忍去看孩子的小脸，一双黑眸满是煞气，道："不错，用银针扎公主百会穴，等她睡着后，立即医治！"

张太医颇为踌躇，道："皇上，公主太小，若是扎针时有个好歹……"

不等他说完，男人的面色顿时变得冷洌如刀，一字字道："若有好歹，朕要你们太医院所有人，去为朕的女儿陪葬！"

在场的太医俱是一震，袁崇武浓眉深锁，对着张太医道："还不快去！"

院判一个哆嗦，立时回过神来，唤药童取来药箱，将银针取出，聚精会神地为孩子扎起了针。

袁崇武一直抱着溪儿，在看着细长的银针刺进孩子孱弱的身子时，心口处便猛然一窒，就连胳膊都抑制不住地轻颤。

玉芙宫外，安氏卸去了所有的珠钗首饰，一袭布裙，长发披散，领着袁宇直挺挺地跪在青石板上，暗自强撑。

"娘娘，你先与二皇子起来吧，皇上和姚妃娘娘还在里头守着小公主，奴才传不上话啊！"内侍弓着腰，一脸为难地伴在安氏母子身旁，不住地劝说。

安氏摇了摇头，默不作声。

那内侍见安氏母子坚持，遂也不再多说，暗地里叹了口气，退至了一旁。

安氏面无表情，却看见袁宇笔直的脊背已微微发颤，这孩子打小便身子孱弱，他们母子在这已跪了两个时辰，就连自己的膝盖，都刺痛不已，也难怪这孩子会坚持不住。

"孩子，咱们要挺住。"安氏的声音淡淡响起，传进袁宇耳里，只计少年摇摇欲坠的身子倏然一震，快要佝偻下去的身躯复又挺得笔直。

"待会儿见到你父皇，无论他怎样惩罚你，你都要撑住，不能失了体面，记住了吗？"

"母亲，孩儿明白。"袁宇黑瞳一动不动地望着玉芙宫的大门，渴望着从里面能走出一个人来，告知自己妹妹的消息。

安氏瞧着儿子殷切担忧的黑眸，心里便是一酸，只叹这个孩子自小便心地善良，连只蚂蚁都不舍得踩死，当娘的心头清楚，这事定和宇儿无关，说到底也只是造化弄人，袁崇武最疼爱的孩子，偏偏在袁宇的手里给伤着了。

安氏带着儿子来玉芙宫时，在路上便已经稍稍打听了些，知道袁云溪磕到了眼睛，几乎整个太医署的人全被召了过来，纵使安氏经过多年的风霜，早已磨砺得心机深沉，可眼下的情形，还是让她心头发虚，担心袁云溪若真有个好歹，袁崇武又会如何对待宇儿？

即使他相信宇儿不是故意的，可事实摆在眼前，那孩子的眼睛若真瞎了，只怕宇儿在袁崇武心里，再也不会有丁点位置……

安氏想到这里，心乱如麻，转眸看向儿子，就见袁宇单薄纤瘦的身子不住地轻颤，她瞧着便心疼，将儿子揽在了怀里，要他倚在自己身上。

"娘，妹妹的眼睛……"袁宇鼻尖酸楚，这一语刚说完，眼眶又湿了起来。

安氏温声安抚，用只有娘儿俩才能听到的声音开口道："宇儿别怕，宫里面的太医多，药材也多，你妹妹一定会没事的。"

袁宇心下十分愧疚，只咬着唇，低下了脑袋。

见儿子这般模样，安氏亦是难受，微微垂眸道："宇儿，待会儿你父皇出来，你要好好地认错，无论父皇怎样惩罚你，你都不能求饶。"

袁宇清澈的瞳仁中显露出些许的不解，安氏看在眼里，痛在心头："你父皇骁勇善战，最不喜人胆小懦弱，你是他的儿子，要勇于承担责任，切记不可哭哭啼啼地要父皇饶了你，懂吗？"

袁宇心思一转，顿时明白了母亲的苦心，他点了点头，对着安氏道："娘亲放心，是我没照顾好妹妹，无论父皇如何惩罚孩儿，孩儿都心甘情愿。"

安氏听了这句话，心下宽慰不少，抚了抚儿子的小脸，松开了袁宇的身子，母子俩继续跪了下去。

听到殿门大开的声音，安氏心头一跳，与袁宇一道抬起了眼睛，就见走出来的不是旁人，正是如今的开国之君，袁崇武。

大雨淅沥沥地下着。

已经回到了玉茗宫中的安氏，正独自一人坐在桌前，垂首不语。

方才在玉芙宫，待袁崇武出来后，她以为男人会勃然大怒，将一腔怒火全发泄到宇儿身上，岂料男人的面色沉寂到了极点，他什么都没说，只让人将自己母子送了回来。

袁宇跪了半日，膝盖早已酸麻，回宫后便被母亲服侍着睡下，又要太医来瞧了，服了安神汤方才渐渐睡去。

安氏却睡不着，烛火映衬着她的身影，落落寂寥。

听到一阵脚步声，安氏抬起头，就见袁杰垂着眼眸，走到自己面前，很小声地唤了一句："母亲。"

"坐吧。"安氏为儿子拉开椅子，要长子坐在面前。

"父皇可说，要如何处置宇儿？"袁杰双眸暗沉，对着母亲开口道。

安氏不答反问："你希望你父皇处置宇儿吗？"

袁杰心头一怔，脱口道："孩儿自然不希望父皇处置宇儿，先不说宇儿本就是无心之过，就算宇儿是有意为之又能如何？母亲，您不要忘了，您才是父皇明媒正娶的发妻！您是他的原配啊！"

安氏心口一怵，别开头，沉默不语。

袁杰则继续说了下去："父皇于贫贱之时娶您为妻，您为他生儿育女，操持家务，究竟哪一点对不起他？您现在落到妃位，本就是他对不住您，若说身份，姚氏本就是妾，她生的孩子又怎能与嫡子相比？父皇此番若不惩治宇儿也就罢了，他若是惩治宇儿，也不怕被天下人耻笑！"

"够了！"安氏低喝。

袁杰住了嘴，年少的脸上，仍是不忿与轻狂。

安氏闭了闭眼眸，眼见着自己一次次的苦口婆心，却会被儿子当作耳旁风，安氏心里不是不痛，可她是母亲，她不能眼睁睁地看着儿子越走越偏，心里的仇恨越来越重。

是以，她握住了袁杰的手，瞳仁中满是慈爱，对着孩子开口道："杰儿，母亲与你说过多次，你不能恨你父亲。"

"为何不能恨他？他一心念着的只有姚氏母女，可曾将咱们母子放在心上？"袁杰恨恨然。

安氏面色平静，对着儿子道："你还记不记得，当年岭南军大战时，你石叔叔将自己即将临盆的妻子亲手射死的事？"

袁杰一凛，眼眸中有暗流涌过，他没有吭声，点了点头。

安氏继续道："当年我们母子被凌家军掳走，你父皇若真对咱们无情无义，他又何以要亲自率兵去敌营相救？他的部下都可以亲手射杀妻儿，他又有何不可？当年你已六岁了，你是亲眼看着你父亲为了救我们，被凌肃以利箭穿胸。娘问你，你父皇有没有想过把我们母子杀死？"

袁杰心下大震，那脸色亦渐渐变了，他说不出话来，隔了良久，方才摇了摇头，低声道："没有。"

安氏颔首，接着说了下去："母亲当年为了保住你和宇儿，不惜将岭南军的行军路线透露给凌肃，以至于你父亲四万同胞惨死渝州，母亲一直没有告诉你，这件事你父亲其实早已知晓。"

袁杰眼眸大睁，不敢置信般地哑声道："什么？"

安氏没有看儿子的眼睛，自顾自地说道："你父皇向来最看重同胞之情，当初母亲甚至怕他得知此事后，会将你和宇儿杀了，以慰岭南军亡魂，所以母亲才带着你和宇儿躲进了深山，凄苦度日，若不是王将军找到了咱们母子，只怕母亲，要带着你们在山里过一辈子。"

袁杰眼睛一眨不眨地看着安氏，唯有额前却汗水涔涔，显是心神震动到了极点。

安氏深吸了口气，继续道："母亲为了你和宇儿，葬送了岭南军四万条人命，当日在烨阳，你父亲将此事压下，对咱们母子来说，就已经是天大的祖护了，你明白吗？"

袁杰面色惨白，眼瞳里雾蒙蒙的，显是一时间无法回过神来。

安氏转过身子，见儿子魂不守舍的样子，遂一叹道："你若要怨，就怨娘吧，你父亲并没有丝毫对不住咱们母子，要怨，便也只能怨娘不是你父亲心尖上的人。"

袁杰似是怔住了一般，隔了许久，他方才盯着母亲的眼睛，喃喃道了句："娘，我知道你有法子的，你告诉孩儿，孩儿该怎么做？"

望着儿子眼睛里炽热的光芒，安氏知道，那是这孩子对权势的渴望，见母亲不说话，袁杰伸出手，攥住母亲的胳膊，哑声开口："母亲，孩儿是父皇的儿子，他有野心，孩儿也有，您告诉孩儿该怎样做，孩儿全听您的！"

安氏由着儿子摇晃着自己的身子，她只是悲悯而慈爱地望着眼前的长子，一语不发。

直到袁杰安静了下来，安氏的声音方才淡淡响起："其实母亲早已告诉过你，要将眼光看得长远一些，不要把心思放在这区区后宫里，你要记住你是男儿，男儿要志在四方，驰骋疆场。你若真想要这个天下，那便答应母亲，你要光明磊落，要勇敢无畏，要像你父亲那样，你能做到吗？"

袁杰凝视着母亲的眼睛，似是心底最深处的秘密被母亲看了个精光，只让他脸庞火烧火燎，惭愧、迷茫、惊惧，种种神情，交织在眼底。

"孩儿懂了。"终于，短短的四个字，重逾千斤。

玉芙宫。

姚芸儿守在床头，溪儿的眼睛蒙着纱布，因见不得光，整个大殿里都是暗沉沉的，只有几盏烛火幽幽地燃着，落下的蜡油，恍如小儿的眼泪。

方才太医刚来瞧过，只道公主的伤要好好调理，至于眼睛究竟伤到了何种程度，他们也不敢说，只有等纱布撤下，看了孩子的情形后再说。

袁崇武这几日一直守在姚芸儿母女身边，就连政事都是等夜里姚芸儿母女入睡后，才去元仪殿处置，短短几日下来，眼底布满了血丝。

天亮时，溪儿醒了过来，许是眼睛疼得厉害，小小的孩子又哼哼唧唧地哭了起来，袁崇武抱起女儿，一遍遍地在屋子里走来走去。

袁宇进来时，见到的便是这一幕。

自那日出事后，安氏再不许他来玉芙宫，他这次是偷偷跑来的，只为了看一眼溪儿，看看她的伤好点了没有。

在殿门口，袁宇停住了脚步，他一眨不眨地看着那抹高大威严的身影，看着父亲以一种温柔而怜爱的姿势稳稳当当地将妹妹抱在胸口，小妹妹不住地哭，父亲的大手便一直不住地轻拍着她，极为耐心地轻哄。

父亲在他心里，一直宛如天神一般的威风凛凛，每次想到自己是袁崇武的儿子，都让他说不出的自豪，他却从未想过父亲竟会有如此温柔慈爱的时候。

袁崇武待他虽然也是温和的，可从未如今天这般，那股疼爱是遮掩不住的，从眉梢眼角里不断地溢出来，让人看得清清楚楚。

父亲从未用这样的眼神看过他，从没有。

袁宇明白，在自己儿时，父亲肯定也这般抱过自己，可是，他却决计不会有如此的神色。

他默默看了一会儿，只觉得心里好生羡慕。在听着袁云溪微弱稚嫩的哭声时，亦是满满的难过与酸涩，见妹妹这样小的年纪，便受了这么大的罪，只让他有好几次都想将兄长的事告诉父亲，可却始终开不了口。

如今袁杰已自动请缨去了军营，从底层的士兵做起，短期内决计是不会回宫了，这样想来，袁宇心里也踏实了些，眼见着父亲与姚氏一块守护着他们的孩子，他没有去打扰，而是悄无声息地退了出去。

待袁云溪眼睛上的纱布取下后，整个太医署的人都松了口气，孩子只伤着了眼皮，万幸没有伤到眼珠子，经过太医的精心医治，袁云溪的伤口终于慢慢愈合，结疤脱落后，眼皮处却有一块月牙般的伤痕，粉红色的，很是醒目。

姚芸儿瞧着女儿原本白净无瑕的小脸蛋上有了这一块疤，心疼自不必说，更多的却是庆幸，只盼着日后女儿慢慢长大，那块疤便可以慢慢消退。

宫里的日子日复一日，自从袁杰走后，安氏几乎足不出户，只一心领着袁宇待在玉茗宫中，她虽然目不识丁，却对袁宇的功课要求得极为严格，事无巨细，一一过问，母子俩与世无争，安稳度日。

姚芸儿亦带着溪儿，自从溪儿在御花园磕着眼睛后，姚芸儿有很长一段时间没有带孩子出门，整日里也只是抱着女儿，在玉芙宫与那些宫人逗逗鹦鹉，看看鸳鸯，日子如流水般逝去。

唯有慕七，向来不拘这般烦闷的日子，六月时，河西李冲喜领兵作乱，慕七竟不顾诸位言官的阻拦，亲自领兵，冲锋陷阵，被当地百姓交口称赞。

而朝堂上的党政之争，亦愈演愈烈，实权一直由慕家掌控，袁崇武处心积虑，韬光养晦，明里不动声色，暗地里却大量扶植心腹，与慕玉堂斗智斗勇。

只有每天回到玉芙宫，看见妻女的笑脸，他才会觉得自己的身子一点一滴地暖和了回来，无论路多难走，总是要走下去。

年关时节，寒风刺骨。

一袭黑衣的男子面色暗沉，颀长的身姿犹如玉树临风，站在案前，沉默不语。

听到身后的脚步声，男子微微侧过身子，露出一张俊挺深隽的面容，唯有一双眸子利如刀刃，发出慑人的光芒。

“听闻薛将军的伤已养好，更为难得的是武功已经恢复，实在是可喜可贺。”慕成天唇角含笑，对着眼前的男子轻笑出声。

薛湛神情淡然，闻言亦不过言了句："薛某承蒙慕将军关照，日日以奇珍草药喂之，伤自然好得快。"

慕成天微微颔首，眼眸看了一眼天色，道："这天气，八成是要下场大雪，这宫里，怕是早已忙碌了起来，准备着晚上的除夕宴了。"

薛湛亦抬眸向着天际望去，果真见天空阴沉沉的，似是随时会下起雪来。

"慕将军打算何时送薛某入宫？"

听了这话，慕成天一笑，道："薛将军快人快语，既如此，慕某也不与将军废话，一个时辰后，慕某便会安排将军进宫，将军之前幸存的一些部下，亦在宫外相候，只等将军前去与他们会合。"

薛湛黑眉一皱，道："我说过，不要将其他人牵扯进来。"

慕成天却淡淡道："将军莫不是以为可凭一己之力，便能够诛杀大梁皇帝？"

"我苟活于世，亦不过是具行尸走肉，当日你留我一命，为的便是今日，我薛湛不过是将这条命送在宫里，可我的那些兄弟，还望你高抬贵手，饶过他们。"

慕成天负手而立，唇角浮起一丝若有若无的笑意，叹道："想当年叱咤风云的凌家军少帅，竟会落到如此地步，当真要人唏嘘不已。"

"兵败将亡，并无可唏嘘之处。"薛湛声音淡然。待他说完，慕成天则敛住了笑，两人静默片刻，慕成天的神色逐渐变得凝重起来，道："晚间在合欢殿，袁崇武会宴请文武百官，我西南慕家自然也是座上宾，袁崇武的长子也会从西梁回京，能否旗开得胜，便看将军的了。"

薛湛双眸幽暗，他没有说话，眼瞳中却似有火烧。

慕成天临去前，则对着薛湛拱了拱手，道："薛将军，慕某在这里便预祝你大仇得报，青山不改，绿水长流，咱们后会无期！"

薛湛亦拱起手来，低沉的声音，吐出了四个字："后会无期。"

因着今日是除夕，一早姚芸儿便忙开了，玉芙宫上上下下都透出一片喜庆，姚芸儿张罗着要宫人蒸了馒头，做了包子，又抱着溪儿和宫女剪了许许多多的窗花，一切都按着以前在民间的习俗，满是过年的喜气。

溪儿换了新衣裳，一身大红色的夹袄衬着那张粉嘟嘟的脸蛋，越发地玉雪可爱，粉团似的小人犹如美工雕成的一般，一笑间黑葡萄般的大眼睛咪成了月牙，两个甜甜的小酒窝，让人喜欢到了极点。

姚芸儿为女儿剪了厚厚的刘海，将额头与眉毛全部盖住，就连眼皮上的伤疤亦遮住了几分，看不真切。

溪儿已快两岁了，正是顽皮的时候，宫人们正拿着小玩意逗弄着她，正热闹着，就听一阵脚步声由远及近，紧接着便是内侍尖细的声音："皇上驾到！"

待见那抹明黄色的身影踏进后殿，宫人俱匍匐于地，跪了下去，唯有姚芸儿却抱着女儿笑盈盈地站在那里，也不曾行礼，只迎上去，柔声道了句："今儿怎么回来得这般早？"

袁崇武双手接过女儿，先是在孩子粉雕玉琢的小脸上亲了一口，方道："待会儿便是除夕宴了，我来接你们娘儿俩，与我一道过去。"

在姚芸儿面前，袁崇武向来都是以"我"相称，从未自称过"朕"。姚芸儿抿唇一笑，让人拿过披风为孩子围在身上，刚走出玉芙宫的大门，便是一阵寒风夹杂着雪粒扑面而来，内侍连忙举过伞，挡在帝妃的身前，鸾车早已等候了多时，待袁崇武与姚芸儿母女上车后，一路向着合欢殿驶去。

在鸾车上，袁崇武握紧了姚芸儿的手，对着她道："芸儿，待会儿的除夕宴，你和溪儿坐在我身旁，哪里也不要去，知道吗？"

姚芸儿听了这话，心头有些不解，问道："相公，怎么了？"

袁崇武没有说话，大手一勾，将她和孩子尽数揽在怀里，他的目光深邃如墨，对着怀中的女子温声道了句："没什么，你只要记住我的话，这就够了。"

姚芸儿美眸中满是不解，可终究还是在男人的怀里点了点头，轻声说了一句："好。"

袁崇武微微一笑，用自己的前额抵上她的，他的面色沉着，双拳却渐渐握紧，他知道，今晚，会是一场鸿门宴。

待袁崇武与姚芸儿母女踏进合欢殿的大门时，就见满朝文武俱已到齐，其中不少都是前朝的遗官，此时见到袁崇武后，无不恭敬行礼，口呼吾皇万岁万岁万万岁。

袁崇武声音沉稳，让诸人免礼后，遂领着姚芸儿一道在主位坐下。

慕七坐在袁崇武左首，而安氏则坐于右首，袁杰与袁宇分别坐在母亲身旁。

袁杰经过这些日子在军队中的磨砺，整个人更是长高了，长壮了，原先的稚气尽数从脸庞褪下，整个人英气勃勃，颇有几分统率三军的少帅风采。

安氏心下十分宽慰，她早已听闻长子在军中脚踏实地，丝毫不以身份压人，平日里刻苦操练，与士兵同吃同住，此时又瞧着孩子果真长大了，一瞬间眼睛涌来一股滚热，竟抑制不住地想要落泪。

想起今儿是除夕，宫中规矩众多，这一天是万万不能落泪的，安氏赶忙收敛了心神，将眼泪给逼了回去。

母子俩刚说了几句体己话，就见袁崇武与姚芸儿母女携手走来，袁杰面色如常，唯有眸心却是一沉，在看见父亲让姚芸儿坐在自己身边后，脸庞上虽不曾表露出分毫，但那一双手，却在不为人知的地方，攥成了拳头。

除夕宴上觥筹交错，慕成天与慕成义皆坐在下首，二人对视一眼，举起酒杯，向着袁崇武遥遥而敬。

袁崇武亦端起杯盏，一饮而尽。

酒过半酣，宫中的歌姬舞姬则姗姗而来，载歌载舞，为王侯将相助兴。

一曲毕，就听有人道："这些女子不过是庸脂俗粉，入不得皇上圣眼，本将倒是听说温丞相有一位女儿，号称咱大梁第一美人，倒不知丞相可否将温小姐唤来，让咱们开开眼界？"

一语言毕，温丞相便搁下酒杯，拱手道："王将军此言差矣，小女相貌平平，这大梁第一美人的名头，可是愧不敢当。不说有皇贵妃这等国色天香在，就连安娘娘与姚娘娘，她也是比不得的。"

"既是除夕之筵，又是君臣同乐，温丞相也别藏着宝了，赶紧让你的千金小姐进殿来为皇上与皇贵妃请一个安，倒也算是沾了皇上与贵妃的福气。"慕成天手握杯盏，对着温丞相笑道。

温丞相面露为难之色，刚要对着袁崇武开口，就见男人唇角微勾，沉声道："既如此，便宣温小姐觐见。"

"相公……"姚芸儿坐在男人身旁，溪儿被乳娘抱在怀里，手中拿着果子，吃得正香。

听到姚芸儿的声音，袁崇武在案桌下抚上姚芸儿的小手，轻轻地拍了拍，示意她安心。

"宣，温小姐觐见！"随着内侍尖细的声音响过，诸人只见一抹窈窕婷婷的身影款款而来，待她踏进合欢殿，诸人看清她的容色后，都情不自禁地"呀"了一声。

姚芸儿在看清此女的容色后，只觉得心跳顿时停止了似的，整个人呆若木鸡般地坐在那里，几乎连喘气儿都忘了，心里只有一个念头，这世间怎会有如此美貌的女子？

那女子轻移莲步，对着帝妃盈盈拜倒，声音也宛如莺啼，说不出的动听：

"小女温珍珍，拜见皇上、贵妃，给皇上、贵妃请安。"

"抬起头来。"男人威严的声音响起，竟含了几分迫切。

那女子微微抬眸，眸光流转，宛如清柔的湖水，每个人与她的眼儿一碰，心头便好似浸在了温水里一般，说不出的温软。

原本觥筹交错的席间，在此女出现后顿时安静得连一根针落在地上，都清晰可闻。未几，就听一些武将的呼吸逐渐粗重了起来，那一双双眼睛更是眨也不眨地盯在温珍珍身上，有几个忍耐不住，更是吞咽了一大口馋涎。

至于一些言官，除却一些德高望重的老者，其他年岁稍轻的，无不脸庞通红，一个个慌乱地移开眸光，似是不敢再看，可那眼珠子骨碌骨碌的，未过多久又转了回来，黏在温珍珍的身上。

安氏在看清此女的容貌后，先是惊，再是震，她本以为以姚芸儿的容貌，在这世间便是极为出挑的了，可再看见温珍珍后，再去瞧姚芸儿，轻易就可看出后者颇有不如。

她的心头说不出是什么滋味，见袁崇武的眸子也如席间其他男子那般落在温珍珍身上，那心头便更是酸楚，转过身子，不想再看下去。

这一回头，就见袁杰双眸圆睁，似是蒙住了一般，一动不动地盯着那位美到极致的女子。

袁宇年纪尚小，并无多少反常，而袁杰过年后便十六岁了，正是血气方刚的年纪，这般美貌的女子，就连那些身经百战的猛将也都被此女的美色所迷，更甭说他这个毛头小子。

"打了一辈子的仗，这等国色，还真是没见过。"蓦然，就听主位上传来一道低哑的男声响起，正是袁崇武。

慕成天见袁崇武已被美色所迷，与慕成义对了个眼色，手中的杯盏"啪"的一声摔在地板上，发出一声脆响，零星的碎末飞溅得到处都是。

瞬间，便有数位黑衣人自房梁上一跃而下，当先一人黑衣黑面，手握长刀，不管不顾地向着袁崇武刺去。

眼见着袁崇武目眩神迷，沉浸在美色中不可自拔，可没人看清他是何时出的手，大手一捞，便将姚芸儿的腰肢箍在怀里，以迅雷不及掩耳之势，迅速向后退去。

殿堂中乱成一团，原先被美色所迷的言官武将亦纷纷回过神来，那些武将尚能镇定，一些言官则骇破了胆，围在一起瑟瑟发抖。

黑衣人人数众多，与赶来护驾的宫中侍卫厮杀在一起，慕七眉头一皱，一双眸子森寒如刀，向着自己的兄长望去。

慕成天站于一旁，对妹妹的眸光视而不见，银牙却是紧咬，只不知紧要关头，袁崇武怎会反应如此迅速，委实让人百思不得其解。

慕成义观望着黑衣人与侍卫的交手，越看下去，眉心便皱得越紧，那黑衣人已被侍从围住，向着大殿中心退去，他刚欲开口，岂料那黑衣人竟一个转身，猝不及防地将手中的长刀向着自己的颈项劈下。慕成义大惊失色，避让却来不及了，刚侧过身子，黑衣人的长刀已至，将他拦腰一劈，鲜血顿时涌出。

慕成天见亲弟死在自己面前，脸色瞬时变了，他一手指向面前的黑衣人，道了一句："你！"

黑衣人不给他开口的机会，手握长刀向着他杀了过来，慕成天身上并未佩带任何兵刃，在男人的攻势下，只得屡屡后退。

"你疯了！"他双眸血红，对着黑衣人道。

那黑衣人眼眸漆黑如夜，森冷得让人不寒而栗，他用只有两人才能听见的声音，说出了一句话来："你们慕家本是大周的臣，却与农民军勾结，袁崇武固然可恨，但你们慕家，才是最该死的人。"

男人话音刚落，手中长刀不停，几招毕，慕成天险象环生，不住地后退，耳旁厮杀声不绝，慌乱中，他只见慕七欲向自己奔来，却被侍从拦住，而薛湛手中长刀已近。慕成天凝神聚力，却惊觉手脚酸软，那一瞬间冷汗淋淋，转眸，就见袁崇武站在主位，黑眸犹如月下深潭，笔直地看着自己。

"酒里有毒……"他惊觉过来，颈间却是一凉，一切都结束了。

除夕夜中，慕家两位公子被刺客所杀的消息不胫而走，京城守军紧急会合，一夕间京师大乱，慕家驻扎京师的大军于午门与御林军对峙，两军互不相让，僵持不下。

岭慕两军自袁崇武登基后，一直是明争暗斗，慕玉堂与袁崇武更是在党政之事上隔空交手了数次，双方此消彼长，却无人敢妄动，此番慕成天擅作主张，欲利用凌家军与岭南军之间的深仇大恨，密谋以薛湛刺杀袁崇武，不料竟被反噬。兄弟二人，血洒合欢殿。

元仪殿中，灯火通明。

一袭黑衫的男子气宇轩昂，颀长的身躯站得笔直，正是薛湛。

袁崇武坐于主位，一双黑眸炯炯有神，两人皆一语不发，最终还是袁崇武率先打破了沉默，开口道："此次诛杀慕家二子，薛将军功不可没。"

薛湛抬了抬眸，平静的声音未有丝毫起伏："薛某只是做了应做之事。"

袁崇武闻言，黑眸愈是深邃，沉声道："薛将军分明有机会重伤袁某，倒不知何故如此？"

薛湛听了这话，紧抿着唇线，不发一言，隔了良久，男子清俊的容颜上浮起淡淡的苍凉，终是说了句："岭南军与凌家军之间血海深仇，不共戴天，就连薛某义父亦是死于你父子之手，可我却不能杀你。"

袁崇武双眸暗沉，吐出了几个字来："你是为了芸儿？"

薛湛乌黑如墨的眼睛迎上袁崇武的视线，缓缓摇了摇头："这天下向来是能者居之，而你袁崇武，便是那位能者，我薛湛虽是败兵之将，却也不会为了一己私欲，杀了一个好皇帝。"

袁崇武眉心微动，似是没想到薛湛竟会说出如此一番话来，大殿里安静到了极点，就听薛湛的声音再次响起，道："你我之间多说无益，要杀要剐，薛某悉听尊便。"

袁崇武闻言，却也不以为意，他站起身子走至薛湛身边，却沉声言了句："你我二人，不过是立场不同，我敬你是条汉子，你走吧。"

薛湛瞳孔剧缩，但见眼前的男子身材魁伟，面色威严，一双黑眸深邃内敛，这话若是从他人的嘴里说出，薛湛绝不会相信，可不知为何，这句话从袁崇武的口中说出，他竟是没有怀疑的理由。

他微微颔首，唇角却浮起一丝若有若无的浅笑，言了句："不错，你我之间，的确是立场不同。袁崇武，你赢了。"

袁崇武并未说话。

薛湛离去前，留下了一句话来："今夜之后，便是皇上与慕家的恶战，但愿皇上可以驱除奸贼，还天下百姓一个太平。"

薛湛说完，对着袁崇武拱了拱手，道了声："告辞。"而后，转身离开了大殿。

已有袁崇武的心腹等在那里，看见薛湛出来立时迎了上去，压低了嗓子道："将军请随我来。"

薛湛点了点头，眼眸却情不自禁地穿过层层宫室，朝着玉芙宫的方向望去。

"将军？"见薛湛停下了步子，顿时有人开口。

薛湛转过了身子，他的神色间已恢复如常，随着二人，消失在茫茫夜色中。

第三十章

圣旨赐婚

玉芙宫中，姚芸儿彻夜未眠，待看见袁崇武后，她慌忙迎了过去，头一句便是："薛大哥怎么样了？"

袁崇武浓眉微皱，声音却仍是温和的，道："你放心，他很好。"

"你把他如何了？"姚芸儿心口怦怦直跳着，一眨不眨地盯着男人的眼睛，那股担忧与惧怕，清清楚楚地落进了男人的眼底。

袁崇武面色沉着，握住她的手，淡淡道："芸儿，我说了，他很好。"

"好？"姚芸儿咀嚼着这一个字，身子却禁不住地瑟瑟发抖，竟将自己的手从男人手中抽了出来，清清静静地说了一句，"你将他杀了，这便是好，是吗？"

袁崇武见她这般关心薛湛，心头已隐约不快，此时又见她泪眼迷蒙，第一次将小手从自己的掌心挣脱开来，那剑眉不由得拧得更紧，更是烦闷："我没杀他。"

姚芸儿的泪珠便肆无忌惮地滚了下来，对着袁崇武道："你没杀他，你是不是还要告诉我，你将他送出了宫，他活得好好的，只不过往后我都再也见不到他了，是这样吗？"

袁崇武这才察觉姚芸儿脸色不对，说话的语气亦与平日判若两人，当下他再顾不得其他，上前将她揽在怀里，捺着性子哄道："芸儿，我的确已经命人送他出宫。薛湛是条汉子，也是不可多得的将才，单凭这点，我也不会杀他。更何况，他对咱们有恩。"

见姚芸儿不解地看着自己，袁崇武又道："你还记不记得你当日被大周送到大赫和亲，我领兵追至两国边境，却失去了你的下落，若不是薛湛飞鸽传书与我，告诉我你的所在，你我夫妻，又怎能重逢？"

姚芸儿唇角浮起一抹笑意，却是那般凄凉，她昂着脑袋，看着眼前的男人，轻声细语地说了一句话来："即使他对我们有恩，你也还是会杀了他，就像你杀了我的母亲一样。"

袁崇武的脸色"唰"的一下变了,他紧紧盯着姚芸儿的眼睛,沉声道:"这是谁和你说的?"

姚芸儿攥紧了他的胳膊,一字字宛如莺啼,声声泣血:"你告诉我,我娘去了西峡寺修行,我几次三番地要带溪儿去见她,你都不许,我只以为你是心疼溪儿年幼,却怎么也没想到,你早已经把她杀了!"

姚芸儿说到这,泪珠犹如断了线的珍珠,噼里啪啦地往下掉,她顾不得拭去,一双小手攥得死紧,骨节处白得骇人。

"大周已经亡了,我哥哥已经死了,难道这还不够吗?你为什么一定要杀她?她是我娘啊,她是生我的娘,你为什么不能留她一命?"

袁崇武无言以对,他知道无论自己此时说什么,姚芸儿都不会相信,大周覆灭,周景泰身亡,并非他不愿放徐靖一条生路,而是徐靖一心求死,他命人为她留了全尸,妥善安葬,已是为了姚芸儿所做的最大让步。

"我亲生爹爹死于你们父子之手,我哥哥被你活活逼死,就连我娘,也被你下令赐死,袁崇武,你口口声声地说爱我,这便是你对我的爱吗?"

姚芸儿凄楚的声音宛如惊雷,炸在袁崇武的耳旁,男人心下大震,眼前的女子伤心欲绝,他从未见过姚芸儿这个样子,当下伸出胳膊,欲将她紧紧箍在怀里,仿佛他一松开手,她便会离他越来越远,再也抓不住,摸不到。

姚芸儿的脸上落满了泪痕,几乎要泣不成声:"我爹爹是你的敌人,我哥哥威胁你的江山,可我娘,我娘有什么错,她到底是哪里惹着你了,要你非杀她不可?"

袁崇武任由她在自己怀里挣扎,无论她闹得多厉害,他却是一动不动,双手箍着她的纤腰,说什么也不撒手。

直到后来姚芸儿筋疲力尽,全身再也没有了力气,袁崇武方将她抱在床上,瞧着她仍不断地抽噎着,犹如一个小孩子,他伸出大手抚上她的脸庞,由不得她拒绝,为她将泪水拭去。

"芸儿,无论你信不信我,我只说一句,我从没想过要杀你生母,这是她自己的选择。"

说完,袁崇武不再去看姚芸儿,站起身子,沉声说了声:"你先歇着,明日我再过来看你。"

语毕，男人头也未回地走出了玉芙宫，留下姚芸儿一人躺在床上，她睡了许久，终是默默支起了身子，一大串泪珠，从眼睛里涌出来。

袁崇武第二日并未来玉芙宫，而是直接去了军营，虽然他是皇帝，但这江山却是他一手打下的，即使登基后，军中诸事也都由他处置。自慕成天与慕成义二子在宫中被薛湛斩杀后，慕玉堂与慕夫人俱悲愤交加，尤其是慕玉堂，二话不说，便自西南出兵，欲与袁崇武决一死战。这一仗二人俱等待了多时，袁崇武这些日子一直吃住都在营中，仿佛回到了过去打天下的日子，通宵达旦地与众将商讨战局便成了家常便饭，只等大战的到来。

溪儿已过了两岁，正是最可爱的年纪，姚芸儿留在宫里，一心照顾着孩子，自从溪儿眼睛受伤后，成日里再不敢让孩子离开自己一步，就连溪儿在一旁玩耍，她也总是寸步不离地守在身旁，生怕孩子磕着碰着的，费尽了心思。

晚间，直到将女儿哄睡，姚芸儿坐在摇篮旁出起了神来，白日里照顾孩子，时光总是不经意地从指间划过，唯有夜深人静时，蚀骨的思念却总是会从心底弥漫出来，一点一滴，吞噬着她的肌肤，她的骨髓，她的一切。

她自己都不懂，袁崇武害她亲父，杀她生母，在她心里，她以为自己是恨他的，再也不能和他在一起，可另一面，却又总是控制不住地牵挂他，担心他吃得好不好，睡得好不好，就连陪着女儿时，那心思也总是落在男人身上，想起生父生母，又是一番深入骨髓的痛。

瞧着女儿熟睡的小脸，姚芸儿只觉得心口酸涩，情不自禁将女儿抱在怀里，为孩子掖好被角，无声地坐了半宿。

如今的皇宫沉甸甸的，来往的宫人俱是连大气也不敢喘，慕七自那日除夕宴后，便被袁崇武下令软禁在凤仪宫，慕七行事高傲，何曾受过这般委屈，又加上亲眼见兄长惨死，双重打击之下，未几便大病一场，太医也去瞧过，宫人将药煎好，她却也不吃，眼见着憔悴了下去。

无论是慕玉堂还是袁崇武，此时都将全部的精力放在眼前的战局上，哪里还能顾得了她，姚芸儿听闻此事后，将女儿交给了乳娘照顾，自己则从太医手中接过汤药，亲自去了凤仪宫。

偌大的宫室冷冷清清，服侍的宫人都早已被慕七赶了出去，一直到了后殿，才见慕七一袭白衫，软软地倚在榻上，虽满脸的病容，却依旧傲如寒霜，见到姚芸儿进来，亦不过抬了抬眼皮，将她视若无物。

姚芸儿依着宫中的礼节，对着慕七行了一礼，慕七身为皇贵妃，身份在她之上，在宫中的这些日子，姚芸儿一直恪守宫规，就连晨昏定省，也是从不懈怠。此时亦捧着药碗，恭恭敬敬地立在那里，慕七看了她一眼，一记冷笑道："我如今已被袁崇武软禁在此处，难得你还记得我，愿给我服侍汤药。"

姚芸儿将药碗递到慕七面前，轻声言了句："娘娘快些将药喝了吧，将药喝了，身子便好了。"

"我与你之间并无来往，你何故眼巴巴地来给我送药？"

姚芸儿抬起眼睛，清柔的小脸犹如月夜梨花，无尽的温婉："在云阳时，溪儿中了暑，是娘娘送了珍贵的药丸，这一份恩情，我一直都记得。"

慕七见姚芸儿的瞳仁澄如秋水，她心头微动，望着那一碗黑漆漆的药汁，唇角却浮起一丝苦笑："我如今已经是一枚弃子，再没人在乎我的死活，你将这碗拿走，往后不必再来看我。"

姚芸儿见她神色坚毅，可那一抹凄楚却仍清晰地映在瞳仁里，让她看着不免生出几许悲凉。

她将药搁下，转身欲走。

"等等，"孰料慕七竟唤住了她，待姚芸儿回过头，慕七依旧倚在榻上，面色淡淡地言了一句话来，"小心安氏母子。"

姚芸儿走出凤仪宫后，心头仍想着慕七方才的话，她的手心汗津津的，脚下的步子却越来越快，巴不得立时回到玉芙宫中，将稚弱的女儿抱在怀里。

直到她踏进玉芙宫的宫门，听到女儿清脆的笑声，悬着的心才算是放了下来。

"娘娘，温小姐来了。"翠月迎了过来，轻声禀道。

"温小姐？"姚芸儿咀嚼着这三个字，那一张倾国倾城的面容遂浮上脑海，除夕宴中的惊鸿一瞥，若想忘记，实在是难。

"她来做什么？"姚芸儿心下不解。翠月道："回娘娘的话，温小姐今日进宫为您和安妃娘娘请安，玉茗宫她已去过了，来玉芙宫见您不在，便等了好一会儿了。"

姚芸儿脚步不停，走进内殿，就见少女一袭淡粉色宫装，容颜宛如美玉雕成，不见丁点瑕疵。

在她面前，玉芙宫中的侍女几乎连头也不敢抬，俱深深地垂下脸去，不敢与她照面，就连整座宫殿，也因着此女的美貌，而显得亮堂了许多。

姚芸儿见到她，亦自愧不如，暗地里深吸了口气，还不等她开口，温珍珍便上前，盈盈然对着她拜倒了下去："小女温珍珍，见过姚妃娘娘。"

"温小姐不必多礼，快请起吧。"姚芸儿声音温和。刚说完，就见溪儿扭股糖似的向着自己扑了过来，姚芸儿心头一安，再也顾不得一旁的美人，将女儿紧紧抱在了怀里。

温珍珍瞧着这一幕，唇角的笑靥越发甜美，道："珍珍在家时便时常听父亲说，皇上十分宠爱公主，今儿一瞧，小公主委实可爱得紧，就连珍珍瞧着，也都喜欢得不得了。"

美人儿不仅貌美，就连声音都是又脆又嫩的，如同天籁，姚芸儿回眸，见她甜丝丝地笑着，二八少女，无论说什么也都是让人觉得天真可人，姚芸儿勉强笑了笑，没有说话。

那温珍珍极有眼色，说话间更是颇为识趣，挑了些京师的趣事与姚芸儿说了，未过多久，便告辞了。

临走前，温珍珍再次行下礼去，只道日后有空，定会时常进宫为二妃请安，还要姚芸儿不要嫌弃才好。

听她这般说来，姚芸儿终究不好回绝，亦客客气气地说了几句，好生将她送了出去。

望着她窈窕的背影，想起那日的除夕宴，袁崇武的目光一动不动地落在她身上，眸心中灼热得仿佛能喷出火来，姚芸儿目送着温珍珍上了鸾车，心头不免涌来一股酸痛，难受极了。

自那日后，温珍珍果然几次三番地入宫，大多数却都是伴在玉芙宫中，或是亲手做了糕点，又或是亲手为溪儿做了衣裳。她是丞相的女儿，父亲位高权重，姚芸儿不好拒绝，每次见她来，也都是让宫人小心伺候着，未过多久，溪儿便与她熟悉了起来，以至于到了后来，一日见不到她，都哭闹不休。

袁崇武人在军营，朝堂上的事便皆交给温天阳处置，温天阳位居宰相，身兼辅政大臣之职，一时间风头无两，又加上温家的千金被称为大梁第一美人，坊间已流传，此女嫁进天家，不过是早晚之事。

慕家军出兵西南，慕玉堂亲自挂帅，其军一路势如破竹，一举攻下滦州、萧州、泗县三城，袁崇武不顾朝臣反对，通告三军，御驾亲征。

临行前一日，男人风尘仆仆，终是从军营回宫，一路马不停蹄，向着玉芙宫赶去。

刚踏进宫门，就听里面传来一阵银铃般的笑声，那笑声清脆柔媚，让人骨头都酥了似的，软软的，糯糯的，满是女孩家的娇嫩。

袁崇武听到这声音，眉心便蹙起，宫人见到他，俱匍匐于地，跪了下去，袁崇武一语不发，大步向着内院走去，就见一位身姿玲珑，着鹅黄色宫装的女子，正蒙着眼睛与溪儿玩耍，溪儿咯咯笑着，在院子里乱跑，温珍珍眼睛蒙着纱巾，唇角含着迷人的梨窝，吸引着人沉醉下去。

袁崇武站住了步子，听到周边宫人行礼的声音，温珍珍赶忙将纱巾摘下，露出一双小鹿般澄澈的眼睛，先是不知所措地望着袁崇武，而后回过神来，方才行下礼去。

"小女见过皇上。"低垂的眼眸中含着几丝娇羞，那一头的秀发润泽如碧，绾成尖尖的螺髻，将那一张美如天仙的脸蛋恰到好处地展露了出来，耳后垂下的一缕青丝，松松地垂在胸前，让人情不自禁地伸出手去，想为她捋好。

"平身。"男人声音低沉，吐出了两个字。语毕，袁崇武向着女儿走去，意欲将孩子抱在怀里，岂料溪儿许久不曾见他，一个劲儿地往温珍珍怀里钻，一双黑葡萄般的大眼睛，滴溜溜地看着父亲。

袁崇武见状，对着一旁的宫人喝道："娘娘在哪儿？"

宫人一颤，不敢不答："回皇上的话，娘娘这几日身子不适，正在后殿休养。"

袁崇武闻言，刚欲迈开步子，却听温珍珍浅笑道："皇上离宫这些日子，小公主一直都十分牵挂皇上，方才与小女玩耍时，还一直问小女，皇上何时回来。"

袁崇武停下了步子，黑眸则向着温珍珍望去，后者那张绝美脱俗的脸蛋上，有着淡淡的红晕，就算是这世间最鲜艳的胭脂，也涂不出那般娇艳的颜色，嫣红的嘴唇仿佛滴在素锦上的血，朱唇轻启间，呵气如兰。

这温珍珍，的的确确是一个尤物。

袁崇武不动声色，让乳娘将女儿接过，自己则对着温珍珍淡淡出声："温小姐贵为丞相千金，又尚未出阁，这玉芙宫，还是不必来了。"

温珍珍一怔，似是不懂袁崇武话间的含义，不等她再次开口，就见袁崇武对着周围的一干乳娘道："往后，别再让朕看见有不相干的人陪着公主，听清楚了吗？"

宫里的人都是人精，哪能不懂袁崇武口中不相干的人说的便是温珍珍，顿时一个个匍匐着身子，恭声称是。

温珍珍脸上一阵红，一阵白，只觉得留也不是，走也不是，一双杏眸水盈盈的，看着袁崇武，软声说了句："皇上……"

"来人，送温小姐回府。"

袁崇武面无表情，沉声说完这句，便越过温珍珍的身子，向着后殿走去。温珍珍立在原地，有一小会儿的失神，她的容貌哪怕说是倾国倾城也不为过，可在男人眼底，却是与最寻常的宫人毫无区别。

他的眼睛在看着自己时，犹如一汪深潭，竟没有丝毫情绪，与那日除夕宴上，简直像换了个人。

温珍珍望着他的背影，他竟连看都没多看自己一眼，便匆匆进了后殿，去见姚芸儿！

"温小姐，请。"不容她细想，已有宫人上前，恭恭敬敬地行了一礼。

温珍珍收敛心神，唇角绽出一抹清纯甜美的笑靥，满是世家闺范，微微额首，道了一声："有劳公公。"

姚芸儿这几日染了风寒，担心会将溪儿染上，这一日吃了药，整个人都昏昏沉沉的，让乳娘带着女儿去午睡，自己亦躺在榻上寐了起来。

待她睁开眼睛，就见天色已是暗了，床前坐着一个人，隐约显出高大魁梧的轮廓。见她睁开眼睛，那人顿时上前，声音低沉而温柔。

"醒了？还难受吗？"

姚芸儿睡了半日，身上却松快了不少，见她要坐起身子，袁崇武伸出手，不料还未沾上她的身子，便被姚芸儿轻轻避开了去。

袁崇武心头一沉，见她小脸亦是苍白的，不理会她的抗拒，将大手抚上了她的额头，探她是否发烧。

察觉掌心触手一片冰凉，男人放下心来，见她低着头倚在那里，似是不愿见他的样子，袁崇武唇角浮起一抹苦笑，将她的小手攥在手心，姚芸儿心头酸涩，欲将自己的手抽出，却实在没有力气，只得由着他握着。

两人沉默片刻，袁崇武见她神色凄楚，心头不免极是心疼，情不自禁地靠近了些，抚上她的小脸，低声道："芸儿，别再和我置气，我走的这些日子，一直在想你。"

姚芸儿心头一痛，抬起清亮的眸子，看向了眼前的男人。

见她终于肯看自己，男人淡淡一笑，刚要伸出胳膊将她揽在怀里，却听她轻声细语地言了句："溪儿呢？"

袁崇武温声道："溪儿在乳娘那里，别担心。"

姚芸儿放下心来，就听袁崇武的声音再次响起："我回来时，正好看见溪儿和温丞相的千金在一起。我问过宫人，她们说温小姐近日时常进宫，是吗？"

袁崇武黑眸雪亮，一眨不眨地看着姚芸儿的眼睛，待自己说完，就见姚芸儿点了点头，对着他道了一个字："是。"

袁崇武的眉头微微一皱，既是无奈，又是心疼，将她揽在怀里，吐出了一句："傻瓜。"

姚芸儿一动不动，一张小脸仍是文文静静的样子，小声说了一句话来："温小姐日日进宫，明为请安，其实我知道，她是为了你。"

男人黑眸一震，对着怀中的女子望去。

姚芸儿眼瞳如波，迎上了他的视线，袁崇武看着她平静的眼睛，心头没来由地浮起一丝烦闷，沉声道："你既然知道她的心思，又为何由着她出入内廷，为何不将她拒之门外？"

姚芸儿垂下眼睛，将那一抹凄苦掩下，乌黑的长睫毛轻轻颤抖着，投下一弯剪影。

"你迟早都会将她纳为皇妃，我又何苦要赶走她。"她的声音十分轻，几乎低不可闻。袁崇武听了这话，眉头不由得拧得更紧，虽然心头烦闷到极点，却还是强自按压下去，轻声言了句："你放心，我不会纳她为妃。"

姚芸儿侧过脸蛋，她什么都没说，但脸上的表情却清清楚楚，她已再也不会相信他了。

见她如此，袁崇武捏住她的下颚，勒令她看向了自己，姚芸儿很温顺，眼瞳笔直地落在他的面上，唯有眼睛里的光却是散的，即使看着他，也是空荡荡的。

袁崇武心里一痛，哑着嗓子，道了句："芸儿，你怎么了？"

姚芸儿听了这句，眼睛里方才凝聚了些许的光芒，她看着面前的男人，很小声地说了一句："我累了。我想回家。"

"这里就是你的家。"袁崇武揽紧了她的肩膀，一眨不眨地看着她。

姚芸儿心头酸楚，问了一句："等你打完了慕玉堂，你会舍下这个天下，带我和孩子走吗？"

男人没有吭声。

姚芸儿的心渐渐凉了下去，她想起了母亲，母亲曾说过，这皇宫是吃人的地方，会让人从一个单纯的少女变成一个不择手段的深宫妇人，会不会有一天，她也会和徐靖一样，视人命为草芥，为了权势与利益，连亲生女儿都可以弃如敝屣。

"你明日，便要走了，是吗？"姚芸儿收回思绪，对着袁崇武静静开口。

男人点了点头，拥她入怀，不愿说多了惹她担心，只轻描淡写道："你在宫里照顾好自己和溪儿，等我打完了仗，立马便会回来看你。"

姚芸儿没有说话，柔顺地倚在他的臂弯，袁崇武抚着她的长发，低声道："芸儿，记住我的话，不要胡思乱想，等着我回来。"

姚芸儿合上了眼睛，一语不发，袁崇武取下了她的发簪，捧起她的脸颊，深深地吻了下去。

他的气息铺天盖地，由不得她反抗，霸道而温柔地将她卷至身下，两人分别许久，又是即将离别，男人要得便也格外多，他不给她说话的机会，封住她的唇瓣，一次次裹着她沉沦欲海，一夜缠绵。

翌日，待姚芸儿醒来，身边早已没了男人的影子，她刚坐起身子，下身便是一疼，想起昨晚的缠绵，只让她的脸庞忍不住地发烧。

待她穿好衣衫，就见乳娘已抱着溪儿在外殿玩耍，见到母亲，溪儿顿时张开了胳膊，要娘亲抱抱。

姚芸儿将女儿抱在怀里，就听乳娘悄声道："娘娘，昨日里皇上将丞相家的小姐赶了出去，并勒令她以后不得传召，不许进宫，如今这事已在宫里传遍了，奴婢瞧着那温小姐，但凡还要点脸皮，也不好再进宫了。"

姚芸儿闻言轻轻一怔，一面将熬得糯糯的粥喂进女儿的嘴里，一面小声道："皇上真这样说？"

"奴婢们昨日都说瞧得清清楚楚的，哪还能假，娘娘只管安下心，若论起恩宠，咱们玉芙宫可是头一份的。"

"恩宠"二字，犹如一把匕首，刺进了姚芸儿的心尖，原本的一夫一妻一双人，平平淡淡的小日子，又怎么会变成如今这样？

姚芸儿轻轻吹着粥，细心地喂着溪儿吃下，道："皇上是今日出征吗？"

听了这话，乳娘的面色微微一滞，先是默了默，方道："皇上已率领三军，前往豫西与慕玉堂开战，奴婢听说，早起时安妃娘娘领着二皇子，母子俩天还没亮就去了城楼，恭送皇上出征。"

见姚芸儿依旧是安安静静的，乳娘又道："二皇子还做了一枚平安符，亲手送给了皇上，皇上也说，等胜利归来，再考问二皇子的功课。"

乳娘说完，也不见姚芸儿有什么动静，那一碗粥见了底，姚芸儿拿起帕子，为女儿将嘴角擦拭干净，瞧着女儿粉嘟嘟的小脸，姚芸儿心头一软，忍不住在孩子的脸上亲了一口，惹得溪儿咯咯直笑。

乳娘瞧着，却是一叹，说了句："娘娘，不是奴婢多嘴，这宫里可不比外头，您就算不为了自个儿，也要为了小公主着想。恕奴婢说一句大逆不道的话，大皇子如今在军营里平步青云，简直是扶摇直上，奴婢听闻这次出征，大皇子被任命为骁骑营将军，自己又领了一支'飞骑营'，风光得不得了，若是这一次立下了军功，怕是日后的太子之位，也八九不离十了。到那时候，您和小公主，都处境堪忧啊。"

姚芸儿抱着孩子，两岁多的溪儿压根儿不明白大人的话，只聚精会神地玩弄着手中的拨浪鼓，稚气粉嫩的一张小脸，可爱极了。

姚芸儿揽紧了她的身子，在孩子的发丝上印上一吻，大皇子自投身军营后，稳扎稳打，吃苦耐劳，即使姚芸儿身在后宫，也时常听闻宫人说起此事，人人只道大皇子如今深得皇上器重，连带着玉茗宫都炙手可热起来。

安氏虽无恩宠，但长子骁勇，次子聪颖，如今慕七的贵妃之位形同虚设，虽然姚芸儿与她同为妃位，可在宫人心里，安氏有二子傍身，眼见着长子即将建功立业，姚芸儿膝下却只有一女，又是年幼顶不了事，如此，高低立时见了分晓，无论宫中大小事务，宫人们也尽是去玉茗宫中请安氏示下。

安氏虽出身民间，却也将宫中的大小事务料理得井井有条，对姚芸儿母女也并无苛待之处，只不过却有几分当家主母的味道，对姚芸儿母女，也便如正妻对待妾室一般，毫无二致了。

宫人亦是知晓安氏乃皇上结发妻子，当初立慕七为皇贵妃，只因碍着慕家势力，如今既已与慕家开战，也撕破了脸皮，日后的皇后之位，也定是落在安氏的身上，纵使安氏当不了皇后，可大皇子、二皇子都已长大成人，即便今后皇上再得了皇子，在年岁上也是吃了亏的，宫里的人都是人精，最会算计，待袁崇武走后，赶去玉茗宫趋炎附势、阿谀奉承者数不胜数，更是衬着玉芙宫萧索冷清了起来。

姚芸儿何尝不知袁杰对自己母女恨之入骨，若真如乳娘所说，袁杰日后当上了太子，留给自己母女的，怕是只有一条死路……

姚芸儿轻轻打了个寒噤，她什么也没说，情不自禁地将女儿抱得更紧。

豫西的战事如火如荼，未过多久便传来消息，说是慕玉堂于豫西以西自立为王，建国号为渝，正式登基，以偿多年夙愿。

慕玉堂自登基后，慕家军更是望风披靡，不可一世，一时间士气大振，一鼓作气连破七城，岭南军与御林军节节败退，消息传到京师，更是人心惶惶。

大梁立国不过两年时间，根基尚且不稳，哪里经得住如此的消耗，待慕玉堂遣了来使，要袁崇武将慕七交出后，京师的朝臣则分成了两派，一派主战，令一派则主和，两派人马争论不休，只等袁崇武回京再作决定。

袁崇武回京时，正值端午前夕。

这一日从早上便下起了雨，整座皇宫无不是冷恻恻的，阴风习习，男人一袭戎装，顾不得踏进后宫，便匆匆去了元仪殿议事。

因是战时，诸多的规矩与礼节便被尽数废除，整座大殿站满了文武百官，袁崇武并未换上龙袍，铠甲也未及脱下，便走上了主位。

"吾皇万岁万岁万万岁。"众臣齐呼。

"平身。"男人咬字深沉，一双锐目向着堂下望去。

没有人耽误工夫，议事方才开始，便直接进入正题，主战派由宰相温天阳为首，主和派却是由一等军侯闫之名为首，两派争执不下，口沫四溅，若不是碍于袁崇武在场，怕是两派人马在元仪殿便能大动干戈，打起来不可。

见诸臣实在吵得太过厉害，袁崇武皱了皱眉，喝道："够了，身为文臣武将，吵吵闹闹成何体统？"

男人话音刚落，大殿中则慢慢安静了下来，温天阳率先开口，冲着袁崇武深深一揖，道："皇上容禀，慕玉堂狼子野心，此人一日不除，我大梁江山便一日不稳，还请皇上三思，此战务必要打下去，只有将西南慕氏连根拔起，我大梁才有宁日！"

温天阳话音刚落，闫之名便冷笑道："温丞相身为文臣，哪知打仗的不易，咱们大梁立国不久，根基尚浅，国库空虚，拨不出军粮，又因皇上下令免赋，户部压根儿没有银子进账，你让咱们如何与慕玉堂开战，难不成要将士们赤手空拳，喝西北风不成？"

温天阳面色一沉，亦挖苦道："咱们大梁军饷紧缺，难不成他慕玉堂就军粮充裕了？我看分明是有人怕了慕家军，听到慕玉堂的名头便闻风丧胆、落荒而逃了不说，就连回京后也还不忘夹着尾巴祈和。"

温天阳这一句话正戳中了闫之名的痛处，世人皆知闫之名乃慕玉堂手下败将，昔日在战场上，但凡见到慕家军，闫之名都是绕道而走，此时听着温天阳当面挖苦，哪还忍得，就见闫之名暴跳如雷，刚道了一个"你"字，就听主位上"啪"的一声，原是男人将奏章摔在案桌上，发出好大一声响来。

见袁崇武动怒，诸人再也不敢吵嚷下去，一个个俱是俯下身子一动不动。

一直到了夜间，君臣方才商议出良策，主战派大获全胜，一时间温天阳更是风头强劲，说成大梁第一朝臣也不为过，诸位言官皆以他马首是瞻。

是夜，待诸臣退下后，温天阳与一干心腹大臣，却皆留了下来。

袁崇武一路风尘仆仆，眉宇间已浮起浓浓的倦意，他捏了捏眉心，似是无意间对着温天阳道："温丞相为官多年，膝下却只有一女，此事，不知是真是假？"

温天阳不料袁崇武骤然相问，遂道："回皇上的话，微臣发妻生下小女时，不幸难产离世，微臣感念发妻，这些年不曾续弦，更不曾纳妾，只一心将小女抚养长大。"

袁崇武点了点头，道："温丞相的千金，倒不知许了人家没有？"

温天阳道："不瞒皇上所说，小女心性极高，待她及笄之后，前来说媒的人便没断过，只不过却全被小女回绝，微臣念着她自幼失母，不免多娇纵了些，倒是将她惯得越发心高气傲起来。"

他这一语言毕，孟余则笑了起来，对着袁崇武道："皇上，温丞相的千金乃是咱大梁第一美人，这般好的姑娘，这般好的家世，怕也只有嫁进天家，才不算委屈。"

袁崇武亦微微一笑，颔首道："孟爱卿所言极是，温丞相，朕的长子今年亦是一十六岁，与温小姐同龄，朕有心促成小儿女的一段良缘，倒不知温丞相意下如何？"

袁崇武话音刚落，便如同在温天阳耳旁打了个惊雷一般，只骇得他变了脸色。他抬起眸子，眼睛里的光却是乱的，男人的这一番话，竟是让他措手不及，隔了好一会儿，面色方恢复了些，嗫嚅道："皇上，小女顽劣，皇长子与其同龄，只怕日后多有矛盾，微臣只怕，小女配不上皇长子。"

袁崇武听了这话，面色便沉了下去，淡淡道："温丞相既然看不上小儿，朕也不勉强。"

温天阳心头一颤，立时跪倒在地，失声道："微臣不敢！皇长子前途无量，只不过小女自幼失母，微臣又只有这么一个女儿，日后小女若有不是，还望皇长子能给老臣几分薄面，多多担待，不要与小女计较。"

袁崇武的脸色这才和缓了些，颔首道："温丞相只管放心，令千金嫁给皇长子，自是不会让她受半点委屈。"

事已至此，温天阳心知多说无益，当即俯身叩首，谢了恩去。

待诸人走后，唯有孟余留了下来，对着袁崇武道："皇上，微臣冷眼瞧着，怎发觉温丞相并不属意将女儿嫁给少帅，瞧他脸色，倒颇为勉强。"

袁崇武淡淡一笑，道："温天阳身为言官之首，不免恃才傲物，又加上他的掌上明珠向来被人称为大梁第一美人，奉承的话听多了，总会生出一些不知好歹的念头，也属寻常。"

孟余揣摩了男人的话，心里顿时了然，言道："不知皇上可曾想过，温丞相位居高位，皇长子得了这样一位丈人，只怕日后的势力，会越来越大。"

袁崇武点了点头，那一双黑眸暗如夜空，道了句："他是朕的儿子，如今他既有心向上，朕自然要给他机会。"

"只不过……"孟余还欲再说，袁崇武却是打断了他的话，道："你放心，朕心中有数。"

孟余心知袁崇武向来纵观全局，运筹帷幄，又加上皇长子如今年岁尚小，若没有袁崇武的悉心栽培，也的确是闹不出什么名堂，便也放下心来，对着男人行了一礼，恭恭敬敬地退出了元仪殿。

袁崇武独自一人，以手抚额，只觉得全身莫不是累到了极点，不知过去了多久，才有内侍大着胆子走了进来，一瞧，才见袁崇武竟是睡着了。

那内侍焦急不已，小心翼翼地唤出了声来："皇上，皇上？"

袁崇武虽是行伍出身，多年行军早已让他十分警觉，可这次的确是累得很了，直到那内侍唤了好几声，男人方才惊醒了过来。

内侍见他睁开眼睛，慌得跪在了地上，对着男人道："皇上，夜深了，奴才服侍着你歇下吧。"

袁崇武眸心满是血丝，对着宫外看了一眼，片刻后，他闭了闭眼睛，吐出了一句话来："摆驾玉茗宫。"

内侍一怔，还道自己是听错了，不由得颤声道："皇……皇上，您是要去哪儿？"

袁崇武也没说话，径自站起了身子，向着殿外走去。

玉茗宫中，灯火通明，袁宇正伏案苦读，安氏则伴在一旁，端午前后蚊虫最多，安氏不时挥动着手里的团扇，去为儿子将蚊虫赶走。

待听到内侍的通传"皇上驾到"后，母子俩俱是一震，袁宇最先回过神来，当即便喜不自禁，赶忙站起了身子，向着殿外迎了过去。

"孩儿叩见父皇。"袁宇已是十四岁的年纪，声音不复年幼时的清脆，已含了几分沙哑，但那声音中的孺慕之情，却丝毫不曾改变。

袁崇武将儿子扶起。袁宇眉目清秀，唯有身量却依旧过于孱弱，比起兄长袁杰足足矮了一个头去，两兄弟虽是一母同胞，但相貌间却并无何相似之处。

袁崇武走进内殿，安氏亦上前拜倒，对着男人规规矩矩地行了一礼，口中只道："臣妾参见皇上。"

男人伸出手，亲手将她扶起，就着烛光，只见安氏面色祥和，眉宇间虽已沾染了岁月的痕迹，却更是透出几分雍和与从容。

袁崇武见案桌上的书堆积成山，随手拿过一本，但见袁宇字迹清秀整洁，阴柔有余却刚劲不足。见男人神色不明，袁宇遂担心起来，嗫嚅道："父皇，是不是儿子的功课写得不好？"

袁崇武回过身子，摇了摇头，道了一个字："来。"

袁宇上前，袁崇武亲自揽过儿子的手，让他与自己一道坐下，在一尘不染的宣纸上，握着孩子的手，一笔一画地写了起来。

袁崇武因着常年打仗，臂力极大，写下的字亦是磅礴大气，刚毅有力，一阕字写完，袁宇双眸晶亮，忍不住拍手叫好："母妃，您快来瞧，父皇的字写得多好！"

安氏站在一旁，闻言不过微微一笑，柔声言了句："母亲不识字，又哪里能看懂。"

说完，安氏对着袁崇武又行了一礼，只道去做些点心来，男人颔首。待安氏走后，袁崇武一一看了袁宇的功课，见孩子勤奋好学，心头不免也多了几分喜欢，听袁宇问起军中之事，也细心说了，直到安氏将点心呈上，瞧着孩子吃饱后，袁崇武方才对着袁宇开口道："时候不早了，快去歇息。"

袁宇恭恭敬敬地站起身子，对着父母行了大礼，问安后方才离开。

当大殿中只剩下袁崇武与安氏二人时，安氏心头惦记着长子，遂言道："皇上，听闻杰儿还在豫西前线，不知他眼下如何，会不会……有危险？"

袁崇武抬眸向她看去，见安氏的眼睛中满是担忧与迫切，委实是儿行千里母担忧，袁崇武道："杰儿身边有何子沾与李壮等人，不必忧心。"

安氏闻言便微微松了口气，两人沉默片刻，就听安氏自言自语般地轻声道："杰儿今年已十六岁了，去前线磨砺磨砺，也是好的。"

袁崇武不置可否，低沉的声音吐出了一句话来："眼下有一事，不曾与你商议。"

安氏一震，道："皇上有话请说。"

"杰儿如今已到了成婚的年纪，温丞相的千金与杰儿同岁，在朕看来，这是一门良缘，只不知你意下如何？"

安氏听了这话，一颗心怦怦直跳，不敢相信似的望着眼前的男人。温珍珍之美，世所罕见，当日在除夕宴一见，安氏便料定此女日后定会被袁崇武纳进后宫，虽看出儿子对此女的迷恋，却也从没想过能把她娶回来做儿媳妇，此时听袁崇武这般说起，只让安氏蒙住了，还当是自己听错了。

"你不愿意？"见安氏久久不曾出声，男人沉声开口。

安氏倏然回过神来，心知温天阳乃是朝廷的朝政大臣，门生众多，杰儿若是得了这样一位丈人，日后的大业定会受益良多，当下忙不迭地对着袁崇武跪了下去，声音因着激动，已带了几分轻颤："臣妾替杰儿，多谢皇上恩典。"

"起来吧。"袁崇武虚扶了一把，他没有告诉安氏，袁杰在前线时，左肩曾身受一箭，伤口溃脓后，曾在梦中胡言乱语，袁崇武在儿子病榻前守了一夜，听着孩子口中念得最多的，却是这"温珍珍"三个字。

"等杰儿回京，朕便会命礼部，为他筹办婚事。"袁崇武话音刚落，安氏眼瞳中已浮起几许水光，她将泪珠压下，心头的欣慰无以复加，对着袁崇武又行下礼去。

"你不必这样多礼。"袁崇武声音深隽，眼瞳暗黑如墨，留了句"早些歇息"便走出了玉茗宫的大门。

第三十一章

法华惊魂

深夜的皇宫寂寥无声，袁崇武一步步地走着，一大群的宫人内侍跟在他的身后，却没有一个人敢上前问上一句。

直到看见"玉芙宫"三个大字，男人的步子方才停了下来。

袁崇武高大的身形一动不动，就那样在玉芙宫前站了许久，在豫西时，每逢战事稍停的空隙，他心底牵挂的也只有一个姚芸儿，他那样想见她，可此时与她近在咫尺，男人的心头不免觉得可笑，他竟变得踌躇起来，想见她，又怕见她。

内殿中，姚芸儿已睡熟了，溪儿一直都随着她睡，以前若是袁崇武留宿，孩子便会被乳娘抱去偏殿，这些日子袁崇武一直在外打仗，姚芸儿每晚便都与孩子一个被窝，此时就着烛光，就见娘儿俩都是雪白粉嫩的一张小脸，弯弯的眉毛，乌黑的长睫，仿佛一个模子刻出来似的。

溪儿越是长大，越是随了母亲，如今虽然年岁尚小，可瞧那样子分明是个小美人坏子，袁崇武瞧在眼里，疼在心上。姚芸儿揽着孩子，睡得十分浅，待男子从她怀中将女儿抱走时，她全身一惊，霎时清醒了过来。见到袁崇武，姚芸儿美眸浮起一抹错愕，只当自己又是在做梦。自他走后，就连她自己，都记不清究竟做了多少次男人平安回来的梦。

袁崇武将女儿抱在怀里，在孩子白皙粉嫩的睡颜上轻轻落下一吻，小女儿的身上散发着甜甜的乳香，肌肤亦是柔柔软软的，让父亲的心温软得不成样子，怎么疼，也疼不够。

姚芸儿的眼睫颤抖着，目光在袁崇武的身上迅速地掠过，见他身形矫健如昔，并无受伤的痕迹，那悬挂已久、日日担忧的心才算是落了下去，她垂着眼眸，只觉得心口堵得慌，满是心疼。

她不知这场战争还要打多久，也不知自己的心还要为他悬挂多久，纵使父母的亡故与他脱不开干系，可她却还是控制不住地为了他食不知味，夜不能寝，即便睡着了，梦里的人却也还是他，全都是他。

袁崇武将女儿轻手轻脚地放在一旁的摇篮上，将锦被为孩子披好，向着姚芸儿走去。

"你……"姚芸儿本想问他一句，是何时回来的，岂料不等她将话说完，自己的身子便已被男人拦腰抱在怀中，他不由分说地攫取了她的唇瓣，不管不顾地吻了下去，辗转反侧，丝毫不给她说话的机会，更容不得她拒绝。他的力气那样大，刻骨的思念汹涌而出，让他再也顾不得别的，只想将她箍在怀里，再也不松开手去。

"芸儿！"不知过了多久，男人终松开了她，姚芸儿轻微地喘息着，脸颊处白里透红，秋水般的眸子望着眼前的男子，渐渐凝结成了一片雾气。

袁崇武捧起她的脸，低哑着声音，吐出了一句话来："你不知道，我有多想你。"

姚芸儿一怔，自她嫁与男人为妻后，他待自己虽是极好，可素日里总是做得多，说得少，诸如此类的绵绵情话，他委实不曾与自己说过，当下，即使姚芸儿心头纠结万分，可脸蛋还是禁不住地红了，只低着眼睛，要从男人的怀里抽出身子。

袁崇武自是不会给她这个机会，他一手揽她的腰肢，令她动弹不得，另一手则是挑起她的下颚，要她看向了自己的眼睛，沉缓道："明日，我便会下旨，将温珍珍许配给杰儿。"

姚芸儿闻言，心头便是一颤，她似是没听清楚男人说了什么，抬起眼睛，满是惊愕地看着他。

袁崇武俯身在她的唇瓣吮了一口，低声道："往后按着辈分，她便要唤你一声母妃，这样行不行？"

姚芸儿心口一酸，在男人离开的那些日子，温珍珍几次三番地进宫，明为请安，内里却明摆着醉翁之意不在酒，她那般的美貌，又是当朝宰相之女，无论是家世还是容貌都是顶尖的，姚芸儿日日见着她，心里都跟刀剐似的疼，她知道袁崇武定会将温珍珍纳进后宫，就像当初纳慕十一般，这样的绝色，这样的家世，她知道他没理由拒绝。

她也一直告诉自己，袁崇武是皇帝，后宫的女人只会越来越多，可无论怎样自欺欺人，她的心都还是撕扯般地疼，连呼吸都痛。

如今，袁崇武竟告诉她，要将温珍珍许配给皇长子，姚芸儿听完这一句，也不知是怎么了，只觉得心头的委屈不可抑止，大串大串的泪珠噼里啪啦地落了下来。

袁崇武见她落泪，自是心疼不已，他伸出手为她拭去泪珠，声音中含了几许无奈，几许疼惜，轻声道："我若是将她纳进后宫，你哭也就罢了，如今倒是哭什么？"

姚芸儿忍住泪水，声音又轻又小："她那样貌美，父亲又是宰相，你何不将她纳进后宫，就像……你当初纳慕七一样。"

袁崇武听了这话，便有些哭笑不得，他揽紧了她的腰肢，将自己的下颚抵上她的额头，低语了一句："芸儿，当初与慕家联姻，的确是不得已而为之，如今我岭南军已与慕家军开战，至于慕七小姐，我自是会遣人将她送回慕家，说到底，她也不过个女子，这些事，的确不该要她来承担。"

姚芸儿心头一颤，对着他道："你要将七小姐送走？"

袁崇武点了点头，粗粝的手掌抚上她的脸颊，轻柔地摩挲："我虽与她父亲为敌，她却委实无辜。对外，我会宣称皇贵妃染疾身亡，实则要她重返慕家，也算是还她一条生路。"

姚芸儿垂着脸颊，轻语了一句："温小姐那般美貌，你难道，就一点儿也不动心吗？"

男人听了这话，遂淡淡一笑，他将她揽入怀中，低声道："咱们一路走来，我对你如何，你不该不懂。就算有一百个倾国倾城的温珍珍、温珠珠，又怎能与你相比。"

姚芸儿心口一疼，今晚的袁崇武说了许多不曾说过的话，这些话那样动听，一个字一个字地敲进她的心里去，敲得她手足麻木，不知所措。

她甚至不知自己还能不能信他，还要不要信他。

想起母亲，姚芸儿眸心一片黯然，伸出胳膊，将他推开了去。

"怎么了？"袁崇武问道。

姚芸儿眸心是抖的，就连声音亦是抖的，她不敢去看男人的眼睛，只轻语了一句："你去歇息吧。"

"你要赶我走？"男人微微皱眉。

姚芸儿说不出话来。袁崇武重新将她箍在了怀里，沙哑道："你还在气我？"

见她不出声，袁崇武眉心不由得拧得更紧，粗哑道："姚芸儿，你究竟要我怎么做？"

姚芸儿眼瞳中水光盈然，微弱地说了句："你杀了我娘亲。"

男人眸心一阵剧缩，声音沉着有力："明日我会带你去一个地方，将这些全说给你听，眼下，还有一件事，比所有事都更重要。"

姚芸儿的手腕被他攥在手心，剪水双瞳中却浮起一丝迷茫，脱口而出道："是什么？"

袁崇武看着她懵懂的样子，眉心已微微舒展，他的黑眸似海，不轻不重地言了一句："给我生个儿子。"

翌日清晨，袁崇武睁开眼睛时，但觉宫殿里空无一人，姚芸儿母女尽数不见了踪影，他心下一凛，赶忙掀开了被子，刚下床，便有内侍与宫人听到了动静，捧着盥洗之物走了进来。

"娘娘和公主在哪儿？"男人道。

"回皇上的话，娘娘与公主正在大殿，等着皇上洗漱后，一并用膳。"当先的宫人毕恭毕敬。闻言，男人的脸色稍霁，换过衣衫，梳洗过便大步向着前殿走去。

姚芸儿果真已带着孩子等在那里，在看见男人的刹那，姚芸儿站起身子，对着袁崇武躬身行了一礼，不待她俯下身子，便已被男人一把拉了起来，袁崇武眉心微皱，低声道："你这是做什么？"

"早膳已经摆好了，皇上先用膳吧。"姚芸儿轻声细语。

袁崇武看了她好一会儿，她那一声"皇上"，狠狠刺痛了他的心。

"来人。"男人的语气不急不缓，不高不低，听不出任何情绪。

"皇上有何吩咐？"宫人战战兢兢地上前，恭声道。

"摆驾景陵。"

景陵乃是前朝陵寝，大周朝的历代君王俱葬在此处，距景陵不远处还有一座定陵，埋葬着历朝以来对大周的江山立下过汗马功劳的权臣。陪葬定陵，对朝臣来说一直都是无上的荣耀。

姚芸儿压根儿不明白袁崇武为何要带着自己来到此处，直到鸾车停下，袁崇武亲自将她从鸾车上抱下，她方才见自己已置身于一处绿意静深、山清水秀的墓园之中。

"这是哪儿？"姚芸儿不解地看着男人。

袁崇武一语不发，拉起她的手，向着前面走去。随行的侍从与宫人，皆一个个如钉子般地站在那里，未得奉召，不敢上前。

直到走至一处宏伟气派的陵墓前，男人方才停下步子，对着她道："你的亲生父母，便葬在此处。"

姚芸儿听了这话，小脸顿时变得雪白，她怔怔地望着墓碑上的刻字，依稀识得"大周"、"南凌王"、"凌肃之墓"几个大字，从前的回忆汹涌而来，凌肃待自己的好亦点点滴滴萦绕心头，让她膝下一软，情不自禁地跪在了凌肃的坟前，呢喃了一句："爹爹……"

在养母一家被亲生父母下令斩杀后，她曾说过自己再也不想当他们的女儿，可是，真当父母全都离自己而去后，姚芸儿方才惊觉自己竟会时常想起他们的好，尤其当自己生下溪儿后，原先的那股恨意，居然在不知不觉间慢慢消退……

"出来吧。"袁崇武的声音淡然，一语言毕，就见从墓园旁走出一位容貌娟秀、粗衣麻裤的妇人。

姚芸儿骤然见到此人，只觉得眼熟，细瞧下去，不由得怔在了那里，这妇人不是旁人，竟是原先一直服侍在徐靖身旁的永娘！

"小小姐！"瞧见姚芸儿，永娘亦是泪如雨下，"扑通"一声跪了下去，一点点地挪到了姚芸儿身旁，还没说话，倒先拭起了眼泪。

"徐姑姑，你，你还活着？"姚芸儿先是惊，再是喜，怎么也不曾想到永娘还尚在人间。

永娘含泪点了点头，举目望去，就见袁崇武已走得远了，她攥住了姚芸儿的手，温声道："小小姐有所不知，当初岭慕大军打下京师，皇上自尽殉国，奴婢与太后在披香殿里亦准备了结自己，是岭南军的人救了咱们，他们不分日夜地守着我们，不许我们寻死，直到后来，袁崇武进了京……"

姚芸儿心头一颤，哑声道："杀我娘的人，是不是他？"

永娘摇了摇头，眸子却转向了那一座坟墓，对着姚芸儿道："小小姐，这是你爹娘的合葬墓，太后临去前，曾留下心愿，希望死后能与侯爷合葬，大梁的皇帝成全了她，将她安葬于此，并答应了奴婢，要奴婢在这里守墓。"

姚芸儿盯着永娘的眼睛，颤声道："徐姑姑，你告诉我，我娘是怎么死的？"

永娘的眸子里是一片深沉的慈爱，她为姚芸儿将散落的碎发捋好，轻声道："小小姐，你娘是自尽的，大梁的皇帝本要将咱们主仆送至西峡寺，也能颐养天年，是你娘，她求了大梁的皇帝，希望能见你一面，方可无牵无挂地上路。"

"她为什么要这样？"姚芸儿声音沙哑。

"你娘苦了一辈子，最大的心愿，便是能与你父亲在一起，侯爷去世后，她已生无眷恋，再后来，大周灭亡，亲儿自尽，即使大梁的皇上有心饶她一命，她也不愿苟活。"

永娘的话说完，姚芸儿已想明白了前因后果，她一动不动地跪在那里，望着眼前的那一座气势恢宏的陵墓，不知过去了多久，她终是颤抖着双唇，唤了一声："爹……娘……"

永娘跟在一旁抹泪，叹了句："恕奴婢多嘴一句，你爹与你娘得以合葬于此，亦是大梁皇帝因你之故，若不是为了你，怕是你爹的坟墓都早已被人掘开，连尸骨都要被人给挖了出来。小小姐，以前的事，你都忘了吧，往后，好好儿地和大梁皇帝过日子，啊？"

姚芸儿听着永娘的话语，已说不出话来。她在父母的坟前跪了许久，只觉得漫天漫地，凄惶无助。

七月，豫西的战事已停，两军久久对峙，无论是慕家军，还是岭南军，都不敢越雷池一步，僵持之态，不知要维持多久。

袁杰待听闻父皇将温丞相的千金许给自己为妻后，心头的喜悦便好似要炸开一般，成日里精神抖擞，军营的事莫不是在副将的协助下才处理得井井有条，偶有空闲的工夫，温珍珍绝美娇嫩的容颜，总是会浮在心头，只让他恨不得可以立时回京，看一看心上人才好。

终于，七月初，袁崇武一道圣旨，命皇长子回京。

丞相府。

温珍珍坐在梳妆镜前，镜子里的女子肤白胜雪，丽色天成，淡扫蛾眉，剪水双眸，一张鹅蛋脸桃腮潋滟，娇嫩的手指留着长长的玉色指甲，扣人心弦。

柳儿是自小伴在她身边服侍的，即使见惯了自家小姐的美貌，可此时亦怔在了那里，只呆呆地看着她。

温珍珍听到她的脚步声，仍在慢条斯理地梳着自己的长发，淡淡道了句：

"是不是皇长子来了？"

听到自家小姐开口，柳儿方才回过神来，赶忙福了福身子，对着温珍珍道："回小姐的话，皇长子一早便来府里拜访，到了此时，已等了两三个时辰了。"

温珍珍一声冷笑，眸子里浮起的是不屑的光芒，道："去告诉他，就说本小姐近日身子不适，要他不必再来了。"

柳儿颇为踌躇，小声劝道："小姐，皇长子自从回京后，日日都会前来府中拜访，您一直回避着不见，奴婢只怕，会惹恼了皇长子。"

温珍珍听了这话，手中的梳子便"啪"的一声，搁在了梳妆台上，柳儿听着这声音，便知小姐动了怒，当下亦浑身一颤，再也不敢多话了。

"惹恼了他正好，省得整天缠着我，烦也烦死了。"温珍珍眉头紧拧，望着镜子里的自己，分明是倾国倾城的一张脸，自她及笄后，见过她的男子无不被她美貌所震，却唯有一人，偏生对自己视而不见，要她怎能咽下这口气。

想起袁崇武，温珍珍更是心烦意乱，她怎么也不曾想过，他竟会将自己许给他的儿子，她实在不懂，他为何要这样做！

"小姐，恕奴婢多嘴，皇长子是皇上亲儿，又是长子，如今在军中也算多有建树，与您年岁也相仿，您若是嫁过去，那也是正正经经的皇子妃，若以后皇长子继承了大业，您更是了不得，这门亲事，奴婢瞧着也并无不好。"柳儿轻声细语，生怕惹怒了眼前的女子。

温珍珍回过身子，冷若寒霜，斥道："你懂什么？皇上如今正值盛年，待姚妃生下麟儿，你以为皇上还会器重皇长子？再说，皇上今年也不过三十有四，即使皇长子被立为储君，也不知猴年马月才能登基，我嫁给了他，难道要做一辈子的皇子妃不成？"

柳儿心知自家小姐心性儿极大，一直都是要当皇后的，当下遂道："小姐，只要姚妃娘娘没有生子，这皇位总会落在皇长子身上，您且熬一熬日子，等皇长子登基，您也是正儿八经的皇后。"

温珍珍默了默，望着镜子里的自己，那一张如花容颜如娇似玉，许是越美的女人，越是怕老，虽然她今年不过才十六岁，竟也担心自己会有衰老的那一天，她怜惜而轻柔地抚上了自己的脸蛋，道："到了那时，我已经老了，就算当上了皇后，又有什么意思。"

柳儿闻言，便不敢说话了。

温珍珍缓缓放下了自己的手，眸心一片清亮，一字一字地吐出了一句："再说，皇后与皇后不同，袁崇武的皇后，那是大梁的开国皇后，袁杰的皇后又怎能与之相比？"

柳儿对这些自是一窍不通，正寻思着说些好话来讨好小姐，就闻一阵脚步声向着温珍珍的闺房走来，柳儿回过头，慌忙俯下身子，道："奴婢见过老爷。"

来人正是温天阳，温天阳对着柳儿摆了摆手，示意她退下，待婢女离开后，屋子里便只剩下父女二人，温珍珍自幼便被父亲娇宠惯了，是以此时见到了父亲也并未行礼，只从锦凳上站起身子，糯糯地喊了一声："爹。"

温天阳瞧着女儿，神色满是温和，道："皇长子已在前面等了你半天，怎又闹小孩子脾气，如此怠慢人家。"

温珍珍不以为然，道："他若是真有骨气，早该瞧出女儿不待见他，即便如此还好意思日日上门，也不怕失了身份，被人瞧轻了去！"

温天阳闻言便笑了，摇头道："你这孩子，还是这般牙尖嘴利，无论怎么说，他始终都是皇长子，听为父的话，好歹出去见一见，免得传进皇上与安妃的耳里，怕要被那些别有用心之人编派你的不是。"

温珍珍不耐道："随他们说去，爹爹，女儿早和您说过，女儿才不要嫁给那个乳臭未干的毛头小子，您为何要答应这门亲事？"

温天阳在椅子上坐下，听得女儿的质问，也只是微微一叹："这门亲事是皇上亲自下的旨，为父哪里说得上话。"

温珍珍心头气苦，道："爹爹您身为当朝宰相、首辅大臣，怎生连女儿的亲事都做不了主，女儿不管，女儿绝不嫁给那个有勇无谋、胸无点墨、事事全要仰仗皇上的……"

"珍儿！"许是听女儿越说越不像话，温天阳的脸色一沉，终是出声打断，"为父知道，嫁给皇长子委屈你了，为父也一直都说，凭着咱们的家世，凭着你的容貌，进宫为后简直易如反掌。当日的除夕宴，为父装傻充愣，有意顺着慕成天的话要你觐见，本以为皇上见了你，自会起了心思，可如今看来，他竟然要将你许给皇长子，你还不明白？"

温珍珍心头一凉，眼眶中已起了一层雾气，心头既是不甘，又是不忿，道："女儿不懂，无论是容貌，还是家世，女儿都远胜姚妃，可他将姚妃视若珍宝，却正眼都不瞧女儿一眼，当日在玉芙宫，他还当着宫人的面羞辱女儿，女儿究竟哪里比不过姚芸儿？"

温天阳眉头微皱，道："皇上比你年长十八岁，你又何苦执着，按为父看来，你与皇长子年岁相当，也莫不是门良缘。"

温珍珍眼眸噙泪，不服道："皇上出身庶民，却凭一己之力统领三军，打下天下，从草莽当上了皇帝，这种男人世所罕有，哪是皇长子能比得了的？"

"珍儿，事已至此，多说无益，既然皇上无心，咱们父女便要顺势而为，不管你愿不愿意，你都非嫁给皇长子不可。皇上已亲自下旨，将你们的婚事通告天下，此事便再无回转的余地，即使你不愿嫁，怕是这世间，也再无人敢娶你。"

温珍珍心口一颤，眸子里浮起一抹惊恐，只呆呆地看着父亲，紧咬唇瓣。

温天阳站起身子，在女儿的肩头拍了拍，叹道："你是个聪明的孩子，自然知道该怎么做，你相信爹爹，等你嫁给皇长子，凭着为父的势力，自会襄助他得到皇位，到了那时，你依然会是大梁的皇后。"

温珍珍一语不发，隔了良久，她似是接受了眼前的事实，默念了一句："那，若是姚妃生了儿子，又要如何？"

温天阳面色微沉，眸心却有一抹冷锐的光芒一闪而过，缓缓道："你放心，有安妃娘娘在，姚妃定生不出儿子。即便她生了儿子，能不能长大，也是两说。"

温珍珍眼瞳一亮，瞬时明白了父亲的意思，她微微颔首，终是吸了口气，道了声："多谢父亲提点，女儿明白了。"

皇宫，玉芙宫。

许是天热的缘故，姚芸儿近日来都身子倦怠，每日里都觉得恹恹的，胸口亦沉甸甸地难受，成日里仿佛睡不饱一般，就连照顾溪儿，也都有心无力起来，一些琐事只得交由乳娘去做，自己则伴在一旁，乳娘若有不尽心的地方，她便亲自动手，精心护着孩子，生怕溪儿受暑。

这一日午后，刚将溪儿哄睡，姚芸儿独自一人坐在后殿，亲手挑着燕窝里的细毛，这些日子袁崇武忙于政事，每晚都熬到深夜，姚芸儿成日里换着花样，按着御医的嘱咐为他炖着补品，这燕窝只是其中一样，姚芸儿只怕宫人打理得不够干净，袁崇武的衣食，事事都是她亲力亲为。

瞧着手中的燕窝，姚芸儿的神智却飘得远了。还记得许久前，那时候的袁崇武不是皇帝，只是清河村的一个屠户，在她初初有孕后，他不知从哪寻来了这些燕窝，去为她滋补身子，担心她心疼银子，甚至和她说这燕窝与粉丝一个价钱。

想起往事，姚芸儿唇角浮起一抹笑窝，眼瞳亦是温温柔柔的，沉寂在过去的回忆里，不愿醒来。

袁崇武踏进宫门时，瞧着的便是这一幕。

他几乎已忘了，他有多久没有看过她这般的笑容，她的笑容还是那般清甜，眉眼如画，依稀间，还是清河村的那个小媳妇。

他一步步地向她走去，姚芸儿终是察觉了他的动静，刚抬起脸颊，便落进了一道深邃滚烫的黑眸里去。

姚芸儿见到他，心跳立时变得快了起来，她刚站起身子，还不等她行下礼去，袁崇武已上前，将她揽在了怀里。

"芸儿，别再这样折磨我。"男人声音低沉，揽在她腰际的大手微微用力，似是要将她揉进自己的怀里。

这些日子，姚芸儿仍对他无微不至，无论吃的穿的，全出自她之手，她那样悉心地打理着他的一切，甚至连溪儿都情愿交给乳娘照顾，也要亲手为他缝制过夏的衣衫。袁崇武常年打仗，身上伤痕累累，尤其肩膀与胳膊更是受过寒，每逢阴雨天便会格外酸痛。如今正值酷暑，天气炎热，而他又贪凉，元仪殿中早已上了冰块，让人一走进去，便感觉凉丝丝的。

御医说是要冬病夏治，若想驱除皇上体内的寒气，夏天里则万万不得受寒，方才能将寒意逼出去，姚芸儿牢牢记在心上，细心挑了轻薄舒适的料子，最是柔软吸汗，在关节处又细细地缝了一层棉纱，既透气，又不至于让他因贪凉受寒，总之想尽了法子，既不愿他受热，又担心他受凉，事事都为他想到了。

可唯独两人单独相处时，面对着他，她却变得谨小慎微，再也不似从前般娇憨随意，见到他，她亦会如旁人一般，对着他行下礼去，口中道皇上，就连她自己都记不清，已多久没有唤过他相公了。

相公，这两个字仿佛留在了过去，留在了清河村，在这座皇宫，没有她的相公，有的只是大梁的皇帝，他是她的君，她是他的臣。

姚芸儿的脸贴在他的胸膛上，她那样温顺，如今就连在床事上，她也乖巧得不成样子，任由他肆意地要着自己，即使他心中因着沉痛，恨得加重了力道，她也默默承受着这一切，不得不弓起腰肢，迎接他近乎粗暴般的占有。

袁崇武诸事缠身，即使身在宫中，朝堂上的事却也将他缠得分身乏术，数日顾不得后宫亦是常事。玉芙宫中宫门深锁，姚芸儿如同惊弓之鸟，除了打小照顾溪儿的乳娘以外，就连玉芙宫的宫人也近不了孩子的身，孩子贴身的事全由母亲一手包揽，从不敢假以他人之手。姚芸儿天性单纯，只得用最土的法子来保护自己的孩子。自从溪儿磕到了眼睛，母女俩如今连御花园都去得少了，成日里守着一座玉芙宫，寂寥度日。

相比，玉茗宫却门庭若市，自袁杰回京后，往来巴结之人数不胜数。数日前，凑巧赶上了安氏的生辰，虽然袁崇武忙于舟山的洪灾之事，未曾前来，袁杰却依然为母亲大大操持了一番，朝中贵妇俱是前来，贺寿的礼物更流水般拥了进来，甚至连库房都塞不下，只得胡乱堆在宫室里，由一个精干的嬷嬷领着好几个手脚伶俐的宫人，整整一天都没有理完。

晚间，丝竹之声随着风声遥遥传来，更衬着玉芙宫凄凉孤苦，姚芸儿素日性子温软，从不为难宫人，日子一久，虽然姚芸儿时有恩宠，但服侍的人多多少少也有些不将她看在眼里。宫里的人向来最是擅长拜高踩低，自袁杰与温小姐的婚事通告天下，诸人得知皇长子得了这样一位丈人，两宫间的地位，更不可同日而语。

姚芸儿抱着女儿，听着远处的喧闹，低眸，就是母女俩落在地上的影子，她不知怎的，心头默然浮起八个字来——相依为命，形单影只。

袁崇武紧紧地抱着怀中的女子，姚芸儿安安静静地倚在他的怀里，柔顺得如同一个没有灵魂的木偶。

袁崇武终是松开了她的身子，见她那一张瓜子小脸消瘦了不少，脸色也泛着微微的青，气色十分不好，他心下一疼，大手捧起她的脸颊，见她那一双眼睛澄如秋水，看着自己时，没有一分灵动之气，她整个人轻如蝉翼，仿佛他一用力，就会将她碰碎了。

他又急又痛，双眸似乎能喷出火来，他捏住她的肩头，再也忍耐不住地粗声道："姚芸儿，你给我一个痛快，你到底要我怎么做？"

姚芸儿移开目光，心口处如同被人捏住一般，疼得人透不过气来。

"你告诉我，行不行？"袁崇武的双手加重了力道，姚芸儿疼得小脸一白，却只是将脸蛋垂下，逆来顺受，强撑了下去。

袁崇武心疼到了极点，每次来见她，都是相思无法排解，他那样想她，没日没夜地处理完政事，第一件事便是来玉芙宫中见她和孩子，可结果，却总是让人撕心裂肺。

他终是松开了她的身子，转身头也不回地离开了玉芙宫，走到宫门口时，男人身子顿了顿，停下了步子，回头望了一眼。

他希望自己看见的，是她守在原地，一如从前般满是不舍与依恋地看着自己，若是如此，他定会回到她身边，不管不顾地将她狠狠抱在怀里，可他看见的却只是她随着宫人一块跪在地上，她的脸庞依旧是安安静静的，没有一丝的不舍与留恋，与周围的宫人毫无二致，恭送圣驾。

袁崇武的黑眸看了她好一会儿，再坚韧的心，也会千疮百孔，他面无表情地转过身子，大步离开了玉芙宫。

玉芙宫外，圣驾已恭候于此，见他走出，一位相貌娟秀的妇人立时俯下身子，向着男人行下礼去。

袁崇武颔首，对着她道："起来说话。"

永娘站起身子，男人的目光落在她身上，道："日后，你便留在玉芙宫当差，芸儿身子不好，一切，便都仰仗姑姑照料。"

永娘一怔，口中只道不敢："皇上此话折煞奴婢，能够服侍姚妃娘娘，是奴婢的福分。"

袁崇武淡淡点头，不再说话，一声不响地向着前头走去，一大群的宫人内侍紧随其后，渐行渐远。

袁崇武自知诸事缠身，陪在姚芸儿母女身边的时日实在太少，他心知姚芸儿的性子，此番将永娘请进宫中，亦是不得已而为之。永娘久居深宫，对宫中险恶之事了如指掌，自是能护得姚芸儿母女周全，此外，他也盼着有永娘在，姚芸儿不至于太过孤苦，身旁有个能说话的人，总归有些益处。

这样，待他离宫打仗，抑或是在元仪殿处理政事时，不必太过牵挂担忧。

晚间，夜已深了，因着再过不久便是中元节，袁崇武已命礼部着手准备祭祀大典，大梁开国尚短，袁崇武又是开国皇帝，此番祭祀，自是不为祖先，而是为当日征战天下，横死的诸位同胞，其中，便有渝州之战时，岭南军的四万冤魂。

此大典甚是隆重，有关祭祀典礼上的诸多琐事，礼部俱一一详细地禀明了袁崇武，男人待此事亦是十分重视，稍有瑕疵，便驳回重置，让礼部忙得人仰马翻，苦不堪言。

"皇上，何子沾将军求见。"听得内侍的通传，男人抬了抬眼皮，道了句："让他进来。"

一身戎装的何子沾单膝跪地，先行了君臣之礼，袁崇武的眼眸落在奏折之上，淡淡道："免礼。"

何子沾站起身子，一一将军营中的诸事回禀了男人，袁崇武笔下不停，一面批阅着小山般的奏章，一面将何子沾的话一字不漏地听了下去。

待何子沾请安告退，袁崇武眸心一皱，似是想起一事，喝道："等等。"

"皇上有何吩咐？"何子沾立时转过身子，垂首道。

"你命人去一趟荆州城，寻到王家村，找一个名为王大春的人，记住，他有两个女儿，你让人把那两个孩子接到京城，送进玉芙宫。"

何子沾听了这话，心头便有些不解，可又不敢多问，当下只是领命而去。

中元节。祭祀大典如期进行。这一祭祀典礼，乃是大梁自袁崇武登基后，规模最为宏大的典礼之一。

文武百官俱身穿朝服，一一立在崇德门前，待那抹明黄色的身影走至高台，诸臣皆一一跪了下去，口中高呼："吾皇万岁万岁万万岁。"

忠烈堂中满是岭南军数年来阵亡的将士灵位，一眼望去，密密麻麻，怎么也望不到尽头。

袁崇武神情肃穆，亲自拈香，深深拜了下去。

大典一直持续到午时，烈日当头，高台下的文武百官俱是苦不堪言，却无不是毕恭毕敬地跪在那里，一脸哀切。

午后，中元节的祭祀已过了大半，就连礼部事先备下的祭品也一一烧了，诸大臣熬了一天，一些武官尚且能支撑，那些身娇体弱的言官，却一个个都脸色煞白，更有甚者在白日里中了暑气，不得不让内侍从祭祀大典上给抬了下去。

法华殿中，一应贡品已摆在案头，此番祭祀尤为慎重，礼部特意请来了百位高僧，为逝去的岭南军超度祈福，甫一踏进法华殿的大门，就听里面诵经之声萦绕不绝，云板声连叩不断，仿佛云雷一般沉闷，响在人的耳际，让人心头既是沉重，又是敬畏。

文武百官亦立在法华殿门口，放眼望去，犹如黑色的潮水，黑压压地向着人碾压过来。

姚芸儿头晕眼花，只看了一眼，便不敢再看，她一身素色妃制朝服，一旁的安氏亦与她同样打扮，只不过脸面低垂，让人看不清她脸上的容色。

清晨的祭祀大典，遵循礼制，她与安氏都不得前去，如今的悼念超度，便无那些规矩讲究，宫中女眷不多，只有她们两人。按着惯例，王朝中似这般重大典礼，向来都是由帝后二人一道主持，然袁崇武登基至今也未曾立后，礼部只得退而求其次，将安氏与姚芸儿一道请来，一左一右，站于袁崇武身后。

法华殿乃是前朝祭祀祈福之地，迄今已有数百年之久，又因前朝末年连年战乱，天灾不断，户部的银两全用来镇压起义军与赈灾，未曾拨款整修，大殿中不可避免地显出几分颓废与破败，就连法华殿顶端的房梁上，亦被虫蚁吞噬，那些精美的描画，此时只能瞧见隐约的轮廓，道尽了百年沧桑。

袁崇武自立国以来，连年免除赋税，宫中一切延续前朝规制，不曾添过一砖一瓦，更不曾整修过亭台楼阁，就连这法华殿，平日里并无用处，早已被人遗忘在宫中一角，此番因着祭祀大典，礼部临时抱佛脚，将整座殿堂命人打扫了一番，表面虽焕然一新，内里却已破损不堪。

礼部侍郎赵光晋与众大臣一道跪着，自袁崇武走进法华殿后，那心头便捏了把冷汗，只暗自盼着这祈福大典早点结束，这法华殿年久失修，若出了个好歹，伤着了皇上，别说他这脑袋上的乌纱帽，怕就连那项上人头，也是不保。

赵光晋越想越怕，额上已起了一层汗珠，他悄悄抬眸向着前头望去，就见袁崇武一身朝服，亲自从高僧手中接过拈香，魁梧的身形笔挺如剑，笔直地站在阵亡将士的灵前，数位高僧分站两旁，口中念念有词，那诵经声越来越密，齐齐向着男人逼去，袁崇武却兀自岿然不动。

直到为首的一位高僧，倏然睁开眼眸，对着袁崇武道了句："皇上，请。"

周围的经声方才安静了下去。

袁崇武一步步上前，将手中的拈香，亲自为阵亡的将士插在案头，并俯身拜了下去。

就在这时，那细密聒噪的诵经声又响了起来，这一次又急又密，犹如狂风卷雨般汹涌而来，数百人齐声诵经，震得人耳膜都疼，姚芸儿脸色苍白，站在那里暗自强撑，只觉得那些声音无孔不入地往自己的耳朵里钻，让人心烦意乱，她最近时常作呕，此时更是胸闷难平，整个人摇摇欲坠。

蓦然，姚芸儿身子不稳，差点儿摔倒，她美眸中浮起一丝惊愕，还道是自身的缘故，可就听一道焦急的男声响起："皇上小心！"

紧接着，便是："快来人，护驾！""不好，大殿要倒！"的声音此起彼伏，姚芸儿这才察觉到整个地面都仿佛在抖动一般，更有轰隆隆的声音盘旋在头顶，就见那有着精美描画的天花板，笔直地落了下来，向着众人黑压压地砸去。

一时间法华殿乱到了极点，距离门口稍近的大臣已慌不择路地跑了出去，就连那些高僧亦没了先前的持稳，一个个从蒲团上争相站起身子，蜂拥而出，争着逃命。

一时间法华殿里再无尊卑，每个人都只顾着自己的身家性命，安氏起先怔住了，直到一旁的言官对着她喝了句："娘娘快走！"

安氏这才回过神来，当下再也顾不得别的，随着诸人一道向外奔去。

姚芸儿眼瞳里只有那抹明黄色的身影，她看着那横梁向着袁崇武压去，口中唤了一声："相公。"脚步却已不由自主地向着他扑了过去，用自己的身子护住了他。

袁崇武单手一扣，反转了身子，将她护在身下，宽厚的后背则露了出来，不过眨眼的工夫，便已抱着她迅速向案桌旁避了开去。

大殿中乱成一团，那横梁已倒了下来，砸中了数位高僧与大臣，一时间惨叫声此起彼伏，殿堂依旧在颤抖着，一些碎片瓦块不住地往下掉，将殿堂里的人砸得头破血流，恍如阿鼻地狱。

袁崇武抱着姚芸儿隐在墙角，弯下腰，紧紧地箍着她，大手死死遮住她的头脸，粉尘四溢，泥土劈头盖脸地纷扬而下，皆被男人的后背挡住，姚芸儿倚在他的怀里，身子却越来越软，耳旁的惨呼声一声比一声凄厉，她却什么都听不见，只想合上眼睛。

"芸儿！"昏迷前，耳边响起的是男人惊痛至极的声音，她勉强睁开眼睛，映入眼帘的便是他骇然到近乎惨白的面容。

法华殿于祭祀时突然生事，砸死砸伤者数不胜数，幸得当日文武百官大多跪在殿外，殿内多是高僧，对朝堂不曾有太大冲击，唯有当日袁崇武却亲自莅临，待御林军赶至，就见皇上已抱着姚妃从法华殿的残垣断壁中冲了出来。

诸人瞧得清楚，袁崇武脸上略有血迹，身上的朝服亦沾满了碎片粉尘，待他将姚芸儿抱出来后，拼命地在她身上寻着伤口。他的呼吸急促，整个人犹如疯了一般，眸子更是焦灼欲裂，守在法华殿外的诸人竟不敢上前，只得眼睁睁地看着他捧着姚妃的脸庞，狠命地擦拭着她脸上的鲜血，他那样用力，姚妃的眼睛却紧紧闭着，让人不知道是死是活。

最后，还是高公公大着胆子上前，对着袁崇武道了句："皇上，姚妃娘娘只是晕过去了，她身上压根儿没伤，那血，是您身上的。"

袁崇武回过神来，眼瞳中混乱惶然的光芒渐渐变得清晰，唯有那呼吸仍是急促的，心跳得更是要从胸腔里蹦出来似的，他顾不得自己身上的伤，一把将姚芸儿抱在怀里，向着玉芙宫疾奔。

第三十二章

再次有孕

深夜，太医署里人仰马翻，上至院判，下至药童，几乎全被召进玉芙宫中，去为姚妃诊治，而法华殿的种种事宜，皆交由朝臣处置，伤者已被移送出宫，负责祭祀祈福的礼部侍郎赵光晋已被关押在大理寺中，只等皇帝择日开审。

玉芙宫中灯火通明，袁崇武面色铁青，身上的朝服不曾换下，守在那里，瞧着他的样子，宫人无不胆战心惊，就连太医署的人欲上前为他将伤口包扎，也被他喝退了下去。

直到太医院的院判从内殿走出，袁崇武眼皮一跳，顿时上前将他一把扯了过来，低哑着出声："她怎么样了？"

"回皇上的话，微臣已为娘娘仔细诊治过，发觉娘娘并不曾受伤，脉象也趋于平和，并无大碍。"

听到张院判的话，袁崇武神色一松，手上竟再无力气，不由自主地松开了张院判的衣领。

张院判退后几步，对着男人跪了下去，又道："微臣还有一事，不曾告知皇上。"

"说。"袁崇武吐出了一个字来。

"姚妃娘娘身怀龙裔，已经三月有余。"

听了这话，男人面色一变，沙哑道："她有了身孕？"

张院判将身子俯得更低，惶恐道："回皇上的话，不久前曾有玉芙宫的宫人回禀，说娘娘近日时有胸闷欲呕，倦怠嗜睡之症，微臣数次前来请脉，姚妃娘娘却俱将微臣挡在宫外，只说自己身子无恙，无须臣来诊治，是以……"

宫妃身怀龙裔，乃是关系着朝纲的大事，宫中有规矩，宫妃在初初有孕后，便要由太医署的人记档在册，并立时上报皇上，似姚芸儿这般有孕三月有余，才被诊出的，实在是绝无仅有。

"还请皇上恕罪！"张院判匍匐于地，诚惶诚恐。

袁崇武一语不发，径自越过跪在地上的张院判，向着内殿走去。

内殿里的宫人与太医见到他，刚要跪下，就见男人对着他们挥了挥手，让他们退下。

姚芸儿躺在床上，在那一片的锦绣丝绒中，她的脸庞犹如一小块羊脂玉，美是美的，却唯独白得没有血色。

袁崇武瞧着，心头便是一窒，缓步在她床前坐下，粗糙的大手，抚上了她的小脸。

姚芸儿在睡梦中亦是不踏实的，许是察觉到男人掌心的暖意，让她情不自禁地向着他的掌心偎了偎，脸庞上的肌肤细腻娇柔，甚至让袁崇武不敢用力，生怕弄疼了她。

姚芸儿仍无知无觉地睡着，直到男人将她的身子从床上抱在了怀里，她仍没有睁开眼睛，一张瓜子小脸，睡得像一个孩子。

袁崇武静静地抱着她，大手则探进被窝，抚上了她的小腹。他抱了她良久，终忍不住俯下了身子，在她的额头落下一吻。

姚芸儿醒来时，只觉得身子疲乏得厉害，她睁着惺忪的双眼，迎面便是男人英挺的面容，袁崇武见她醒来，唇际便浮起一丝笑意，深邃的眼瞳中漾着的，全是温柔与疼惜。

姚芸儿怔怔看着他，只以为自己是在做梦，自从那日一别，他已有好些日子没有踏足玉芙宫，这些日子好在有永娘伴在自己母女身边，日子总不似从前那般难挨了。

见她眼睛一眨不眨地看着自己，袁崇武微微一叹，将她揽得更紧，他的声音低哑，带着几分暗沉："为何要扑在我身上，真不要命了吗？"

姚芸儿听了这一句，白日里在法华殿的一幕便涌入脑海，她的脸色顿时变得苍白起来，眼瞳中满是担忧至极的神色，情不自禁地攥住男人的胳膊，失声道："你有没有受伤？太医看过了吗？"

袁崇武见她孱弱的脸颊上满是发自心底的关切，那一双剪水美瞳水盈盈的，满是心疼地看着自己，似乎随时都能落下泪来。

袁崇武已许久不曾见过她这般凝视着自己，当下心头五味纷杂，碍着她的身孕，并不敢太过用力，只能将她贴近自己的胸口，道："受了些皮肉伤，不碍事。"

姚芸儿眼眸低垂，见他揽在自己腰际的大手满是血痕，显是在大殿中被落下来的碎片伤着了，血肉都是翻了出来，鲜血凝固在那里，暗褐色的一片。

她捧起他的大手，瞧着他的伤，心头只觉得疼到了极点，大颗大颗的泪珠不住地从眼眶里滚滚而下，忍都忍不住，一颗颗地砸在他的伤口上，倒将伤口处的凝血晕染开来，显得血淋淋的。

袁崇武收回自己的手，抬起她的下颚，沉声道："哭什么？"

姚芸儿说不出话，见他的额角亦留下了一道血口子，她伸出小手抚了上去，轻语了一句："疼吗？"

袁崇武一把将她的手握住，让她的手指触碰到自己的心口，黑眸笔直地看着她的眼睛，一字字道："比起这里，这些伤都算不了什么。"

姚芸儿的小手隔着他的衣衫，察觉着他沉缓有力的心跳，她明白了他的话音，刚要低下头，不料下颚却被男人挑起，逼得她不得不看向他。

这些日子，她成日里待他极为疏远，与旁的宫人一般，俱胆小甚微，仿佛他是吃人的老虎，生怕会惹恼了他。袁崇武看在眼里，只觉得一颗心刀剐似的疼，他不愿来见她，并不是恼她的冷漠，而是心疼到了极点，那是心伤，无药可救。

"芸儿，你可知你这些日子，一口一声皇上，简直是活活地来剐我的心。"他的声音低沉有力，眼睛黑亮如电，那一个个字落进姚芸儿的耳里，让她心眼儿一颤，泪水扑簌扑簌地落了下来。

袁崇武最见不得她哭，一看见她的眼泪，那心便软了，当下只得一记苦笑，为她将腮边的泪珠拭去，声音也不知不觉地温和下来："闹了这么久，还好意思和我哭鼻子？"

姚芸儿心里难受，她也不知自己是怎么了，看着他陪在自己身边，听着他温柔怜惜的声音，心底的委屈便止也止不住，一双眼睛宛如小小的桃子，又红又肿。

袁崇武亲了亲她的脸颊，直到姚芸儿哭够了，他方才一笑，大手又抚上她的小腹，轻柔地摩挲，道："好了，别哭了，省得孩子在肚子里看笑话。"

姚芸儿大惊，在他的怀里抬起雨带梨花般的小脸，轻声道："你都知道了？"

袁崇武点了点头，黑眸中有暗流涌过，唇角的笑意也渐渐收敛下去，他望着眼前的女子，道："孩子已经三个多月了，你为何一直不告诉我？"

不说还好，说起这事，姚芸儿心头更不是滋味，她默默垂下眼睛，心里却是满满的悲凉。

袁崇武将自己的额头抵上她的，轻声道："告诉我，你在想什么？"

姚芸儿的眼睫毛湿漉漉的，晶莹的泪珠挂在上头，水晶般透明，她咬着唇瓣，许久后，方才颤着声音，微弱地说了句："我不敢说，我怀了孩子。"

那一声，短短的几个字，却不异于一声惊雷，炸在袁崇武的耳际。

男人的眉头顿时紧皱，反问道："为何不敢？"

姚芸儿心中凄苦，转过脸庞，不欲再去看他。

袁崇武摆过她的身子，那一双眼瞳锐利如刀，不放过她脸色丝毫的表情，一字字道："芸儿，告诉我，究竟怎么了？"

姚芸儿鼻尖一酸，她的小手亦不由自主地抚上了自己的小腹，三个多月的身孕让她看起来并无什么不同，就连那小腹亦是柔软而平坦的。

袁崇武见她脸庞凄楚，心头一疼，他揽过她的身子，道："你是怕这宫里，会有人去伤他？"

姚芸儿心口一凉，眼瞳中浮起一丝惊惧，虽然她没有点头，但她的神情已说明了一切。袁崇武心下了然，眉头不由得皱起，无奈道："傻瓜，这孩子是我盼了这么久才盼来的，谁能有这天大的胆子，敢去伤害大梁将来的储君？"

"储君？"姚芸儿默念着这两个字，苍白的脸蛋上，满是不解。

袁崇武点了点头，望着她的眼睛说了下去："我这把龙椅，只会交给咱们的儿子，你肚子里的孩子若是男儿，这大梁的江山便是他的，你懂吗？"

"你将温家的小姐许给了皇长子，难道不是要将皇位传给他吗？"姚芸儿声音十分小，身子只觉得冷。

袁崇武听了这话，大手在她的脸庞上轻轻抚摸，摇了摇头，道："我一生戎马打下的江山，只会交给我心爱的女人，给我最爱女人的孩子。"

他的声音十分平静，似是说着一件无关紧要之事，听在姚芸儿耳里却让她怔住了。

男人的眸光落在她的小腹上，眉宇间却情不自禁地一软，接着道："我袁崇武的孩子，定会平安出生，你不要多想，只需安心养胎。"

姚芸儿垂首不语，袁崇武拥她入怀，大手轻拍着她的后背，言了句；"一切有我。"

姚芸儿动了动嘴唇，终是说出了一句话来："你知道当初是谁告诉我，我母亲被你赐了毒酒身亡的吗？"

男人的手势一顿，他沉默了片刻，心头却无可奈何："我知道。"

姚芸儿心里一酸，轻语道："他说，我父亲……是他亲手斩杀，而你丝毫不曾怪罪，还对他赐了军衔，他还说，我父亲是被你踩在脚下，才给了他机会，刺了那致命的一刀，是吗？"

袁崇武一震，他望着怀中的女子，眉心却渐渐紧皱起来。男人面上已有了严峻的神色，低声吐出了一句："他还说了什么？"

姚芸儿没有说话，只微微侧过脑袋，心头却跟刀剐一般，她还能说什么，即便她将袁杰说的那些话全都告诉了袁崇武又能如何？那毕竟是他的儿子。

袁崇武揽过她的身子，强逼着她看向了自己，一字字地道："芸儿，别瞒着我。"

姚芸儿看着眼前的男人，心头积压的委屈与痛苦，终是再也忍耐不住，泪泪而出。

"告诉你什么？告诉你，我的父母全部死于你手，我却还不知廉耻地跟随你，给你生孩子。告诉你我枉为子女，不配为人，与你卿卿我我，不知羞耻。告诉你我不忠不孝，不仁不义，身为前朝公主，却做了你的皇妃。告诉你我是凌肃的女儿，我父亲杀了你四万同胞，我跟着你，永远都只会是个见不得光的姬妾，连同我的溪儿，我的孩子，他们……也永远不会有出头之日。"

姚芸儿将这一番话说完，只觉得胸口疼到了极点，亦羞惭到极点，她终是捂住了脸颊，哭出了声来。

袁崇武面色铁青，黑眸中的怒意犹如火烧，他望着眼前哭成泪人般的女子，将胸腔中的怒火勉强按捺下去，伸出胳膊揽她入怀，唯有拳头却不由自主地紧握，骨节处咯吱作响。

姚芸儿闭着眼睛，清柔娇美的脸颊上满是泪痕，孱弱得让人不忍心看。她抽噎着，不知过去了多久，方才睁开泪眼，轻声细气地道出一句话来："他说得没错，我的确不知廉耻，不配为人子女，我的亲生父母，都是被你逼死的，可我还这样惦记你，担心你，怕你吃不好，睡不好，我……我真的是下贱……"

姚芸儿只觉得喉咙里满是苦涩，再也无法说下去，只得将脸蛋深深地垂下，泪珠大颗大颗地往下掉。

袁崇武双眸血红，他一动不动地抱着姚芸儿，唯有眼睑处微微跳动着，那是怒到了极点的容色，黑眸中更是暗沉如刀，鼻息亦粗重起来，令人心悸。

姚芸儿泪眼蒙眬，只觉得身心俱疲，全身上下莫不累到了极点，她软软地倚在男人的怀里，竟还是那样贪恋他身上的温暖，这是她的相公，也是她最爱的男人。即便他杀死自己的生父，逼死自己的生母，她却还是割舍不下。

姚芸儿将脸颊贴在他的胸口，她并没有哭出声来，唯有眼泪一直掉，一直掉。

袁崇武揽紧了她的身子，竭力让自己平静下来，他为她将额前的碎发捋好，粗糙的大手拭去她的泪珠，甚至连一个字也没说，转身便走。

姚芸儿瞧着他的背影，却不由自主地下床，伸出手拉住了他的胳膊："你要去哪儿？"

袁崇武回过头，见她赤着脚站在地上，当下一个横抱，将她安置在床上，低声道："你先歇着，我明日再过来。"

姚芸儿紧紧地拉着他的手，不让他离开，那一双眼眸清灵似水，小声开口："你要去找皇长子？"

提起袁杰，袁崇武眸心便暗得骇人，胸腔里的怒意更翻滚着，叫嚣着，随时可以呼啸而出。

姚芸儿低下眼睛，道："他曾说，若我将这些话告诉你，便是心如蛇蝎，是仗着你的恩宠，挑拨你们父子关系，说我如此歹毒的心肠，迟早会遭报应。"

姚芸儿的声音带着几分颤抖，柔若无骨的身子轻轻地哆嗦着，眼瞳中亦浮起几分惧意。

袁崇武听了这话，顿时怒不可遏，他转过身子，竟一拳打在了床头，发出"砰"的一声巨响。

姚芸儿一惊，赶忙去看他的拳头，他的手上本就有伤，此时更是鲜血淋漓。姚芸儿看着，只觉得心疼，心里不由得涌来一股懊悔，她错了，她不该说的！她真不应该将这些话，全都告诉他，让他这般痛苦。

袁崇武深吸了口气，回眸就见她捧着自己的手，漂亮的眼瞳中水光盈然，既惊且悔，更多的，却仍是心疼。

他看在眼里，将她的小手握在掌心，道："所以，你才不告诉我？"

姚芸儿抬起眼睛，轻轻地摇了摇头："我不怕报应，我怕你难过。"

这一句话落进袁崇武的耳里，让他无言以对，唤了一声她的名字："芸儿……"

姚芸儿捂住他的嘴巴，不让他继续说下去，她看着他的眼睛，声音虽然很小，但每一个字都极清晰："他是你儿子，从小被我父亲掳去，吃尽了苦，如今又眼睁睁地看着我和溪儿占尽了你的心，他和我说这些话，我不怪他。"

袁崇武眸心深邃，听她说完，他亦一语不发，一双黑眸宛如深潭，就那样凝视着她。

姚芸儿的小手抚上自己的小腹，继续说了下去："这些日子，我很难过，也很害怕，每天都恍恍惚惚的，不知道该怎么办。直到后来，我有了这个孩子，我知道他们恨我，自然也会恨这个孩子，我不敢说，连太医也不敢看，我不是有意那样对你，我也不知道自己怎么了，只想抱着溪儿躲得远远的，连你也不想见。"

袁崇武念起她前些日子待自己的疏远，怜惜与不忍汹涌而来，他一把将她抱在怀里，低语："别说了。"

姚芸儿倚在他的怀里，伸出胳膊环住他的身子，眼眶中湿漉漉的，全是滚烫的泪水。

将心底的话全盘托出，整个人都松快了许多，以前的事，更下决心全给忘了，她的心里、眼里，只有面前的这个男人，她的整个人、整颗心，都是属于他的，她再也不要去想别的，他们这一路走来，诸多的不易，即使在这座皇宫，只要他们一家人能在一起，这就够了。

丞相府。

一袭淡粉色襦裙，肌肤胜雪，面如美玉，待温珍珍自后堂走进时，袁杰顿时站起身子，一张年轻俊朗的面容倏然涨得通红，就连那手脚，都似是不知该搁哪儿才好。

两人婚期已近，自从那日温天阳对女儿谆谆告诫后，温珍珍对袁杰虽然仍是不喜，可终究不似从前那般，避着不见了。

"臣女见过皇长子。"温珍珍轻轻行礼，唬得袁杰忙称不敢，连连拱手道："小姐不必多礼。"

温珍珍站起身子，一双妙目在袁杰身上轻扫，勉强压下心底的不屑，温声道："皇长子请坐。"

袁杰依言坐下，眼观鼻，鼻观口，天仙般的美人近在眼前，他却连抬头看她一眼的勇气也没有。

温珍珍端起茶碗，轻轻抿了一口，慢条斯理地说着："听闻皇长子如今忙于军事，又怎有空前来？"

袁杰听着她娇柔婉转的声音，心头不禁一动，忍不住抬起眸子向她看去，甫一迎上温珍珍的绝色面容，袁杰只觉胸口一窒，仿佛迎面让人在心窝子里打了一拳，竟情不自禁，目不转睛地瞪视着温珍珍。

温珍珍终究是未出阁的女儿家，虽然对袁杰不喜，但见他这般无礼地瞧着自己，那心头也是恼了，脸庞亦浮起一丝红晕，更增妩媚。

就听"咣当"一声响，袁杰方回过神来，原是温珍珍将手中的盖碗搁在桌上，他自觉无礼，赶忙将眼睛垂下，惭愧道："是在下失礼，还望小姐不要怪罪。"

温珍珍睨了他一眼，袁杰身材魁梧，容貌与袁崇武十分相似，眉宇间也颇为俊朗，然父子俩虽然形似，神却相差太远。

袁崇武气势沉着，不怒自威，令人心生仰慕，而袁杰每逢见到自己，却总是畏畏缩缩，毫无英气。

温珍珍想起袁崇武，不免越是烦闷，言了句："皇长子言重了，若无要事，请恕小女失陪。"

温珍珍说着便站起身子，对着袁杰略微福了福身子，转身欲走。虽然温天阳曾数次嘱咐过她，待皇长子不得失了礼数，可她在瞧见袁杰望着自己的眼神后，便心知其已被自己美色所迷，自己越冷着他，他便越巴巴地往上赶，与他父亲，简直是一天一地。

袁杰见她要走，心头顿时慌了，两人虽婚约已定，可温珍珍待他却一直都不冷不热，就连笑脸瞧得都少，此时见她这般不声不响地将自己撂下，袁杰赶忙上前一步，挽留道："小姐请留步，若在下有失礼之处，还望小姐海涵，不要与我计较。"

听着他这般急切地与自己解释，温珍珍不免愈是不屑，昂然道："皇长子身份尊贵，你我二人虽有婚约，皇长子也不该屡次登门，平白让人看了笑话。"

袁杰被这般抢白，年轻的脸庞顿时一阵红来一阵白，他虽对温珍珍十分迷恋，但到底是血气方刚的年纪，又是当朝皇子，听了这话亦心下火起，道："你既心知你我二人已有婚约，又缘何待我如此冷漠，你是我未过门的妻子，我得空来相府探你，有何不可？"

温珍珍见他尚有两分脾气，心里倒浮起几分兴致，对着他道："既如此，小女便将实话告知了皇长子，这门婚事是皇上所定，尚无一人问过小女心思，皇上一卷圣旨，便定了小女终生，皇长子仗着自己是皇上亲儿，自然是想娶谁便娶谁。"

袁杰听了这话，心如擂鼓，哑声道："你这话什么意思？你不愿嫁给我？"

温珍珍心头冷笑，面上却冰清玉洁，傲如寒霜："小女自幼便立下誓言，要嫁与这天下间最大的英雄，皇长子扪心自问，自个儿是不是位英雄？"

袁杰怒目圆睁，一个"你……"字刚出口，就见温珍珍俏脸一转，一双眼睛宛如两瓣桃花，柔美不可方物，就那样随意地一瞅，便让人心窝儿一荡，眉梢眼角俱是娇媚，只那一眼，就让人一腔怒意消散得无影无踪。

"我自幼随父征战杀敌，麾下亦有一支'飞骑营'，在豫西时，曾亲手射杀慕家军大将，我袁杰自问虽无父皇那般的能耐，可也不算太差。"

听着男子颇为傲然的话语，温珍珍不露声色，眼波流转间，却分明有几分怜悯流露其中。

袁杰瞧得清楚，见她竟对自己生出同情之色，心头不免动怒，刚要发作，可瞧着温珍珍如花般娇艳的脸蛋，那心又软了，只一动不动地看着她，终是微微一叹，道了句："我只问你一句，如何才能要你心甘情愿地嫁给我？"

温珍珍等的便是这句话，她站在那里，衣袂飘飘，貌美如仙，原先的冷漠与淡然已从那张脸蛋上悄悄退去，取而代之的，则是属于小女儿家的娇憨与柔媚，看得人目眩神迷，袁杰怔怔地看着她轻启朱唇，娇滴滴地道出了一句话来："只要你能得到皇位，要我做开国皇后，我便心甘情愿地嫁给你。"

那句话仿佛一声惊雷，炸在袁杰耳旁，让他从那一片意乱情迷中清醒了过来，他惊骇地盯着眼前的女子，失声道："你要我谋权篡位？"

温珍珍眼儿一瞋，道："你本就是皇上长子，皇位对你来说，不过是囊中取物，那本就是你的东西，又哪里能说得上是谋权篡位？"

袁杰踌躇道："可如今父皇正值盛年，即使他传位于我，怕也是多年以后，难道你要等到那时才愿嫁与我为妻？"

温珍珍斜了他一眼，几乎要将人的心魂一道摄走，她轻移莲步，缓缓向袁杰身边走去，声音也温温柔柔的，蛊惑着人心："真是死心眼儿，你就不会先当太子，一步步来吗？"

袁杰一个激灵，面上渐渐变了神色，"太子……"他低声咀嚼着这两个字，一时间心乱如麻。

温珍珍的声音再次响起，声音宛如莺啼，让人酥到了骨头里："再过不久，皇上又要亲自领兵征战豫西，到时候我父亲会与其他言官一起，奏请皇上立下皇嗣，已定国本，这皇嗣，自然便会是你。到时，父亲会以稳固朝政为由，将太子留在京师，战场上刀剑无眼，若是皇上在战场上有个好歹，到时候，这天下是你的，就连我，也是你的。"

袁杰神色大变，抬起眸子看向温珍珍的眼睛，望着眼前那一张令自己魂牵梦萦的面容，男子的眼瞳却渐渐变得阴沉，一字字道："这是你和温天阳早就设计好的，等着将我父子玩弄于股掌之间？"

温珍珍心下一沉，道："父亲只有我这么一个女儿，皇上既然将我许给了你，他自然是要扶持你登上皇位，你若不愿要这天下，不愿娶我为妻，你大可将我们方才的话全告诉皇上，我倒想看看，等姚妃肚子里的孩子生下，这皇宫和军营中，还会不会有你的一席之地！"

袁杰一震，眼眸中的光倏然暗了下去，仿佛一腔热血，被人顷刻间浇了个干干净净，他一语不发地站在那里，脸色渐渐变得惨白。

温珍珍轻语道："姚妃如今已有了四个月的身孕，父亲的门生素来与太医署的张院判交好，张院判亲口告诉他，姚妃这一胎，定是个男孩儿，依皇上对姚妃的恩宠，你觉得这皇位，会落到你身上吗？"

袁杰眸心通红，仿佛能沁出血来，他沉默良久，道："姚妃怀的是个男孩，此话当真？"

温珍珍点了点头："千真万确。"

袁杰银牙紧咬，终是道："父皇如此偏心，若等此子落地，我们兄弟定被他弃之如屣，既如此，便也莫怪我无情。"

温珍珍这才莞尔一笑，对着他道："若早知皇长子有这般的雄心壮志，珍珍，自是甘愿嫁与你为妻。"

袁杰望着她倾国倾城的一张面容，望着她唇边的酒窝，亦迷醉不已，纵使心头还剩下些许的疑惑，也烟消云散了去。

皇宫，玉芙宫。

姚芸儿小腹微隆，正牵着女儿的小手，在御花园里玩耍，远处的内侍放着风筝，逗弄着溪儿咯咯直笑，近处的宫人嬷嬷则亦步亦趋，里三层外三层地将姚芸儿母女团团护住，就连御花园里的那一条羊肠小道都被人撒满了石灰粉，只因姚芸儿身怀有孕，生怕路滑，让她有个闪失。

溪儿贪玩，刚挣开母亲的手，便有十来个宫人围了上去，数十只眼睛紧紧地落在孩子身上，一个个紧张得不得了，就怕她磕着碰着，眼见着孩子跑得太快，几个内侍几乎骇得脸都白了，弯腰屈膝地跟着孩子，一步也不敢耽搁。

自得知姚芸儿有孕后，玉芙宫的宫人几乎翻了一倍，每一个都家世清白，由永娘亲自挑选，并掌控他们的至亲，玉芙宫上上下下滴水不漏，就连姚芸儿母女每日的膳食也都由专门的太医试用，而后再由永娘查验，确认无误后，才会端去给母女俩享用。

"娘娘，咱们出来也好一会儿了，不如先回去吧。"御花园的拐角，翠玲俯身站在安氏身后，恭声开口。

安氏默不出声，一身素色宫装，简朴无华，头发梳得一丝不苟。

瞧着众星捧月般的姚氏母女，安氏的唇角渐渐浮起一丝苦笑，眼眸不经意地落在姚芸儿微微隆起的小腹上，心口越发酸苦，犹如饮下黄连，满心满眼的不是滋味。

"也罢，咱们回去吧。"安氏低声开口，刚欲领着宫人离开，不料却见一抹明黄色的身影向着姚氏母女大步而来，她当即停下了步子，眼睁睁地看着姚芸儿向着他迎了过去，而男人则唇角含笑，甚至不顾那般多的宫人在场，大手一勾，便将她揽在了怀里。

姚芸儿脸庞浮起一抹红晕，即使隔得这般远，安氏仍看得清楚。

她看着她那张年轻貌美的小脸上噙着甜甜的梨窝，举起手中的帕子，去为袁崇武将额前的汗珠拭去，两人四目相对，眼中唯有彼此，尤其是袁崇武，他望着姚芸儿的目光是专注的、温柔的，深情得让人不可思议。

安氏怔在那里，双眸一眨不眨地望着眼前的一幕，袁崇武在她心里一直都是冷心冷面的人，她甚至不敢相信，他竟会用如此的目光去凝视一个女人。

多年前在岭南时，他待自己也是好的，可她心里明白，那种好是出于责任，因为自己是他的女人，可如今，安氏看着他唇角的笑容，看着他伸出手，为姚芸儿将被微风吹乱的鬓发捋好，手势间满是柔情，那是发自心底的怜爱，无论如何都遮掩不住。

她的心倏然凉了下去，死一般的灰，铁一般的冷，他从没用那种眼神瞧过自己，即便是二人新婚时，即便是自己为他诞下麟儿，也从没有过。

安氏深吸了口气，死死压抑着心口钝痛，她一直不愿提醒自己，那个占满了她夫君心底的女子，不是旁人，正是凌肃的女儿！

她的父亲害得自己残缺不堪，害得她与夫君分别多年，害得她背负着四万条人命，日夜不安，可她，却霸占了她的丈夫，连同她的女儿，一道抢走了自己孩子的父爱。

瞧着自家娘娘的身子不住地轻颤，一旁的翠玲打心眼里害怕，上前小声道："娘娘，咱们回宫吧，何苦让自己不痛快，姚妃虽然得宠，可您还有大皇子和二皇子，她总归讨不了巧去。"

安氏回过神来，就见一个粉团似的女孩儿向着袁崇武扑了过去，而男人则俯下魁伟的身躯，一把将女儿抱了起来。那孩子生得漂亮，像极了她娘亲，安氏曾远远地看过袁云溪几次，那般粉嫩的孩子，莫说袁崇武，就连她瞧着，心底也会生出几许喜欢。

溪儿咯咯地笑着，肉乎乎的小手搂着父亲的颈脖，男人的眉梢眼角俱是慈爱，在女儿的脸颊上亲了亲。宫里的人全知道，这个孩子是皇上的掌上明珠，这孩子两岁的时候，袁崇武竟用正殿的名字作为女儿的封号，唤为元仪公主。

安氏的眼瞳终是从那一家三口身上收回，唇角勾起一抹苍凉的苦笑，轻声道了句："你说得没错，我还有杰儿和宇儿。"

语毕，安氏的脸色已慢慢恢复如常，对着翠玲淡淡吩咐了一句："走吧，咱们回宫。"

翠玲连忙答应着，临去前回眸一瞥，就见皇上一手抱着公主，另一手则揽着姚妃的腰肢，与平日的不苟言笑、威势凌人判若两人，此时的他哪有点皇帝的样子，分明只是一个慈爱的父亲，温柔的丈夫。

翠玲微微一叹，不敢再看下去，跟在安氏身后，向着玉茗宫匆匆走去。

回到宫，安氏眼皮一跳，不料竟瞧见了袁杰。

见母亲回来，袁杰当即俯身行了一礼。安氏已多日不曾看见他，此时见到了孩子，心头自是欢喜，赶忙要宫人去张罗了些袁杰爱吃的点心，自个儿则领着长子，在身旁坐下。

"你父皇赐给你的宅子，还住得惯吗？"

袁杰抬了抬眼睛，道："您不必担心，父皇赐给我的宅子在京师算是拔尖的，比这皇宫都好。"

安氏唇角浮起一丝笑意，似是十分欣慰："这就好，你父皇心里还是记挂你的，你在军中可要争气，万不可违逆你父皇。"

袁杰勾了勾唇角，不以为然："孩儿每次进宫，母亲说的都是这几句话，也不嫌腻。"

安氏瞧着儿子的神情，深知儿大不由娘，自己说得多了，难免弄巧成拙，当下便微微一笑，刚要说几句别的闲话，却见袁杰转过身来，又言道："父皇如今赐我美宅，也不过是他自己图个心安，以为这样就对得起我了。"

安氏闻言，心头微微一凛，道："你这话是如何说的，你父皇为你纳了丞相家的小姐，赐给你良田美宅，又如何对不起你？"

袁杰黑眸闪过一抹阴戾，向着母亲看了过去："等姚妃肚子里的孩子落地，整个天下都是他的，我如今的这些东西，和这个天下相比，又能算得了什么？"

安氏眉心微蹙，斥责道："杰儿，母亲与你说过多次，你若真想要这个天下，便安心在军营中稳扎稳打，戒骄戒躁，若整日里尽将心思放在这区区后宫，又如何能成大器？"

袁杰挥了挥手，冷声道："母亲不必每次都与孩儿千篇一律地说这些话，母亲就不想想，等姚妃生了儿子，父皇定会亲自栽培，将此子扶上帝位，我即便有丞相扶持又能如何？这天下间，又有谁能比得过父皇？"

"姚氏肚里的孩儿，也不一定就是儿子……"

"母亲何苦自欺欺人，张院判已诊出了姚妃这一胎，定是男孩！"

安氏心头一动，立时喝道："这话是谁告诉你的？"

袁杰见母亲相问，遂别开脸去，显然不愿多说。

安氏看出了眉目，脸色已渐渐变了，对着儿子道："母亲听闻你这些日子日日前往丞相府，这些话，是不是出自温天阳之口？"

袁杰起先支吾了片刻，最后实在架不住母亲的逼问，遂将那日在丞相府，温珍珍对自己所说的话，一五一十地告诉了母亲。

安氏听完儿子的话，顿时又气又怒，"啪"的一声，打了儿子一巴掌，骂了一句："混账！"

袁杰捂住脸，不敢置信地看着面前脸色潮红、气得浑身颤抖的母亲。

安氏指着儿子的鼻尖，手指控制不住地颤抖："母亲前些时日便听闻你日日前往相府，只当你是年少气盛，母亲也知那温珍珍貌美，绝非寻常男子所能抵挡，可母亲想你身为皇子，又随你父亲征战多年，绝非贪恋美色之辈，怎知你竟糊涂至此，被人以美色迷惑了心智，生出这般不知好歹的念头！"

袁杰倏然站起身子，比安氏还要高出一个头来，道："孩儿如何不知好歹，父皇心里压根儿没有我们母子，若咱们不为自己打算，咱们还能指望谁？"

安氏气得心口发疼，一手抵住案桌，支撑着自己的身子，颤声道："逆子！你被温天阳父女利用，却不自知，你当你父皇是什么人，他岂会容得你们在背后作祟，若要他知道你有这般念头，你还有命在？"

袁杰面色阴狠，对母亲的话置若罔闻："温丞相做事向来谨小慎微，孩儿亦会万事小心，只要他将孩儿立为太子，孩儿便会留守京师，豫西战事吃紧，只等他与慕玉堂两败俱伤，到时候……"

袁杰眸心暗红，犹如嗜血一般，后面的话他没有说，但安氏却也明白。

她的脸色难看到了极点，眼见着亲子醉心权势，只微弱地开口："杰儿，他是你父亲！"

袁杰声音低沉，一字字道："从他将凌肃的女儿封成皇妃的那一日起，孩儿便再未将他看作父亲！"

"你不能这样……"安氏摇着头，一把攥住了袁杰的手，"孩子，你听母亲说……"

不等母亲说完，袁杰便抽出了自己的胳膊，道："母亲，您不必多说，与其让孩儿出生入死，跟着父亲打下天下，眼睁睁地看着他将这天下交给姚氏的孽子，不如要孩儿拼这一次，就算输了，孩儿也不后悔！"

安氏一怔，瞧见儿子眼底的眸光，那是坚定的、炙热的、不顾一切的，她心下打了个寒噤，一时间，竟说不出旁的话来。

袁杰移开眸光，向前走了两步，他的声音沉静，眼眸更黑亮如墨，道了句："他只当给了咱们荣华富贵，给了咱们衣食无忧的日子，便能心安理得地与那个妖妇厮守在一起，也未免欺人太甚！"安氏看着儿子的背影，只觉得手足酸软，竟连开口说话都变得艰涩困难起来。

"当年在岭南，若没有你父亲，你我母子早已饿死，是你父亲拼死从官府抢了口粮，才将你救活。你六岁时，咱们母子被凌肃掳去，也是你父亲不顾生死，去敌营相救。就连你在烨阳，误闯凌家军的阵地，还是你父亲舍身将你护在身下，替你挡了一箭，他因着那一箭，差点失了性命，孩子，你不能……你不能这样对他……"安氏心中悲苦，眼见着亲儿如此，泪珠便一滴滴地往下掉，她上前，转过儿子的身子，让他看着自己的眼睛，接着说了下去。

"就连你如今的一切，也都是你父亲给你的，你的'飞骑营'，你的少帅，你的亲事，你的府邸，这些全是他给你的，如果没有他，你什么都不是。"安氏眼神凄苦，摇了摇袁杰的胳膊，道，"杰儿，你醒醒，不要被旁人的话迷了心窍，你为了一个女人，便要暗地里杀君弑父，这是要天打雷劈的。娘虽然盼着你有出息，盼着你能出人头地，可娘从没想过要你与你父亲为敌。你听娘一句话，只有你父亲活着，才能护得了你，若没有了他……"

安氏心头一寒，一个字一个字地告诉儿子："如果没有他，别说这个天下，就连这条命，你也是保不住的，你懂吗？"

袁杰眉头微蹙，一把挥开了母亲的手，却道："母亲不必啰唆，孩儿心头有数，今日前来，亦不过知会母亲一声，军中还有事，孩儿改日再来向母亲请安。"

见袁杰欲走，安氏慌了，一把扯住儿子的衣衫，几乎泪如雨下："孩子，算娘求你，把那些念头都收起来，不要做傻事！"

袁杰笔直地看着母亲的眼睛，却低声言了一句话来："若母亲答应儿子一件事，儿子，便再也不动这些念头。"

"什么事？"安氏脱口而出了三个字。

袁杰眼眸黑亮，宛如利刃，每一个字，都似是从牙齿里蹦出来一般，对着母亲道："只要母亲能想法子，将姚氏肚子里的孽种除了，父亲一直没有别的子嗣，孩儿便甘愿等下去，等着父亲不得不将皇位传给孩儿。"

那一句话仿佛一个霹雳，炸在安氏耳旁，她惊愕不已地看着眼前的长子，脸色雪白，似是不敢置信自己的孩子会说出这般话来。

"那是你弟弟。"安氏嗓音沙哑，好不容易才吐出了几个字。

袁杰一记冷笑，不以为然道："孩儿的手足，只有宇儿一个。"

安氏面如死灰，轻轻摇了摇头，对着袁杰开口："孩子，咱们不能做伤天害理的事，凌肃已经被你亲手斩杀，咱们的仇已经报了。"

袁杰脸色暗沉，撂下了一句："母亲当年为了孩儿，不惜出卖父亲，葬送四万条人命，也没听母亲说过伤天害理，如今不过一个孽种，母亲便诸多推辞，既然母亲不愿襄助孩儿，那便当孩儿今日不曾来过，一切就由孩儿自行筹谋。"

安氏听到这句话，脸上的神情便越发难看，说成惨无人色也不为过，她看着眼前的亲子，只觉得一颗心千疮百孔，不由得合上了眼睛，喃喃了一句："报应，这都是我的报应。"

安氏睁开眸子，全身上下，到处都疼，尤其是一颗心，更是绞来绞去，几乎失去知觉。

待袁杰走至宫门口时，安氏终是开了口，唤了句："站住！"

袁杰回过头去，就见母亲的面色已渐渐恢复，他一语不发地走至母亲身边，母子俩沉默良久，袁杰终是沉不住气，刚唤了一声："母亲……"

不等他说完，就听安氏用极低的声音，缓缓言道："娘会遂了你的心，为你将所有的威胁尽数除去，但娘要你答应我，你永不可背叛你父亲，你能做到吗？"

袁杰眼眸炯亮，立时道："只要父皇愿将皇位传给孩儿，孩儿自会效忠于他。"

安氏闭了闭眼睛，静静地说了下去："你且安心回营，记住母亲的话，无论发生何事都要沉着应对，不要受人挑拨。"

袁杰的心思全然不在这些，当即道："母亲准备何时下手？"

"此事需从长计议。"安氏看着孩子，叮嘱道，"切记，不要受温天阳摆弄，等你父亲离京时，若如温珍珍所说，温天阳会提议将你立为太子，你一定要一口回绝，不留任何余地，你只需说你父亲正值盛年，那些要他立太子的人其心可诛，也万万不要留在京师，你要随你父皇前往豫西，半步不离他左右，明白吗？"

袁杰眉头蹙起，心下却有些不解，可望着母亲的眼睛，他终是将所有的疑虑压下，对着母亲言了句："孩儿记下了。"

将儿子送走后，看着孩子的背影，安氏的双手微微轻颤着，那一双手，已沾满了太多鲜血，袁杰说得没错，多添一条，又能如何……

念及此，安氏的双手颤抖得越发厉害，到最后，就连身子也控制不住地哆嗦，刚转过身，大颗大颗的泪珠，便顺着眼眶滚落。

第三十三章

同归于尽

晚间，姚芸儿正在宫人的服侍下，为女儿洗着小脸，瞧着孩子雪白粉嫩的面颊，心里便跟吃了蜜似的，忍不住俯下身子，在溪儿的脸庞上亲了亲。

袁崇武走进时，便听得母女俩的欢声笑语，溪儿已快三岁了，一张小嘴从早到晚从不闲着，说个不停，袁崇武下了朝，时常人还未至，便听得女儿银铃般的笑声从大殿里传了出来。

瞧着姚芸儿母女，男人心下一软，唇角勾出一抹笑意，就连眉眼间的神色也是温和了下来，看见他，宫人们俱行下礼去，袁崇武命众人起身，自己则亲手将孩子抱了起来，和女儿玩了好一阵子，直到溪儿忍不住打起呵欠，才让乳娘将孩子抱去歇息。

待宫人全部退下，姚芸儿微微抿唇，对着袁崇武道："你太宠溪儿了，白日里徐姑姑还说，若是这般宠下去，等溪儿长大，也不知有没有人敢娶她呢。"

袁崇武一笑，捏了捏她的小脸，道："女孩子娇惯些无妨，等咱们这儿子出世，我再做个严父不迟。"

"你怎么知道是儿子。"姚芸儿瞋了他一眼，望着自己尖尖的肚子，心里却也是喜悦的。

姚芸儿如今已是快五个月的身孕，行动间已是不便，袁崇武揽着她的身子，将她抱在自己怀里，大手抚上她的肚子，察觉到掌心的胎动，便温声道："单凭他在你肚子里这般顽皮，也一定是个小子。"

姚芸儿瞧着男人眼底的笑意，唇角的笑窝却渐渐隐去了，虽然太医署的太医已告知于她，这一胎十有八九会是男孩儿，可那心里还是隐隐地有些担心，她望着自己的夫君，小声言了句："相公，若万一，这一胎还是女儿，那该怎么办？"

袁崇武眉头一皱，见她神情间浮上几许紧张，心头便是无奈，微微一哂，低声道："那便接着生，直到生到儿子为止。"

姚芸儿听了这句，一张俏脸顿时变得绯红，小手轻轻在他的胸膛推了一把，却也笑了。

两人依偎良久，耳鬓厮磨，袁崇武俯身在她的唇瓣上印上一吻，望着她眉眼弯弯，清纯温婉的面容，心头的不舍便丝丝缕缕，缠得一颗心死紧。

他握住她的手，黑瞳中是淡淡的自嘲，言了句："你和孩子，真是让我连仗都不想打了。"

姚芸儿闻言，心头顿时一怔，美眸中浮起一丝惊慌，失声道："你又要去打仗了？"

袁崇武不忍见她如此，他没有说话，只点了一下头。

"还是去豫西吗？"

见袁崇武颔首，姚芸儿眸中满是担忧，小声道："相公，你现在已经是皇上了，还要亲自去吗？"

袁崇武抚上她的小脸，温声道："正因为我是皇上，才非去不可。"

说完，袁崇武揽紧了她的身子，嘱咐道："你放心，这一仗不会太久，等你生产前，我定会赶回来，我已经错过了溪儿的出生，这个孩子，我不会再错过。"

姚芸儿鼻尖一酸，见他去意已定，便不再多说什么，将身子埋在他的怀里，轻语道："姑姑会照顾我和溪儿，你放心去吧，一定要小心，千万不要受伤。"

袁崇武抚着她的秀发，想起即将来临的离别，明明人还在玉芙宫中，将她抱在怀里，可心底却已生出莫名的牵念，不可抑止。

他微微苦笑，在姚芸儿的发丝上印上一吻，低沉着声音吐出了四个字："等我回来。"

姚芸儿伸出胳膊，环住他的身子，轻轻点了点头，柔声道："我和孩子，一块儿等你。"

袁崇武刚要再嘱咐几句，就见内侍匆匆前来，对着两人跪下身子，道："启禀皇上，何将军求见。"

袁崇武闻言，唇角便勾起一抹笑意，牵住姚芸儿的手，扶着她的腰肢站起了身子，见他要揽着自己一道向大殿走去。姚芸儿摇了摇他的衣袖，小声道："相公，何将军来玉芙宫，是不是有正事找你？"

袁崇武微笑道："是正事，你只管跟我一起去。"

见他这般说，姚芸儿便不说话了，两人刚走进大殿，就见何子沾风尘仆仆，眉宇间满是风霜，在他身后，还站着两个十多岁的小姑娘，俱是一般的黑瘦，显是乡下丫头，眼瞳中满是惧意。

见到帝妃，何子沾立时跪下身子，那两个小丫头显是被教导过，此时亦随着何子沾一道跪了下去，姚芸儿的眼睛久久地在那两个女孩儿身上打转，隔了好一会儿，方才颤声喊了句："大妞，二妞？"

闻言，那两个小丫头一道抬起头来，姚芸儿离开清河村时，大妞才八岁，二妞才六岁，如今五年过去，大妞虽已十三岁了，可容貌间并无太多变化，竟让姚芸儿一眼便认了出来。

两个孩子在路上便已知晓此番是来见小姨的，待姚芸儿唤出她们的名字后，二妞当先忍不住，刚唤了一声："小姨……"便哇一声，哭了起来。

姚芸儿上前，将两个孩子从地上拉起，一手搂住一个，泪水也扑簌扑簌地往下掉。

大妞和二妞在王家受尽了苦，分明都是十多岁的大姑娘了，可身量都消瘦不已，面露菜色，就连头发都又稀又黄的，显是素日里吃不饱饭所致。

姚芸儿心中既是酸楚，又是欣慰，只不住为两个孩子拭着泪水，自己也是一会儿哭，一会儿笑。

直到将两个孩子安置好，夜色已深了，姚芸儿回到后殿，情不自禁向着袁崇武依偎过去，她的眼睛红红的，唇角却噙着笑窝，轻声道："相公，你怎么想到，要将大妞、二妞接过来？"

袁崇武捏了捏她的鼻子，乌黑的眼瞳中全是温柔的笑意，低声道："你的那些小心思，我自然能想到。"

姚芸儿心头一软，忍不住将小脸贴近男人的胸膛，唇角的笑意越发甜美，清柔娇羞。

袁崇武揽过她的身子，道："我离京后，就让她们在宫里陪你，想必溪儿也会喜欢。"

姚芸儿轻声应着，昂起头向着自己的夫君望去，很小声地说了句："相公，你对我真好。"

男人浅笑过，他的声音低沉而温柔，吐出了一句话来："我只对你好。"

姚芸儿脸庞微微一红，仿佛从肌肤里渗透出来的胭脂，男人瞧在眼里，眸心的光却倏然暗沉了下去，扣起她的下颚，吻了下来。

翌日，便是袁崇武领军亲赴豫西的日子。

自他走后，姚芸儿整个人都仿佛被抽干了一般，心也空了，唯有她的肚子却一天天地变大，那是他的骨肉，慢慢地将她重新填满。

永娘行事利落，手腕干脆，将玉芙宫上下打点得有条不紊，无懈可击，不曾让姚芸儿费过丁点心思，每日里只带着溪儿，与大妞、二妞安稳度日，除却对男人的思念刻骨铭心，日子静谧舒适，流水般地过去。

大妞、二妞自入宫后，都换了新装，有专人服侍，起先两个孩子都似云里雾里一般，直到日子一天天过去，方才渐渐适应。姚芸儿遣了太医，给两个孩子精心调养着身子，经过一段时日的滋养，大妞、二妞都漂亮了不少，尤其大妞已是豆蔻年华，打扮起来，竟颇有几分清秀，与刚入宫时判若两人。

玉茗宫，安氏站在廊下出神，翠玲缓步上前，将一件披风为安氏披在肩头，温声道："娘娘，这夜深露重的，您还是快回去歇着，免得染上风寒。"

安氏神情恬淡，对着翠玲道："白日里，玉芙宫的人是不是来过？"

翠玲一怔，赶忙道："回娘娘的话，是姚妃的外甥女，来找二皇子的。"

安氏颔首："这些日子，我瞧着这两个孩子倒是走得颇近。"

翠玲琢磨不透主子的心思，赔笑道："二皇子与王家小姐年岁相当，能玩到一块去，也是有的。"

安氏"嗯"了一声，便不再说话了。

翠玲沉默片刻，终是道："娘娘，恕奴婢多嘴，大皇子今日又从前线传来了书信，打探宫里的情况。"

安氏眉心蹙起，叹道："这孩子，总是沉不住气。"

"娘娘，姚妃眼见着已怀胎七月，豫西的捷报也是一封接着一封，有人说皇上下个月便要返回京师，留给咱们的时间，只怕不多了。"

安氏听了这话，这才看了她一眼，她的声音十分平稳，不疾不徐地言了句："你是要我趁皇上没有回来，尽快对姚妃腹中的孩儿下手？"

翠玲脸色一白，连忙行下礼去："奴婢不敢，只不过……皇长子那边，实在是催得厉害。"

安氏唇角浮起一丝苦笑，淡淡道："去告诉他，要他少安毋躁，专心跟着他父亲打仗，母亲自有安排。"

翠玲福了福身子，起身退下，刚转过身子，便失声道了句："二皇子！"

安氏一震，回过身，就见袁宇站在二人身后，看那样子，也不知站了多久，方才主仆间的对话，也不知被他听去了多少。

"宇儿……"安氏示意翠玲退下，自己则缓步上前，见孩子面有异色，安氏心里一酸，伸出手，去为孩子将碎发捋好。

"母亲，您要伤害姚母妃，要伤害她腹中的孩子吗？"袁宇声音颤抖，笔直地看着安氏的眼睛。

安氏望着孩子清澈的瞳仁，缓缓地摇了摇头："孩子，母亲虽不是什么好人，但也决计做不出伤天害理的事，你姚母妃腹中怀着的，亦是你父亲的骨肉，是你的亲弟弟，母亲又怎会下手伤他。"

袁宇抬起眸子，十五岁的少年，唇红齿白，眉清目秀，纵使身子有些羸弱，却仍是十分俊秀。

"母亲，您不要欺骗孩儿，您和哥哥，究竟要做什么？"

安氏闻言，心头便是一苦，她将袁宇拉在自己身旁坐下，却不答反问："母亲听说，你近日与姚妃的外甥女走得极近，这可是真的？"

袁宇脸庞一红，顿时变得支吾起来，嗫嚅着开口："孩儿是偶然和她们姐妹遇见的，她们来自民间，敦厚朴实，不似京中那些世家小姐，孩儿……很喜欢和秀秀在一起。"

安氏心知儿子口中的秀秀，便是那对姐妹中的姐姐，当下，安氏神情温和，微笑道："你今年已经十五岁了，若真喜欢人家，等你父皇回宫，母亲帮你和他说说，定了这门亲事，如何？"

袁宇心头一喜，又觉得不可思议，脱口而出道："孩儿还以为母亲会反对孩儿与秀秀来往，秀秀出身低微，孩儿一直都怕母亲瞧不上她。"

安氏摇了摇头，道："傻孩子，咱们家亦是农民出身，你哥哥娶的是丞相家的小姐，母亲心里，倒情愿他能如你这般，娶一个踏实本分的女子，好好地过日子。"

提起袁杰，袁宇眉心蹙起，道："母亲，是不是哥哥逼你，要你与姚母妃作对？"

安氏淡淡道："你哥哥如今鬼迷了心窍，他说的那些话，母亲只当他在胡言乱语，哪里能当真，母亲答应他，会为他将姚氏腹中的孩子除去，也不过是为了安抚他，要他安心在你父皇身边打仗，等着你皇回来，姚氏的产期已近，母亲只盼他能回心转意，打消了这个念头。"

袁宇听了这话，心头方才长舒了口气，他站起身子，"扑通"一声跪在了安氏面前，惭愧道："是孩儿错怪了母亲，还望母亲恕罪。"

安氏微微一笑，伸手将儿子扶了起来，她的眼瞳柔和，慈爱地望着孩子的面容，轻缓出声："母亲时常想，若不是你父亲打下这片基业，咱们如今还在岭南，面朝黄土背朝天地过日子，虽然苦了些，却是三餐一宿，一世安稳。我与你父亲，虽是父母之命，却也能相敬如宾，白头偕老，总好过如今这情形。"

"母亲……"袁宇不知为何，听完母亲的这一番话，心口便是一酸，就连眼眶也红了。

他不知该用什么话来安慰安氏，俯下了身子，半跪在母亲面前，安氏抚着袁宇的前额，温声叮嘱："好孩子，你答应娘，千万不要与你哥哥一样，你要坚守本心，无论以后发生了什么，你只管好好儿地过你自己的日子，好吗？"

袁宇没有说话，只重重地点了点头。安氏心头宽慰不少，无论如何，她还有这个儿子。

豫西的战事正处于紧要关头，袁崇武步步进逼，慕玉堂终究是年岁已高，又兼之二子离世的重大打击，军务上的事大多已交由儿子们打理，慕家子嗣众多，难免会发出争权夺势之事，袁崇武抓住这一点，采用反间计，离间慕家诸子，一时间慕家军军心大乱，慕玉堂强撑病体，亲自披甲御敌，方才将战局稍稍扭转。

袁崇武与慕玉堂交手多次，二人深知对方脾性，只杀得难分难解。然，袁崇武正值盛年，慕玉堂却年近花甲，时日一久，终究落了下风，入冬后，豫西的捷报已传至京师，只道皇上亲自领兵，打过了豫西，逼得慕玉堂不得不领兵退守西南，西南乃是慕家老巢，袁崇武不曾贸然逼近，只命三军驻扎郴州，整顿补给，自己则星夜兼程，回到了京师。

姚芸儿如今已有了八个月的身孕，肚子尖溜溜的，全然不似怀溪儿时那般笨拙，甚至从身后看过去，她的身段仍是苗条而孱弱的，腰肢纤细得不盈一握，唯有原本白皙如玉的小脸却长起了斑，起初姚芸儿不曾在意，那斑亦是淡淡的，可随着肚子一日日地长大，那脸上的斑点却也渐渐多了起来，她的皮肤本来就白，嫩得和豆腐似的，如今起了斑，只显得十分扎眼。

姚芸儿这才慌了，怀溪儿的时候，她的肌肤甚至比孕前还要细腻，这一胎却不知是怎么了，虽然太医说了，是因着怀孕的缘故，等孩子出世后，脸上的斑便会慢慢褪去，可姚芸儿对镜自照，还是生怕袁崇武看见如今的自己会嫌弃。

永娘端着点心走进来时，就见姚芸儿垮着小脸，闷闷不乐，永娘心下了然，笑道："小小姐无须烦恼，奴婢这有个方子，最宜女子美容养颜，等你诞下了孩子，奴婢便让太医按这方子制成药膏，保管您用了之后，比之前还要貌美。"

姚芸儿眼眸一亮，轻声道："姑姑，您没骗我？"

永娘"扑哧"一笑，柔声道："奴婢哪敢骗您，这宫里别的不多，就是这些驻容养颜的古方多如牛毛，您只管安心养胎，离您的产期只剩下一个多月，再忍忍也就是了。"

姚芸儿听了这话，心头顿时踏实了不少，当下眉眼间也浮起一丝赧然，道："相公明日便要回京了，我真怕他瞧见我这副样子，会嫌弃我。"

永娘听了这话，唇角的笑意便深了一层，温声道："老奴保管皇上见了你，心疼都来不及，哪里还会嫌弃。"

如永娘所说，翌日袁崇武回京后，文武百官俱是在宫门口跪地迎接，男人一袭戎装，威风凛凛，待将一些要紧之事稍稍处置后，回到玉芙宫时，天色已暗了下来。

眼见着那道熟悉高大的身影向着自己走近，姚芸儿心里犹如擂鼓，两人分别三月有余，蚀骨的思念在瞧见他的刹那从心底漫出，只让她抑制不住地迈开步子，向着男人迎了过去。

宫人早已识趣地全部退下，内殿中只余他们二人，袁崇武见到姚芸儿安然无恙地站在自己面前，只觉得牵悬已久的心终是落回了原处，三两步便上前，一把将姚芸儿抱在了怀里。

顾着她的身孕，男人并未用力，粗粝的掌心抚上她的后背，另一只手则探上她的肚子，低哑一笑道："我走了三个月，这小子倒长大了不少。"

姚芸儿搂住他的身子，将脸蛋垂得极低，也不敢抬头看他，轻声言了句："相公，我很想你。"

袁崇武黑眸一柔，俯身在她的发丝上亲了亲，低语出声："我也是。"

姚芸儿心头一甜，唇角浮起浅浅的梨窝，将脸蛋埋在他的怀里。

袁崇武抱了她许久，也不见她抬头，遂扣住她的下颚，姚芸儿身子一颤，慌忙躲开，就是不让他瞧见自己的脸。

袁崇武眉头一皱，大手箍住了她的腰身，要她动弹不得，不由分说捧起她的小脸，见她气色尚佳，比起自己走前还略微圆润了些，这才放下心来，道："怎么了？"

姚芸儿心底一酸，垂下眸子，指了指自己的脸颊，小声道："相公，你看我的脸。"

袁崇武不解道："脸怎么了？"

"有斑……"

听姚芸儿这么一说，袁崇武才发觉姚芸儿原本宛如美玉的小脸上星星点点地长了些斑，他瞧着只觉可爱，不免笑道："怎么成了小花猫了？"

他这一句声音低沉，透着温柔与疼惜，姚芸儿抬起眸子，见他神情如常，望着自己的黑眸，仍旧是深情似海，满是宠溺，她不由得心口一松，抚上自己的脸颊，对着男人道："我是不是变丑了？"

袁崇武握住她的小手，粗粝的手指抚上她的面容，笑道："的确没有从前好看。"

姚芸儿小脸一黯，还不等她开口，就见男人低头，将自己的额头抵上她的，低声说了句："不过我喜欢。"

姚芸儿看了他一眼，不解道："你喜欢这些斑？"

男人勾了勾唇角，附于她的耳际，吐出了一句话来："只要是我家芸儿的，我都喜欢。"

姚芸儿小脸一红，忍不住瞋了他一眼，心里却甜滋滋的，唇角一对清甜的酒窝，袁崇武见她笑得开怀，亦微微一哂，揽她入怀。

再过不久，便是皇长子与丞相千金的大喜之日，礼部早已开始筹备起来，因着此乃大梁建国后的头一份喜事，袁崇武也默许了礼部大力操办，于是办得风风火火，皇宫中四处张灯结彩，彰显着天家喜庆。

而袁杰位于西郊的私宅更是不必多说，处处奢靡到极点。

玉茗宫。

安氏听到儿子的脚步声，刚回过头，就见一脸阴郁的袁杰站在那里。

她似是早已料到儿子会来，神情亦是温和的，屏退了宫人，轻声唤儿子来自己身旁坐下。

袁杰并未理会，开门见山便道："母亲答应孩儿的事，不知究竟算不算数？"

安氏面色如常，只言了一句："母亲答应过你的事，自然会为你做到，你何苦如此心急？"

袁杰眉头紧皱，对着母亲喝道："姚妃已有八个多月的身孕，下个月便要生产，孩儿真不明白，母亲为何不趁着父皇出宫时，和她做个了断！"

安氏心底无尽的悲凉，轻声道："你父皇离京前，早已将姚妃保护得密不透风，母亲就算想下手，也寻不到机会。"

袁杰闻言，心下更是烦闷，道："若宫中寻不到机会，不妨等三日后，孩儿大婚时，父皇携姚妃前往孩儿府邸……"

不等袁杰说完，安氏便摇了摇头，她的眼瞳中是深切的无奈，言道："你父皇绝不会让她出宫，即便她出宫去了你的府邸，若在你的婚宴上出了事，你又岂能逃脱得了干系。"

袁杰不耐道："这也不行，那也不行，难道真要眼睁睁地看着她生下那个孽种？"

安氏静静上前，凝视着眼前的儿子，她的神色依旧慈祥而悲悯，无声抚上儿子的容颜，对着袁杰轻声道："孩子，一切罪孽，便全交给娘，你什么也不要做，母亲答应过你，要为你除去所有的威胁，而你最大的威胁，不是姚妃腹中的孩儿，却是姚妃本人，你懂吗？"

袁杰心头一凛，似是不曾想到母亲竟会将矛头直抵姚芸儿。

他沉默不响，隔了片刻，终是道："母亲打算怎么做？"

安氏唇角浮起一抹若有若无的笑意，淡淡道："这些你不用管，你只需答应母亲，成亲后，万不可再意气用事，凡事记得三思。"

安氏说到此处，便顿了顿，继而道："还有……照顾好你弟弟。"

袁杰听着这些话，心头却有些莫名其妙，他刚要开口，就见安氏对着自己怜爱一笑，温声道："好孩子，快回去吧，安心做你的新郎官，母亲，不会让你失望。"

袁杰心头一舒，得到母亲的保证，原本烦躁不已的心，遂慢慢踏实了下来，他对着安氏微微行了一礼，便大步走出了玉茗宫。

诚如安氏所说，三日后皇长子的大婚庆典，姚芸儿并未出席，留在玉芙宫静养。袁崇武则与安氏相携前来，帝妃二人同去了袁杰位于西郊的府邸。

袁杰乃是当今圣上长子，迎娶的又是首辅大臣之女，这一门亲事，自是冠盖京华，尽人皆知，皇家仪仗莫不让人叹为观止，百姓们熙熙攘攘，俱跪在道路两旁引颈相望着，待迎亲的队伍走近时，俱匍匐在地，齐声行礼。

温珍珍一身华服，面若桃花，肤若凝脂，她微微钩起窗帘一角，向外望去，看着道路旁跪满了密密麻麻的百姓，心头莫名涌来一股厌烦，自今日后，她便是袁杰的妻子，一想到要与他共度此生，温珍珍眸心浮起一层寒意，将窗帘搁下，胸中气苦难言。

大婚的礼仪烦琐而冗长，温珍珍如同一个提线木偶，随着礼部的规矩，任由喜娘搀扶自己，将自己的终身托付到袁杰手里。

当两人向帝妃深深叩首时，透过盖头的下摆，温珍珍瞧见了男人明黄色的朝靴，眼眶竟不由自主地变得通红，她恨不得可以掀开盖头，去问他一句，为何要将自己许配给他的儿子，自己又到底哪一点比不得那个女人……

她终究没有这般做，只死死地忍耐了下去，待被送入洞房后，就听"咣当"一声，宫人将门合上，她只觉得自己的心，连同那扇门一道被人堵死，这一辈子都没了盼头。

待喜宴开始后，袁崇武并未待得多久，便起驾回宫，袁杰一路将父母送至府门口，他原本有心要母亲多留一会儿，岂料母亲竟执意与袁崇武回宫，袁杰只得将心头的话压下，恭送父母上了鸾车。

原本，以安氏的位分不得与皇帝同坐龙辇，只不过今日乃是长子的大喜之日，帝妃二人破例共乘一辇，以示皇恩浩荡。

御驾中，安氏坐于下首，袁崇武晚间吃了几杯酒，此时已闭目养神。安氏轻轻抬眸，目光落在男人身上，男人身形魁梧，一如当年英挺矫健，岁月的风霜并未在他面上留下多少痕迹，反而让他看起来更透出盛年男子独有的沉稳，五官深隽，犹如斧削，剑眉朗目，不怒自威。

她十六岁嫁给他，到了如今，二十年的岁月从指缝间流过，安氏收回眸光，在仍旧魁梧坚毅的男人面前，她早已老了。

他们虽然同岁，但瞧起来，她却比他要大了好几岁一般，安氏心头苦涩，比起花一般娇嫩的姚芸儿，但凡是个男人，也是会喜欢她，而不愿多瞧自己一眼吧。

两人一路无语，直到龙辇驶进了皇城，眼见着快入宫了，安氏知道自己再不开口，怕是这一辈子，都没机会亲口将心底的话说出来，问一问他。

"皇上。"她终是轻语出声。

袁崇武闻言，遂睁开了眼睛，向着她看了过去。

安氏迎上他的眸光，将喉间的颤抖压下，竭尽全力，要自己的声音平静如常："臣妾心头一直有一句话，不知道该不该问。"

"直说无妨。"男人声音沉稳，不带丝毫起伏。

安氏微微垂下面容，缓缓吐出了一句话来："若是当年，是姚妃娘娘为了孩子，吐露了行军路线，致岭南军四万男儿惨死，皇上，会原谅她吗？"

安氏声音艰涩，一个字一个字地说着，好一会儿，才将这句话说完。

龙辇里有短暂的沉默，男人神色平静，声音亦不高不低，不喜不怒，言道："她不会为了孩子，出卖四万岭南军。"

"为什么？"安氏抬起头，三个字脱口而出。

袁崇武看着她的眼睛，一双黑眸宛如月下深潭，深沉而内敛，面对安氏的质问，他的声音亦是冷静的，低沉而有力："因为那四万人里，也有朕。"

男人的话音刚落，安氏的脸色瞬间变得惨白，就连唇瓣上的血色亦一道褪了个干净。

玉芙宫。姚芸儿正坐在桌前，秉烛为袁崇武缝制寝衣，明黄色的衣料，仿若小儿的肌肤，流水般地淌在她的手中。

听到男人的脚步声，姚芸儿将针线活搁下，刚抬眸就见袁崇武正向自己大步而来，她唇角噙起笑窝，笨重地站起身子，不等她迈开步子，男人已三两步扶过她的身子，温声道了句："当心。"

姚芸儿见他周身透出一股淡淡的酒气，遂道："你喝酒了？"

袁崇武笑了，捏了捏她的脸，点了点头："是喝了几杯，瞒不了你的小鼻子。"

姚芸儿抿唇一笑，将身子埋在他的怀里，男人大手揽过她的腰肢，眼眸则落在案桌上，看见那做了一半的衣衫，无奈且心疼："怎么又给我做衣裳？"

姚芸儿脸上飞起一抹嫣红，将那衣衫拿起，将领口处对着男人，轻声道了句："你自己瞧。"

袁崇武瞧着她娇羞的小脸，心底便是一软，低眸看去，就见那领口上绣着一朵云，惟妙惟肖，用的是银色的丝线，娇娇小小的，说不清的趣致可人。

当下，男人的唇角便浮起一抹微笑，姚芸儿瞅着他的脸色，见他是喜欢的，便放下心来，小声道："你若喜欢，以后你每一件衣衫，我都给你绣一朵云在上面，好不好？"

男人眼瞳黑亮，里面漾着的却是深深的柔情与宠溺，他揽着姚芸儿的腰肢，俯身在她的唇瓣上啄了一口，低声道出了一个字来："好。"

姚芸儿心口一甜，忍不住伸出胳膊，搂住了男人的颈，袁崇武将自己的额头抵上她的，道不尽的缠绵情深。

这一日，风和日丽，姚芸儿临近产期，每日里越发懒怠，午睡刚起，就听宫人匆匆来报，说是玉茗宫娘娘求见。

姚芸儿一听安氏要见自己，心头便是一慌，不知道她此番为何而来。

"快请。"姚芸儿心头惴惴，出声吩咐了宫人，自己亦扶着后腰，缓步走到了前殿。

安氏一袭绛红色宫装，这种颜色十分衬她的肤色，又很适合她如今的年岁，一头长发在脑后梳成了垂月髻，整个人干干净净的，相比姚芸儿的娇嫩，倒也透出几分雍容，极是端庄。

姚芸儿心头狂跳着，敛衽对着安氏行了一个平礼，安氏亦微微欠身，还了一礼。

"今日不请自来，是想和娘娘商议一下宇儿与秀秀的婚事，还望姚妃娘娘不要介意。"安氏唇角含笑，容色平和，姚芸儿看在眼里，狂跳不已的心却慢慢地平静了下去。

自袁杰大婚后不久，安氏便向袁崇武请旨，想将姚芸儿的外甥女许给袁宇，袁崇武见那大妞虽然出身微贱，却生性淳朴，敦厚良善，与袁宇极为相配，姚芸儿对这门亲事自然也是答应的，遂下旨定下了这门亲事。

姚芸儿闻言，道："娘娘请坐，咱们慢慢说。"

安氏微笑着颔首，与姚芸儿一道在案桌旁坐下。姚芸儿大腹便便，走动间极为不便，待她坐下时，安氏伸出手小心翼翼地扶了她一把，温声道："怕是这几日，便要生了吧？"

姚芸儿抚上自己的肚子，轻轻应了一句，心头极是不自在，纵使身旁站满了宫人内侍，可仍又慌又怕，只将眼睛垂着，似是不敢去瞧安氏。

安氏见她这般模样，唇角便浮起一丝笑意，声音亦是轻柔的："怎么不见徐姑姑？"

听她问起永娘，姚芸儿微微抬眸，道："姑姑这几日染了风寒，刚吃过药，歇下了。"

安氏点了点头，也不再废话，谈起了袁宇与秀秀的事来，她的声音柔和，所说的话亦入情入理，未几便将姚芸儿的心神全部吸引了过去。

直到宫人捧了一盏芙蓉茶壶，与几样点心呈上来时，安氏止住了声，待宫人将茶水与点心一一摆好，方道："瞧我说了这样久的话，倒是耽误娘娘用点心了。"

姚芸儿赶忙摇了摇头，轻声言了句："安娘娘既然来了，不妨与芸儿一道用一点吧。"

安氏眼眸落在那几样精巧的点心上，唇角噙着温和的笑意，点了点头："那便叨扰娘娘了。"

一旁的宫人刚要上前，为两位主子斟茶，却见安氏伸出手，将茶壶的盖儿打开，指甲不经意地划过壶口，道了声："好香的茶，倒不知叫什么名字？"

姚芸儿眉宇间浮起一丝赧然，小声道："我也不知是什么茶，是太医署的人送来的，说是对孩子好，我已喝了许久了。"

安氏便抿唇一笑，不再说话了，将茶壶的盖子盖好，由着一旁的宫人将两人的茶杯斟满。

安氏举起茶盏，见那茶汤晶莹，散发着幽香，便轻抿了一口，赞了句："的确是好茶。"

姚芸儿亦微微一笑，她方才午睡过，正口渴得紧，便一口饮下了半盏。

安氏眼睁睁地瞧着她将那茶水饮下，心头说不清是何滋味，她收回眸子，不声不响地将手中剩余的茶水一饮而尽。

两人这般细细说着，未过多久，姚芸儿见安氏神色有异，心下微觉奇怪："安娘娘，你怎么了？"

她这一句话音刚落，就见安氏竟面色惨白，一手死死捂住肚子，另一手则指向了她，嘶声道："姚芸儿，你为何要对我下毒？"

姚芸儿慌了，摆手道："我没有！"

随着安氏一块儿前来的宫人见自家主子如此，俱赶忙上前将她扶住，不过片刻的工夫，就见安氏嘴中涌出鲜血，翠玲吓得尖叫起来："快来人啊，安妃娘娘不好了，快来人！”

那毒性来得又快又猛，安氏已说不出话来，她的指甲微微颤抖着，深深地掐在肉里，尽数拗断。玉芙宫人忙成一团，压根儿没有人留意这些。姚芸儿则站在一旁，眼见着安氏的口鼻、眼睛、耳朵，不断有鲜血涌出，她骇得小脸雪白，似是蒙住了，身子不住地颤抖，被宫人死死扶住。

蓦然，姚芸儿只觉腹中传来一股剧痛，那股痛深入骨髓，疼得她冷汗淋淋，情不自禁地呻吟出声，两个宫人都扶不住她，一时间玉芙宫中呼叫声此起彼伏。

“娘娘，你怎么了？”

“娘娘，您快醒醒！”

“快请太医！”

第三十四章

姚氏封后

朝堂上，钦天监的王大人朝着袁崇武拜了下去，口中道："启禀皇上，臣昨日夜观天象，发现天现奇观，二十四星宿隐约有变，显是紫微星有下凡之兆。"

他这一语言毕，朝堂上便传来一阵窃窃私语，紫微星乃"帝星"，命宫紫微之星的人俱是帝王之相。此言一出，顿时有人出声反驳："王大人此言差矣，紫微乃是帝星，若紫微星下凡，难不成是说咱大梁会有两个皇帝？"

那王大人面色不变，道："非也，此帝星为辅，臣观测良久，见此星隐约映照在宫中东南角处，臣后来得知，那里乃是姚妃娘娘所居的玉芙宫，而姚娘娘不日便要分娩，若娘娘生产之时，便是紫微星下凡之日，此子命宫主星为紫微，日后必是一代帝王。"

"王大人此言未免太过武断，姚妃腹中是儿是女尚未可知，若说命宫紫微，委实太过可笑。"温天阳神色淡然，开口道。

王大人闻言，遂对着袁崇武跪了下去，拱手道："启禀皇上，微臣万万不敢欺君罔上，若皇上不相信微臣的话，可将钦天监的人全部召来审问，紫微星下凡乃是天象，并非人力所为，还望皇上明察。"

袁崇武不动声色，言了句："朕曾听闻，古时宫中亦有紫微星下凡之事，不过俱处于皇后宫中，姚妃位于妃位，紫微星若真下凡，依着她的位分，怕是没这份福气。"

"皇上，此事事关国本，再说后位悬空已久，紫微星下凡，对大梁来说自是可遇不可求的喜事，微臣斗胆，请皇上将姚妃娘娘立为皇后，以换我大梁国泰民安，国祚永存。"

礼部侍郎当先走出，对着袁崇武深深一揖。

诸人皆知袁崇武对玉芙宫娘娘疼若心肝，早有心立其为后，只不过一来姚氏身为前朝公主，二来膝下无子，三来自建国后，袁崇武一直忙于豫西战事，立后之事便一拖再拖，如今钦天监的人既能将紫微星下凡一事端了出来，便等于是袁崇武告知满朝文武，要将姚芸儿立为皇后。

近年来，袁崇武大权尽揽，铲除异己，培植自身势力，如今的朝堂与他登基时自不可同日而语，朝臣最善于讨得皇帝欢心，见钦天监如此一说，俱心中了然，户部、工部、兵部，纷纷走出人来，对着袁崇武拜了下去，恳请皇上立后。

唯有温天阳一派人却按兵不动，未几，就有人上前，对着袁崇武道："皇上，玉茗宫安妃娘娘乃皇上妻妻，又为皇上诞下二子，皇上若要立后，玉茗宫娘娘于情于理，都是皇后的不二人选，还望皇上三思。"

话音刚落，朝臣中亦是有不少人纷纷跪倒，对着袁崇武齐声道："请皇上三思。"

袁崇武望着满朝文武，眼底精光闪烁，道："紫微星下凡，乃是天意，朕身为大梁皇帝，又岂能逆天而行？"

袁崇武话音刚落，不待满朝文武出声，就见一个内侍脸色惨白，匆匆奔了过来，"扑通"一声向着袁崇武跪了下去，浑身瑟瑟发抖。

"启禀皇上，宫里出事了，安妃娘娘在玉芙宫里中毒身亡，姚妃娘娘……也不好了……"

内侍的话说完，大殿里便如同炸开了锅一般，文武百官面上皆失色，而袁崇武则黯然站起身子，他的眸心黑得骇人，甚至连一个字也没说，便大步冲了出去。

玉芙宫中，血腥气极浓，待那抹明黄色的身影赶至时，整座宫室的宫人俱黑压压地跪了一地，每个人都是面如白纸，直哆嗦着，说不出话来。

袁崇武周身被一层浓烈的戾气笼罩着，他不曾对地上的宫人看一眼，横冲直撞往内殿闯，不时有宫人扑在他的脚下，颤声道："皇上，您不能进去，娘娘正在生产，会冲撞您……"

男人并不理会，一脚将宫人踹开，内殿中的人听到动静，每个人的脸色都难看到了极点，就连牙关都打起了战，纷纷跪了下去。

后殿中的血腥气比前殿还要浓郁，扑面而来，让人作呕。袁崇武站在了那里，他似是怔住了，眼睛死死地盯着床上的姚芸儿，浓稠的血汁从她的下身不断地涌出来，沾得到处都是，太医与稳婆俱是双手血红，就连衣襟上也是通红的一片，更不消说那床褥与锦被，更是早已被血水打湿，血珠子一滴滴地落在地上，发出一阵急促的"嗒、嗒、嗒"声。

"皇上，娘娘中了剧毒，这会儿子，怕是……凶多吉少了啊皇上！"张院判身子颤抖得如同秋风里的落叶，一张脸比死人还要难看，跪在地上不住地叩首。

袁崇武一语不发，捏紧了拳头，竭力让自己冷静，可身子却还是抖动了起来，不受他控制地抖动。

床下已凝聚了一大摊鲜血，待男人的朝靴踩上去，让人极清晰地察觉到那一抹黏腻，袁崇武眼前一黑，俯身将床上的女子一把抱在了怀里。

"芸儿，醒醒！"他的大手拂去女子脸颊上的发丝，就见那一张小脸煞白煞白的，眼睛紧闭，周身冰凉，眼见着气若游丝，活不成了。

袁崇武惊痛到了极点，心头活生生地被人撕扯得不成样子，他回过头，对着匍匐于地的张院判哑声道："过来，为娘娘止血！"

张院判抬起头，额上满是汗珠，慌乱道："皇上，微臣已想尽了法子，都不能将娘娘下身的血止住，娘娘怀胎九月，若要止血，也需将胎儿娩出，如今这情形，微臣……微臣实在是没法子啊！"

袁崇武将姚芸儿紧紧揽在怀里，他的脸色铁青，整个人紧绷着，声音却冷到了极点，让人听得清清楚楚："那就将孩子取出来。"

张院判大惊失色，道："皇上，若是强行将胎儿取出，孩子定是不保，还望皇上三思。"

"朕不管你用什么法子，你若救不活她，朕要你全家陪葬！"袁崇武双眸血红，每一个字都寒意森森，落进张院判耳里，让他全身一凉，冷汗滚滚而下。

西郊，皇长子府。

温珍珍倚在美人榻上，待心腹丫鬟走进后，顿时从榻上支起了身子，道了句："怎么样了？"

那丫鬟福了福身子，低语出声："小姐，安妃娘娘中毒身亡，尸首已被抬回了玉茗宫，大皇子和二皇子俱在那守着，而皇上却一直留在玉芙宫中，谁都不见。"

温珍珍眼眸一跳，对着她道："可探到姚妃的情形？"

"听说姚妃如今只剩下了一口气，毒性已遍布了全身，从她身子里流出来的血，几乎要把整座玉芙宫都淹了。"

温珍珍闻言，唇角便浮起一丝笑意，道："如此说来，姚妃这一次，就算是大罗神仙也难救了？"

"可不是，太医署的人全扎在玉芙宫，也毫无法子，据说皇上大发雷霆，说救不活姚妃，就要整座太医署的人陪葬。"

温珍珍冷哼了一声，似是不以为然，可想起宫中的变故，心头终究是舒畅的，未过多久又微笑起来："我那可怜的婆婆虽说目不识丁，又是庶民出身，可这手腕倒实在是高，既除去了姚氏母子，又给皇上来了个死无对证，她对自个儿也真能狠下来心，不得不让人佩服。"

那丫鬟见主子心情极好，遂道："小姐，安妃说到底也是大皇子的母亲，如今身故，按说您也该进宫为她守孝，要不要奴婢服侍您更衣进宫？"

温珍珍摇了摇头，整个身子都舒坦地向着美人榻上倚去，淡淡道："不必了，咱们再等一阵子，看看情形再说。"

不等那丫鬟答应，又是一阵脚步声匆匆而来，温珍珍抬了抬眼皮，就见一个嬷嬷气喘吁吁，先是对她行了一礼，继而道："夫人，方才从宫里传来了消息，说是姚妃娘娘在玉芙宫诞下一子。"

"什么？"温珍珍倏然起身，杏眼圆睁，柳眉倒竖，对着那嬷嬷道，"不是说姚妃奄奄一息，只剩下了一口气了，她上哪生的儿子？"

那嬷嬷心惊肉跳，嗫嚅着言了句："夫人息怒，这其中的关窍，老奴也不知晓啊。"

温珍珍从美人榻上走下，心头怦怦直跳，道："那姚妃眼下如何了？"

"姚妃娘娘失血过多，怕是拖不了多久了，皇上跟疯了似的，寸步不离地守着姚妃。礼部那边，已悄悄备起了后事。"

温珍珍听了这话，心头方才舒了口气，只笑得凉凉的，道："这便是了，任是皇上有心将她立为皇后，也要瞧她自个儿有没有这个福气，妄想着当开国皇后。"说到这里，温珍珍顿了顿，继而轻启朱唇，冷冷地吐出了三个字来，"她也配。"

玉芙宫中，烛火通明。

"皇上，娘娘身上的毒性已侵入脏腑，又加上生产时失血过多，微臣只怕……娘娘撑不到明日了，还请皇上暂且回避，让宫人为娘娘梳洗一番，也好……干干净净地上路。"

张院判艰难地将这句话说出，头只垂得低低的，甚至连瞧都不敢去瞧袁崇武一眼。

男人一动不动地守在床前，对张院判的话置若罔闻。

"皇上……"张院判久久不见男人出声，终大着胆子，又唤了一句。

"滚！"袁崇武终是开了口，这一个字低哑粗重，似是在竭力隐忍，随时都会爆发。

张院判不敢多待，跪着叩首，畏畏缩缩地退了下去。

后殿中的血腥气依旧凝重，消散不去，姚芸儿无知无觉地躺在那里，脸白如雪，没有丁点人色。

袁崇武将她的身子小心翼翼地抱在怀里，因着流了太多的血，她的身子凉得如同一块薄冰，袁崇武将她贴近自己的胸口，自己则俯下身子，将脸庞埋在她的发间，没有人能看清他脸上的表情，他伏在那里，半晌都没有动弹一下身子，唯有肩头却轻微地抽动。

玉芙宫后殿，乳娘抱着新生的小皇子，却是一脸忧色，道："这孩子落地三日了，却连一口奶都不喝，可怎么养得活。"

另一位乳娘闻言，也叹道："可不是，小皇子出生至今，皇上只顾着姚妃娘娘，一眼也没来瞧过，这孩子倒也当真可怜。"

乳娘抱着怀中的婴儿，见孩子生得浓眉大眼，唯有面色却泛着青紫，与寻常婴儿大有迥异，让她瞧着便怜惜起来，轻声道："太医说小皇子在母体里沾上了毒素，解毒的药要咱们喝下，化成乳汁喂给孩子，可这孩子一直不吃奶，怎么是好。"

两人说起来，俱是忧心忡忡。小皇子出生至今，呼吸一直都是微弱的，落地三日，竟是从未哭过，宫人们几乎不敢合眼，日夜守在孩子身旁，似是生怕他随时会去了。

"哎，娘娘今日怎么样了？"当先那个乳娘一面轻拍着孩子，一面小声开口。

那一位乳娘亦压低了声音，道："能怎么样，我听人说，那鸩毒只需一小块指甲大，就能毒死一整头牛，安娘娘都已被毒死了，咱们家娘娘如今能保得性命，也算是老天开眼，玉芙宫上上下下，都该念声阿弥陀佛了。"

当先那位乳娘便一声轻叹，用勺子沾了些乳汁，轻轻顺着孩子的嘴巴溜了一点点进去，孩子小，又不肯吃奶，乳娘们只得将乳汁挤下，隔一小会儿便给孩子嘴里顺一点儿。

两个乳娘嘀嘀咕咕，尽是说些宫中琐事，未几，便有太医署的太医来为小皇子号脉，两人连忙将孩子小心翼翼地抱了出去，一点一滴，无微不至。

玉芙宫，后殿。

姚芸儿仍一动不动地躺在那里，整个人单薄得如同一阵轻烟，仿佛轻吹一口气，就能将她给吹跑了一般，再也凝聚不到一起去。

袁崇武寸步不离地守在床前，解毒的药汁已灌了下去，可姚芸儿仍不见丝毫气色，便如同吊着一口气，让人胆战心惊。

"娘娘究竟何时能醒？"袁崇武回眸，对着跪在地上的太医言道。

"回皇上的话，鸩毒乃天下第一奇毒，绝非朝夕可解，微臣已仔细察看过娘娘先前用过的茶点，发觉那一壶蜜螺茶中便藏有鸩毒，所幸娘娘当日只饮了半盏，毒发时又有腹中胎儿分去了些许毒素，娘娘这才保住了一命。"

袁崇武攥紧了姚芸儿的小手，她的小手宛如冰块，仿佛一碰便会碎了。他敛下眸心，低声言了句："你也不知她何时能醒？"

那太医一怔，继而深深俯下了身子，恭声道："臣不敢欺瞒皇上，娘娘的脏腑已被毒素侵蚀，未有三年五载，定无法将余毒解清，再有，臣只怕即便娘娘日后醒来，也是……"

"也是什么？"男人神情一变，声音里亦严峻起来。

那太医咽了咽口水，踌躇着开口："娘娘昏睡已久，臣……只怕鸩毒会侵蚀娘娘心智，古籍上曾有记载，前朝有位公主曾误食鸩毒，待其醒来后，已形如痴傻，宛如孩童，就连周遭的人，都全然不认识了。"

袁崇武闻言，眸心的颜色顿时暗了几分，一字一字地哑声道："你是说等娘娘醒来，她什么都不记得，就连朕，也不认识了？"

那太医心神一凛，道："微臣不敢肯定，一切都要等娘娘醒来才能得知。"

袁崇武凝视着床上的女子，胸口处万刃裂心般地疼，他没有再说话，只对着太医摆了摆手，示意他们退下。

待后殿只剩下他们二人时，袁崇武微微俯下身子，伸出粗粝的手指，轻抚上姚芸儿的脸庞，他的嗓音已嘶哑，低语了一句："芸儿，你真会忘记我吗？"

玉茗宫。

温珍珍一身缟素，秀发尽数盘在脑后，做妇人装束，当她踏进玉茗宫时，就见灵堂前跪着两道身影，整座大殿清清冷冷，竟连个服侍的宫人都遍寻不见，只有袁杰与袁宇。

　　见到温珍珍，双眸通红的袁宇则挣扎着从地上站起身子，上前恭恭敬敬地唤了一句："大嫂。"

　　温珍珍颔首，一张脸犹如清雨梨花，无限哀婉，她声音娇嫩欲滴，满是凄清："怎这大殿空空荡荡的，别的人呢？"

　　袁宇声音沙哑，道："宫人都被哥哥赶了出去，母亲灵前，有我兄弟便够了。"

　　温珍珍眼圈儿一红，见袁杰身子跪得笔直，即便听到自己的声音，仍直挺挺地跪在安氏灵前，不曾回过头来看自己一眼。

　　她声音清脆，在这大殿中显得格外清晰："难不成这几日，父皇都不曾来瞧过母妃一眼？"

　　袁宇心口一酸，道："姚母妃危在旦夕，父皇守在玉芙宫，也是人之常情。"

　　温珍珍举起帕子，抹了抹眼睛，道："妾身听说母妃与姚妃娘娘是同时中毒，妾身怎么也想不明白，为何只有母妃送了命去，姚妃娘娘却能诞下麟儿，母子均安。"

　　袁宇听了这话，眼眸不由自主望向安氏的灵位，隐忍许久的泪水又涌上了眼眶，他默了默，才道："嫂嫂放心，父皇总归会还母妃一个公道。"

　　温珍珍点了点头，莲步轻移，走至袁杰身旁跪下，一声"夫君……"刚唤出口，就见袁杰睁开眼睛，眸心犹如黑潭，笔直地落在她的身上，他动了动唇，道出了两个字："回去。"

　　温珍珍一怔，似是不明白袁杰在说什么："夫君，你怎么了？"

　　她话音刚落，就见袁杰瞪了她一眼，声音已严厉起来："我要你回去！"

　　温珍珍先是惊，再是恼，却又不便当着袁宇的面发作，当下站起身子，一语不发离开了玉茗宫。

　　待温珍珍走后，袁宇走至兄长身旁跪下，眼瞳中浮起一丝不解，道："大哥，你和嫂子……"

　　袁杰一个手势，便让弟弟止住了嘴，他闭了闭眼眸，面上满是萧索，带着与年龄极不相符的沉寂，道："往后，只有咱哥俩相依为命，你记住大哥的话，母妃是为了咱们死的，咱们一定要为她争气。"

袁宇眼瞳一震，失声道："哥，你这话是什么意思？"

"那毒，是母亲下的。"袁杰声音沙哑，一句说完，大颗大颗的泪珠便是顺着眼眶滚了下来，是悔恨还是愧疚，袁杰自己也不说不清。

"为什么？"

"为了我。"袁杰望着母亲的灵位，泪水却流得越发汹涌，他不言不语，抬手便是一个巴掌，向着自己的脸颊上打去，"啪"的一声，又清又脆。

姚芸儿醒来时，三皇子已落地七日了。

袁崇武听到消息，顿时从元仪殿起驾，向着玉芙宫匆匆而来，甫一踏进玉芙宫的大门，就见宫人俱垂首不语，战战兢兢立在一旁，他不管不顾，只向着后殿奔去，围在床前的宫人纷纷跪下，露出了床上的女子。

"芸儿……"袁崇武箭步上前，果真见姚芸儿已是睁开了眼睛，那双眼瞳宛如秋水，纯净得让人心惊。

"你醒了？"袁崇武似是不敢相信，唇角情不自禁地勾出一抹笑意，仿若眼前的女子是稀世珍宝，他的手指轻抚上姚芸儿的面容，却一点儿也不敢用力。

姚芸儿怔怔地看着他，她的脸色仍是雪白的，如同婴儿般的孱弱，直到袁崇武将她抱在了怀里，她仍是一动不动的，不知过去了多久，又昏睡了过去。

袁崇武自她醒来后，再也不曾离开过半步，就连元仪殿的折子也是全部搬到了玉芙宫中，直到翌日午后，姚芸儿又一次醒了过来。

她这次醒来明显比上次要有了些精神，看着人的眸光清灵似水，袁崇武心头一室，低声和她说话，姚芸儿一眨不眨地看着他，无论男人说了什么，她却都不曾回答，直到最后，朝着袁崇武露出一抹浅浅的笑容，娇憨得像个孩子。

袁崇武的心瞬间沉了下去，对着身后吩咐道："去将溪儿和三皇子抱来。"

翌日，宫中纷纷传言，道玉芙宫的姚妃娘娘形如痴傻，竟连自己的孩子都不识得，皇上雷霆震怒，将太医署的太医尽数召至了玉芙宫，却也无计可施，太医只道要慢慢调理，将姚妃身子里的余毒渐渐逼出去，此外，别无他法。

元仪殿。

待袁崇武走进时，何子沾已侍立良久，见到他，顿时俯身行下礼去。

袁崇武走至主位坐下，对着他道："不必多礼。"

何子沾谢了恩，方才站起身子，就见袁崇武双眸似电，笔直地向着他看了过去，道："有眉目了吗？"

何子沾抱拳："回皇上的话，属下联合了大理寺与刑部，一道彻查此事，来龙去脉，俱查得清清楚楚。"

袁崇武的目光深沉了几分，低声道："是谁？"

何子沾却犹如锯嘴的葫芦，默了默，才道："是安妃。"

袁崇武听了这三个字，英挺的面容上并无太多表情，唯有拳头却不由自主地紧握，眼帘处微微跳动着，沉声吐出了一句话来："说下去。"

何子沾恭声领命，接着道："仵作在验尸时发现安娘娘右手上的指甲尽数拗断，掌心处的肌肤发黑，显是毒素侵蚀所致。而在玉芙宫中，徐姑姑亦找出了当日安娘娘留下的断甲，康太医已经验过，安娘娘断甲中残留了些许碎末，而那些碎末，正是前朝的鸩毒！"

袁崇武双眸黑得蚀人，他不动声色，道了三个字："继续说。"

"玉芙宫的人已被属下盘查过，据侍奉的宫人所说，当日在茶水呈上去后，安妃娘娘曾将蜜螺茶的壶口打开，还问那是什么茶，之后太医便在蜜螺茶中查出了鸩毒，想必，安娘娘定是借机下手，将鸩毒藏于指甲，开壶时弹进茶水中，神不知鬼不觉地下了毒。"

见袁崇武不出声，何子沾心下发虚，亦嗫嚅着，不知还要不要说下去。

"接着说。"

男人的声音终是响起，何子沾定了定神，又言道："安娘娘以自己为饵，率先喝下了蜜螺茶，姚妃娘娘因着在自己的宫中，那蜜螺茶又是自有孕后便日日都喝的，想必也不曾戒备，这才让安娘娘有了可乘之机。"

袁崇武的拳头死死握着，骨节处抑制不住地发出咯吱咯吱的声响，他竭力忍耐着，想起姚芸儿当日中毒后的情景，怒意与心疼却不可抑止，就听"咚！"一声巨响，男人的拳头狠狠地落在案桌上。何子沾心头一凛，抬眸见袁崇武脸色铁青，他斟酌着开口，想要劝上几句，可终是一片缄默，说不出旁的话来。

"那鸩毒，是何人给的她？"袁崇武声音清冷，又言道。

"是温家。"何子沾开口，对着袁崇武道，"属下已查出，与鸩毒有关的人，已被温天阳下令灭口，苍天有眼，原先在皇长子妃身边服侍的一位侍婢，名唤柳儿，却侥幸留了条命在，从她口中得知，那鸩毒便是由温天阳安插在宫里的眼线，亲手送到安妃的手里。"

袁崇武面色暗沉得可怕，他没有说话，周身却透出一股浓烈的煞气。

何子沽跟随他多年，见他露出如此神情，心下便知晓他已起了杀意，当下遂道："皇上，属下查得清楚，此事虽然安妃与温天阳都参与其中，却与皇长子毫无干系，不仅皇长子，就连二皇子也毫不知情，您看……"

袁崇武闭了闭眼眸，将眸心的杀意压下，沉声道："皇长子昨日已主动请缨，要朕封他为岭南王，许他封地，远离京师。"

"依属下之见，皇长子经此之故，想必对京师生出了厌倦之心，他若想做个闲散王爷，倒也是件好事。"

"他对朕这把龙椅一直虎视眈眈，若说他弟弟愿做一个闲散亲王，朕相信，至于他……"袁崇武摇了摇头，声音平静到了极点，"远离京师，前往岭南，正给了他厉兵秣马、处心积虑的机会。朕若没猜错，他还会与慕家的人相互勾结，只等时日成熟，便给朕致命一击。"

何子沽面色一变，却也心知袁崇武说得不假，他沉吟片刻，遂道："皇上，恕属下多嘴，既然大皇子主动提出封王离京，皇上何不顺水推舟，答允下来，暗地里派人多留意着，一旦察觉皇长子密谋造反，或与慕家勾结，便是坐实了罪名，如此也好……"

不等他将话说完，就听袁崇武打断了他的话："朕已下令，要他去为他母亲守墓，这三年孝期，就看他自己的造化。"

何子沽躬身，言了句："微臣明白。"

袁崇武身心俱疲，道："让人留意着他的一举一动，尤其是与温家的来往，更让人盯紧些，有何异状，即刻来禀。"

"臣遵旨。"何子沽俯身行礼，待其退下，便有礼部侍郎走了进来，对着袁崇武道："皇上，安妃娘娘明日便要发丧，不知道要按何规制下葬？"

袁崇武眸心黑沉，坐在主位，一语不发。

"皇上？"久久不见他回复，礼部侍郎小心翼翼，又唤了一声。

袁崇武这才开了口，眉眼间满是倦意。

翌日，废妃的诏书便颁布，昭告天下。

"玉茗宫安氏，乃朕贫贱之时所娶发妻，虽是父母之命，却勤俭持家，服侍公婆，多年任劳任怨，更为朕诞下二子，此乃其功也。然昔年渝州之战，敌军以二子相胁，安氏欲保全朕子，对敌泄露军情，以致岭南军遭受敌军突袭，四万男儿血洒渝州，所护者虽为朕亲子，朕每念及此，亦愧甚痛甚，此乃其过一也。朕自兵败，身负重伤，为掩人耳目，隐身荆州清河村，娶妻姚氏，姚氏虽年幼，待朕多方照拂，数次与朕生死与共，风雨同舟之日，朕未曾须臾忘怀。朕自登临大宝，初立二妃，只愿姚氏诞下皇子，册其为后，然安氏为保全亲子，趁姚妃身怀六甲，以剧毒投之，以致姚妃险些一尸两命，毒辣之举，丧尽天良，此乃其过二也。着，废除安氏皇妃之位，以庶人葬之，不入皇陵，不入宗祠，钦此。"

随着诏书一块的，还有一道圣旨，袁崇武下令，因母之过，长子袁杰，收回其麾下"飞骑营"，贬至京郊守陵，次子袁宇，念其年纪尚幼，着册封为王，封地中山，未有传召，不得入京。

这一日，雪花飞舞，亦是入冬后的第一场雪。

袁崇武踏入玉芙宫时，一股暖香扑面而来，宫里早已燃起了火盆子，用的是最好的银炭，连一丝儿烟味也嗅不到，姚芸儿孱弱至极，合宫上下无不尽心尽力地服侍着，将她当成瓷娃娃一般捧在手心里，生怕磕着冻着，惹得皇上动怒。

经过这些日子的调养，姚芸儿的身子已渐渐有了些起色，这几日已能下床，在宫殿里走上几圈了。她的脸色亦是雪白的，就连唇瓣都没有丁点血色，衬着羸弱纤瘦的身子，当真是让人连话也不敢大声说，生怕会吓到她。

自那日醒来后，她便谁都不认识了，整个人憨憨傻傻的，如同一个稚儿，就连一个拨浪鼓，她也能玩许久，她的身子单薄得如同纸片，就像一抹苍白的轻烟，袁崇武除却朝堂上的事，都在玉芙宫里陪着她，说来也怪，姚芸儿虽什么都不知道，就连把溪儿和小皇子抱来，都能吓着她，可唯有袁崇武，她每次瞧见他，却都是微笑的，眼瞳中柔和得仿佛能滴下水来。

永娘正端着药碗，轻哄着将一勺药汁递到姚芸儿的嘴里，姚芸儿手里拿着一朵绒花，一点点地揪着上头的细毛，永娘如同哄孩子一般，好说歹说地才将一勺药送进她嘴里，瞧着她咽下，永娘的泪珠便扑簌扑簌地落了下来。

"小小姐，你怎么会变成这样！"永娘心中酸楚，瞧着姚芸儿孩童般的小脸，终是忍耐不住，哭出了声。

直到有人将她手中的药碗端过，永娘一怔，回过头便要拜下身去："皇上。"

"让朕来。"袁崇武低声开口，姚芸儿瞧见他，唇角便浮起甜甜的梨窝，宫人已知趣地退下。自醒来后，姚芸儿便再没开口说过一个字。袁崇武伸出胳膊，将她揽在自己怀里，另一手则舀了一勺药汁，轻轻吹了吹，递到姚芸儿的唇边。

"苦……不喝……"蓦然，从她的唇中吐出几声模糊不清的音节来。

袁崇武听到她开口，黑眸倏然便是一亮，又惊又喜。

案桌上摆满了鲜果，姚芸儿伸出苍白的小手，握住了一个橘子，袁崇武将碗搁下，温声道："芸儿想吃橘子？"

姚芸儿点了点头，小声道："想……想吃。"

袁崇武微微一笑，担心那橘子凉，冰着她的唇齿，遂将橘子搁在了火盆旁，等火盆子将橘子烤热，方剥了一瓣，喂到了姚芸儿嘴里，余下的橘子皮则尽数抛在火盆子里，未过多久，满室都飘满了橘子的清香。

烤热的橘子又香又甜，姚芸儿吃得不亦乐乎，汁水滴得到处都是，袁崇武如同照料孩子般，为她将唇角的橘汁擦去。

"还要吃……"姚芸儿吃完，一双眼睛盯着眼前的男人，带着浅浅的祈求。

袁崇武望着她娇憨纯稚的小脸，将药汁捧起，轻哄道："先将药喝了，咱们再吃。"

姚芸儿十分听他的话，待男人用勺子将药汁喂到唇边，便乖乖地张开了嘴巴，眼见着一碗药见了底，袁崇武眉梢眼底俱是笑意，粗糙的大手抚上她的小脸，温声言了句："乖。"

姚芸儿如今的心智虽然宛如孩童，却也能听出袁崇武在夸赞自己，她莞尔一笑，眼瞳中纯净而柔和，袁崇武瞧在眼里，将她抱在自己膝上坐下，不顾她的挣扎，将她紧紧箍在了怀里。

晚间，待姚芸儿睡着后，袁崇武方起身，去了偏殿。

三皇子出生至今，袁崇武来看孩子的日子屈指可数，见到他来，乳娘们俱战战兢兢地站起身子，刚要拜倒，就见袁崇武摆了摆手，示意她们不要出声，自己则径自走到摇篮旁，将熟睡中的儿子抱在了怀里。

三皇子自打落了娘胎，便一直疾病缠身，如今已快三个月了，却依然瘦得厉害，如同还没满月似的，每次来看他，父亲的心都痛如针扎，又愧又悔。

见袁崇武一语不发，一直服侍着小皇子的乳娘则大着胆子，道："皇上，太医白日里才来瞧过，说三皇子从娘胎里带了毒，伤着了身子，是以比寻常婴儿要孱弱些，日后慢慢调养，定会健壮起来的。"

慢慢调养，短短的四个字，袁崇武在这三个月里也不知听了多少次，当下他不曾多言，将猫儿一般大小的儿子送回了摇篮，留下了一句："照顾好三皇子。"便起身走了出去。

殿外夜色正浓，漆黑如墨。

新年伊始。

袁崇武不顾朝臣反对，终是将立后诏书昭告天下，立姚芸儿为后。姚芸儿即为皇后，三皇子便为嫡子，将其立为太子，亦是早晚之事。

自大梁立国以来，后位空悬已久，立后之事隆而重之，随着立后诏书一道传下的，还有一道大赦天下的圣旨，意在为皇后增福。

唯有立后大典，却因姚芸儿不愿穿烦琐厚重的吉服，而被袁崇武下令免除。

文武百官虽心知姚芸儿身子羸弱，却极少有人知她被剧毒侵蚀了心智，如今宛如孩童，祭天典礼也是袁崇武以皇后凤体不适为由，尽数免除，惹得朝野四下里议论纷纷。

是夜。屋外雪花成阵，银装素裹。

袁崇武正在元仪殿处理政事，姚芸儿一袭淡粉色宫装，发髻松松地绾着，只在尾端簪了一支步摇，肌肤雪白，眉眼清丽，竟还如同二八少女，一点也不似生了两个孩子的人。

袁崇武抬起头，就见她正趴在一旁拨弄着璎珞上的丝绦，每当他处理政事时，她总是安安静静地待在一旁，乖顺到了极点。他伸出手，将她揽在怀里，一手扣住她的腰，让她不能乱跑，另一手则握着笔，继续批起折子。

前些日子，姚芸儿曾趁着他入睡，从玉芙宫跑了出去，连鞋子也没穿，正是天寒地冻的时节，待他醒来，刚要收紧自己的胳膊，便惊觉怀里已空空如也。

他倏然就惊出了一身的冷汗，连外衣也来不及披，就奔了出去。

找到姚芸儿时，就见她赤着脚丫，孤身在玉芙宫外的花圃里，全身上下满是雪花，一张脸冻得青白，眼睫毛上挂着冰碴，袁崇武二话不说将她裹在了怀里，抱进了屋子，玉芙宫服侍的宫人上上下下俱被严惩一番，受刑最严重者，不免落下了终身残疾。

自此后，服侍的宫人自是小心到了极点，就连袁崇武自己亦不敢掉以轻心，除却早朝，就连批折子，也要将她带在身边。

开春后，与慕家的战事在朝堂上再次被提上了日程，袁崇武将京师种种事宜俱做了妥善安置。温天阳一派实力逐减，被贬黜流放者数不胜数，袁崇武此次离京，朝政大权由六部同掌，温天阳虽为首辅大臣，却徒有其名，未有实权。

而袁崇武此次征战西南，不顾朝臣反对，竟将姚芸儿一道带了过去，帝后同时离京，震动朝野。

鸾车中，姚芸儿倚着软榻，随侍的宫女伴在一旁，小心翼翼地为她将发髻梳好，另一位宫女瞧着姚芸儿的情形，遂道："皇后娘娘这般好的相貌，却成了个傻子，老天当真是不开眼。"

"别瞧娘娘人傻，可照样将皇上迷得七荤八素的，先前咱们到云州时，云州知府为皇上呈上了美人，却被皇上怒斥一顿，乌纱帽都差点没保住。"

"就连号称天下第一美人的丞相千金都不曾让皇上动心，更何况那些庸脂俗粉。"

姚芸儿一袭浅绿色的襦裙，因着出了宫，她并未身着宫装，又不愿戴那些烦琐的首饰，每日里侍女只得为她将头发垂在身后，松松绾住，一眼望去，分明还是个未出阁的女孩儿一般，颇有几分小家碧玉的味道。

将她打扮好，二人立在一旁，自顾自地说着话。

直到男人走近，那两个宫女顿时止住了声音，毕恭毕敬地跪了下去。暗地里却对视了一眼，不免很是慌张，这些日子皇上一直忙于军务，不知今日为何会来。

大军已快逼近西南，明日便会赶往臻州，待三军扎营后，袁崇武遂来到了姚芸儿的鸾车中，好将她接到自己的营帐。

岂料，不等他揽着姚芸儿走出鸾车，就见姚芸儿轻轻拉了拉他的衣袖，袁崇武回眸，温声道："怎么了？"

姚芸儿看了一眼跪在那里的宫人，小声说了句："她们……说我……"

听到这四个字，男人眉头一皱，问道："说你什么？"

姚芸儿抬起水盈盈的眼睛，道："说我……是傻子……"

那两个宫人闻言，顿时吓得魂飞魄散，只不住地叩首，口口声声的"奴婢不敢"。

袁崇武握住姚芸儿的手，心头的怒火却不可抑止，他诸事缠身，自是顾不得周全，他也心知姚芸儿如今失了心智，那些宫人趁自己不在时，难免会怠慢松懈了去，可怎么也想不到这些人竟会胆大包天到如此地步，将皇后唤为傻子！

"她们……给我梳头……芸儿很疼……"姚芸儿眼睛里闪烁着泪花，抚上了自己的后脑勺，袁崇武探过她的身子，将柔软的发丝拨开，果真见那一块头皮通红通红的，显是被人撕扯所致。

袁崇武又怒又痛，深吸了口气，对着鸾车外道了句："来人。"

"皇上有何吩咐？"御林军首领躬身走进，因着有姚芸儿在，将头垂得极低，不敢抬眸去看一眼。

"皇后身边服侍的宫人，全部给朕乱棍打死。"男人声音极低，说完了这一句，便揽着姚芸儿的身子，带着她走了出去。

"皇上饶命……皇上饶命啊……"

求饶的声音凄厉而洪亮，震得人耳膜生疼。

营帐内，几位将军俱是对这求饶声听得一清二楚，李壮当先忍不住，道："难不成皇上为了皇后娘娘，又大开杀戒了？"

孟余原本站在帐口，听到这话便回过身子，言了句："将军小心隔墙有耳，凡事小心些，以免传进皇上耳里。"

李壮不以为然，道："咱这屋里的弟兄在岭南时就跟了他，拼死拼活地给他打下了江山，让他当上了皇帝，如今为了个女人，他还能将咱们斩了不成？"

孟余一记苦笑，只摇了摇头，没有说话。

一旁的谢长风神色颇为阴沉，道了句："在他心里，只有玉芙宫母子，在他将凌肃之女立为皇后时，又可曾想到我们这些为他卖命的兄弟，可曾想过咱们惨死的妻儿老小，要咱们叩拜凌肃的女儿为后，叩拜凌肃的外孙为储君，不知他究竟将那些为他出生入死的兄弟置于何地？"

谢长风的话音刚落，一众将领俱沉默了下去。孟余沉吟片刻，终是道："谢将军，皇上是君，咱们是臣，如今的情形，早已与当年不可同日而语。自古以来，开国功臣无不被皇帝所忌惮，下场凄凉者亦数不胜数，容我倚老卖老，说句不太好听的话，皇上大权在握，日后，大伙儿言行间定要谨慎，尤其对玉芙宫母子，更不可有丝毫不敬，以免……"

说到这里，孟余噤了声，他虽没说完，但诸人皆明白了他的意思，当下营帐里一片寂静，不知何时，就听一人长叹一声，道："皇上早已不再是当年带着咱们冲锋陷阵、事事挡在兄弟们面前的大哥了，他如今行事狠辣，脾气也一日比一日暴戾，咱们岭南军的老兄弟，在他面前压根儿连话都不敢说，哪还敢对玉芙宫母子不敬。"

孟余心知这是实话，道："皇上自登临大宝后一直勤于政事，知人善用，多次减免百姓赋税，朝政上的事亦处理得井井有条，也不曾选秀纳过内宠，除却对玉芙宫母子只谈情、不讲理以外，皇上的所作所为，的确让人挑不出半点不是。"

闻言，岭南军诸人心神一凛，均觉孟余说得有理，不知是谁言了句："孟先生说得是，当年咱们随着皇上起兵，不就为这天下有个好皇帝，能让农民吃个饱饭，皇上如今虽说迷恋玉芙宫娘娘，但数次减免百姓赋税，严惩贪官，勤勉政事，他爱立谁为后，咱们倒也实在说不得什么。"

孟余这才微微一笑，对着众人作了个四方揖，惹得诸人纷纷起身回礼，就听孟余再次开口，道："诸位将军，容在下多嘴一句，皇上与皇后成亲在先，而后才知皇后身世，人非草木，孰能无情。而今大战在即，还望诸将军能放下心结，襄助皇上攻下西南，一统江山霸业。"

诸人细细思量，倒也的确是这么个理，又兼之如今袁崇武军权在握，即便有人心存不满，却也不敢再表露出来，唯恐如孟余所说，开国功臣被皇帝忌惮，若真惹怒了袁崇武，依着他如今的性子，只怕杀了自己都是寻常。

如此，众人纷纷出声，道定会齐心协力，襄助皇上攻下慕家。就连谢长风，神色间也淡然了几分，不似先前那般阴郁，显是被孟余的话所打动。

孟余眼角的余光在诸人面上一一划过，他素来精通世故，一个眼神便能摸清诸人心思，当下将每一个人的神情都一一记在心头，晚间向袁崇武如实禀报了去。

第三十五章

慕氏祈和

待袁崇武从主帐回来，姚芸儿正待在他的帐子里，见到他，清丽的面颊便浮起笑窝，纯净得像个孩子。

袁崇武自问无论是政事，还是战事，他俱可以游刃有余，运筹帷幄，可唯独看见她，一股无力与怅然却从心底悄然蔓延，止都止不住，无可奈何，无能为力。

见她一直呆望着自己，傻傻地笑，袁崇武一动不动地站在那里，唇角却无声地抽搐了一下，眼瞳中是不可抑止的痛楚。

"你怎么了？"她娇憨地开口。袁崇武深吸了口气，在她面前蹲了下来，对着她轻声细语道："芸儿，日后若再有人欺负你，你一定要像今天这样，全都告诉我，知道吗？"

姚芸儿隔了好一会儿，才听明白他的话，她轻轻地点了点头，袁崇武伸出手，在她的脸颊上轻抚，他的声音低沉嘶哑，是压抑的痛苦："是我害了你。"

姚芸儿依然是笑嘻嘻的，不知怎的从自己的衣袖里取出一小块点心来，那点心已经碎得不成样子，也不知她是何时藏在衣袖里去的。

她将那点心递到袁崇武面前，轻声地开口："相公……吃……"

袁崇武接过那块糕点，他没有说话，只将头一低，有温热的东西充斥在他的眼眶里，被他死死压住，姚芸儿伸出手，抚上他的脸颊，小声道："你别哭。"

袁崇武低声笑了笑，抬起眼睛看向她，将那块点心吃下，那点心分明是甜的，可吃在嘴里却是哽喉的苦味，涩的。

姚芸儿冲着他笑，笑得憨憨的，袁崇武卷起自己的衣袖，将热水端来，为她脱去鞋袜，将她那双雪白的脚丫按在了水盆里，轻轻揉搓起来。

姚芸儿咯咯笑起，躲着他的大手，轻轻地说了句："痒……"

袁崇武见她笑靥如花，黑眸中便是一软，唇角微微上扬，勾出一抹浅笑。

臻州。

待袁崇武领兵进逼西南后，姚芸儿则留在了臻州府衙，为迎皇后凤驾，臻州府尹大兴土木，特为姚芸儿建了一座行宫，那行宫精巧雅致，风景秀丽，又兼之臻州气候宜人，十分适宜姚芸儿休养身子。

袁崇武自登基以来甚是勤俭，举国上下亦不曾建过行宫，就连户部侍郎曾为讨皇帝欢心，在清凉山一带建了所皇家水榭，意为避暑所用，待袁崇武得知后，却龙颜大怒，斥此事为劳民伤财，不仅将户部侍郎贬黜，并曾下旨若朝中再有诸如此类的事发生，定严惩不贷，绝不姑息。

是以，大梁开国虽短，但政务腐败、军备废弛之事却比前朝大有好转，袁崇武是庶民出身，深知民间疾苦，数次减免赋税，大力整治贪官，引得民心所向，朝中清廉之风盛行。

此次臻州府尹兵行险招，不为皇上，却为皇后建立行宫，行宫中名医、医女、嬷嬷、丫鬟、厨子、仆役，俱井井有条，此举果真令皇上龙颜大悦，对其颇为赞许。

此事流传极广，世人皆知能让当今圣上捧在手心里的，唯有皇后一人，若想讨得皇帝欢心，便要挖空心思讨好皇后，未几，听闻皇后身子孱弱，臻州附近的州府俱贡来了奇珍药材，以为皇后滋补身子所用。

臻州府尹早已听闻皇后身边的宫人因服侍不力，而被袁崇武下令杖杀的消息，自袁崇武走后，臻州府尹是十二万分的小心，简直是将姚芸儿供起来一般，就连自己的妻妾都遣去了行宫，亲自照料皇后起居，事无巨细，战战兢兢的，生怕姚芸儿掉了根头发。

而西南的战事不停，慕玉堂不顾六十余岁高龄，仍亲自披甲挂帅，带领余下五子，与袁崇武杀了个难分难解。

三个月后。

慕玉堂于战场中箭，因其年事已高，伤口处溃烂发炎，不得已回府休养。自慕玉堂伤后，慕家军士气大落，袁崇武一鼓作气，一连攻下三城，慕家军节节败退，两军实力悬殊，眼见着袁崇武踏平西南，一统天下。

这一日，袁崇武正在主帐，看着京师中传来的密报，自他走后，温家一脉蠢蠢欲动，以温天阳为首的一众言官，暗中与前朝皇嗣勾结，竟欲趁袁崇武离京打仗时，密谋复辟。

袁崇武心知那一干前朝大臣存复辟之心者大有人在，建国初时，大梁根基不稳，对前朝大臣他一直以安抚为主，在朝中亦礼遇有加，不惜重文轻武，以换得朝政安定，如今经过这些年的励精图治，对那些心存不忠之人，倒也一直没腾出手去收拾。

看完密报，男人微微一哂，将那密报一折，对着烛火点燃，不留下丝毫痕迹。

"皇上，眼下大战在即，温天阳若真在京师发动宫变，只怕咱们鞭长莫及。"孟余拱了拱手，对着男人开口。

袁崇武摇了摇头，淡淡道："朕于离宫前已做好了部署，若温天阳当真与前朝皇嗣勾结，倒也给了朕机会，将他们连根拔起。"

见孟余还欲再说，袁崇武摆了摆手，道："眼下最为要紧的还是西南，至于那帮言官，等咱们收回了西南，再收拾不迟。"

孟余闻言，便俯身称是，君臣两人又说了些政事，就听帐外传来一道男声："皇上，慕家军遣来了使者，要见您一面。"

袁崇武与孟余相视一眼，平静的声音道出了一个字来："宣。"

但见帐帘一闪，一道俊秀挺拔的身影应声而出，一袭银袍，面庞如玉，眉宇间虽染沧桑，却依旧英气明媚，正是慕七。

见到她，袁崇武不动声色，一旁的孟余敛下眸子，对着袁崇武行了一礼，继而退了下去。

帐中只剩下二人。

慕七看了袁崇武一眼，却"扑通"一声，对着他跪了下去，清冷的声音不疾不徐："臣慕七，叩见皇上。"

袁崇武的黑眸落在她身上，淡淡言了句："起来说话。"

两人已许久不曾相见，当日袁崇武对外宣称皇贵妃染病身故，实则却命人将她送出了皇宫。忆起往事，慕七面无表情，起身后更不曾有丝毫废话，开门见山就是一句："皇上容禀，慕七今日前来，是为慕家军请和。"

"请和？"男人声音低沉，咀嚼着这两个字，一双眸子更冰冷得如刀似剑，看着眼前的女子。

慕七迎上他的视线，道："皇上明鉴，依慕家如今之势，与皇上相争，不过是以卵击石，家父年事已高，又身负重伤，已再无实力与皇上为敌，慕家甘愿交出兵权，世世代代为大梁驻守南境，还望皇上饶过慕家军，饶过西南百姓。”

袁崇武早已从密探口中得知，慕玉堂伤势有变，只怕支撑不久，慕家此番遣人求和，他并不以为奇，只不过慕家此举不过是权宜之计，慕家百年将族，留下来终是朝廷的隐患，如今好容易有机会将其歼灭，他又怎会善罢甘休。

见袁崇武不说话，慕七也并不慌张，接着道：“杀敌一千，自损八百的道理，皇上不会不明白，若皇上铁了心要踏平慕家，我慕家军十万男儿也只得与皇上背水一战，只怕到时候，不过是让奸臣得益，复辟之事，易如反掌。”

袁崇武听了这话，面色仍沉着而冷静，他不言不语，凝视着慕七的眼睛，听着她继续说了下去：“如此种种，皇上何不化干戈为玉帛，慕家自此俯首称臣，十万大军听凭皇上差遣，皇上意下如何？”

袁崇武这才开口，言了句：“你回去告诉你的父兄，这一仗，朕势在必行。”

慕七的脸色渐渐苍白下去，她并没有动身，而是下定了决心一般，抬起头笔直地迎上男人的视线，一字一字道：“听闻皇后娘娘凤体欠安，身受鸩毒，却无法可解，不知传闻是真是假？”

袁崇武眉心微蹙，声音顿时沉了下去：“是真是假，与慕姑娘无关。”

慕七轻扬唇角，缓缓吐出了一句话来：“若慕七告诉皇上，皇后体内的鸩毒，这世间唯有慕家才有解药，不知皇上信也不信？”

袁崇武的脸色“唰”的一下变了，黑瞳中精光闪烁。

慕七声音清脆，道：“想必皇上定是知晓，自大周开国，数百年来皇后俱是从慕家所出，而鸩毒又只有大周皇宫才有，皇上定不知道，那鸩毒，本来就是慕家的。”

袁崇武的瞳孔瞬间剧缩，他一语不发，唯有眼睛紧紧地盯着眼前的女子，双拳慢慢地握紧。

慕七从怀中取出一只药瓶，对着袁崇武道：“此药便是鸩毒的解药，三日一粒，慕七保管皇后只要服下十粒，一个月后，体内余毒定将全部逼出，恢复如常。”

“朕如何信你。”袁崇武声音暗沉。

“慕七不敢欺瞒皇上，只要皇上下旨，昭告天下，从西南撤兵，将家父慕玉堂封为西南王世袭，命慕家军仍镇守西南，朝廷永不削藩，慕家定会将其余的药尽数送给皇上，力保皇后与小皇子万世无虞。”

语毕，慕七观摩着袁崇武的脸色，又加了一句：“若此药不能将皇后与小皇子治好，皇上大可领兵卷土重来。"说到此处，慕七顿了顿，方道，"再有，鸩毒号称天下第一奇毒，时日越久，毒素越是会侵蚀人心，终令人神志不清，死状凄惨，还请皇上三思。"

袁崇武一语不发，他的死穴已被慕家牢牢掌控，就连他自己想起，也都觉得可笑。

直到看见男人取出玉玺，在明黄色的圣旨上加盖时，慕七唇角浮起一丝苦涩，轻轻转过了头。

她从未想到，为了一个女人，袁崇武会做到如此地步。

翌日，圣旨便昭告了天下，慕家十万大军归顺朝廷，五万大军随皇帝回京，剩余五万大军仍旧镇守西南，慕玉堂加封为西南王，世袭制，慕家五子各自晋爵，女眷则为诰命夫人，封妻荫子，彰显皇恩浩荡。

臻州。

"皇上猜得没错，鸩毒的解药果真在慕家手里，如此一来，想必当日温家定早已与慕家勾结，温天阳此人，定是非除不可。"

姚芸儿近日已服下了慕家的解药，眼见着一日好过一日，袁崇武心中快慰，此时听孟余出声，则微微颔首，道："眼下不必打草惊蛇，一切都等回京再说。"

孟余俯身称是，道："皇上此举，既让西南百姓免于战火，户部省下大批纹银，更兼得不费一兵一卒，便令慕家归顺朝廷，一举三得，实在是高明。"

袁崇武听了这话，只摇了摇头，道："此次慕玉堂身受重伤，慕家群龙无首，才会让咱们有机可乘。"

孟余心中了然，如今大军粮草不济，更兼之为防御北方大赫，军中人马并非外间传言的三十万，而是只与慕家持平的十万，袁崇武声东击西，扰敌军心，倒让慕家自乱阵脚，遣了慕七前来求和。自此，慕家俯首称臣，袁崇武收复西南，采用怀柔政策，封王赐爵，拨款扶助，使得西南百姓人心归顺，短期内，定是再无战事。

袁崇武回到行宫时，姚芸儿正坐在台前，由侍女服侍着梳妆，见到他走来，姚芸儿唇角浮起一抹梨窝，向着他迎了过去。

自从服下慕家的解药后，姚芸儿这些日子已好了不少，更兼得之前在行宫中，得了十分精心的照顾，身子也圆润了些，就连原本过于苍白的脸蛋此时也透出隐隐的红晕，白里透红的模样，分外喜人。

袁崇武支走侍女，揽过姚芸儿的腰肢，温声道："今日的药，芸儿吃了吗？"

姚芸儿点了点头，轻声道："吃了。"

袁崇武见她脸色极佳，心下既是欣慰，又是疼惜，俯身在她的脸颊上印上一吻，将她抱在自己怀里。

姚芸儿眨了眨眼睛，似是突然想起一事般，抬起眼睛看向自己的夫君，言了句："相公……溪儿……"

袁崇武一震，黑眸划过一抹惊喜，道："你想起了溪儿？"

姚芸儿美眸中浮起一丝迷茫，似是还未想清楚溪儿究竟是谁，但这两个字却萦绕在心头，满满的全是牵挂。

"见……见溪儿……"姚芸儿摇了摇男人的衣袖，清柔如画的一张小脸上满是祈求与期盼，只让袁崇武心头一软。

"等你治好了病，咱们再回京看溪儿。"袁崇武温声哄着，臻州气候宜人，最适宜久病成虚的人休养，而这座行宫更是匠心独运，依山傍水，宫中清华池更是引入山上的温泉，姚芸儿在臻州不过短短数月的光景，整个人便如同脱胎换骨一般，远不似在京师那般羸弱消瘦，袁崇武看在眼里，只愿她能在臻州养好身子，方起驾回京。

姚芸儿听他这样说来，便不再开口，唯有脸颊上却浮起一丝黯然，袁崇武在椅子上坐下，将她抱在膝上，又道："除了溪儿，芸儿还想见谁？"

姚芸儿懵懂地看着他，全是茫然，隔了许久，姚芸儿眼睛微微一亮，又说了句："还想见……姑姑。"

袁崇武知她口中的姑姑便是永娘，离京时，袁崇武放心不下幼子，让永娘留在玉芙宫照料，此时听姚芸儿说起，便微微一笑，道："好，咱们回去见姑姑。"

袁崇武这番话的本意原是想让姚芸儿记起新生的儿子，可见她并无想起的苗头，便也不再多说，只暗道自己心急，那药也不过才吃了几服，距一个月还为时尚早，姚芸儿此时能想起溪儿与永娘，便已十分难得了。

念及此，袁崇武淡淡一笑，伸出手，抚上姚芸儿的面颊，黑瞳中是深不见底的情意。

西南大事已定，每日皆有密报自京师传入袁崇武手中，袁崇武虽身居千里之外，对京中诸事却依然了如指掌，当下，他也并不急着回去，如此一来，倒更让温天阳一派胆战心惊，摸不清他的用意。

留在臻州的日子，袁崇武每日里伴着姚芸儿安心养病，花香鸟语，逍遥似仙，一个月的日子便如流水般地逝去。

待圣驾回京，已是入秋后了。

"相公……"帝后的鸾车中，姚芸儿倚在男人胸口，小声唤他。

袁崇武的大手揽着她的身子，听到她唤自己，遂紧了紧她的身子，低声应了句："嗯？"

"这些日子，就跟做梦一样，我现在想起来，都还觉得恍惚。"姚芸儿美眸中是浅浅的疑惑，在她的记忆里，自己分明还在玉芙宫中，眼睁睁地看着安氏倒在自己面前，怎么一觉醒来，她便置身于千里之外的臻州，而这大半年来的回忆，都变得缥缈起来，无论她怎样用力，也想不到这一段时日里究竟发生了什么。

袁崇武在她恢复神智后，只将当日的事简略地和她说了说，此时闻言，心头却涌来一阵怜惜，他凝视着怀中的女子，低语了一句："芸儿，自此之后，我定不会再让你和孩子受一点委屈。"

姚芸儿握住他的胳膊，隔了片刻，方道："当日下药的人，真的是安娘娘？"

袁崇武听她说起此事，黑眸便是一沉，他唇线紧抿，时隔良久，才吐出了一句："是我的错，将她一直留在宫中，才给了她伤你的机会，让你险些一尸两命。"

姚芸儿垂首不语，想起当日的事，还是觉得心有余悸。

"相公，若没有发生此事，你还会立我为后吗？"这些日子，待听闻周围诸人口口声声唤自己皇后，姚芸儿才得知袁崇武已下了诏书，将自己封为皇后，三皇子为太子。

袁崇武抚上她的发丝，低语道："芸儿，我曾说过，若我袁崇武有朝一日成就大业，我的开国皇后，只会是你。"

姚芸儿轻声道："我只以为，你是顾忌安娘娘，所以……"

她没有说下去，袁崇武却已懂得，他吻了吻她的发丝，温声道："立国后朝政不稳，我虽为九五之尊，但朝中势力庞杂，若不能大权尽揽，我即便立你为后，那些朝臣和言官也定是不允，何况你不曾诞下皇子，若要立后，实在是没有理由。"

"那……若安娘娘没有害我，你……会怎么做呢？"姚芸儿水眸盈盈，对着他轻声道。

袁崇武沉默片刻，唇角却微勾，浅笑道："芸儿，自古情义不能两全，她是我贫贱时所娶的妻子，即便曾经有错，也是因为我，无论到了何时，但凡我袁崇武在世一日，便不能抛下她不管。"

袁崇武说到这里，一双黑眸则向着姚芸儿看去，他的眼睛漆黑如墨，仿佛要将姚芸儿印在眼瞳中一般，他一字一句地开口，低沉而温柔："可这皇后之位，我只愿随心一次，把它留给我想给的人。"

"相公……"姚芸儿轻声呢喃，她不知要如何是好，只痴痴地看着眼前的男人。

袁崇武哑然，将她一把扣在了怀里，他的心头软得不成样子，却终究是快慰的，他们经历了这样多，终换来了此生的相守。

他身居皇位，万人之上，身旁幕僚、文武百官、内侍宫人，数不胜数，可真心对他，一心为他，真正心疼他，为他着想的人，却只有一个姚芸儿，只是一个姚芸儿。

是夜。

姚芸儿蜷缩在男人臂弯，两人共乘一骑，身后侍从遥遥跟随，入秋后，夜风便凉了许多，吹在身上让人感到阵阵寒意，姚芸儿情不自禁地拱了拱身子，向着男人的胸膛偎了偎，小声道："相公，你这是要带我去哪儿？"

不知为何，袁崇武今日下令扎营，命三军原地待命，自己则领着一支精兵，向着此处而来。

男人闻言，低低一笑，将披风为她披了披，温声道："别急，前头就是。"

姚芸儿也不知他心里打的什么主意，那一颗心却是十分焦急的。这些日子，随着她的记忆逐渐清晰，对孩子的牵挂便越来越甚，一想起那小小的儿子，打出娘胎后便没吃过她一口奶，心里便难受得厉害，恨不得插翅回到京师，好好地将两个孩子抱在怀里，好好地疼个够。

袁崇武自是心知她在想什么，当下只得道："你放心，解药已经送回了京师，昨日甲收到宫中的传书，两个孩子都很好，尤其咱们的儿子，生得十分健壮，有徐姑姑在，你只管安心便是。"

说起孩子，姚芸儿的心都要化了，唇角不由得浮起一抹笑窝，眼眶却红了，柔声道："真想早点见到他们，这样久没见，溪儿也不知还认不认得我。"

袁崇武想起一双稚子，心口也是一疼，他亲了亲姚芸儿的面颊，温声道："再过不久，咱们便会回京，以后咱们一家四口，再也不分开。"

姚芸儿心里一甜，轻轻应了一声。

袁崇武微微一笑，手指向着前方一指，言了句："芸儿，你看，咱们到了。"姚芸儿循着他的手指望去，眼眸却倏然一亮，他竟带着自己回到了清河村！

天刚蒙蒙亮，村子里炊烟袅袅，庄稼人起得早，未过多久，便有阵阵米香随风而来，让人嗅着心头一暖。

两人身在高处，望着山脚下错落有致的村落，姚芸儿轻易便找到了自己与袁崇武曾经住过的房子，她的眼瞳中浮起无限缱绻，素白的小手遥遥一指，轻声道："相公，你瞧，咱们的家就在那里。"

袁崇武握住她的小手，黑眸亦向着那处房屋望去，他的唇角勾出淡淡的笑意，低语道："不错，咱们的家在那里。"

姚芸儿回眸，清莹莹的眼睛凝视着自己的夫君，温婉道："相公，我一直没有问你，当初你为何会来清河村？"

袁崇武微微一哂，道："我若不来，又怎会遇见你，又怎知这里有一个姚芸儿。"

姚芸儿抿唇一笑，想起两人刚成亲的那会儿，心头便是满满的甜蜜。

袁崇武揽紧她的腰肢，用自己的身子为她将凉风挡住，声音低沉而温和："当初我渝州兵败，被凌家军追杀，我一路东躲西藏，数次死里逃生，路过清河村时，见这里地势偏僻，人迹罕至，便想着落脚于此，以躲过官府追杀。"语毕，袁崇武吻了吻妻子的发丝，继续道："我自幼身在岭南，从小便听着南凌王的故事长大，那时的我，一心想与他一样，顶天立地，保家卫国。"

凌远峰虽是百年前的人，但姚芸儿儿时也是听过南凌王抵抗大赫的事迹的，只不过从未想过，自己竟会是他的后人。

"那后来呢？"姚芸儿开口。

"后来，"袁崇武淡淡一笑，声音却颇有几分苦涩，"我本想去参军，去凌肃的麾下效力，却恰逢我父亲被朝廷抓去做苦力，我便留在家务农，只不过没多久，父亲在修建行宫时染上了时疫，官府生怕时疫蔓延，遂将他们活活烧死。"

姚芸儿心头一紧，这事她曾听袁崇武说过，此时听来，仍让她鼻尖发酸，不知该说什么，只轻轻地攥紧了他的大手，安安静静地听着他继续说下去。

"娘一病不起，村里的媒婆便张罗着要我娶亲，去为娘冲喜，我十六岁成亲，本想着这一辈子便是三餐一宿，日出而作，日落而息，就这样过下去。"

袁崇武说到这里，将自己的下颚抵上姚芸儿的发间，低声道："之后的事，我都与你说过，岭南大旱，家中积攒下来的粮食被朝廷征作了军粮，孩子又小，实在没有了活路，眼见着他们母子快要饿死，我去县衙打死了几个守兵，开了粮仓。开弓没有回头箭，一大批岭南百姓跟着我从县衙杀到了府衙，杀出了岭南，一直到今天。"

姚芸儿将身子倚在他的怀里，细细地听着，想起他之前竟一心要去凌家军当兵，没来由地便浮起一丝感慨，只觉得是造化弄人。若当年没有暴政，他父亲不曾身故，他去了军中凭着自己的本事，也定是会建功立业的，而自己便再也见不着他，怕是如今还在云尧镇，给刘员外做妾……

念及此，姚芸儿不由自主地打了个寒战，袁崇武立时察觉，只以为她冷，遂将她揽得更紧，用自己的胸膛不住地温暖着怀里的小人。

"相公，若你当初参了军，那我就见不着你了。"姚芸儿声音带了几分轻颤，小声道。

袁崇武点了点头，抚上她的小脸："我虽是兵败，方才隐身于清河村，不料却因祸得福，娶了你。"

说完，袁崇武让侍从在村口候着，自己则领着姚芸儿进了村子。

袁崇武与姚芸儿回到了家，俱是恍如隔世一般，两人待了许久，临行前又去了姚家的坟地，祭拜过姚家二老，姚芸儿想起从前种种，心头自是难过，她知道自己这次一走，回来便是遥遥无期，忍不住在姚家二老的坟头前落下泪来。

京城，皇宫。

姚芸儿甫一回到玉芙宫，便忍耐不住地去看两个孩子，溪儿已四岁了，小皇子已快满一岁，两个孩子早已不认识母亲，待母亲刚将他们抱起，便一起哭了起来。姚芸儿心头酸楚，这样久的日子，她便仿佛一直游荡在鬼门关外，如今好不容易捡回来一条命，她的骨肉却都已不识得她是谁。

唯一让她欣慰的，便是两个孩子都被永娘照顾得很好，尤其是小皇子，更是健壮的，虎头虎脑，比起同龄的孩子大了一圈。

袁崇武离宫数月，朝上的事自是积累成山，自回宫后，除却那日匆匆来玉芙宫看过姚芸儿母子三人，其他时日便都在元仪殿中处理政事。姚芸儿则一心一意地待在玉芙宫里，悉心伴着两个孩子，尽享劫后余生的天伦。

自袁崇武回京，弹劾温天阳的折子便雪花般地涌入元仪殿，多位言官一道联名上奏，只道温天阳扶植前朝皇子，密谋叛变，十恶不赦，此外，更曾与慕家暗自勾结，与慕玉堂之间的亲笔信俱一一上呈，更查出其徇私枉法、贪污受贿、圈地夺田、残害忠良数十条大罪，人证物证俱在，按律当诛。

立冬后，温天阳坐实罪名，被袁崇武下令凌迟处死，并株连九族。

袁崇武回京时，皇长子袁杰便一纸休书，将温珍珍休弃，如今温家再无皇亲国戚的护身符，就连全尸，也留不得。

行刑前一日，曾有大理寺官员上了一道折子，道温丞相之女温珍珍在狱中日夜唤皇上名讳，并声称有要事，一定要见皇上一面。

袁崇武看着那一道折子，面色冷峻而淡然，对着一旁的侍从淡淡道："擅自唤皇帝名讳，按例应当如何？"

"回皇上，天子名讳若朝臣唤之，按例当贬黜，若平民唤之，按例当鞭笞，若囚犯唤之，按例当拔舌，以儆效尤。"

袁崇武颔首，将那折子扔在案桌上，道了句："依律处置。"

"是。"那侍从不敢怠慢，匆匆传了话，翌日宫中便纷纷流传，道大梁第一美人的舌头被皇上下令拔除，整个牢房都能听见那阵惨叫，让人光是想着，便不寒而栗。未过多久，宫中又流传，道温丞相的千金是得罪了玉芙宫的皇后娘娘，是以下场才会如此惨烈，至此，宫中上下无不对姚芸儿毕恭毕敬，对皇后所出的一双子女更尊崇有加。

年关前，温家诸人于午门尽数被凌迟处死，前朝皇子已被下令诛杀，人人都道皇上手腕狠戾，雷厉风行，铲除异己，不择手段。说是这般说，但大梁的江山却日益稳固，袁崇武的皇位，也越坐越安稳。

这一晚，两个孩子已被乳娘抱去偏殿歇息，袁崇武批了一天的折子，倚在榻上闭目养神，姚芸儿伏在一旁，绵软的小手轻轻地在他身上捏着，见袁崇武呼吸均匀，遂小声开口："相公，你睡着了吗？"

袁崇武勾了勾唇，一个用力，便将她的身子抱在了怀里，这才睁开了眼睛，道："想说什么？"

姚芸儿倚在他的胸膛上，轻声道："我听说，温小姐临刑前，口口声声地要见你，还说有要紧的事要和你说，你怎么没见她？"

袁崇武哑然失笑，捏了捏她的脸，也不说话，只转过身子，又闭目养神起来，直到最后经不住姚芸儿缠问，方道："所谓的要紧事，也不过是借口，我又何必要见她，耽误工夫。"

姚芸儿听他语气淡淡的，但显然对温珍珍厌恶到极点，当下，她摇了摇他的胳膊，小声道："你既然这样不喜温小姐，又为何要将她许给皇长子？"

袁崇武睁开眼眸，汪洋般的眸子浮起些许无奈，道："杰儿在豫西时，曾身受重伤，口口声声念着的全是'温珍珍'这三个字。他们两个年龄相近，我当时虽觉得她颇有心机，可想着她毕竟出身名门，也未尝不能与杰儿好生过日子。"

提起袁杰，姚芸儿眼瞳微微一黯，道："相公，皇长子已在京郊守了一年的墓了，你……是打算要他一直守下去吗？"

"不，"袁崇武提起长子，面色也深沉了下去，他坐起身子，对着姚芸儿道，"等三年守孝期满，我会将他召回军中，这三年，是希望他能在他母亲墓前洗心革面，痛改前非。"

姚芸儿闻言，垂下眸子，袁崇武伸出手，将她揽在了怀里，许久后，方才低声道了句："芸儿，他是我儿子。"

姚芸儿伸出胳膊，回抱住他的身子，她没有说什么，只轻声道了三个字："我知道。"

袁崇武扣住她的腰肢，黑眸深不见底，沉缓开口："子不教，父之过，他虽做过诸多错事，可终究是个不懂事的孩子，我身为人父，又何曾尽过为父之责。"

姚芸儿心头一酸，从男人怀中抽出身子，柔声道："相公，你别说了，我都懂。只希望皇长子这三年能放下心结，日后你们父子可以齐心协力，这就够了。"

她的声音很软，男人听着心头便是一暖，他勾了勾唇，粗粝的大手则抚上她的脸颊，轻柔摩挲。

姚芸儿亦抿唇一笑，两人依偎片刻，姚芸儿唇角的笑意渐渐隐去了，她摇了摇男人的衣袖，小声道："相公，如今别人都说你越来越狠，就连宫人都战战兢兢的，生怕服侍得不好，你会降罪。"

姚芸儿说着，一颗心却渐渐不安起来，她凝视着眼前的男人，他待自己与孩子仍疼爱有加，可听着外间的传言，知晓他如今动辄便下令将人赐死，心里还是有些怕得慌，只盼着那些全是流言。

袁崇武抚弄着她的长发，听出她话音中的颤抖，不由得十分怜惜，温声道："芸儿，无论我如何对别人，在你面前，我都只是你相公，往后这些流言，你不用往心里去。"

"我有些怕……"

袁崇武便是一笑，将她箍在臂弯："傻瓜，怕什么？"

"杀那么多人，总是不好的，何况有些人，罪不至死啊……"

袁崇武刮了刮她的鼻子，无奈道："芸儿，高处不胜寒，有时候，不得不杀一儆百，以儆效尤。"

姚芸儿细细想来，遂小声道："我生病时，听说有宫女在雪夜里起舞，想要引着你过去，你下令将她斩了，是不是？"

袁崇武低笑，颔首道："真是瞒不住你。"

姚芸儿想起自己回宫后，那些宫女，尤其是些美貌的宫女，见着袁崇武便跟见着瘟神一般，恨不得有多远逃多远，甚至就连元仪殿的一些贴身服侍的事也都是那些内侍在做，宫女倒巴不得离皇上越远越好。比起之前宫里的女子绞尽脑汁、费尽心思接近皇帝不同，如今的宫女即使见到了皇上，也都匍匐在地，连抬头都不敢了。

姚芸儿念及此，虽然心里仍有些不安，可眉宇间还是浮起一丝赧然，对着袁崇武道："你下令赐死了那位宫人，就是想要那些宫女知难而退，不要再试图接近你？"

袁崇武揽着姚芸儿，一道在榻上躺下，闻言不过一记浅笑，道了句："你说呢？"

他没有告诉她，当初那些宫人在自己面前斗艳，若在平时，他或许会网开一面，可那时姚芸儿身中剧毒，小皇子孱弱生病，竟还有人一心妄想着攀龙附凤，对这种人，自然要杀！

姚芸儿知道他是皇帝，是要后宫三千的，他不曾选过秀女，朝中大臣也曾婉转提过要自家的小姐入宫服侍，也都被他一一拒绝，即使如此，宫中貌美的宫人仍数不胜数，姚芸儿甚至在心头已隐隐想过，他或许有一天，会从那些美貌的宫女中选出皇妃……

见姚芸儿出神，袁崇武的大手便微微用力，微笑道："如今那些宫女见着我就跟见着了老虎，成日里我身边除了朝堂上的那些糟老头，便只剩一堆侍从内侍，你还不放心？"

姚芸儿见自个儿的心思被他一句说破，脸庞上就有些挂不住，轻轻推了推他的胸膛，小声反驳："我才没有不放心。"

袁崇武挑眉，道："那我明日便下旨，要那些美貌的宫女全都回到元仪殿服侍……"

不等他说完，姚芸儿便着急起来，一声"不许……"脱口而出。

男人忍住笑，捏了捏她的脸，姚芸儿白净的脸蛋上布满了红晕，只将脑袋埋在男人怀里，轻声溢出了一句："不许她们去……"

袁崇武没有说话，俯身在她耳垂上印上一吻，那白嫩的耳垂如同一小块美玉，随着男人的吻，浮起一层淡淡的粉色，更是娇嫩得灼人眼。

眼见着他的呼吸越来越重，姚芸儿有些慌张，小手抵在他的胸口，道："相公，我还有事要问你。"

袁崇武一手扣住了她的手腕，笑了笑，低哑道："明天再问。"

姚芸儿张开口，不等她说出话，男人的吻已铺天盖地般落了下来，他的气息包围着她，侵蚀着她，让她不得不与他一道沉溺下去。

颠鸾倒凤，一夜不休。

第三十六章

与尔白头

〔大结局〕

翌日醒来时，已快到午时了，昨夜与自己云雨了不知几次的男人早已去上早朝了。姚芸儿眼眸低垂，望着自己身上一个个犹如梅花般的吻痕，脸颊便不由自主地发烫，刚支起身子，披上衣衫，就听闻外间的宫人窸窸窣窣，俱躬着身子，捧着洗漱之物前来服侍。

自从回宫后，宫里的人俱对自己毕恭毕敬，这种恭敬与之前的又那般不同，如今的这种恭敬中还带着几分敬畏，是打心眼里的敬畏，甚至自己偶尔一个无意间的手势，也会让这些宫人吓得跪倒一片，连身子都轻颤着。

而至于照顾溪儿和小皇子的奶娘嬷嬷，更是事无巨细，无不将两个孩子捧在手心，生怕有个闪失。宫中上上下下的人都知晓，皇上一旦怪罪，便是掉脑袋的大事，如此，对皇后母子三人，简直与服侍皇上一样小心翼翼，与之前姚芸儿为妃时，真可以说是一天一地。

姚芸儿心头知晓，袁崇武曾在带着自己征讨慕玉堂的途中，将自己身旁的宫人全部杖杀，虽说狠辣了些，但终究是为他们母子树立了威信。她的性子软弱，即便有宫人怠慢，也自是不会说的，如今出了这事，那些宫人无须男人吩咐，都将他们母子供了起来。

想到这里，姚芸儿心里虽然沉甸甸的，可终究还是有那么几分甜蜜萦绕其中，她知道无论他做什么，也都是为了保护自己母子、对自己好，这便够了。

待她梳洗好，乳娘与嬷嬷已将一双儿女抱了过来，眼见着女儿漂亮可爱，儿子结实健壮，姚芸儿唇角噙着笑窝，心里软软的，全是甜意。

待袁崇武回来时，溪儿刚见到父亲，便向着他扑了过去，男人唇角含笑，一手将女儿抱了起来，向着姚芸儿走去。

姚芸儿手中亦抱着小儿子，母子俩俱是笑眯眯的，尤其是姚芸儿，更是笑靥如花，让袁崇武看着心头一柔，大手一勾，将他们母子揽入怀中。

玉芙宫中，一家四口的欢声笑语，久久不曾散去。

两年后。

皇上一道圣旨，将中山王召回京师，欲为其主婚。

中山王袁宇如今已十八岁了，此番迎娶的正是当今皇后娘娘的外甥女，被皇上亲自册封的淑仪公主。两人的这门亲事三年前便已定下，后因袁宇生母身故，此事便耽搁了下来，如今三年守孝期满，婚事便昭告天下，由帝后二人亲自操办。

因着要办喜事，宫里上上下下俱是喜气洋洋。中山王袁宇当年因着生母安氏毒害皇后与太子，而被皇上贬至中山为王。中山地域辽阔，气候温暖，民风淳朴，物产富庶，自古便被誉为诗书簪缨之地，文人墨客数不胜数。袁宇自入中山为王后，便如鱼得水，年纪轻轻，在诗文上的造诣极高，民间暗自称其为"文王"，指其乃是文曲星下凡，又因中山气候温暖，他自幼身子孱弱，在中山待了三年，竟将身子养得健壮了不少，面庞英气，身材挺拔，袁崇武看在眼里，心头甚为欣慰。

婚事在紧锣密鼓地操办着，姚芸儿这些日子俱是忙得不得了，只想将两个孩子的婚事办得热热闹闹、风风光光的，大妞是她的外甥女，袁宇在她心里更是一个好孩子，她巴不得将所有好东西，全给了这对小夫妻，真心真意地盼着他们婚后能夫妻恩爱、和睦相处。

这一日，姚芸儿将幼子哄睡，刚踏进前殿，就见宫人匆匆上前，对着自己言道："皇后娘娘，皇上方才出宫了。"

"出宫？"姚芸儿心下不解，问道，"皇上可曾说要去哪儿？"

宫人摇了摇头，恭声道："皇上没说去哪，只要高公公来传了话，说是要晚些回来，要您晚间带着皇子和公主先用膳。"

姚芸儿轻轻"嗯"了一声，示意自己知道，那宫人行了礼，便退了下去，留着姚芸儿一人在大殿中慢慢地踱着步子，不知何时，美眸倏然一亮，她终是想到袁崇武去了哪儿。

京郊，待袁崇武赶至时，正值傍晚。

"启禀皇上，皇长子这三年来一直在墓园守墓，不曾踏出过园子一步。"侍从跪在地上，对着辇车里的人恭声言道。

袁崇武闻言，面上并无任何表情，一语不发地下了车，道了两个字："带路。"

那侍从称是，站起身子，毕恭毕敬地在前头领路，将袁崇武引至墓园。

安氏当日以戴罪之身下葬，墓园荒凉简陋，连墓碑也不曾有，在那墓园一旁，搭有一座窄小的木屋，便是袁杰素日守墓之时的居所。

袁崇武走近，就见墓前立着一道身影，那身影高大魁梧，从背后瞧着，与自己是那般相像。

听到身后的脚步声，袁杰手中的扫帚停了下来，回过头去，露出一张微黑俊朗的面庞，眉宇间与袁崇武犹如一个模子刻出来一般，只让人看上一眼，便知这两人定是父子无疑。血缘，是这个世上最为玄妙的东西。

袁崇武黑眸似海，不动声色地望着眼前的儿子，父子俩三年未见，袁杰如今已二十岁了，昔日的稚气早已尽数褪去，此时站在那里，亦沉着冷静，见到袁崇武后，也不见其有丝毫惊慌失措，只俯下身子，行下礼去。

"孩儿见过父亲。"他的声音浑厚低沉，颇有几分沧桑。

袁崇武一个手势，内侍与侍从俱退下，墓园中，只余父子两人。

"起来。"袁崇武淡淡开口，待袁杰站起身子，他敏锐地发觉长子周身透出一股从容与坦然，竟再无从前那般满是不甘与戾气，就连那一双眸子中，亦再无丝毫怨怼与凶煞，之前即使他极力遮掩，可骨子里的埋怨与恨意仍掩不住地流露出来，而今，便如同脱胎换骨一般，迎上自己的目光中，黑沉似水。

与自己年轻时，毫无二致。

袁崇武不动声色，若说三年前的袁杰只是形似自己，那如今的袁杰，不仅形似，就连神态，也与自己十分相似了。

"告诉朕，这三年，你悟出了什么？"袁崇武声音淡然，对着儿子缓缓开口。

袁杰闻言，却什么都没说，只跪在了父亲面前。

"孩儿感谢父亲，三年前将孩儿留在京师为母亲守墓，不曾将孩儿遣去岭南，不然，怕是孩儿如今已铸成大错，万死难辞其咎。"袁杰语毕，眉目间浮起一丝惭愧，更多的却是平静。

袁崇武的目光落在他的脸上，袁杰察觉到父亲的视线，乌黑的眼瞳波澜不惊，迎了上去，继续道："这三年，孩儿日夜守在母亲坟前，三餐不继，饥寒交迫，却让孩儿明白了之前身居高位、锦衣玉食时所不明白的道理。孩儿终懂得自己犯下的错，是多么不可饶恕。"

袁杰声音低沉，年轻的脸庞上是不符年纪的沉稳与坦然，说完这段话，他微微沉默了片刻，侧过脸看向母亲的坟头，汪洋般的眼眸渐渐流露出一抹刻骨的痛楚与深切的悔意。

"是孩儿逼死了母亲，"袁杰转过头，一字字道，"母亲从不曾有害人之心，即便姚妃是凌肃之女，即便她深受父亲恩宠，母亲也从未想过要伤她分毫，一切都是孩儿，是孩儿丧心病狂，为了帝位，一心想要姚妃母子的命。"

袁杰的声音沉静到极点，也不曾去看父亲的脸色，自顾自地说了下去："父亲也许不知道，在父亲陪伴姚妃母女时，我与母亲待在玉茗宫，那般期盼着父亲可以来看看我们母子。尤其是母亲，她时常待在窗口，望着玉芙宫的方向出神，母亲年纪大了，一身的伤，看着父亲宠爱姚妃，孩儿不是不怨，却毫无法子。"

语毕，袁杰唇角浮起一丝苦笑，继续道："孩儿想为母亲驱散凄清与冷寂，便大肆张扬，将朝中女眷请进宫，轮番为母亲贺寿，孩儿闹出那般大的动静，其实，也只是希望父亲能来玉茗宫里，看母亲一眼。"

袁杰深吸了口气，眼眶中却有一股热潮抑制不住地汹涌而来，他淡淡一笑，唇角勾出一抹自嘲，只拼命将眼眶中的温热压下，眼眶却仍是红了，红得厉害。

袁崇武望着地上跪着的儿子，看着袁杰拼命压抑着的泪水，他没有说话，只侧过身子，合上了眼睛。

"孩儿见父亲将溪儿视为掌上明珠，时常驮着她去摘树上的花儿，孩儿心里不懂，为何同是父亲的孩子，父亲唯独对溪儿那般宠溺疼爱，对我和宇儿却鲜有笑脸。说了也许父亲会觉得可笑，孩儿每次见您那般疼爱溪儿，孩儿明里虽是不满和怨怼，其实暗地里，真的很羡慕溪儿。"

袁杰眼圈通红，声音却仍是平静的，偶有几分颤抖萦绕其间，被他尽数压下。

"溪儿的眼睛，是孩儿伤的，"袁杰静默片刻，终是将这句话说了出来，他垂下眸光，道，"是孩儿心思歹毒，见姚妃母女受宠，心头不忿，竟对自己的亲妹子下毒手，而后，又让宇儿为孩儿背了黑锅。"

袁杰说到这里，声音已沙哑得不成样子，他闭了闭眼睛，喉间苦涩难言，强烈的悔与恨侵袭而来，让他控制不住地握紧了手，紧紧插进泥土里去。

"母亲一直教导孩儿，要孩儿敬爱父亲，照顾幼弟，在军中稳扎稳打，踏踏实实地走好每一步，是孩儿急功近利，被仇恨蒙蔽了眼睛，一心想要登临大宝，将父亲取而代之。"袁杰的手指因着用力，骨节处已泛起青白之色，指甲里更满是泥土，"若非如此，孩儿也不会中了温家父女的圈套，听信温珍珍的谗言，竟存了谋反的念头，母亲为了让孩儿悬崖勒马，才会对姚妃母子下毒手。"

"一切，都是孩儿的错，"袁杰双眸血红，对着袁崇武深深叩首，"还望父亲处置孩儿，让孩儿为母亲，为自己犯下的那些错事赎罪。"

袁杰跪在那里，一动不动，这三年来，他身心俱是受了极大的折磨，每日里面对母亲的坟墓，悔恨便如同一把匕首，日日夜夜地刺着他的心，无数个孤苦无依的夜晚，儿时的回忆便总会一幕幕地涌入脑海，那时的母亲领着他们兄弟躲在深山，也是这般的木屋，过着食不果腹、衣不蔽体的日子，可有母亲在，母亲总是会为他们兄弟撑起一片天，给他们一个温暖的家，她不惜将自己的手变得干枯皲裂，用无尽的母爱抚育着他们兄弟长大，而今慈母已逝，留下的，却只有儿子无尽的愧悔与思念。

袁崇武居高临下地看着跪在地上的儿子，许久没有说话。他还记得，当年在岭南，袁杰出生时，安氏是难产，产婆曾问过他保大还是保小，他略一犹豫，终是要保大人。本以为和这孩子无缘，可不料最终却是母子平安，当他第一次将这孩子抱在怀里时，听着儿子响亮的哭声，却不知所措。他当年毕竟也才十八岁，还没如今的袁杰年纪大，每次听孩子哭，他也是厌烦的，可到底还是要把孩子抱在怀里，不为别的，只因那是他儿子，那是他的骨肉，是他袁家的骨血！

岭南的冬天湿冷得厉害，仿佛能把人的骨头都冻掉，家里又穷，生不起炭，他只得一趟趟去山上砍柴，即便如此，晚间也还是冷的，小小的婴孩受不住，需大人整夜地揣在怀里。

即便过了二十年，他也还是记得，那时候的袁杰犹如小小的猫儿，温温软软的小身子倚在他的臂弯，他一夜夜地抱着儿子，用自己的胸膛为儿子抵御冬夜的湿冷，一天天地看着儿子在自己的怀里长大，他亦是从刚开始听到孩子哭，心头便厌烦，而渐渐学着做一个父亲，眼见着孩子那样像自己，他不是不疼！

许是时日太久，久到连袁杰都忘了，在自己儿时，袁崇武也曾驮过他，去摘树上的野果，也曾抱过他，去田里干活，也曾一只手便将他高高举起，这些回忆，终是湮没在这些年的岁月里，远去了。

袁崇武收回目光，依旧不发一言，只将袁杰从地上单手扶了起来。

"父亲……"见袁崇武神色不明，袁杰低声唤道。

袁崇武没有说话，他的目光落在儿子面庞上，望着袁杰磊落分明的面容，言了句："如今边患四起，朕会命你驻守边疆，好自为之。"

说完，袁崇武终是转过身子，一步步走出墓园。

"父亲！"袁杰的声音再次响起，袁崇武回过头来，就见袁杰笔直地看着自己的眼睛，颤声问出了一句话来，"您还记得母亲的闺名吗？"

袁崇武点了点头，吐出了三个字："朕记得。"

袁杰隐忍许久的泪水，这才终于滚落了下来。

明霞，明若晚霞，他记得。

晚间，元仪殿。

何子沾走进，便上前跪下行礼："皇上。"

袁崇武抬起眸子，言了句："不必多礼。"

"谢皇上。"何子沾站起身子，拱手道，"不知皇上召末将进宫，意为何事？"

袁崇武凝视着眼前的爱将，缓缓道："朕命皇长子驻守边疆，今后，他便在你麾下。"

何子沾心头一惊，连忙道："末将不敢，皇长子身份尊重，末将只怕……"

不等何子沾说完，袁崇武遂打断了他的话："朕将他送往边疆，意在磨砺其心性，如今边患四起，他若有心杀敌，自然是好。但朕要你切记，战场上刀枪无眼，朕不希望他有何闪失。"

何子沾黑眸一震，躬身道："皇上放心，末将纵使拼着性命不要，也定会护皇长子周全。"

袁崇武点了点头，沉默片刻，方道："留心他的一举一动，万不可将兵权给他，你可明白？"

何子沾抬起头，便迎上了袁崇武深邃锐利的黑眸，他心头一凛，霎时懂得了皇帝的意思，只沉声道了四个字："末将明白。"

袁崇武闻言，对着他挥了挥手，示意其退下。

何子沾却并未离开，而是俯身抱拳，道："皇上，末将有一事不解，望皇上恕罪。"

袁崇武却淡淡一笑，言了句："你是想问我，既然让他去驻守边疆，又为何不给他兵权，并要你留心他的一举一动？"

何子沾不敢不答，道："皇上莫非是对皇长子，还有戒心？"

袁崇武声音沉稳，不疾不徐地道了句："天家并无骨肉至亲，他是朕的儿子，他的性子朕最清楚。朕可以给他金银珠宝，也可以让他封地为王，唯有兵权，朕若给了他，无异于养虎为患。"

何子沾心头了然，抱拳道："皇上圣明！"

袁崇武听了这四个字，淡淡勾唇，眉心却浮起一丝无奈与萧索，何子沾看在眼里，又道："皇上，末将斗胆再问一句，既然皇上心知皇长子的脾性，又为何要将他安置在军中，何不将其放逐，一劳永逸？"

听了这话，袁崇武双眸似电，笔直地向着何子沾看去，何子沾心头一怔，立时垂下了眸子，跪在了地上："末将逾矩。"

"他再不好，也是朕的儿子。"男人声音暗沉，以手捏了捏眉心，对着跪在地上的何子沾淡淡道了句，"下去吧。"

"末将告退。"何子沾再不敢多说什么，起身离开了大殿。

待何子沾走后，袁崇武站起身子，就见窗外明月高悬，整座宫殿清冷无声，夜色如墨。他默默站了一会儿，方才大步向着玉芙宫走去。

三日后，便是中山王袁宇与淑仪公主的婚事。

中山王袁宇乃皇上次子，自幼极受皇上宠爱，又兼之淑仪公主乃皇后亲甥女，这一门婚事自是极尽排场，冠盖京华，袁崇武忙于国事，婚礼诸事便都由姚芸儿一手操持，事无巨细，·过问，务必要尽善尽美。

成亲当日，帝后赏赐珍宝无数，更在京师中为中山王敕造了中山王府，以留小夫妻回京后居住。

袁宇毕竟已成年封王，在京师不可久留，成亲七日后，便领着新婚妻子，与帝后辞别。

袁崇武望着如今长大成人的次子，与其身旁清秀纯朴的儿媳，心头自是欣慰，与姚芸儿一道，将佳儿佳妇送出城门。

城楼上，姚芸儿倚在男人的臂弯，两人望着中山王夫妇一行越走越远，直到夫妇俩的辇车成了一个小黑点，姚芸儿眼眶微微一红，伸出胳膊环住袁崇武的腰，轻声道："相公，大妞在我身边长大，如今嫁人了，我还真是舍不得。"

袁崇武环住她的身子，微微一笑道："若舍不得，往后时常召他们回京，也就是了。"

姚芸儿"嗯"了一声，又想起袁宇相貌俊秀，温和博学，实在是个好夫婿，念及此，心头便舒缓了些，亦抿唇一笑道："宇儿是个好孩子，大姐若是在天有灵，也能放下心了。"

袁崇武点了点头，见城楼风大，遂侧过身子，为姚芸儿将风挡住，两人四目相对，姚芸儿唇角噙着清甜的梨窝，鬓发间的步摇被微风吹着，发出清脆的声响。

"大姐已经出嫁了，接下来便是二姐的婚事了。"

袁崇武闻言，便哑然失笑，捏了捏她的脸颊。

姚芸儿将脸颊埋在他的胸膛，抬眸望去，就见锦绣河山，一望无际。

"在想什么？"见她不出声了，袁崇武扣住她的腰肢，低声问道。

姚芸儿凝视着如画的江山，小声道："我在想，若等十年后，我年纪大了，相公还会像现在这般喜欢我，对我好吗？"

说完，姚芸儿抬起眸子，美眸清清柔柔地看着眼前的男人，又言了句："相公会不会嫌弃我？"

袁崇武听了这话，委实哭笑不得，只低声笑起，俯身在她发间印上一吻，声音是深沉的温柔："我比你年长十四岁，你若老了，我早已成了糟老头子，还不知是谁嫌弃谁。"

姚芸儿闻言，忍不住莞尔一笑，将眼眸垂了下去。

袁崇武重新拥她入怀，将她的掌心握在手中，另一手则在上头写下了一句话来。

姚芸儿安安静静地看着他的手指一笔一画地在自己掌心书写，她自幼不曾习字读书，日后即使与女官学了一些诗文，可此时看着男人的手势，眼瞳中仍是有些迷茫，所幸袁崇武写得极慢，倒让她瞧了清楚，一字一字地念了出来："执……子……之……手……相……伴，与……尔……白……头……到……老。"

读完，姚芸儿心间一颤，忍不住抬眸向着自己的夫君望去，袁崇武唇角含笑，将她抱在怀里，低声道："不错，执子之手相伴，与尔白头到老。"

姚芸儿眼眶渐渐红起，唇角却浮起一抹笑靥，那般炫目的美丽，让人舍不得眨眼。

"相公……"姚芸儿喉间轻颤，已说不出旁的话来。

袁崇武黑眸一柔，捧起她的小脸，伸出手指为她将眼角的泪珠拭去，他的眼瞳中漾着的是温和的笑意，低语了一句："傻瓜。"

姚芸儿双眸噙着泪花，将身子埋在他怀里，两人在城楼依偎良久，夕阳的余晖映在他们身上，许久不曾移去。

北疆，官道。

茶肆中大多是些往来的客商，其中一人一袭青袍，黑发高绾，虽风尘仆仆，但面目清俊，肤色白皙，周身透出一股英气。

"客官，您的菜来了。"店小二在北疆多年，对这种俊秀高贵的客人却是见得少之甚少，当下便格外殷勤，熟络地为其将酒斟好，布上菜肴。

慕七举起酒杯，一饮而尽，北疆烈酒入喉，顿觉胸口处火烧火燎一般，虽烈了些，但极是痛快。

她刚欲再饮，不料一旁的小二却劝道："客官且慢，咱们这酒烈得狠，若一气喝太多，只怕客官非喝醉不可。"

"哦？"慕七淡淡一笑，只把玩着手里的酒杯，似是不以为然，又一饮而尽。

眼见着慕七海量，小小的茶肆中没消多久便热闹起来，只听有人道："这位客官果真是海量，只不过前几日还有位小哥，倒是比客官还要能喝些，"

慕七闻言，遂来了几分兴致，挑眉道："既如此，店家可否将他请出，与我一醉方休。"

店小二便笑了，道："那小哥不是咱本地人，也不知是打哪儿来的，平日里也不常见，客官若要见他，倒要看碰巧不碰巧了。"

慕七一听这话，便打消了念头，自斟自饮起来。

就在此时，却听有人道："哎，你们瞧，那小哥来了！"

果真，就见一抹颀长挺拔的身影向着茶肆远远而来，等走得近些，众人便瞧见了此人生得剑眉朗目，鼻若悬胆，五官犹如刀削般俊美深刻，虽是粗布衣衫，却仍是位十分英俊的青年男子，与慕七不相上下。

北疆素来荒凉，食客们极少见到这般出色的人物，更何况一夕间遇见了两个，遂都十分兴奋，坐在一旁不住地朝二人身上打量。

待慕七看清楚来人的面庞，脸色便微微变了，她一动不动地看着眼前的男子，黑眸中的颜色却暗了几分，道了一句："是你？"

那男子似是也不曾想过会在这里遇见慕七，短暂的惊诧后，面色已恢复如常。

慕七指着一旁的板凳，言了句："坐。"

薛湛微微颔首，道了声："多谢。"语毕，便在慕七对面坐下。

两人四目相对，凝视许久，那男子率先打破了沉默，转身对着店小二道："上酒来。"

慕七举起手中海碗，吐出了一个字来："请。"

薛湛亦端起酒碗，两人不声不响地干了一大碗酒，只让周围的人俱看得瞠目结舌。

不知喝了多少，薛湛终是一笑，道了句："酒量不错。"

慕七亦淡淡一笑，开口道："你也是。"

语毕，二人相视一笑，一醉解千怨，一笑泯恩仇。

〔全文完〕

图书在版编目（CIP）数据

娇妻如芸 / 丁潇潇著. — 北京：中国华侨出版社，
2016.6
　ISBN 978-7-5113-6088-5

　Ⅰ．①娇… Ⅱ．①丁… Ⅲ．①长篇小说－中国－当代
Ⅳ．①I247.5

　中国版本图书馆CIP数据核字（2016）第119449号

娇妻如芸

著　　者：丁潇潇
出 版 人：方　鸣
责任编辑：紫　夜
封面设计：Violet
排版制作：刘珍珍
经　　销：新华书店
开　　本：710mm×1000mm　1/16　印张：36　字数：605千字
印　　刷：北京温林源印刷有限公司
版　　次：2016年9月第1版　2016年9月第1次印刷
书　　号：ISBN 978-7-5113-6088-5
定　　价：49.80元

中国华侨出版社 北京市朝阳区静安里26号通成达大厦3层　邮编：100028
法律顾问：陈鹰律师事务所
发 行 部：（010）82068999 传真：（010）82069000
网　　址：www.oveaschin.com
E－mail：oveaschin@εina.com

如发现图书质量问题，可联系调换。质量投诉电话：010-82069336